語りたい龍太 伝えたい龍太

――20人の証言

監修◉橋本榮治／筑紫磐井／井上康明
聞き手・編者◉董 振華

◉語り手
黒田杏子
井口時男
宇多喜代子
坂口昌弘
太田かほり
宮坂静生
髙柳克弘
若井新一
筑紫磐井
星野高士
横澤放川
橋本榮治
廣瀬悦哉
清水青風
保坂敏子
瀧澤和治
舘野 豊
井上康明
飯田秀實
長谷川櫂

コールサック社

語りたい龍太　伝えたい龍太

――20人の証言

聞き手・編者

董振華

目次

まえがき

董 振華

黒田杏子先生の著書『証言・昭和の俳句　増補新装版』から啓発を受けて、同じような形式で『語りたい兜太　伝えたい兜太』(聞き手及び編集：董振華　監修：黒田杏子)と『兜太を語る』(聞き手及び編集：董振華)を刊行出来た。

黒田先生が「あなたは〈兜太を語る〉を終えたら、〈龍太を語る〉をやってください。きっと兜太論を書く手がかりになります」とおっしゃったのは二〇二二年十月十三日、兜太について黒田先生との対談をやる時であった。しかし、対談は結局先生一人語りの形になり、『語りたい兜太　伝えたい兜太』には入れず、資料としてまだ私の宝物として大事にしまっているが、その時に先生から『飯田龍太全句集』と『飯田蛇笏全句集』を頂いた。

飯田龍太の名は大学四年生の時に覚えた。当時日本文学の授業があって、俳句に関する内容が大体一週の講義分。不思議なことに虚子の〈春風や闘志いだきて丘に立つ〉と龍太の〈かたつむり甲斐も信濃も雨のなか〉が一番印象が深かった。その後、日本で俳句を学び始めた頃、兜太師を始め「海程」の同人と共に群馬県玉原へ吟行に行った折、〈行き行けばわれも武尊も霧の中〉の句を私は作った。何事も学ぶ(まねぶ)ことから始めると言うが、龍太の句がずっと脳裏にあったためだろうか、それを潜在意識の中で真似て自分の句を作ったと思う。

実は本書『語りたい龍太　伝えたい龍太』制作のための布石として、二〇二二年五月二十五日、コールサック社の鈴木比佐雄代表とご子息・鈴木光影氏が『山廬の四季』(飯田秀實著)出版の打ち合せに山廬へ行かれるので、黒田先生に「飯田秀實さんと鈴木代表に声をかけてあるから、あなたも一緒について行って、勉強してきてください」と言われた。その時に初めて秀實氏ご夫妻にお目にかかり、後山を中心に案内して頂いただけでなく、奥様の多惠子さんの美味しい手料理をご馳走になった。それが山廬の最初の印象だった。以後、十月二日の山梨県文学館で行われた蛇笏・龍太を偲ぶ碑前祭と長谷川櫂氏の記念講演にも参加。そして二〇二三年一月二十九日には山廬新年吟行会が開催され、橋本榮治氏ご夫妻、横澤放川氏、鈴木比佐雄氏など七人で伺った。

　黒田先生は私の作る中華料理が大好きだった。時々電話をかけてきて、「あなたの中華が食べたくなったから、作って持ってきてよ」と言われた。そこで毎週のように、自分の手料理を本郷の黒田先生宅へ持って行った。持って行っても玄関で勝雄さんに手渡すだけで、滅多に家に上がらなかった。その日の三月一日、黒田先生に「『龍太を語る』もそろそろ着手しましょう。どうぞ上がってください」と言われたので、先生の書斎に入っていろいろと話し合った。先生はとても元気なご様子だった。翌日、レターパックを届けてくださり、中には様々な資料と今後すべき四つの仕事を書いた手紙が同封されていた。至れり尽くせりの心遣いに感激するばかり。殆ど毎日のように電話が掛かって来るが、九日も掛かって来て、「『龍太を語る』をそろそろ着手してください。わたしは十一日に境川で龍太について講演しますが、あなたはいけないですね」と念押しの電話だった。一月の末に行ったばかりだし、「別の仕事があるので今回は失礼します、どうぞ気を付けて行って来てください」と申したが、思いも寄らずこれが黒田先生と交わした最後の会話であった。

　三月十三日に黒田先生が急逝し、六月八日には私の母が急逝した。寂しいことが続く中、「龍太を語る」に心を傾けていた黒田先生のことを思い浮かべた。橋本榮治氏と相談して、九月五日、ご一緒に山廬を訪問し、秀實氏の許しを頂いた。またお話をうかがう相手として、橋本氏と秀實氏が二十五名のお名前を挙げてくださった。早速、インタビューを予定する方々に依頼の手紙を差し上げた。様々な事情でインタビューをお断りになった方もいらっしゃったが、最終的には十八名の方から快諾を頂くことができた。

　九月三十日にご都合の良かった横澤放川氏を最初の証言者に迎え、以後四ヶ月に亙って十八名の方々からお話を聞くことができた。更に、了解を得て黒田杏子氏・長谷川櫂氏のそれぞれの講演を入れることにした。

　本書の各語り手による龍太句選と文中の引用句はすべて『飯田龍太全句集』（角川ソフィア文庫）に準拠した。

　読者の皆様には、私と共に飯田龍太を語り伝える語り手たちの話に耳を傾けて頂ければ幸いである。

二〇二四年四月

第1章

黒田杏子

はじめに

「あなたが金子先生のおっしゃった中国人の青年ですね。先生から『若くて人物もよく優秀な中国人が居る。貴女の門下として働いてもらいながら、育ててやってほしい』と伺ってはいましたが、先生がご生前にあなたに会う事は無かったのですね。今日やっと分かりました。今後私は兜太先生の代わりに貴方の面倒を見てあげるわよ」と、二〇一八年十一月十七日「兜太と未来俳句のための研究フォーラム」の二次会で初めて黒田杏子先生と言葉を交わすことが出来た。フォーラム以後、兜太師に関する行事がある都度、黒田先生から声を掛けられて出席した。まもなく、先生のご厚意により、「藍生」にも参加。私も先生との知遇の恩に報いるために、二〇二〇年、「藍生」創刊三十周年記念に合わせて、先生の六冊の句集から句を選んで中国語に翻訳し、二〇二一年陝西旅游出版社から刊行できた。そして、二〇二二年『語りたい兜太…』出版に当たり、先生に監修者として様々なアドバイスを頂き、ご逝去までお世話になった。

董振華

「第十三回　俳句の里境川　飯田龍太を語る会」

二〇二三年三月十一日（土）午後一時三十分から
笛吹市境川総合会館3階大ホールにて

黒田杏子

演題「山廬三代の恵み」（抜粋）

（講演者紹介省略）

黒田杏子です。今朝の日経新聞に私の選句欄があります。

〈菜の花の根までおいしくいただきぬ　駒ヶ根　服部信彦〉〈蛇穴を出るには早い日の出まだ　安中　入沢岳風〉〈蛇穴を出てやさしさの腐りゆく　東京　原炎兎〉〈白鳥はお帰りになったと管理人　我孫子　渡辺肇幸〉〈寒夕焼死地へ死地へと行く兵士　石巻　石の森市朗〉〈木の芽風上野の駅のホームレス　東村山　副島　健〉

こういった人の句を私が選句したものと選評が載っておりました。

今日は三・一一で、あの大災害があった日です、その日にここへ呼んでいただきました。朝十時に東京本郷の家を車で出まして、二時間くらいで着いたのですが、境川という字が見えたり、雪の山が見えたりすると……。

　私が龍太先生にお招きを受けて「山廬」に伺ったのは四十三歳の年でして、ただいま私は八十三歳です。

「山廬三代の恵み」で講演する黒田杏子
境川総合会館にて　2023年3月11日
写真撮影：飯田秀實

私の個人情報は、血液型はＡＢ型で、八月十日生まれで、寅年です。

　そういうことを思いますと、四十年前ですよ。この『木の椅子』という句集、何刷りかになったのですが、この本でたまたま龍太先生が駆け出し俳人の広告会社に勤めている女性に目をつけてくださって、「どういう人なのか、一度いらっしゃい」と言っていただき、畏れ多くも「俳句の聖地」と言って、全国の俳人が憧れていた境川小黒坂というところに伺いました。

　そして、石和駅から日之出タクシーに乗って、「飯田龍太の家」と言えばすぐわかります、というお葉書のとおりに参りました。

　ともかく驚いたのは……　山廬という建物に行きましたところ、玄関の上がり框の上に真っ白い水盤があって、そこのところに二十本か三十本、今朝、剪ったんじゃないかと思われる彼岸花、曼珠沙華、それがびっしり立っていた。つまり、私が伺うということがわかって、俊子奥様が活けてくださったんでしょうか。駆け出しの俳人のために立派なお屋敷の入り口の上がり框にそれが置いてありました。

「山廬三代の恵み」で講演する黒田杏子
境川総合会館にて　2023年3月11日
写真撮影：飯田秀實

　そして、井伏鱒二先生や多くの方と対座されるお部屋に行きまして、そこで先生がまずおっしゃった。

「黒田さん、女流俳人なんていう名前はどうでもいいんですよ。世間の評価なんてものは一切気にしないでいいんですよ」

「あなたは本格俳人を目指してください。そして、会社の仕事と俳句の両立ということはたいへんなことだと私は思いますが、あなた、絶対、俳句をやめないで、ずっと続けてください」と。

　どのこともまっとうなことですけれども。ともかく、私は生涯、その言葉を忘れない。「俳句をやめないでください」と、そんなことを……。私の先生は山口青邨先生です。そういう直結の先生ではない先生から、「俳句をやめないでください」、と言われたことは、たいへん身に沁みました。

　私たちが勤めた時代は雇用均等法もありませんし、博報堂という会社で女性がそういうところで男の人と同じように働いていくために、会社の社業以外に何か打ち込んでいるものがあるなんてことは、会社にとってはマイナスなわけですから、会社のだれにも俳句のことは言いませんでした。ずっとやっていたけれども。でも、その時に龍太先生がそうおっしゃった。だから、私は絶対に俳句はやめてはいけないんだと思ったけれど、なかなかつらいものがあって……、俳句は大好きで、うんとやりたいけれど、全員がモーレツ社員の時代でしたから、なかなか大変だった、ということがありました。

先生にお会いしたのが四十三歳でした。八十三歳の現在まで生きて、今朝、起きて日経新聞を見れば、自分の選句欄が載っている。そして、今日のようなお招きを受けて、皆さんとお話ができる。今、車椅子を使ってますが、別に家で車椅子を使っているわけじゃないし、頭は普通に動いてますから、いいんですけれども。こういうかたちで、ここへ伺うことが出来ました。感無量です。

まず、あるものを朗読させていただきます。

「父は春が好きでした。

早春の淡い香り、芽吹きの力強さ、厳しい寒さから解き放たれた新しい息吹。山村に居を構えながら、寒さが苦手だった父は、そんな陽光を待ち望んでいたようです。

境川村小黒坂の百戸の谿で生まれ、生涯をこの地で過ごし、小黒坂の自然に溶け込んで生活していました。その姿勢は、常に変わることなく、時には厳しく激しいものに映りました。昭和の時代、父は、家を守ること文学に全てを傾けました。それは、家族ですら近づきがたいものでした。しかし、雲母終刊後は、この自然の中で、ゆったりとした時間の流れを心から楽しんでいました。

晩年は外出する事も少なくなりましたが、母とともに主治医の診察を受けるために出かけ、その帰り、買い物をするのが楽しみでした。

おととし、好きだった裏山を整備したときには『山桜がよく見えるね』と話しながら、夕日のあたる裏山をいつまでも眺めていました。その姿は凛として、いつしか俳人飯田龍太になっていました。自然に対しても文学に対しても、感受性は衰える事がありませんでした。

狐川を渡って裏山に登ることは出来ませんでしたが、入院中の二月二十一日、『裏の紅梅がきれいに咲いたよ』と春の訪れを告げると、『そうかい。そりゃあ楽しみだ』と、優しくうなずいてくれました。

その四日後、梅の香りの中、静かに旅立ちました。今は師と仰ぐ井伏鱒二先生のもとに、釣竿を持ってご挨拶に伺っていると思います。

父は生前、『葬儀は家族だけでいい、静かに送ってくれ』と、強く望んでおりました。家族は、父の願いを何とか叶えたいと考えていました。

父、飯田龍太を葬送するにあたり、父の遺志を尊重してくださった皆様に、心から感謝申し上げ、会葬の御礼とさせていただきます。

白梅のあと紅梅の深空あり　龍太

平成十九年三月六日　　喪主　飯田　秀實」

なんという名文でしょう。亡くなったときの「ご会葬御礼」で配られて、私も戴いたものです。ときどき、この会葬御礼を見ると勇気が出るというか、なんて文章がうまいんだ、名文家なんだ。龍太先生も俳壇随一の名文家であったと思いますが、龍太先生に勝るとも劣らない文筆力を持っているのが息子さんの秀實さんだなあと思っておりました。

今日は最初に、私がときどき出して読んでいるものを読ませていただきました。


ともかく、今日、お呼びいただきましてありがとうございます。

先ほど私の紹介で、「俳壇の第一人者」とかいう表現があったのですが、いろいろな俳人が「私が第一人者だ」と思ってますから（笑）、私はべつに第一人者になりたいとは思っていないのですが、ともかく私が皆さんに申し上げたいのは、今日、私が俳人として生きているのは飯田龍太先生のお蔭です。

四十年前、四十三歳で私の第一句集『木の椅子』に目を留めていただいて、世の中に引っ張り出していただき、それからいろいろな時間が過ぎましたが、世の中に現実に、日経新聞を見ても、「今日の俳壇」欄に私が載っているというかたちで動いているということです。

ともかく、俳人をやめずに今日まで来られたということは奇跡のようなもので、べつに俳句をやめたっていいんだし、続けていなくてもいいわけですから、そういうことなんですけれども、今日までどうにかお蔭さまでやってくることができました。

私は俳句の世界に引っ張り出されても、広告会社に居りました。アメリカ流の、ウエストがピッと締まって、ハイヒールを履いてピッピッと歩くようなニューヨーカーの女性たちのような格好が流行っていたのですが、「広告会社を辞めないで、俳句も辞めないでください」と言われ、俳句を続けていくにはどういうことが必要かなあと考えたとき、今は亡くなりましたが、大塚末子という、三宅一生を育てたデザイナーのおばあさんに出会いました。それで、もんぺスタイルというか、もんぺファッションを彼女が私のために作ってくださいまして、私は「もんぺのおばさん」として長く生きて来ました。

今日ももんぺで来ようかなあと思ったんですけれど、なんと今日は、京都の大徳寺真珠庵のお坊様である一休さんから数えて二十七代目の山田宗正様が見えておられます。これが山田宗正さんが描いたTシャツです。真珠庵に守られている「百奇夜行絵巻」という有名な絵が描かれています。

このTシャツを着ると何となく守られる気がするので、二時間ちょっと車に乗って来るから、今日はここで和尚さんの力を戴こうと思って、着てまいりました。

これはまだお分けしているんじゃないかと思います。ご希望の方、これから長生きしたい方は、和尚さんにお申し出下さい。そして、このお寺は非公開です。一般の人は入れない。でも、今日の御縁で、事前に電話で予約すれば真珠庵を拝観できます。そういう徳が今日はございますので、よろしくお願いいたします。

私は今日、飯田龍太先生の二十句を持ってまいりましたので、まず、私が選んだ「飯田龍太二十句、黒田杏子選」をここで読ませていただきます。

なにはともあれ山に雨山は春
いきいきと三月生る雲の奥
紺絣春月重く出でしかな
一本の枝垂桜に墓のかず
晩年の父母あかつきの山ざくら
どの子にも涼しく風の吹く日かな
抱く吾子も梅雨の重みといふべしや
かたつむり甲斐も信濃も雨のなか
子の皿に塩ふる音もみどりの夜

秋の夜の畳に山の蟇
ひとびとの上の秋風骨しづか
水澄みて四方に関ある甲斐の国
新米といふよろこびのかすかなり
母の手に墓参の花を移す夢
飯田蛇笏忌大露の深空より
露草も露のちからの花ひらく
一月の川一月の谷の中
生前も死後もつめたき箒の柄
遺書父になし母になし冬日向
落葉踏む足音いづこにもあらず

これがたくさんある龍太先生の句の中から私が選んだ二十句です。〈一月の川〉の句は蛇笏、龍太の碑前祭で長谷川櫂さんが良いお話をなさったということです。

昨日、櫂さんからお電話があって、「黒田さん、明日、龍太先生のところに行くんでしょう。〈一月の川〉について僕が話したのが原稿になったんだが、もし黒田さんが見てなかったら、送りたいんだけれど」と言ったので、私は「それは飯田さんから送られてくる山廬文化振興会の会報の中で見てますよ。あなたがその話をしたことはちゃんとわかってますよ」と言ったら、「わかりました」と言って……。

私は昭和十三年生まれですが、長谷川櫂さんは二十九年生まれで、龍太先生にたいへん御恩を受けて今日があるということを常に言っている人です。俳壇にはいろいろな人がいますが、私と長谷川櫂君は飯田先生を顕彰することにおいては誰にも負けないということで、連帯しているわけですよ。

個人的な話ですけれども、長谷川櫂君が「女の子が生まれた。熊本の親が、東京のしかるべき人に名付け親になってもらえと言った」と、勤めていた博報堂に訪ねてきました。私は自分に子どもがおりませんし、人の子の名前を付けるのはどうかと思ったのですが、長谷川さんの長女に「藍生《あおい》」という名前をつけたのです。その時は自分が「藍生」という雑誌をやるとは思ってなかったのです。

どうして「藍生」というか。私の大学時代の一年上に花森安治という人の娘がいます。花森あおいという名前で、なんとも美しい字です。その人を慶應大学のときから知っていて、広告会社の博報堂の社長の秘書になりました。「藍生」は美しい名前だなあと思っていたら、長谷川さんが来たので、「藍生」はどうですか、と言ったら、「どういう字ですか」と聞かれ、「藍生」と書きました。熊本の旧家の親が「名付け親の黒田さんに半紙に筆で書いてもらって、田舎へ送ってほしい」と言ってきたそうだから、神保町にある和紙屋さんに行って、買った紙に書いて、渡しました。余談になりますが、「太陽」という雑誌の取材で九州の川を行く仕事のとき、ご両親が「藍生の名付け親だから、自分の家に寄ってもらわないと困る」というので、小川というところまで行って、長谷川櫂君の家に泊まりました。俳人で、長谷川櫂君の実家に泊まったのは私だけだと思うのですが(笑)。ものすごく立派な家です。南限の繭問屋です。ここでは(山梨県)繭なんて、当たり前ですが。庭には赤レンガで繭蔵が作られていました。立派な家でした。

おばあさんとおじいさんと長谷川さんの両親が集まって、お食事になりました。パッとみたら、神棚に私が書いた「藍生」が下がっているんです。申し訳ないというか、お恥ずかしいというか(笑)。

夕ご飯が始まって、お父さんが「飲み物は何にしますか」と尋ねたので、私は「九州の人は焼酎を飲むんじゃないか」と勝手に思って、「焼酎でしょうか」と言ったら、「あれは車夫馬丁が飲むものです」と言われたので、私も困ってしまって……。それで、「これにしましょう」と言われて出て来たのが「越乃寒梅」です。長谷川櫂君の第一句集が『古志』です。彼は東大を出て読売新聞に入って、最初に勤めたのが新潟支局だったから、「古志」です。そういうことで、「越乃寒梅」をそのルートで取り寄せたのかどうか知らないが、飲んだりして……。話がずれてしまいましたが(笑)。

そういうことがあって、長谷川君が『古志』という句集をお出しになって、それを私が木の椅子会のメンバーの一人でしたから、見てあげました。

そして、「じゃ、誰に帯を書いてもらおうか」というとき、「龍太先生に頼もうよ。あなたの句集は龍太先生に頼むのがいいよ」と言ったら、「書いてくれるでしょうか」と。「私は私で手紙を出すから、あなたは句集の原稿を龍太先生に送りなさいよ」と言ったので、彼は送った。私も綿々と「大変有能な人で、長谷川櫂君は将来、立派な俳人になると思いますから、先生に帯を書いていただけないか」と手紙を書いて、龍太先生に送りました。

私の手紙が着いたかどうかのうちに、彼も自分の原稿を先生のところに送りました。そうしたら龍太先生が、櫂君に対する名文の帯を書いてきて下さった。だから、彼は「龍太という人に生涯、守られている。生涯、目を離さないでいるんだ」ということで、頑張って来たと思います。

私は私で、さっき話したようなかたちで、先生に「ずっと俳句を続けてください」と言われましたので、生きてきました。

俳壇には無数の人がおられて、偉い人もたくさんいると思うのです。私は年中、櫂さんと電話で、龍太先生の話や山廬文化振興会の話をしています。この頃、私は来られないのですが、長谷川さんは毎月一回くらい、山廬に来て、山廬の俳諧堂で句会をやっているということを聞いております。

話がずれました。

私は前にどういう人がどんな話をしたかという資料ももらっています。今、龍太先生の二十句も読みました。そして、龍太先生に勝るとも劣らない秀實さんの名文も読み上げました。

私は、龍太先生がどんな作家であるか、いろいろなことを話そう、「完結の龍太、未完の兜太」とか、そういう題も考えました。いろいろやって来たんですけれど、（コロナのせいで）三年も経って、話がずれてしまった（笑）。

今年になっていろいろ考えて、私は龍太先生が「黒田さん、俳句は生涯辞めないで続けろ」というようなことを言ったということによって……。

（中略）

こんな話をするのは悪いのですが、「蛇笏賞」をもらったとき、選者が金子兜太、有馬朗人、宇多喜代子、片山由美子の四人でした。有馬先生が私の十歳上で、私が東京女子大に入った年に、十八歳で山口青邨につきました。ですから、有馬先生は文化勲章をもらったり社会的地位がすごく高い人ですけれども、自分より十歳違いの、同門の人が先に蛇笏賞をもらうのは嫌だと思うのはものすごくよくわかります（笑）。先生は私の蛇笏賞受賞を四時間半に亘って反対し、途中で金子兜太さんが寝てしまった（笑）。眠ってしまった兜太さんの目が覚めても、有馬先生は「この句集はすばらしいけれど、玉石混淆である。同じことの繰り返しだ」と、まだ反対している。

龍太と杏子

一応、受賞者は私に決まりました。そうしたら、瀬戸内寂聴さんは、「寂聴」という雑誌をムックで出していて、その担当者から「寂聴さん、黒田さんが蛇笏賞になりましたよ」という電話が先に行き、私の家に電話がかかってきたのが（夜の）十時ごろです。「あなた、おめでとう。よかったわねえ。あなた、最高の賞をもらったじゃないの。蛇笏賞を俳人は目指していると聞いたけれど、そうなの？」と言うので、「畏れ多いことです」とか言ったら、「でも、なんで有馬朗人という人が同門なのにあなたに反対するの？」と言うので、確かに十歳くらい上で同門ですから、私が有馬さんだったとしても厭だったと思います。

「あなたね、そういう考えでは世の中は渡れませんよ。文芸というものは戦いなんです。同門で順序があるのはおかしい。私はそういう考えは絶対に認めません。だけど、あなた、蛇笏賞をもらったということはおめでたい」と。

その前にフッと思い出したのですが、鈴木真砂女さんが蛇笏賞をもらったとき、寂聴さんは鈴木真砂女さんの小説を日経新聞に連載してましてから、パリから飛んで帰って来た。そして、東京会館でお祝いを述べた。そうしたら、途中でみんなが寂聴さんに「サインしてくれ」とか、「握手をしてくれ」とかで囲むので、寂聴さんが「あなた、悪いけど、外へ出よう」と言い、私が寂聴さんについて外へ出た。

そうしたら、ものすごく怒ってるんです。ぷんぷん怒っている。なんだろうと思って、よく聞いたら、「あなたね、蛇笏賞が俳壇のトップの賞かもしれないけれど、あなたが九十歳でもらう時まで、私は生きてられない」って（笑）。「こんなふうに私のことを考えてくれるのか。ありがたい」と思ったのです。

寂聴さんが亡くなる一年くらい前、齋藤愼爾さんから電話がかかり、「寂聴さんはいつも、黒田さんが世の中に出て行くようにと言っていたけど、今、黒田さんははっきり言って俳壇の男も女もだれもかなわないから、独り勝ちだよ」って電話したんですって。そんなバカな話はないんだけれど。そうしたら、寂聴さんが「やったー、ばんざい！」って言った。それで愼爾君が私に電話をかけてきた。「あなた、やったー、ばんざいって、言ってたよ」と言うから、「誰が言ったの？」「寂聴さんが言ったよ」と。

畏れ多いことで、私は寂聴さんにずっと守られて、寂聴さんにいろいろなかたちで御恩を得てきましたが、亡くなる前にそんなことを言ってくれたということを聞いて、人間の出会いというものはすごいものだと思いました。

ともかく、それの原点は、この飯田龍太先生にありまして、飯田龍太先生がおられなければ私という人間が俳壇に出てくることはありませんし、そして、出てきたとしても、持続して、こういう話をこういうところでさせていただいたりするということはなかったと思います。

そろそろ時間ですか。では、最後に言いたい。

飯田秀實さんが龍太先生の亡くなったときに書いた「会葬御礼」はなんという名文か。さらに彼は写真が上手だということ。私が昔、こっちへ遊びに来て、白百合醸造というワイナリーに行ったとき、モンペを着ている私を撮ってくれました。こんなきれいな写真を撮ってくれたのが飯田秀實さんです。秀實さんは写真がうまいなあ。私が何倍も美人に撮れています。

山廬の写真を撮っているのは知ってました。そして文章もうまい。それがこの手元にある『山廬の四季』に結実しました。今日はこの出版元であるコールサック社の社長さんも来ていますが、この本はどこを開いても心が洗われるような本です。それが私としては龍太先生に対するお礼、感謝、そういうこと。寂聴さんに対しては、句集ですね、これでお返しができたかもしれないが。

山廬は蛇笏、龍太という人がそこで生まれて、死ぬまで暮らした家屋敷です。そういったものは、例えばヨーロッパに行って、バッハの記念館とか、モーツアルト会館とかに行っても、こんな雰囲気ないですよ。だから、世界遺産じゃないかと思うんだけれど。そこに現在、秀實さんと多恵子さんが住んでいて、それを守って、発展させているということを知ると、世界的に考えてもないことです。

講演当日持参した写真　　撮影：飯田秀實
2010年8月　山梨のワイナリーにて

今日、何人もの人が山廬に行ってくださったそうです。今はオンラインで写すこともできますから、そういう企画も拡げて頂きたいと思います。

もっともっと、山廬の価値、蛇笏と龍太の句の素晴らしさを知っていただきたい。ただ家屋敷が立派に残っていても話にならない。作品がなければ話にならない。そういうことをもっともっと日本人が知っていただいて、自慢にして、広げていただきたいと思っております。

最後にもう一度申し上げたいと思います。こんな立派な本『山廬の四季』を秀實さんがお出しになった。どこのページを読んでも胸が広がります。私のこと、こんなに上手に写真を撮ったんだから、写真がうまい。

山廬蔵書　『語る兜太』・聞き手・黒田杏子
唯一の二人連名の署名本。秀實氏蔵
写真撮影：董振華

そして、さっきの文章で、もうお墨付きでしょう。龍太先生に勝るとも劣らない文章を書く。そういう人がいて、振興会をやっておられます。一人でも多くの方が山廬文化振興会を支える、私ももちろん会員ですが、ここに居られる方全員が会員になって頂けるとありがたい。申込用紙などは用意してありますから、飯田秀實さんと三代目の奥様、美女の多恵子さん、本当にきれいな人。この機会に案内をもらって、お帰り下さい。どうぞよろしくお願いします。

　まとまらない話ですが、私の龍太先生に対する御礼と、そこから開かれた寂聴さんとの生涯の御縁ということは本当に私の人生にとってありがたいことでした。今日は皆様、ありがとうございました。

（拍手）

（後略）

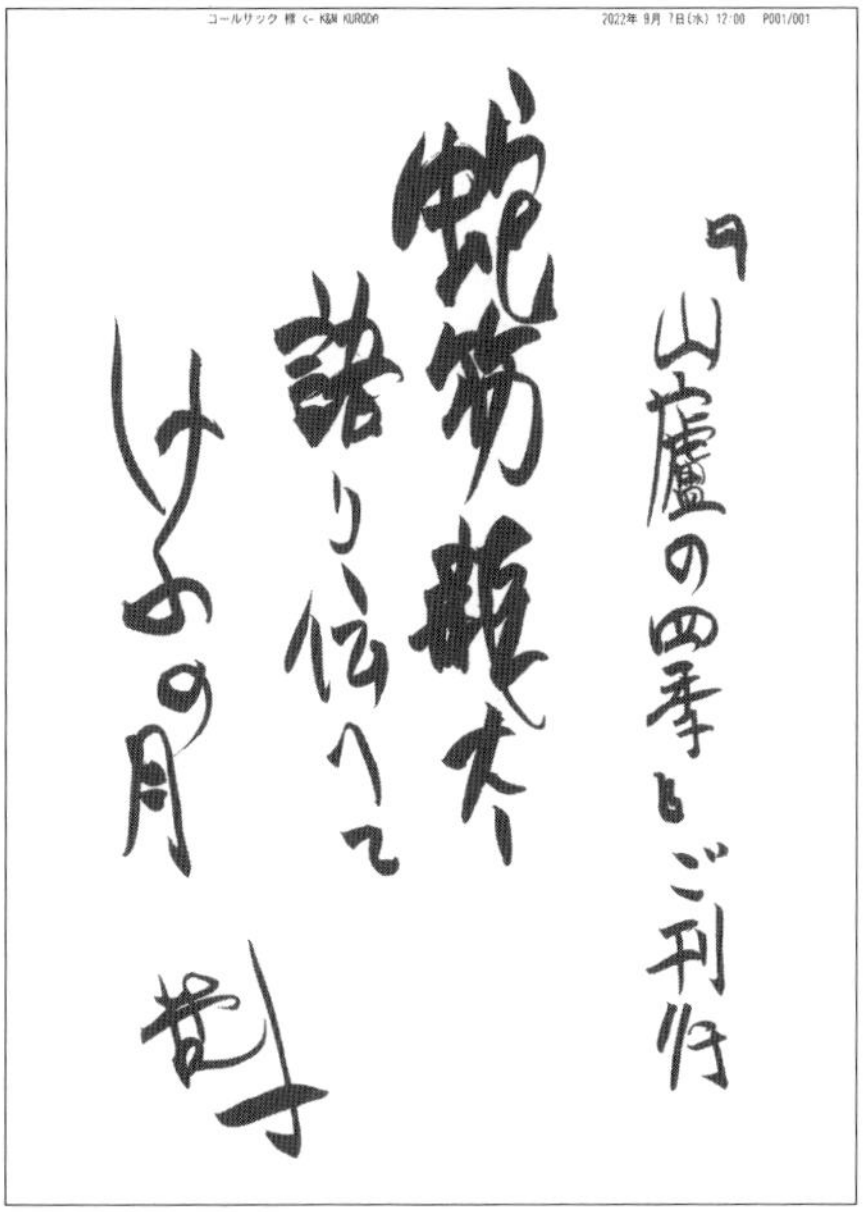
コールサック 様 <- K&M KURODA　2022年 9月 7日(水) 12:00　P001/001

『山廬の四季』ご刊行

蛇笏龍太語り伝へてけふの月

杏子

黒田杏子からコールサック社にFAXで届いた直筆の句

おわりに

「『語りたい兜太…』の次は「龍太」をやってくださ い」と黒田先生に言われたのは二〇二二年十月十三日 先生宅だった。その布石として私に、飯田秀實さんご 夫妻を紹介して下さった。黒田先生はピカ一の企画力 の持ち主としても知られている。主宰誌「藍生」には いつも様々な特集が組まれていた。また、兜太と各界 著名人との対談・鼎談を幾度も企画し、対談発起人と 問題提起人を担当。二〇一七年、兜太の名前で創刊し た「兜太ＴＯＴＡ」（藤原書店）の主幹を務められ、そ の第四号は「特集　龍太と兜太　戦後俳句の総括」。 龍太との交流は一九八二年第一句集『木の椅子』で現 代俳句女流賞受賞の際、選考委員の一人であった龍太 の「一度山廬に」との意向が「ミセス」編集部の小川 喜一氏から伝えられたことから始まる。山廬で龍太の 謦咳に接した至福なひと時を多くの方と分かち合うた め、龍太の許可を得て、超結社「木の椅子の会」の俳 人たちと共に幾度も訪問。最後の訪問はご逝去直前の 講演日であった。

董　振華

黒田杏子の龍太20句選

いきいきと三月生る雲の奥　『百戸の谿』
紺絣春月重く出でしかな　『〃』
抱く吾子も梅雨の重みといふべしや　『〃』
露草も露のちからの花ひらく　『〃』
新米といふよろこびのかすかなり　『〃』
晩年の父母あかつきの山ざくら　『童眸』
生前も死後もつめたき箒の柄　『忘音』
落葉踏む足音いづこにもあらず　『〃』
どの子にも涼しく風の吹く日かな　『〃』
子の皿に塩ふる音もみどりの夜　『〃』
遺書父になし母になし冬日向　『〃』
母の手に墓参の花を移す夢　『〃』
秋の夜の畳に山の蟇　『麓の人』
ひとびとの上の秋風骨しづか　『〃』
一月の川一月の谷の中　『春の道』
一本の枝垂桜に墓のかず　『山の木』
かたつむり甲斐も信濃も雨のなか　『〃』
水澄みて四方に関ある甲斐の国　『〃』
飯田蛇笏忌大露の深空より　『今昔』
なにはともあれ山に雨山は春　『遅速』

黒田杏子（くろだ　ももこ）略年譜

昭和13（一九三八）　東京市本郷生まれ。父は開業医。

昭和19（一九四四）　栃木県に疎開、高校卒業まで栃木県内で過ごす。

昭和31（一九五六）　東京女子大学に入学すると同時に俳句研究会「白塔会」に入り、山口青邨の指導を受け、青邨主宰の「夏草」に入会。

昭和35（一九六〇）　東京女子大学文学部心理学科を卒業後、博報堂に入社。テレビ、ラジオ局プランナー、雑誌『広告』編集長などを務め、瀬戸内寂聴、梅原猛、山口昌男など多数の著名文化人と親交を持つ。この間、十年ほど作句を中断。

昭和45（一九七〇）　青邨に再入門。

昭和50（一九七五）　夏草新人賞。

昭和56（一九八一）　第一句集『木の椅子』牧羊社刊。

昭和57（一九八二）　句集『木の椅子』により現代俳句女流賞および第五回俳人協会新人賞。

昭和58（一九八三）　第二句集『水の扉』牧羊社刊、のち邑書林句集文庫、1997年。

昭和61（一九八六）　夏草賞。広瀬直人共編『旅の季寄せ』春夏秋冬日本交通公社出版事業局刊。

昭和62（一九八七）　『あなたの俳句づくり 季語のある暮らし』、小学館カルチャー専科刊。『今日からはじめる俳句』小学館ライブラリー刊。同年、『花鳥俳句歳時記』春・夏・秋・冬・新年編（1987—88）、平凡社刊。

平成2（一九九〇）　俳誌「藍生」を創刊・主宰。

平成7（一九九五）　第三句集『一木一草』花神社刊。同年、『一木一草』により俳人協会賞。著書『俳句と出会う』小学館刊、のちライブラリー刊。

平成9（一九九七）　著書『「おくのほそ道」をゆく』植田正治写真小学館、著書『黒田杏子歳時記』立風書房刊。著書『俳句、はじめてみませんか』立風書房刊。著書『はじめての俳句づくり—五・七・五のたのしみ』小学館フォトカルチャー刊。金子兜太、夏石番矢と共編『現代歳時記』成星出版刊、後にたちばな出版刊。共著『廣重江戸名所吟行』編、小学館刊。

平成11（一九九九）　宇多喜代子と共著『女流俳句集成』立風書房刊。

平成12（二〇〇〇）　共著『現代俳句鑑賞』選・深夜叢書社刊。

平成13（二〇〇一）　著書『花天月地』立風書房刊。

平成15（二〇〇三）　著書『季語の記憶』白水社、著書『布の歳時記』白水社刊、のちUブックス。編・著『四国遍路吟行俳句列島日本すみずみ吟遊』中央公論新社刊。

平成17（二〇〇五）　第四句集『花下草上』角川書店刊、編著『金子兜太養生訓』白水社刊、著書『俳句列島日本すみずみ吟遊』飯塚書店刊。

平成18（二〇〇六）　榎本好宏と共編『奥会津歳時記』只見川電源流域

振興協議会刊。

平成19（二〇〇七）『黒田杏子句集成』角川書店刊。

平成20（二〇〇八）第一回桂信子賞。著書『俳句の玉手箱』飯塚書店刊。

平成22（二〇一〇）第五句集『日光月光』角川学芸出版刊。

平成23（二〇一一）句集『日光月光』により第45回蛇笏賞、著書『暮らしの歳時記 未来への記憶』岩波書店刊。

平成24（二〇一二）著書『手紙歳時記』白水社刊。

平成25（二〇一三）第六句集『銀河山河』角川学芸出版刊。

平成29（二〇一七）編著『存在者　金子兜太』藤原書店刊。

平成30（二〇一八）「兜太ＴＯＴＡ」誌主幹（全四巻）藤原書店刊。

令和2（二〇二〇）第二十回現代俳句大賞。

令和3（二〇二一）『証言・昭和の俳句　増補新装版』コールサック社刊。

令和5（二〇二三）遺句集『八月』角川書店刊。

逝去まで日本経済新聞俳壇選者。

第2章

井口時男

はじめに

（二〇二三年十二月十四日十四時　登戸にて）

二〇二二年『語りたい兜太…』本を編集するために、黒田杏子先生の推薦による十三人の方に取材してきた。井口時男氏はその中の一人。氏とはそれ以来の交わり。その後、共通した友人を含む５人で年に一回都内で吟行することを兼ねて飲み会を開催。また、二〇二三年四月から「藍生」誌に「国際部の俳人たち」が連載開始、その一番目が私だったが、氏は「董振華さんはわが吟行の師だ」とのタイトルで評を書いて下さり、身に余るお褒め言葉で、恐縮の至り。つい氏と初対面の事を思い出す。東京工業大学元教授・文芸批評家・俳人…、どういう方だろうと色々想像を膨らませたが、お会いするまでは心細かった。実際にお目にかかったら、とても穏和で、博識な方だとすぐ分かった。『語りたい兜太』と同様、『語りたい龍太』に関しても私から用意した質問項目に即答し、滔々と語り始めた。あっという間に三時間が経ってしまい、しかも私の希望をそっくり叶えてくださった。

董振華

リハビリ中に俳句を作り始めた

僕はもともと俳句は嫌いじゃなかった。けれども、しっかり勉強したこともないし、作ったこともなかった。俳句に最初にちゃんと触れたのは一九八〇年代に「朝日文庫」が出版した『現代俳句の世界』という、すぐれたアンソロジー・シリーズです。それを拾い読みしていく中で、金子兜太とか、中村草田男とか、加藤楸邨とか、そんな人たちの作品に強く惹かれました。俳句はなかなか面白い世界で、こんな素晴らしい表現ができるのかと。しかしただ読者としてそう感じただけで、自分が作ることになろうとは思ってもいなかったですね。

十年ほど前に、僕は長年の不摂生が原因で大きな手術を受けました。リハビリで運動しなさいと言われ、運動嫌いだと言ったら、せめて歩きなさいと言われた。仕方がないから、毎日頑張って歩くようにしました。そしたらとっても退屈で困っちゃったんです。毎日同じ道を歩いてますから、そのうち草花とかいろんな小さな風景が見えてきて、そういうのを見てるうちに、思いついたのが俳句でした。頭の中で五七五を作っているると退屈せずに済むんです。

ちょうどその頃、芥川賞作家で文芸批評家でもあった室井光広（今は故人）という人が東日本大震災の後に立ち上げた「てんでんこ」という雑誌を送ってきたので、そこに俳句を発表し始めたんです。

最初はご無沙汰していたから、「僕は日頃こんな生活をしてますよ」という五七五の形で近況報告するつもりで十句ぐらい送ったんです。それを読んだ室井さんがこれは「作品」として載せます、と言って、作品扱いしてくれたもんだから、年に二回出していたその雑誌に毎号僕の俳句を載せるようになった。俳句の知り合いは全くいないけれども、僕の句を載せた、その雑誌を十人ぐらいに送っていた中の一人が齋藤愼爾という方です。

齋藤さんは深夜叢書社というユニークな個人出版社を経営していて、自分でも優れた俳人です。後で知ったことだけど、なんと彼は編集者として『現代俳句の世界』を編集した人でした。齋藤さんが僕の送った雑誌を見て、「この俳句はなかなかいいぞ、句集を作らないか」と声をかけてくれたので、最初の句集『天來の獨樂』を出しました。そんな経緯です。

龍太については初心者

僕は金子兜太とか、中村草田男、加藤楸邨、富澤赤黄男、渡辺白泉、西東三鬼といった俳句で自己表現するタイプの俳人が好きで、飯田龍太という人は『現代俳句の世界』に森澄雄と一緒に入っていたけれど、古風に感じて関心がなかったんです。

龍太の父親の蛇笏は大変有名な俳人で、中学、高校の教科書にも句が載るような人物だから、蛇笏の俳句はいくつか知っていましたし、暗誦もしていました。ただ龍太の方は僕は知らなかったです。

さっき言ったように、『天來の獨樂』という句集を出したら、たまたまそれを黒田杏子さんが気に入ってくれて、藤原書店から出した金子兜太を顕彰する「TOTA兜太」という雑誌の編集委員に僕を入れてくれました。僕はそこに金子兜太についての評論を連載したんです（後に藤原書店から単行本『金子兜太　俳句を生きた表現者』）。「ＴＯＴＡ兜太」という雑誌は第四号（二〇二〇年三月刊行）が最終号になりました。その第四号が「特集・龍太と兜太」で、サブタイトルが「戦後俳句の総括」でした。恥ずかしながら、龍太はそれほど重要な俳人なのか、とその時初めて知りました。

そういうわけで、今回この機会をもらって初めて飯田龍太をちゃんと読んだような初心の読者です（笑）。初心の読者だから、ちょっととんちんかんなことを言うかもしれないけど、でも初心者だからこそ、なんか人の言わないことが言えるかもしれない、そんな気持ちでお話をします。

今まで飯田龍太を読まなかった理由

僕が飯田龍太をちゃんと読もうと思わなかったのは、龍太の世界は、基本的に自然とか風景とかを詠むこと、しかもそれをほとんど日録のようにして詠んでいるという先入観があったからです。花鳥諷詠とかは大体そういう世界だけど、僕はそういうものに対してあんまり心を惹かれなかったです。これは一般論として言うことだけれども、そういう世界は詩としての敷居が低いと感じたわけです。つまりここからここまでは、ありふれた日常の感想で、ここから詩にジャンプするというような壁というか敷居というかがあるはずなんだけれども、自然を詠んだり風景を詠んだり日常を詠んだりしていると、俳句という詩は敷居がものすごく低いと感じます。素材の選択においても、ありふれた風景、ありふれた光景を五七五にしちゃう。また、言葉の選び方と組み立て方という表現においても、敷居が低いと感じました。そういう意味でちょっとつまらない、物足りない。だから、飯田龍太も結局はそういう敷居の低さの中で、俳句を作り続けたんじゃなかろうかと、そういうふうに思いこんでしまったのです。しかし、読んでみたらなかなか面白くて、いろんな発見がありました。

偉大な父親と優秀な息子

発見の一つとして、偉大な父親とその息子という問題がある。

まず、父と子というテーマから入ってみると、何しろ龍太は東京の大学に入って勉強しようとしていたが、肺をやられて、病気をして田舎に帰ることになりました。彼は四男坊ですよね。次兄が病気で亡くなり、長兄と三兄が戦争で亡くなり、それで四男坊にもかかわらず、思いがけず家を継ぐことになりました。家を継ぐばかりか、俳句も始めちゃうわけです。さらに父親は偉大な蛇笏ですから、プレッシャーは相当なもの

蛇笏と龍太　昭和30年代初
山廬にて　写真提供：飯田秀實

だったろうね。本人は若い時には絶対そんなことを望んでいなかったと思いますが、結果的にそういうことになっちゃう。これはほかのジャンル、例えば小説や詩のジャンルではないことです。短歌だと少しはあるかもしれない。でも、これはやはり俳句の特殊性です。言い換えれば、俳句には家元制みたいなものがあるからです。

高浜年尾と飯田龍太

家元制を始めたのは虚子の「ホトトギス」です。僕は今回虚子の息子の高浜年尾の句集を読んでみたけど、年尾は自分は絶対父親のようにはなれないし、絶対父親を超えることはできないと最初からそういうふうに自分の能力を見切っているところがあったようで、案外に平然としていて、父親との葛藤というものがあまり見えません。偉大な父親をちゃんと尊敬していて、自分は自分の能力に見合った俳句の世界でいくと決めていたようです。だから、年尾の俳句の世界は言葉の組み立てがとっても分かりやすくて、平明なんです。

一般の読者にとっても素直に分かりやすい。さっきの言葉で言えば敷居が低いのです。父親の虚子は客観写生とか花鳥諷詠とか弟子たちには言ったけども、自分ではそういう枠組みを平気ではみ出して相当大胆な俳句を作ったりした。僕は虚子を「月並の怪物」と呼んだことがあるけれど（『天來の獨樂』所収エッセイ「貫く棒のごときもの」）、そういう怪物性を持っていました。だけど年尾は自分は絶対怪物になれないことが分かってたんだと。だから年尾は平明さだけに徹していきました。敷居は低いけれども、ここまで平明さに徹すれば、それはなかなか立派なことでもあるだろう、というふうに思います。

一方、飯田龍太はそんなふうに自分を見切ることができなかった。彼は相当激しく蛇笏の世界と葛藤している気がします。そこが面白い。ただ本当に気の毒だと思うんですよ。僕はそんな偉大な親父を持っていなかったけれど（笑）、自分の父親が偉大な存在で、自分が父親と同じ表現、同じジャンルを選ぶ、しかも父親と同じところに住んで、同一風土、同一風景、同一生活を詠む。こんなことはほかのジャンルでは絶対ないことです。そういう中で、父親に対してどうやって自分の世界を作るかは大変なことですよ。龍太が何を詠んだって、読者は必ず蛇笏と比べますよ。本人もそれが分かっているでしょう。例えば、龍太初期の句にこんなのがありました。

つみとりてまことにかるき唐辛子　『百戸の谿』

これは一九四五（昭和20）年以前の、戦争が終わる前の作品です。つまり龍太が俳句に取り組み始めて間もない頃です。読んでお分かりの通り、龍太がこんな句を詠めば、誰だって蛇笏の昭和五年作の

をりとりてはらりとおもきすすきかな　『山廬集』

の句を思い出しますよ。こんな句を作ったら、父親と比べられて駄目だって言われます。分かってはいるんだろうけど、それを句集に載せているんですよね。しかもこの『現代俳句の世界』はどうやら飯田龍太が八〇年代になってこの文庫本のために自分でセレクトした句集らしいです。そしてその選句集の中にこの句を残しているわけです。どういうことかなっていうふう

に思うわけ。隠したくなるだろうと思うんだけど敢えて選んだ。もしかしたら、自分はこの句によって、父親の世界ときちんと対峙する決意、もう逃げずに立ち向かうんだという決意をしたんだ、というような自覚のある大事な句だったのかもしれない、だから敢えて載せたんじゃないかと、そんな気もちょっとしますね。このことも含めて、父と子の関係というのはすごく面白いです。

それから誰でも言うことだけれども、飯田龍太は「露」の句をいっぱい詠んでいますね。「露」と言えば、僕らはどうしたってやっぱり飯田蛇笏の大正三年の句

芋の露連山影を正うす　『山廬集』

を思い出しますね。龍太も当然それが分かった上で、自分は「露」で行く、と決意してあれだけの数の「露」の句を作ったんだろう。そういう形で龍太の父親に対する対抗心が生じていると思うんです。実際、「露」の句においては、龍太はちゃんと親父と拮抗できる、見事な自分独自の世界を作り出しました。

蛇笏は戦前の人、龍太は戦後の人

飯田家というのは代々の名主で大地主です。江戸時代から苗字帯刀を許されていたというでしょ。蛇笏の句を読んでいると、「あ、これはやっぱり大地主で代々名主の俳句だな」と思うことがあるわけですね(笑)。どういうことかというと、地主とか苗字帯刀を許された名主というのは、村の運命に対して責任を負うような立場なんです。そういう自覚があるという気がするんです。それは例えば、先ほども挙げた蛇笏の有名な句〈芋の露連山影を正うす〉、ポイントは「連山影を正うす」です。あたかも居住まいを正すかのごとく、連なる甲斐の山々が影を正して、そこに存在している、こういうことですね。つまり蛇笏の自然はただの自然じゃないんです。蛇笏はただの自然の美しさ、美というものを詠むんじゃないんです。彼の自然は倫理的、道徳的なんです。そういう意味で、土地の人々の暮らしも含めて、その土地というものに対して責任を負うような倫理的な自覚を持った名主の句という気

がします。

ほかにも、

極寒のちりもとどめず巌ふすま　『山廬集』

があります。この句は大正十五年の作ですが、これも同じです。「ちりもとどめず巌ふすま」は「巌ふすま」という林立する切り立った岩ですけれども、その汚れのない岩の姿を倫理的な姿勢に見立てているんですね。

それから、もう一つ蛇笏で有名な句、

くろがねの秋の風鈴鳴りにけり　『霊芝』

もあるでしょう。この句は昭和八年の作ですが、この句にも倫理的なニュアンスがある気がします。つまり、秋の風鈴ですから、いわゆる夏炉冬扇ですよね。季節外れの、使い道のない、用済みの、居場所を間違えて生き残ってしまったような存在です。ところがそれが「くろがね」という重たい存在感を持っている。時代遅れで場違いだけれど、堂々たる存在感を持ってそこにあります。しかもちゃんと風に鳴る。そういう風流心というか、心の柔らかさというか、そういうものを失ってはいない。寓意的に読めば、この「くろがねの秋の風鈴」は何か蛇笏自身の自画像にも見えてくる、そういう気がします。だから、さっき苗字帯刀を許された家柄という言い方をしたけれども、そういう意味では、彼の家系は百姓だけれども、半分は侍、武士ですよ。つまり古武士的というか、近代社会では時代遅れでも自分の倫理感をしっかりと保ち続けている、これが蛇笏の世界だと思います。龍太はそういう蛇笏に対比して言えば、やっぱり戦後の人です。一九二〇年生まれだけれど、戦後の人だっていう気がします。

つまり蛇笏は戦前の家父長制の中の家長なんで、絶対権力を持っているわけです。絶対権力を持ってるってことは、家の運命に対して絶対の責任も持ってるってことです。そういう男だった気がします。実際、ひどい亭主関白だったたっていう証言もあるようです（笑）。そういう蛇笏がまだ家にいるのに、龍太は四男坊のくせに実家に戻ることになるわけだし、俳句を始めるわけですよ。その初期の俳句がとても象徴的じゃないですか。例えば、毒空木熟れて山なみなべて紺　『百戸の谿』

という句があるでしょう。「山なみなべて紺」は甲斐の山並みです。蛇笏が何度も何度も詠んできたその山並みを龍太も詠んだわけです。しかしそれにあしらうのに、よりによって毒空木ですよ。はっきり言って、これは家に帰ることの、先祖代々のこの土地で自分も生きるということの、重たい憂鬱です。故郷の土地に対する一種の恐怖感みたいなものもある。

それから、同じ初期の句で昭和二十四年作の、

野に住めば流人のおもひ初つばめ　『百戸の谿』

があります。野に住むというのは地方に住むということですから、「流人の思ひ」は自分を流された罪人に喩えているわけですね。本当は東京などの都会で、父親とは違う文学などで自由に生きたかった。それがそうならない。ここには故郷に逼塞せざるをえない若者の鬱屈した感じがはっきり出ています。龍太ってこういうところから始まる人なんだってことが一つです。

実際に飯田家は戦後の農地改革や地主制の解体などでかなり土地を失ってるようですね。当然のことに、大地主がいるから、一方には貧乏な小作人がいっぱいいたわけです。戦前の国家はこれを解決できなかった。

蛇笏と純子を抱く龍太と　昭和28年早春　境川村にて
写真提供：飯田秀實

彼らの一部は満洲に移民して、そこが満洲人（中国人）から奪った土地だという明確な自覚もないまま、最後にはすさまじい悲劇に見舞われたりしました。僕はGHQは正しい改革をしたと思ってるわけですが、しかし父親である蛇笏は、先祖代々の土地の多くを失った。彼は敗戦後になって、初めて本当に自分を時代遅れの、「くろがねの秋の風鈴」のように感じたかもしれません。一方、龍太にとってはそれが出発点です。彼は戦後の男として、そういう中で自分を立てていかなきゃいけなくなったんですね。

龍太が戦後の人であるもう一つの意味

そして、龍太が戦後の人だということのもう一つの意味は彼の俳句表現です。近代の俳句の歴史をたどると、虚子の「ホトトギス」までは、文学概念で言えば基本的にはリアリズムです。リアリズムは十九世紀の文学概念です。それを俳句の世界では写生、つまりありのままの景をありのままに写すという言い方でやってきていたわけです。俳句の世界が二十世紀になるのは昭和の新興俳句からなんです。新興俳句は新しい時代にふさわしい表現を模索し始めたわけ。

その時、根本的に変わったのは写生という方法に対する態度です。さっきも言ったように写生とは現実や自然を写すことですね。そうすると、現実への接近の度合いで表現の価値が測定される。現実の方が常に優位なんです。しかしそれは文学論としては間違っています。表現は表現に即して価値がちゃんと測定されなければならない。作品こそ全てなんです。そのことを最初に言ったのは水原秋櫻子ですね。「自然の真と文芸上の真」。つまり、自然界の真実と俳句表現の真実は違うんだということです。そこから新興俳句運動が始まったわけです。

新興俳句運動は、俳句も文学表現だから、表現こそが全てであることを知っています。例えば、優れた写生句と言われているのも、実は表現が優れているということです。でも、その表現だけを取り上げる観点が希薄だったわけですね。その意味で、俳句の二十世紀は新興俳句運動から始まったと僕は思っています。表現世界が現実から独立し自立する。当然、想像力や虚構性も自立する。そうすると、龍太は花鳥諷詠、写生の人だと、一般的には思われているかも知れない。だけど、彼の句を読んでみると、この人はやっぱり二十世紀の人だなと思わせるところがあり、ちゃんと新興俳句運動を踏まえて出てきている人だなというふうに思われるところがあります。なぜなら龍太の俳句には、現実を超えて自立する表現の句が多くあるからです。例えば、

黒猫の子のぞろぞろと月夜かな　『山の木』
山椒魚《はんざき》の水に鬱金の月夜かな　『〃』
春の昼ふりむくたびに卒塔婆増え　『〃』

これらの句は皆一九七三（昭和48）年の作品ですけれども、ちょっと面白くて不思議な感じでしょう。みんなイメージが自立しています。作品世界が現実に従属していない。一句目は童話的、二句目は幻想的な感じがしますが、特に三句目はもうシュールレアリスムですよ。「振り向く」というのを心理的に解釈すると、過去を振り向けば、懐かしい人々、あの人もこの人も死んじゃったというふうにも解釈できそうです。だけど、言葉そのものをそのまま受け止めれば、春の昼に道を歩きながら、振り向くたびに自分の後ろに卒塔婆が増えているというふうにとれるでしょ。こういう句はもう写生の域を超えています。龍太はこういう句を作れる人なんですね。こういうのは蛇笏が絶対に作らなかったタイプの俳句だろうと思います。それから初期の、

紺絣春月重く出でしかな　『百戸の谿』

の句も抒情的でロマン的です。これもいわゆる写生の世界とは違いますね。そういう意味で、龍太はやはり新興俳句運動をちゃんと踏まえた戦後の作家だなというふうに思います。そういうところがあるから、金子兜太との共感も可能だったのでしょう。「有季定型」を守っている龍太と「有季定型をぶち壊せ」と言っている金子兜太が、立場があんなに違うのに、その違いを互いに理解しあったうえで、奇妙な友情をずっと持ち続けられたのは、実は作品においてもそういう共通するところがあったからじゃなかろうか、と思います

ね。もちろん兜太が秩父という風土を大事にし、龍太が甲斐という風土を大事にしていた、そういう共感も彼ら二人の間にはあったんでしょう。

龍太の詠んだ甲斐の国は見事です。ある意味で蛇笏以上に見事だと思います。龍太の詠んだ甲斐について、僕がいいなと思う句を列挙してみます。

大寒の一戸もかくれなき故郷　『童眸』

山碧く冷えてころりと死ぬ故郷　『麓の人』

すべての家々が寒気の中に身を隠すことなくさらしている。ここには蛇笏にも通じる倫理的な感覚もあります。また、作者は故郷全体を見渡す視点に立っています。彼は県知事でも何でもありませんが（笑）、甲斐の国全体に責任感があって見守っているような感じです。それも蛇笏に通じるところがあります。

一方、二句目は変化球みたいにちょっと変わっているけれども、深沢七郎の『楢山節考』という小説を思い出します。内容はいわゆる姥捨山伝説に基づく世界です。深沢七郎も山梨県の出身でした。

話がちょっと逸脱しますが、五、六年前に山梨に行った時、車を運転してくれた人が「近くに『楢山節考』の舞台になった村があるらしいですよ」と教えてくれました。僕は知らなかったんですよ。それで、「じゃ、行こう」と言って、小高い山に登っていったんです。その突き当たりがオートキャンプ場になっていて、そこで降りて雑談していたら、近くの畑で仕事をしていたお爺さんがいて、そのお爺さんにちょっと声をかけてみたら、彼は子供の頃に、深沢七郎を見たことがあると言うんです。そこが深沢七郎の姉さんが嫁入りした村で、七郎は若い時、ときどきお姉さんの嫁入りした家へ遊びに来ていたそうです。山の中腹みたいなところですけど、ゴム草履履きで山奥の方へひょこひょこ歩いて坂道を上っていく姿を子供だった自分は何度も見たって。また、そのあとをついていったこともあって、ゴム草履が一足ごとにキュッキュッと鳴る。その音も覚えている、と言うんです。その山道へ入っていくと、七曲りになって七つの谿があって、その最初の谿の名前が「早桶沢」というんだって。早桶というのは、突然死んだ人を入れるために急いで作った粗末な棺桶です。すごい名前ですね。おそらく深沢七郎はこの「早桶沢」という名前に触発されて『楢山節考』のヒントを得たんじゃないか、とその人は言っていました。実に興味深い話です。その時の句は句集『をどり字』に入れてありますが、いつか深沢七郎論を書くときにはこの話をマクラに使おうと、その時はその爺さんに電話して、もう一度確かめてから書こうと思いながら、書くチャンスもないまま、年数が経ってしまいました。だから確かめ直しもしないいま、今日、うかうかとここでお話しするわけです。

蛇笏や龍太が住んでいた「山廬」と『楢山節考』のモデルになった土地は本当に近いわけですよ。僕は山廬に行ったことがないので、山廬の場所をよく知らないんですが、どうも山廬とは隣り合わせの同じ村内らしいです。

そういう意味で、龍太の〈山碧く冷えてころりと死ぬ故郷〉の句が『楢山節考』を思い出させます。それから、

かたつむり甲斐も信濃も雨のなか　『山の木』

水澄みて四方に関ある甲斐の国　『〃』

これも甲斐の国を一望しているんですよ。何故そんなことができるんだ。僕は山廬へ行ったことがないので、知らないけど、甲斐の国全体が高い山に囲まれた甲府盆地で、龍太が住んでいる辺りは少し小高くなっている。そういう地形の関係があるのかと勝手に想像しています。そうでなければこれは龍太の想像力の目が少し小高い所に上って甲斐を見渡していることになる。それでもいい。その方が面白いかもしれない。とにかく、龍太の心に甲斐という国全体を見渡すビジョンが形成されていたというふうに想えば、非常に面白いです。

こういう甲斐の国のイメージというのは、蛇笏にもあるのかもしれませんが、龍太がオリジナルに達成した甲斐の句ではなかろうかという気がします。

その風土性、土着性ということでちょっと付け加えます。先ほどは家元制というような批判的な言葉を使ったけれど、別な観点で言えば、地域性、地方性、土着性、風土性、ということにもなります。俳句って

全国津々浦々に結社というものがいっぱい散らばっていて、自分の住んでいる地域、地方を拠点にして句を作り続けている人たちがいるわけでしょ。これはやはりほかのジャンルにはない、俳句だけの特徴だろうと思います。それは俳句の良き特性です。地域性に密着して、地域の中で表現を育み続けている俳句というものは、日本文化のあり方の根っこを支えるような、大事なことをやっているだろうと思うわけ。僕なんかは故郷を離れて都会の方に出てきて、自由気ままだけれども、どこか生活の重心を失してしまったような生活をしてるんじゃないですか。自由とはそういうものでしょ。縛り付けるものがないから自由なわけ。でもそれはフラフラするんです。ある意味で凄まじい孤独に耐えなければならないことと裏腹だったりしますね。しかし、地域に密着して暮らしてその中で表現を作るというのは、それはそれでうっとうしさもあるだろうし、抑圧的でもあるだろうけれど、しかし、なんかやっぱり土地に根ざすというのは、文化においては大事なことですよ。俳句がそういう役割を果たしていると思うわけ。特に飯田龍太のような人の作品を読んでいると、そういう思いはつくづくします。

歳時記に土着の季語を載せよう

蛇笏・龍太という父親と息子がいかに山梨県の文化の表現、風土の表現に大きな貢献をしているかということをつくづく実感します。それで思うんだけど、俳句はもっとそれを大事にすればいいと思います。つまり、飯田龍太は有季定型でしょ。有季定型って、歳時記の季語を入れなきゃいかんっていうルールでしょ。じゃ、その歳時記ってどういうふうに作られていますか、という問題があるじゃないですか。あらゆる日本列島の風物を春夏秋冬新年に分けますって言ったって、日本列島は北から南まで長いですよね、北海道と沖縄は相当季節感が違います。それを一つにまとめるんですか、無理がありませんかと、思うわけじゃないですか。僕自身は新興俳句以来の立場ですので、無季でも構わないという立場ですが、実際は基本的に有季定型で作っています。それは僕の個人的なモチーフがあるからです。そういう僕ですら思いますよ。歳時記って結構不合理だよねって。

かつて柳田国男という人が、歳時記というのは京都中心の季節感で作られちゃっているから、地方ではそれが通用しない、ということをはっきり言っています。日本全体を最終的にまとめるんなら、ある意味で仕方がないかもしれない。歳時記ってどうせどっか不合理なんだから。しかし、それならその歳時記の巻末に宮坂静生さんがやっているような「地貌季語」を付録として付け加えればいいんじゃないか、と思いますよ。今は宮坂さん一人でやっているみたいだけれど、例えば、東北なら東北、北海道なら北海道、雪国なら雪国、九州なら九州、沖縄なら沖縄、全国をいくつかのブロックに分けて、そこの俳人たちが集まって、(集まるのが大変かもしれないけど) 相談したらいいじゃないかと。各地域がその地域の独特の季語として、五十個でも百個でも、いわゆる通常歳時記には入れられないものを自分たちで選ぶのよ。そしたら、俳人協会みたいな有季定型でなきゃだめだと言っているところの人たちが、自分は自分の地域のこういう地貌季語を使ったと、だからこの句は有季定型なんだと胸を張って言えるじゃないですか。全体は京都中心の、平安朝から江戸以来の俳諧の季語として定着しているから、それはそれで結構です。でも、それだけじゃ済まないようなものは巻末に載せると。せっかく俳句が地方土着の文化の根っこを育てる側面があるんだから、そういうことをしたらいいんじゃないかなと思います。これを提案として俳句の世界のお偉いさん達に考えてもらいたいですね。

土着するって、なんか凄いことなんだなって思いましたよ。土着して土着の中に安住してるんじゃなくて、さっき言ったように、表現の冒険をしてるわけですね。そこがやっぱり龍太という人の偉いところだなと思いました。

俳句も詩である

もうちょっと補うように続けると、僕はさっき龍太は新興俳句以後の展開を踏まえて表現していることを言いましたが、俳句も詩だ、ポエジーだということが新興俳句です。そんなつもりで、龍太の句集を読んでいたら、晩年に近づいてからだけど、龍太には明らかに俳句は詩であるという考え方を述べている句がありました。僕は龍太のエッセイをほとんど読んでないので、もしかしたらエッセイでも言っていることなのかもしれません。俳句だけ読み上げると、

春がすみ詩歌密室には在らず　『涼夜』
去年今年よき詩に酔へるこころまた　『山の影』
詩はつねに充ちくるものぞ百千鳥　『〃』

これらの句に詠まれている「詩」はおそらく俳句も含まれていて、これは龍太が俳句というものもポエジーとして捉えている証拠だと思います。こういうところが俳句は特殊文学なんだ、詩じゃないんだ、っていう虚子とは大きく違うところです。おそらく父親の蛇笏にもこういう考え方はないはずです。このことからも龍太は戦後の人だなっていう気がするんですね。

空を見上げる句が多い

龍太には「露」の句が多いのは当たり前ですけれども、今回全句集を読んでいて面白いなと思うもう一つの発見は「空を見上げる」句が多いことです。龍太の「空」というのは一つのテーマになるんじゃなかろうかと思いました。並べてみると、よく分かると思いますが、龍太の初期の名作と言われている句、

春の鳶寄りわかれては高みつつ　『百戸の谿』
いきいきと三月生る雲の奥　『〃』
春すでに高嶺未婚のつばくらめ　『〃』
雪の峯しづかに春ののぼりゆく　『童眸』
白梅のあと紅梅の深空あり　『山の木』
裏富士の月夜の空を黄金蟲　『今昔』
飯田蛇笏忌大露の深空より　『〃』
去るものは去りまた充ちて秋の空　『〃』
鶏鳴に露のあつまる虚空かな　『遲速』

「春の鳶」の句は、昭和二十三年以前、まだまだ若い頃の作品ですけど、鳶が何羽か寄り集まって、また別れてどんどん輪を描きながら高く上っていく。これは空を見上げるというよりも、鳶を見上げている感じです。

次に昭和二十八年の作品で「いきいきと」の句は「空」を見上げていることがよく分かります。「三月は雲の奥から生まれてくる」という感覚は僕にははっきりと分からないですが、ただ、龍太はそう感じている。空を見上げて、空の一番高い雲の奥から三月が降りてくると、そういう感じをしている。一方、蛇笏には昭和九年に〈山の春神々雲を白うしぬ〉という句があって、比べると、蛇笏は、春をもたらすのは自然の神々なのだという認識なんですね。神々が雲を白くしてくれる、それで山に春が来るっていう詠み方。これだけで言うのはちょっと言い過ぎなんだけど、蛇笏にはやっぱりずっとその土地で代々暮らしてきた家を踏まえての自然信仰みたいなものがあります。その自然信仰はやはり神というものに繋がっているんです。ただ龍太の方はそうじゃない。空の奥から春が生まれてくる。ここには神々がいないんですね。これも対比してみると、面白いかなと思いました。

「春すでに」の句も結構有名ですけど、これも同じように高く見上げる感じですね。それから「雪の峯」の句も「白梅の」句も「裏富士」の句も、「飯田蛇笏忌」の句も同じように龍太は空を見上げながらつくづくと感じている。こうやって、「空」を見上げる視線が読み取れます。

さらに、「去るものは去り」は抽象的な認識ですけど、名句だと思います。「鶏鳴に」の句は同時にまた「露」が出ています。この「空をふっと見上げていく」眼差しが独特だなと思います。これもこじつけになるかもしれないけど、やはり甲斐という四方を高い山々に囲まれた盆地の中で暮らす人の眼差しかな。

切り立った崖を詠んだ句もいくつかあるはずで、そういう崖に沿って、またそびえたつ山に沿って、崖や山という水平の視界を遮るものがあって、すっと視線は空に上っていく。これも面白い。こういうのも含めて、ある土地にずっと住み着いて、表現し続けるのは、こういうことかもしれないというふうに思いました。

龍太は二十世紀の俳人である

それから、地域に住んでその暮らしや自然や風土を詠むというと、結構穏やかかな、春夏秋冬の季節の移り変わりに寄り添って暮らすイメージがあるけれど、同時に龍太にはちょっと変な句もあります。「変な」というのはむしろ大事なことだと思っています。これは龍太が二十世紀の俳人であることの証拠になると思っているわけです。その例として、

炎天や力のほかに美醜なし　『百戸の谿』

木を伐つて狂はず帰る山の道　『忘音』

百千鳥雌蕊雄蕊を囃すなり　『遲速』

「炎天や」の句は、自然というのは力なんだってことですよ。美しいとか醜いという区別は本当の区別じゃない。自然界には力しかないのだというわけです。俳人たちはこんな発想をしないですよ。俳人たちにとっては四季の移ろいの中の自然が全てなんですからね。これはほとんどフリードリヒ・ニーチェですよ。

僕の知っているニーチェ好きの俳人は中村草田男です。草田男は有季定型を最後まで守ったけれども、句は常にはみ出しかけていた人ですよ。凄まじい内側のエネルギーがあって、凡庸な有季定型なんかしょっちゅうはみ出しそうになる。それをぐっと押さえつけて、五七五で詠んでいる。そこが草田男という人の魅力なんです。草田男がニーチェファン。龍太っていう人はニーチェファンとはとても思えない。もっと心優しい人なはずです。でも、その龍太がこんな句を作っていたから面白いです。

それから、「木を伐つて」の句は、なんだこれは。木を切ったら皆狂いかけるんだよ。でも何とか我慢して狂わずに帰って来るっていうんでしょ。龍太にとって自然は恐ろしいんですよ。これもいわゆる有季定型で詠む人たちの自然ではないですね。「狂はず」ということによって逆に狂うかもしれないという恐ろしさが際立つような句です。

「百千鳥」の句は龍太の最後の最後の句集『遲速』に収録されています。これは自然界で生命が新しく誕生

するお祭り、祝祭だろうと思います。美でも醜でもない。力としての自然。無数の生命力が争い合う、それは恐るべき闘争ですが、同時に祝祭でもある、そういう感覚です。これが龍太の自然観です。これは金子兜太に通じるものがあります。

話題になった龍太の句

最後に、もう一つ余計かもしれないことを付け加えたい。龍太句の中で結構話題になっている句があることを最近知りました。それは、

一月の川一月の谷の中　『春の道』

という句です。これは果たしていい句なのかどうか、という議論があったらしい。これは非常に面白い問題だと思います。即ち俳句における写生とは何かってということとも関わるんだけど、写生というものは普通は自然界を正しく描写することだと思われています。実際、「ホトトギス」の人たちはそういう議論をしたりしていました。だけど、よく考えれば、たった五七五で自然界を描写するなんてことはできないわけですよ。

小説で言えば、描写は何のためにするかというと、風景なら、その風景がその風景であって、他の風景ではないということ、人物なら、その人がその人であって他の人ではないということ、それを読者に分からせるために細かく描いていくわけです。それが描写なんですよ。言い換えれば、描写の究極の目的はそのものの唯一性、他と区別される個別性の記述です。ところが五七五で、そんなことができますかということですね。できやしないわけです。

だから、俳句の写生って実際には描写なんかしてないんですよ。何をしているかというと、多様な自然、多様な現実の中から、一つか二つを抜き出して、あとは言葉の組み立てだけ。つまり素材を抜き出して構成する、これをやっているだけなんです。そこに個別性や唯一性なんかないんです。

しかし、それは大事なことなんです。要するに、完全に唯一のものになったら、読者は共感できないわけよ。小説の方でも有名な話があってね。例えば十九世紀のフランス小説は描写の最盛期でした。バルザック

などはある女性が美人であることを描写するために大量の言葉を使います。しかし、そういうなかで、スタンダールは、「彼女はローマ一の美人であった」という一言で済ませたそうです。これは三島由紀夫が『文章読本』の中で書いているエピソードです。

つまり美人の顔をどんなに細かく描写されても、細かく描写されればされるほど全体の印象が分からなくなるってことがあるじゃないですか。一方、彼女はとても美人だったと書かれれば、読者は勝手に自分の中で自分好みの美人を想像するわけ。たいていの場合はそれで済むわけです。小説がそれでよいのなら、俳句なんかもっとそれでいいはずじゃないですか。五七五では完全な描写なんかできないんです。

俳句などはヨーロッパの詩の概念から言ったら、詩じゃないですよ。詩というのは完璧な言葉の宇宙を作り上げるから、小説でもなく散文でもなく、詩なんです。詩は言葉の宇宙だという認識がヨーロッパにはあるわけです。例えば、ボードレールとかポーとかマラルメとか。完璧な言葉の宇宙を詩人が作り上げるわけ、だから詩人は偉いわけ、だから苦労するわけ。しかしそれに比べれば俳句はあまりに短いから、どんなに苦心しても、五七五だけで完全に閉じた作品宇宙なんか作れないわけですよ。結局、隙間だらけ、余白だらけのまんま、読者に渡しちゃうしかないんですね。言ってみればスタンダールの「彼女はとても美人だった」です。あとは読者に渡しちゃうわけです。それが俳句のやり方でしょ。

この問題になっている龍太の句は正しくそれだなという気がするわけ。評価しろと言われたら、僕はこれを名句だとは言いづらい。完璧な五七五の言葉の宇宙なんか作れないと分かっていても、それでも作ろうとするから、俳句を作り続けようという意欲が湧くし、表現は高度化するんだ、というのが僕の立場ですから。とはいえ、一方で、俳句の重要な魅力が挨拶や即吟性にあることも事実で、それは分かっているし、俳句は単純で力強くありたいとも思っているんです。矛盾しているけれどしょうがない。俳句が僕を矛盾させるんだから。（笑）だから龍太のこの句に惹かれる気持ちもあるんです。

とにかく龍太のこの句はそういう俳句の持っている

弱点であり且つ長所みたいなところをそのまま投げ出しています。だって、〈一月の川一月の谷の中〉と言われたって、実は何も描写してないんだよね。それが谷川であるならば、谷の中に川があるのは当たり前じゃないか。一月ならどっちも一月に決まっているんじゃないですか。それから、これが一月でなければいけない理由もよく分からない。例えば〈七月の川七月の谷の中〉でもいいわけよ。そうすると、青葉一面の中の谷川の風景が見えます。〈一月の川一月の谷の中〉は僕の雪国の田舎だったら雪景色です。だけど甲斐の国だと多分雪景色じゃないでしょ。実際大雪の中だったら、こんなふうに谷を見下ろせる場所になんか行けないからね。僕の田舎じゃ、一月の川が一月の谷の中にあるなんていうと、そんなところへお前はどうやって行くんだっていう話になるから。だからこの句はよく分からないですよ。みんながよく分からないまま勝手に心の中で思い描いています。七月よりは一月の方がおめでたい感じがするから一月なんでしょ、それでいいんでしょ、それだけなんですよ。

さらに面白いのは、どこかで読んだのですが、この句を最初に褒めたのは高柳重信だったそうですね。高柳重信は俳句の表現としての不完全さ、だらしなさ、中途半端さ、半人前な感じ、それが嫌だった人なんですよ。俳句というものをちゃんと完結した詩にしたかった人なんです。だからあの人は何行にも分けて、多行形式で書いたりしたわけでしょ。それをやってた高柳重信が、この句を最初に褒めたということこそが面白い。何故か、それは高柳重信が本物の詩人、本物の俳人だったことの証明だと思うわけ。彼は俳句というものの限界をしっかり見極めて、それに満足できない男だったから、限界突破しようとした男だからこそ、逆に俳句の限界がよく分かっていたんです。だからこの句を褒めた。そう考えると実に面白い。

この句について考える時に、富澤赤黄男という人の言葉も思い出します。新興俳句の中でも富澤赤黄男は最高の詩人だったと思います。高柳重信に大きな影響を与えた人でもあります。その赤黄男が戦後に書いたアフォリズムの中に、「蝶はまさに〈蝶〉であるが、〈その蝶〉ではない」という言葉があります。蝶は季語ですから、俳句ではしょっちゅう詠まれています。

例えば、俳人が「蝶」を詠む時、大抵の場合は眼前に「蝶」がひらひらと飛んでいる嘱目の印象から出発するわけだけれども、出来上がった句の中の蝶は確かに蝶だけれども、もう「その蝶」じゃないんです。つまり、眼前の蝶の個別性、唯一性は消えちゃうんです。唯一性を表現するためには、時間と場所とか、そういうことを全部固定していって、蝶の種類とか学名とか記述するしかない。だけど五七五ではそれができない。そうすると、俳句の中の蝶は常に蝶という普通名詞になっちゃうんです。蝶は蝶だけどその蝶じゃない。俳句において唯一性や個別性を表現することが不可能だということの認識です。僕はその通りだと思って、僕自身はこんな句を作りました。最初の句集『天來の獨樂』の中に入れてあります。

この蝶の「この」をねじ伏せ季語とする　時男

眼前のこの蝶を見て、自分はこれで一句に作ろうと思う。ところが、作った途端に、今眼前のこの蝶が邪魔になるんです。「この」は要らないんです。普通名詞としての蝶にしなきゃいけないんです。そうすることによって、読者に手渡すのです。そうすると読者の心の中で、蝶という普通名詞がまたひらひらと、飛び回り始めるわけです。僕がいつまでも「この蝶」と言っていたら、読者に手渡せないんですね。そういう問題です。俳句の起点には個別の唯一の体験があるんだけれども、しかし、この蝶では駄目なんです。そういう意味で、俳句における個別性と一般性の問題とも繋がっていく、とても興味深い問題だと思います。この龍太の句についての評価は別にして、この句についての議論はいろんな面白い問題を呼ぶと思うということですね。

龍太に学ぶこと

さっき言ったように、龍太は甲斐の国の一角に土着して句を詠み続けました。そのことの積み重ね、文化的な堆積、蓄積、それはやはり大きいことだろうと思う。ただ、僕はさっきあらゆる歳時記の最後に付録として、地貌季語集を付けてはどうかと言ったけど、現代では、その土地の顔、特殊性が益々失われていく。

そういう特殊な地域に住む人がどんどん高齢化して、いなくなっていく。たとえ住んでいたとしても、生活様式が変わるから、例えば、農業と言ったって、今や殆ど機械化されていますよ。田舎に住んで農業をやっていますという人が自然とどれだけ格闘しているか、五十年前と比べたって全然違います。生活の実態の特殊性っていうものが薄れてきました。そういう中だからこそ、地域の俳句は大事にしなきゃいけない。しかし、そこにただ収まっているだけでは、新しい表現は作れないわけです。文化の中心はいつも都会にあるんだから、俳句だってそうですよ。だいたい都会の連中が中心なんだから、地方に住むなら地方から都会を撃つ、狙撃する、そういう気概を持って仕事すべきだろうと思います。ただ、これから果たしてそれがどのくらいできるだろうということが疑問です。

おわりに

今回、井口時男氏に『語りたい龍太』の取材を依頼した時、氏は「私は龍太とお目にかかったことはないが、語ります。ただし、今回は取材の最後の番にしてください。その間龍太を勉強してきます」とご快諾いただけた。氏は黒田杏子主幹の雑誌「兜太ＴＯＴＡ」の編集委員を務められ、得意な文芸批評活動を通じて、『金子兜太――俳句を生きた表現者』を書名とした兜太論を書いた。今までの兜太論とは違った視点から、人間兜太と兜太俳句を理解するのに、また次世代へ繋ぐ兜太像の確立に大きな尽力をされた。

この度の龍太に関するインタビューでも、短期間で多くさまざまな龍太に関する書籍を掻き集めて集中勉強され、龍太の人間性、句風等をたっぷり語って頂けたことは、私にとって大いに勉強になった。「蛇笏と龍太俳句が地域文化に大いに貢献したことを実感」との見解は多くの方が共鳴していることだろう。また、井口氏のロジカルな総括力と思考力の素晴らしさにも感服した。

董振華

井口時男の龍太20句選

毒空木熟れて山なみなべて紺　『百戸の谿』

紺絣春月重く出でしかな　『〃』

露草も露のちからの花ひらく　『〃』

春すでに高嶺未婚のつばくらめ　『〃』

炎天や力のほかに美醜なし　『〃』

大寒の一戸もかくれなき故郷　『童眸』

山碧く冷えてころりと死ぬ故郷　『麓の人』

父母の亡き裏口開いて枯木山　『忘音』

木を伐つて狂はず帰る山の道　『〃』

雪の一茶いまくらやみの果にあり　『春の道』

かたつむり甲斐も信濃も雨のなか　『山の木』

白梅のあと紅梅の深空あり　『〃』

黒猫の子のぞろぞろと月夜かな　『〃』

山椒魚《はんざき》の水に鬱金の月夜かな　『〃』

春の昼ふりむくたびに卒塔婆増え　『〃』

水澄みて四方に関ある甲斐の国　『〃』

梅漬の種が真赤ぞ甲斐の冬　『涼夜』

去るものは去りまた充ちて秋の空　『今昔』

河豚食ふて仏陀の巨体見にゆかん　『〃』

百千鳥雌蕊雄蕊を囃すなり　『遅速』

井口時男（いぐち　ときお）略年譜

昭和28（一九五三）　新潟県に生まれる。文芸批評家、俳人。

昭和52（一九七七）　東北大学文学部卒業。同年、神奈川県の高校教員となる。

昭和58（一九八三）　「物語の身体―中上健次論」で「群像」新人文学賞評論部門受賞。以後、文芸批評家として活躍。

昭和62（一九八七）　文芸批評の著書『物語論／破局論』（論創社）が第一回三島由紀夫賞候補。

平成2（一九九〇）　東京工業大学教員。

平成5（一九九三）　文芸批評の著書『悪文の初志』（講談社）が第22回平林たい子文学賞受賞。

平成8（一九九六）　文芸批評の著書『柳田国男と近代文学』（講談社）が第8回伊藤整文学賞受賞。

平成13（二〇〇一）　文芸批評の著書『批評の誕生／批評の死』（講談社）。

平成16（二〇〇四）　文芸批評の著書『危機と闘争―大江健三郎と中上健次』（作品社）。

平成18（二〇〇六）　文芸批評の著書『暴力的な現在』（作品社）。

平成23（二〇一一）　3月東京工業大学大学院教授を退職。同年、文芸批評の著書『少年殺人者考』（講談社）出版。

平成27（二〇一五）　句集『天來の獨樂』（深夜叢書社）出版。

平成29（二〇一七）　文芸批評の著書『永山則夫の罪と罰』（コールサック社）出版。

平成30（二〇一八）　句集『をどり字』（深夜叢書社）出版。

平成31（二〇一九）　文芸批評の著書『蓮田善明　戦争と文学』（論創社）が第70回芸術選奨文部科学大臣賞受賞。同年、文芸批評の著書『大洪水の後で―現代文学三十年』（深夜叢書社）出版。

令和3（二〇二一）　著書『金子兜太―俳句を生きた表現者』（藤原書店）出版。

令和4（二〇二二）　句集『その前夜』深夜叢書社。

令和5（二〇二三）　句集『その前夜』により、現代俳句協会賞受賞。

第3章

宇多喜代子

（二〇二三年十二月二日十六時　宇多氏宅にて）

はじめに

宇多喜代子氏への『語りたい兜太』の取材時は大阪の新阪急ホテルのロビーで、今回の『語りたい龍太』の取材は氏のご自宅であった。ともに暖かくご応対を頂いた。宇多氏のお名前は一九九九年、金子兜太師から頂いた『女流俳句集成』（宇多喜代子／黒田杏子編・立風書房）から知った。兜太師からは「大変優秀な女流俳人で、日本の稲作の源流の研究のため中国との交流が深い人だ」とお聞きしていた。実際にお会いしたのは、二十年後の二〇一八年三月二日の兜太師の葬儀の席だった。それもただのご挨拶しただけで、その後も一対一でお話する機会は持てなかった。しかし、金子先生と同じく現代俳句協会会長を務められたことや、氏の名句〈天皇の白髪にこそ夏の月〉（『夏月集』）などは存じ上げていた。今回のインタビューへの万全な準備を整えようと、私は大阪に前泊した。そして、十二月二日十六時、氏のご自宅にて、穏やかな雰囲気の中でお話を伺うことが出来た。

董振華

蛇笏の俳句が好きでした

私が一番最初に俳句に接したのは一九五三（昭和28）年、十八歳の頃でした。当時、祖母が嗜み程度の短歌をやっていましたから、短歌を作ってみようと思ったけれど、何か難しくて作れない。祖母のお友だちに寺の和尚さんの遠山麦浪という俳人がいて、よくわが家を訪ねてきていました。ある時、一緒に話していたら、うちのおばあちゃんの短歌よりこっちのおじいちゃんの俳句の方が私に合うなと思って、俳句を作っては麦浪に見てもらうようになりました。麦浪は秋田県の俳人の石井露月の門下で、必然的に露月の俳句をよく読んでいました。露月は明治から大正にかけての俳人ですから、大正期の俳句が話題になると、先輩の俳人たちが口にするのが飯田蛇笏の句でした。

くろがねの秋の風鈴鳴りにけり　蛇笏
芋の露連山影を正うす　〃
をりとりてはらりとおもきすすきかな　〃

などの有名な句、誰もが知っている句ですけれど好きでした。「芋の露」の句は、芋の葉っぱに露が転がっている、遠くに山が連なっているという大きな構図の良い句だと思います。こういう句を読むと俳句は短いけれど、大きなことを言えるなと思いますね。

一方、大正時代は俳句って女の人がするもんじゃないみたいなところがあって、女性の俳人が余りいませんでした。麦浪は私の俳句の手ほどきの師ですけれども、俳句の作り方を教える人ではありませんでした。俳句は自分で勝手にやるみたいなところがあって、ちょっと見てもらった時にこっちの方がいいとか、そりゃそうだよとか言うことはありましたけれど、特に俳句はこういうふうに書くんだと教える人じゃありませんでしたし、自分の考えを押し付ける人でもありませんでした。俳句は自由でよかったんですね。

一九五四（昭和29）年、角川書店から『昭和文学全集』が出ました。私の家は決して裕福でもなく、教育熱心でもないのに、その全集を父が買ってくれました。これは私が所有する唯一のテキストでしたけど、私の目を広げるきっかけとなりました。

読みあさったその中に、桂信子の俳句が掲載されていたんです。透き通るようなモダンでフレッシュな句風に魅かれました。蛇笏とはひと味違った新鮮な魅力です。桂信子は蛇笏に会ったり、話を聞いたりしたことはあったけれど、私はなかったんです。年代的なことを考えると会うのも不可能ですね。ただ一度だけ遠くから眺めたことがありますけど、話したことはありません。桂信子は新興俳句運動の旗手の日野草城に師事した人で、私はその桂の膝下にいて、その思想と立振舞を身近に感じ続けていました。桂信子はよく「いいものはいい」とか、「いろいろと外を見て、聞いて、学んできなさい」とおっしゃっていた。だから、俳句は定型さえ崩さなければあとは自由。伝統だ前衛だ云々ではなく、「いいものはいい」という桂信子の主義は私にとってゆるぎないものでした。同時に、自由ゆえの「難しさ」も感じ取りました。当然だけど、常に自分を律していかなければならない。すべての責任は自分に来るのですから。桂先生と一緒に歩んだこの三十数年の時間の中で得たものは多かったですね。

龍太との出会い

私が俳句を始めた頃、龍太の名前はすでに世に知られていましたが、私は世間が狭くてたまたま知らなかったんです。

その後、師事した桂信子は龍太をとても尊敬しておられました。蛇笏の句は難しいが、龍太の句は柔らかくて優しいと言っておられ、龍太自身ともとても仲良しでした。昭和五十年代と記憶しますが、ＮＨＫ俳句大会があって、そこに桂信子も龍太も選考委員として出席するわけですが、私は桂先生の助手みたいにしてくっついて行ったんです。そこで初めて龍太先生にお目にかかりました。偉い先生の前でちょっと硬くなりました。まさかお会いできるとも思っていませんでしたからね。もちろん、身の程っていうものがありますから、桂先生の後ろに黙って座っていましたよ。でも、時々お話に入ったりしました。それ以来、何かにつけてお会いしました。特にこちらからお目にかかりに行くとか、そういうことはありませんでしたけれど、偶然にどこかでお会いするとかというようなことはちょこちょこございました。遠からず近からずで、頻繁に顔を合わせるようなことはなかったです。

当時、山廬というか龍太のお住まいを訪ねる方が多かったみたいですけれど、私はそちらには行かず、お目にもかからずでした。やっぱり当時は今みたいに通信が便利じゃないし、交通の便も良くなかったので、俳人は今のようにうろうろしませんでした。もし龍太のとこに行こうと思えば、それこそ列車をいくつか乗り換えて行かなきゃいけなかったですね。でもお会いしたい気持ちはありました。

前にも言ったことがありますが、私は蛇笏を代表とする大正時代の俳句が好きでした。蛇笏の句は平仮名の柔らかい感じではなくて、漢語調というか漢文調というか、堅い表現の句が多かったけれど、好きでした。しかし、周辺の人たちがみな龍太がいいとか、龍太を読んだとか言うので、私も触発されて読むようになったんです。それで、いつしか龍太の平明で柔らかく、分かり易い俳句が好きになりました。

NHK講座の教師を務める

一九八一（昭和56）年、「日常のこころを大切に」という言葉と共に龍太先生のNHK学園俳句講座がスタートしました。NHKから俳句講師を頼まれたけれど、私はテレビに出演するのがあまり好きじゃなかったんです。責任があるし、ちゃんと事前の準備をしなければならないし、私みたいに即興で、原稿なしで話をする癖がついている人間には苦手。だけど、龍太先生が「田舎や山の奥で暮らしている人たちの中にはテレビを頼りに勉強したり、俳句のことを知りたがっている人もいるんだから、ああいうものを断っちゃいかん、やるべきだ」とおっしゃるので、その後、何年も勤めました。いま、振り返ると、龍太先生は本当にいい先生でした。

　それから、龍太先生と会っても別に難解な話をするわけじゃないし、私もまだ若かった。何の作品か覚えていないけれど、よく私の作品をいくつかメモしておられて、それがとっても嬉しかったですね。何といっても桂先生はいつも「龍太、龍太」でした。お互いをとても尊敬し合っておられました。そういう影響もあって、私にとっての龍太先生は親しみを感じる存在でした。私が自著を送ると先生から真っ先に感想の手紙が届きました。

「貴著『ひとたばの手紙から』。巻首の一文は秋夜、ねむりを忘れるほどの感銘を受けました」

と頂きました。また、

「『象』（蛇笏賞受賞の句集）は意表をついた書名ですが、随所に共感する作品があります。例えば、その内の一句〈冬座敷かつて昭和の男女かな〉。俳句でないとこんな微妙は表現できないのではないでしょうか」

と書いてくださいました。

　このように丁寧に読み、自らの言葉で感想をくださったんです。今でもときどき眺めたりします。「さあ、俳句をやろう」と、気持ちが改まる感じがするから不思議。手紙は今でも大切にしています。お会いしたり、一緒に写真に写るのも貴重なことですが、そういったものにはない嬉しさが手紙にはありますね。

龍太先生のお住まいは都会とか都市のごちゃごちゃしたところから離れた、ああいう山の中でしょ。そういうところに育ち、暮らしておられるので句にとても清潔感があって、それが一番の魅力です。龍太先生には山廬がとても相応しい。飯田龍太が赤坂に住んでいる姿なんて全く想像できません（笑）。やっぱり龍太は甲斐の山の中、甲州の山の中に住んでいる、そこがいいんです。

龍太と桂信子の対談

二〇〇二年六月十二日、山梨日日新聞が「山廬対談いのちの調べ」という題で、飯田龍太と桂信子の対談の特集をやりました。その時、龍太先生と桂先生との再会は九年ぶり。そして、その旅から戻った桂信子が「今生の別れをしてきました」、「龍太先生は何もかもをよく見ておいでですよ、（実作の一線から退きながらも）そこらの俳人よりよっぽど見てらっしゃいますよ」と、含みのある言葉を誰彼となくよく呟いていました。それから二年のちに桂信子が亡くなり、五年のちに飯田龍太もこの世を去って行かれました。桂先生はその対談のお仕事を宝のようにしていましたから、亡くなった時、柩の中にその新聞記事を入れたんです。今回は「山梨日日新聞」の許可をいただいて、この対談をぜひここに転載してみたいと思います。

切れ味と気迫

桂　龍太先生の作品はみな「調べ」がいいんです。句作に行き詰まった時、先生の句集を読むんです。すると「声調」が乗り移って来るような気持ちになります。

飯田　いや、ますますダウンしてしまうんでは…。私の句はともかくとして、「声調」とはいい言葉ですね。

桂　はい、龍太先生の句には、ぱっと一気に出てきたような気迫がある。

飯田　短気なんですよ。気が短いから…。

桂　それとは違います（笑）。言葉の使い方に、一気にはっと読み下すような気迫があるんです。切迫した声調がある。

飯田　いや、ほかのことができないでしょ。だから…。

桂　ほかの人にはない、一刀両断のさーっとした切れ味がある。それが先生の句集を読んでいると、身に迫ってきて、こちらもそうしたものを作りたいという気になるんです。ほかに上手な方はいますが、そうしたせっぱ詰まったような声調、切れ味ある音は感じられない。何とも言えない心地よい後味があるんです。

飯田　ありがとうございます。甲州にはかつて名をなした侠客が多かった。その血を受けているんじゃないかな（笑）。

桂　その龍太先生の気迫に出合ったのは、俳句総合誌で発表された句でした。後に第一句集「百戸の谿」に収められた昭和二十四、五年の句です。

　鶏　毟　る　べ　く　冬　川　に　出　で　に　け　り
　雁　鳴　く　と　ぴ　し　ぴ　し　飛　ば　す　夜　の　爪

ちょうど何人かの新鋭俳人の句が掲載されていたのですが、龍太先生の句はページの上段にあった。あの句にはほかを寄せ付けないような、何とも言えない気迫があった。蛇笏先生の句には、龍太先生の剣の切れ味とは違った「かたさ」があるんです。何がやってきても発止と受け止める何かがある。龍太先生のはさーっと切れるような流れる気迫。句ができない時、龍太先生の句を読むと、何かが移ってくるような感覚になる。別の人にはできないものがあります。

心に残る声調

　鶏　頭　の　十　四　五　本　も　あ　り　ぬ　べ　し

桂　正岡子規の代表句。この句は子規が横臥していて横から眺めた風景だと思う。鶏頭は上から見たら群むらがって十四、五本は確認できませんね。だから横臥の句だと思います。また、十七、八本であれば、口を開かなければならない。鶏頭と口をすぼんで言ったら、声調の上では十四、五本と口をすぼめて続けるのがいい、と思います。

飯田　「鶏頭」というとふつうは鳥の鶏冠《とさか》のような花に目を奪われる。ところが「十四五本」といえば茎《くき》です。桂さんの解釈は実に当を得ています。ただ、子規という人は名句も駄句もごちゃ混ぜのところがある。子規は「月並」を否定したんだが、自分は無意識に「月並」を作っている。ところが虚子という人は、その月並を意識して作っている。二人の違いはそんなところにある。

柿くへば鐘が鳴るなり法隆寺

桂　子規のこの句も「鐘が鳴るなり」だから「法隆寺」という言葉の響きがふさわしい。「東大寺」ではダメなんです。柿の「カ」、鐘の「カ」と「ア音」が響いたところで、「東大寺」と口をさらに大きく開いてはダメ。やはり口の開き方でも「法隆寺」がいい。人の心に残る声調があります。

飯田　やはり人口に膾炙《かいしゃ》する句というのは、どこかに秘密があります。決して由《ゆえ》なくして残るものではない。それが目に見える形と見えない形がある。芭蕉のこの代表的な句もそうですね。

閑さや岩にしみ入蟬の声

非常に印象的な句。実に覚えやすいんです。

桂　閑さの「シ」、岩の「イ」、しみ入るの「シ」、蟬の「ミ」のイ音が連なっていく。

鷹一つ見付けてうれし伊良古崎

ひとつの「ヒ」、見つけての「ミ」、うれしの「シ」、伊良古崎の「イ」でやはりイ音が続く。

荒海や佐渡によこたふ天河

この句は荒海から天の川までア音。そんな連なり、「声調」を芭蕉は身につけていたようです。

芭蕉の「ぬくみ」

飯田　偉人にはしばしばあったらしいのですが、芭蕉にはカリスマ性があったのではないでしょうか。あれだけの評価を生前に得ることはなかなかできない。会った瞬間に霊感のような何かを（周囲に）感じさせる。芭蕉という人には、そういう要素がある。いわく言い難い、解明できないもの。人格が重厚であり、温厚であるところがある。桂さんにもそんなところがある。人柄です。滞在中のホテルの従業員の方たちが桂さんのことを尊敬していらっしゃる。

桂　みんな親しいんです。すぐ友だちにもなる。それに若い男性の従業員の方がみんなハンサムですし…（笑）。

飯田　名句でもなく代表的な句でも何でもないんだけど、例えば寿貞尼が亡くなった時の（芭蕉の）句。

数ならぬ身となな思ひそ魂祭

この句を読むと、芭蕉という人がずいぶんと心の温かい人だとしみじみ思う。その温みという点は蕪村にはないですね。人に対する温みがあるか否かというところで芭蕉と蕪村の違いがある。作品としては何でもないのかもしれないし、代表作でもないのですが、あの句に、私はいつもじんとさせられます。その死を旅先でたまたま耳にしてつぶやいた句でしょうが。涙をこらえているような…。芭蕉という人が、多くの人をひきつける何かがあったんではないか。いわく言い難い何かがある。

自宅庭にて　左から飯田龍太、桂信子、福田甲子雄
2002年6月12日　　写真提供：飯田秀實

桂　芭蕉がちょっと言ったら門人がすぐわっと集まるでしょ。えらいもんですね。人を集める何かがある。

飯田　それに俳句には「?」（疑問符）が大切。何もかも分かるというのはダメ。いくら句が上手でも不十分。いわく言い難いものが俳句のいのちではないか、と。作ろうとしてもできるものではない。やはり人間の生きざまというところからにじみ出てくるのではないか。今の人は誤解しているのではないかと思う。そうしたいわく言い難いクエスチョンマークが今の俳句には欠けているのではないでしょうか。上手な句はたくさんあるが、俳句の本質は言外の何かがないと…。

「ゆるがない」蛇笏

飯田　甲州というところは江戸時代、わりあい裕福だった。明治期に入って、ここが（江戸時代に）天領だったこともあり、実に冷たくあしらわれたこともあった。ところが江戸時代は違います。例えば歌舞伎は市川団十郎が江戸で興行する場合、まず甲州で興行してみて、当たるようであれば大江戸でやった。俳諧も盛んだった。小林一三さんももともと俳諧をやっていたそうです。侠気があった。客も甲州商人も俳諧と同じく歴史的な背景を背負っている。私の祖父は婿ですが、祖父の生家の流れにはずうっと俳諧がある。親父も子供時代に句会に出てみないか、と言われ、ついていった。それが蛇笏七、八歳の時の〈もつ花におつる涙や墓まゐり〉だった。その時、宗匠が〈もつ花に涙も落ちて墓参り〉と直した。ところが生来、むこうっきが強い蛇笏は、大きくなってから「そういう月並の直し方をしてはダメだ」と元に戻した。

桂　私も〈もつ花におつる涙や墓まゐり〉の方がいいと思います。京都大学の生島遼一先生が蛇笏先生の句を教えてくださったのです。生島先生の家に三好達治先生が自らの「諷詠十二月」をお持ちになった。その時、三好先生に初めてお会いしました。

飯田　三好さんはここに何度もいらした。ある時、吉川幸次郎さんの漢書を持ってきました。それも原書で。「読みなさい」と言う。あの時は困った。三好さんは井伏先生と随分親しかった。敬意を表していた。あのような文人はいなくなったんじゃないかな。

山廬にて　　写真提供：宇多喜代子

桂　そうですねえ…。三好先生も、蛇笏先生も「気骨」があった。文人でした。とくに蛇笏先生の作品は「ゆるがない」。言葉も精神も何一つゆるがない。

飯田　「ゆるがない」…。確かに。身辺もなかなかゆるがなかった（笑）。ある時、この座敷で、「雲母」の塚原麦生さん（東京）と細田壽郎さん立ち会いで、この座敷で親父と大げんかになった。「親父の選はダメだ」と僕が言ったことから始まった。僕が軽率だったが、選をくさされたのだから当たり前。見ていた二人は「面白いからやりなさい」とあおり立てた。延々と三時間。夜十一時までやっていたら、おふくろさんが「ここは布団を敷くから向こうに移って」とぴしゃり。そこで上がり口の部屋に〝戦場〟をかえて続きをやった。テーマは「芭蕉と蕪村の比較」にまで広がった。戦線拡大。「俺は芭蕉、おまえは蕪村だ」と親父が言い出したので僕もかっとなって「何を親父。大きなことを言うな」と反論した。見ていた二人は面白がるばかり。このけんかで親父も僕も懲りて、爾来、家庭では俳句の話はしないことになった。でも当時の親父も七十歳を過ぎていた。今考えてみると、三時間以上もこんな若造とけんかをしたのだから、親父もたいしたバイタリティー。青年のような活気があった。親子でそばにいたからよく俳句の話をしただろうと思われるが、家では俳句の話はしませんでした。

桂　この部屋でお二人が…。実に楽しいお話ですね。ところで、私は雑誌などで「本当の俳句、真の俳句を目指してほしい」というと、よく他の方から「真の俳句なんてない」と批判される。「真の俳句」があると私は確信しているんですが…。

飯田　桂さんは厳しいことを言われる。それでいいんです。これからもびしびし厳しくやってください。とにかくお元気で安心しました。俳壇にとっては大切な人ですから。

桂　いえ、先生こそお体を大切にしてください。ただ、もう先生にお目にかかることもないかもしれませんが（笑）。

飯田　いや、それは胸の中に入っていますよ（笑）。生きとし生ける限りはちゃんと胸の中に入っている。

（対談中の引用句は岩波書店刊「芭蕉自筆　奥の細道」、講談社刊「日本大歳時記」などを底本にしました）

山廬で龍太と再会

話に戻ります。私が長い間読みたいと思っている句集があって、何処かにないだろうかとずっと探していたんです。そしたら、何々さんの遺品の中に目当ての句集があって、その方の遺品は全部山梨に行っている、とある人が知らせてくれました。それで山梨県立文学館に問い合わせてみたら、そこに非常に貴重かつ稀少な句集がありました。担当の方が「あるから、ぜひいらっしゃい」ということで、その一冊の句集を見るために、二〇〇五年五月に山梨県立文学館へ訪ねて行ったのです。そのことを文学館に勤めている人が、「宇多さんが来る」と龍太先生に言ったところ、龍太先生から「連れて来て」との命。

私は文学館の用事が済んだら、その近くにある信玄堤を見に行く予定でした。信玄堤というのは武田信玄によって築かれた堤防です。昔、甲府盆地は毎年雨期になると大水に見舞われ、付近の住民は苦しめられた。信玄は甲州流川除工法という方法を用いて釜無川沿いにこの堤を造られた。私は田圃や稲作りをやっていたので堤防に関心があって、どうしてもそれを見に行きたいと思ってね。そしたら、龍太先生が「待っている、ぜひいらっしゃい」とのことで、それを見に行くのを止めて、「雲母」のお弟子さんの方と一緒に山廬へ向かったんです。私は山歩きのようなむさくるしい旅装のままの格好で行ってしまったんですから、一生忘れませんね。でも、龍太先生は温かく歓迎してくださいました。初めは突然で迷惑かとも思いましたが、その元気な声を聞いて、来て良かったと思いました。

山廬とはどんな場所なのか。気にしながら足を踏み入れたんですが、私も元は「村」の人だから違和感というものを感じませんでした。でも、やっぱり趣があって、都会の人から見たら「保養所」なのかもしれない。そこには何代にもわたって根を下ろしてきた人々の暮らしが確かにあって、先生はこういう所で時を過ごし、句を作っていたんだとしみじみ思いました。

その時、先生がちょうど二、三日前に転んで、顔がぶつかっちゃって、ちょっと青色がかっているところがありました。でも、ゆっくりといろいろと話すことができました。

飯田龍太と宇多喜代子との再会
山廬にて　2005年5月　　写真提供：宇多喜代子

「草苑」の終刊を巡って

その時に龍太先生は桂信子のあと、私が「草苑」をそのまま継ぐことをしなかったのを「良かった」とすごく褒めて下さいましたね。二〇〇四年十二月十六日、桂信子先生が亡くなりました。当時、私が所属していた結社誌「草苑」の継承をめぐってあちこちで話題になっていた。桂信子が亡くなったら、当然編集長の宇多さんが後を継ぐんじゃないかっていうほど、ほとんどの人がそう思っていたらしいんだけれど、私はそんなことはしない、一度終刊にして、それから新しくするから、皆さん自由にしてくださいと言ったんです。喪に服すという言葉がありますね。一年は桂先生の喪に服しながら勉強しなさいと。一年後のご命日が過ぎてから、「草樹」という作品発表の新しい場を作ったんです。だから「草苑」時代の弟子さんたちは路頭に迷うことはなく、そこが発表の場となりました。「草苑」の終刊を龍太先生がとても評価してくださったんです。龍太先生も蛇笏の後、「雲母」を継がれたでしょ。それから一九九二（平成4）年九百号で終刊したでしょ。そういう意味で「雲母」を閉じた龍太に通じるところがあったんじゃないでしょうかね。「草苑」を継がなかったことを、どうしてなのとか、もったいないじゃないのとか言う方が多かったのですけれど、龍太先生だけがよくやったと言ってくださった。それが初めての山廬訪問です。その時、蛇笏先生のお墓にも参ってきました。

龍太先生が引退されて、すでに何年かになるけれども、山の中にいても、俳壇のことは隅から隅まで知ってらっしゃるとのこと。それに出ている雑誌は隅から隅まで目を通して、編集者の編集後記まで全部読んでいるとのことです。だから作家としては引退しておられたけれども、俳壇のことは完全にリアルタイムで知っておられましたね。

龍太先生は俳壇から引退しておられたけど、やっぱり一番怖い人でしたよ。おかしいことはできないと、そういう意味の怖さ。もちろん先生自身はとても優しくて清潔感のある方だった。でも、よく人を見抜くような目をしておられたから、何も威張っているわけでもないのに、何か力を持っておられるような感じ。桂信子もそのような印象の人だった。俳壇の中にはチョロチョロする人もいたけれど、桂信子は非常にしゃんとしていて、龍太先生とよく似ていた。

山廬訪問はまことに楽しいひと時でした。その代わり私は信玄堤を見に行けなかったんです。後日一人で見に行ったけど（笑）。

龍太を悼む——鋭くも慈愛に満ちて

二〇〇七年二月二十五日、飯田龍太の訃報が届きました。甲府市内で営まれた告別式に身延線に乗って向かいました。いろいろと思いめぐらすことがありましたが、車窓から見た紅白の梅と富士山が綺麗だった。白梅は龍太の清々しい一生を象徴しているなと思いました。ちょうど二月の梅の咲く頃、桃でもなく桜でもない早春のきちっとした感じ、まことに良い時期を選んで亡くなられたなと……。蛇笏は秋を選んで十月三日に逝かれました。前に述べました「秋の風鈴」「芋の露」「すすき」などの秋の名句を遺して。一方、早春を代表する作品は龍太でした。

また、山廬は本当に塵埃に塗れない清潔な場の象徴のような気がしています。山廬は昔の日本の農家の典型的な造りの家で、今もそのままお世話になっておられます。そういう意味で龍太は日本の明治、大正の頃と同じ家の造りで一生を過ごしました。

私は翌三月七日の神奈川新聞に龍太への追悼文を書きました。その一部を切り抜いてここに再録したいと思います。

その時、この世代の俳人を先行としてきた一人として、言いようのない虚空な場に立たされている感じがした。私は「雲母」に投句したこともなく、句集『遅速』以後の作品を見ることもなかったのに、私はその後も山梨の一角に飯田龍太がいる、「うしろ」を見られていると感じるだけで、姿勢を正す思いを抱き続けてきた。見える場で動くばかりが現役だと思われず、炯眼の士の存在とは、特定の場とか、時間に関係なく働く眼光の鋭さだったのだという思いを強くしています。いまさらのように、龍太先生は何もかもよく見ておいでですよ、という亡き師桂信子の声が思い出されています。

龍太の俳句には、品性があり、随筆や鑑賞文などのいずれもが独特の格で屹立しているのね。これは龍太という人の濁りのない佇まいが、その根っこに不動の強みとして生きていたからだと思う。私の意中に「主義主張は問わず、この俳人の句業を知らずに育っては、血肉の薄い俳人になる」と思われる幾人かの俳人がいる。先年、時宜を得て「飯田龍太全集」全十巻が出た時、そのことを痛感して、後輩たちに押しつけがましく読むことを勧めた。子か孫のような後輩たちの「現在」は直ちにこれを必要とはしなかったが、俳句の多様化の進む時代の発する騒音に自分が何だか分からなくなったような日に手に取ればいい、そう思った。飯田龍太とはそういう俳人なのではないか。『遅速』に〈ひといつかうしろを忘れ小六月〉がある。「うしろ」とは何か。これは様々な形で問いを投げかける。遠い先に見える周囲の山河か、わが来し方か。背中のボタンが外れたしどけない格好に思われることだってあるんだ。隠遁者でもない死者でもない敬愛する先行者に「うしろ」を見られていると感じる時の姿勢を正す思い、そんな深い思念を蘇らせるように飯田龍太は此岸から去っていった。私たちもやがていなくなる。そんな時、子と孫のような俳人諸君が、飯田龍太の俳句や随想に触れる日があったとしたら、飯田龍太は彼らの「まえ」に立ち、俳句への姿勢を語ってくれるに違いない。わが意中の俳人たちは、その姿は見せなくても、決して亡くなってはいないのだ。いま、飯田龍太の眼光は鋭くも慈愛に満ちて感じられる。その慈愛に万謝の念を捧げたい。

二人の先人に導かれて

今から十数年前のある夏、連日の猛暑に呻いていた私が、翌日締切という所属誌の出句に、半ば自棄気味に、

龍太の甲斐兜太の熊谷から熱風　喜代子

という句を出してしまいました。猛暑つづきの近年、お天気情報が伝える気温の最高を甲府と熊谷のどちらかが記録するという日が続いていました。句座の一人に「これって時事詠ですか」と訊かれ返事に困り、「いえ、今の日々の気象への挨拶です」とごまかしました（笑）。甲斐や熊谷に住んでいたのが、芭蕉や一茶や他のどんな大俳人であったとしても、龍太と兜太以外の人であれば、こんな失敬な句を出すことは無かったでしょうけれど。

龍太と兜太は生年がほぼ同じということ以外、俳人としての環境、作風など全く異なりますが、私の初学の頃から今の今まで、龍太と兜太は併記の形で脳中に

あります。龍太に会っても兜太に会っても、相互の異なる俳句や俳句観について悪態云々ということがなかったことにおいても二人は並び立ちます。異質ゆえに相手の独自性を認め合っていたのだということでもありましょう。

二〇二〇年藤原書店から発行した「兜太ＴＯＴＡ」四号の特集――「龍太と兜太　戦後俳句の総括」にも書かせて頂きましたが、龍太と兜太という二人の先人に対する尊敬の念はいつまでも変わることがありません。以下の文はその時の一部です。

露と霧

二人の既刊句集を通読すると、歴然とするのですが、この違いを端的に言うとすれば、「龍太の露と兜太の霧」でしょう。かなり前に兜太の抒情の象徴として「霧」の句を書きぬいて勉強資料としていたところ、兜太自身が「露と霧」と題した龍太評を書いているのに出会ったんです。飯田龍太の第六句集『山の影』の、

露ふかし山負うて家あることも　龍太

について、「わたしなら、〈霧ふかし〉というところを、龍太は「露」なんだな、とおもったものだった。霧の模糊たる肉体感覚ではなく、露の明確な意思感覚――これを龍太は意識的に選択するに違いない」（「俳句」・昭和41年1月・「露と霧」）と述べているくだりを読みました。このくだりを目にしただけで、龍太と兜太という同時代を分け合いつつ、一つの時代の核となった二人の個性が分かったような気がしたんです。兜太は霧に閉ざされた山国を出て、都市生活者として過ごしましたが、龍太は「山負ふ家」から出ることなく、生涯を生家で過ごし、生家で一期を終えています。

露も霧も空中の水分による気象現象なのですが、まったく異なります。儚いものながら、金剛にも喩えられる「露」で意思を表現するところは、確かに龍太の俳句の軸となっています。ちなみに、龍太生涯の全作品のうち、霧の句はわずか八句ですが、露の句は七十四句もあります。

露の村墓域とおもふばかりなり
露めくと白き小皿の音すなり
露ふかし山負うて家あることも
別々の道来て会へる露の寺
露の夜は山が隣家のごとくあり

霧の曖昧に比べ露は明解です。眼には涼し気で触れば冷たい、そんな分かりやすさがあります。〈露の夜は山が隣家のごとくあり〉は生前最後の句集『遅速』の句です。〈露ふかし山負うて家あることも〉の、家が逃れがたく負う宿命的な山が、いつしか〈隣家のごとく〉親しいものになっているのです。

龍太の句が万人に懐かしい故郷を感じさせるのも、山を隣家のように思うという自然への親和が句の根底にあり、その風土の中での人間の暮らしの四季が平易に捉えられているからだと思います。龍太の俳句やエッセイには、俳句は決して絢爛綺羅のごとくにキラキラと輝くものではなく、むしろそのキラキラを消した鈍色に近いところでかがやくものではないか、そう思わせるものがあります。そんな俳句を、私は俳句の良心と観ているのですが、このことを認識させてくれる一人が龍太の俳句であり、龍太の俳人としての立ち姿です。

一方、兜太句集『蜿蜿』の代表句であり、兜太の代表句でもある、

霧の村石を投《ほう》らば父母散らん　兜太

につづくのが『定住漂泊』に書かれた「秩父に住む人たち誰でも、山影からのがれることはできない。その影のなかに、さむざむと立っている自分に気づくことがある。」というくだりです。

また、龍太も自らの句集に『山の影』と命名し、当時の心境を「ただいまの心懐になんとなく似つかわしいやうにも思はれて即決した」とあります。

兜太と龍太は、それぞれの産土である秩父も甲斐も山国です。「さむざむと立っている自分に気づく」という山国の山影から抜け出て壮年期を都市生活者として過ごした兜太と、〈露ふかし山負うて家あることも〉と「家」に留まった龍太は、前衛と伝統という二

項の代表と見なされてきましたが、実のところ、同根として地下脈で強く重なりあっているように思われます。

また、戦後派と括られるお二人は大正に生まれ、昭和の戦争の時代に青春期を迎え、戦後の日本を生きた世代の人です。一方、兜太は兵士として南溟の戦場に行き、もう一方、龍太は兄三人の戦死、戦病死を体験しています。

兜太は「戦さあるな」を終生のテーマとして俳句を書き続けたが、対照にある龍太は、

北溟南海の二兄共に生死を知らず
夏火鉢つめたくふれてゐたりけり
昭和二十二年九月兄鵬生戦死の公報あり
秋果盛る灯にさだまりて遺影はや
つづいて三兄シベリヤに戦病死
兄逝くや空の感情日日に冬
短日の鷗のひかりに重き海

など、抑えた表現で不条理な死を句にしている。悲痛な声を上げずに心中の悲しみや憤りを表すこと、これはかなり高次なことですね。

今後、前衛だの伝統だのと区別されることがあったとしても、間違いなく共通していることは、飯田龍太も金子兜太も「死後を生き続ける」俳人であるということです。

私にとって、飯田龍太と金子兜太という二人は、前を行く先人の代表として、お二人亡き今も意中から消えることはありません。それぞれの俳句だけでなく、人間としての親しみを感じています。

龍太が後世に残したもの

二〇二三年、飯田龍太の生存年齢が百三歳、もうそんなお年かと感無量です。もしご存命だったらどんな好好爺になっておられたでしょうか。

私個人だけでなく、私たちの世代にとって飯田龍太は掛け替えのない先行俳人として、いまも大きく存在している一人です。たちまち代表句がすらすらと口をついて出てくる。そんな他にまぎれない句業を残した

俳人の一人です。

　龍太は俳句の他にエッセイもいいですね。「俳句は北窓の風景だ」というエッセイがあります。こっち側ではお日様がいっぱい当たって、いろんなものが賑やかだが、俳句は北窓から見えるものがいいというような短い文章だったけれど、なかなかいい内容でした。

　龍太は本当に清潔な人です。ちりほこりがついてない人、そういうごまかせない目を持った人でしたから、桂信子もそうだったけど、私はやっぱり恐ろしい人だと思いました。今はもういないけども、生きてるときと同じようにあの目を感じますね。

　今の若い方は龍太に対する思いはないだろうけれど、私の世代の人だったらやっぱり、龍太が見ているなという感じがしますよね。私は気持ちの卑しいのが一番嫌いです。その卑しさのない作品では龍太はピカ一です。卑しい人はチョロチョロする人です。おかしな表現だけれど、あっちへチョロチョロ、こっちへチョロチョロ、あっちの水は辛いぞ、こっちの水は甘いぞみたいにして、チョロチョロする。そうじゃなくて、やはり腰を落ち着けて勉強しなきゃいけない、恥ずかしいことをしちゃいかんと。そういう意味で龍太に今も見られている、桂信子に今も見られているという感じがします。これは一生を通してそうだろうと思いますね。やはり俳人として卑しくないようにすべきです。

　飯田龍太とその名を目にするだけで、自然に居住まいを正し、いまの自分はこれでいいのかを自らに問う気分になります。それでいて、温顔を緩めて接してくださる、そんな親しみやすい人間味のある先輩俳人でした。

おわりに

　宇多喜代子氏は中国との交流は長く深い。中国雲南省を度々訪ね、日本の稲作の源流調査をはじめとして当地の人々と密接な交流を続けてこられた。さらに『荊楚歳時記』の研究のため、湖北省や荊州にも訪問を重ねられた。私の俳句の師金子兜太と同様、中国との関りの深さに、私は暖かな親しみを覚えた。

　宇多氏は伝統俳句や新興俳句、前衛俳句のそれぞれの良さを受け入れ評価しつつ、俳句を伸びやかに育まれた。また、農事や歳時、日本文化や風俗の探求に強い関心を持ち、造詣も深く、種々の著作を発表されているると同時に、俳句史や俳句評論分野の著作も多い。

「私は蛇笏の平仮名の柔らかい感じの句並びに漢文調の堅い俳句が好きでした」、また「龍太の平明で柔らかく、分かり易い俳句も好きでした」、そして最後の「飯田龍太とその名を目にするだけで、自然に居住まいを正し、いまの自分はこれでいいのかを自らに問う気分になります」などの言葉から氏の人柄と性格がよく分かり、大変魅力を感じた。

董　振華

宇多喜代子の龍太20句選

抱く吾子も梅雨の重みといふべしや　『百戸の谿』
わが息のわが身に通ひ渡り鳥　『〃』
露草も露のちからの花ひらく　『〃』
炎天の巌の裸子やはらかし　『〃』
山河はや冬かがやきて位に即けり　『〃』
大寒の一戸もかくれなき故郷　『童眸』
春暁のあまたの瀬音村を出づ　『〃』
梅を干す真昼小さな母の音　『麓の人』
生前も死後もつめたき箒の柄　『忘音』
亡き母の草履いちにち秋の風　『〃』

父母の亡き裏口開いて枯木山　『〃』
どの子にも涼しく風の吹く日かな　『〃』
一月の川一月の谷の中　『春の道』
炎天のかすみをのぼる山の鳥　『〃』
かたつむり甲斐も信濃も雨のなか　『山の木』
水澄みて四方に関ある甲斐の国　『〃』
梅漬の種が真赤ぞ甲斐の冬　『涼夜』
去るものは去りまた充ちて秋の空　『今昔』
闇よりも山大いなる晩夏かな　『遅速』
なにはともあれ山に雨山は春　『〃』

宇多喜代子（うだ　きよこ）略年譜

昭和10（一九三五）　山口県徳山市（現・周南市）に生まれた。

昭和28（一九五三）　石井露月門下の遠山麦浪を知り俳句を始める。

昭和31（一九五六）　武庫川学院女子短期大学家政学科卒業。

昭和37（一九六二）　麦浪が没し前田正治主宰となった「獅林」に入会。

昭和45（一九七〇）　「草苑」創刊に参加し、桂信子に師事。

昭和51（一九七六）　坪内稔典編著の「現代俳句」に参加。

昭和53（一九七八）　「草苑」編集担当となり、「獅林」退会。

昭和55（一九八〇）　第一句集『りらの木』（草苑発行所）。

昭和56（一九八一）　「未定」に参加。

昭和57（一九八二）　第二十九回現代俳句協会賞受賞。

昭和59（一九八四）　第二句集『夏の日』（海風社）。

昭和60（一九八五）　大阪俳句研究会創設に参加し同会理事。

昭和61（一九八六）　坪内代表の「船団」に参加。

昭和63（一九八八）　第三句集『半島』（冬青社）。

平成4（一九九二）　第四句集『夏月集』（熊野大学出版局）。

平成6（一九九四）　評論『つばくろの日々』（深夜叢書社）、『イメージの女流俳句―女流俳人の系譜』（弘栄堂書店）。

平成7（一九九五）　エッセー『ひとたばの手紙から』（邑書林）。

平成9（一九九七）　評論『篠原鳳作』蝸牛社（蝸牛俳句文庫）。

平成10（一九九八）　句集「宇多喜代子　花神現代俳句」花神社。

平成12（二〇〇〇）　第五句集『象』（角川書店）。

平成13（二〇〇一）　句集『象』にて第35回「蛇笏賞」受賞。

平成14（二〇〇二）　紫綬褒章を受章。同年、エッセー『私の歳事ノート』（富士見書房）。

平成16（二〇〇四）　桂信子が没し、「草苑」終刊、新たに「草樹」を創刊、会員代表となる。同年、『私の名句ノート』（富士見書房）、二〇〇九年、改題加筆『名句十二か月』角川学芸出版、同年『里山歳時記田んぼのまわりで』（日本放送出版協会）。

平成18（二〇〇六）　現代俳句協会会長に就任（二〇一一年退任）。

平成19（二〇〇七）　『古季語と遊ぶ―古季語・珍しい季語の実作体験記』（角川学芸出版）。

平成21（二〇〇九）　『旬の菜時記』（大石悦子・茨木和生共著）朝日新聞出版（朝日新書）。

平成23（二〇一一）　第六句集『記憶』（角川学芸出版）。

平成24（二〇一二）　句集『記憶』で第二十七回詩歌文学館賞俳句部門を受賞。同年『戦後生まれの俳人たち』（毎日新聞社）。

平成26（二〇一四）　第七句集『円心』（角川学芸出版）、『宇多喜代子俳句集成』（角川学芸出版）、同年、第十四回現代俳句大賞受賞。

平成28（二〇一六）　日本芸術院賞受賞。同年、『俳句と歩く』（角川学芸出版）。

平成30（二〇一八）　第八句集『森へ』（青磁社）。

令和1（二〇一九）　第十八回俳句四季大賞受賞、文化功労者。

令和2（二〇二〇）　第六十一回毎日芸術賞受賞。

第4章

坂口昌弘

（二〇二三年十月三日　新宿にて）

はじめに

坂口昌弘氏のお名前は近年、「俳句」、「俳壇」、「俳句界」、「俳句四季」などの総合誌上でよく拝見している。各誌にそれぞれ違った俳句や俳人関係の連載を執筆されているため、凄い方だなと常々に思っている。

二〇二二年十二月『語りたい兜太…』の本を刊行した後、出版社に薦められて「日本詩歌句随筆評論大賞」に応募するため、各選考委員に送付したら、坂口氏から「取材・編集書は自著ではないため、選考の対象にはならない」との返信メールが届いた。そして、私が兜太論を書く予定だと分かって、色々とアドバイスを頂いた。その後、氏からご著書『毎日が辞世の句』や金子兜太の俳句論を収録した『俳句論史のエッセンス』などを頂き、私も自分の句集を送ったりして交流が始まった。

本書の取材でご依頼の手紙を送ると、即応諾を頂き、またご都合に合わせて十月三日、新宿の喫茶店「8寸8卓」で話を聞くことが出来た。

董振華

龍太に関心を持ったきっかけ

二十年前、私は初めて書いた俳句の評論で俳句界評論賞（今の山本健吉評論賞）に応募して、幸か不幸か受賞しました。表彰式の後、総合誌「俳句界」の編集顧問であり、俳人でもあった秋山巳之流さんに会って挨拶をしましたら、「君は俳句を作っていないようだが、金子兜太という俳人を知っているか」と聞かれました。私は「いえ知りません、彼の俳句もまだ読んだことがありません」と答えました。そしたら、秋山さんは「君の受賞作を読んでいて、どうもまだ俳壇や著名な俳人を知らないし、季語も知らないように思えるが、しかし、逆に君のような人に俳句評論の連載を書いてもらいたいな」と言われたので、俳人論の連載を書くことになったのです。

秋山さんは長く角川書店で「短歌」と「俳句」の編集長を務めておられ、「結社の時代」をキャッチフレーズとし、俳壇・俳句は結社によって成り立っているという考えで編集を続けてきました。その時から現在の結社人口が急減して俳壇が滅びかけていることを見通していたのかもしれません。

秋山さんはまた、「俳人の書く俳句論はどうも面白くないし、しかも大体の俳人は自分の句にしか関心がない。他人を論じた評論を読んで学ぶ気持ちのある俳人がごく少ない。それを知っておいた方がいいよ」と言う人だから、よく詩人や歌人に俳句の評論を書かせて、とてもユニークな人でした。一方、俳論と言っても俳壇史的、時評的な文章が多くて、俳句作品の中に深く入った論が少ないことも話されていたので、作品鑑賞が一番大切だと思いました。以来、その言葉を実感しながら、評論を書いてきました。

執筆し始めた当初は、書くのも、連載するのも初めてだったので、とても緊張しました。急いで色んな俳人の句集をかき集めて読み通しました。その中で飯田龍太の俳句に感銘を受け連載で取り上げることになりました。それが龍太に興味を持つきっかけでした。

その時、私はあまり俳壇史や俳句論史には関心がなく、ただ作品だけから来る印象と感銘を大切にして、その鑑賞を書くことのみに限っていましたので、作者の経歴や俳壇的な情報に興味はありませんでした。私のそういう傾向が、龍太の文章を読んで一致しているように思ったし、龍太の作品鑑賞が素晴らしくとてもためになるように感じました。

龍太は、一九九二（平成４）年、七十二歳の時に、主宰した「雲母」を終刊しました。その後、逝去までの十五年間、まったく句を発表せず、俳壇と関係を絶っていたと言われています。

二〇〇六（平成18）年に、私が初めての連載をまとめた『句品の輝き』の龍太論に葉書を頂きました。龍太が亡くなる一年前の、八十六歳の時ですので、高名な俳人が、無名の読書家の初めての評論集を読んでくださり、しかも葉書を書いて下さったことに大変感慨深いものがありました。俳壇と関係を絶っていたと言われていたので、驚きました。私の龍太論への感想を頂いて、間もなく亡くなりましたので、余計、忘れられないことでした。

その葉書は、同じ頃いただいた金子兜太からの葉書と一緒に、その後の私の文章を書くうえでの心の宝・支えとなっているし、二人の葉書が私の俳句観のよりどころにもなっています。また、二人の字体の違いがそれぞれの性格と俳句観の違いを表しているとも思われます。兜太の前衛俳句や社会性俳句には難解な句が多く、すべて感銘するわけではありませんが、龍太の俳句には非常に分かり易く共感できる句が多いです。

龍太俳句の特徴

龍太は金子兜太や森澄雄のように、年齢と共に、句風や俳句観を変化させていった俳人ではないように思うし、俳句論でもあまり理論や理屈を言わなかったと思います。生涯を通して感性で句を詠んでいたので、時代を追っての分析にはあまり関心がありません。

また私の関心は、俳人がどういうテーマをどのように俳句を詠んでいたかという事なので、テーマ別に触れていきたいと思います。私は「俳句四季」で連載したものをまとめた『毎日が辞世の句』という本で、龍太の辞世の句を考えたことがありますので、まずそちらを鑑賞してみたいです。

死を暗示させた俳句

山青し骸《むくろ》見せざる獣にも　龍太

この句は、「雲母」終刊号巻頭九句の中にあり、死を暗示させています。獣が自らの死骸を見せずに死ぬことを意識しています。生きている動物にも、死骸となった動物にも、山はいつも青く美しいです。龍太も、その山の中に骸となり埋められると無意識に思い、誰にも知られずひそかに死にたいと思っていたことに深い感銘を受けます。祝賀会や記念会といった集まりが大嫌いだと述べており、「雲母」でもそういう会は少なかったようですね。それが「雲母」を終刊した理由にも関係しているかと思います。

七十二歳というまだ元気な時に結社誌を閉じて、俳壇的付き合いをしなくなったという事は、多くの俳人には考えられない気持ちです。同じ終刊の年の句〈眠る獣目覚めの獣と雪の夜を〉においても、「獣」を詠み、自らの姿を無意識に反映させています。死骸を見せないという言葉に龍太の人生観が込められているようです。

詩は無名がいい

「詩は無名がいい」と龍太が言った言葉は有名ですが、自らの名前を消して作品だけが残ればいいという謙虚な思いに心を打たれました。私も、作品の感銘だけに集中して、その作品を誰が作ったのか、いつ詠んだのかといったことにはあまり関心がないので、龍太の言葉には共鳴しました。そして俳壇政治活動や宣伝活動をしない謙虚な人生であったようです。私は俳人ではないので俳壇活動はなく、一人でほそぼそと文を書いているだけなので、龍太さんの生き方には共感できます。〈草紅葉骨壺は極小がよし〉の句も龍太の謙虚な性格の表れです。

またもとのおのれにもどり夕焼中　龍太

終刊号の句の中では、この句がよく引用され、とても好きな句です。「雲母」を終刊させて、結社や俳句と縁を切ったのは、釈迢空（折口信夫）に惹かれて國學院大學に入った頃の初心に戻りたい、或いは文学を始める純粋な初心に戻りたかったのではないでしょうか。折口信夫は生涯、日本文化と文学における神と魂の問題を考え続け人です。その人に憧れて國學院大學に入学したことは龍太の俳句観に影響しているかと思いますが、今までの龍太論では論じられていません。

仕事よりいのちおもへと春の山　龍太
冬の川仏事おほかたうとましき　〃

一句目は六十六歳の頃に詠まれています。俳壇と縁を切った理由が隠されています。龍太は幼い頃は病弱で大学生の時にカリエスに罹っているので、俳句関係の仕事よりも老後の生命を大切にしたい。「雲母」のように大きい結社の主宰の仕事は、多くの会員を抱えて大変だったでしょう。会員一人一人の句と付き合っていれば、自らの俳句に打ち込む時間が少なくなっていくかと思います。また、俳壇活動を避けていたのも、六十九歳の頃に仏事をうとましく思ったのも同じように、活発に人と付き合って行動することを避けたかったのではないでしょうか。

命への思い――万物斉同の心

蛇岩に垂れ水光は夏のいのち　龍太
秋の蟬生死草木と異ならず　〃

龍太は自らの命を思うと同時に自然の中の命への思いを句に詠んでいます。五十二歳の頃には水光を夏の命と思っています。生物だけではなく、水や光そのものを命と思うアニミストでした。アニミズムも最近は誤解されています。自然に神々や魂といった命の根源の存在を思うことが出来る俳人が少なくなっています。アニミズムとは、人間と同じく、森羅万象に命・魂がこもっているという素朴な考えです。ユダヤ教やキリスト教が出来る前は、世界の多くの民族が、アニマの存在を生命の根源だと思っていました。その影響が文学や神話にあります。近代化がそういう詩的な考えを滅ぼしてきたかと思います。アニミズムが滅ぶことは文学や詩歌が滅ぶことかと思っています。龍太と兜太に共通しているのは、人間を含め、万物に同一の生命(魂)が存在して働いていると考えていたことかと思います。私は俳人の相違点を論じるよりも、共通点を見つけるタイプです。

二句目は龍太の生命観を表しています。秋の蟬も人の命も草木の命と同じ命だと、荘子の説く「万物斉同(同一)」の考えと同じです。屎尿にも命があると徹底して考えた荘子は芭蕉の一番尊敬した人です。この世の生物と無機物には同一の命(魂)があるという考えでアニミズムに通っています。科学的にも生物はすべて同じDNAを持っていることや、無機物も有機物も同じ電子や光子の働きで存在していることと矛盾していません。もちろん、万物が同じ命や魂を持っていることは、詩歌俳句に共通しているテーマかもしれません。

俳句を突き詰めていくと、結局、万物の命の大切さを詠むことに尽きると思います。歳時記の森羅万象の世界も万物の命を詠むことです。さらにいえば、万物の命を祈ることが俳句の大きい使命です。俳句の歳時記のルーツである『荊楚歳時記』は、四季ごとに神的なものへの命を祈る行事をまとめています。日本人は韓国や中国に侵略していって以来、中国文化の影響を語らないようになったのは間違っています。漢字と中国文化を学んで日本文化が始まったことを今は忘れています。

草木の命を若い頃から八十歳まで詠み続けることの意味或いは意義を求めるならば、万物の命の存続を祈ることに他ならないです。命を祈ることは、逆に言えば、戦争反対になります。戦争反対を唱える人は、花鳥風月を詠むことを非難しますが、命の平和を希求することには変わりはありません。戦争反対はすべての俳人が祈ることです。戦争や核戦争をする指導者を呪うか、生物の命の平和を祈るかどちらかですが、最終的な目的は同じです。龍太と森澄雄の俳句と俳句観から教えられたのは荘子と同じ万物斉同の心です。

亡きものはなし冬の星鎖《さ》をなせど　龍太
菊白し安らかな死は長寿のみ　〃
公魚《わかさぎ》の眼おのれの死を知らず　〃
春眠の顔のぞき去る死魔ありし　〃

龍太は生涯、多くの悲しい死に会っていました。三十三歳の頃には、星座を見ると亡くなった肉親や三人の兄を思い出すと自解で書いています。「亡きものはなし」という思いが、この世を仮の世と思わせています。星の輝きが亡き人の魂を思い出させています。星が魂の象徴であるという東洋文化や文学の伝統を継承しています。六十一歳の頃には安らかな死と長寿を望んでいたようです。六十四歳の頃には、釣った公魚《わかさぎ》は自らの死を知らない眼をしていると詠んでいます。生きている時の生き物は死を知らないと思っているのは人間にも当て嵌まるかと思います。六十五歳の頃には、春眠の顔をのぞいて去る「死魔」があると感じています。龍太の感性には、何か魔的なところや不思議なところがありますが、あまり語られていません。

短日やこころ澄まねば山澄まず　龍太

年齢の順には拘らないで語らせてください。五十四歳の頃には、心と風景の関係について詠んでいます。

山や自然が澄んでいるのは、心が澄んでいるからだ、という主観を大切にしています。平凡な写生の俳人にとって、山はただの山であり、主観写生と客観写生は別だという考えですが、龍太は、風景を見る時には主観で見ざるをえないことを俳句で伝えています。龍太の深い主観によって、山や自然は澄んでくるように見えます。高濱虚子は、晩年には主客一致の俳句観に到達していることはあまり虚子論では語られませんが、虚子が到達した主客一致の俳句観を龍太は早くから持っていました。主観とか客観とか、写生とか想像とかの俳句論は虚しいことを龍太から学びましたし、俳句は作品の中身だけが大切だということも学びました。

冬茜かの魂はいま闇の中　龍太
夜も昼も魂さまよへる露のなか　〃
月の夜のきのこに魂のひとつづつ　〃
斑雪山魂のいろいろ宙に充ち　〃
凍蝶の魂《たま》さまよへる草の中　〃

龍太に魂をテーマにした句があることはあまり龍太論で語られていません。心を大切に思う俳人は、魂を深く意識せざるを得ません。六十一歳の頃には、亡き魂を闇の中にいまも存在していることを感じており、六十三歳の頃には、夜も昼も魂が彷徨っていることを高野山で感じています。兎に角、龍太は死者の魂を感じる心を持っていました。六十四歳にはきのこにも魂があり、六十五歳では色々の魂が宙に充ちているように感じています。六十六歳には草の中で彷徨う凍蝶の魂を詠んでいます。一般的に魂は普通の人には見えませんし、感じることはないと思われます。魂の存在を感じることは特異な命と精神の働きでしょう。詩的な発想は、魂の存在を感じることに関係しています。俳句で魂を詠む人はややオカルト的な人が多いですが、龍太はそういう発想でなく、あくまでリアリスティックに心と命の根源としての魂を詠んでいます。

海きらめくは神の目か蝶の眼か　龍太
月読の神の遊べる遍路道　〃
詩神の魂遁げてゆく卯波かな　〃
薄衣五体祈りのこゑに充つ　〃

龍太は、文学の本質的なテーマを詠んでいました。命、死、心、魂を、詩的に、季語の現実を通じて深く詠んできました。そういう本質的なテーマを詠む人は神を詠んでいます。今までの龍太論で神の句が取り上げられたことはなかったのではないかと思います。

六十五歳では不思議な神の目の句を詠んでいます。海のきらめく風景に、神の目と蝶の眼を感じた句は不思議な句であり、意味は簡単には分かりません。神というものは一神教のゴッドと同じではなく、自然そのものが神秘的であるという意味だと思います。海の中に神の目を感じることは、海そのものが神であるということを表します。『万葉集』にいう海神・海童と同じです。海の存在の他に神という存在が別にあるのではなく、海そのものが神秘的なものという考えです。

六十七歳の頃には、月の輝きに月読の神の遊びを思い、六十九歳の頃には、卯波に追われる詩神の魂を思っています。七十歳の頃には、五体の全てが祈りの声に充ちていると詠んでいます。神的なものへの深い祈りを詠んでいます。龍太の神的なものへの思いが「祈りのこゝろ」という言葉に込められています。

どの句をとっても龍太の見えない祈りの心が籠っています。七十二歳の頃には、すでに辞世句に近い句を詠んでしまっていたから、その後八十六歳までの十四年間、もう俳句を詠む必然性はなかったのではないかと。俳句史上も稀有な判断をした俳人ではないでしょうか。心、命、魂、神と見るべきものをすべて見て、詠むべき大切なテーマをすべて詠んでしまい、もっと詠むべきテーマはもうないと思ったのではないかと想像します。評論はすべて主観だと批評の神様と呼ばれた小林秀雄は言いましたが、まさに直観としてこの世の万物の命の根源を詠んで、万物の命に祈っていたように思います。

龍太の名句

一月の川一月の谷の中　龍太

これは龍太の最も有名な句です。この句に触れない龍太論はあり得ないでしょう。この句はもっとも俳句らしい俳句で、龍太以外には詠めなかった俳句の構造を持っています。一月、川、谷、中という小学生でも分かる漢字の組み合わせの易しい句ですが、ではなぜこれが、龍太のいう「何かが宿し得た」句であったのかを説明することは難しいことです。評論のもっとも重要な使命はこの句のような秀句や名句がなぜ秀句或いは名句となったのかを説明することです、読者や多くの俳人はただ読んで、いいからいいのだと言えば済みますが、評論家がこの世に存在する理由と存在価値は秀句を解釈とか解明すること以外にありません。

私はそのような評論の力を持っていませんが、なんとかこの句を正しく解釈したいと長く思ってきました。この句は、龍太の俳句観の命、心、魂、神のテーマのエッセンスが現実のイメージで詠まれた絶唱です。この句を正しく解釈することが龍太の俳句のエッセンスを理解することだと思います。「谷の中」の意味を、龍太の魂の中の故郷に入って理解した人は少ないようです。四季・一年の始まりの生命の源は谷の中に生まれ、川の水となって生き物の命を育むという深い考えがこの句に入っています。こういう鑑賞を深読みに過ぎないと言ってしまうと、この世に評論というものは存在しえないでしょう。

龍太の人生と一生の句は、一月の谷の中から生まれているかのようです。この句は龍太の生命の世界に入る門への踏み絵の句であります。龍太には「何々の中」という言葉が多いと統計を取った人がいましたが、統計で計算しても詩歌俳句を理解することはできません。統計を取るのはコンピュータと同じ機械の仕事です。純粋に読者としての心を持ち、作者の心を理解しようとしますから、統計を取った人はそういう純粋に詩や俳句を文学的に理解できる人ではなかったようですね。

読者の心に作用を及ぼした作者の心を推し量ることが批評の始まりです。「谷の中」とは何かを直観することが俳句の鑑賞の始まりでしょ。龍太は、この句について自ら、「幼児から馴染んだ川に対して、自分の力量をこえた何か」と述べています。「自分の力量をこえた何かが宿し得た」という言葉は龍太俳句を理解するうえで極めて大切な言葉であり、批評家は無視することができません。統計的計算による批判で、龍太に宿った何かを理解することはできないでしょう。

一月の川と谷は、生まれた土地の谷であり川であることを理解することが大切です。「自分の力量をこえた何か」とは何か、また「宿し得た」ものとは何かを理解することは簡単ではありません。大岡信は「宙に浮いていて、同時に谷の中を流れているのが、『一月の川』というものなのだ。この句はそういう直観的把握を伝えてくる」と言い、「一、月、川、谷、中」の漢字の効果が「この句の生命に深く関わっている」というところが多くの評論の中では、最も説得力がありますが、大岡信も「自分の力量をこえた何か」とは何か、「宿し得た」ものとは何かを説明しきれていないかと思います。

龍太の句の生命の宇宙は、年の初めの一月の川に始まり、一月の谷の中の世界として詠まれ、龍太にはそこが命の始まりであり、また命の終わりとしての宿命を悟った故郷に他ならなかったと思います。人生も文学も、すべてが一月の谷の中の一月の川と共に流れるという、いわば無我無心の悟りのような境地でなければ、作者が「自分の力量をこえた何かが宿し得た」とは言えないのではないでしょうか。

谷の中とは、母なる生命誕生の源です。老子の言う「谷神」に通っているという人がいて同感です。谷や谷神とは生命が満ちている器のイメージだし、新しい命を生む場所だと考えられます。川は谷より流れます。生命の水の流れです。谷には神が、川にも神がいたという古代の生命思想が龍太の句にこめられています。龍太の文学の師である折口信夫の無内容詩歌論を実作で徹底したようです。龍太を批判し非難する評論に共通するのは、その無私、無内容への苛立ちではないでしょうか。一月、谷、川に何の意味があるのかと批判する俳人がいますが、それは何も考えていない人でしょう。

様々な随筆に見る龍太の俳句観

龍太は父の蛇笏と同じく、いわゆる論理的な俳句論を多く残していません。むしろ具体的な俳句作品の鑑賞と随筆的な文章を通じて俳句のあり様を説いていたので、読者も龍太の俳句の鑑賞を通じて、具体的な俳句のイメージから得られる龍太の普遍性を理解すれば十分だと思います。俳句作者は一般的に、俳句論で自分の作品を解説することが出来ないと思います。自句自解でもなかなか自分の俳句を冷静に分析はできないでしょう。やはり文学は具体的に作品の中身を論じないとはっきり分からないところがあるようですね。ただ、龍太は随筆的に俳句観を残しているので、それらの文章に見られる俳句観を見てみたいと思います。

まず、一九五二（昭和27）年、龍太が三十二歳の時に「古きものへの訣別」という文で、桑原武夫の「第二芸術」論について触れています。「相変らず俳人にとっては不愉快な文字である」、「しかし、いくら不愉快でも、俳句の歩んだ数年間を顧みるとき、俳句に関することで、ささやかながら文芸史上に残る出来事といえば、根源俳句論でも、鶏頭論議でもなく、ただこの一つだけだ……ということは否定出来ないようだ」と言い、「第二芸術」論を一方的に批判はしていません。

また、「戦後だけに止まらず、明治以後の真剣な俳人の負うてきた苦悶のすべては、ここに収約され、結論されている」と言い、本質的なテーマがあるとしています。そして、「俳句は、あるがままのこの姿で、未来永劫、輝く文学として生きつづけるだろう、と暢気に考えるわけにはゆかない」と、やや桑原説に賛同しているところも見られます。これは龍太が、「雲母」を閉じた理由とも無関係とは言えないでしょう。文学が、また俳句が一体人間にとって何の役に立っているのかという根本的な疑問です。俳人がどんなに多くとも日本の人口の一パーセントもいません。では九十九パーセントの日本人にとって俳句は何の役に立っているかと問われれば、答えられる人は少ないでしょう。九十九パーセントの日本人に役に立つために、俳句は存在しているのではないことを主張しないと、桑原に反論することにはならないでしょう。俳句は世の中のために存在しているのではなく、俳人の個人としての心の必然性に従って表現せざるを得ないから俳句が存在しているのであって、桑原や世の中の多数の人たちはそういう心の表現の必要がなかったからだと言えます。

今、俳壇の平均年齢が七十八歳ほどと言われ、約八十歳です。六十歳以下の俳人は数パーセントです。二十年後には俳人の平均年齢は約百歳になります。二十年後に俳壇が残っているかは疑問です。俳句が社会のために役立つか以前に、俳壇は消滅するという危機があります。俳句に関心を持たない多数の日本人は、桑原と同じ意見を持っているのではないか。龍太は、若き三十二歳の時には新しい俳句を目指していたようで、桑原説など深く考えることはなかったでしょう。俳句に魅せられた俳人には、桑原説は反論する必要のない社会論だと考えられます。

龍太は「正直に白状すると、私は、自分自身の内部に宿るこころの古さに、自分ながら呆れかえっている。その古くさいものが、的確にとらえることさえ出来ないで、何の新しさだろう……と考えている。それどころか、その古さをつかまえること自体に、文学の新しさを宿す可能性を信じている」と述べています。古さの中に新しさを表現したいという態度であったようです。

次に、一九五五（昭和30）年、龍太が三十五歳の時の「表現技術と典型」の文では、社会性俳句について「巧いけれども古い、新しいが下手だ――今日の作品批評は大体このどちらかである。サッパリしたものだ。だが、サッパリしているのは評語だけであって評価の基準の混乱はその極に達した観がある」と述べており、厳しい評価基準を持っていました。昭和三十年における俳句の評価の基準の混乱は、約六十年後の現在にも通じています。前衛俳句や社会性俳句は一見、新しく見えるが、俳句の中身を見れば下手だというのは今も同じです。

そして、龍太は社会性俳句について、「大体、社会性俳句（奇妙な言葉だ）が花鳥諷詠より難解なのは止むを得ないと考えられている限りにおいては無駄なことだ。同じ時代の、社会の共通な息吹を正しくとらえようとする社会性俳句が、大部分は極く当り前の社会人に過ぎない俳人に、何の意味やら解らないというのは、表現技術の未熟と考えるより仕方がないのではないか」と厳しい評価をしていました。当時は、龍太や森澄雄は、兜太をあまり評価していなかったようです。

龍太と澄雄の命の表現としての伝統俳句と、兜太の前期の前衛俳句や社会性俳句との対立は興味深いですが、私にはむしろ、兜太が還暦を越えて、命や魂の問題をテーマとして詠み始めた俳句は龍太や澄雄の俳句と共通性があります。兜太は二人から学びアニミズムの句を詠み始めたと思います。

石和で開催いた「俳句研究」の座談会に参加したメンバー
左から龍太、兜太、澄雄　1970年3月　写真提供：飯田秀實

さらに、「新しい俳人の社会性が、意識の低い社会人であると考えられる大部分の俳人に理解出来ないのは止むを得ないというなら、同じ社会意識を持った一般の社会人に何故もっと訴えないのか。もっと理解されていい筈である。一般の社会人さえ理解できない程、新しい俳人の意識は高過ぎるとでも言うのだろうか。ここにも新しい俳句の袋小路がある。俳句性の過信がある。そして技術の未熟がある」「それもこれも観衆の居ない舞台のせいだろう」と、当時の社会性俳句を非難している龍太の言葉は、今日の社会性俳句・難解俳句にも適用される言葉です。社会性俳句が俳人以外の一般の社会人に通じないということは、今までに読んだもっとも厳しい批判かと思います。社会性俳句の目的は一般の社会人を動かすことにあるという言葉は今日の俳人も心すべきでしょう。

やさしい社会性俳句はスローガン的、標語的俳句になりがちであり、評価が低くなります。社会性俳句は社会一般の多くの人々に理解されるべきにもかかわらず、現実の俳句は難解になりがちであり、その欠点を龍太が突いていました。難解であることに作者は満足し、意識して難解さを狙うところすらあります。伝統俳句への批判に対して鋭く反論したのは龍太と澄雄でした。

第三に、一九五六（昭和31）年、龍太が三十六歳の時の文章「俳句と抒情主義」では、写生と抒情の関係について述べています。「正岡子規が俳句革新を唱え、その方途として芭蕉よりもむしろ蕪村を称賛しながら、こうした抒情性を重視することなく、もっぱらその絵画的な写実性、客観性を取り上げて近代俳句の出発点としたことは、一面、従来の月並俳句を絶ち、和歌的な主情を排することによって俳句独自の造形力を培う上に多くの貢献をなしたことは事実であるが、反面また、詩性の涸渇した写生の瑣末主義に陥らしめた原因となったことも否定できない」と、写生主義が抒情性を失わせ、瑣末主義をもたらしたと批判していました。これも正論です。芭蕉句が抒情性を持っていたこと、蕪村句も抒情性豊かであったこと、抒情性が詩性の重要な要素であることを龍太は説いています。

「子規から虚子へと引継がれたこの写生主義は、花鳥諷詠と名を改めて一層鞏固な主張となって俳壇に君臨しました。しかし、虚子自らは、必ずしもこれを遵奉し、忠実に実践していたわけではない」と、虚子の俳論と実作のギャップについて論じているのも興味深いです。

子規も虚子も写生を唱えたが、二人の秀句・佳句は必ずしも写生句ではないことを龍太も指摘しています。一般的な俳句論において使われる「写生」は「客観写生」を表すために、俳句論史において混乱が生じていました。写生を説いた俳人が、実作では写生でない秀句や佳句を残していることは、実作では「主観写生」を実践していたからであることを龍太は指摘していました。

話は少し飛びますが、一九八四（昭和59）年、六十四歳の時の「個性について」の文でも、写生についての「虚子時代に入って、大正末から昭和初期の、いわゆる写生俳句の全盛期になると、ホトトギス王国確立と共に俳句の質は落ちた」と批判しています。この文章では具体的に例をあげて証明していないため、質の落ちた俳句というのはどういう句か具体的には分かりませんが、写生句は月並句になるという、大須賀乙字がつとに指摘していたことと重なります。龍太の俳句は写生に基づいて抒情的な俳句を詠んでいましたので主客一致です。

　龍太はまた「個性的な俳句に一流のものは存在しない」「一代の名句と称する作品は、ことごとく個性を超えたところに位置している」とも述べています。一茶は個性的だが作品の質は低く、芭蕉の晩年の句は個性を超えた普遍的な句だと評価する。個性をなくして造化と一体化するという、芭蕉に通う俳句観かと思います。

　そして、龍太は「真の名句とは、俳人が感銘すると同時に、俳人以外のひとびとのこころにひびいて共感を得た場合である」「俳句は、俳句を作らないひとに真の理解はあり得ない、という迷妄が根強く存在する限り、時代を超えた秀作は生まれないだろう」とも言います。これも具体的な俳句の例がなく、龍太が名句と思う句と、それが個性的であったかどうかは具体的な例句がないので分かりません。

　つづいて、一九八五（昭和60）年、龍太が六十五歳の頃には、「俳句にしても詩にしても、それが名品として永い生命を持つものは、すべて俳人、あるいは詩歌人以外のひと達に、多くの共感を与えた場合である」という。この文では高濱虚子の〈遠山に日の当りたる枯野かな〉と、飯田蛇笏の〈芋の露連山影を正うす〉をあげて、「この句の枯野は虚子だけのものであり、蛇笏だけが見た芋の露であることを頑固に主張している」と述べて、季語が「歳時記にあるときよりははるかにいきいきとした生命を持ち、その作品だけに許された季語という印象を与える」と評価しています。

　同じ昭和六十年頃、「平凡をおそれぬこと。これは決して平凡なことではない。かつまた、その決断には、深い人生の体験がなによりも大事な要件」であると述べています。この辺りは龍太の体験・実感からくる意見ですので、深い人生の体験のない人には理解がむつかしいでしょう。

　引き続き、一九八九（平成元）年の「句集の条件」という文では、「私はまず、書名を見る。ついで、略歴を眺めて、あとがきを通読する」「書名もまっとう、そしてあとがきもよろしい、となると、ざっと本文に目を通す」と言い、序文と帯の推薦文には「信を置かない」と厳しい。序文・帯文を書く人は句集の作者の師や友人が多いため、忖度的仲間褒めが多いからでしょう。序文・跋文は結社の主宰が会員の句集について書くため、歯の浮くような誉め言葉が多いことは事実でしょう。しかし、龍太も多くの句集の序文・跋文・帯文を書いているので会員の場合は、褒めることに徹していたことは、面白い矛盾です。句集の在り方について書いているところが興味深い。普通、俳句作品について書く俳人は多いが、句集について語る文は稀有ですね。

いい句集の特徴として、「まず通読して、どこかに品位がある。風格といってもいい」「一集全体に著者の指向するものが明確に示されて、そこはかとなく呼びかけるものを内包する」「平明な句に、意外な迫力を感じさせる」「語感の確かさ」等を挙げています。ただ印象的で主観的で、今日も参考となりますが、なかなか実践することは難しいです。

また、一句一句の鑑賞は大切であるが、句集の評価には句集全体を読み通した印象が重要であるようです。あとがきが良い印象を与えること、俳句全体に品と風格があること、著者が指向するところが明確であることが句集評価に影響を与えると龍太はいいます。俳句の品とは何か、風格とは何か、具体的な句の例をあげて普遍性のある俳句論を展開してほしかったが、そのようなものが書ければ苦労しないといわれそうです。俳句論を通じて俳句の質と評価の在り方を論じることはなかったが、優れた俳人であったと思います。

現在は句集の時代であり、作品一句だけで多くの俳人の評価を得ることは稀でしょう。句集全体のテーマとそのテーマを表現した佳句の評価によって、句集とその著者が評価される時代だろう。

龍太から学んだこと

私は一ヶ月に一句できるかどうかという作句状態で誰にも見せず、ただ自分だけが満足しているだけですが、初めて出来た句〈夕闇にゆるる牡丹の重さかな〉が、ある雑誌の特選に入ったことがあり、幾人かの結社の主宰に少し褒めてもらった経験がある程度ですので、「龍太からどういう影響を受けたか」という問いには答えられません。ただ、初めて詠んだ句と龍太の

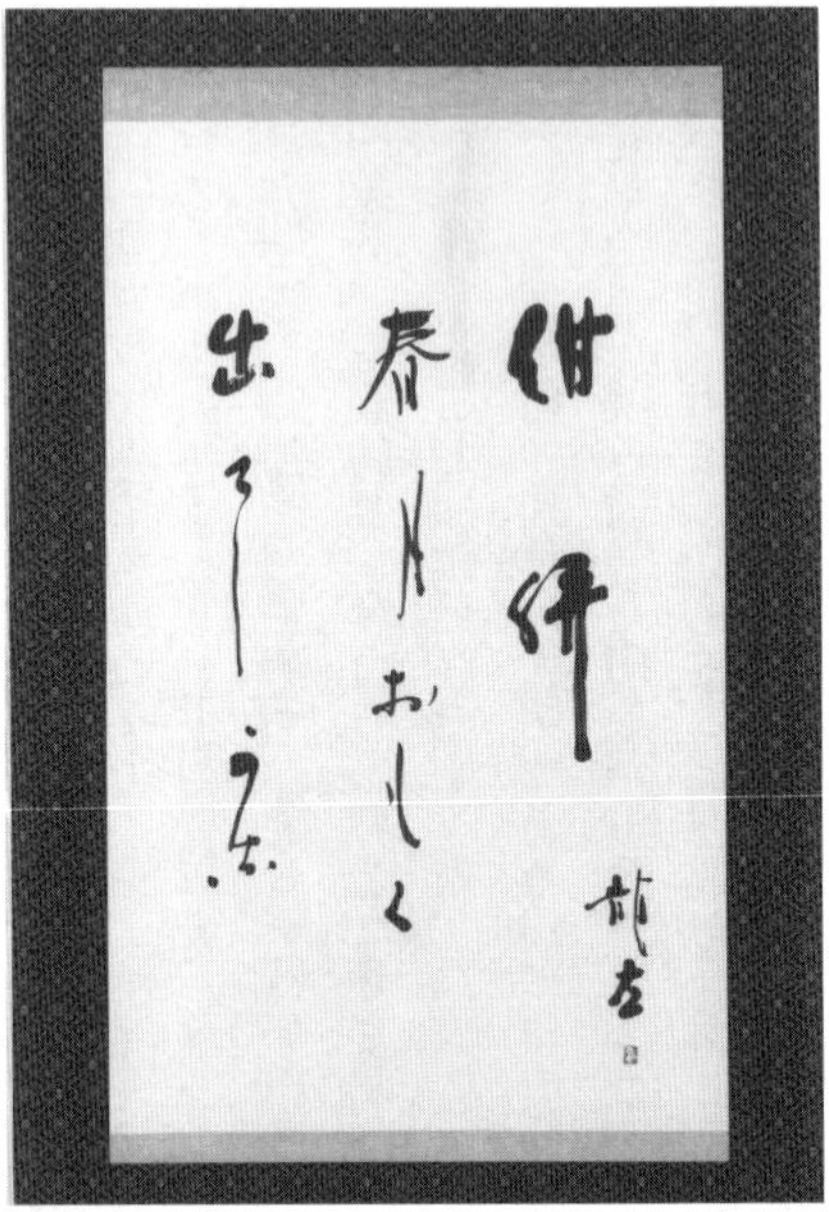

「紺絣の」句の句軸　　写真提供：飯田秀實

句との関係がないとは言えません。

庭で咲いている牡丹の花を眺めていた時に自然と降ってわいたような句ですが、今回、龍太の句を見直して、

紺絣春月重く出でしかな　龍太
抱く吾子も梅雨の重みといふべしや　〃
短日の鷗のひかりに重き海　〃
春風に綿の重さもなき旅心　〃

といった「重さ」を詠んだ句に二十年前に感銘して、無意識に影響を受けていたのかと思われました。あまりよくない例ですが、多くの優れた俳人の俳句を読むことが長い時間の後に自分の俳句の創作に影響するのではと思っています。学ぶということは、「まねぶ」や「まねをする」ことだといわれますが、俳句もまた龍太のような優れた作品を多く読んで深く考えることが大切かと感じます。

龍太への評価は簡単に結論を付けないこと

龍太が後世に残したものと言えば、すでに語った個々の俳句作品と俳句観の文章のすべてという他はありませんし、あまり一言、二言で優れた人を表現することは出来ないでしょう。だからもう一度私の文章を読んでいただきたいと思いますが、現在の俳人は、そもそも難しい評論は読まないと言われています。他人の龍太論は他人の意見であって自分の龍太観は自分で決めるという俳人が多数のようなので、最近は評論の価値に悲観的です。雑誌や本で読む評論の多くは私が俳句を理解することや俳句を詠むことに何の役にも立ちません。私自身も、評論を多く書いてきて、なかなか俳句とは何か簡単には言えないからこそ、今も書き続けているところがあるようです。龍太はこういう人だったと、簡単に結論付けないで、龍太の全句集を読んで、一句一句を深く味わっていくということに尽きるかと思います。私の文章や他の人の龍太論、特に作品論を読まれて、龍太の全句集を読まれて、龍太の句の鑑賞を文章で残す人が増えてくれれば、ここで時間をかけて述べた価値・意義があるかと思います。

おわりに

今まで坂口氏とメールでのやり取りは多かったが、二〇二三年十月三日、初めてお目にかかった。想像した通り、知性に富み、博識の方だとすぐ分かった。龍太の話になると、たちまち楽しそうに語り始めた。

氏は「二〇〇六年、初めての連載をまとめた『句品の輝き』の飯田龍太論で龍太からお礼の葉書を頂き感慨深かった。その葉書は、同じ頃金子兜太から頂いた葉書と一緒に、その後の私の文章を書く上での心の宝・支えとなり、私の俳句観の拠り所にもなっている」と語り、聞いている私も胸を熱くした。氏はまた、ご著書『俳句論のエッセンス』でも「飯田龍太の俳句論」を題とした龍太俳句の抒情性・反写生・品位と風格について論じられている。

氏から頂いた龍太をはじめとする俳人論著は現代俳句を研究する上で有益な参考書となっている。氏は今でも句作と共に俳人論や俳人の句の鑑賞の執筆を続けているが、旺盛なご活躍ぶりと姿勢に私は大いに励まされた。

董振華

坂口昌弘の龍太20句選

抱く吾子も梅雨の重みといふべしや　『百戸の谿』

露草も露のちからの花ひらく　『〃』

句集世に湧き八方に蟬わめく　『童眸』

母の手に墓参の花を移す夢　『忘音』

一月の川一月の谷の中　『春の道』

一本の枝垂桜に墓のかず　『山の木』

詩はつねに充ちくるものぞ百千鳥　『山の影』

夜も昼も魂さまよへる露のなか　『〃』

仕事よりいのちおもへと春の山　『遅速』

海きらめくは神の目か蝶の眼か　『山の影』

薄衣五体祈りのこゑに充つ　『遅速』

腰掛けてゐる石も墓鳥雲に　『〃』

草紅葉骨壺は極小がよし　『〃』

月の夜のきのこに魂のひとつづつ　「雲母」昭和59年10月号

斑雪山魂のいろいろ宙に充ち　「雲母」昭和60年4月号

月読の神の遊べる遍路道　「雲母」昭和62年3月号

冬の川仏事おほかたうとましき　「俳句」昭和64年1月号

詩神の魂遁げてゆく卯波かな　「雲母」平成1年7月号

またもとのおのれにもどり夕焼中　「雲母」平成4年8月号

山青し骸《むくろ》見せざる獣にも　『〃』

坂口昌弘（さかぐち　まさひろ）略年譜

平成15（二〇〇三）第五回俳句界評論賞（現在の山本健吉評論賞）。

平成18（二〇〇六）『句品の輝き―同時代俳人論』文學の森刊。

平成21（二〇〇九）『ライバル俳句史―俳句の精神史』文學の森刊。

平成22（二〇一〇）第十二回加藤郁乎賞（受賞作『ライバル俳句史』）。

平成24（二〇一二）『平成俳句の好敵手―俳句精神の今』文學の森刊。

平成26（二〇一四）『文人たちの俳句』本阿弥書店刊行。

平成28（二〇一六）『ヴァーサス日本文化精神史―日本文学の背景』文學の森刊。

平成30（二〇一八）『毎日が辞世の句』東京四季出版刊。第十回文學の森大賞受賞作『ヴァーサス日本文化精神史』。

令和元（二〇一九）『俳句論史のエッセンス』本阿弥書店刊。

令和4（二〇二二）『秀句を生むテーマ』文學の森刊。

令和6（二〇二四）第十六回文學の森大賞準大賞（受賞作『秀句を生むテーマ』）

選考委員歴

俳句界評論賞（第十五回）。

山本健吉評論賞（第十六回～十八回、第二十四回～）。

加藤郁乎記念賞（第一回～）。

日本詩歌句協会大賞評論・随筆の部（第八回～）。

現在、月刊総合誌四誌「俳句」（角川書店）「俳句四季」（東京四季出版）「俳壇」（本阿弥書店）「俳句界（文學の森）で連載中。

NPO法人日本詩歌句協会副会長。

第5章
太田かほり

はじめに

（二〇二三年十一月八日十一時　参宮橋にて）

本監修者のお一人の橋本榮治氏と太田かほり氏は黒田杏子氏の句会「雨洗風磨」「弓壱句会」のメンバーだった。手紙と電話で依頼し、即諾且つ数多くの資料とデータを頂いた。私も取材日までに、氏の俳句評論などをじっくりと読み返した。

「十一月八日午後一時から伊藤雅子氏の源氏物語のミニ講演会があり、もし、興味があれば聞きに来てほしい。またその前にインタビューが出来れば」との要望で、ご厚意に甘えて喜んで向かった。

当日、参宮橋の住友化学参宮寮のロビーで初めてお目にかかったが、「知性的で、いよいよ円熟、いよいよ充実」という印象を受けた。互いに事前の準備とやりとりを重ねたお蔭で、取材は円滑に進めることができた。更に取材後の素晴らしい講演会は望外の収穫だった。

董振華

俳句との出会い

私の郷里の讃岐は普段から俳句があるところ、土地柄というか、四国四県どこもそんな感じです。学校の先生や来賓で来られる町長さんなども朝礼や訓話の中に俳句を折り込んでいましたし、お寺さんやお隣のお爺さんや郵便配達の小父さんも、ちょっと縁側で俳句をしていくという感じだし、家庭訪問の先生は、自分の俳句を書いた色紙を持って来たりしていました。晩年の祖父は寝たきりで、小学生の私を呼び寄せては書き取らせていて、亡くなった後、仏壇の抽斗から短冊がたくさん出てきました。また、私の父は「春月」という俳号を持っていました。子どもの頃からこのような環境でしたので、小学生の頃から夏休みの宿題や年賀状には、俳句を作って遊んでいました。

大学進学で東京へ来ました。私の姉妹はみな同じ大学で、教わる教授も同じです。歌人の木俣修先生は夏休みの宿題に「一日一詠」を出しましたので、帰省した姉たちが三十一音に四苦八苦しているのをずっと見ていました。私が大学生になった頃に、山頭火ブームが起こり、「簡単そう」と思って（笑）、一日一句みたいに作りました。木俣修先生は「自ら創作者たれ」と常々言っておられ、私も作家になろうかなと思い、小説も書いてみましたけれど、挫折しました（笑）。

大学時代に長谷章久先生の「風土文学会」に入り、今でいえば吟行のようなことをしたり、万葉学者の犬飼孝先生の案内で飛鳥に行ったりしました。ちなみに奈良は今でも大事な吟行地になっています。卒業後、長谷先生のご自宅をお訪ねしましたら、俳誌「鹿火屋」の三代目の主宰原裕さんがいらっしゃった。この辺からだんだん俳句に近づきましたが、まだ入門はしていません。

四十歳くらいだったか、たまたま俳句文学館の講座を見つけ、参加しました。三日目には模擬句会があり、たまたま能村登四郎先生の会に割り振られ、「ラッキー」と（笑）。しかもそこで特選!! 味をしめた（笑）。それでどこかの結社に入ろうかなと思っていたら、ちょうど会が終わって、文学館のエレベーターで乗り合わせた「浮野」主宰に声を掛けられ、即、入門（笑）。ここまで、たまたまばかりでした（笑）。

詠むより読む方に傾く

一九八七年、俳誌「浮野」に「現代俳句展望」という連載を始めました。毎月の総合誌や結社誌の中から好きな俳句を選んで鑑賞するというページです。初めは二ページだったのですが、だんだん増えて三ページ、四ページ、五ページも書くようになりました。連載を始めると、採り上げた作者から、来るわ来るわ、「鑑賞を有難う」などと葉書が届く。たとえば、三橋敏雄、真鍋呉夫、後藤比奈夫、深見けん二、有馬朗人、中村苑子、桂信子、鈴木真砂女、津田清子、文挾夫佐恵、鍵和田秞子など、今でも柿本多映さんから葉書を頂いています。蛇笏賞作家や錚々たる方々から片田舎の小さな俳誌の、それもまた無名の私に直筆の葉書が来ました。若き頃の小川軽舟さん、長谷川櫂さん、岸本尚毅さんからも頂きました。それで一気に世界が広がりました。驚くでしょ？ 能村登四郎先生との幸運な模擬句会を経験して、先生の句がとても好きになり、一番多く採り上げたのですが、ついに、一度もお葉書を頂くことはありませんでした（笑）。その代わり、今は、能村研三さんから句集や俳誌を頂いています（笑）。もうお一人、村越化石さんの句が好きで、好きで、書きまくったのですが、ついに葉書は来なかったので、完璧な片思いでした（笑）。句の鑑賞は作者一人に宛てた恋文のようなものでしたから、なしの礫には落ち込みます。鷹羽狩行先生からの葉書はホルダー四、五冊はあるかしら（笑）。

最近は有名無名にかかわりなく、ほとんど来ません。こんな時代になったのかしら。ポストも撤去されるとか（笑）。連載は今も続き、三十年は書いています。お陰様で文章修行となりましたね（笑）。

それらの連載をまとめ、一九九七年に角川書店から『俳句回廊』を刊行しました。また、連載を切っ掛けに鷹羽狩行先生の「狩」に「狩行素描」の連載を八年間続け、二〇〇六年に角川書店から『鷹羽狩行の俳句』を出しました。今もですが、私は詠むというより読む方に傾いていていました。

鈴木豊一氏との出会い

先ほど言いましたように、一九九七年、本を出したいと思って当時の俳人協会会長だった鷹羽狩行先生に相談しましたら、すぐ俳句文学館で鈴木豊一さんに引き合わせてくださった。私の人生で最も大きな出会いを挙げるとすると、鈴木豊一さんは大事な一人です。その時はどのような方か存じ上げないまま、『俳句回廊』という本が出来上がるまでお世話になりました。出版社にお訪ねすると、毎回、ご多忙なのに俳句や俳壇について次から次へ話してくれました。

一度はちょうど上田五千石の訃報が入った直後でした。上田さんは角川の「俳句」の対談などに毎号のように載っていましたから、ご逝去による俳句界の衝撃は大きかったようです。俳句や俳壇のことをほとんど知らない私でも思わず「どなたが亡くなったのですか」と問い直すほどびっくりしました。

もちろん他の俳人の話も。とりわけ飯田龍太の話は熱が入りましたね。鈴木さんは、中央線の高尾から三駅目の上野原にお住まいでした。終電は高尾が終点でしたから、毎夜、奥様が車でお迎えされていました。しばしば山廬を訪問されていますが、いつも奥様が車で送迎されていました。後に都内に引っ越されましたが、気持ちの中には山廬に近くということがおありだったのでしょう。ついでながら、仕事の鬼のような鈴木さんですが、画を書かれる奥様と海外に四十回以上も行かれています。

二〇〇六年、二冊目の『鷹羽狩行の俳句』を出すために再び鈴木さんを訪ねました。その時、鈴木さんから「論と作の両輪で」と助言されました。拙著二冊の帯文は鈴木さんが書いて下さったのが私の自慢。「鑑賞もまた創作であることを実証する」「スリリングな狩行俳句鑑賞」など、本当にうれしい言葉でした(笑)。そして、表紙には鈴木夫人瑛子さんのスペインの古都トレドの風景画で飾っていただきました。

龍太と鈴木豊一、山廬後山にて
1971年　写真提供：鈴木豊一

蛇笏俳句との出会い

子どもの頃から〈古池や蛙飛びこむ水の音〉や〈柿くへば鐘が鳴るなり法隆寺〉は知っていましたが、中学の教科書で、飯田蛇笏の〈をりとりてはらりとおもきすすきかな〉、〈くろがねの秋の風鈴鳴りにけり〉、〈芋の露連山影を正うす〉の三句に出会い、俳句のイメージががらりと変わりました。正に出会いでした。

蛇笏という名前は強烈でしょ？　蛇のへの字も嫌いだったのに、「蛇蝎のごとく」っていうでしょ？　ところがしっかりと覚えました。そういう意味で龍太より蛇笏が先でしたね。そう、そう、二〇〇七年頃、山廬を見に行ってきました。石和温泉の駅前で、タクシーの運転手さんに、「飯田龍太の家に行きたい」というと、運転手さんは「蛇笏だな」と応えるんです。驚きましたよ。龍太より蛇笏の方が通りがいい、蛇笏の知名度は没後四十五年経っても生きているということに、もうびっくり仰天。蛇笏・龍太の風土・文化がしっかり根付いているという感じがしました。そう言えば、父より祖父の名前の方が通りがよい。田舎は記憶力があるんですね。どこの田舎でも。

先ほども言いましたが、鈴木豊一さんは私の人生において大きな出会いの一人です。二〇〇五年に角川書店から『飯田龍太全集　全十巻』が出ましたが、その編集も鈴木さんでした。たびたび山廬を訪ねて、龍太から厚い信頼を得ています。『飯田龍太全集　全十巻』のそれぞれの巻末の解題の最後に「S」とあるのですが、鈴木さんの頭文字でしょう。普通、解題は事務的にというか、無味乾燥的に書かれるものですが、鈴木さんは違いましたね。彼の龍太観が全集解題の随所に感じられますし、帯文も思いを込めて書かれています。たとえば、第一巻の俳句Ⅰは「故郷は他郷のごとく、他郷は故郷のごとく、自然と人間への懐かしさを格調高く諷詠する」、第四巻の随想Ⅱは「甲斐という呼称には、品位と俊爽の気がある」と書き出しています。龍太語録を織り込みながら龍太と龍太の風土を知り尽くしたキャッチコピーになっています。

鈴木さんから飯田龍太についてよく聞いていましたので、勤務先の個人研究図書費で全巻購入し、大学の図書館にも推薦しました。推薦した手前、学生たちにも時々龍太の俳句を紹介しましたから、学生には息抜きだったでしょう（笑）。

龍太俳句の句集別鑑賞

鈴木豊一さんの助言のお陰で、二〇〇七年から勤務大学の紀要に「飯田龍太の俳句」を書き始めました。ここから、本格的に飯田龍太の読者になっていきました。しかし残念ながら、この時はすでに「雲母」が終刊した後でした。なんで早く「雲母」に入会しなかったのでしょう、本当に後悔しましたねえ（笑）。それで、その後「雲母」の後継誌の「白露」、そして「郭公」に入会しました。やはり、蛇笏・龍太の太い流れの一滴になりたいと思いますよ（笑）。

制作順に編まれなかった訳
――第一句集『百戸の谿』から

第一句集はどの俳人の作品も概ねとてもいいですね。身近にあり、愛読したのは鷹羽狩行の『誕生』や上田五千石の『田園』などです。

龍太は二十九歳、この若さで句集を出して、あっという間に売り切れました（笑）。水原秋櫻子は「比類なく清新」と絶賛しています。古典的名句集、題もいい。句集名も創作ですね。

春の鳶寄りわかれては高みつつ

跳で走り回っていた（笑）、と誰かが書いていた？いえ、龍太本人かもしれませんが、そんな元気いっぱいの少年が鳶に魅せられる。ゆったりと大きく旋回し、だんだん高く舞い上がっていく。東京が見えるかな、いいなあと（笑）。地上からは見上げていますが、鳶からは見られています。後に、自然から見られていると認識するようになりますが、その兆しが既にありますね。

句集は制作年順に編むのが普通ですが、『百戸の谿』は昭和二十八年から逆に二十七年、二十六年へと遡っています。制作順にするとこの句は巻末に置かれる作品です。

紺絣春月重く出でしかな

郷愁の青春ですね。ある世代までが記憶している、たとえば、井上靖の『しろばんば』や下村湖人の『次郎物語』に通うような懐かしさがあります。漱石の『三四郎』や『坊っちゃん』でもいい。青春期は重苦しく悩ましい時代ですが、そこを「春月重く」としました。ぼってりと大きく重たげ、出たと見るや、ぐんぐんと昇り始める。不安や躊躇など若さゆえの苦悩を懐に、自力で前進するエネルギー、そんな内面を象徴するかのように春月が置かれている。春の宵は甘く、読者それぞれの懐かしい自画像にぴったり重なる、普遍性ということでしょう。瑞々しい、若々しい。「紺絣」は青春の形見のようなもの。一昔前までのみんなが通過してきた青年期そのものです。

山河はや冬かがやきて位に即けり

いきいきと三月生る雲の奥

三十三歳の作品です。この齢でこの完成度。この格調は山河を仰ぎ見る気持ち、故郷甲斐への信頼が詠ませたものでしょう。ですが、この時期、郷里への思いは複雑だった。一度は東京を経験してきた若い龍太が、心から、帰郷定住を納得するまでには葛藤があったでしょう。〈野に住めば流人のおもひ初燕〉〈梅雨の村墓域とおもふばかりなり〉〈梅雨の川こころ置くべき場とてなし〉〈梅雨の村にくみて濁りなかりけり〉など、赤裸々、隠しもしない正直さ、鬱屈をそのまま句にしています。こうした複雑な感情を超えたところ、いえ、まだ途中だったでしょう、そこに生まれた句です。

露草も露のちからの花ひらく

この句は教科書で、作者を意識せずに覚えた句です。正に、詩は無名がいい、ですね（笑）。露草は蔓延るので農家は困る。だけど、あの澄んだ青に吸い寄せられる。名前がいい、命名は露草の手柄ではありませんが、そう名付けさせたのは、露草の手柄（笑）。露ははかなさだけではない。露草にも露にも毅然とした美を見出しています。

抱く吾子も梅雨の重みといふべしや

冬ふかむ父情の深みゆくごとく

餉につくや父知らぬ子と露の夜を

炎天の巌の裸子やはらかし

子どもに恵まれ、両親もいて、兄の遺児もいました。この家族の中に蛇笏もいたと思うと別の感慨があります。これらはいわゆる吾子俳句とは違っていますね。親心は同じですが、私は、もっともっと大きな、人類愛的な大きさを感じます。

北溟南海の二兄共に生死を知らず

夏火鉢つめたくふれてゐたりけり

昭和二十二年九月兄鵬生戦死の公報あり
秋果盛る灯にさだまりて遺影はや
十二月二十二日は鵬生命日なり
母と子と灯し睦みて霜の燭
つづいて三兄シベリヤに戦病死
兄逝くや空の感情日日に冬

あとがきに「この渓谷に還つて眠る三人の兄等の霊前に一書を捧げる」とあります。句集名はその思いを反映している。句集の最後に昭和二十三年以前の句が収められ、十二句の八句が三人の兄の死を詠んだものです。それぞれの前書が飯田家の悲しみを物語っていますね。この句集が制作順に編まれなかった訳がここにあります。制作順だったならば、この句集の印象はかなり違っていたでしょう。

蛇笏の慟哭
――第二句集『童暲』から

大寒の一戸もかくれなき故郷
雪の峯しづかに春ののぼりゆく
渓川の身を揺りて夏来るなり
満目の秋到らんと音絶えし

私は第二句集も好きです。最初の一年分から掲載順に引きました。堂々たる立句ですね。一句目は、第一句集の題名を受けたものでしょうか。高みから見守る大きなものの目を感じますが、違っているかしら？どうでしょう？　おかしな鑑賞はしない方がいい？龍太に鑑賞は無用といわれそう（笑）。

二句目は、大らかさがあり、それでいて、繊細な捉え方です。春らしく、柔らかく、優しく、描いています。春の息吹というような月並みな表現が具象化され、「しづかに」、しかし、躍動的です。

三句目の「身を揺りて」もいい。生き物のよう、視覚的、肉感的な把握です。

四句目は視覚から聴覚へ、大きくうねらせ、一捻りしています。秋はさまざまな色や音が満ちていますが、晩秋になるにつれて目からは色が、耳からは音が消えていく、その両方を一句に収めています。

露の土踏んで脚透くおもひあり

第二句集は逆縁の悲しみのさ中の句集です。わずか六歳の次女の純子ちゃんがたった一夜で急死する、こんな運命が飯田家を襲う。龍太はエッセイで蛇笏の号泣する様子を描いています。

ちょっと脱線しますが、私は二〇〇九年発行の、千部限定の写真集『飯田龍太』を持っています。私にとって本当に宝なんです（笑）。その中の、飯田家五兄弟が詰襟の学生服に学帽を被った記念写真を見た時、息を呑みましたよ。あまりの清々しさ、圧倒的な若さ、「玉の男御子（おのこご）」とでも言いたいような思いでした。この写真は一九三八年に撮影したもので、十年後にはその中の三人が亡くなっています。蛇笏は、我が子の死には涙一つ見せなかったそうですが、孫の急死に号泣します。小学校に上がるために買い揃えていた色鉛筆なんかを蛇笏は一つずつ柩に納めます。私は、今、自分で見て来たように話していますが、これは龍太の筆の力です。龍太がエッセイにその場面を描いています。ある意味で、私が龍太を好きになったのは文章家としてかもしれません。これを書いた龍太の人間としての心に揺さぶられました。描かれた蛇笏の人間らしさに泣きましたよ。文学は人間の心を描く、そこがテーマですが、龍太はそこを書いている。悲しさの極みなのに、読者をしっかりと泣かせながら、どこか温かな涙に変えさせる、そんな文章です。

句に戻りますが、「露」に万感の思いがありますね。「露」は日本の伝統を背負った季語です。本意は儚さですが、川端茅舎が〈金剛の露ひとつぶや石の上〉と詠んでからは、強靱な美という意味も含んだ言葉へと変わっていきます。露の降りた地面に立ち、自分の脚が透明になっていくと感じる。透明とは混じりけのないこと、露の清らかさが脚そのものになる。それは、亡き子が赴いた浄土に近づくような感覚でしょうか、ですが、浄土への一線を越えません。露には儚いだけではなく金剛の力があります。その力で悲しみのこの世に踏み止まっている、と鑑賞したい。ちょっと強引かな（笑）。かなり強引ですね（笑）。

薔薇園はるか没日の松林

次女の純子ちゃんが亡くなる一週間前に一家は薔薇園に行っています。蛇笏と純子はお猿の電車に乗ったり、木陰でソフトクリームを食べたり、その時撮った写真が残っています。蛇笏の代表句の〈薔薇園一夫多妻の場をおもふ〉が詠まれた時です。元気な純子を最後に喜ばせた薔薇園は、亡き後は特別の場所となります。涙を流すところ、感謝の念を抱く場所。健やかな純子を健やかに遊ばせた薔薇園です。走ったり、しゃがんだり、跳ねたりする純子百態が薔薇園に残っている。祖父に手を引かれた愛らしい幼子。私は、蛇笏の一面を垣間見て、飯田家の全体像を補足します。三世代同居のナイスファミリーです。しかし現実は、その薔薇園は手の届かない「はるか」となり、「没日」の闇の中なのです。

左から龍太、鈴木豊一、俊子、山廬にて　2001年4月9日
写真提供：鈴木豊一

枯れ果てて誰か火を焚く子の墓域

純子が亡くなった一年後の作品です。枯れ果てた景色は龍太の心象でしょう。生涯拭えない哀しみです。「誰か」は蛇笏ではなかったかと思ってしまいます。どっと泣けてくる。龍太はもっと泣いたでしょう。

稀有なる父子
――第三句集『麓の人』から

龍太は写真好き、撮るのも撮られるのも好きでした

（笑）。関連の本を開くと、たくさんの写真が載っています。蛇笏・龍太二代の山廬を訪れた顔ぶれは昭和の文壇史のようです。中央から離れ、万葉歌人の大伴家持が赴任した越中や大宰府に似ていた？　都以上に華やかな、でも、都とは別の文化の花が開いたところです。

蛇笏と龍太の関係はどんなものだったのか。同じ道を行く二人の関係は大きな課題だったでしょう。龍太が蛇笏の句会で特選になると、それが「偶に」ではなく、「度々」あったようなのですが（笑）、蛇笏は龍太句の評は一切しなかったと龍太の随筆にあります。父子といえば、中世の歌人の藤原俊成・定家父子の例がありますが、詩歌史上、この父子は特筆の二組でしょう。その蛇笏の最晩年から死後を詠んだ時期が『麓の人』です。

亡き父の秋夜濡れたる机拭く

蛇笏の机ですが、この机は戦死した一番上のお兄さんの遺品とされています。「濡れたる」が深い。蛇笏が人知れず涙を落とした机だと龍太は知っていた。二人分の遺品となった机です。秋の夜、じわりと沁み入るような句です。

死にたまふ母
──第四句集『忘音』から

一九六二（昭和37）年に父蛇笏が、続いて一九六五（昭和40）年には母菊乃さんが亡くなります。死は文芸の大きなテーマですね。やはり、凄い。

落葉踏む足音いづこにもあらず
生前も死後もつめたき箒の柄
亡き母の草履いちにち秋の風
父母の亡き裏口開いて枯木山

斎藤茂吉の「死にたまふ母」は、国語の教科書で知って、中学生でしたが、衝撃でした。今でも暗誦できます。両方を並べると短歌と俳句の違いがはっきりと分かります。短歌は号泣しているような感じで、俳句は泣かない。足音や箒や草履などがまざまざと在りし日のお母さんを蘇らせる。句集名の「忘音」は龍太

龍太母「菊乃」　撮影：飯田龍太

の造語でしょうか、その思いがこのタイトルに凝縮しています。「生前も死後も」時間は連続しています、何も変わらない部分と変わりゆく部分が同時に存在しながら、次第に普段が変形していく。菊乃さんといえば素晴らしい写真、いかにもこの時代の日本のお母さんという感じの一枚、割烹着で新聞を広げて読んでいる何気ない写真があります。縁側の日溜りのような一枚。蛇笏の妻、龍太の母ですが、どこか懐かしいような、身内のような、とってもいい写真。先ほどもお話しましたが私の宝物の写真集『飯田龍太』に載っています。「小黒坂点描」の題が付され撮影飯田龍太とあります。被写体への眼差しに胸が熱くなります。龍太の目ってこんなのですね。写真家としても一流です(笑)。

本物の二流として
――第五句集『春の道』から

龍太に「蛇笏の代役」という大変興味深いエッセイがあります。蛇笏最晩年の二年間の「毎日俳壇」は龍太が代わりに選をしたと、ずっと後になって明かしています。代役といえば、龍太は若いし、二世への周囲の目は厳しいいし、大きな会で不快な空気も経験していたようですが、堂々と代役を演じました(笑)。龍太は「本物の二流になりたい」と言っています。「一流が分る人」という意味です。その後、「雲母」を継承し、広く俳壇の期待と信頼に応え、名実ともに評価を高めていきます。第四句集までは、個人史的な句が沢山詠まれていますが、第五句集のこの時期は、郷里の自然にじっくりと向かい合い、そこからいよいよ、あの名句誕生！

一月の川一月の谷の中

鑑賞を退けますね。単純化の極みです。単純化や省略は、余白・余情へ、抽象へとつながっていきます。この句は、発表後、賛否両論があり、俳壇を越えて話題を投げかけました。大岡信や長谷川櫂は、深く踏み込んだ解釈・鑑賞をしています。高柳重信や中村苑子もこの句に注目し、早くから評価しました。一方で、具象派からは、血肉が感じられない、骨だけの感じ、はらわたを摑んでほしい、などと否定的でした。だけど、「骨だけ」は言い得て妙（笑）、骨格があるという誉め言葉とも取れますよね？　肝心要の背筋を誉めたようにも、贅肉がないということにもなりませんか。否定したつもりが逆（笑）。ということは否定派も何かしら感じ取った、完璧否定ではなかったのではないかしら？

この句の要は「一月」ですね。季語としての一月が動かない。二月になると春の兆しがどこかにありますが、それがない。あるのは一月の厳粛さだけ、そこが句の格を決めたところです。一月の引き締まった感じ、荘厳さです。天と地と、そして宇宙を感じさせる。昭和四十四年の作品ですが、その時代の一月の自然です。名画のようです。本当に、圧倒的な名句ですね。龍太は俳句に鑑賞は要らないと言っていますが、その通りです。私の感想など大きな蛇足でした（笑）。

白梅と紅梅と
――第六句集『山の木』から

白梅のあと紅梅の深空あり

見逃せない一句です。これまでの日本の春は躊躇いがちに、行きつ戻りつ、しだいに歩みを進めていくって感じでした。寒気の勢力下に白梅は咲きます。やがて、白梅の終わった空に紅梅が咲き始めます。白梅と紅梅とどちらが好き？　と聞かれても、どちらか一方は選べませんね（笑）。白梅がダンゼンと思っていても、紅梅を見ると、心変わりする。龍太さん、狡い（笑）、そこを衝かれたような句ですね。

茶漬けの味わい ——第七句集『涼夜』から

この句集について、大岡信は、『料理で言えば、しかるべき品々が出たあとに軽く出される蕎麦とか茶漬とかいったもの』（昭和53年10月「俳句臨時増刊　飯田龍太読本」）と評しています（笑）。でも、気になる句があります。

冬晴れのとある駅より印度人

森澄雄の〈炎天より僧ひとり乗り岐阜羽島〉（『鯉素』1977年刊行）が発表されるや、俳壇では大きな話題となりましたが、龍太作が先行句です。どちらも意外な取り合わせに面白さがあります。龍太句はストーリー性があります。澄雄句は一瞬の驚きが焦点化されています。「とある駅」は、異邦人が下車しそうにない地方の駅。目鼻立ちや服装で、すぐにインド人と分かる、だから、驚きます。インドは遥かに遠い国だけれども、日本人はインド人の風貌などよく知っている。その無意識の知識が刺激される。熱帯のインドに対して真反対の冬とし、おや？　というような意外性がありますしね。一方の岐阜羽島は陸の孤島のような所に近代的な駅があります。龍太と澄雄と、このお互いに認め合った当代一流の二人の句の共通点と違いを見るのも一興と思って採り上げました。

蛇笏の山 ——第八句集『今昔』から

去るものは去りまた充ちて秋の空

「去る」の対義語は「来る」ですが、「充つ」を使っています。「来る」には明るさや希望が感じられ、「充つ」にはもっと明るく楽しい気分があります。来たものが去るのが世の習わし、渡り鳥の季節が　想像されますが、「地上も」という含みがあります。「去るものは去り」の厳しい口調に対して、つづく五音にはきりりと気分を切り替えたよさがあります。夏の空から秋の空へと移りゆく自然界の変化を受容し、人間界のこともまた受け入れる、ということでしょうか。

鹿の子にももの見る眼ふたつづつ

龍太の幼いものへの優しい眼差しは、幾つもの作品に見られますが、この句の慈愛はまた格別。鹿の子の愛らしさを大粒の黒々と澄んだ眼の一点に絞り込んだ。ものを見る役目を負った眼、一対の眼、その動物一般の普遍を改めて言葉にしています。すぐに暗誦してしまう句です。

蛇笏忌の空屈強の山ばかり

この句も好きですね。蛇笏を心から讃えています。山廬は峻厳な山々が取り囲む甲府盆地の一角にあり、甲斐といえば連想はまず山です。その山々が龍太を創り上げた。龍太にとっては蛇笏も山だったでしょう。「屈強の山」は実景であり、蛇笏の精神世界でもあります。

子規・虚子への思い
――第九句集『山の影』から

龍の玉升《のぼ》さんと呼ぶ虚子のこゑ

龍太の随筆に興味深いものがあります。子規と虚子は師弟ですが、性格的に相反するものがあり、同時に信頼し合うものがあったとし、それだから、子規の亡くなった直後の虚子の名句〈子規逝くや十七日の月明に〉ができたのではないかと深遠な分析をしています。二人は伊予松山の同郷でした。龍の玉は青くてきれい、投げて遊んだ思い出はそれぞれに、二人にも龍太にもあったでしょう。「升さん」と呼ぶ間柄にほのぼのとします。同郷という共通点がなければこの発想はなかったでしょう。よく「升さん」を織り込んだ句を見かけたり、私も詠んだりしますが、ここで反省（笑）、優れた先行句があった。この句には太刀打ちできないですね。

颯爽とした風姿
——第十句集『遅速』から

百千鳥雌蕊雄蕊を囃すなり

鈴木豊一さんと　2008年6月20日
写真提供：太田かほり

三十年ほど前ですが『俳句という遊び』（岩波新書）という本が出て、句会とはこんなに面白いものかと夢中で読みました。帯に「春爛漫の甲州に八人の俳人が集う」とあります。当代一流の俳人、飯田龍太・三橋敏雄・高橋睦郎・坪内稔典・小澤實・田中裕明・岸本尚毅の句会録です。一人十句出し、八句選です。記録したのは小林恭二ですが、句会の一部始終を見ていた客観的なコメントが的確です。今では有名なこの句、その時は、三橋・田中の二点句でした（笑）。句会後に高橋睦郎が句会最高の一句だと誉めています（笑）。句はちょっと猥雑かな？（笑）、龍太がこう詠むんですねえ、驚きました（笑）。

涼風の一塊として男来る

「男」とは龍太？　そう思いませんか？　龍太らしい颯爽とした句です。発表当時、総合誌で話題になったのをよく覚えています。男の風姿とでもいいたいような、かっこよさ（笑）。内面まで描いていますね。モデルは誰でしょうね。やはり、龍太の自画像としたいですね（笑）。

名言の数々

「詩は無名がいい」、「俳句は石垣のようなもの」、「普段着の文芸」、「俳句は陶器のようなもの」等のこれらの名言は『飯田龍太全集　第七巻　俳論・俳話』の目次にもなっています。易しい言葉や身近な譬えで深遠なことを解り易く言っています。俳句は庶民の詩といわれますが、「作品が愛誦されたら、もう作者は誰でもいい」は、詩の本質ですね。

最近、私は、広島の無名の俳人の生涯を綴った『杉山赤冨士の俳句』という本を出しましたが、今、俳句が盛んなのは赤冨士のような在野の無名の無数の俳句好きのお蔭じゃないかと思います。正に龍太の言う通りです。これが庶民の間で十七音が生き続けてきた背景ではないでしょうか。ただし、龍太は名を求めて努力することを否定してはいません。

俳句は「野面積み」のようなものとは、何の加工もしていない石を生かし、素朴だが合理性と耐久性のある石垣に似ているということです。伝統の技術で生み出した実利的な石垣、無名の石工たちが作ったものですが、強いばかりか、機能美を備えています。

「普段着の文芸」とは、日本人が普通に持っている感性が基本だということでしょう。勇気づけられますね、「普通」とは。俳句は普段使いの雑器のようなものとも喩えています。実用的だから長く愛用される。よさがあるからでしょう。

まだまだ、龍太の本を開くと、開いたところに名言があります。「文字にあまえないこと」「活字の力を過信しないこと」は「舌頭千転」ということですね。よく引用される「北窓の風景」など、本を開けば至るところに素晴らしい言葉がどっさり、どれにも頷いてしまいます。これが龍太です。

随筆・随想の名手

私は、俳句より先に散文の方から龍太作品に入っていきました。抜き書きもいっぱいしましたよ。一つの分野に秀でた人がその道を通して書いた随筆は、実に、読み応えがあります。龍太は散文を書く目的の一つは、韻文と散文の両方の特色を知らなくては書けないということ。もう一つは俳句だけでは独断と偏見に溺れる危険があり、それを避け、客観的な目を維持するためと言っています。

龍太の随筆のよさは読後の清々しさにもあります。短編小説のようなエッセイもあります。いつだったか、朝の通勤電車の中で読んでいて、降りる駅を通過しても次の行動が取れなかったほど読み耽っていたことがありました。読む前より自分が上等な人間になった気がする（笑）。幸せな経験でしたね。死を書いたエッセイでさえも、読後に温かさや幸福感が残る、そんなところが文芸のよさではないでしょうか。

蛇笏の息子としての子どもの頃の抵抗を記した微笑ましいエピソードや、句会で蛇笏の特選を取った時の双方の気まずいような照れのような場面なども書かれています。師であり父であるという関係はそれほど多くは素材としておらず、龍太の節度を感じますが、そこから蛇笏の一面を垣間見、飯田家の全体像を補足しました。蛇笏の句業とは別に、実像を理解するための補助線を引くことができる龍太の名随想です。

名伯楽として

龍太は名伯楽でした。よい句を発掘し、人間を育て、俳句の裾野を広げています。ＮＨＫ学園俳句講座の創設者としての功績もあります。開講三十周年を記念して二〇一一（平成23）年に笛吹市で俳句大会が開催され、その時、山廬訪問と句会をセットにしたスクーリングがあり、私は初心者ながら参加しました。句会指導の廣瀬直人さんが、龍太語録である「いい句を選ぶ」「いい句への好奇心」を直人さんご自身の言葉として、何回も使われたのが印象的でした。龍太は「句を選ぶ」重要性を何度も繰り返しています、くどく、くどく（笑）。「雲母」終刊の理由の一つは、選句に耐え得る体力が伴わないということでした。龍太は、俳句誌の主宰に必要な条件に選句力を挙げています。良質の作家を見出すことが第一、忖度してはいけない（笑）。終刊の言葉に「選は一対一の関係」「安易な添削はその本義さえ損なう」とあり、厳しいです。廣瀬直人さんにこの信念が受け継がれ、「添削は作者の言葉で」と主張されていました。「俳句は自得の文芸」とした龍太の考えを貫いていましたね。句会は随所で龍太語録を手繰り寄せるかのようでした。何より、俳句の世界の法悦に浸るような直人さんの様子、それも龍太がもたらした喜びだったのでしょう。龍太は、「直人さん自身の作品には真竹の色がある。それも真冬の、みずみずしく直立群生した趣があるように思う」（廣瀬直人句集『帰路』序　昭和47年）と評しています。素晴らしい言葉の贈り物、このように人を励ますのですね。

名伯楽としての龍太は磁石のような磁力があった（笑）。多くの俳人を育てていますが、編集者にもよい仕事を促しています。龍太は、よい主宰者が存在することと、総合誌の編集者に高い見識があること、これが俳壇に必要だと言っています。編集者の働きに一目も二目も置いていました。

龍太は、戦前に改造社刊行の「俳句研究」の編集者であった山本健吉をとても信頼していました。山本健吉には理性と詩眼のバランスがあると言っています。山本健吉が「俳句研究」の編集者であったわずか三、四年の間に、「俳句研究」を舞台に、草田男・波郷・楸邨・茅舎・たかしなどが活躍しています。

もう一人、龍太が編集者として信頼していた人が、前にもお話した角川書店の鈴木豊一さんです。「俳句」に特集や対談など、読者を本格俳人に置いた重厚な企画を打ち出しました。ハウツーものなんかではない（笑）。また、『現代俳句体系』『飯田蛇笏集成』『飯田龍太全集』『山本健吉俳句読本』などのシリーズを企画・編集しています。鈴木さんが退職後に出された『俳句研究ノート』は、四十余年間の編集者としての豊かな経験、深い教養、広い視野によって俳句の本質論を展開した本です。この本で第十二回山本健吉文学賞を受賞されました。選考委員の宮坂静生は、「深く切り込みながらも、さっと切り上げるという、切り上げ方が上手い。飯田龍太さんから学んだ手法、井伏鱒二さんとも似ている」と評しています。編集者の存在をきっちりと評価し、育てた、それも龍太の偉業の一つではないでしょうか。

鈴木さんは、普段は俳句を詠まれませんが、龍太の三回忌に、〈亡き人のこゑ朗々と梅ひらく〉と詠んでいます。龍太の声が「朗々と」澄んでよく響くという意味です。澄むとは濁りなきこと、正しいということ、響くとは長く広く伝わることです。寒気の中の梅一輪、孤高の姿、すなわち龍太の佇まいへの鑽仰です。毅然として美しく、近寄りがたく貴い、龍太を梅一輪に重ねて回想していますが、一読者としての私の龍太観も、全く、その通りです。

私は龍太の大きな遺産は「言葉」だと思います。俳句の本質に迫った言葉、それ故に厳しい、易しくはない、それを龍太の遺産として残したい、伝えたいと思います。『語りたい龍太　伝えたい龍太』に最もふさわしい証言者は鈴木豊一さんだと思わない訳にはいきませんが、残念、既に故人となられました。鈴木さんのブログ「俳句は自伝」は今も見ることができます。

龍太はＮＨＫ学園の機関誌「俳句」の執筆者に、当時は読売新聞社勤務で「杉」編集長の榎本好宏を指名しています。「芭蕉門の人々」を二年間、「江戸期の俳人たち」を二年間連載し、後に一冊にしています。俳人と俳文学者は別々の感がありますが、俳句の実作者にしか見えない視点からの解釈と鑑賞は貴重です。

「初心者向けに」という龍太の注文にも応えて読み易い。『去来抄』などに出てくる蕉門を知る最適な入門書です。古典はなかなか手が出し難い、お勉強という感じで敬遠しそうですが、そんなことはない、江戸時代の有名人とあっさり隣人になったような気になります。私は、近世文学を少し齧りましたが、生半可、なかなか理解できませんでしたが、この本のお蔭で力を抜いて蕉門十哲始め古人に近づけました。龍太の指名により誕生した『江戸期の俳人たち』は、お薦めの一冊です。連載中は絶えず龍太から励ましの手紙があったそうです。この一冊は龍太の伯楽としての力の賜物、よい仕事をさせたり、よい本を世に出させたり。磁力のあるものには自ずと人材が吸い寄せられるということでもありますね。

自選の厳しさに学ぶ

龍太の死後に「自選八十句」が見つかりました。それ以前に「自選百五十句」（平成五年の三月号「俳句研究」）がありましたが、さらに厳選です。たとえば、第二句集『童瞳』からは句集名を思わせる句は外されています。〈月の道子の言葉掌に置くごとし〉や〈枯れ果てて誰か火を焚く子の墓域〉もありません。厳しい自選ですね。自然詠をより上に位置付けたのですね。

ですが、自然だけではなく、人間の呼吸が感じられる句も自選しています。代表句の〈一月の川一月の谷の中〉は一見すると川と谷が見えるだけですが、「一月」と置いたことによって人間が描かれた。厳粛さですね。それを感じるのは人ですから。

また、肉親を自然の一部のように詠んだ作品を選んでいます。まず甲斐の自然があり、そこに生きる暮しがある。大きな自然とそこに根を張った人々への共感が龍太作品だと思います。

自選とは、何を優先するかという選択ですね。龍太は、自然と人間が溶け合った風土を最優先したと思います。縄文・弥生以来の土地の歴史、人間の営み、そのへんに俳句のルーツを見ているのが飯田龍太だと思います。

山廬に集う人々

龍太・蛇笏をめぐる人々にとって山廬とはどういうところか、その一端が窺える龍太の一文があります。佐々木菁子さんという九州の方が、はるばる、ひょっこり、何の前触れもなく、しばしば山廬を訪れるのですが、遠くからやって来て、山々を眺めて、そこの空気に浸り、飯田家のお墓に参り、道端に座る、それだけで満たされる、こんなふうな山廬詣でなのです。佐々木菁子さんは一例です。「雲母」会員は全国にどれほどいたでしょうか。私淑した人の数ははかり知れません。蛇笏・龍太の作品とその故郷を切り離せないものとして熱い思いを抱いていたのでしょう。

先ほどお話したスクーリングに参加して、龍太の風土を実際に見ました。峻厳な山容が望める自然そのものを文学の対象とすることからもたらされる恵みがいかに大きいか。若い頃の故郷への屈折した思いをはるかに凌駕する恩恵がそこからもたらされたのですね。全国の俳人にも、蛇笏・龍太の風土は、時、所を超えて強い影響を与えています。風土は自然と人間が織り成すものです。龍太は「俳句は人間に対する関心を深めつつ自然に憬れるもの」と考えています。龍太の風土観が共感を得ていったのでしょう。

山廬訪問　2011年9月2日

ついでに、自慢話（笑）、この大会で、私、〈くわんのんは女人におはす桃の花〉が井上康明特選、廣瀬直人・坊城俊樹の佳作に入りました（笑）。これが、後々「郭公」に入会する動機、現金な私です（笑）。何度か山廬を訪ねましたが、飯田家の墓地の周辺には桃畑があり、桃の実が色づいて、優しい印象でした。男っぽい甲斐のイメージではありませんでした。次女の純子さんや母菊乃さんを詠んだ絶唱をしみじみと味わってきましたが、私のこの句は龍太周辺の女性たちを重ねたものです。

龍太は高潔な人柄で知られていますが、その薫陶を受けた俳人に限らず、地元の人たちにも親しまれています。小さなエピソードですが、龍太亡き後に山廬の辺りを訪ねた時に、龍太夫妻を病院へ送り迎えしていたというタクシーの運転手さんに出会いました。その運転手さんが「優しい先生でした。先生は奥さんをとても気遣っていたのに自分が先に逝ってしまった」と。これからも、山廬にやって来る人たちにこんなふうに証言していくでしょう。

おわりに

二〇二三年十一月八日、本書では十番目の語り手として、太田氏からお話を聞くことが出来た。ここまでちょうど半分の取材を終えた。大学で教えてもおられたからだろうか、大変知性的な雰囲気を湛えつつ、生き生きとした表情で、エピソードを交えながら、ゆっくりと龍太について話された。太田氏は作句より先に俳句評論を書き始めた。一九八七年「浮野」に入会して、「現代俳句展望」の連載を開始し、現在三六〇回目三〇年に及んでいる。既に終刊になった「狩」「廻廊」や、「朱雀」「航」「むさし野」に俳句鑑賞を連載。二〇〇七年から二〇一三年にかけて文京学院大学外国語学部・人間学部の紀要に、飯田龍太の俳句第一句集『百戸の谿』から第八句集『涼夜』までの俳句鑑賞を執筆。「龍太が後世に残したものといえば、名言の数々、名随筆・名随想、名伯楽ぶり、自選の厳しさなど色々あるが、もう一つ、高潔な人柄を挙げたい」と語る太田氏の賛辞は、長年の龍太研究の成果によるものだと感じた。

董振華

太田かほりの龍太20句選

春の鳶寄りわかれては高みつつ　『百戸の谿』

紺絣春月重く出でしかな　『〃』

いきいきと三月生る雲の奥　『〃』

大寒の一戸もかくれなき故郷　『童眸』

雪の峯しづかに春ののぼりゆく　『〃』

渓川の身を揺りて夏来るなり　『〃』

手が見えて父が落葉の山歩く　『麓の人』

落葉踏む足音いづこにもあらず　『忘音』

亡き母の草履いちにち秋の風　『〃』

父母の亡き裏口開いて枯木山　『〃』

どの子にも涼しく風の吹く日かな　『忘音』

一月の川一月の谷の中　『春の道』

かたつむり甲斐も信濃も雨のなか　『山の木』

白梅のあと紅梅の深空あり　『〃』

去るものは去りまた充ちて秋の空　『今昔』

鹿の子にもものの見る眼ふたつづつ　『〃』

龍の玉升《のぼ》さんと呼ぶ虚子のこゑ　『山の影』

なにはともあれ山に雨山は春　『遅速』

枯蟷螂に朗々の眼あり　『〃』

涼風の一塊として男来る　『〃』

太田かほり（おおた　かほり）略年譜

昭和23（一九四八）香川県生まれ。

昭和62（一九八七）「浮野」入会。「現代俳句展望」連載開始。

平成8（一九九六）「奥の細道文学賞」（選考委員　大岡信・尾形仂・ドナルドキーン）優秀賞受賞「あなたなる―不器男の郷・放哉の海を訪ねて」。

平成9（一九九七）『俳句回廊』（角川書店）刊。

平成12（二〇〇〇）「狩」に「狩行素描」連載（二〇〇七年まで）。同年『新日本大歳時記（カラー版）全5冊』（角川書店）、季語解説部分執筆。『名句鑑賞事典』（角川書店）、俳句・俳人の解説と鑑賞を部分執筆。映像俳句歳時記『鑑賞読本』（日本通信教育連盟刊）季語解説部分執筆。

平成16（二〇〇四）文京学院大学外国語学部・経営学部・保健医療技術学部・人間学部・英語科にて教鞭を執る。この間、文京学院大学生涯学習センター「文京カレッジ」文学講座担当、文京学院大学生涯学習センター「俳句を楽しむ会」担当、文京学院大学外国語学部・人間学部の紀要の執筆。


（紀要執筆年とタイトル）

・平成18（二〇〇六）「俳句に見る戦後六十年」。
・平成19（二〇〇七）「海外俳句に見る季語」。
「飯田龍太の俳句　第一句集『百戸の谿』より」。
・平成20（二〇〇八）「蛇笏賞作家鷹羽狩行の俳句」。
・平成21（二〇〇九）「飯田龍太の俳句　第二句集『童眸』より」。
・平成22（二〇一〇）「飯田龍太の俳句　第三句集『麓の人』・第四句集『忘音』より」。
・平成23（二〇一一）「飯田龍太の俳句　第五句集『春の道』・第六句集『山の木』より」。
・平成25（二〇一三）「飯田龍太の俳句　第七句集『涼夜』・第八句集『今昔』より」「震災俳句の可能性」。

平成18（二〇〇六）『鷹羽狩行の俳句』（角川書店）刊。

平成20（二〇〇八）「朱雀」に「鷹羽狩行先生と狩の人々」連載開始（二〇一四年の休刊まで）。

平成23（二〇一一）「白露」入会。

平成25（二〇一三）「郭公」創刊入会。

平成26（二〇一四）「雨洗風磨俳句会」（黒田杏子指導）入会。「かたばみ」に「現代俳句俳句逍遙」連載開始。

平成27（二〇一五）「朱雀」に「狩行山脈」連載開始、現在連載中。「航」に入会。「榎本好宏作品を読む」の連載開始。現在「榎本好宏俳句鑑賞」連載中。

平成29（二〇一七）「弓壱句会」（黒田杏子指導）入会。

平成31（二〇一九）「クラブ部関東俳句会」（鷹羽狩行指導）入会。

令和元（二〇一九）「廻廊」に「八染藍子句集を読む」連載開始。

令和2（二〇二〇）「廻廊」に「杉山赤冨士句集『権兵衛と黒い眷族』を読む」連載開始、終刊まで連載。「むさし野」創刊入会。「二川茂徳俳句鑑賞」連載開始。

令和5（二〇二三）『杉山赤冨士の俳句』（ふらんす堂）刊。

第6章

宮坂静生

（二〇二三年十一月二十八日　十三時　「岳」事務所にて）

はじめに

宮坂静生氏のお名前は金子兜太師より伺っていた。現代俳句協会会長も務めていたことも知っており、また、何度か公的な場でお姿を拝見していたが、二〇二二年『語りたい兜太』の取材までは直接に言葉を交わす機会を持てなかった。氏は俳句においての業績はもとより、正岡子規、高浜虚子、金子兜太、飯田龍太、藤田湘子などを多くの俳人論も著している。そのうち、龍太に関わる著作には「真白な塔―飯田龍太」（『夢の像―俳人論』１９７６）、「虚空遊弋―鑑賞飯田龍太」（『虚子以後』１９９０）、「飯田龍太」（『展望　現代の詩歌10』２００７）、「飯田龍太入門」（「兜太ＴＯＴＡ」４号に特集「龍太と兜太戦後俳句お総括」再録・２０２０）等がある。この度は『語りたい龍太』の取材を快諾いただいた。十一月二十八日、松本へ赴き、氏の主宰誌「岳」の事務所でお話を伺った。更に、取材後、松本市の西洋レストランにて夕食をご馳走になったことは忘れられない思い出になっている。

董振華

俳句を始める頃のこと

私が俳句を始めたのは中学二年の頃でした。そして高等学校へ入ってから、毎週五十句ぐらい作って、藤岡筑邨先生にどれがいいかと添削してもらって、筑邨先生主宰の「龍膽」に入りました。一年後「若葉」にも投句しました。「若葉」は「ホトトギス」系の俳誌、主宰の富安風生先生は高浜虚子の門下で、柔軟な写実的な俳句をお作りになられるけれど、若者には、なんか物足りない感じ。それで富安先生より加倉井秋をという俳人のちょっと口語的な、洒脱な作り方に魅かれました。

一方、その頃、同時に山口誓子の極めて鮮やかな人間のつかみ方など近代的な句風にも魅かれました。かつて、「山口誓子の変遷」という小さい評論だけど、誓子の九冊の句集の句を分類して、どういう季語を使ってるか、どういう切れ字を使ってるか、どういうことをテーマにしているかなどについて、六十枚くらい松本深志高校の「校友」という雑誌に書いたことがあります。

蟹ばらばらたましひも何もなし　誓子

この句の蟹は食べる蟹じゃなくて、冬だったら食べる蟹だけど、夏の蟹を極めてシビアで明快な詠い方で「生と死」を大胆に捉えている。その俳句の作り方に魅せられて、「龍膽」に「山口誓子における生と死」という小さな評論を書いたりしました。

同時に、一九五五（昭和30）年に、角川の「俳句」に掲載された、飯田龍太の俳句にも魅力を感じました。

松本を訪れた龍太に出会う

最初に龍太とお目にかかったのは一九五八（昭和33）年八月のお盆でした。龍太は三十八歳。松本市の文化講演会の講師として阿部筲人と一緒に来られました。阿部筲人は一九八四年三月に講談社から『俳句――四合目からの出発』の本を出しています。龍太は依田由基人を連れてきた。龍太の門下としては有名な人です。

その夜、浅間温泉の宿で十人ぐらいの句会をやりました。私はまだ二十一歳で、龍太に気に入られて、句会に誘われました。その時に、龍太が〈盆盆《ぼんぼん》とて蔵の白壁○○○○○〉の句を詠んでいました。ちょっと下五を忘れてしまい残念です。

これはどういうことかというと、城下町松本には「ぼんぼん」と呼ぶ盆行事があります。女の子が綺麗に着飾って、鬼火提灯を手に持ち、「ぼんぼん、とても今日明日ばかり、あさってはお嫁のしおれ草、しおれた草をやぐらにのせて、下から見ればぼたんの花、ぼたんの花は散っても咲くが、情けのお花は今日ばかり、情けのお花　ホイホイ」という昔からの盆の歌を唄いながら路地を巡り、各町内から城の広場に集まってくるわけ。ちなみに、男の子は青山様という「杉っ葉」の入れたみかん箱くらいのお神輿を担い、「青山様だぃ、わぃっしょい、こらしょ」と唄いながら「ぼんぼん」と同じように城の広場に集まります。この二つの行事は、江戸時代末期頃から城下町の親町三町である本町・中町・東町を中心に始まったと言われます

前列左は龍太、右は宮坂静生　後列右は藤岡筑邨
浅間温泉句会にて　1958年8月
写真提供：宮坂静生

が、現在では、商店街の子どもの減少で、本来の地域よりも周縁部の住宅地のほうにわずかに残っているだけ。

　龍太がそれを見た印象を城下の白壁と対比して「ぼんぼんと」の句を詠まれたわけ。そういう句を見て、私は「なるほど。龍太さんは、こういう風土的なことをすぐに詠まれるんだな」と思って、龍太に寄せる関心が高まったんです。残念なことにこの句は、龍太の句集にも入っていません。

　龍太が甲斐の風土を中心に句を作ることは知っていた。しかし、言ってみれば、田舎者という意識はあんまりなかったんだ。どちらかというと、私の印象としては人格がきちんとしていて、あまり庶民的な感じではない。貴公子と感じたな。

　やや後で、龍太が剣気ということをよく言いました。つまり俳句には機鋒が大事だという。だから私は龍太はそういう鋭い人だなと、その言葉にややたじろぐような思いもあった。何となく農村にいながら、立居振る舞いに無駄がなく、毅然としている。畏敬する思いがあったわけです。これも少年の私の漠然とした思いだったから、大した思いではない。

　龍太に会った直後に、もう一遍長野へ来ないかと、私は松本の明神館という温泉宿の案内を龍太に送ったんだけど、結局、その秋に来られた時は明神館じゃなくて北信の野沢温泉に行かれたようです。野沢温泉で作った俳句を三十句くらい角川「俳句」の秋号に発表しているからです。「あっ、そうか。松本の明神館へ来られなくて、野沢温泉の方へ行かれて俳句を作られたな」と思いました。

初めて龍太に会って、龍太に誘われた思いもあり、とても親切にしてくれた。もちろん私も龍太の「雲母」へ入りたいという思いもありましたが、「若葉」に入ってまだ二年しか経っていなかったから、「若葉」を止めて、「雲母」へ入るのにはちょっと抵抗がありました。その時から龍太に魅かれたので、その作品をよく読むようになりました。ただ、龍太について本格的に俳論を書いたのは、かなり時間が経って、私が「鷹」という雑誌に入った後です。

「飯田龍太素描」を書く

先ほども言ったように、一九五五年、「若葉」に入ったんですが、まだ若かった私は富安風生先生の穏やかな、円やかな詠い方がもの足りない。山口誓子の明快な句に憧れていました。もう一つは、一九六二年、私は筑邨先生が主宰する「龍膽」の編集長になったわけで、いよいよ「若葉」を抜けることもできなかった。悶々とした思いで、「若葉」にはわずかに作品を出しますが、付き合いのつもりで、「若葉」に席を置いたりして、「龍膽」の編集をやりながら、龍太とお目にかかってから、十三年の歳月が経ってしまった。その間、「若葉」「天狼」「寒雷」などの地域の俳人と句会や吟行をし、写生ということを考えつづけたので、一つの修練期間だったわけです。

一九六八（昭和43）年、安曇野市に来られた藤田湘子先生に会い、「若葉」を退いて、「鷹」に入りました。藤田湘子は水原秋櫻子の弟子で、都会的な感性で鮮やかな句を作るわけです。それで「鷹」に入って、平成七年まで約二十七年勉強しました。「鷹」誌へ初めて飯田龍太について書いたのが一九七三（昭和48）年で、私が三十六歳の時でした。文章のタイトルは「飯田龍太素描」で、そんなに長い文章じゃないけど、そこに基本的な龍太に対する思いを書いたわけです。

一九七六（昭和51）年、私ははじめての俳句評論集

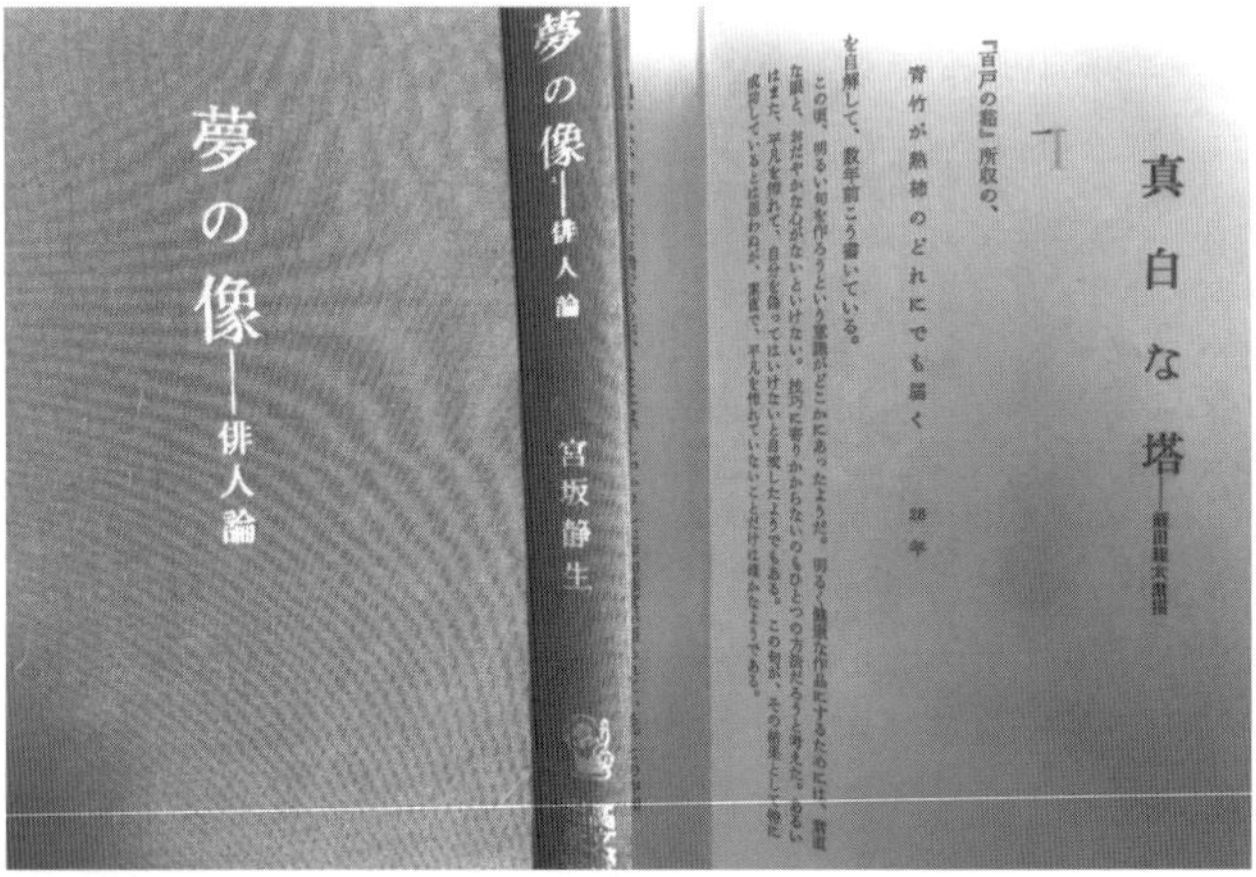

宮坂静生著　『夢の像』――俳人論
第一章は「真白な塔――飯田龍太素描」1976年

『夢の像――俳人論』を出版した時に、「真白な塔――飯田龍太素描」という題で第一章に置きました。その時の思いは今も変わらないので、最初の部分を引用します。

青竹が熟柿のどれにでも届く　『百戸の谿』

掲句の龍太の自解に「このころ、明るい句を作ろうという意識がどこにあったようだ。明るい健康な作品にするためには、素直な眼と、穏やかな心がないといけない。技巧に寄りかからないのもひとつの方法だろうと考えた。あるいはまた、平凡を怖れて、自分を偽ってはいけないと自戒したようでもある。この句が、その結果として特に成功しているとは思わぬが、素直で、平凡を怖れていないことだけは確かなようである」と書かれている。

穏やかで、控え目な口調であるが、ここにはしっかりした作句の態度が語られている。この作句の態度を考えたいのだが、その前に、青竹の句について触れる。この句は、いろいろ余分な意味の詮索をしなくても、すっとこちらの気持ちに入ってくる。読み手に負担をかけない句である。「素直な眼と穏やかな心」から生まれた「平凡を怖れていない」句とはいえ、青竹の句は平凡な句ではない。そういっても別に飯田龍太の代表句でもない。変な言い方だが、ごく普通な句である。似たような句で虚子に、〈よろよろと棹がのび来て柿挟む〉(『五百五十句』)というのがある。虚子の句は、柿取りの棹がよろよろとのびて来たということがらのおもしろさに興じている。そこにユーモラスな時間が詠まれている。龍太の句は、「どれにでも届く」というところが眼目で、なにげなく詠んでいるが、えらい青竹を問題にしているのである。僕は龍太の作句態度を、常に調和を求める完璧主義だという点から、のちに検討したいのだが、この青竹の作る空間にはそれがよく出ている。

素直な眼とおだやかな心を持ち続けて、自分を偽らず平凡を怖れずに作句することは難しいことである。貪欲な歯車が回っている現代はとりわけそうである。どんな際立った個性であっても、たちまち平凡で月並なものにしてしまうからだ。至当なことを言っている龍太の言葉がときに、逆説めいて聞こえるのは、時代の毒がぼくにも回り始めたのかもしれない。ここでは、龍太の作句態度に関して、龍太のことばを手懸りに問題にしていきたい。

龍太が処女句集『百戸の谿』を上梓した、昭和二十九年頃、たまたま熱病に罹ったように、俳句に嵌まっていった僕にとって、龍太の句に魅せられるのは、かなり遅くなってからである。お決まりの秋櫻子、誓子、楸邨にうち込んでいた季節なんかを過ぎて、ようやく「人間探求派」の外へ目を向けだした頃、龍太の青春俳句の秀作はすでに、眩しいばかりに颯爽と世評が高くなっていた。

春すでに高嶺未婚のつばくらめ
つばくろの甘語十字に雲の信濃
紺絣春月重く出でしかな
花栗のちからかぎりに夜もにほふ
山河はや冬かがやきて位に即けり
馬の瞳も零下に碧む峠口

こういった爽やかな夢や懐かしく瑞々しい郷愁やむんむんする精気やさめた気性やきりっと緊った品位といった、若い時にいだく思いのかずかずを見事に形象化した、句群との出会いは、僕の心に複雑な感動を与えた。それまで愛誦していた石橋辰之助の山岳俳句とも、ましてや中村草田男の『長子』を繙いた時の胸さわぎとも違ったものである。一言で言うならば、草田男、波郷、楸邨らの句が揺曳している時代の苦渋を、微塵もまとわない、垢抜けのした戦後の清爽な抒情と透徹した知性に出会った驚きであった。その後、龍太の俳句を読むことも多くなったが、当初いただいた感じはほとんど変わらない。龍太の句は円やかで、澄んだ、おおどかさを持っている。たとえ、その句が家郷を沈鬱な思いで詠んだり、父や母や吾子の死を悼んだ悲痛なものであっても、作句態度は、「素直な眼とおだやかな心」をつねに失っていないように思う。(後略)

引用が少し長くなったけど、このようにこの龍太論を書くまで、龍太に対する思いは長かった。言ってみれば自分の中では、龍太は真っ白い塔に象徴されるような存在だった。

虚空遊弋――鑑賞飯田龍太

次に龍太について書いたのは『虚子以後』(花神社・一九九〇)の中に収録した「虚空遊弋――鑑賞飯田龍太」だった。

実は私は比較的に早く、「若葉」にいた十代の終わりに虚子俳句と出会ってから、虚子への関心は常に自分の中にあった。だけど、真剣に虚子の俳句や俳論俳話や俳諧詩を読みだしたのは、昭和の後期で、ちょうど戦後の社会性俳句が一つの転換期を迎えた時期あたりからである。その後、子規俳句の検証をすすめる作業の中で、併せて虚子を考えてきた。だから、子規論より一足先に『虚子以後』の一冊を出した。その中に龍太や蛇笏や藤田湘子を論じた小論も入っている。

「鷹」にいたから、藤田湘子の句に惹かれて鑑賞すると同時に、龍太の句も鑑賞している。湘子俳句に関心を持ちながら、底流に龍太への思いがあるというのが率直な気持ちかな。俳人は師にひたすらという人もいるけれど、何人もの俳句をというよくばりもいる。そ

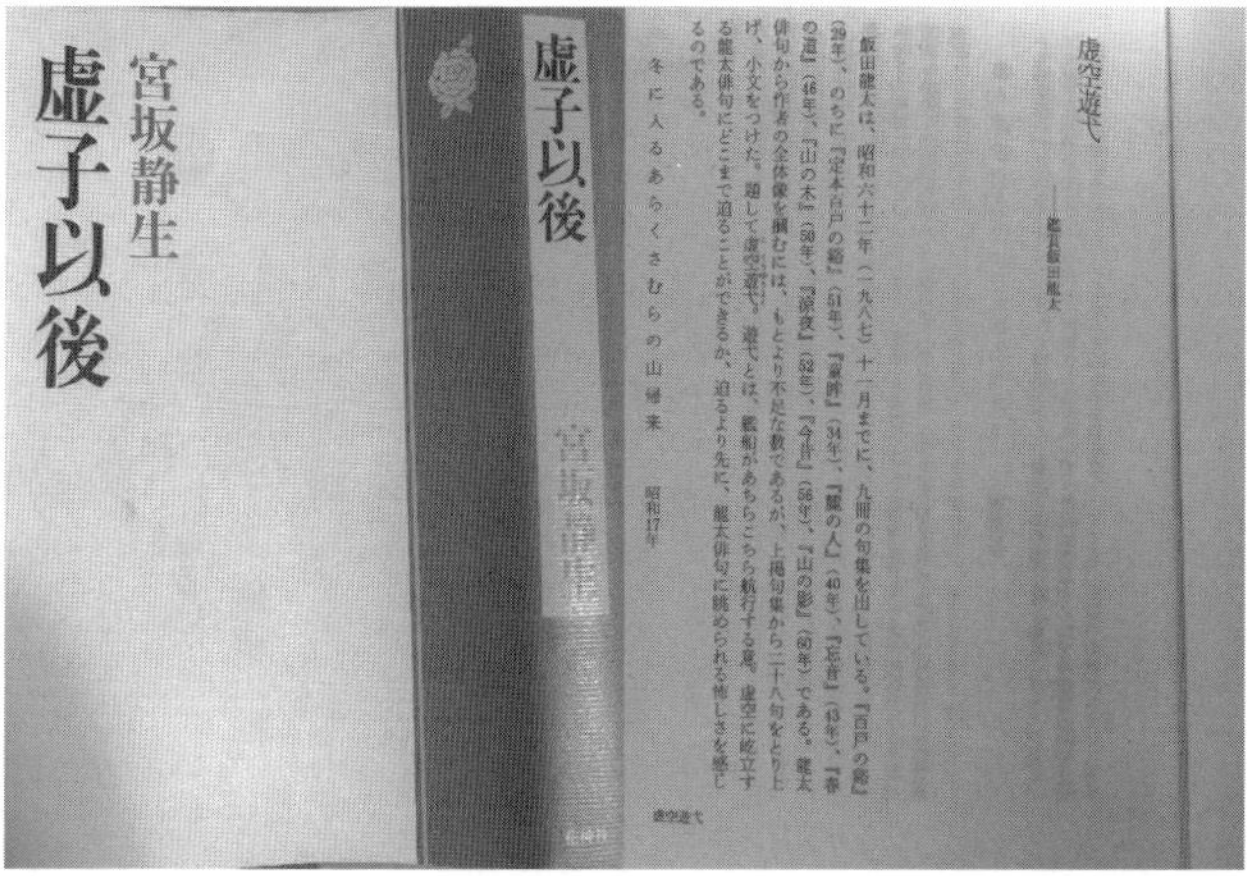

宮坂静生著『虚子以後』の第四章に「虚空遊弋――鑑賞飯田龍太」を収録、1990年

れが俳句詩型の魅力なのではないかな。

龍太がＮＨＫ学園の講師になってから、特にＮＨＫ学園の社会教育テキスト俳句入門の「生活と自然」という綱目をぜひ書いてほしいと言われて、一九八一（昭和56）年の九月号に書いている。五、六人で書いています。その時からＮＨＫ学園にいくらか関係するようになったわけ。恐らく龍太が推薦してくれたと思います。それから、龍太に関して、一九八七（昭和62）年十二月、龍太の「虚空」という文章を読んで感心したんだね。小文「俳句の上達」を書いた。引き続き翌年、一九八八（昭和63）年に今度は「虚空遊弋――龍太作品鑑賞」を「俳壇」の一月号に書いた。つまりこれを『虚子以後』に収録したわけ。この点は先程触れました。ここで中の一部を引用したい。

飯田龍太は一九八七（昭和62）年十一月までに、九冊の句集を出している。『百戸の谿』（29年）、のちに『定本百戸の谿』（51年）、『童眸』（34年）、『麓の人』（40年）、『忘音』（43年）、『春の道』（46年）、『山の木』（50年）、『涼夜』（52年）、『今昔』（56年）、『山の影』（60年）である。龍太俳句から作者の全体像を摑むには、もとより不足な数であるが、上掲句集から二十八句を取り上げ、小文をつけた。題して「虚空遊弋」。遊弋とは、艦船があちらこちら航行する意。

虚空に屹立する龍太俳句にどこまで迫ることができるか、迫るより先に、龍太俳句にじろっと眺められる怖ろしさを感じるのである。

冬に入るあらくさむらの山帰来

「雲母」（昭和十七年十二月号）に初投句し、「春夏秋冬」欄（蛇笏選）に掲載された入選三句の一句。ちなみに他の二句は、

鴨の子のひく波光る初冬かな
散るものは散りて武蔵野冬立ちぬ

いずれも均斉の取れた穏和な句柄である。すでに前年、叔父汀波、八束らと句会をもったり、匿名で投句をした由などが年譜には記されているが、龍太俳句の出発を掲出句あたりに見てよいであろう。棘のあるサルトリイバラは地味な蔓草。二十二歳の青年が着目するには寂しすぎる。そこに繊細な魂の詩人に共通する若さのポーズが感じられようか。しかし、一句の要は「あらくさむら」（荒叢）という柔軟な表現の格調にある。ここにはすでに後年の俳人の誕生を予告するようなうまさがある。とはいえ、本格的に俳句にとりくむ気持ちはなく、俳句よりも漠然と文学に興味を抱いていた。文学青年の才能をもってすれば、掲出句くらいの作句は困難ではない。冬に入る――山帰来、鴨の子――初冬、散る（落葉）――冬立つという季重なりもおおらか。どこか子規の習作〈あたたかな雨がふるなり枯葎〉（『寒山落木　巻一』）に通うものがある。

夏火鉢つめたくふれてゐたりけり

昭和21年の作で『百戸の谿』所収。「北溟南海の二兄共に生死をしらず」と前書がある。龍太の長兄聰一郎（鵬生）はレイテ島に、三兄麗三は外蒙古でそれぞれ死去。終戦となったものの、外地に出征中の二人の兄の消息は不明の頃の作。前書と照応させると、十二音は俄かに象徴性をもってくる。山国の旧家に古くからある夏火鉢、その周辺に集まる留守家族の顔が見えるようだ。「つめたくふれてゐたりけり」との堂々たる表現は、この時期の作としては、

表現の格調が先行し、実感はもっと地味でさみしいものでなかったかと思う。

春の鳶寄りわかれては高みつつ

昭和23年作で『百戸の谿』所収。晴れた早春の田園風景。作者の住む境川村にはこの鳶の輪の下に、まもなく春も酣《たけなわ》となる。のどかな鳶の点景であるが、何回も誦していると、空の高みへ飛翔する鳶とは反対に、見上げる者の心には、しんしんとさみしさが溜まっていくような思いがする。鳶の飛翔風景があまりにも、完璧な春景色であるからかもしれない。

国破れて山河ありとは、征きし兄二人の戦死の公報が次々に入り、先に病没の次兄を含め、三人の兄の死をじっと受け止めなければならなかった龍太の実感であったろう。それはまた、掲出句を「雲母」(昭和23年2月号)の蛇笏選次席に推した蛇笏の気持ちでもあったと思う。鳶の点景はのどかな春色であるが、そこに三人の兄達の天空にたわむれる幻影を見たと信じるのも不自然ではない。

大寒の一戸もかくれなき故郷

昭和29年の作で、『童眸』所収。「落葉しつくした峡村の一戸一戸が定かであるばかりではない、こんな日には、数里離れた釜無川の清流まで鋼の帯となってきらめくものが見える」(『自選自解』)と。どこまでも明けっ広げな甲州の風土は死もまた呆気ない。龍太の故郷を見る眼はどこか『楢山節考』や『笛吹川』の作者深沢七郎と通うところがある。おかしみを秘め、からっとしている。また、

春の雲人に行方を聴くごとし

昭和36年作で『麓の人』に所収。この句は読むたびに思い起こすのは、山村暮鳥の「雲」の詩だ。雲と題して、「丘の上で/としよりと/こどもと/うつとりと雲を/ながめてゐる」という短詩のほかに、周知の雲の詩がある。

おい雲よ
ゆうゆうと

馬鹿にのんきさうぢゃないか
どこまでゆくんだ
ずつと磐城平の方までゆくんか

暮鳥の「雲」は人が雲に呼び掛けている。掲出句は、雲が人に尋ねるという比喩。春の雲の定かに形をなさず漂いゆく様は、「人に行方を聴く」ようだと、人懐っこい比喩が見事に決まっている。暮鳥と龍太の雲と人と関りは、一見逆のように見えるが、結局は同じ発想である。発想の下にあるのはさみしさ、それも、明るい孤独とでもいうのがふさわしくはないか。（中略）

家を出て枯れ蟷螂のごとく居る

昭和62年作で『遅速』所収。漂泊といい、浮遊といい、それは命あるものの本来の在り方である。枯れ蟷螂にまもなく訪れる真冬の季節。ふと目に留めた草枯の枯れ蟷螂におのれの姿を認めたのである。かなしさ、さみしさの感情を超えて、まぎれもないおのれの実在の姿を見ているのである。

龍太を悼む金子兜太の言葉に共感

二〇〇七年二月二十五日、飯田龍太は亡くなられた。角川「俳句」の六月号に「追悼・飯田龍太――龍太の一句」の特集があって、私は〈一月の川一月の谷の中〉の句を選びました。この点は後述します。龍太の死に際し書かれた中で私は朝日新聞三月四日に掲載された金子兜太の追悼文に感動を覚えた。兜太が龍太をどう見てきたかという戦後俳句の代表俳人のあり方は、きわめて大事な資料なので、主要なところを紹介しておきたい。

龍太も私もともに戦後二十年ほど続いた「戦後俳句」の熱気の中にいて、いまようやく纏めの時期に来ていたのだが、龍太と私（と言うより私たち）の立場はかなり違っていた。私たちは俳句形式（最短定型）を屈強の器とし、これに戦後の現実を自由に能動的に書き込もうとしていた。生々しい現実感の獲得によって戦後のいまの（まさに現代の）俳句を、と願っていたのである。

それに対し、龍太はその自由な求めを自己抑制し、最短定型と語り合うかたちで句作していた、すでにその頃、「生命」と「自然」を「いとおしむ気持ちが根底にあって、俳句の性格が生まれてくる」と書いていたことを覚えている。そしてその自然は、いまいる故郷の甲斐の山河。山梨は「俳句にとって非常に魅力のある土地」とも龍太は語っていた。

しかも、これがいかにも龍太らしいとおもえるところなのだが、こうした自分の俳句観をスローガンや図式にすることはなく、俳句とはかかるものなり式の御託宣を述べることもなかったのである。もっともらしいことが嫌いだったわけで、まさに潔癖だった。

それと戦後の現実を書き取ることに抑制的だった理由の根底には、昭和十五年、二十歳で右肺浸潤に侵され、三年後に右肺カリエスを手術し、戦時を療養のうちに過ごしたころがあろう。戦場体験を経た私たちの積極姿勢とは自ら違う自己抑制の心意の働きが、とくにこの人が潔癖なだけに、よけいあったのだと私は見ている。（中略）

その龍太が平成四年八月号をもって、「雲母」を終刊し、俳壇引退まで到《いた》ったことは多くの話題を呼んだ。表面の理由は、終刊号冒頭の龍太句〈またもとのおのれにもどり夕焼中〉からも受け取れるように、さまざまな人間関係の煩わしさからの離脱であろう。右肺を患った人の老年の衰えもそれに拍車をかけていたはずだ。しかし、それだけで俳壇とともに俳句まで捨てられるものなのか。引退後に俳句制作ありや、と私はその発表を期待していたのだが、龍太最後の暗い観念的な句のまじる句集『遲速』と蛇笏没後のおおらかな生命観とともにある句集『椿花集』の作品を並べて読む時の、句の相違について、龍太にこだわりはなかったのか、という疑問が私にはある。


宇多喜代子、長谷川櫂、坪内稔典なども書いたけど、兜太の文章に考えさせられた。兜太の話は、直接門下じゃなくて、門下以外の人の龍太に対する一つの接し方というか、代表的な接し方だな。そういう意味では、私は兜太の書いたものを見た時に、改めて参考になった。

『展望　現代の詩歌』における飯田龍太

龍太への思いがずっと続いている中で、本格的に龍太を纏めなきゃいけないないなと思っていた。たまたま明治書院から、『展望　現代の詩歌』という本を出したいという。じゃ、僕は書きたいと思ってる飯田龍太を書かせてもらうと、龍太論を書いたわけです。出したのが二〇〇七（平成19）年で、ちょうど龍太が亡くなった年だ。その時、NHK俳句もやっていたので、「NHK俳句」に「自然に懐かれて」という題で、飯田龍太を中心に書きました。

生涯で何回ぐらい龍太について書いたか私の年譜で調べてみると、かなり書いた。その中で『展望　現代の詩歌10』「飯田龍太」から「飯田龍太・入門」（「TOTA兜太」VOL4号・2020年・再録）までが、私の龍太全貌の論です。「飯田龍太・入門」は「人と生涯」と「俳句の鑑賞」の二章からなっています。「人と生涯」についてはここでくどくどと述べませんし、「俳句の鑑賞」も重複しますので、前の『夢の像』や『虚空遊弋』に鑑賞した句集以外の句をそれぞれの句集から一句ずつ引用したいと思います。

しぐる夜は乳房ふたつに涅槃の手

この句の鑑賞については二〇一一（平成23）年「俳句」の二月号に書いたことがあります。龍太が母菊乃の死を詠んだ句として深く心に残る名吟です。一九六六（昭和41）年の作。『忘音』に所収。

しぐる――冬。この句は、福田甲子雄の率直な句意に尽きよう。「一切の煩悩から解脱し、死の世界に入った母の両手は、今組み合わされてしっかりと乳房を守っている。一瞬、幼時の乳房への思いがかすめる。現世は、枯葉を打つ夜の時雨の音がするのみ」（『飯田龍太』）。龍太はかつて、個人的な思いに基づいて死を詠うような作品の成否は、「主情に負けない季感の確かさがあるかないかできまるようである」（『自選自解』）と言っている。この点は、掲句にも該当しよう。「しぐる夜は」という形は、語りかける民話風のやさしさがある。そのために、「乳房ふたつ」、「涅槃の手」という生々しさを包み込む効果があるのであろう。龍太の母菊乃が亡くなったのは一九六五（昭和40）年十月二十七日。作者が母のために描いた涅槃図だけに

主情が勝った表現を用いた気持ちはよく分かる。しかも、母の最期の夜という生涯一度の体験を「しぐる夜は」と強引ともいえる「は」を用いて時雨の季感を強調する。今までの円満な龍太作句法には見られない作り方である。この点を「自らの俳句を揺さぶっていく」（『飯田龍太』）試みという福田甲子雄の指摘は鋭い。

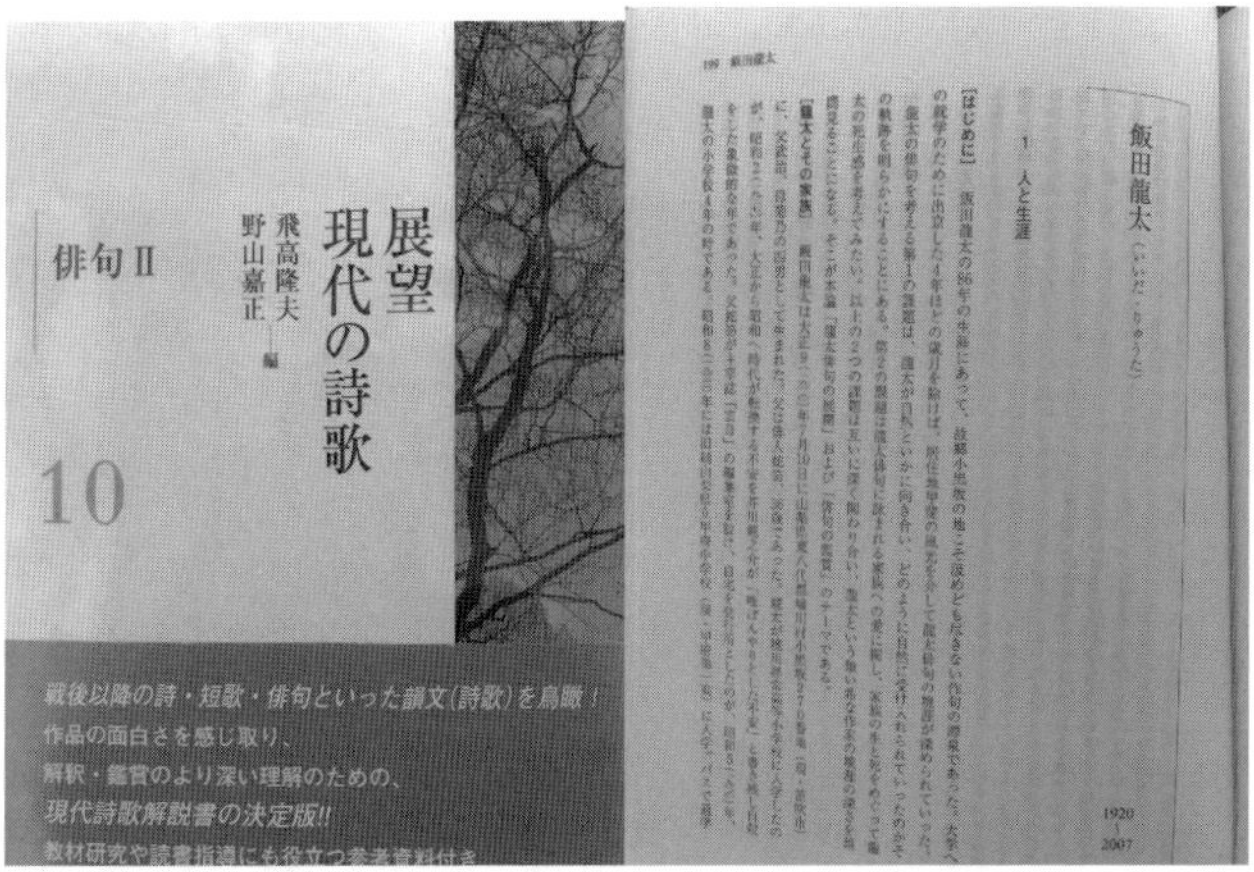

明治書院刊『展望　現代の詩歌10』には宮坂静生が執筆した「飯田龍太」を収録、2007年

一月の川一月の谷の中

一月――新年。『春の道』に所収。初出は一九六九（昭和44）年「俳句」二月号。発表以来多くの人が注目し、龍太の代表作となった。一月・川・谷と語数が少なく、構成も川と谷とを組み合わせたに過ぎないので、一見すると句の単純さに違和感を抱くのである。しかし、龍太俳句を読んでいくと、きわめて自然に、「一月の川」が生まれるべくして生まれたことを知る。

一月の川の着想は、狐川という家の裏の小さな渓流から得たものという。「幼時から馴染んだ川に対して、自分の力量を超えた何かが宿し得たように直感した」（「自作ノート」）と記すことばがすべてを物語っている。川も谷も、知り尽くしている自然でなければ、これほ

ど単純化できるはずがない。と同時に、この自然の単純化は俳句句型の力を借りなければあり得なかったことで、俳句句型の恩寵とふるさとの自然とが力合わせて龍太に加勢をしてくれた結果、誕生した秀作なのである。

この句から高浜虚子の〈去年今年貫く棒のごときもの〉を思い描いたのは廣瀬直人であるが、私も虚子の句を連想した。龍太居を取り巻く鄙の自然はすべてを包んで一つの摂理に貫かれている。それは、人の生死を包含した自然の摂理である。龍太は一九六二（昭和37）年十月三日父蛇笏を送り、三年後の十月二十七日母を亡くしている。その母が庭の松の根方に立て掛けて置いた庭箒を母の死後、〈生前も死後もつめたき箒の柄〉（『忘音』）と詠う。この句は「居直って読者を無視し、自分だけでも納得する作品にするより外あるまいと考えて」（飯田龍太「私の俳句作法」）詠んだものという。同じように自分だけが納得した作が「一月の川」だというのである。「一月の川が」「一月の谷」に収まる。そこに棒のような生死を超越した自然が鮮やかに見えてくる。

白梅のあと紅梅の深空あり

梅――春。一九七三年作、『山の木』所収。「私の好きな季節は早春」（「自作ノート」）という。山国に住む者にとり、ひと朝ひと朝薄紙が剝がれるように季節が拓かれていく春先ほど嬉しい時はない。白紙に好きな色を施すごとく自然の摂理が鮮やかに見える時である。白梅が咲き、紅梅が咲く。自然の謬《あやま》ることのない秩序を統括するものはどこにいるのか。そんな思いから「深空」を凝視する。一月の谷の中に一月の川を見出したように、句集『春の道』以後、龍太の作品は円満具足の全円なるものを捉えんとした遠心的志向から、真なるもの、深なるものへ向かう求心的な傾向を示すようになる。

梅漬の種が真赤ぞ甲斐の冬

冬――冬。一九七七（昭和52）年作、『涼夜』に所収。梅漬が広まるのは、兵糧の携帯食とされたことから。私の直感からすると、武田一党の甲斐にとり、梅漬ほど風土の暮らしに深く根ざした食物はないのではないか。夏暑く、冬厳しい甲斐の風土の持つ気性を見事に梅漬の真赤な色が象徴している。作者の眼が常凡な梅漬に注がれた即興詩。「即興が生きるために一番必要なものは、鍛えた時間の蓄積である」（飯田龍太『俳句の魅力』）とは掲句への最良の指摘であろう。

存念のいろ定まれる山の柿

柿――秋。一九七七（昭和52）年作、『今昔』に所収。かつて子供の好物であった柿は今や誰も採り手がいない。火をちりばめたような山の柿は自然に放っておかれる。やがてその朱色は風霜に合い、寂いろに変わっていく。「存念のいろ」とは、いつも気にかけていた色の意。仏教語。身近な景物の「真」なる姿を探ろうとする根性が感じられる句である。読む時に「存念の」でいったんひと呼吸を置くと、作者が自身の心に目を向ける時間が生まれる。その上で晩秋のもう色が変わることもない山の柿が心に据わる。すると、「存念のいろ」は山の柿の色であると同時に作者の心の色でもあることが理解されよう。奇を求めることなく、平凡に徹しようとする作者の在り方がよくわかる句である。

龍の玉升《のぼ》さんと呼ぶ虚子のこゑ

龍の玉――新年。一九八四（昭和59）年作、『山の影』に所収。龍の玉はゆり科の多年草で、龍の髯《ひげ》の実のこと。冬、濃青色の実をつける。どことなく文人好みの季語。「升さん」は正岡子規の通称。友岡子郷が〈龍の玉虚子につめたき眼あり〉（昭和57）の「つめたき眼」から感じられるきびしい語感を「虚子の選句の恐ろしいほどの厳格さ」と受け取り、掲句の「虚子のこゑ」には、「ほのぼのとした柔和な趣を伝える」（『飯田龍太鑑賞ノート』）ものとしている。しかし、ここは福田甲子雄がいうように、「升さん」は一九〇二（明治35）年九月十九日、子規臨終の折に、枕頭で虚子が子規を呼んだ声であろう。龍太のそのような想像は先にみた現世からの浮遊感を抱く中で着想したものではないか。このような茫漠としたかなしい思いを句にとどめた気持ちは生と死との渾然とした不可思議な闇を抱え、どうにも堪えかねたのではないか。

鶏鳴に露のあつまる虚空かな

露――秋。一九八五（昭和60）年作、『遅速』に所収。この句についての鑑賞は一九八七（昭和62）年の「俳句」の十二月号に書いたことがあるので、引用したい。日本語をのびやかに用いることで、龍太にまさる俳人はいない。鶏鳴といい、露といい、虚空といい、どれも確かな手応えを感じさせる言葉だ。

虚空の虚《こ》とは僧さんが経文につかった呉音の読み。虚空とは正倉院文章（寧楽遺文）にも出る古い仏語。天と地の間の空間を言うが、一切のものが存在するところである。露も万葉集以来の歌語。鶏鳴は高天ヶ原の神話以来のおなじみ。

こんな風にいちいち言葉の由来を探って使ったわけではないが、昔からの言葉は、それだけ生き続けてきたいのちの勁さがある。勁さには当然、少しばかりの腕力ではびくともしない固定の観念がデンと出来上がっているわけである。

龍太は、そんな言葉を自然に用いている。鶏鳴の聞こえるあかときに、露は大地の草木に降りる。一日のはじまりの刻である。もっとも儚いものの喩えでありながら、ときに鋼のような強さを思わせる。この露がそれ。一粒、一粒まぎれもない存在として露がある。季語である前に言葉は十分に美しい。しかも季語としての露はいっそう臨場感を際立たせる。

虚空という言葉には、劫初に思いをいざなう幻がある。この世のはじまりも露が大地に降りることからであったのではないか。

「虚空の正体を知りぬれば、心の正体を知り候なり」（大燈国師法語）という名高い言葉がある。怖ろしく観念の深淵をのぞかせた言葉だ。

龍太の句は、もっとも観念から遠い。一語一語が具象そのものである。微塵も観念に堕するところがない。ということは、名棟梁が檜や杉の材質を生かしながら一個の建造物を建てるように、言葉の材質が美事に生かされているのである。空間に占める言葉の位置を正確に見定め得る天分がたしか。

私は、その天分をかりに縄文的原始感覚とよんでいる。狩猟、採取時代の原始人が持っていた鋭い宇宙感覚を、私は龍太の言語感覚に感じる。

またもとのおのれにもどり夕焼中

夕焼——夏。一九九二(平成4)年八月、主宰誌「雲母」を九〇〇号をもって閉じる。掲句はその八月終刊号に掲載。見事なおのれへの幕引き。いささか芝居めくのは致し方ない。父蛇笏から「雲母」を引き継ぎ丁度三十年の区切りでもあった。「詩友の新旧のかかわりなく弟子とか門弟などという考えをもったことはありません。一度としてそのような言葉を口にした覚えもありません」(「『雲母』の終刊について」)といい、古稀を二年ほど過ぎた来し方を振り返り、残された人生を大事にしたいと記す。甲斐の夕焼がこの時龍太の眼にどんなに美しく映ったものか。以後、一切語ることを慎んでいる。

地貌季語と問題提起

私は日本各地の生活に根ざした季節の言葉=地貌季語の作句と蒐集を提唱してから今年で三十六年になるが、この間の収穫を『語りかける季語、ゆるやかな日本』(平成18年)、『ゆたかなる季語　こまやかな日本』(平成20年)、そして『季語体系の背景　地貌季語探訪』(平成29年)にまとめて刊行している。

最近の研究で分かったことだが、地貌の大切さをはじめに説いたのは河東碧梧桐だった。碧梧桐は生活実感ということと地域の視点というのが大事だと唱えて、明治の終わりから大正の初めにかけて、全国三千里の旅をやった。碧梧桐の言ってることに対して、当時まだ小説の方を一生懸命やってた虚子には、自分の地盤を奪われてしまうという危惧を感じて、一九一三(大正2)年に、〈春風や闘志いだきて丘に立つ〉という俳句を旗頭に俳壇へ戻る。そこで碧梧桐がやろうとしていたことをみんな虚子が大正から昭和にかけてやることになる。結局、碧梧桐はどんどん追い詰められて、俳壇から退いた。そして一九三七(昭和12)年亡くなる。だから虚子が大正から昭和にかけてやった問題点は碧梧桐が種を撒いている。先掲の春風という季語について、碧梧桐が越後の長岡でどうだこうだと書いています。季語は本意というものがある。本意というものじゃなくて、もっと生活実感に即した形で、「春風」

という季語を詠わなきゃ駄目だといっている。しかし、虚子が〈春風や闘志いだきて丘に立つ〉の「春風や」は平安貴族の歌人が用いた春風の本意そのままではない。闘志をもやすための春風とは、碧梧桐のいう生活実感に即した用い方をしている。巧みに碧梧桐のお鉢を虚子が奪っている。

大正時代に、前田普羅、飯田蛇笏、村上鬼城などみんな地貌や地域的なものを背景に俳句をやっています。そういう俳人の地域への姿勢が大事だと言って、それをやったのはまさに碧梧桐の問題提起ですよ。

二〇二三年十二月号の角川の「俳句年鑑」のはじめに、たまたま私が巻頭提言を書きましたが、内容は今年刊行された井上泰至著『山本健吉』と川名大著『昭和俳句史』の示唆するものについてです。これからの俳句を考える上で、大事な二冊だと思う。これを踏まえながら、この巻頭提言の中で、「いよいよ来年になって、問題になるのは何か」といったら、ＩＴの時代に「俳句とは何であるかという原理原則」の再確認です。今年の後半から来年にかけて、俳句とは何であるかということが一番の問題であろう。その中で、『山本健吉』という本は、一口で言ったら命を問題にしてる。『昭和俳句史』は一口で言ったら言葉を問題にしている。命と言葉は極めて本質的な問題だけれども、それをいかに新しい時代の「俳句定型詩」の課題として考えるか大事なときに来ていると思います。一九九八年「岳」創刊二十周年の時に、兜太が「俳句の現在」という題で講演をした。その時、兜太が実にいいことを言っているわけね。

「俳句は五七五という定型だけがあればいいというもんじゃない。それだけでは物足りない。やはり日本人の美感が必要だ。日本人の美感は平安時代の歌語に象徴される、それから発生するような季題季語も含めて、もっと広い形で、縄文以来のこの列島に住み着いた、僕たちが縄文以来に感じてきた時代時代の美感、そういうものがないとやはり五七五という定型は落ち着かない。（中略）

今ね、俺の言い方で言うけど、この土に尻をつけて、土から上ってくるような精気みたいなものを尻を通して、体全体へ吸い上げる、そういう一つの美感だってね。俺は秩父というところに、尻を地に着けて、秩父の大地からのぼってくる美感みたいなもの、それを吸い上げる。それを五七五でもって、定型で表現する。定型だけではやはり駄目だということを俺は感じた。」

兜太はこういうふうに結論づけた。それはある意味では兜太が微妙に龍太に近づいてきた。そうでありながら龍太が亡くなった時の追悼文に「俺は龍太と違う」と、そう言ってるじゃないか。兜太の書いた龍太の追悼文はいい文章ですね。その違いでもって、バランスが取れて、今まで仲良くしてきたという言い方をしている。

地貌の人——飯田龍太

私はかつて二〇〇九年「俳句」の九月号で『季題別飯田龍太全句集』の書評として「地貌の人・飯田龍太」を書いたことがある。さっき触れた話に関連して、ここに再録したい。

『飯田龍太全句集』が季語別に分類されており、季語の用い方の面から龍太像を瞥見するのが今回の課題なので、その点に絞って考えてみたい。（中略）

龍太から昭和三十三年八月、私は二十一歳の大学生の頃、こんな短冊を貰った。

馬の瞳も零下に碧む峠口

季語「零下」に驚いた。こんな季語を用いたのは龍太だけである。それは龍太が季語の体系という言語の権威よりも自分の実感から紡ぎ出すことばに忠実であったことの証である。

秋雪や孤児も乞食も野にあらず
秋雪のきらりとのぞく茄子畑

前句は『百戸の谿』から、昭和二十七年の作。後句は『春の道』から、昭和四十四年の作。「秋雪」詠は全句集に九句入る。秋雪は蛇笏にも〈秋の雪北嶽たかくなりにけり〉とあるが、龍太の句が一年早く詠まれている。龍太による甲斐の地貌詠から秋雪は季語となったのである。雪は冬とある季語の体系に縛られていると、秋の雪は発想されまい。

龍太の句に「露」が多く詠まれていることは周知であるが、七十四句ある。これなども、甲斐の境川の地貌を捉えるのに露が必須であったからだ。同じように、「冷やか」も三十六句と多い。同じ理由であろう。

ひとり子に油流れる父の空
青栗の梢がくりに蚕屋仕舞ひ
ヒメムカシヨモギの影が子の墓に
寺の鐘打てどきこえぬ酢茎売り
木臼彫る家裏しんと水流れ

「油風」、「蚕屋仕舞」、「姫昔蓬」、「酢茎」、「臼つくる」はいずれも地貌から立ち上がる季語である。龍太の高名な一句、

一月の川一月の谷の中

着想は、狐川という家の裏の小さな渓流から得たものという。「幼時から馴染んだ川に対して、自分の力量をこえた何かが宿し得たように直感した」(「自作ノート」)と記す。優れた自注である。ただ地貌を詠めば一句になるというものではない。「自分の力量をこえた何か」が向こうから、地貌の方から、まさに狐が憑くように付かないといい句は生まれない。その秘密を的確に龍太は語っている。そこに季語を用いる極秘があるのであろう。

「一月の川」の句と龍太の生死観

龍太は亡くなったお母さんへの思いという文章『おふくろ』があった。それを読んで「そうか、龍太先生はこういう死生観を持っておられたか」とその時思った。

死生観について広い意味で、私は東洋的なものの考え方と西洋的な物の考え方も同時に踏まえて研究し、それを医療に関するコミュニケーション論として、医学生とか医療従事者に対して、三十年近く講義をして

きたから、そういう体験も含めて俳句にこめられた死生観ということを割と早く日本では言い出したほうなんです。

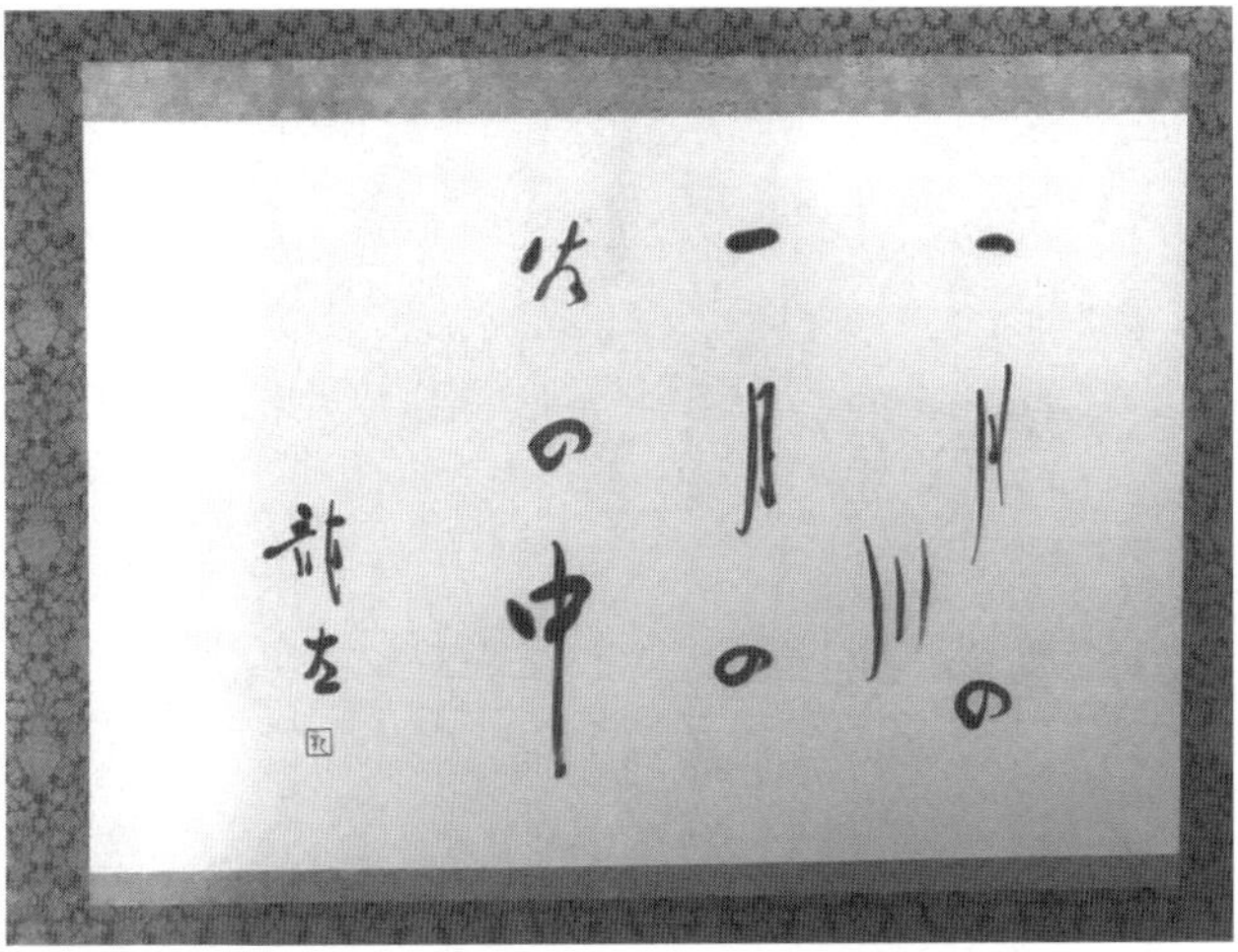

山廬にある龍太の自筆の句軸　写真提供：飯田秀實

ただ俳句の上では小さい話になるけど、龍太が考えているのは、お母さんの死を通して、これだと思った。この考え方を例えば〈一月の川一月の谷の中〉の句から考えてみると、こういうことになるんじゃないかな。つまりこの世と別の世界との間を一つの川が流れてるという考え方で、これは龍太のあの世とこの世と橋を架ける、そういう考え方ですよ。だから橋を架けるとは、川が流れてることです。橋をかけることは、戦争中に保田與重郎が著作『日本の橋』を通して、橋を架けるとはどういうことかについて説明している。戦後には、住井すゑが『橋のない川』という近代日本の部落差別の実態を克明に描き、結末に「水平社宣言」を置いて人間の平等を主張した象徴的な素晴らしい大河小説を書かれている。また亡くなった三島由紀夫にしては、「橋づくし」という十三の橋を内容にした短編小説を書いている。だから流れてる川とそこへかける橋と、そういう文化的なことまで考えさせられます。

　龍太の行き着いた一つの世界をかなり骨っぽい形でやや理屈が目立つけれども、〈一月の川一月の谷の中〉という、高柳重信以後、みんなこの句を褒めるけど、僕にとっては決定的な解釈として今の解釈が単純明快だから一番いいんじゃないかなと思ったわけ（笑）。

龍太は広い意味での美感が鋭い人だったなと思いますね。美感の根底には自分の持って生まれた死生観があります。死生観というのは自分の力ではどうにもできない、やはり自然の持ってる偶然との出会による必然というか。そういう大きな自然の流れというようなものに身を任せる以外ないんじゃないか。それはある意味では日本的というよりも東洋的な、まさに中国的なというか、広い意味での龍太の中には、東洋思想のようなものがあったんじゃないかな。それはお兄さんたちを戦争中、戦後、何人も失くしたということを通して、誰にも語ることがない一つの悲しみを踏まえながら、その悲しみも含めた形で、東洋的な美感のようなものが生きる俳人ではないかと思いますね。その一つの美感の切り口が住まわれてきた甲州の境川村だと思う。境川村を切り口にして、その背景にずっと広がるのは、日本よりももっと東洋的な中国的な、ユーラシア大陸まで視野に入れたような、一つの自然への対し方があったんじゃないかなと思います。

そんな微妙なところで、兜太にも重なる面がある。兜太は自分としてはこういう点で「違いがある」と言ったけど、人から見ると、兜太と龍太というのはそんなに違いがない。アニミズムという言葉でもまとまらないような、もっと混沌とした世界を考えると、龍太、兜太というのは、やはり同じところを踏まえてるなと思いますね。

おわりに

宮坂静生氏の話の中の言葉で「〈一月の川一月の谷の中〉の句から考えてみると、龍太のこの世と別の世界との間を一つの川が流れている。そしてこの世とあの世に橋を架けるという、私の解釈は単純明快で一番いいんじゃないか」はその時の私の心にも刻まれていた。この言葉の真意が「龍太は美的感覚が鋭い人だった。美感の根底には自分の持って生まれた死生観がある」という思いとともにあることを今回のお話で知り、改めて深く考えさせられた。

この度のインタビューの場所として宮坂氏が「岳」の事務所を指定したのは、目を見張るほど、そこに様々な資料が整っているうえ、また、必要な紙資料もすぐコピーできるからだった。本書の取材に関する宮坂氏のお話も十分に聞かせてくださったが、俳句史に関する貴重な記録資料も存分に拝見する機会に恵まれた。たいへん感激するとともに、「岳」誌の底力を改めて知る機会ともなった。特に〝地貌季語〟については大いに勉強をさせて頂いた。

董振華

宮坂静生の龍太20句選

春の鳶寄りわかれては高みつつ 『百戸の谿』
紺絣春月重く出でしかな 『〃』
露草も露のちからの花ひらく 『〃』
春すでに高嶺未婚のつばくらめ 『〃』
秋冷の黒牛に幹直立す 『童眸』
露の土踏んで脚透くおもひあり 『〃』
山碧く冷えてころりと死ぬ故郷 『麓の人』
しぐる夜は乳房ふたつに涅槃の手 『忘音』
子の皿に塩ふる音もみどりの夜 『〃』
どの子にも涼しく風の吹く日かな 『〃』

一月の川一月の谷の中 『春の道』
白梅のあと紅梅の深空あり 『山の木』
山椒魚《はんざき》の水に鬱金の月夜かな 『〃』
梅漬の種が真赤ぞ甲斐の冬 『涼夜』
存念のいろ定まれる山の柿 『今昔』
初夢のなかをわが身の遍路行 『〃』
龍の玉升《のぼ》さんと呼ぶ虚子のこゑ 『山の影』
鶏鳴に露のあつまる虚空かな 『遅速』
家を出て枯れ蟷螂のごとく居る 『〃』
またもとのおのれにもどり夕焼中

「雲母」平成4年8月号

宮坂静生（みやさか　しずお）略年譜

昭和12（一九三七）　十一月四日長野県松本市生まれ。

昭和28（一九五三）　長野県立松本深志高等学校在学中、藤岡筑邨に作句を添削を受けて、翌五四年「龍膽」に投句、五五年富安風生の「若葉」に投句。加倉井秋をに親炙。

昭和31（一九五六）　「龍膽」の編集を務める。金子兜太に作品依頼。

昭和39（一九六四）　四月、第一句集『青胡桃』（龍膽俳句会）刊。

昭和43（一九六八）　藤田湘子に出会い「鷹」に入会、「若葉」を退く。翌年「鷹」同人。加藤楸邨来松、以来知遇を得る。

昭和53（一九七八）　二月、「岳」創刊、現代俳句協会会員。

昭和55（一九八〇）　七月、『現代俳句研究―藤田湘子』編（高文堂出版社）刊。九月「鷹」同人会長、爾来十年間。

昭和61（一九八六）　一月、「鷹」俳句会賞受賞。以後無鑑査同人。

平成7（一九九五）　一月、「鷹」を藤田湘子の要請により退く。二月、第四十五回現代俳句協会賞受賞。

平成10（一九九八）　五月、「岳」創刊二十周年、金子兜太記念講演。

平成15（二〇〇三）　三月、信州大学教授定年退官。第八句集『鳥』（花神社）刊。評論集『俳句地貌論―21世紀の俳句へ』（本阿弥書店）刊。信州大学名誉教授。

平成18（二〇〇六）　九月、評論集『語りかける季語　ゆるやかな日本』（岩波書店）刊。

平成19（二〇〇七）　二月、『語りかける季語　ゆるやかな日本』が第五十八回読売文学賞（紀行・随筆部門）受賞。

平成21（二〇〇九）　四月、現代俳句協会副会長就任（任期三年）。十月、『季語の誕生』（岩波新書）刊。

平成24（二〇一二）　三月、現代俳句協会第六代会長就任。七月、『雛土蔵』により第二十四回俳句四季大賞受賞。

平成25（二〇一三）　五月、「岳」三十五周年大会。シンポジウム「三・一一以後」（柳田邦男・宇多喜代子・小島ゆかり・いせひでこ・宮坂）が（「俳句」九月）。

平成26（二〇一四）　一月、「俳日記―前書のある日録」（「俳壇」）一年間連載。九月、「大正俳句の特徴―実感尊重と地貌の発見」（「俳句界」九月）。

平成27（二〇一五）　三月、『東日本大震災を詠む』（俳句四協会編・朝日新聞出版）刊。「沈黙から立ち上がったことば」（毎日新聞出版）刊。五月、第十一句集『草泊・二〇一三俳日記』（本阿弥書店）刊。

平成28（二〇一六）　一月、「楸邨永遠」（「寒雷」一月）。七月、特別対談・金子兜太・大峯あきら・司会担当（「俳句」七月）。九月、第十二句集『噴井』（花神社）刊。

平成29（二〇一七）　五月、「草田男・兜太の徒―鍵和田秞子小論」（「未来図」四〇〇号記念・五月号）。

平成30（二〇一八）　第五回みなづき賞受賞。

令和元（二〇一九）　第十九回現代俳句大賞受賞。『俳句必携１０００句を楽しむ』平凡社刊。

令和2（二〇二〇）　第十三句集『草魂』（角川文化振興財団）。

令和3（二〇二一）　句集『草魂』により第三十六回詩歌文学館賞受賞。

令和5（二〇二三）　『俳句鑑賞１２００句を楽しむ』平凡社刊。

令和6（二〇二四）　『俳句表現　作者と風土・地貌を楽しむ』平凡社刊。

第7章 髙柳克弘

（二〇二三年十二月二十九日　董自宅にて）

はじめに

高柳克弘氏のお名前をどこかの総合誌でお見かけし、「高柳」とは中国人の私から見れば、格好いい姓だな、と思っていた。後に、俳人協会新人賞受賞者で、俳誌「鷹」編集長であることも俳友から教わった。氏は黒田杏子先生主幹の雑誌「兜太ＴＯＴＡ」４号（２０２０年３月刊）の特集　龍太と兜太　戦後俳句の総括で「にわとりと蝮」の題で龍太及び龍太俳句を論じられ、更に二〇二〇年山梨県立文学館で開催された「特別展『飯田龍太展　生誕百年』関連シンポジウム」にてパネリストとして参加されている。本書には打ってつけの語り手と考えたが、連絡手段がなく諦めかけた。幸いにも、高野ムツオ先生から紹介頂き、早速、高柳氏に依頼の手紙を送った。一週間も経たないうちに了諾の返信メールが届いた。取材日は年の瀬の十二月二十九日に決まった。準備期間が短かったとは言え、氏はすでに胸中に成竹があるようで、取材は順調に進むことが出来、感激した。

董振華

俳句を始める経緯

私は中学、高校の時に文学が好きで、殊にドストエフスキーが好きでした。人間とは何か、人間の欲望や本質みたいなことを突っ込んで考えて、それを登場人物に転嫁させて書く作家がいることに衝撃を受けて、彼のような小説が書きたいと思っていました。それで大学は文学部のロシア文学専修というところに入りました。最初は小説を読んだり書いたりしていましたが、ドストエフスキーのように人間を深く掘り下げて書くことは自分の力ではなかなかできないと分かって、やや挫折を味わったんです。

そういう時にたまたま俳句が好きな友人に誘われて、サークルの早稲田大学俳句研究会に入りました。最初はこんな十七音では自分の言いたいことが全く言えないし、ドストエフスキーの小説に比べると、なんと片々たる、頼りない文芸だろうなと思って、やや馬鹿にしていたというか、軽視していたところがありました（笑）。当時、句会があって時々出たんですけど、あんまり本腰を入れる感じではありませんでした。

ところが、松尾芭蕉の存在を知ってから、考えは少しずつ変わってきました。俳句を続けていくためには、俳聖と呼ばれる松尾芭蕉のことを勉強しておく必要があると思いました。中学、高校時代は芭蕉の『おくのほそ道』や〈古池や蛙飛び込む水の音〉の句ぐらいしか知らなかったし、大学に入ってもそんなに俳句の知識はなかったんですけど、負けず嫌いだったので、句会で全く点が入らなかったりすると悔しいから、ちょっと俳句に力を入れて勉強しなきゃいけないなと思いました。

具体的には芭蕉の句で、

薦を着て誰人います花の春　芭蕉

という句があります。この句を見た時、「あっ、ドストエフスキーの小説に匹敵するとまでは言わないけど(笑)、俳句でこんなことまで言えるんだ」ということに驚きました。この句は今でいえばホームレスのことを詠んでいます。お正月になると初詣のために着飾って、出かけていく人が増えるわけですね。そうすると、そういう人たちからお金や食べ物を恵んでもらうために、ホームレスが薦を着て、往来の通りに出て来るのです。華やかな新年である一方、その陰に社会から外れた人たちが蠢いているわけです。でも芭蕉はそういう人たちをみっともない、汚らしいみたいな感じに見えないで、「誰人います」というふうに尊敬を込めて捉えています。これは日本の伝統的な仏教観として、徳を積んだ宗教者はお寺の奥に偉ぶってふんぞり返ってるんじゃなくて、市井の人に交じり、身を窶して衆生を救おうという仏教観に則ったものですが、そのどん底に陥った人にこそ聖なるものが宿っている、という芭蕉の見方がドストエフスキーの考えに通じているように感じました。

私が大学に入って卒業するまでの四年間は、ちょうど二十世紀末から二十一世紀初頭に当たり、いわゆる氷河期世代と言われていて、日本の景気が非常に悪く、全く就職ができない。大学三年の就活の時に、私は出版社やマスコミ関係などに入りたいと思って就職説明会に行くんですけど、一人しか取らないところに何百人も応募者が殺到したりしていました。私は根性がなかったものですから、自分はこの社会のやり方に馴染まないと早々に決めてしまいました。結局、大学を卒業して就職をせず、そのまま大学院に入り、学部の時の専門のロシア文学を変えて、教育学部の近世文学（江戸文学）を研究することにしました。

そういう意味で、自分は恐らく社会の中で富や名声といったものを得られる人間ではない、人との競争の中でおそらく勝ち抜けないだろうと早々諦めました。だけど、文学という如何にも儲からないようなことが好きな自分にも、きっと「誰人います」と言ってもらえるような仕事があるんじゃないかとも思いました（笑）。言ってみれば自分の人生の指針になったような俳句を作りたいと……それで芭蕉の句を読んで、ホームレスや乞食の中に尊ぶものを見る芭蕉の思想に非常に共鳴するところがあったんです。その時初めて、俳句はただの趣味や芸事ではなくて、一生をかけるに値する文芸じゃないかと気づきました。大学院で俳文学を勉強しながら、俳句も本気でやるようになりました。でも本気で俳句を仕事にしていくのであれば、それだけでは自分の世界が狭くなっちゃうから、結社に入ることにしました。大久保の俳句文学館へ行って全国の結社誌をいろいろと調べましたら、偶然、

万有引力あり馬鈴薯にくぼみあり　奥坂まや

という句を目にしました。最初はこういうのを見てどういう意味だろうと思いましたが、しかし同時に、面白い句だなと、こういう句を理解してみたいとも思いました。この句の作者の奥坂まやは「鷹」という俳句誌の俳人です。「鷹」の結社の指針として、二物衝撃を掲げています。二物衝撃とは古俳諧で言うと「取囃」（取り合わせ）ですが、現代俳句では二物衝撃というのです。要するに離れたもの同士をぶつけ合わせる。季語そのものを詠むよりは、季語とちょっとかけ離れたものをぶつけ合わせて、そこで一つの言葉の世界を生み出す、そういう作り方です。これがすごく面白いと思って「鷹」に入会しました。言ってみれば、さっき挙げた芭蕉の「花の春」の句もやはり二物衝撃ですね。「花の春」と言ったら新春で、ものすごく華やいだ、めでたい雰囲気の季語ですけど、それに対していきなりホームレスをぶつけ合わせるということですね。

そういう句づくりの方法は今も受け継がれていて、「鷹」ではそれを結社の方針としていました。しかし、入会して三年も経たないうちに、二物衝撃を掲げた師匠の藤田湘子が亡くなりました。主宰が小川軽舟に変わって、私が編集長になりました。当時、私は二十五歳で、まだ大学院生でした。その後、いろいろと評論や小説、児童文学などを書いたり、芭蕉の研究を続けたり、自分の句集を出したりして、今日までやって来ました。

飯田龍太のイメージ

私は直接龍太に会った経験はないので、龍太に対するイメージは作品から来ています。

一つは、さっきも言いましたが、私が、「鷹」に入って俳句を始めた時、二物衝撃の作句方法を試しながらも、何かしら今までの俳句がやっていない、新しい表現を作りたいと漠然と思っていました。そういう時に、ゼロから作り上げることはできないので、現代俳句を形作った先人たちの作品を見て、そこから何か新しい表現のアイディアを得られないかと、いろいろ見ていた中で飯田龍太が浮上してきました。

もう一つは、私が俳句の世界に入った平成末期はいわゆる無風時代と言われていた時期です。要するに何か新しいムーブメントが起こるのでもなく、みんなが先人たちの伝統を受け継いで、それに従って、自分の作風を深めていくみたいな感じ。それはそれで重要なことなのかもしれないのですが、なかなか新しさというところに辿り着けない。戦後俳句の主流は物を見て、対象を虚心坦懐に写し取るという、余り作者が前面に出ることなく、自然物を主体に作るという写生の作り方でした。その中で飯田龍太という人は、写生を踏まえながらも観念的な句をいっぱい作っています。勿論、具象的な句もありますが、言葉遣いとか一句の印象なんかも、ちょっと写生の句とは違うところがあるので、龍太に学ぶことで、今の俳句のシーンにはない新しさが出せるんじゃないかと、そんな気がしていました。

句の鑑賞を通して龍太に学ぶ

例えば分かり易いところで言うと、

隼 の 鋭 き 智 慧 に 冬 青 し　『百戸の谿』

という句があります。これは龍太の初期の中でも比較的若い時代の作です。今までの俳句の写生的な作り方だったら、隼のくちばしが尖っているとか、羽がこんなふうに広がっているとか、そういうふうに隼を写生して、それが冬空に鋭く飛んでいるみたいな感じで表すと思います。ところが、龍太はここであえて「智慧」という言葉を使っている。観念的な言葉を使いつつ、俳句を作っているというのがすごく新鮮に見えたのです。そういうことがあって龍太を学んでみようと、そこから自分の作品に生かせたらいいなと考えました。その後も角川の「俳句」という雑誌に龍太論を連載させてもらったりしていますが、あまりうまく書けなくて、今ではやや忸怩たるものがある論考となっています。それから、ふらんす堂のホームページに連載していた「現代俳句ノート」は現代俳人の作品を気ままに鑑賞するようなイメージの評論ですが、そこでも蛇笏龍太の親子の作品を取り上げています。当時は鑑賞文を書きながら、龍太の句を学んでいく感じでした。もう一つ好きな句は、

一 月 の 瀧 い ん い ん と 白 馬 飼 ふ　『麓の人』

です。これは余り有名な句でもないし、一月の句だったら〈一月の川一月の谷の中〉の句の方が知られているんですけど、この句もやはり観念的なところがあります。

なぜ惹かれているのかと言うと、この句には謎がありますね。どう解釈していいのか分からないところがあって、いくつかの解釈を考えて、読むたびに違う解釈を試みたくなります(笑)。一例を挙げれば、この句の「いんいん」は平仮名なので、「陰々滅々」といった暗い意味の「いんいん」なのか、定まらないわけです。さらに「白馬飼ふ」とは一体どういうことなんだろう。滝のほとりに神社があって神馬が飼われているといった具体的なイメージなのか、それとも流れ

落ちる滝の飛沫が白い鬣を振りかざした白馬に見える、というように読むのか……。

普通、写生の句だったら一月の瀧が流れて来て、その傍に神社があって、厩で神馬が飼われているみたいな即物・具象的な描写をすると思いますが、この句はどうも本当にそこに白馬が飼われているんじゃないような気がしますね。例えば滝の飛び散る水しぶき、これを白馬に譬えたようにも見えるし、白馬はペガサスみたいな、幻想的な、この世のものならぬ異界の存在なのかもしれないというようにもとれます。

言葉を重層的に使っているというか、自然を具象的に写し取るだけではなく、観念語を使ったり、言葉の意味を一つに絞らずに使って、近現代の俳句がやや軽んじているというか、切り捨ててきたようなところを龍太はあえて拾っていると思っています。この句を読むたびに違う姿が浮かび上って来るのですね。

龍太の自句自解によると、具体的にそこに白馬がいるわけではなく、滝の音を聴いていると、遠くで馬が駆けている蹄の音に聞こえてきたということです。心の中に浮かび上った白馬を表現したというようなことが、自解の文章に書かれていました。そこを自分の作品にも生かすことができたら、一つの新しみを出すことができるのではないかと思いました。

今回の龍太二〇句選にも入れましたけど、

冬深し手に乗る禽の夢を見て　『山の木』

なんかも、よく分からない句ですよね。要するに鳥が夢を見ているのか、それとも作者自身が文鳥を手に載せている夢を見たということなのか、分からないです。前衛派俳人の高柳重信は後者の方の解釈をしていました。でもやはり前者もとれるような気がしますね。私は解釈としては前者の方が好きなんです。掌の上に載せている文鳥が眠ったように大人しくしている。こいつはなんか夢を見てるんじゃないかなというふうに文鳥の気持ちになる、そういう想像力というのがやはり龍太俳句の魅力であるような気がします。龍太俳句には解釈がはっきりしない句が多いですね。

龍太は近現代の俳句だけを見て自分の俳句を作っていたわけではなくて、前近代の古俳諧や江戸時代の俳諧にも関心が高い人でした。いわゆる月並み俳句と言われていて、正岡子規がつまらない、常識的とか作為的とか言って切り捨てたような作品も、そんなに簡単に切り捨てるべきではないことを折に触れて語り、具体的に地元の小さな村の俳句宗匠だった人、いわゆる月並み俳人の句に随筆で書き及び、〈腰かけて入日も知らず山桜〉の句を採り上げています。本当は〈腰かけて入日もしらじ山桜〉と微妙に表現は違いますが、確かに構図のある句です。いつの間にか日が暮れていたことすら気づかなかったことを言って、山桜の美しさを強調した内容です。これは近現代の写生の価値観からすると、何かポーズがかってやや嘘臭さがある感じはしますが、こういう句に魅力があると言っていた龍太はやはり見ている視野が、他の俳人よりも広いと言えます。近現代の俳句だけを自分の糧とするのではなく、もっと日本文学の歴史とか、西洋文学や（これは他の皆さんがどう考えるか分からないけど）西洋の詩の影響も受けて、俳句を作ってきた人ではないかなと思います。一言で言えばその懐の深さに惹かれるところがあります。

龍太作品の色々な作風

大抵の俳人はやはり第一句集が一番良くて、だんだん焼き直しで、劣化コピーみたいになっていく部分がありますが、龍太は青春性あふれる第一句集『百戸の谿』に留まることはなく、俳句の題材や書き方をどんどん変えていくんです。例えば、中期の『山の木』や『涼夜』、『今昔』あたりは凄い変な作風に入っていきます。それが変化していった結果なんです。

虚の要素

変な作風の時期、この時期の作品には虚の要素、フィクションの要素が強まります。『山の木』では〈畔火いま水に廓の情死行〉、『涼夜』では〈大樹もとより獄舎また梅雨景色〉、この句は大樹が獄舎、牢屋のようなものだという発想でできています。『今昔』では〈ある夜おぼろの贋金作り捕はれし〉、この句は西洋文学の影響を感じるところがあります。同じ『今昔』でも、〈乱心の姫のありけりミソサザイ〉の

「姫」は何だろうなと思うんです（笑）。このような虚に傾き過ぎた作風になっていって、勿論批判もありますが、初期の青春性の句風、それから何といっても蛇笏譲りの重厚な山岳俳句、風土詠というところに留まらない。もしかしたら凡百の俳人だと初期の作品の延長で延々と最期まで風土詠の作家として作っていくと思いますね。

龍太は敢えて風土詠の作品ではなく、もっと小説的な、物語的な作風も作っていて、自分なりに新しさを求めて挑戦していたようです。そういうところは芭蕉とも通じる点があると思います。やはり芭蕉も初期の言葉遊びみたいな時代の流行の作風にとどまらず、自分の作風を求めて、七回ぐらい作風が変化したと言われています。龍太も正確にここからこんなふうに変わったみたいなのを指摘した人はまだいないと思いますが、やはり七回ぐらいは変化しているという気もします（笑）。確認してみようとしたことがありましたけど、そんなに明確に数値化はできなかったのです（笑）。

字余りや破調

また、龍太の句の中にはずいぶん字余りで、リズムを崩したような句もあります。

雪の日暮れはいくたびも読む文のごとし　『春の道』
眠る嬰児水あげてゐる薔薇のごとし　『山の木』

こういう破調の句も試していますしね。ということで、なんか伝統派の雄或いは巨匠みたいに言われていると ころがあるんですけど、意外に龍太も前衛的なところはあったし、もしかしたら真の前衛派と言ってもいいのかなっていうふうに思います。どうしても前衛というと、金子兜太や高柳重信などといった作家の名前が挙げられますが、龍太もそれに負けず劣らず、俳句の固定観念を更新していった俳人ではないかという気がします。

動植物との共存

龍太は鳥を詠む句も多いです。

春の鳶寄りわかれては高みつつ　『百戸の谿』
隼の鋭き智慧に冬青し　『〃』

これらの句はどれも鳥を詠んで、とても好きな句ですが、二句とも客観的写生の詠み方ではなくて、自分自身が鳶や隼になっているような詠み方です。これもやはり龍太の想像力の豊かさを証明しています。

今、俳句は特異な詩型として世界的にも注目されていますが、小説や自由詩と違うところは人間主体ではない点です。逆に、人間の間のドラマとか感情とかいうものごとを描こうとすると、季語も入れなければいけない、十七音しかない俳句ではなかなかできないことです。でも、人間のことは人間のこととして文学に取り入れるべきですが、今までの文学が余りに人間中心に作られてきたという批判も出てきていて、エコクリティズムと言いますけど、もう少し地球全体の、人間以外の自然とか生き物とかも文学のテーマにしていくという考えが出て来ています。その際には、やはりすごく想像力の働きというのがキーポイントになってくると思います。

アフリカ出身のクッツェーという作家が「人間の共感的な想像力は限界がない」と言っていて、犬とか猫の気持ちも想像することによって推し量ることができるし、その気になれば馬の気持ちだって、蝙蝠だってできるのだというようなことを言っています。それを聞いた時に、これは俳句についても同じことが言える、俳句は想像力によって、書くことの出来ない人間以外の動物や、さらに言えば植物の気持ちに成り代わって表現するみたいな、そういうことをしてきた伝統や歴史があると思っています。

先ほどの〈冬深し手に乗る禽の夢を見て〉の句とか、〈春の鳶寄りわかれては高みつつ〉もそうですし、〈花栗のちからかぎりに夜もにほふ〉もそうです。栗の花はすごく濃厚な匂いがするので、それを表現しているようにも見えますけど、「ちからかぎり」というやや擬人化的な表現を使うことによって、自分が感じている栗の花に自分自身がなっているような、想像力によって乗り移っているような句です。これは他の文芸の小説とか詩とかではなかなか実現し得ないようなところを龍太の句は達成しており、人間の共感的な想像力の限界に挑んでいるという感じがしています。こういう句はこれからの俳句、もっと言えばこれからの文学にとって啓示的な作品と言えると考えます。

龍太の晩年の句

龍太の晩年の句も私は結構好きです。別に辞世の句ではないですけど、例えば、

山青し骸《むくろ》見せざる獣にも　『遅速』以後

で、なぜか最後に獣が出てくる句を詠んだりとか、また、

冬の海鉄塊狂ひなく沈む　『遅速』以後

のように、異様な迫力のある作品が『遅速』以後の句にも見られます。そういう意味で、一般的に龍太作品を評価する時、どうしても初期の『百戸の谿』のような風土詠の句集が振り返られる機会が多いのですが、私はもうちょっとこの作家の多面性を評価した方がいいのではないかという気もします。

龍太俳句の鑑賞法について

我々が俳句を鑑賞するときに、どうしても句にある山はどの山だろうとか、句に書かれている子供や父は誰だろうと、すぐにモデルを探してしまいがちです。同じように、龍太の場合もどうしても蛇笏の四男だったとか、境川村に住んでいるとか、はっきりしている情報のもとに龍太の句を鑑賞しがちです。でも僕はわりともう少し自由に龍太の句を鑑賞してもいいと思うほうです。そうしないと、龍太の姿が矮小化や偏狭化されてしまい、本当の大きさが分からなくなるような気がします。龍太は父や母や自分の子供のことを多く俳句に詠んでいますが、龍太自身の家族像から離れて鑑賞してもいいと思います。まず有名な、

一月の川一月の谷の中　『春の道』

という句も「山廬」の裏手にある後山と狐川がモデルだと一応踏まえつつもそこから離れて、いわゆる言葉を普遍化して、言葉がいかに面白いかというのを突き

詰めてゆき、龍太に接していく方がいいのではないかというのが私の思いです。そうすると中期の『山の木』や『涼夜』、『今昔』などにあるような、少し現実離れをしたような虚の要素が強い俳句も、これもまた龍太俳句の一面と腑に落ちるような気がします。また、現実と詩の世界との距離感を考えると、いわゆる人間探求派といわれた石田波郷や加藤楸邨と異なり、龍太はむしろ詩の世界を自分で作ろうとした俳人だったという感じがしています。

もう一つ龍太に惹かれているのは、俳句の中に季語を入れて作るわけですが、その俳句の姿はすごく荒々しい自然であることが龍太の俳句史に刻まれるべき要素かなと思っています。具体的な句で言ってみますと、

闇よりも山大いなる晩夏かな　『遅速』

これは後期の最晩年の作品です。普通だったら、夜の闇が辺りを覆い尽くしていて、その闇の中に山があるという把握が常識的だと思います。「闇よりも山大いなる」と、こんなことがあるのかなと思うんですけど、景色全体の闇を越えて山がそびえ立っているという山の野生または原始的な姿を捉えているのがとても惹かれるところです。

コロンビア大学の日本文学研究者でハルオ・シラネという日系の方がいます。彼は平安時代までの和歌、連歌の中に詠まれている桜や梅、杜鵑、山、川などはあくまで優美の姿、典雅な姿にリライトされ、縮められた二次的な自然だと言う、なかなか興味深い指摘をしています。一次的な自然とは何かと言うと、本当に荒々しくて、人間の思考または思いを超えたような暴れまくる自然のことです。日本文化の場合、例えば台風のことを「野分」と言います。「野を分ける風」、「秋の七草を倒して吹いてくる風」のような表現をしますが、これも荒々しい台風の本来の姿ではなくて、ちょっと箱庭化された、ミニチュア化した自然の姿です。それでもって、日本人は四季折々の風物を愛でる、自然と近しい民族という自認、自己分析をしているわけです。しかし、ハルオ・シラネはそういうのではなくて、二次的な自然、矮小化された手頃な自然を日本人は愛でてきたのであって、本来の荒々しい、人間を超えた世界にはあまり向き合ってこなかったのではな

いかという問題意識をされています。それは私たち俳句作者にとっては非常に重要な指摘ではありませんか。

さっきの芭蕉の話にも関わってきますけど、江戸時代の俳人はその前の王朝文学の歴史の中で培われた自然の捉え方に対してアンチテーゼを示しているというか、和歌や連歌の殿上人、堂上人、貴族たちが目を向けなかった生の自然にも目を向けようとした、そういう存在が俳人だと言う気がします。和歌や連歌の捉え方との違いを具体的に挙げると芭蕉に〈山も庭に動き入るるや夏座敷〉という句があります。庭に山が迫ってくるような感じです。この句を読んで、龍太の〈闇よりも山大いなる晩夏かな〉を読んだとき、芭蕉と似たような感覚を覚えました。二次的な自然の言葉の山ではなくて、山そのものや自然の生の姿が捉えられているという感じです。やはり龍太が自然に近しかった、甲斐の山河に近いところで暮らしていたという来歴も関わっているのかもしれませんが、龍太の句は季語が優美で、典雅だけではなく、時として野生が剝き出しになっている、そういうところも非常に惹かれています。いくつか他の例も挙げますと、

炎天の巌の裸子やはらかし　『百戸の谿』

これは炎天の焼けつくような日差しというのがヒリヒリするぐらい感じられてくる句です。泳ぎ終えて、巨巌の上で裸んぼになって遊んでいる子供の、凄まじい太陽のエネルギーにも負けない野生みたいなものを感じさせます。こういう内容も和歌や連歌とは違う、俳句の季語の捉え方の感じがします。

かたつむり甲斐も信濃も雨のなか　『山の木』

「かたつむり」と言えば必ず湿っていて、雨上がりの印象がありますから、私達俳句作者は蝸牛と雨の取り合わせで詠まないと決めて作っていますけど、龍太はさらっと蝸牛と雨を結びつけて、こんな句を作っちゃうので、やられたなという感じがします。

この句が凄いのは「甲斐も信濃も」と捉えているところです。写生的に自分自身、もしくは自分自身が今見ている写生の対象に拘っているのであれば、こういう捉え方は絶対できないでしょう。だって自分の目や視覚によっては甲斐・信濃という大きな二つの国は絶

対捉えられないので、これを捉えているのは、やはり先ほども触れた想像力ですね。それだけに二つの国に跨がって激しく降り続いている雨を表現したかったのです。ぽつぽつと雨に濡れて、童話的な感じで蝸牛がのんびりと散歩しているような世界観ではなくて、荒々しい山国の雨に打たれている蝸牛の野生、あるいは生のままの自然がここにも出ている感じです。

だから、風土詠という領域で龍太の句を捉えてもいいのかという点にもやや疑問がありますね。基本的に風土詠はその土地の自然やそこに生きる生物を褒め称えたり、そこに生きている人々と共にその風土を称えたりするのが風土詠の在り方だと思います。風土詠はなかなか難しいところがあって、山河やそこにいる生物を称える、親しいものとして見るということはある意味で人間のサイズにまで自然を縮めてしまうこと、人間の理解できるレベルにまで自然を引き下ろしていることとも言えます。まあ、それはそれで詠む人にとって切実な理由があり、自分が生まれた風土を称えたいという思いが強いから詠むと思いますが、龍太が詠んだように、人間のサイズをはるかに超えているような、或いは考えが及ばないような荒々しく生々しい自然やそこに生きる人々、翻弄されている姿も含めて、描き出す風土詠にインパクトがあると思いますし、もはや風土詠という括りでは捉えられないようなものを龍太の句は含んでいるような気がします。

蛇笏と龍太　1950年代前半
写真提供：飯田秀實

今、私は現役俳人として俳句を作りながら、龍太を始めとする先人たちの句の鑑賞や研究をしています。今自分が俳句を作っていて、龍太から一番影響を受けていると思うのは、やはり龍太俳句の立ち姿と思います。不立文字という仏教の考え方がありますが、これについてはまさに真の教えは言語化できないという感じです。

例えば、私がとても好きな龍太の自句自解に出てくる逸話があります。「雲母」の句会で〈遠方の雲に暑を置き青さんま〉という、ちょっと彩のある言い方の句を出しました。遠くの雲は多分、ぎらぎらと日差しに照らされていて、そこだけまだ暑さが残っている感じで、夏の名残が見てとれます。しかし、季節はもう秋刀魚が美味しい秋に入ったという意味です。日常では「雲に暑を置く」などと使いませんから、非常に繊細な季節の捉え方で、ちょっと一捻りした表現です。私は個人的にはとてもいい句だと思いますけど、この句については飯田蛇笏の「こういう青さんまの句に新しさなんて言うのは、不安定から来る危ういものだ。龍太の若さで大したものじゃない」と否定的な言葉が伝えられています。また、息子の句だったら、〈秋冷の黒牛に幹直立す〉(『童眸』)の方が上等だとも言っています。

このような話を伺うと、こういうところに言葉では伝えられない俳句の奥義的なものがあると実感しました。私は「青さんま」の句も「秋冷」の句も両方とも良い句だと思います。でも、現代社会はサブカルチャーが隆盛ということもあって、蛇笏が「秋冷」の句を良しとした格調の高さとか、一気呵成の言葉の力みたいなものを忘れはしないかと思うんですね。それこそみんなにTwitterとかSNSで共感されやすくて、「いいね」と押しやすい言葉が流行している昨今、「秋冷」の句のような朴訥で勢いがあって、人の心をえぐるような言葉の塊みたいなものが現代にこそ大切になっているのではないかと思います。

言葉こそ感銘の源

龍太という人は先ほど申し上げましたけど、何度も何度も自分の作風を変えて、いろんな挑戦をしてきました。でも、一貫しているのはやはり格調の高さです。これは私自身の俳人としてのスタンスとしても忘れないでいたいものです。もちろん日常的な口語を生かした句とか、身辺の題材を軽やかに詠む句があってもいいとは思いますが、俳句が全てそうなってしまうと、もう俳句でなくてもよくなっちゃうというのか、現代短歌はややそっちの方へ行ってしまっているようなところがあります。

俵万智の『サラダ記念日』がベストセラーになってから、口語短歌が流行って（別に口語の責任というわけではないが）、短歌の上から風格、格調の高さのようなものが失われているところがあります。俳句からはまだ失われていない気がしています。それは先人の、名を挙げれば金子兜太や飯田龍太、森澄雄など一世代、二世代前の俳人たちがしっかりと守ってくれていたからこそ、今の令和や平成の俳句からも格調の高さが失われていないということですね。

これからも調べについては肝に銘じていかなきゃいけないと思います。私の師の藤田湘子は調べを重視した人でした。もちろん龍太のことを高く評価していましたが、龍太にはちょっと独特な調べがあります。湘子と一緒に飲んでいた時に話してくれた、忘れがたい思い出ですが、龍太の最初の五七五の「五」の部分を「七」にするという独特の文体がありますね。具体例を挙げますと、

なにはともあれ山に雨山は春　『遅速』

この句は五七五であるべきところが七五五になっていますね。この調べに対して湘子は「あれは俳句が緩む。あれが流行ると困る」みたいなことをおっしゃいました。だから、何となく私もその言葉がずっと頭の中に残っていて、「なにはともあれ」文体は俳句を緩めるだろうかといろいろと考えたことがあります。でも、今の私の考えからは、この句は最初が句跨りにしてやや間延びした調子で始まり、高度な難しい文体ではありますが、龍太の類い稀なる韻文精神というか、言葉の調べのセンスによって風格や調べの緊張感を失わずに纏め上げていると言えるのではないかと思っています。

亡きものはなし冬の星鎖をなせど　『百戸の谿』

夏の雲湧き人形の唇ひと粒　『麓の人』

このあたりは本当に難しいですね、時代の流行なの

かもしれない。阿部完市に、

たとえば一位の木のいちいとは風に揺られる　完市

の無季の句があります。有季定型の俳人の龍太はこの句に対し、最初はいちいは寒冷地に生息する木だから背景に冬景色を連想したと言っています。ところが、私と同じ師系の飯島晴子が「ただ白っぽい一行がゆらゆら揺れているのが心地よい句だ」と、具体的に冬景色とかそういったイメージを想定しなくてもいいのではないかとやや前衛派的な解釈をしたら、龍太は「あっ、その解釈の方がいい」と途中で考え方を変えたという話を新聞の随筆に残していて、その題が「言葉こそ感銘の源」でした。

さっきの話とも関わってきますが、龍太という人は実景、実物に拘っているわけではなくて、そこから生まれてくる言葉こそが俳句の本当の魅力ということを自覚していました。それは、俳句史から言えば、前衛俳句が見つけたというのが一般的な理解です。高浜虚子の客観写生、花鳥諷詠の影響下から脱しようとして、高柳重信や金子兜太などが正に「言葉こそ感銘の源」として、言葉だけで一句の世界を作り上げようとしていました。龍太も少なからずその影響を受けていたのではないか。父蛇笏を始めとする伝統派だけではなく、同時代の俳人との触れ合いや関わりなどによって、龍太は割と前衛的な思考を持っていたと先ほどの随筆からも窺えます。

先ほどの阿部完市の「一位の木」の句を巡って、龍太は「これが季語だ、季節は冬だというふうに限定して鑑賞するよりも、言葉そのものを味わった方がいい」と考えを改めていました。その考え方からすると、〈山青し骸見せざる獣にも〉という龍太の句も「山青し」が季語と見るのが一般的な解釈とは思いますけど、あえて無季として見てもいいのかもしれません。それくらいに自由な俳人だったと考えたいです。私自身が伝統的な句作りをしているからかもしれませんけど、逆に龍太の句ではさっきも触れた〈雪の日暮れはいくたびも読む文のごとし〉のような定型を崩した句や七五五の型の句、〈隼の鋭き智慧に冬青し〉や〈ある夜おぼろの贋金作り捕はれし〉のちょっと観念的で、従来の俳句らしくない言葉が出てくる句が刺激的で好きです。

龍太の「山廬」と芭蕉の「古池」

「山廬」という蛇笏・龍太が住み続けていた家があります。そこへ行くと龍太の句のモデルになった山や川があります。よく言われていることですが、実物と句の中に詠まれている山河の印象が全く違います。龍太に詠まれると、本当に何か神聖な山、神聖な川というか感じがして、いわゆる聖性というかホーリーというか、そういう自然の畏怖を感じるものが描かれます。もちろん、甲斐の山々はさすがに盆地を囲んで荘厳な感じがしますが、実際に「山廬」に行ってみると、裏の狐川と言った川がしょぼしょぼと流れていて、ただの小川です。裏の山もただの丘だし、全く印象が違うので、龍太はただの写生の俳人ではないことが分かります。もちろん詩人の想像力を備えた俳人でもあったんでしょうし、龍太自身もそういう自分の身辺を題材にするだけではなくて、それを作品にすることによって別次元のものに生まれ変わらせようとしていたところもあります。

私の好きな龍太の随筆があります。龍太にとって蛇笏という存在はすごく大きいです。「山廬」を訪ねてくるお弟子さんや仲間がたくさんいて、その山廬の軒先にかかっている風鈴を見て、みんなが「あっ、これがかの有名なくろがねの秋の風鈴ですか」と言って、感心するという。「山廬」の風鈴と「くろがね」の風鈴を比べたら、「くろがね」の風鈴の方が遥かに格が上で素晴らしいものに決まっていると、龍太はそういう人たちをやや冷ややかに見ています。

それは芭蕉の「古池」の句も同じだと言えます。芭蕉が蛙の飛び込んだ音を聞きとめた古池は、現実的に考えれば、魚問屋をやっていた弟子の杉風の生け簀に飛び込んだ蛙の音がモデルと言われていますが、実際の「生け簀」よりも句に詠まれた「古池」の方が遥かに素晴らしいに決まっています。詩や俳句というものは現実を映し取るというより、現実に取材することは取材しますが、それをはるかに超えた言葉の世界を作り出すもの、という意識が龍太の中にもあったのではないかと思いますし、私達が龍太の俳句をどう受け止めるかという話にも通じてくると思います。

龍太が後世に残したもの

先ほども言いましたが、私は大学院では松尾芭蕉を研究していたので、龍太とは作風が全く違います。芭蕉と龍太が似ていると言うつもりはないですが、作品を第一に考えて、自己の作風を様々に変えていったところは芭蕉と共通していて、世人にはできないことだと思います。

「雲母」終刊する　1992年2月
仕事する龍太　　写真提供：飯田秀實

また、龍太は自分の仕事の締めくくり方がとても格好良いです。途中で絶筆宣言みたいにして、スッパリと俳壇を退きました。みんながどうして引いたのだろうといろいろ推測していますが、本人は明らかにしないので、何とも言えないです。でも、その潔い止め方が凄いと思いました。年を重ねてゆくに従って、自分の俳句の蓄えがますます増えていく人もいることはいるのでしょうが、多くの人は作り続けることによって枯れていく、衰えていくというのが自然なんじゃないか。龍太も自分の加齢や衰えを実感し、これ以上、前より質の低い作品を作るよりは潔く止めた方がいいと判断したのではないかな。将来、私もそうでありたいと思うし、作品を第一に考えているところも非常に共感できます。

冬の朝はまずヤカンに水を汲むのが日課、炉にかかった鉄瓶に継ぎ足していく。それから仕事を始める。

そして、龍太と言えば、伝統派内の対比では澄雄と龍太、前衛との対比では龍太と兜太、そういう時代を代表する俳人という捉え方がされていますけど、そういう意味では龍太の句を含めた射程はまだまだ長いです。ちょっと大袈裟な言い方にはなりますが、これからの文学を考える上でも重要な俳人ではないかと思います。さっきの地球規模の想像力、人間以外のものを理解しようとする、これからの新しい文学を作っていく人にとっては龍太から学ぶところは大きいと思います。

おわりに

髙柳克弘氏とは本書の取材で初めてお目にかかったが、性格が明るく、頭脳が冴えわたり、私の想像に合致し、姓と同じく格好いい方だった。また、同じ早稲田大学の出身で、たちまち親しみを覚えた。氏は、現在、俳句作家と俳句評論家としてご活躍されている。前後して、俳句研究賞、俳人協会評論新人賞、田中裕明賞、小学館児童出版文化賞、俳人協会新人賞を受賞。松尾芭蕉や龍太の研究にも熱心である

本書の取材にあたり、氏は龍太及び龍太俳句に関する論述は筆記に備えられたようによどみなく、情熱を込めて語られた。それでいてことに楽しく有意義な時間だった。「龍太は自己の作風を様々に変えていったところは芭蕉と共通していて、世人にはできない。また仕事の締めくくり方がとても格好良い。龍太の句を含めた射程はまだまだ長い。これからの新しい文学を作っていく人にとって学ぶところは大きいと思います」との最後の締めくくりの言葉は龍太に対する氏のもっとも懇切な論点だったと思われる。

董振華

髙柳克弘の龍太20句選

黒揚羽九月の樹間透きとほり 『百戸の谿』

露の村墓域とおもふばかりなり 『〃』

花栗のちからかぎりに夜もにほふ 『〃』

遠方の雲に暑を置き青さんま 『童眸』

夏の雲湧き人形の唇ひと粒 『麓の人』

一月の瀧いんいんと白馬飼ふ 『〃』

緑蔭をよろこびの影すぎしのみ 『〃』

子の皿に塩ふる音もみどりの夜 『忘音』

雪の日暮れはいくたびも読む文のごとし 『春の道』

眠る嬰児水あげてゐる薔薇のごとし 『山の木』

冬深し手に乗る禽の夢を見て 『〃』

かたつむり甲斐も信濃も雨のなか 『〃』

ある夜おぼろの贋金作り捕はれし 『今昔』

薺粥仮の世の雪舞ひそめし 『〃』

柚の花はいづれの世の香ともわかず 『〃』

鹿の子にものの見る眼ふたつづつ 『〃』

春の夜の氷の国の手鞠唄 『山の影』

毒茸月薄眼して見てゐたり 『〃』

冬の海鉄塊狂ひなく沈む 「俳研」平成4年1月号

山青し骸見せざる獣にも 「雲母」平成4年8月号

髙柳克弘（たかやなぎ　かつひろ）略年譜

昭和55（一九八〇）　静岡県浜松市生まれ。

平成5（一九九三）　『ゆきうさぎ』（絵：狩野富貴子）ひくまの出版刊。中学一年生のときに遠鉄ストア童話大賞を受賞した児童小説。アニメ化もされた。

平成14（二〇〇二）　「鷹」入会、藤田湘子に師事。

平成16（二〇〇四）　「息吹」により第19回「俳句研究賞」を最年少で受賞。

平成17（二〇〇五）　「鷹」編集長就任。

平成19（二〇〇七）　『凛然たる青春―若き俳人たちの肖像』富士見書房刊。

平成20（二〇〇八）　早稲田大学博士後期課程単位取得退学。大学一年に同級生の澤田和弥に誘われて俳句を始める。その後、堀切実の元で松尾芭蕉を研究。同年、「凛然たる青春」により第22回俳人協会「評論新人賞」受賞。同年『芭蕉の一句』ふらんす堂刊。

平成21（二〇〇九）　第一句集『未踏』ふらんす堂刊。

平成22（二〇一〇）　『未踏』により第一回「田中裕明賞」受賞。

平成27（二〇一五）　「文学界」4月号にて短編小説『蓮根掘り』を発表し、短編作家としてデビュー。同5月号に「高きに登る」、同7月号に「蟹」、12月号に「降る音」を発表。

平成28（二〇一六）　第二句集『寒林』ふらんす堂刊。

平成29（二〇一七）　「NHK俳句」選者就任。

平成30（二〇一八）　『どれがほんと？　―万太郎俳句の虚と実』慶應義塾大学出版会刊。

令和3（二〇二一）　『究極の俳句』中公選書。同年、『そらのことばが降ってくる：保健室の俳句会』絵：あやのあゆ・teens'best selections 57　ポプラ社刊。同年、第71回小学館児童出版文化賞を受賞。

令和4（二〇二二）　「NHK俳句」選者就任。第三句集『涼しき無』ふらんす堂。第46回俳人協会新人賞を受賞。

令和5（二〇二三）　『添削でつかむ！　俳句の極意』NHK出版刊。『現代俳句ノート　―名句を味わう』ふらんす堂刊。

令和6（二〇二四）　評論集『隠された芭蕉』慶應義塾大学出版会刊。

現在、読売新聞朝刊「KODOMO俳句」選者。中日俳壇選者、俳句賞「25」選者、NHK「ワルイコあつまれ」俳句講師、早稲田大学講師。

第8章

若井新一

（二〇二三年十一月十一日十四時　若井氏宅にて）

はじめに

若井新一氏は角川俳句賞、宗左近俳句大賞、俳人協会賞を受賞し、飯田龍太の研究に熱心な学者型の俳人とお聞きした。依頼の手紙を送り、電話を差し上げる前に氏から電話をいただき、快諾したとの言葉が嬉しかった。ただ、農事をやっているため刈り入れまでは忙しいので、収穫を終えた十一月頃の方がいい。また、もし都合がよければ、南魚沼に来てほしいとのこと。もちろん、こちらは先方のご都合に合わせたいと伝えた。

十一月十一日九時二十八分東京駅発のとき313号で従弟の鄒彬と越後湯沢へ向かう。十時四十七分到着、若井氏が車で迎えてくださった。その丁寧なお迎えに忽ち暖かいものが胸にこみ上げた。雨の中、川端康成が『雪国』を書くために泊まったホテル「高半」と文学碑、禅寺の雲洞庵などを案内してくださった。その後ご自宅へ伺い、ゆっくりとインタビューを行った。

董振華

充実した人生を送るために俳句を始めました

私は大学を卒業してＮＴＴの村上電報電話局に勤めていたのですが、二十七歳のときに親父が胃癌を患って発病しました。余命いくばくもないということで、新潟県南魚沼市の、自宅から通える範囲内の電話局に転勤させて貰いました。そして翌年、親父は亡くなりました。当時の倫理観としては、農家は長男が跡を継がなくちゃいけなかったのです。私の家は代々稲作中心の農家ですので、その後電電公社から民間のＮＴＴへと変わっても、会社の勤務をしながら朝と夜や、土曜と日曜は農業に従事していました。そこで、転勤をしないで家の近くにいる生き方なら、何かを心の支えにして生きていかないと、充実した人生にはならないような気がしました。若い頃は労働運動や囲碁、更にエレキギターなど、あれこれと試してみたのですけども、自分に合う最善のものはなかなか見つかりませんでした。

ある日、いつも髪を刈って貰っている近くの床屋の店主さんに、「俳句をしたらどうか」と言われました。その人は俳句結社の「風」と「花守」に所属しておられました。「花守」は主として新潟県の誌友が多く、沢木欣一主宰の「風」の系統の小さな結社でした。主宰は歴史学者、国文学者の志城柏（目崎德衛）先生。掲載されている俳句は風土詠が多く、しかも気楽そうなので、先ずそこに身を置きました。二年後に「花守」だけでは会員が少なすぎて物足りなくなり、鷹羽狩行主宰の「狩」という全国的な規模の結社にも入りました。「狩」は誌友も多く、分かり易い作句の仕方でしたので、数多のことを学びました。が、残念ながら二〇一八年十二月にて終刊になりました。

今はその後継誌「香雨」（片山由美子主宰）に所属しています。

角川俳句賞の応募

俳句は「結社」に入って、その中で力を付けていくのが、オーソドックスで基本だと思います。継続をして多作をするうちに作句力が身に付きますから。結社の賞を貰うとか、推薦されて同人ともなれば免許皆伝です。ひとまず俳句への努力が報われたのですから、満足する人も沢山おります。それはそれでよいことです。

一方これとは全く違う、俳句の厳しい道を選ぶことも出来ます。俳句のみならず、人は常に価値の選択の連続である、と申しても過言ではありません。例えば、俳句総合誌設定の〇〇賞五十句、などというものに応募してみる方法があります。また、句集を自費出版し、世の俳句に造詣の深い方々に目を通して頂くということも出来ますが、どちらも「プロ俳人への登竜門」であり、積極的な姿勢といえます。

「狩」の結社に木内彰志という千葉県木更津市出身の大先輩の僧侶がいらっしゃいまして、一九八四年に第三十回の角川俳句賞を受けられました。木内さんは秋元不死男・鷹羽狩行に師事し、のちに俳誌「海原」を創刊・主宰しました。俳号も木内彰志です。私が「狩」の新人賞になった、新年俳句会の授賞式会場にて、木内さんは「若井君、角川賞に出さないか、出してみなよ」と、頻りに薦めてくださいました。

かねてより「角川俳句賞」の存在は知っていましたが、とてもレベルが高すぎて、私のような地方の凡人が応募するものではないと思っていたのです。

そこで木内さんに「私でもできるのですか」と申し上げますと、「当たり前じゃないか、誰にでも公平に開かれている賞だよ。やるやらないは自由だけどね。『狩』だけが俳句の結社じゃないし、日本中何百も俳句結社がある。時には結社の外の大きい賞へ挑んでいかないと、これから先伸びなくなるよ」と言われ、応募を始めました。その時は三十八歳でした。

恰も清水の舞台から飛び降りるつもりで五十句を纏め、四苦八苦して「雪の壁」という題をつけ、応募しました。どうせ駄目であろうと予想していましたが、思いがけなく予選を通過し、選者の能村登四郎先生に「○」を貰いました。目が覚めて、本気になってしまったのです。下手ながらもずっと毎年応募し続けました。

が、前途はそう甘いものではなく、候補になったり外れたりの繰り返しでした。余った作品を当時の「俳句研究賞」に応募したら、それが候補になってしまったという皮肉なこともありましたが、今となってはそれらの事はとても懐かしい思い出です。

四十八歳の時の応募は十一回目でしたが、久方ぶりに「凍る村」という題で予選を通過し、次席になりました。時の選考委員は川崎展宏、福田甲子雄、稲畑汀子、三橋敏雄の四名。作者名は明かさず、作品のみの選考をし、全て終わってから角川書店の内部の人が氏名を明らかにします。その時の選考過程の文を見ますと、受賞者の山本一歩さんと競り合っていたようです。稲畑汀子さんから「こういう風土を詠んだ句って何となく難しいわねぇ」と言われ、結果的には次席で終わりました。福田さんと展宏さんは押してくださったのですけれども。

発表された「俳句」誌をご覧になった「花守」の師匠目崎徳衛先生は、「若井君、俳句は元来ギャンブル的要素がある。君の句が良くてもほかにもっと優れた作品があれば落選する。自作を見て、今年は駄目だと思っても、他の人の句が君よりも相対的にレベルが低ければ受賞するのだよ。何しろ君はもっと古典を学ばなければ駄目だ」とおっしゃいました。

当時の私の考え方はたとえ今後受賞できなくても、還暦まではずっと応募を続けようと思っていましたので、その次の年も懲りずに応募しています。

翌年の角川俳句賞は、「早苗饗」という題で五十句を揃えて応募しました。

「花守」は冒頭申し上げましたが、沢木欣一の「風」の系統の結社ですから、私の具象かつ風土詠は作風的には合っていました。また鷹羽狩行先生の分かり易い句を作るという「狩」の結社方針も、他人に理解して貰うためにはその通りだと思っていましたので、それらに添っての作句のスタンスで風土詠を並べて、応募致しました。

第四十三回は八八二篇の応募があり、選考委員は前回と同じメンバーです。今回は運よく応募十二回目で受賞することができました。もう一人の受賞者は女性で、高千夏子さんという都会派の詠み口の方でした。その方は惜しくも暫くして病気で他界されてしまいました。

選考の際に福田甲子雄さんに丸印を貰ったのは、

客土より湯気立ちのぼる春田かな
石のせしままに引きずり籾筵
板の間を真鯉の跳ねるえびす講
年輪を定かに炭火おこりけり
雪壁の途切れしところ忌中札

などです。

稲畑汀子さんは〈畦塗りやさざ波寄せるふくらはぎ〉という句に、「私はこういう生活はよく分からないのですが、こういう田植えがだんだん少なくなってくる時代でしょう?」という発言をしておられます。「畦塗」と「田植」の区別をご存じないとは、瑞穂の国にいる大結社の「ホトトギス」の三代目の主宰として信じられませんでした。手元に虚子編の「新歳時記」がありますが、その四月に「畦塗」は出ており、例句も沢山あります。また「田植」は六月に掲載されており、例句は三三句載っています。

三橋敏雄さんは、もう一つ新しみが不足しているという意見を述べておられます。現代俳句の詠み手のリーダーでいらっしゃいますから、当然そういうご意見になると思います。また、川崎展宏さんは、〈位牌にも大小ありて笹粽〉の句には嫌味がないとおっしゃいました。

龍太との二度の出会い

飯田龍太に出会ったのは実作ではなく、俳句の鑑賞文とNHK学園俳句添削講師の研修授業であり、実際にお目に掛かったことは生涯ありません。

先ず一度目は一九七九（昭和54）年秋のこと。会社勤めの帰りに本屋に立ち寄った際に、何気なく手にした一冊が飯田龍太『俳句鑑賞読本』（秋冬編）でした。俳誌「雲母」の巻尾に月々に記した「秀作について」と題する一文を収録したものです。当時俳句のことは殆ど知らなかったのですが、今迄に見たこともない美しい文体に魅了され、暫し立ち読みをしました。恰も剃刀を皮膚に当てると、鮮血が噴き出すような新鮮さがあるのです。語彙が豊富で、二度と同じ措辞を使わないのではないかと思わせる、鋭い歯切れのよい短文が続いていました。龍太の文はその俳句と同じように簡単そうでありながら、決して一筋縄ではいかないところがあります。専門的な箇所になると意味をよく理解できないのです。折角の美文を持て余し気味でしたが迷わずに買い込みました。また次に出る予定の『俳句鑑賞読本』（春夏編）も注文しました。当時、これといった趣味もなかったので、寝る前の楽しみに二冊を読みました。その結果、龍太の本は中身の濃い入門書ではありましたが、俳句の知識の殆どない人間が読破して、たちまちに血や肉とするのには無理であるということがよく分かりました。

この度の取材のために久方ぶりにこの二冊を手に取って頁を捲ると、懐かしさが湧き出てきました。「雲母」所属の俳人の句のみならず、写生派から前衛派に至るまで俳壇に隈なく目を通し、秀吟を拾い出しての鑑賞がなされています。龍太は俳壇全体を公平に眺めて視野が広いのです。ここぞという時には、使う労力を決して惜しまない人と思われます。この本に最初に目を通した、四十余年前と同じ新鮮さと清潔感で文章が迫ってきます。これを人体に例えれば、コレステロールが少なく清らかな血液が体の隅々にまで滑らかに流れているような感じです。力みがなくて含蓄が深いというのも最初に読んだ時と同じ印象です。

二度目は平成になって、NHK学園の俳句添削講師の末席に加えて頂いた時のことです。新任講師は実務に入る前に心構えや添削の技術等の研修をまず受けます。当日、NHK学園の講堂へ足を運びますと、資料の中に、龍太の「添削講師のみなさんへ」という一文もありましたので、しばらく黙読しました。爾来二十数年の歳月が流れましたが、今も折に触れ時に触れてそれを読み返しています。俳句を見る際の指針とし、本道を逸れないように自分を戒めるのです。ここに文章の肝心な部分を抜粋して記しておきます。

俳句はプロとアマの差がはっきりしない。ただプロとアマの違いというものを自分自身で判定する方法があります。第一条件は自分の作品に対して冷静な判断ができるかどうか。

次に名医になれるか否か。自分が蓄積してきた体験から相手を見て複雑な個々の問題でも、非常に平易に説明するこれがプロのコツ。身体が十あれば十の病気だ。教養がある人であろうがなかろうが、個々の肉体に対して個々のアドバイスをすること。まずい部分だけを指摘するのはインターンのやることであり、プロではない。

子どもの頃から俳人とはどんなものかひそかに眺めてきている。その経験から申し上げれば、俳句というものは、あれは駄目だ、これは駄目だと、くさすのは楽だ。ところが褒めるのは非常に難しい。相手が生き生きとしてそれに力を得るような褒め方をできなければプロとはいえない。どんな名句だって日常的なものである。非日常的なものを作品とした場合、それは作品としては殆ど理解不明になる。箸にも棒にもかからないという作品にも、天照大神のような広大な気持ちで接して欲しい。何かピリッとしたことを言わないとプロではないというのは誤解である。

相手の長所が部分でもささやかなものでも、それをパッと認めてあげるのが、年季を重ねた人の貫禄だ。「おまえは俳句の『は』の字もやめてしまいなさい」といわれたら、その人の生きる道はない。俳句講座の講師は今まで蓄えてきた努力、実績をお裾分けするような非常に広大無辺な愛情が欲しい。俳句は新しく未来をつかむのではなく、過去がさわやかに捨てられるところに俳諧の本質がある。捨てたものを拾ってあげるから、非常に相手にとってはジーンと心に沁みるのだ。

以上は俳句講師への講話ではありますが、俳句を志す者にとって一度は耳を傾けるだけの価値はあると思います。文の内容は講師が人に教えるためのものですが、謙虚にしてしなやかな態度で人の句に接し、あら捜しばかりせず、他人の句の良いところを認めるべしという考え方は講師以外の俳人にとっても大切なことです。添削指導者が立場を替えて、俳句の実作者となった折にも役立つところがあります。わけても、「過去がさわやかに捨てられるところに俳諧の本質がある」とは言い得て妙ではないでしょうか。

龍太の散文や至言に魅了された

上述のような経験があって、すっかり龍太の考え方に魅了されました。その後、龍太の文章の出ている本を、折に触れて掻き集めては読みました。

龍太は今年で生誕一〇三年とは感慨深いものがあります。一九二〇（大正9）年山梨県生まれ。なお、大正八年には森澄雄、金子兜太もこの世に生を享けています。龍太が黄泉の世界へ旅立ってから来年の二月で満十七年になります。今も全国的に龍太を惜しむ声は高く、龍太の句や文章は目崎徳衛先生もおっしゃるように、確実に百年後も世の中に残っていくことでしょう。

先程も申し上げましたが、私は一度も龍太の謦咳に接することはありませんでした。ただ一九八一（昭和56）年頃、NHK教育テレビの番組に出演しておられた時の、隙無くして且つゆとりのある端正な姿が記憶の片隅に確と残っております。

今は江戸期の鈴木牧之の『北越雪譜』の時代と違い、

テレビやインターネットなどで、全国的な出来事は即座に画像で情報を得ることが可能になっています。文化の発展により、新聞や本も雑誌も世に出回り、活字から知識を得ることのできる時代です。後は、各人が知識を得ようという心掛けと、積極的に学ぶ姿勢の有無が問われるのみです。お陰様で龍太の考え方や指導の一部を活字によって知ることができました。龍太の意欲的な創作活動や文章を門下生でもない私が数多の著作で味わうことが出来ています。良い時代を生きているなあとつくづく感じております。

ここで龍太の散文や至言の中で殊に参考になった箇所や金言に触れておきたいと思います。

芭蕉の作品のなかには、素晴らしい句だが、なんでいいのかなんとも説明しかねるのがいくつかある。そのひとつは、例の、

此の秋は何で年よる雲に鳥　芭蕉

だろう。あるいはまた、あの『奥の細道』を読み進んでいくと、旅もおおかた終わりに近づいて、越後の出雲崎で生まれたという〈荒海や佐渡によこたふ天河〉の二日あと、今町（直江津）での作。

文月や六日も常の夜には似ず　芭蕉

文月はもとより陰暦七月の称。その六日といえば、七夕の前夜ということになる。中身はたったそれだけのことだが、私は、この句に出会うたびにギョッとする。

一体その理由はなんだろうというのが、多年こころにかかっていた問題であった。結局これは、芭蕉が単なる漂泊詩人とばかり考えているため、とんだ誤解によるもの。いわば天上の凧が手元の糸に手繰られているように、漂泊を裏から支えていたものは、彼の根深い望郷のおもい、もっと言葉を強めていえば、郷愁や望郷などという甘ったるいものではなく、業のような、その土着性にあるのではないか、という結論になった。

私は学生生活や単身赴任の時を除けば概ね越後で暮らしています。越後の海岸線は山形県鶴岡市の鼠ヶ関

から新潟県糸魚川市西端の親不知まで三〇〇キロメートル以上もあります。芭蕉は元禄二（一六八九）年、『奥の細道』の旅に出ました。途次の柏崎にたどり着いたのは一六八九（元禄二）年の七月五日でした。太陽暦で言えば八月の十九日で暑い盛りです。芭蕉はこの日、弟子の曾良《そら》を伴い、出雲崎から約七里半（三十キロ）の道のりを歩いて柏崎に着きました。象潟で会った宮部弥三郎の紹介状を持って、天屋弥惣兵衛方に一夜の宿を請いましたが、にべもなく断られてしまいました。越後には「歌枕」も武家文化もなかった上に、宿泊も断られたことがあり、芭蕉は激怒したのでしょうね（笑）。憤然として天屋を去り、雨の中をさらに約四里（十六キロ）もある鉢崎（現新潟県米山町）まで歩き、博労宿の「たわら屋」に泊まっています。天屋はいったん断ったものの気がとがめたのか、二度まで宿の召し使いを走らせ芭蕉たちを呼び止めましたが、芭蕉はよほど不快だったと見えて、ついに戻らなかったのです。それにしても俳句をたしなんだ天屋弥惣兵衛が、なぜ芭蕉の一夜の宿を断ったかは謎とされております。

足掛け十六日も越後に滞在していながら、「暑湿の労に神をなやまして」歩く旅でした。旅程については何も記さず、発句二句を認めたのみ。芭蕉は曾良と共にさっと越中へ向かいました。俳諧紀行『奥の細道』をどのように書こうが芭蕉の自由ですが、地元贔屓を許してもらえるなら、越後のみ軽視され、疎外された気がして甚だ残念です、エイッ、柏崎の天屋弥惣兵衛め…です。

ちょっと横道へ逸れますが、「六日も常の夜には似ず」の意味について、京都大学大学院の入試問題に出されたとのことです。龍太の説により、芭蕉は漂泊の裏側に強烈なノスタルジーがあり、それゆえこの発句が残されたとは、強い衝撃を受けました。

次に俳人（俳諧師）の個性について龍太は次のように記しています。

芭蕉・蕪村・一茶を並置して眺めたとき、三人のうちで一茶の作品はとびぬけて個性的であるが、それだけ作品の質は落ちる。あるいは芭蕉の場合にしても、初期・中期に個性的な作品が多く、晩年に

至って次第に個性を超えた普遍的な句柄を示している、(中略)、
しかも名品の座は俳句だけで定まるものではない。真の名句とは、俳人が感銘すると同時に俳人以外のひとびとのこころにひびいて共感を得た場合である。

今日、世の中に俳句に関心を持つ人は多く、殊に女性の愛好者が増加しているようです。昭和四十年代の高度経済成長期を過ぎた頃から、俳句は男性の文芸ではなくなりました。今の俳句界の裾野は何百万人の女性を中心とした俳句愛好者が占めています。俳句大衆化の時代の流れの中で、もし己が作品を多くの人々に目を通してもらいたいと思うなら、一体どうすればよいか考えてみることにします。

形としてしっかりと出来ているだけではなく、先ず、作品にはある程度は個性があった方がいいでしょう。得体の知れない大海の中から、口で空気を吸える水面線上にまで、速く浮かび上がる必要があります。例えば誰かに推薦されるとか、結社外の大きな賞を貰うという方法もあります。独自の評論や句集を上梓し一巻の出来を世間に問うのも然り。奥の手は一誌を持つことです。確かに龍太が言うように、「本当に凄い句とは個性を超えたところにある」とはその通りです。けれども、その前に人の心を打つ作風を持つ詠み人となるために、各人の為すべきことは山積みだと思います。

龍太は数多の著作の中で、数々の至言を残していますす。その中で、どの言葉が俳句を作る人の実作に役立つかは人それぞれ。各人が納得できる、作法の見極めをすることも大切ではないでしょうか。幸い龍太の出版物は数多く残されており、結社を超えて好きなように読むことが出来ます。しかし根底に、読者が真剣に俳句に取り組もうという姿勢なしには、身につくことはまずあり得ません。

龍太至言の効用

龍太の至言より、多くの実作へのヒントの中から私の好みのいくつかを挙げてみたいと思います。

一、自分の心に宿る『最も尊敬すべき人』を持つこと。

われわれがいかに厳しく自然を見つめ、鋭い観照のまなこをむけようとも、それだけでは老境の支えにはならないのではないか。詩の若々しさというものは、老いてなおかつ「誰に尊敬の念を抱くか」ということにあるのではないか。

要するに、自分の俳句に自信を持つのは良いことですが、俺ほどのものはないと慢心すればその作者の伸びは止まります。俳句を作る一人一人の肉体的は老化してゆきますが、先人の中で尊敬できる俳諧師や俳人を常に胸中に秘めれば必ず謙虚さが出ます。自信と傲慢は似て非なるものです。

二、詩（俳句）は本来、名を求める文芸様式ではないのだ。作品が愛誦されたら、もう作者は誰でもいい。ただ、そのような句に近づくには、私のささやかな経験では、まず名を求めて懸命に努め、いつかその目的と結果を忘れ去る時、生まれるような気がする。これこそ俳句の醍醐味と私は思いたい。

「詩（俳句）は無名の方がよい」というところだけ記憶すると、立派な作品を生んだとしても、作者の名前は知られないのがよい、というふうに勘違いし易いです。私も初心の頃、この龍太の言葉に些かの疑問を抱いたことがありました。文章の一部を捉えて早合点せず、全体を理解しなくてはいけない誤謬をしてしまったのです。つまり、読んで貰えるようになるまでは名前を知られる俳句の詠み人になる必要がある、というところをすっかり忘れていました。木を見て森を見ない過ちをしてしまった己を恥じ入りました。

三、ひと口に自然詠と言っても、単に自然相を眺めて詠むという単純な姿勢ではなく、いってみれば自然から眺められている、そう思えるまで対象を見つめ、そこに自ずから奥深い畏敬のおもいが湧き出て、はじめて一句を成す。

二〇〇八（平成20）年頃の夏、兜太が新潟県南魚沼市で講演をしました。新幹線浦佐駅に降り立って、越後三山（八海山、中ノ岳、越後駒ケ岳）を一望するや否や、私に、「君の所は山が近いなあ。龍太のところはもっと山が遠いぞ」と、一言おっしゃいました。兜太の言葉の真意は定かではありませんが、龍太の箴言等と絡めて考えてみます。龍太は産土の山河を広く深く創造的に見るのに、私の句は見方が浅く、単なる写実に終わってしまう場合が多いのです。やはり、自然から眺められているという境地には到底達していないのは事実であり、自然への畏敬の念がまだまだ不足しているのかもしれません。また齢を重ねると高齢者への遠慮も含めて、注意をしてくれる人は少なくなりますから、意識して自分で自分を鍛える必要があります。決して自分を甘やかさない俳人が龍太です。

四、『後進おそるべし』という言葉を思い浮かべるまでもなく、新人に対する関心を喪ったとき、そのひとの進歩は止まる。

尊敬できる俳諧師や俳人を持ちつつ、一方では「後進おそるべし」と新人に対する関心を持つこと、俳句人生に安穏は禁物です。今し、昭和五〇年以降に生まれた方々の作品を見ると、その句の良さがよくわからないことがあります。若い俳人に関心はあっても理解できないというもどかしさは、きっと私の老化した証しなのであり、残念なことです。

五、詩人の心の中には、どんなに年老いても、少年が住み、少女が生きているものだ。

いい年をして幼稚な句を作っていいのかなどと自問してみます。体力は落ちますが、老いても瑞々しい作品を生もうとする気力が必要です。悟った姿勢での句作だけでは習慣どおりであり、いつもの自宅の畑に何の抵抗感もなく如雨露で水を注ぐようになってしまいます。龍太は年齢に拘わらず、ピュアな新しみのある「俳句」を物す人です。

六、俳句というものは努力しなければもとより実りはない。努力したからといってそれが直ちに顕れるものでもない。ある日あるとき、何の前ぶれもなく、努力の実りが訪れる。それを大事にするかしないか。俳人

としての幸不幸は、まさにその一点に決する。

相撲でいえばぶつかり稽古、四股、摺り足、鉄砲、股割など、何でも苦労を惜しまないことです。野球でいえばランニング、キャッチボール、トスバッティング、フリーバッティングなどの基本を大切にすることが肝要です。また、努力しても文芸である俳句は、数字で計算できることとは違いますから、才能や運が絡まったりして、なかなか複雑です。でも楽をしては、質的な向上は望めないということは普遍的な真理です。自分なりに努力したものの、一生かかっても実りが訪れない可能性もあります。もしそうであったとしても、じたばたせずにじっと我慢して、向上する姿勢を忘れないのがよい態度と信じています。

七、俳句はあれもこれもではなく、あれかこれか。
（中略）結論だけを言い切るもの。

十七音の小さな器に句材を山ほど入れては、ポイントが定かにはなりません。龍太の文は短いが、省略の大切さを端的に捉えています。贅肉を付けないで結論のみを句にすると、連想の余地が出てきます。散文にしっかりと別れを告げることで、刹那、刹那が、生き生きと輝く可能性がありましょう。

八、私は、俳句は自得の文芸であろうと思っている。そのために、ひとの意見や批判を謙虚に聴くことが大事だが、窮極は、自らが自らの有り処を知ることではないかと思う。

「俳句は徹夜だ」と、龍太は澄雄に逢ったときに言ったとか、『澄雄俳話五十題』に記されています。満足できるような秀吟を生み出すことは、たとえ龍太といえども容易いことではなく、極めて難儀をしておられた姿がこの辺りにもそこはかとなく見えてきます。

が、句会などで人に意見を聞いてみるのは客観性があってよいことです。何と言っても「座の文芸」ですから……。けれども、すっかり人に頼り切っては苦しみませんので成長しません。自分で実作のトレーニングを繰り返し、体得するべきものであるという教えでありましょう。自分の眼で取捨選択をすれば、きっと些か独自性が見えて個性が出て来る筈です。この言葉は、ＮＨＫ学園の新任講師への教えにあった「自選できる人こそプロである」という、龍太の考えと源を一つにしていると思います。

龍太と農業の俳句

越後の魚沼地方は山々に囲まれた「魚沼産コシヒカリ」の単作地帯であり、日本屈指の豪雪地帯です。この風土が自ずと身体に染み付いています。私は冒頭申し上げました通り、二十八歳の時、農民の父が亡くなって以来、農家の長男としてずっと稲作や畑作に携わってきました。作句の際には潜在的に、郷土の風土を踏まえていることになります。風土詠はとかく自分だけ分かり、第三者には理解しにくいという危険性を孕みます。そうならないように気を付けていますが、その折に龍太の清冽な句柄や語録が脳裏をかすめます。

「感覚だけに溺れて俳句をつくることは金肥だけで作物を栽培することに似ている。金肥だけで作った土地はやせほそってゆくのみである」。その通りです。現代の堆肥不足気味の野菜栽培、その痛い所を鍼のように突いていますね。また、「俳句は普段着の文芸である」を農民に当て嵌めますと、良い格好を見せようと虚勢を張らず、野良着姿のままの自然体で句を作ればよいということになりましょう。

一九四六（昭和21）年前後の数年間、龍太は農耕に精を出して、田畑八反余の他、戦時中の開拓地一町歩を耕作したと述べています。新聞「農業世界」募集論文で「馬鈴薯栽培法」が一等入選し、全国から問い合わせ数多であったとか。また、一個一貫目（三・七五キログラム）もある甘薯を作り、同じ反当たりで本物の農家の倍も小麦や馬鈴薯を収穫したということです。毎夜近隣の農民に栽培法の講義をしていたと記されています。飼っていた牛の黒と飴色の二頭は農耕用ものだったでしょう。馬よりも動きは鈍いですが、牛は辛くなれば涙をこぼしつつ、忠実に働いてくれます。

農民は田畑の仕事が一段落すると、冬の薪木伐りが待っています。龍太はこのように農業に対しても諸々

國學院大學を休学し、帰郷した龍太は（写真後列左）戦中から農事に専心する日々を送り始めた。境川村小黒坂付近。
写真提供：飯田秀實

の体験があればこそ、「金肥」や「普段着」の至言が生まれたのでしょう。

　当時の龍太は「百姓」という言葉を繰り返して使っていいます。農民の龍太が己を「百姓」といっても大きな問題はないのですが、頃来、発言や添削などの場合、「百姓」という一語は差別に絡み、細心の気配りが必要な措辞になっています。

　農業は大方体力勝負であり、病弱な俳人の龍太が途中で辞めたのは致し方がないことです。が、気にかかるのは農業絡みの龍太の句に、これなら龍太という作品が見えないのです。数年間の実体験があるにもかかわらず、摩訶不思議なことではありませんか。期待をもって句集を読み進めても、何か肩透かしを食らってしまったような感じがして、些かの無念さがありました。

百姓のいのちの水のひややかに　龍太

　その他にも上五に「百姓の」を置いた句、また麦畑等の句も『定本　百戸の谿』に見られます。また句集『童眸』以降、「麦扱き」、「麦刈」、「春耕」、「冬耕」、「凶作田」、「草刈女」などの季語を用いています。が、あまり作者が主体となっての句は詠んでいません。いつも畷や農道で客観的に冷静に見ての作に見えます。このあたりを、龍太の長男の秀實氏に直接お伺いしたことがあります。「父は何に対しても熱心になるタイプだ。もし、農業の句を作り出すとのめり込む人。そんなに句材の幅を広げても、やりきれないと判断したのであろう。ついでに言うと、父は俳句よりも散文の方に魅力を感じており、俳壇から身を引いた後も、散文に対して最後まで執着した」とおっしゃっていました。

龍太と澄雄

「龍太と澄雄の時代」と言われたことがあります。今でもその時代は懐かしく、その後彼らの業績を上回るような俳人が余り育っていないように見えます。とても残念なことですが、そろそろ俳壇をぐいと引っ張る俳人が出てきて欲しいと願うのは、ひとり私だけではないと思います。

俳句を牽引するとは、第一義的に実作で示してくださることです。論に優れている方もいらっしゃいますが、やはり実作がすぐれていないと本気で尊敬する気にはなれません。勿論、両方できる二刀流なら申し分はないのですけれど。先ずは実作でその実力を示していただくのが肝要です。その点、伝統的な作家として、龍太と澄雄は二刀流をやってくれた方々です。両者はお互いの作品をどのように眺め合っていたのでしょうか。少しだけ見てみましょう。

森澄雄は加藤楸邨の弟子であり、東京の北部に住んでいました。人間探求派の流れにありますが、とても芭蕉を尊敬しています。正岡子規が、「写生」を唱えて蕪村を拾い上げ、芭蕉を否定したのは致し方ないと思いつつも、同時に芭蕉の持っていた「無常」も「造化」も切って捨てたことに対して大きな欠陥があったと考えていました。

教員をしておられ、週末になると東北、新潟、長野、北陸、中年以降は琵琶湖やその周辺に足を運んでいます。四十歳代以降の芭蕉がそうしたように、漂泊への思いが常にあったのでしょう。若い頃は澄雄の句や文を詠んでも、その良さがなかなか分かりにくかったのですが、齢を重ねるとともに、共感するところが増えてまいりました。「虚に居て実を行う」を実行し、一言でいうなら「いぶし銀」の味わいということになります。句には大人の風格があり、噛めば噛むほど味わいぶかいものがあります。

その澄雄について、龍太が次のように触れています。

石和で開催いた「俳句研究」の座談会に参加したメンバー、
後列右から２番目は兜太、３番目は飯田公子
前列右から２番目は澄雄、３番目は龍太
写真提供：飯田秀實

「澄雄の句について」龍太のことば

「森澄雄が会合の席に姿を見せるときは、いつも、どこからか「帰って来た」という感じがする。どういうわけだろう。

（中略）

いつぞやは加藤楸邨一行と、シルクロードのあたりに行ったそうだが、俳句はひとつも作れず、近江の芭蕉のことばかり考えていたそうだ。

（中略）

近頃森澄雄は、さかんに仏典やら漢詩やらに執しているようである。ことに仏典の引例になるとその方面にとんと迂遠な私には、判る場合より、残念ながらわからない場合の方が多いようだ。

ただし、それが俳人として十分消化されているか否かは、作品を見れば判別できるものと勝手にきめて、ただいまのところは、作品だけに注目することにしている。それがどこから「帰って来た」顔であろうと、顔いろを見れば一目瞭然……、そう自惚れて黙って眺めることにしている。
見渡したところ、こんな悪趣味を自由に堪能させてくれる俳友は、いまの俳壇では、あるいは森澄雄ひとりかもしれぬ。

白をもて一つ年とる浮き鷗

大年の波間に浮ぶ鷗は、波に漂いつつ新しい年を迎えるのだろう。鮮やかな個々の白さ。そのひとつひとつが、それぞれの齢を加え、ひとわれもまたひとしと。悠揚とした大自然の相に比すれば、鷗も人間も格別の違いがあろうとは思えぬ。この句、「一つ年とる」は、まず鷗にかかって読者の眼を洋上に据え、ついで佇立するひとの身におもいを移す。しかも重層した想念を、ひと息に感得させて何ら口ごもったところがない。「この秋は何で年よる雲に鳥芭蕉」が、当然作者の念頭をかすめ去ったはずだが、この句に先人の影は残らぬ。軽快な表現だが年輪の重みを加えた中身。氏の代表作にふさわしい秀作である。

餅焼くやちちははの闇そこにあり

作者の父であり母であるというより、父母一般、その普遍的な意味を含めての配意と見たい。つまり、父祖に近い内容である。従って「闇」も、視覚的な意味よりも、より情緒の濃い把握と見ていい。餅焼くとき、その香が鼻腔をかすめるなら、そこに懐かしいふるさとがあり、ちちははの国がある「闇」は、われ未生のむかしから存在し、父母なき後もまた消えることのない時の姿。そこに一条のひかりを負うた、甘美な抒情の香気を宿す。

水のんで湖国の寒さひろがりぬ

近江琵琶湖畔の作。これ以後、作者はしばしば近江に遊んで句作をなしているが、畏敬する芭蕉の影に寄り添うことのないこの作品が、一番成功しているようだ。無表情な湖面のひろがり。いきなりそれを見た不用意な心の虚。口に含んだ水の感触だけが定かな実感として、同質のものをたっぷりと湛えた湖面いっぱいに広がっていく。蘆荻の彼方に点在する湖国の家々もまさに冬の相《すがた》。〈鳰《かいつぶり》人をしづかに湖の町〉も佳品である。
また、龍太について澄雄は次のように語っています。

「龍太の句について」森澄雄のことば

「飯田龍太……この句風にも親近を感ずる同世代の僕の最も信頼する秀れた作家について、これまで僕は折りにふれ、時にふれ、句集の書評の形で、あるいは一句の鑑賞の形で、その共鳴と感興を綴ってきた。それらはいずれもこの作家についてのまとまった評論ではないが、それらの小文とともに、個人的な感慨を言えば、月々送られてくる「雲母」の作品を前にして、その都度ひとりひそかな感興を語りかけてきた。それらを合わすれば、僕はもうたくさんのことをこの親しい作家に語って来たような気がしている。それに誰彼の龍太論もすでに多い。現に「雲母」には新村写空氏の熱誠克明な「評釈『麓の人』抄」がようやくここ数回に亘って完結したばかりである。

いずれも龍太の魅力を語って論とすれば、その共鳴するところ大方の間違いはあるまい。今、ここにことあらためて龍太の魅力を談じ、龍太論を語ることに、そうした個人的感懐をふくめて、やむなしという思いがないではない。それより最近いよいよひそやかな自愛のこころを深めて、どこか清冽颯々《せいれつさつさつ》のあそびの風趣を帯びてきた龍太俳句の、その作品の現ずる山廬周辺、四季折々の清亮透徹の天地を、都会の塵労の日々をへだてて、やや羨望のおもいをこめてほれぼれと眺めていたいという気持ちが僕には強い。それにもう同じ頃、同じ世代の作家として生い育った頃の、この作家を問わず、誰彼の作家との舷々相摩《げんげんあいま》するといった気持ちも、いまはない。花眼《かがん》(老眼の意)、ようやく己の道に忙しく、その面白さも深くなったと言えようか。龍太についても、共鳴するところ最も多い作家としての親しみと同時に、いまは少しく異なった道を歩く者として、その山容をやや間を置いて、美しいと眺めているといった方がよかろう。

(『俳人句話〈下〉』。)

千里より一里が遠き春の闇

今月感動した句に飯田龍太氏のこういう句がありました。実にみごとな句だと思いますね。何もごたごたと事柄を言っていないでしょう。春の闇の質感をとらえて千里より一里が遠し……みごとな決着だと思う。まさに春の闇の感じがありますね。そういう決着を持たなければ句にならないんです。飯田龍太氏の句は非常に明快で、感覚的にも張りが合って、現代でも一番の作家だと思う。そういう龍太氏の作品も、やはり龍太氏らしい張りのアクセントがある。

花桃に泛いて快楽の一寺院

昭和四十七年作。龍太五十一歳。龍太の作品から秀句佳作をあげれば数限りないが、わざわざこの一句をあげて、また誰かに僕の育ちの悪さを言われないとも限らぬが、もちろんこれはまた花桃の駘蕩をおいて龍太の英爽の作。ただ今年、ある出版社の人々と桃の花のころ龍太の山廬に遊ぶ約束をはたせなかったからだ。だが一度、桃の爛漫のころ、山廬を訪ねたことがある。山廬から見下ろす甲府盆地一帯の桃の、花また花。寺はどこだろう。花桃に泛いて、ゆらゆらと陽炎が立ちのぼり、照り映える寺の甍、まさに快楽《け》の一寺院。いつか龍太は桃の花が咲くと、その一面の駘蕩と贅沢に最早、俳句など作ろうという気も失って、却って晴ばれとその豊満にひたる、と、ぼくに語ったことがあるが、僕には彼の年齢と合わせて、この駘蕩と英爽がすこやかでおもしろい。

この句ばかりではない。最澄の黒子を心に置くとき、大方の作家の心理と意匠をこらした作品が、いよいよあやしく、あいまいに見えてくるのに対して、龍太作品は、いよいよすこやかに、そして一際鮮明あざやかなものに見えてくる。

龍太と始めて会ったのはいつだったろうか、おそらく戦後間もなくの頃に違いないが、爾来の交友、そして髪もともに半白を越えた。語りたいことは幾らでもあるが、同世代にこの秀れた作家を得たこと、そのさわやかな幸いと加餐を言っておけば足りる。

龍太俳句から学んだこと

まとめとして、私の思いを述べます。龍太の鋭敏な感性裏づけられた飛躍した句の捉え方は決して余人に真似を許さず、清潔感に溢れています。兜太のいう「定住漂泊」が太い柱になっています。

また、澄雄の「いのちを大切に」し、「虚に居て実を行うべし」や「時空を超えるべく詠む」姿勢は、芭蕉を確と承継しているように思います。「人間探求派」を踏まえつつ、「漂泊」を求めてみちのく、北陸、近江への、繰り返しての「旅」が太い柱で、虚実を意識しています。

戦後の大作家二人は互いに認め合いつつも、独自の作風があります。百年を経ても残るような俳句作品を目指す心ある方々がこの両者に学ぶことは、少なからず残されていると思われます。

私が関心の深い龍太の句を挙げて鑑賞してみたいと思います。

〈春の鳶寄りわかれては高みつつ〉の句を見たとき、山梨県の小黒坂の空には、昔は鳶がいなかったのではないかという人がいたことを思い出しました。だけど龍太は見たと言うのですから（笑）。この「寄りわかれては高みつつ」は、いかにも早春の感じですね。グーッと吹き上げて全体小黒坂の空の上に春が来たような、山地に縮こまってないで、ぐんと広がっている感じがよく出ています。そして龍太先生は、ご自分でおっしゃっているように季節としては早春と晩夏が好きなのですよ。だからこの句は、早春の景色としては凄くよく捉えておられます。

〈紺絣春月重く出でしかな〉という句ですけども、当時の子供たちは学生服っていうか、ボタンのついた服ではなくて、みんな和服を着ていたと思います。子供が大人になっていくほどに着物も大きくなりますけども、紺絣の模様が小さくなっていくのです。それを着て、甲斐の国に春の月が上がってくるところを見たのだと思います。この「重く」はやはり、私は甲府という地の飯田家を背負っていくべきと、自覚しておられると推測できます。昔型の教育や躾を受ければ誰でもそうですが、龍太は三人の兄達もみんな戦争や病気で他界してしまったし、龍太自身も好きとか嫌いとかではなくて、この地に生まれてきた宿命と風土を背負うことに、納得しているような印象を強く受けました。〈露草も露のちからの花ひらく〉という作品は龍太でなければ詠めない句だと思いました。露草は大体八月の中旬から九月の十日頃まで、畦のところに咲いていてます。別の名前では蛍草とも呼ばれています。この花は青空をかき集めて濃縮したような、密度の濃いブルーの色なのです。露がそろそろ葉に載ってくるような時期になって開き始めます。だから、「露のちからの花ひらく」というのは非常に主観が強いのですけど、「露のちから」という措辞が何とも言えない不思議さを醸し出しております。「露草」の一物仕立ての作品であり、限りなく季語の本質に迫っていて、毎日のように見ている農耕者であったとしても、他の人ではなかなか詠めないと思います。

〈大寒の一戸もかくれなき故郷〉という句があります。飯田家のある小黒坂に佇んでみると、斜面になっているところに人家があります。大寒の時にそこに立って全景を眺めやると、一軒も隠れることなく全部の家が見渡せることでありましょう。その景観に大寒の季語はぴったり合っています。そして龍太の家がどういうところにあるかもよく分かるではありませんか。写実も正確であり省略も利いており、納得がゆきます。

〈どの子にも涼しく風の吹く日かな〉。龍太には子どものことを詠んだ秀句があります。例えば〈抱く吾子も梅雨の重みといふべしや〉は、子どもを抱いたときの充実感が確とあります。

〈子の皿に塩ふる音もみどりの夜〉の一作については「みどりの夜」が季語になり得るか否か心配されましたが、「角川俳句大歳時記」（夏）に長谷川櫂により立項されており、解説が施されました。例句も五句並んでおります。

〈晩涼の幼な机の灯がひとつ〉、全体的には明るく、未来を感じさせるように詠まれており、心が休まります。ただし六歳の次女を失った句の〈露の土踏んで脚透くおもひあり〉は軽々と口を開くことは出来ません。無言を強いられる作品です。

〈一月の川一月の谷の中〉。戦後最高の作といわれている句です。動詞がひとつもなくて、贅肉もありません。この句を縦に真二つに切ると、左右がバランスよく割れます。余計なことを言わない俳句の手本です。あとは読者が自由に深読みをすればよく、世紀を超越して必ず残る句でしょう。ここに自然詠ならではの確かな逞しさをみました。

〈かたつむり甲斐も信濃も雨のなか〉もスケールの大きな句です。蝸牛は陸上にすむ貝類の総称。住処の殻を背負っています。この殻に渦が巻かれているところに神秘的です。梅雨時になると葉の上に乗り嘗めるので、害があります、ナメクジと違い嫌われないのが不思議であり、幸せな生き物ではないでしょうか。いま、眼前の蝸牛に梅雨時の雨が降り注いでいます。甲斐も信濃も古名を用いて、どことなく戦国時代のような雰囲気を醸し出しています。甲斐も信濃も海のない国であり、武田氏のことが思われます。私は越後に住処があるので、かつては上杉氏の国でした。信玄が大刀を振り翳してじわりと謙信の越後へ迫るような場面も連想されます。小さい蝸牛を句材にしつつ、大きな歴史的なもの迄をも連想させるのが、掲句の凄さです。殻の渦巻の模様が、句の幅を広げているのに大いに役立っている点に着目します。

〈またもとのおのれにもどり夕焼中〉。決して忘れられない名句です。一九九二（平成4）年八月号通巻九〇〇号で「雲母」は終刊しました。龍太は「季の眺め」と題した最後の九句を発表しています。その一句目にこの作品が置かれています。いかにも早春と晩夏が好きな龍太らしい作品です。その年の晩夏の夕焼空を仰いで、「雲母」が終刊してしまうことや、西国浄土にいる父蛇笏の姿なども脳裏を去来したかも知れません。複雑な心中を表す言葉は何一つ使われていませんが、「雲母」絡みのことを様々思い浮かべているさまは、俳句に関心のある者にとってはよく伝わって来ます。この句は静かにして飯田龍太の絶唱といえましょう。

「雲母」終刊後十五年過ぎた二〇〇七（平成19）年の早春、龍太は八十六歳で黄泉の世界へと旅立ちました。この句を頭の片隅に置き、龍太逝去の晩夏に、自宅から外へ出て夕空を見つつ、〈夕焼雲飯田龍太の振り向かず〉と私は詠んでみました。

最後にひとつ。龍太に敬意を表している俳人は、龍太が築いた俳句の勘所を拓き、発展させ、更に新味を出せるかどうかです。句作で楽な道を選べば質的に後退するのは誰でもわかります。少しでも「俳句は芸術である」と思うなら、龍太の教訓をどこかに生かしたいものです。常々そのように考えております。

「古人の跡を求めず、古人の求めたる所を求めよ」ですね。今日漂う「俳句の大衆化」の閉塞感を破るべく精進をしなければ、と今回の取材に際し改めて考えさせられました（笑）。

おわりに

インタビューの場所を南魚沼にしたのは若井氏の提案だったが、私の要望でもあった。一つは農作業を終えたばかりで、氏に遠出していただくのは心苦しい。二つ目はわたしも日本米の名産地魚沼や川端康成の『雪国』の舞台などをはじめ、戦国時代の名武将上杉謙信の活躍した越後の国をもっと知り、自分の目で確かめたかった。ちょうど、途中に上杉謙信の書状及び各時代の書状を展示されている禅寺の雲洞庵があり、そこに立ち寄った。ともかく、若井氏のご案内により、私の望みは全部叶えられた。

そのあと、若井氏が龍太の思い出をゆっくりと語られ、耳を傾けるわたしも氏の話に夢中になり、気が付いたら、すでに日が暮れて、あっという間にお別れの時間になってしまった。限られた時間ではあったが、真に実り豊かな取材になった。越後湯沢と南魚沼の見学のご案内いただき、自ら育て収穫した精米し立てのコシヒカリをお土産にいただいたのは望外の喜びであった。

董振華

若井新一の龍太20句選

春の鳶寄りわかれては高みつつ　『百戸の谿』
紺絣春月重く出でしかな　『〃』
露草も露のちからの花ひらく　『〃』
鰯雲日かげは水の音迅く　『〃』
春すでに高嶺未婚のつばくらめ　『〃』
いきいきと三月生る雲の奥　『〃』
山河はや冬かがやきて位に即けり　『〃』
大寒の一戸もかくれなき故郷　『童眸』
満目の秋到らんと音絶えし　『〃』
馬の瞳も零下に碧む峠口　『〃』

子の皿に塩ふる音もみどりの夜　『忘音』
どの子にも涼しく風の吹く日かな　『〃』
一月の川一月の谷の中　『春の道』
かたつむり甲斐も信濃も雨のなか　『山の木』
白梅のあと紅梅の深空あり　『〃』
貝こきと噛めば朧の安房の国　『〃』
水澄みて四方に関ある甲斐の国　『〃』
去るものは去りまた充ちて秋の空　『今昔』
夏羽織俠に指断つ掟あり　「雲母」平成4年8月
またもとのおのれにもどり夕焼中　「雲母」平成4年8月

若井新一（わかい　しんいち）略年譜

昭和22（一九四七）　新潟県南魚沼市生まれ。

昭和45（一九七〇）　神奈川大学経済学部卒業後、村上電報電話局勤務。

昭和50（一九七五）　二十八歳の時、家業を継いで第二種兼業農家。

昭和54（一九七九）　「花守」主宰の目崎徳衛の手ほどきを受ける。

昭和56（一九八一）　鷹羽狩行に師事し、「狩」入会。

昭和60（一九八五）　「狩」同人。

平成元（一九八九）　第一句集『雪意』牧羊社。

平成8（一九九六）　第二句集『雪田』本阿弥書店。

平成9（一九九七）　「早苗饗（さなえぶり）」五十句で第四十三回「角川俳句賞」受賞。

平成18（二〇〇六）　第三句集『冠雪』角川書店。

平成19（二〇〇七）　「冠雪」による第八回宗左近俳句大賞受賞。

平成24（二〇一二）　『クイズで楽しく俳句入門』飯塚書店。

平成26（二〇一四）　第四句集『雪形』KADOKAWA、同年『雪形』による第五十四回俳人協会賞受賞。

令和元（二〇一九）　「香雨」同人参加。

令和3（二〇二一）　第五句集『風雪』KADOKAWA。

令和5（二〇二三）　『若井新一集』俳人協会。


現在、「香雨」同人、俳人協会評議員、日本文芸家協会会員、日本現代詩歌文学館振興会評議員、新潟日報ジュニア文芸「俳句」選者、ＮＨＫ学園俳句講座講師。

第9章

筑紫磐井

（二〇二三年十一月二十日十四時　筑紫氏宅にて）

はじめに

筑紫磐井氏のお名前は金子兜太先生から聞いており、雑誌「兜太ＴＯＴＡ」の編集長を務められたことも知っていた。また、兜太亡き後の二〇一八年十一月十七日、津田塾大学（千駄ヶ谷キャンパス）にて「兜太と未来俳句のための研究フォーラム」が開かれており、氏は実行委員の一人だった。私は第二部の「兜太俳句と外国語」に参加したため、発言内容、プロフィール等の打ち合わせで、事前にメールでのやり取りを行い、当日開会の司会等を務められた氏に初めてお目にかかった。かつて文部科学官僚であったこともあろうか、氏は厳しくも暖かく律儀な方だと感じ取った。

『語りたい兜太』の取材をきっかけに、「豈」への原稿執筆や『兜太を語る――海程15人と共に』の帯文の依頼などで交流が増えた。今回もご自宅を伺い、『語りたい龍太』の取材に快く応諾して下さり、親しく接して頂いていることが嬉しい。

董振華

「龍太との二つの出会い」

今日は龍太が私に影響を与えた大恩人であることをお話しさせていただきましょう。もちろん俳句作品で、と言うよりは評論家としての立場で、という意味です。一つは、四十歳代に『飯田龍太の彼方へ』という評論集を書くに当たっての龍太との出会いです。これで俳人協会評論新人賞を受賞させていただきました。そしてもう一つはそのあと、金子兜太論や戦後俳句史論を色々書いてゆく過程で、これと対比される若い時代の龍太の俳句の位置づけが心象俳句にあるということを発見したことで、これは比較的最近のことです。まず時間を追ってお話しさせていただきましょう。

『飯田龍太の彼方へ』を執筆するきっかけ

私は実際、飯田龍太と会ったこともないし、龍太の直弟子の人たちとも会っていないし、むしろ孫弟子の人と多少話をしているぐらい。だから、龍太の「悪口」を書いた本の筆者として、どれぐらいお話ができるかな（笑）。

私が『飯田龍太の彼方へ』を執筆するきっかけになったのは、一九八九（平成元）年「豈」への連載が始まりです。何回か書いたところで、深夜叢書社の齋藤愼爾さんから「一冊の本にしないか」と声をかけられました。まだ出だしの十頁か二十頁しか書いてないのに、そんな本になるのかと言ったら、「いや、書ける範囲内でいいから」と言ってたんです（笑）。

なぜ齋藤さんが急に思いついたのかというと、一九九二（平成4）年、龍太が「雲母」を終刊した。私が書き始めた頃はまだ「毎日俳壇」の選者は続けていたかな。ただ、もうすぐ選者も辞めそうだという話を斎藤さんが聞いてたみたいで、そうすると「雲母」が終刊した、「毎日俳壇」の選者も辞めた、俳句からほとんど撤退するということになると、龍太ほどの人だったら、誰しもやはり「龍太論」を書くだろう。その第一号を自分のところで出したいと、そういう理由で「書け書け」と言ってきたんです。こっちも調子に乗って書いたら、「資金繰りがつかないから、しばらく待ってくれ」と言いました。しばらくしてから、一九九四（平成6）年、やっと資金繰りがついたので、本にしてくれたということです（笑）。

飯田龍太を取り上げた理由

私が俳句を始めたのは一九七二（昭和47）年頃です。最初は水原秋櫻子主宰の「馬酔木」に入っていました。何故そこに入ったかというと、水原秋櫻子は私と同じ高校の出身で、俳人で唯一知っているのは水原秋櫻子だから、「馬酔木」に入ったんです。しかし、「馬酔木」の作風は少し古風で自分の性に合わないことにだんだん気づいてきました。どこに行こうかなと考えていた時に、あの頃、伝統派の作家でかなり個性的な人と言うと、飯田龍太、森澄雄、草間時彦、それから能村登四郎です。その四人ぐらいに見当をつけて、いろいろと結社誌を取ってみたり、それぞれの過去の句集なんかも読んでみて、自分の性に合いそうなのは、能村登四郎だと思いました。登四郎は元々「馬酔木」の人だから、私が「馬酔木」から移るんだったら、登四郎のところがいいだろうと思いました。今、振り返ると、その選択は間違ってなかったと思います。そういう経緯があって、「沖」にもだいぶ居たから、しばらく飯田龍太についてはあまり積極的に関与することはなかったんです。しかし当時、飯田龍太はさっき並べた四人の中で断トツだという評価はありました。

それから、例の〈一月の川一月の谷の中〉という句は、高柳重信をはじめ、前衛派の人たちも、ものすごく高く評価していたということもあって、その意味では論を書くんだったら、やはり脚光を浴びる「一月の川」の句をいろいろ考えてまとめてみたいと思って、「豈」で執筆を始めたんですが、なかなか奥が深くて、結局は『飯田龍太の彼方へ』の本は、ほとんど「一月の川」の句を解読するための本になってしまったような感じがしています。

今の話に出たように、龍太のお弟子さんたちの解説書や評伝は沢山ありますけど、何かしっくりこないんです。面白くないというのもあるし、あるいは大先生だから、もう崇め奉ってしまって、龍太が書いてないことまで読んでしまうお弟子さんたちが沢山いるわけです。その意味で、私はどちらかというと、俳句そのもの、また俳句に書いていること以外は、龍太は何も言ってないんだという前提で、いろいろ解読をしていってみようと思ったわけです。そういう態度で臨んだのが、そもそものきっかけだったんです。

「一月の川」の句の分析
――句末の「――の中」

『飯田龍太の彼方へ』に書いた内容がある意味で、今までの龍太の弟子さんたちが書かれた「龍太論」と違って、そういう人たちがやらなかったやり方をとっていました。どういうことかというと、ご覧いただいたら分かるように、冒頭に出てくるのが〈一月の川一月の谷の中〉です。これが名句であるとされ、且つ今までの龍太の一番の名句はそれだというふうにされてはいるんだけれど、なんで名句なのかは分からなかったのです。

この句については様々な鑑賞や批判がなされていますが、多くの議論はこの句はどのような「内容」を持っているのかということに終始しているように見えます。例えば、この句の発表された当初の議論は、この句の内容が何であるのか、句自身無意味ではないのかというような議論であったと思われます。一方、反論はこれこそ龍太の自然観の究極の姿だというような言い方であり、いずれも内容を前提としての議論でした。

言い換えれば、山梨県の境川村に住む龍太だから、当然甲斐の自然を詠んでいるわけで、この句はそうした甲斐の自然のある面、特に一般人には見えない、龍太だからこそ見える自然の一面を描いているという期待のもとに、解釈が行われています。言ってみれば、「自然の魔術」を解き明かすのが龍太だということになるでしょう。ところで、当然のことながら、龍太は俳句という文学ジャンルに携わっているわけですから、言葉のテクニッシャンでもあるはずです。しかし、後者の点はこの句の解釈に当たって重視されることはあまり多くはなかったようです。

また、「一月の川一月の谷の中」に改めて何故いけないのかとか、いろんな言い方をしています。「これは中身よりは形式が勝っている」とか。とは言え、何でそんな素晴らしい形式なのかというのはあまり解読してくれた人がいないです。

私は基本的に龍太の全句集を読みましたから、句集に入れてない漏れた句、特に最後の『遅速』という句集なんですけど、これはものすごく厳選したということになってるんで、漏れている句もたくさんあるんですね。それも含めて、いちいち「雲母」という雑誌を調べてみたんですけれど、それで何か直感的に感じたのは、この句の最大のポイントは「――の中」というところだろうと思いました。この句は『春の道』という句集に載っています。それまでは龍太自身にもこういう詠み方は殆どないか、非常に少なかったんですね。この時期を境に「――の中」「――の中」「――の中」が続けています。特に『遅速』の時なんか、取り入れた句の中にやたらに「――の中」が多いです。だからこれは龍太俳句のある種の構造みたいなものだろうと思いました。しかし、それをあまり誰も指摘してないんです。ここを突き詰めていったら、何か龍太俳句の秘密みたいのが見つかるかもしれないし、それを論の中核にすれば、全く新しい龍太論が書けるんじゃないかと。少なくとも、ほかの作家にはこんな詠み方をしてる人はいませんから、龍太特有の詠み方だろうと思いました。

「一月の川」の句の例で言えば、まず、下五が「――の中」で終わるということになりますが、このような句が龍太の句集中には枚挙に遑がないほど出てきます。しばらく後期の句集『山の影』から引いてみることとしましょう。

爽涼と目つむりて指花の中　『山の影』
大根抜くときのちからを夢の中
冬茜かの魂はいま闇の中
玉虫のいろよみがへる風の中
文化の日鉄の屑籠雨の中
金鳳華明日ゆく山は雲の中
夏が去る赤子ばかりの部屋の中
夜も昼も魂さまよへる露のなか
三十三才村の巨樹なほ凍の中
夏瘦せて被衣のいろを夢の中
野分過ぐ蘚むつまじき色の中

『山の影』三百九十七句中「――の中」の句十一句。一冊の句集の中でこれだけの数を多いと見るか少ないと見るかは判断の分かれるところですが、同じ句集中の「かな」止めの句が十三句であることに鑑みると、これはやはり龍太の一典型と見るべきであろうと思いますね。遡れば更にその前の句集にも実に多く見られます。一体表現の名人のように思われた龍太ですが、これはどうしたことでしょうか。俳句という語数の少ない韻律の中でこれだけ制限されることは尋常なことではないでしょう。

当時はちらっと感じていましたが、その後、思い当たったのは、「――の中」というのは、龍太にとっては一種の切れ字みたいなものではないかなということです。龍太以外に「――の中」を切れ字として使う人は余りいないんです。そのため、「――の中」が多いんです。ということは俳句を作るときに、普通の俳人は切れ字で逃げちゃうところを、龍太の場合は、「――の中」という言い方で一つの俳句の典型ができていると、『春の道』以降、そういう作り方に変わってきています。

そうやってみると、この句は形式で出来ているという話は、そんなわけの分からない形式ではなくて、「――の中」で出来ている句だと、そういうふうに理解できたわけです。それで以降、私自身の俳句の分析の仕方もあまり意味に拘らないで、俳句としてどういう構造で出来上がっているのかが、私の評論を書く時の一つの手法になり始めてしまったのです。

他人を出して批判してはいけないけれど、廣瀬直人とか福田甲子雄とか「雲母」にいらっしゃる方がこの句について解釈すると、必ず甲斐の境川村の狐川とか、そんなのがあってとか、という解釈になります。しかし、この句の上からはどこにも境川村とか狐川とかいうものは出てきてないわけですよ。だから、この句を言葉だけで解釈するとしたら、そんな余計なものは排除してしまうという読み方もあっていいだろうと思うわけです。広瀬さんとか、福田さんとかがすると、ここから境川村や狐川が見えてくるとすると、ないものが見えての鑑賞の仕方になります。これは普通の文学だとそんなことを絶対しないでしょう。だけど、「雲母」という巨大な結社から、超一流の俳人とされている飯田龍太とその崇拝者たちが寄り集まった世界だと考えると、そういう一種の刷り込みのようなものが出来上がってしまいます。

「一月の川」の句の分析
――句末の「――のこゑ」

龍太のこの句に限らず、他の龍太の句を鑑賞しようと思ったら、やはりもう少し言葉に即した鑑賞の仕方をしないといけないんじゃないかという感じがしました。それで、『飯田龍太の彼方へ』は、それをメインのロジックにして展開していました。今言ったように「――の中」だけではないです。「――景色」とかも本当にパターン化しています。だから「――の中」が一だとすれば、こうした周辺兄弟の構造まで入れると、三十句を挙げたら、その内の三分の一ぐらいはそういうパターン化した句になっています。

例えば、後期の句集で見ただけでも「――のこゑ」、「――の音」、「――また」、「――ばかり」、「――静か」「――景色」などの類型的な結びをもって終わる句が後期の龍太作品のかなりを占める状況となっていますね。
　一例として「――こゑ」の句を挙げてみましょう。同じ句集『山の影』の中で見ていくと、よく知られた〈龍の玉升《のぼ》さんと呼ぶ虚子のこゑ〉の句以外にも実に多いです。

冬いつか寂しき方に鶲のこゑ　『山の影』
雪消えしその夜の富士に湖のこゑ
籠に盛りし餅の真上を雁のこゑ
夕ぐれの歯朶のかげより老のこゑ
秋暑し水飴色の嬰のこゑ
羽蟻舞ふやさしかりしは祖母のこゑ
なめくぢに雲の中より露のこゑ
大仏の頭に元朝は神のこゑ
花三分ほどの紅より雛のこゑ

　このように、末尾を類型化するというのが、龍太の傾向ということは争えない事実です。

「一月の川」の句の分析 ――句頭の「一月の――」

「一月の川」の句のもう一つの要素の「一月の――」についても、「――の中」ほどではないが、同じような表現が龍太には多く挙げることが出来ます。若干の例を示しておきましょう。

一月の杉山遠き幼稚園　『麓の人』
一月の滝いんいんと白馬飼ふ　『〃』
一月の雲に袂の小銭入れ　『〃』
一月の目高見てゆく安部医院　『忘音』
一月の桐の影さす墓の土　『春の道』
一月のある夜青実に雨の音　『山の影』

　この「一月」という言葉を（「露」とか「雪解」とか同様の）龍太の季語好癖の一つとして取り上げる人もいますが、それは若干違うのではないかと思いますね。龍太は自ら季語解説の中で「一月」を取り上げて、「簡潔な文字の眺めは、キッパリと目に沁みて肌に刺さる。言葉に情緒の湿りがない」と言っています。内容や概念に惹かれて使っていると言うよりは、むしろ幾何学的なバランス感覚が龍太の句の中でこの言葉を使うことを要請していると見た方がいいと思います。その意味では、「――の中」を使う理由と似た点が感じられます。補足しておけば、「――の中」型の句が龍太後半の句集に目立って多いのに対して、「一月の――」の型の句はむしろ『春の道』以前の方が多いという違いがあるようです。その意味では、「一月の川」という作品は龍太の中では比較的に古い傾向と新しい傾向が交叉したところで生まれた作品と言えるかもしれません。因みに「一月」は明治以降の新しい季語です。江戸時代は必ず「正月」と言いました。

「一月の川」の句の分析
――龍太俳句の「リフレイン」

「――の中」や「一月の――」という用語に龍太の傾向を探ってみましたが、「一月の川」の句については最後にもう一つ、挙げておくことのできる特徴があります。それは「一月の川」「一月の谷」と対句的リフレインの表現法、これもまた龍太の俳句の顕著な傾向の一つです。

冬に入る子のある家もなき家も　『山の影』
ががんぼは糸の音また詩の音
茸山の木の香祖父母の香とおもふ
冬の雷模糊と手の指足のゆび
吉か不吉か十月の閑古鳥
夜も昼も魂さまよへる露のなか
夕凍てのまばたきかはた鶯か
穴釣りの静止の黒は健か愚か
よく晴れて雪が好きな木嫌ひな木
禍も福もほどほどの夜の花吹雪
海きらめくは神の目か蝶の眼か

たった一句集に占める例句の数の夥しさからいっても、これは「――の中」と同じ様に龍太俳句後期の大きな特色の一つだと言えますね。

上述の三つの表現上の龍太の特色、即ち「――の中」という慣用句、「一月」という愛用の言葉、そし

てリフレインの表現、こんな表現特色を持っていると
すると、いずれは生まれるべくして「一月の川」の句
は生まれたのだと思わざるをえないですね。逆に「一
月の川」の句からこの三つの龍太表現の特色を除き、
この句独自の概念として何が残るかと問えば、ただ、
「川」「谷」しかない、ということを肝に銘ずるべきで
す。この句には、自然の実相以上に、龍太の言語趣味
が強く感じられます。

もっと分かり易く言えば、こうした分析をしたうえ
で、はじめてこの句は内容以上に形式が重い句と言え
ると思います。決して巷間で言われているように龍太
の周辺の自然描写の卓越性を特徴としているものでは
ないです。甲斐の自然が溢れているわけでも、龍太の
住む山河の象徴的表現でもないです。その意味では、
内容から言えば、むしろ無内容に近いと言ってもよい
です。

龍太俳句の類型化が生み出す効果

龍太の句集は全部で十冊あります。しかし、それぞれがかなり異なる評価を受けています。概して言えば、処女句集の『百戸の谿』、第三句集の『麓の人』、読売文学賞を受賞した第四句集の『忘音』、「一月の川」の句を収録した第五句集の『春の道』、第六句集の『山の木』といったところが代表句集の候補に挙がる本と言えましょうか。一方、評価の低いものを選ぶとすると、第二句集『童眸』と第七句集『涼夜』ということになるのではないかと思います。特に後者はすでに俳壇の第一人者となった龍太に対して発せられる評価としては、かなり批判的な評言が多かったようです。一例として、大岡信氏の、「句集『涼夜』は近年の飯田龍太における中仕切りというのに当たる句集のように思われた。ありていに言って、全体が淡白に傾き、料理で言えば、しかるべき品々が出たあとに軽く出される蕎麦とか茶漬けとかいったもの、それが一品単独に出てきたような感じがちょっとした」（大岡信「『涼夜』とその後」・昭和六十年『楸邨・龍太』所収）を挙げてもいいでしょう。どう見ても「蕎麦とか茶漬け」は誉め言葉ではないですよね。ここで言う「中仕切り」とは本来のものを区切る、それ自身が価値あるわけではない句

集というほどの意味と思わせるからましてやです。

私も当初は『涼夜』に対しては同じような考え方をしていたのですが、何度か『涼夜』を読み返すことによって、妙な句に引っかかることに気が付いたんです。

冬晴れのとある駅より印度人　『涼夜』

『涼夜』中の一九七七（昭和52）年の作品ですが、少なからず戸惑う句です。この句は従来言われているような甲斐の国の自然と合体した日本の伝統的美しさを表現したものでは決してないです。例えば、駅に乗り降りするとか、晴れた空を背景にした人物像ということであれば、

炎天より僧ひとり乗り岐阜羽島　森澄雄
寒晴やあはれ舞妓の背の高き　飯島晴子

などの同時代の句があって、世に広く喧伝されています。こうした句は、言われてみれば、まことに結構な句で、愛誦される理由も割合理解しやすいですよね。それに比べて龍太の印度人の句は、まず何故こんな句を龍太が選んだのかという訝しさが先に立つというしかないでしょ。

しかし、この「印度人」の句は妙に記憶に鮮明に残るものがあるのも事実です。それはおよそ風流とか風雅とかいうものと無縁な配合を取ることにより、いかにも俳句的な世界を作っているためでしょう。「冬晴れのとある駅より」までは多少とも俳句を知る人なら詠めなくはなさそうです。従って、この句の妙な圧迫感は、たった一言、このような文脈の流れの中で登場する「印度人」に尽きるわけです。当然、この印度人に文学上の古典的な連想が働くものでもないですし、せいぜい明治以降の植民地闘争とか、第三世界の盟主とかいった、およそ文学の世界のポジティブな連想に繋がらなさそうなものばかりです。しかし、裏返せば、そうしたものこそ、原初的な俳諧の存在感に繋がるものがありはしないかと思うんです。

種明かしを更にすると、一九九三（平成5）年には商業俳句誌の特集で自ら百五十句の自選を行っていますが、『涼夜』からは僅かに六句が選ばれています。その中にこの句が入っているのです（勿論、他の選集に

も殆ど「印度人」の句が入っています）。どうやらこの句は龍太にとって『涼夜』を代表する俳句となっているわけです。こうなってくると、単に龍太の酔興では済まされない問題を孕んできます。この句が傑作なのか、駄句なのか、明らかにする必要が出てきますよね。そして、よく見てみると、『涼夜』にはこれと趣を一にする作品がこの他にも見つかります。

春がすみ詩歌密室には在らず
にはとりの黄のこゑたまる神無月
朧夜の船団北を指して消ゆ
草に置くザイル真赤に瀧こだま
大樹もとより獄舎また梅雨景色
海鞘噛んで牧に畑に雨が降る
『涼夜』

そして、それは次の句集『今昔』に至って一層明白になって来ます。明らかに「変な俳句」を目指している龍太の意図が露わに見えてきます（龍太の俳句を最初に「変な俳句」として捉えたのは坪内稔典でした）。

呆然としてさはやかに夏の富士
用済みのものをだらりと霜日和
ある夜おぼろの贋金作り捕はれし
巫《かむなぎ》の阿《あ》堵《と》物《ぶつ》消えし春の闇
雲夏に入るや自裁は謎のまま
愉しきかな零余子の衆愚犇くは
河豚食ふて仏陀の巨体見にゆかん
椋鳥どよめくはよろこびかいだらちか
乱心の姫のありけりミソサザイ
『今昔』

「呆然としてさはやかに」とはどんな情感なのでしょうか、理解に苦しむよね。「用済みのもの」はあまりにも卑猥です。「ある夜おぼろ」の句の語り口は鞍馬天狗か銭形半次の、時代劇俳句とでも言うべきか、難解な「巫」の句は阿堵物（あんなもの、晋の王衍が銭を卑しんで名前を呼ばず「あんなもの」と言った故事によります）が消えてしまったと大騒ぎしている様子が皮肉とも卑俗ともいうべき雰囲気の中に伝わるが、それは甲斐の山河とは何の関係もありません。「自裁は謎のまま」も決して尋常な、よい俳句の趣味の世界の作品ではないよね。「河豚食ふて」の仏陀は一応、鎌倉長谷寺とか奈良東大寺とか解すべきかもしれませんが、これもどうもあまり素性のよくない句とみても差し支えはなさそうな気もします。「乱心の姫のありけり」など不戯けているに違いないんです。こんな句が噴出するのが、『涼夜』、『今昔』の句集の時代です。しかもこうした句の多くが、また、龍太自選の句としてその後選集には再び登場するんです。

まあ、いちいち作品を鑑賞せずとも、数を勘定すれば十分です。実際、圧倒される作品群です。龍太の類型化は衰えてはいない。とりわけ、龍太が「雲母」を終刊した一九九二(平成4)年八月号でも使われているることは、龍太の類型化への不退転の決意を示してさえいるようです。こうした形式、構造への拘りが、龍太の晩年を特徴づけていると思いますね。

『飯田龍太の彼方へ』は俳人協会評論新人賞を受賞

そのようなことで、『飯田龍太の彼方へ』もそうだし、今年の十二月に出版する『戦後俳句史』にも龍太を入れましたけど、兜太と対比するにはやはりそういう全然と違うやり方を取った方がいいと思います。

兜太の場合は造型俳句論とか、非常にはっきりしたロジックがあって、それがどういうふうに作品に反映しているか、それを見れば何となく分かるんだけど、龍太の場合は、あまりそういうガイダンスをしてくれる本がないんじゃないかなと思うんですよね。

何というかな、仏教でいえば、開祖がいて、その開祖の言った言葉を忠実に解釈していく流儀です。だから別に開祖がそういうふうに解釈したわけじゃなくて、お弟子さんたちが解釈しているわけです。開祖が何を考えているのかを知ろうとするんだったら、書いてあることだけを見て解釈することが必要です。

『飯田龍太の彼方へ』が出来上がって、確かに龍太賛美ではなくて、かなり龍太批判と受け取られたのは間違いないです。ただ怪我の功名か、今まで龍太の批判を書いた人は、誰もいなかったという話で、それが俳人協会ではえらく受けて俳人協会評論新人賞をくれたのです。俳壇ってなかなか難しいですよね(笑)。

立派な人は褒めているだけだと面白くないし、誰かがいちゃもんをつけてくれると、それが真っ当ないちゃもんだったら非常に受け入れられやすいんです。龍太の批判をした初めての人間だとか、そういう位置づけにしてもらえて、思っていなかった賞をたまたまもらってしまったということになります。

それは我々「雲母」系じゃない人間にとってみれば、自分たち独特のやり方になるし、且つ賞もくれたんだから、やはりそれなりに周辺の人たちも共感してくれるところがあったんですね。私は思うに、飯田龍太の「雲母」系の人たちが書いた「龍太論」（鑑賞集）って、何も賞を頂いたことがないと思います。全然違うことを書いた私が賞をもらえたというのは、どっちが勝ちと言ったら、おのずと分かりますね（笑）。

「寺山修司・齋藤愼爾の世界　永遠のアドレッセンス」（柏書房1998.1）より

賞を貰って、この本を出した深夜叢書社の齋藤愼爾と話をしてみました。この人は長いこと出版をやってますから、いろんな人と付き合っているし、当然、龍太ともよく交流があるんですね。そこで私は龍太と会えないし、弟子でもないし、その上でこんなことを書いているから、齋藤愼爾に「龍太はこの本を読んだんですかね」と聞いたら、なんか複雑な顔をしながら「読んだ、読んだ」と。本当は読んでいないと思うんですよ（笑）。

また、龍太という大先生を批判したことで、私のところに匿名の抗議文が来たこともありました。やはり大権威に刃向かうと、なんかいろんな反対運動が起こるかもしれませんね。ただ逆にそれが力になったようで、俳人協会はどちらかというと龍太と一線を引いているから、俳人協会の方が喜んでくれました。

龍太と兜太

龍太は元々現代俳句協会に居たんですけれども、ほとんど顔も出さないで超然としていました。後で足抜けをしまして、俳人協会に一度入ろうと思ったけれども、辞めてしまってということもあって、二つの協会からは中立な立場になっていた感じです。活躍の場はどちらかというと、ＮＨＫ俳壇を作ってそこに拠っていたように思います。そういう中立の人が、伝統俳句の超一流の俳人であるのは、俳人協会はあまり面白くないと思っているかもしれません。そんな理由で受賞させたこともあって、多分私の本は、龍太は読まないままで亡くなったんじゃないかなと思ってます。

これが、兜太なら必ず読む、しかも読んだ上で、喧嘩を売りに来る（笑）。兜太とこの本の話をしたことがありますが、龍太批判は勿論いいけど、そもそも龍太を取り上げること自体が可笑しいんじゃないか、そういう言い方をしてましたからね（笑）。この間、『語りたい兜太…』のインタビューの時も言ったけど、私は二〇一三年に『伝統の探求〈題詠文学論〉』を出したんですね。どうしてもその中心には高浜虚子が来るわけです。それと対比する意味で、まあ、虚子の引き立て役として、兜太を入れて書いたんです。お蔭様で、翌年俳人協会評論賞を頂きました。それが済んだあと、どこかの祝賀会に行ったら、壇上で挨拶していた兜太さんが、次の瞬間ぱっと私の目の前に来ていたんです。瞬間移動じゃないかと思いましたね（笑）。兜太さん、「あんたの『伝統の探求』を読んだけどね、まあ、いいところもあるけど、どうもわしゃ気に食わないんだ」と笑っていましたね。喧嘩を売りに来たんですよ（笑）。私、「今度は虚子を除いた戦後俳句の主流だった人たちを中心にして書きますからね」と言ったら、「そうか、頼んだぞ」とか言う（笑）。

その約束どおり、二〇一五年に、『戦後俳句の探求』という本を書いたんですね。兜太・龍太・狩行を書いたものです。この本には圧倒的に兜太が多くて、龍太が少しで、限りなく狩行が小さいでしょう。それで兜太は非常に喜んだみたいです。

昭和（戦後）の時代は龍太と兜太の時代だったかな

山廬後山を訪れた俳人たち、左から兜太、澄雄、五人目は龍太
1970年3月　写真提供：飯田秀實

と思います。だんだんそういうのが定着しつつありますけどね。途中にいたような森澄雄もちょっと今やドロップアウトしていて、何か書く際に昭和の俳句の代表としては、兜太と龍太が書かれています。この二人は書いている内容も対照的ではありますが、二人の作品が評価されていくプロセスでの自己評価の仕方も随分対照的な感じです。

　兜太はやること、為すことを全部自分が主義主張をぶつけて（理論みたいなものとか合っているかどうかは別にして）、それに沿った作品（沿っていないのも結構ありますけれど）を創作し、非常に分かり易いです。言ってみれば時代劇のテレビ番組を見ているようなもので、勧善懲悪というか、誰が悪役かで、番組が始まった途端に誰が死んで誰が殺すかと分かるようなシンプルさがあります。

　龍太の場合がなかなか難しいと思うのは、あれだけ輩出している「雲母」系の皆さん方にしても、龍太の俳句は何なのかと、あまりはっきり我々に教えてくれないし、我々が納得できるような答えも用意してくれていない。それは多分森澄雄も同じだと思うんです。龍太も森澄雄も自分の作品がこういう方向へ向いているんだっていうのは余り言わないんですよね。龍太の場合は「俳句は無名がいい」と、こんなの龍太自身の俳句の説明になっていません。なんか「野面積みの石」のようだとか、何か言っているようで実は何も言っていない精神論ですよ。それはその人の性格もあるのかもしれないけれど、やはり誰かしらがそれを位置づけてやらないと、我々がなかなか解釈できません。私は勝手に「――の中」の事ばかり取り上げたけど、実は「――の中」で全てが説明できるわけではありません。「――の中」の句が多いというだけですよ。「――の中」の句が多い、そうじゃない句が少ない。一体、龍太は何を目指していたのかについては、中身に立ち入っていなかった私としては前向きには言えなかったです。

ただいったん私がこういう立場に立つと、他の人はいくらでも批判できると思うんですよ。「一月の川」の句は一体どこに甲斐の風土が見えるのかとか、俳句にやられて以外の言葉の過剰鑑賞が多すぎるんじゃないかとか。もちろん、そこから連想される範囲内ぐらいまではいいけれど、龍太を持ち上げるような鑑賞の仕方というのはやっぱり邪道じゃないかなという気がするんです。

ちょっと脱線しますけど、兜太も褒め言葉が欲しいんですね。ただ面白いと思うのは、兜太はかなり動物的直感で俳句を作っているから、お弟子さんたちが考えてるような鑑賞なんで、思い至らないで作っているわけです。ただ、圧倒的に龍太以上に凄いのは褒められると、非常に喜んじゃう人で、褒めるときにお弟子さんたちにしろ、訳の分からない評論にしろ、見当違いのことを書くじゃないですか、褒めてくれたら、何でもいいんです。それを自句自解に取り入れちゃうんじゃないか。〈朝始まる海へ突込む鷗の死〉の句がありますね。確かに自句自解で特攻隊のことが書いてあるけど、昔はそんなことを書いてないんです。あの句を褒める時に、そう言った人たちがいるので、それで取り入れた。だから、あれはかなり誤解があるんじゃないかと思います。私はあの句を作った瞬間は「特攻隊のこと」を思っていなかったのではないかと考えます。というのはあれは神戸の港の風景です。「鷗の死」の直前まではものすごくリアルというか、まさに神戸の漁港での鷗の生態をそのままに、餌を取りに飛び込むだけでしょう。それから特攻隊をふっと連想するのはどうも邪道じゃないかなと。それは兜太が自句自解したいんだったら、好きにどうぞとは思います。だけど、私からすると、兜太があの俳句を読んだ瞬間というのは、多分特攻隊のことは頭になくて、その代わり、もっとダイナミックですよね。生き生きとしている鷗からふっと死にのめり込んじゃうと、そちらの方が前衛的というか、造型俳句にふさわしいんじゃないかと思います。だから、何かあるたびに私はあの句を兜太トップテンに上げています(笑)。

多分龍太も同じことがあります。龍太が何を詠もうとしたかは、よっぽどその真贋をもっと見ないと分からないんですね。やっぱり境川村だ、狐川だなんていう話になるけど、お弟子さんたちはみんなあそこの地理を知っているから、「ここで詠んだんだから、ここのはずだよね」と、そう解釈すれば一番簡単です。だけど、ここのはずなのかというところは、一度反省してみたほうがいいんじゃないかなと思います。

山梨の人には申し訳ないけど、世の中に境川村が存在しなくたって、この句だけあればいいんです。俳人にとってみれば、そんな具体的な村も川も存在しなくて、この句だけ存在して、我々をこう触発してくれればいいじゃないか。そこまでやってくれるんだったら、境川村の地図を書いて、ここで詠んだって、それじゃ、文学たりえないですよね。町内会の会報にはいいかもしれないけど。

逆に言えば、固有名詞を出さなかったというところがこの句の一つの手柄で、要するに茫漠的な感じをここで出してくれてるんで、それを具体的な地名に落とし込んじゃったら、せっかくの龍太の句風が吹き飛んじゃうような気もするんですよね。

龍太と登四郎

話を飛ばしますけど、実は私の先生の能村登四郎という人がかなり的確に指摘をしているんですよ。登四郎は非常に真面目な人で、ちょっと変わっているのは伝統派の中でおそらく唯一(もう一人もいるけど)社会性俳句から直に伝統俳句に行った人です。言ってみれば、社会性俳句がどう発展したかを辿っていく道筋がそれなりに作品でも見えるし、それから登四郎が書い

沖創刊10周年

「沖」10周年大会で表彰を受けた筑紫
1980年　　写真提供：筑紫磐井

去るものは去りまた充ちて秋の空

日本芸術院賞恩賜賞受賞の折の龍太、自宅にて　1981年　写真提供：飯田秀實

ている評論とかエッセイとか、あるいは私が聞いてみた話など、皆、道筋がはっきりしているんですよ。その意味では多少兜太と似ているところがあるんですね。能村登四郎は自分が社会性俳句から次の俳句に向けていくにはどうしたらいいかというのを書いています、その中で龍太と澄雄と自分を一体と思って論じています。

それを見ていると、さっきも申し上げたように、私は最初に関心を持ったのは、龍太、澄雄、草間時彦、能村登四郎との四人を挙げましたけど、要はこの四人はわりと俳句としては似たところがあり、みんな「心象俳句」だったんです。草間時彦は年代が若いからまだ出てきていませんけど、草間時彦の代わりに野沢節子という女流がいます。この四人をまとめて、新しい俳句の方向性を作っています。ちょっと自分を入れるのは面はゆいところがあったんじゃないかと思いますけど、ただロジックは非常にはっきりしています。具体性は切り捨てて、季語とかなんかないわけじゃないけれど、詠みたいのは具体物じゃなくて、その向こう側にあるイメージの世界です。確かに我々もそばにいて、あんまり影響は受けないように思うけれど、いつの間にか能村登四郎の影響を受けた心象風の俳句はわりと好きで作っているようなところがあります。登四郎は膨大な俳句を作っていますから、そういう膨大な世界の中で作っていると、わざとじゃないけど、似てきちゃうってのはありますよね。ただどう考えたって「馬酔木」系の能村登四郎と「雲母」系の飯田龍太が同じ句を作るって普通ありえないじゃないですか。だけどその内部が心象俳句に染まっていると、時たまぽっと似たような句が出てきちゃうことがあります。

これは私が十二月に出版する予定の『戦後俳句史』に書いている話ですが、この二句をご覧ください。

火を焚くや枯野の沖を誰か過ぐ　登四郎　一九五八年

枯れ果てて誰か火を焚く子の墓域　龍太　一九五七年

前者は句集『枯野の沖』（一九七一）、後者は句集『童眸』（一九五九）に収められていますが、句集に刊行年より制作年に注目したいです。一年の前後はあるが、極めて近い時期ですよね。

風景はそれぞれ広い野原と自分の家の裏かどこかにあるお寺です。ステージは全然違うけれど、「枯れ」、「火を焚く」、「誰か」といったように、ぽっと重なるところがあって、いわゆる同じスクール（派）の中の作品だと感じられます。これはやはり一つの証拠になるのではないかと思います。明らかに能村登四郎の心象俳句というのは多くの評論を執筆した中で自分でもこれから進んでいきたい俳句として書き込んでいます。一方で龍太自身が自分の俳句の向かってゆく方向を語っていないんだとすると、登四郎の発言、登四郎のこの句によく似ているということは、その心象俳句の方向にかなりどっぷり浸かっているんじゃないかと思います。

人によって評価の仕方は違いますが、これは絶対に客観写生じゃない。それから物に即して詠んでいないこととその奥に何となくその人の雰囲気、気分が漂っていることです。

『戦後俳句史』では、登四郎と龍太と澄雄と時彦を挙げましたが、澄雄は心象俳句だけど感じはちょっと違います。龍太は限りなく近く、時彦も割と近い。そんな感じがその三人の心象俳句の特徴です。もちろん練達の俳人だから、それ以外の写実的な句などもありますす。心象俳句だと思って拾い出すと、これだけ出てくるし（『戦後俳句史』２５３〜２６０頁を示す）、皆それなりに評価されている句ばかりです。ほかの語り手の選んだ句は見ていないけど、かなり重なるのがあるのではないかと。だから、「心象俳句」はこの四人の共通用語として見てもいいと思います。

そして、それを内心で感じていたと思うのが山本健吉です。山本健吉は、軽み論に入る前に、特に前衛俳句は嫌いでした。だけど伝統俳句だからといって、他の香西照雄とか、清崎敏郎とかそういう作風がいいとも言ってなくて、しょっちゅう会って座談会をしたり、健吉は俳句を作らないからもっぱら評論で持ち上げているけど、そのときのキーパーソンというのは龍太、澄雄、時彦なんです。だから、健吉もやはり現代俳句の新しいところを行っている俳人は彼らだと、考えていたんだと思います。ということは健吉も現代俳句の方向性としてはやはり心象俳句というのが非常に大事なものだと考えたんでしょうね。今、これをやりながらちょっとそういうふうに思いました。

ただ現代俳句も一枚岩で行くものではなくて、多分心象俳句と前衛俳句を対比して、それで進むのが本当は健全な俳句だったのではないか。正直な話だと、心象俳句って、分かったようで分からない、〈一月の川一月の谷の中〉と同じです。前衛俳句も分かっていて分からないようなものです。だから、戦後俳句というのは社会性俳句が終わった後、分かったようで分からない俳句が非常に高い評価を受けていた時代なのではないかというのが私の『飯田龍太の彼方へ』の次の結論です。

前衛俳句と心象俳句

前衛俳句は心象俳句に近かったという話について、多分今回のインタビューで誰からも出てこないと思います。伝統俳句って有季定型であれば何でもいいという言い方は堕落だと思いますね。有季定型を使いつつ新しい価値観を作り出したから、龍太も澄雄も時彦も素晴らしかったんであって、単に有季定型だけやったら、川柳に季語を入れたっていいじゃないかということになりかねません。

宮沢賢治は自分の作った詩のことを詩と言わなくて「心象スケッチ」と言いました。彼の詩集『春と修羅』は詩集だと思われがちですが、賢治はこれを「心象のスケッチ」と呼びました。心象俳句とちょっと共通するところがあります。難しいことは書いてないが、なんか捉まえどころがない。文学にはそういうところに一つの大きなジャンルがあるような気がしています。

実は私はこれを書いているうちに、だんだん変な方向に向かい始めたのです。短歌とか日本の詩歌全般に関心があったんだけれど、それをやっていくうちに、これを一種の詩とか短歌とかの学問の「詩学」というふうに言うとすると、二通りあります。例えば文学研究に当たって、テキストを持ってきて、同じ言葉を全部抜き出すと、それを整理すると何か一つの意味を持って来ますよね。特にその中の一つを注目して、ロジックを組み立てると、実にまことしやかな「詩学」が出来上がります。典型的な例が本居宣長の「もののあはれ」ですね。源氏物語全部に「もののあはれ」が出て来ているのか、紫式部が「もののあはれ」を文学理念として、『源氏物語』を書いたのかといったら、私は何となく紫式部は瀬戸内寂聴に結構似ていて、ものすごい、ドロドロした恋愛ものが好きな作家だったんじゃないかと思ってるけど、それが本居宣長の手にかかると、本当に世界文学に冠たるその頂点に「もののあわれ」があることになる、本当かな？ と思います（笑）。だけど割と文学研究のときはそういうやり方はやりやすい。だって同じ言葉はパソコンで検索すれば、ダーっと出てきますからね。だけど、それで出てくるのは半分ぐらいは正しいかもしれないが、あとの半分は、そうでもなく、コアのところで摑めてないものがあるんじゃないかなという気がするんですよね。

私がやったのは全然違うやり方でした。全く意味を追ってないんです。「――の中」って、何の意味もないんだ。だけど、それに近いものを並べていくと、龍太俳句の構造みたいなものが浮かんできます。そういう

「解釈で浮かび上がる詩学」と「構造で浮かび上がる詩学」、そんな考え方を今していて、それで見ていくと俳句みたいな狭い分野だけではなくて、他の隣のジャンルの短歌とか、吟遊詩人による伝承歌、北欧の「サガ」とか、あるいはもっと古くホメロスの「イリアス」とか、中国古代の「詩経」、「楽府」というのは、このように分析すると、ものすごくよく分かって来るように思います。

ジャンルを飛び歩いている詩歌のテーマは随分あります。そういうのは解釈で見るよりは、構造でまず見当をつけて見ていってしまうのがいいです。そんなような考えがあって、『飯田龍太の彼方へ』の直後に書いたのは、『定型詩学の原理』です。あれはどういうつもりか、兜太がものすごく褒めてくれたんですけれど、要はその構造が違うのですよね。だから言葉の上面ばっかり見るのはどうもつまらない。例えば切れ字とか、あるいは何句切れとか、そういうところを注目して見ると、その作家の深い秘密みたいなものが見えてくるところがあるような気がします。そう考えると、ありとあらゆる俳句鑑賞は、ほんわりと解釈的な詩学でやっています。神学というのはバイブルの中で関連した概念を拾い出し整理してきて体系化したものです。中国でいうと儒学だね。『論語』から言葉を拾い出してきて、仁や義などをこう並べていくと、朱子学や陽明学ができる。それは分類学ではあるが、当時生きて、生の言葉で話をした人の純粋な思いがそれだけで伝わってくるのかが疑問です。

孔子が言った話だって、中身だけではなくて「巧言令色少なし仁」とか、ああいうものすごく断片的な言葉の言い方という何か昔の人のハートに入っているようなものがあったんじゃないですかね。私はあまり思想が分からないけど、詩歌で見ている限り、例えば『万葉集』の読み方なんで、ものすごく解釈風的でやっている読み方がありますが、ちっとも面白くないんですよね。そんなようなことで、飯田龍太のお陰で、私のものの考え方に自分自身でフィードバックされて、いろいろ考えることができるようになりました。

三協会統合論

最後に話から逸脱しますが、私は今年の十二月の中旬に『戦後俳句史nouveau 1945-2023——三協会統合論』という本を出します。本の構成は、第一部で「第二芸術・社会性俳句・ポスト社会性」、第二部で「戦後俳壇史」となっています。戦後の俳句史はまだ語られてないところもあるということで、金子兜太は「俺はね、あんたがそれを言い出すと怖いんだ。本当に怖いですよ。何かあんたから出てきそうな気がしてね。この人から新しい俳句史が」と言ってくれたことがあります。この本を書く間、二〇一七年十二月兜太へのインタビューをできるだけぴったり合う言葉を切り抜いて使いたいと、眞土さんとやりとりして許可をもらいました。眞土さんは「親父だったらこんなこと言うんでしょうね」と。今、後半で話したことをこの本ではロジカルにまとめています。第二部は戦後俳壇史で、頁数はそんなに多くないけど、基本的には、現代俳句協会、俳人協会、日本伝統俳句協会の三協会が統合しないと、もう持たないよという主張です。今後俳句が発展するためにはどうしたらいいのかという処方箋も一緒に書いてあります。

この本を出すために、実はわざわざ伝統俳句協会に入っちゃったんですよ（笑）。最初に入ったのが俳人協会、その後中村和弘さんに誘われて、現代俳句協会に入って、この本を出すことが決まってから、稲畑廣太郎氏に入りませんかって聞かれたから、入りたいって言ったら、「じゃ、どうぞ」と言うことです。まあ、三協会の肩書あるなしはありますけど、三協会に入っている人間が「三協会統合論」を出すのは一番素直ですよね、よく知ってるんだから（笑）。伝統俳句協会に入ったのは、つい最近だけど、虚子論はずっと長いこと、書いているから「ホトトギス」の人よりだいぶよく知っているつもりで、私が入ってもあまりおかしいことはないんじゃないかな。そういう戦略です。統合するかどうかは別にして、ただ三協会統合と言うとみんなやっぱりギョッとしますよね。現代俳句協会もそうだし、俳人協会、伝統俳句協会も皆会員数が減っちゃっているんですよ。例えば、兜太とか龍太みたいな新人はその後出てきてないですよね。何が原因かと言ったらやはり完璧に別れてしまった協会のあり方にあるんじゃないかなと思います。川名大さんは俳人協会の独立についていろいろと書いていますけど、それは現代俳句協会が中心で、先輩の人たちがいろいろ書いたものがあるので、それを踏まえて論じてしまっているところがあります。

例えば俳人協会の資料はあまり利用されていません。私は俳人協会にも入っているから、両方を知っています。他の協会が何をやっているかは、協会が違うから、その人たちは知らないわけですよ。だけど私は当時の資料や、話も聞いたりして、どうも川名さんが言っているのとちょっと違うなというのはいろいろ分かってきています。

川名さんはいつも歴史を正されるという強いミッションを持っているようで、そこで私の悪口を言っています。だけど、川名さんが持ってる間違った歴史も指摘しないといけないですよね（笑）。ただ現代俳句協会の歴史と俳人協会の歴史と伝統俳句協会の歴史と、みんな昔の話ばかりですけど、案外そのころのことはもう誰もわからない。そういうのが全部オープンになったほうが、いろいろ議論はしやすいでしょう。そんなつもりで『戦後俳句史』は書いてみたものです。

おわりに

筑紫磐井氏は文部科学官僚であった一方、俳人と評論家でもあり、俳誌「豈」の発行人でもあり、現在、現代俳句協会副会長、俳人協会評議員、日本伝統俳句協会会員などの肩書を持っており、戦後俳句の研究並びに三協会統合の模索にご尽力され、多くの著書を刊行。とりわけ、二〇二三年十二月三十日に刊行したばかりの『戦後俳句史nouveau 1945-2023——三協会統合論』は統合の処方箋も出している。

また、飯田龍太に関しては一九九四年、『飯田龍太の彼方へ』（俳人協会評論賞新人賞）、二〇一三年、『伝統の探求〈題詠文学論〉』（第二十七回俳人協会評論賞）をそれぞれ刊行のほか、二〇一五年『戦後俳句の探求——兜太・龍太・狩行の彼方へ』（兜太推薦執筆）も刊行。中には龍太並びに龍太俳句を独自の評価をされている。

今回の取材に際し、氏から数多くの貴重な俳句史資料を頂いた。龍太俳句の構造的な特徴を詳しく分析し、龍太の真の姿と最終価値が見えるとの考え方を示された。その視点に私も強く共鳴できた。

董振華

筑紫磐井の龍太20句選

冬山のふかき襞かなこころの翳　『百戸の谿』
露の村墓域とおもふばかりなり　『〃』
紺絣春月重く出でしかな　『〃』
いきいきと三月生る雲の奥　『〃』
満月に目をみひらいて花こぶし　『〃』
枯れ果てて誰か火を焚く子の墓域　『童眸』
雪山のどこも動かず花にほふ　『麓の人』
手が見えて父が落葉の山歩く　『〃』
落葉踏む足音いづこにもあらず　『忘音』
生前も死後もつめたき箒の柄　『〃』
冬耕の兄がうしろの山通る　『忘音』
父母の亡き裏口開いて枯木山　『〃』
子の皿に塩ふる音もみどりの夜　『〃』
どの子にも涼しく風の吹く日かな　『〃』
一月の川一月の谷の中　『春の道』
雪の日暮れはいくたびも読む文のごとし　『〃』
炎天のかすみをのぼる山の鳥　『〃』
かたつむり甲斐も信濃も雨のなか　『山の木』
黒猫の子のぞろぞろと月夜かな　『〃』
冬晴れのとある駅より印度人　『涼夜』

筑紫磐井（つくし　ばんせい）略年譜

昭和25（一九五〇）　東京都豊島区に生まれた。

昭和46（一九七一）　一橋大学在学中、「馬酔木」に投句開始。

昭和47（一九七二）　「沖」に入会、能村登四郎に師事
昭和49（一九七四）　四月大学卒業後、科学技術庁に入庁、同時に俳人、俳句評論家として活動。

平成1（一九八九）　句集『野干』刊行、東京四季出版。

平成2（一九九〇）　「豈」に入会。

平成3（一九九一）　「豈」の編集長。

平成4（一九九二）　句集『婆伽梵』弘栄堂書店。

平成6（一九九四）　俳句評論『飯田龍太の彼方へ』（深夜叢書社）で俳人協会評論賞新人賞。

平成7（一九九五）　現代俳句協会：現代俳句歳時記編集委員。

平成11（一九九九）　九月「俳壇」座談会（金子兜太、三村純也、小林貴子、筑紫磐井）。

平成12（二〇〇〇）　正岡子規俳句賞選考参加。

平成13（二〇〇一）　「豈」発行人、同年、俳句評論『定型詩学の原理-詩・歌・俳句はいかに生れたか』（ふらんす堂）で加藤郁乎賞。

平成15（二〇〇三）　『筑紫磐井集（句集『花鳥諷詠』所収）』邑書林。

平成16（二〇〇四）　『筑紫磐井集』により第九回加美俳句大賞スウェーデン賞（兜太推薦）、第三回正岡子規国際俳句賞EIJS特別賞（兜太推薦）、同年、『近代定型の論理 標語、そして虚子の時代』邑書林。

平成18（二〇〇六）　『詩の起源-藤井貞和『古日本文学発生論』を読む』角川学芸出版。同年、『標語誕生-大衆を動かす力』角川学芸出版〈角川学芸ブックス〉。

平成20（二〇〇八）　兜太第三回正岡子規国際俳句大賞受賞、業績と代表句選。

平成21（二〇〇九）　高山れおな等と『新撰21』編（邑書林）。

平成22（二〇一〇）　『女帝たちの万葉集』角川学芸出版。高山れおな等と『超新撰21』編（邑書林）。

平成23（二〇一一）　『相馬遷子　佐久の星』編（邑書林）

平成24（二〇一二）　『伝統の探求〈題詠文学論〉俳句で季語はなぜ必要か』ウエップ（兜太少し反発）。

平成25（二〇一三）　『伝統の探求〈題詠文学論〉』により、第二十七回俳人協会評論賞。『21世紀俳句時評』刊。

平成26（二〇一四）　句集『我が時代』実業公報社。

平成27（二〇一五）　『戦後俳句の探求』（兜太推薦執筆）。

平成28（二〇一六）　『いま兜太は』（共著）。

平成29（二〇一七）　『季語は生きている』実業公報社、『存在者、金子兜太』（共著）。

平成30（二〇一八）　『虚子は戦後俳句をどう読んだか』深夜叢書社、『兜太TOTA』編集長。

令和3（二〇二一）　現代俳句協会副会長、令和3年度春の瑞宝中綬章。

令和5（二〇二三）　『戦後俳句史nouveau　1945-2023—三協会統合論』（ウエップ）。

第10章

星野高士

（二〇二三年十一月二十二日十四時　中野にて）

はじめに

最近、星野高士氏をテレビの俳句番組や総合誌の俳句座談会などでよく拝見する。また、黒田杏子先生を始め橋本榮治、横澤放川両氏らとともに「件」にも在籍しておられたことを知っている。そのため、自然に親しみを覚えた。しかし、今回の取材を行うまでお目にかかる機会はなかった。二〇二三年十一月一日電話を差し上げた時、初めて言葉を交わし、早速、十一月二十二日、インタビューを行うことになった。初対面にも拘わらず、朗らかで健談、気さくで親しみやすい印象を受けた。インタビューは終始して笑い声のあふれる、和やかな雰囲気に包まれた。

本書の取材をきっかけに同二十六日、氏の主催による第二十二回鎌倉全国俳句大会に、また翌二十七日、ユネスコ無形文化遺産保護条約20周年記念コンサートにもご招待いただき、さらに俳人で渋谷区議会議員のご令嬢星野愛氏をご紹介いただき、交流が増えて嬉しかった。

董振華

俳句の環境の中に生まれた

私が生まれた時に高浜虚子はまだ元気でした。私の名前は虚子が付けてくれたんです。虚子が付けた時の「たかし」は、今の「高士」ではなくて、「喬」でした。この字が一九五二（昭和27）年頃の『人名漢字辞典』にはまだなかったので、止むを得ず同じ発音の「高」を使ったのです。その後、母親が名前は三十三画がよいと、「士」を俳号に付けました。

小学と中学は同じ鎌倉の学校に通い、校門の札を書いたのは虚子です。学校の先生たちは皆そのことを知っているから、「星野君、君の曾爺さんがこれを書いてくれたんだよ」って言われていつも恥ずかしかった思い出があるわけ。その後、大学は関東学院を中退して、サラリーマンとして西武デパート系統の渋谷のパルコに出店したテナント会社に就職しました。

だから、私は俳句の環境の中に生まれたけど、最初は全然俳句と関わりがなかった。ただ、当時、私は祖母の立子と母の椿と一緒に俳小屋と呼ばれる笹目に住んでいたので、仕事が終わって家に帰るといつも俳人が来ていたし、特に日曜日は句会があって、多くの俳人が来ていた。私はサラリーマンで平日は仕事で疲れているので、日曜日になると大体ゴルフとかへ行きますが、行かない時は家でゆっくりしていました。そしたら、「俳小屋」に来ている人たちが「高士君、句会ですよ」と呼びに来るわけ。句会だって私には関係ないんだよと言ってたんだけど、何回か呼ばれた後、「ああ、分かったよ」と行きました。小学生の頃も何回か呼ばれて、遊びで句会に参加したことがあって、

星野立子　写真提供：星野高士

投句したら立子に選ばれて褒められたことがあります。

当時、立子はかなり売れっ子で、朝日俳壇の選者やテレビ俳句やコマーシャルに出たり、大変忙しい人だったんですよ。朝日俳壇の選者は最初は虚子一人だったけど、虚子が亡くなってから中村草田男、石田波郷、加藤楸邨、星野立子の四人になったんです。今から考えると皆凄い人たちでしょ。この人たちが毎週有楽町の今のマリオンで顔を合わせて選句をしていたわけです。僕も時々呼ばれて、そこの「アラスカ」というレストランに行って食事をしたりしてました。

当時、立子が指導する「笹子会」と称する句会があって、犬山城の城主の成瀬正俊、京極家の当主の京極高忠、高田風人子、杉本零などといった凄い人たちが皆会員でした。「高士さんも入りなさいよ」と何度も言われているし、その内何となく俳句が面白くなってきたので笹子会に入りました。さっきも言ったように平日は仕事で忙しいので、日曜日なんかに寸暇を惜しんで句会に行っていました。当時、会の方がみんなもう五十代、六十代で、私だけが二十代だった。そこで自分の句が立子に何回か取られたりして、それで

星野高士と星野椿
写真提供：星野高士

ずっと続けたんですよ。ただその頃は俳句を職業にしようとは思っていなかった。

そうこうしているうちに、今、「俳句四季」という総合誌があるでしょ。その「俳句四季」はもともと銀座にあったんすよ。最初は創業者の松尾正光という人が経営していて、彼は武者小路実篤の弟子だったから、銀座でギャラリー四季というのを持ってたんすよ。ある時、そこで星野立子、高木晴子、上野章子の三姉妹展をやることになったんですよ。どんなのが並んでいるだろうと思って、仕事の合間にちょっと見に行ってみたら、〈行人にかかはりうすき野菊かな〉という句が掛け軸になり展示されていた。この句は凄いなと思って作者を見てみたら、立子の句でした（笑）。しばらくそこで息を呑んで見ていた。普段は私から見れば、立子はおばあちゃまですから、ご馳走してもらったり、お小遣いをもらったりしていた。この句を見たとたん、立子は凄い人だなと初めて思ったし、俳句ってすごいなとも初めて思ったわけ。

一九七〇（昭和45）年、星野立子が脳血栓で倒れたんです。その頃は医学がまだ発達していなくて、もう駄目だなと思って、親戚がみんな集まったりしたんです。ところが、立子は奇跡的に生き延びました。ただ右半身がちょっと不自由になってね。それで俳句を続けるというんですが、「玉藻」誌の選者はもう出来なくなりました。すると、妹の高木晴子が「じゃ、私がお姉さんの代わりにやるわよ」と言って、十年以上選者をやってくれたんです。

　一九八四（昭和59）年三月三日に立子が逝去しました。その後、私の母の椿が「玉藻」を承継したのです。一番後押しをしてくれたのは「ホトトギス」をやっていた稲畑汀子さんでした。「『玉藻』を続けましょう、私も作品を出すわよ」と言ってくれて、それで星野椿が主宰になったわけ。当時「玉藻」の事務所は丸ビルにありました。立子の時の発行部数は三千部ぐらい、椿が主宰になった時は二千部ぐらいでした。椿が主宰をやるから、じゃ、私も仕事を辞めて手伝おうと思って、副主宰と編集長をやり始めた。私は三十八歳。

高濱虚子　　写真提供：星野高士

　一九八五（昭和60）年に、牧羊社から「処女句集シリーズを出すから、いかがですか」と声をかけられたので、それで初句集『破魔矢』を出したんです。あの頃、句集を出すなんてあんまりいないんだよね。お金もかかるし若いし。一緒に句集を出したのは能村研三、片山由美子、長谷川櫂等でした。後日、筑紫磐井は入れなかったことを悔しがったりしていた。この間、筑紫磐井さんが「俳句四季」で書いてくれたけど、それが『破魔矢』のことです。
　それから、いろんな俳人を知りたいなと思ってたら、銀座の「卯波」という鈴木真砂女がやっている小料理屋があって、そこで「月曜会」という名前の句会をやっていました。毎月第三月曜になると、選ばれた俳人が集まってくるわけ。座主は藤田湘子と三橋敏雄の両巨頭で、お二人を囲んで、有馬朗人や安部完市、女流では黒田杏子や鈴木榮子、星野椿などが参加しています。ある時、この人たちに星野椿が「今度うちの息子を連れてくる」と言ったら、みんなが「高士ならいいよ」と呼んでくれた。そしたら、なかなか厳しい会でした。当日「卯波」の狭い和室に集まって、来た人が順番に題を出す。「題」は一文字で、その日の夕刊から出す。最後の人が来て、揃ったら、一時間後に締め切り、それから一人八句。私が一回目に行った時、点が入って割合に評判が良かったんで、湘子が「次も来いよ」と言ってくれたので、行くようになりました。若手は中原道夫と小澤實と僕が居て、それが十年ぐらい続きました。

二〇〇三年、真砂女が亡くなって、第二月曜会ができた。これは九段の湘子の「鷹」の発行所でやっていて、五年ほど続きました。私はこれを通してすごく勉強になった。黒田杏子は毎回来ていたし、よく面倒を見てくれた。いつも電話をくれて、「あなたの句は良いわよ」と言ってくれた。

二〇〇五年、湘子が亡くなったので、月曜会も解散になっちゃって。ちょうど、その時、黒田杏子から電話がかかってきて、「『件の会』という超党派の会があるけど、あなたも入りなさいよ」と言って、私も一つ返事で「入りますよ」と言って、「件」に入ったわけ。件の会のメンバーは元々知っている方々ばかりです。

仁平勝、橋本榮治、西村和子、細谷喨々、横澤放川などと。でも、僕は「玉藻」の編集をしたり、吟行や講演に行ったりして、あまりお付き合いはできなかったが、みなづき賞などをずっと一緒にやって来ました。このようにして今になったわけですよ。

飯田龍太のイメージ

飯田龍太の話になるけど、龍太は凄い人だなと、いつも私の頭にありました。なぜ凄いかというと、銀座の「月曜会」でやっていた時に、句会が終わって、二次会で飲んでいたら、藤田湘子がある関西の総合誌の社長に「飯田龍太のところへ行ったことがあるか」と聞きました。彼は「ないですよ」と言ったら、「俳句をやってる以上はあそこへ行かなきゃだめだ。ただし、行っても、龍太は会ってくれないよ。秘書みたいな人が出てきて（それが秀實さんだったか、よく分からないけど）、『先生は今執筆中です』と断られるから、行くならお菓子を持って行け」と湘子がそこまで指導してくれたことを記憶しています。

その時から、飯田龍太はすごい人だろうと思って、彼の俳句を読んで、一気に好きになりました。後で龍太の句を取り上げます。で、飯田龍太もそうだけど、何と言っても、飯田蛇笏は高浜虚子の高弟で、村上鬼城、前田普羅、原石鼎とともに、大正第一期ホトトギス黄金時代の代表作家として活躍し、四天王と称されました。小学校、中学校の教科書にも蛇笏の句出てくるので、小さな頃から凄い人だなと思っていました。その息子が飯田龍太です。僕は龍太には会ったことがないですが、そういう意味で、大変親近感を持っていました。

山廬に居る蛇笏、1956年　　写真提供：飯田秀實

「雲母」人との関り

ある時、「俳句研究」という総合誌で座談会をやりました。はっきり覚えていないけど、確かに「あなたが俳句を作って、どういうふうにまとめますか」みたいな題で、ゲストは上田五千石、福田甲子雄と僕でした。福田さんは廣瀬直人さんとともに龍太の両腕みたいな弟子ですね。僕はまだ四十代で、こんな凄い人たちと一緒に座談していいのかと。その時に、「吟行に行って浮かんだ俳句をどうするんですか」と司会者に聞かれたので、福田さんは「俳句を作ったら俳句手帳にちゃんと書きます」と。私は生意気だったんですけど、「俳句手帳には書きません。ちょっとヒントだけ書いて、句会に行って修正するんです」と言ったら、

「お前のはいいね、龍太もそうです」と五千石さんが言って下さり、私と話が合ったんです。その頃から福田甲子雄との交流がありました。廣瀬直人さんはBSの俳句王国で椿と一緒に出演していたので、彼の俳句に興味を持つようになり、彼の書いた本も読んだりしてたんです。それでよく知っていました。龍太もまだ存命でしたが、座談会やテレビにあまり出ないというイメージ。彼は仕掛ける方だから、文化講座とか、NHK俳壇とかを仕立ててやっていました。龍太の存在は大きかったですが、蛇笏と虚子との関りもあって私はいつも親しみを感じてました。

「山廬」訪問

二〇一〇年中村誠著の『龍太語る』が「件の会」のみなづき賞を受賞した際、その受賞会場で飯田秀實さんとお目にかかりました。いろいろとお話をしていたらとても性が合って、「今度、鎌倉に行くよ」と言って、その後ご夫妻で「虚子立子記念館」に来てくれました。私も三回ぐらい「山廬」へ行ったことがあります。山廬の「俳諧堂」が復元された時、その書額は虚子の題字ですので、秀實さんに呼ばれて、その下で、椿、高士、秀實の座談会をやりました。その時、井上康明さんや廣瀬町子さんも来て下さいました。

蛇笏と龍太の虚子に対する距離感の相違

「山廬」の書額には「蛇笏君のために」という虚子の為書きがあるでしょう。虚子があんなのを書いたことはめったにないです。私の知っている限り、虚子の為書きは三本しかなく、「山廬」はその中の一つ。だから、如何に虚子と蛇笏が親しい師弟関係にあったかがうかがえます。秀實さんの話では、「蛇笏が早稲田に在学していた時、虚子に会いたくて、鉄道の線路を走って来た」という逸話があります。そういう熱い人でした。もちろん私は蛇笏には会ったことがないけど、彼の句〈芋の露連山影を正うす〉や〈くろがねの秋の風鈴鳴りにけり〉などいっぱい知っているので、憧れていました。蛇笏はまだ「ホトトギス」に在席していた時に、「雲母」を作ったので、当然「ホトトギス」

と絡んでいます。蛇笏は生涯を通して虚子だと言ったんです。

その後、息子の飯田龍太が「雲母」を継承したけど、「ホトトギス」には入っていません。そこが面白いです。普通、おやじが虚子の弟子だったら、息子も虚子の弟子になるケースが多いでしょ。だけど、「雲母」系は龍太で「ホトトギス」との関わりが切れています。だから時期が重なっていても、多分虚子とは会っていないはずです。龍太はちゃんと自分の世界を持った人です。蛇笏の後を継いで、それをもっと上にしたんだから、そこはやはり凄い、普通できないことですよ。

飯田龍太は「雲母」を継ぐ前に山梨県立図書館に勤めた。そういういろんな経験を経て、俳句は勿論蛇笏の句を見ているんだけど、違う路線へ走ったじゃないですか。それが、いわゆるうちのような世襲制なんかじゃなくて、何とかして他のところへ行きたいと、そういう凄いところはどこから出てくるのかといつも思っている。そして廣瀬直人、福田甲子雄、井上康明などの優秀なお弟子さんも育てました。尚且つ、外交的にも凄く、NHK学園俳句講座を始めたり、井伏鱒二などの文学者との付き合いもあったり、同世代を代表する俳人の森澄雄、金子兜太などとの深い交流も有ったりして、幅広い付き合いがある。そういう意味では龍太は「雲母」を広げた人です。

もちろん、時代背景もありますが、龍太の外交的性格に対して、蛇笏はどちらかと言うと不器用な方か。山梨県境川村の本拠地からそんなに外へ出てないんですよね。私の知っている限り、蛇笏の句に海を詠んだ句がないんじゃないかなと(笑)。それでも、蛇笏は偉大な俳人であることは確かです。また、秀實さんの話では、蛇笏は句碑が大嫌いで、一基もないという。そういう意味では、蛇笏はちゃんと自分を持っている凄い人ですね。

私に言わせると、蛇笏が虚子を信奉したでしょ。「山廬」の書額も書いてもらっているし、そんな一生懸命の仲だけど、龍太は虚子から遠ざかった。それはなぜかと言うと、その頃、まだ元気だった虚子が「ホトトギス」を長男の年尾に譲ったんですよ。これは言いたくないんだけど、龍太はその頃の「ホトトギス」を余り認めてなかったようです。私は今回言いたいのはそこなんです。それで「これはいけない」と、龍太は自分でやる。親父の真似はいやだという気持ちはあったんでしょう。私も親の俳句の真似は嫌だから。だけど、「ホトトギス」で蛇笏がさんざんやって頭角を現してた事実は事実として認めなければいけないという気持ちもあったと思います。

「雲母」の終刊と他の俳誌との対比――「諷詠」、「玉藻」、「ホトトギス」――世襲のものと一代限りのもの

一九九二(平成4)年、龍太が突然「雲母」を終刊にした。僕には衝撃的だったが、彼の書いた辞める理由というのを読んで納得が行きました。普通、俳句主宰誌ならあんな隆盛の時に止めないじゃないかな。ヨボヨボになってもやり続ける人がいるでしょ。しかし、龍太はそうじゃなくて、まだいろいろ仕事ができるうちに潔く辞めた。ああいう選択は龍太しかできないね。そういう意味では、龍太の美学は凄いの一言です。まあ、みんなもそう評価してんだろうけど。ただ飯田龍太の作品をもっと見たかったと、いつも思っているんですよ。虚子や立子は亡くなるまでずっと俳句を作り続けたので、晩年の句もちゃんと見られました。

もう一つ、龍太が潔く辞めるのはいいですが、ただ弟子は困ったのかもしれません。のちに、廣瀬直人さんが「白露」を立ち上げて、一つの龍太の気持ちを継いでいるから、弟子は皆そこに集まったんですね。

ただ、「白露」には廣瀬直人、福田甲子雄という両巨頭が居て、タイプが違うし、作品も違うから、「直人派」と「甲子雄派」に分かれています。甲子雄さんはもっと長生きすると思っていましたが、二〇〇五年七十八歳で亡くなりました。続いて二〇一二年、直人さんも病気療養のため、「白露」を終刊にしまして、井上康明が後継誌として「郭公」を立ち上げたんですね。中身は同じような路線かもしれませんが、そういう筋も日本の俳壇においては実に面白い。

今年の十月二十九日、神戸ベイシェラトン ホテル&タワーズの六甲の間にて、「諷詠」九百号記念祝賀会・和田華凜句集『月華』星野立子賞受賞記念会が華々しく開催されました。「諷詠」を最初にやった人が虚子の弟子の後藤夜半です。だから、後藤夜半と蛇

高濱虚子直筆の「山廬」書額がかかる1960年代の山廬
写真撮影：若林賢明
写真提供：飯田秀實

笏は大体年代的にかぶってんじゃないかな。後藤夜半の後は後藤比奈夫が継いだ。そこは蛇笏と龍太に当たります。比奈夫は蛇笏賞も取っているし、百三歳まで生きていたので、二〇一六年『白寿』と言う句集も出していて、二〇一七年第三十二回詩歌文学館賞を貰っています。三代目が後藤立夫で、比奈夫がまだ健在する内に譲ったんです。現在、四代目が立夫の長女の和田華凜です。だから、そういう世襲の俳誌もあります。うちも

実はそこら辺のジレンマが私にもあります。「玉藻」は立子の代から始まって、母の椿を経て、現在私が主宰ですが、三代続いています。今年をもって創刊九十四年になります。もちろん、それはそれで大変なことなんだけど、こういうケースもあるのでは。

もっとも古いのは「ホトトギス」です。「ホトトギス」は一八九七（明治30）年に正岡子規の友人柳原極堂が創刊したのです。それから、正岡子規、高浜虚子、高浜年尾、稲畑汀子、稲畑廣太郎というふうに受け継がれています。「ホトトギス」が年尾から汀子になった頃、「雲母」も並んでいます。龍太が潔く辞めましたが、「ホトトギス」の方は続けています。

一方、金子兜太の「海程」や黒田杏子の「藍生」のように一代で終わる所もあります。「海程」の後継誌は今、安西篤が代表をしている「海原」で、「藍生」の後継誌は髙田正子が代表の「青麗」と名取里美の

「あかり」もできるとのことです。だから、こういうケースもあります。

俳句の写実と写生――蛇笏の句、虚子の句

　蛇笏の句について、私はここで再発見しなきゃいけないと思っています。蛇笏は虚子の一番信頼している弟子の一人で、早稲田大学の頃から虚子に師事し俳句を始めました。虚子が蛇笏の事をどれくらい評価したかは分からないけど、虚子は蛇笏の句を取り上げて、そして、村上鬼城や前田普羅とはちょっと違う系統の句も取り上げています。虚子の凄いところはそういう人たちを自分の手元に置いといたことですね。蛇笏もほかの弟子もそうだけど、蛇笏は凄いところへ行くまで虚子が見守ってあげたことでしょう。そんな中で蛇笏が最初に作られた句は〈山寺の扉に雲あそぶ彼岸かな〉です。山寺の扉に雲が遊んでいて、今日はお彼岸です、といかにも山梨の感じです。これは自分の心情の入った写生句ですね。また、ちょっと面白いのは、〈短日の時計の午後のふり子哉〉です。短日の午後の時計の振り子が動いていると、これは自分の心情を入れない写実句です。蛇笏は写生の句をいっぱい作っています。例えば、虚子が「ホトトギス」の巻頭にあげた〈芋の露連山影を正うす〉もそうです。それがだんだん進んでいくと〈たましひのたとへば秋のほたる哉〉、これも有名な句ですが、写生を超えて観念的な句になりますね。蛇笏も後はだんだん観念的な句になってきました。ほかにも、〈極月や雪山星をいただきて〉の句は写実で、〈人の国の牛馬淋しや秋の風〉の句は写生ですね。〈をりとりてはらりとおもきすすきかな〉も写生です。特にこの「すすき」の句は全て平仮名表記でしょ。龍太の〈つみとりてまことにかるき唐辛子〉句はかなり蛇笏の影響を受けているように思われます。だけど、蛇笏と違うことをやっています。そこが面白い。

　次に高浜虚子の句を見てみましょう。〈桐一葉日当たりながら落ちにけり〉、これは正に写実でしょ。しかし、この句は写生か写実、かぎりぎりのところです。何故かと言うと、この句は題詠の句で現場を見ていないんで、現場を見えるような形にしているからです。

まあ、写実と写生の中間ですね。それから、高浜虚子の〈遠山に日の当たりたる枯野かな〉の句は写実です。この句は一九〇〇年、虚子が二十六歳の時の作。季題は「枯野」で冬。「遠い山には冬の日が当たっていて明るいが、目の前には寒々とした枯野が広がっている」という光景を詠んでいる。虚子は、「激しく日が照るような人生も悪くないが煩わしくもある。遠い山の端に日が当たるような静かな景色。それが私の望む人生である」という意味の言葉を記し、「この句によって私の俳句を詠む心境が定まった」と語っている。若い時の句であるが、最晩年に至るまで虚子が繰り返し揮毫《きごう》した句で、学校の教科書にも載っています。

書斎にて、1950年代前半　写真提供：飯田秀實

飯田龍太の俳句

続いて、龍太の俳句を見てみましょう。

いきいきと三月生る雲の奥　『百戸の谿』
大寒の一戸もかくれなき故郷　『童眸』
一月の川一月の谷の中　『春の道』
かたつむり甲斐も信濃も雨のなか　『山の木』

これらの写生句は皆「山廬」で作っているだろうと、また蛇笏をちょっと意識しているのではないかいと思います。「いきいきと」や「かたつむり」の句は仮名表記なので、蛇笏の「をりとりて」や「たましひの」句とかに近い。それでずいぶん蛇笏に影響されたんでしょう。だけど龍太のすごいところは、そこでかなり自分というものを出している。これは写生の範疇を超えたものです。例えば〈わが息のわが身に通ひ渡り鳥〉の句がありますね。「わが息が我が身に通ってい る、それに渡り鳥」、これが広い全体像で、龍太の世界を表しています。こういう句は蛇笏にはないですよ。こういう龍太のパフォーマンスというか見せ場というかが実にうまいです。藤田湘子もそうでした。だから湘子が私の前で「龍太に挨拶に行け」と言った意味がよく分かります。

それから龍太の句には、

晩年の父母あかつきの山ざくら　『童眸』

父母の亡き裏口開いて枯木山　『忘音』

など、父母を詠まれる句が多く、なんか悲しい気持ちを感じています。

ここで嬉しかったのは〈龍の玉升《のぼ》さんと呼ぶ虚子のこゑ〉の句です。升さんは正岡子規の愛称で虚子はよくそういうふうに呼んでいました。「龍の玉」は虚子の代表句〈龍の玉深く蔵すといふことを〉があります。龍太がそれをここに持ってきて詠まれています。この句がある意味で蛇笏と虚子への思いの句だと言えます。これは嬉しかったですね。龍太がそれを踏まえて「升さんの」句を作っています。そこにはやはり龍太の何かの思いをよく感じられますね。

つづいて〈白梅のあと紅梅の深空あり〉のもいいですね。これは「かたつむり」の句のように距離感があって、龍太の句の一特徴だと思います。〈手が見えて父が落葉の山歩く〉のもやはり父蛇笏を詠む句で、脈々と続いています。さらに〈水澄みて四方に関ある甲斐の国〉の句は龍太が人里離れた山梨の飯田家で、腰を据えてじっくり俳句作りをしている証拠ですね。

龍太と安岡章太郎　山廬にて　1993年10月　　写真提供：飯田秀實
虚子さんが「山廬」と書いた書額がわが家にかけてあるが、今は偽物（複製。原本は県立文学館に寄託）、ある時、安岡章太郎さんがこちらに来た時、「あっ、これは虚子ですね」とおっしゃったので、僕はこう答えた。「いやっ、これは偽物。偽物が住んでいるのでこれがいいんです」（笑）。（『龍太語る』より）

写生俳句の表と裏

話からちょっと逸脱しますが、写生俳句の表と裏についで話をしたいと思います。写生というのは、虚子は客観写生と言いましたけど、あれは自分の気持ちを詠むなよ、ひたすら見るのよ、それが写生です。つまり、草の葉があれば、草の葉だけを詠めばいいんです。例えば〈大根の葉の流れゆく早さかな〉という虚子の句がそうですよ。大根の葉の流れだけに注目すればいいです。その上流に大根の葉を流した人の生活があるかもしれませんが、それは分からない。いろいろと連想させるのが鑑賞です。ただ大根の葉っぱが流れているのなら、つまらない句になる。前にも出た〈桐一葉日当たりながら落ちにけり〉なんかも、何が面白いかも分かりません。だけどなんか味があるじゃないですか。それは人間の心がどういうふうに知るかですよ。

時代別にいろんな人の句を挙げようと思います。まずは、虚子の弟子で、4Sの（素十、秋櫻子、青畝、誓子）の中の一人で高野素十です。素十という人は、自分は表裏がなく、まっすぐに写生だけだということを常々言っています。そうはいっても知らないうちに自分の表や裏が出てきます。例えば、〈春の月ありしところに梅雨の月〉という句がありまして、これは素十

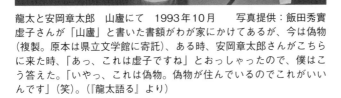

の表の句だと思っています。「春の月」があったところに今は「梅雨の月」がかかっていると。梅雨の月というのはぼーっとして春の月とは明るさも違う。でも、何ヶ月前には「春の月」がそこにあった、ということを言ってるんです。だから素十という人が気持ちを春の月に飛ばして言っているわけです。これが季重りだなんていう無粋なことは誰も言わないと思います。素十という人はそういう透視眼みたいなことが出来た人です。それから、〈づかづかと来て踊子にささやける〉の句もあります。これは外国の踊りの景だって書いてあった例もあるわけです。「づかづかと来て」と言う言葉にそれで「ささやける」でしょ。これはやはり素十が写生をしながら自分で言葉を作っています。写生（本当は写実）というのは自分で言葉を作っちゃいけないんだ。見たままを言う、これが原則だと。しかし、見たままだけを言って成功した俳人はいないんですよ。大体見たままで終わっちゃうから。この二つの句が素十の表と裏の例です。

つづいて、4Sのもう一人、山口誓子という関西の俳人です。誓子は非常に器用であり、人気があった人、自由自在に俳句を作る人です。でも、元の俳句を見ると写生です。その誓子が、秋櫻子らと一緒になって「ホトトギス」を離れるわけです。誓子には〈日本がここに集まる初詣〉という有名な句があります。伊勢神宮にこの句の句碑が立っています。誓子は割と自分の気持ちを抑えて、挨拶の範疇を乗り越える句を作る人ですが、この句は伊勢神宮の為にだけ作っています。いわゆる挨拶句、存問の俳句です。そうかと思うと〈凍港や旧露の街はありとのみ〉の句があります。これは歳時記に載っていないんだけども、誓子という人はそういうことを果敢に挑戦した人ですね。「旧露」というのは「樺太」かなんかのことで。着いた港に「旧露」という看板があって、それを見て作った句です。中七下五に自分の気持ちが投影されています。これは写生句じゃないですね。表では港のことを言っているけど、裏では自分の気持ちを表しています。

素十、誓子、ほかも含めて、そういう意味で裏と表を使い分けようとは思っていないでしょうけど、無意識に戦ってたんだと思いますよ。これは何十年後の僕が今喋ってるんで、作者は作っているときはそんなことを思ってません。だけど自然にそれが出ちゃう。そういうところが俳句の面白さで、新しいものを作っていこうという時は、そういうことが生じるわけですよ。

それで、最近の作家はどうなのかということを私いつも思っています。今の俳壇をいろいろ見てやってい ますけど、みんながやはり作品作りで苦労してますね。最近の作家っていうと、私は昭和二十七年生まれなんですけど、同じ年の人の句集を挙げますと、『玉響《たまゆら》』という正木ゆう子さんの句集があります。

正木ゆう子さんは長谷川櫂さんと同じく熊本の出身です。大学時代の一九七三年、お兄さんの正木浩一に誘われて、「沖」に入会、能村登四郎に師事。また、福永耕二、坂巻純子にも親しいです。二〇〇一年より登四郎の後をついで読売新聞俳壇選者となり、二〇〇二年「沖」を退会しました。今、正木ゆう子さんは俳誌も出していないし、句会もやってるかどうか、いつも自分で俳句を作っています。とても個性的な人で、人気のある作家です。私は正木さんの『玉響』の句集をじっくり読んで、今年はいい結果も出るんじゃないかなと思っています。でも彼女は既にいろんな賞を受けていますからね。その中でちょっとパラパラと読んだんですけども、〈鷹渡る気流にひたと位置を占め〉の句があります。「鷹が渡って気流に従って位置を占めた」と、そこまで言うんだなと思いました。これは心情ガチガチの心象俳句ですね。例えば〈水の地球すこしはなれて春の月〉という大胆な句を作る人です。彼女は「鷹渡る」のこういう句を句集にいれたいんだなと思いました。この句を句集に入れると、やはり重みが出るんですね。もちろんこのような句ばかりだとだめです。この句は僕らにとっては古いんですけど、彼女なんかにしてみれば新しいのかなと思ったりしています。〈癌ぐらゐなるわよと思ふ萩すすき〉の句あります。彼女は癌と戦っているんですけど、そういう人生の機微というか、何かそういうものを品よく詠う人なんですよ。だから僕はこれを表裏に分けると、「鷹渡る」は表で、「癌ぐらゐ」は正木さんの本当の裏だと思っています。こういう句ばかりじゃないですよ。読んでいただくといいんじゃないかと思いますけど、正木ゆう子さんという人は一人で戦いながら作っていて、また句集をお出しになったんだなという気がします。そういう意味で正木ゆう子さんという人は孤高に生きていると思います。

それからやはり同じ年で正反対のところにいる人だと思う片山由美子さんがおります。僕らはいつも同じ年で、三人でいつも角川俳句の周年の時に集まります。六十周年の時は一緒に座談会をやりました。何を言われるか分からないから、私は恐々行ったんですよ。でも、あの二人と一緒にいると面白いんですよ。「高士さん、忙しそうね、結社は大変なんですね、私は気楽なもんよ」なんて、正木さんがいつも言います。彼女は雑誌を持ってないから、気が楽です。片山さんは鷹羽狩行さんの後を継いで、今は「香雨」という俳誌を主宰しています。そして、片山さんには〈まだもののかたちに雪の積もりをり〉の句があります。こういう句はちょっと表の句じゃないかなと。これは類相、類型の感じはあるけど、「もののかたち」を発見して、写生して、詠まれた句だと思います。片山由美子さんとは昔から知っているんだけど、やはり一本筋が通っている人なんです。鷹羽さんという偉大な先生がいるんですけど、結構自由に俳句を作っています。写生と言うことは割合に気にする人です。最近は文法の先生みたいなっちゃって、何か喋ると文法が駄目よと、厳しい人です(笑)。ピアノは玄人です。また、〈ここはもう花野といへぬ花の数〉では「花野」を詠んでいます。ちょっと秋草の咲いているような、東京でも都会の真ん中でもこういう場所があるんですよ。こういう句も片山さんが軽く作ってるんで、私はいいなと思っています。正木さんは奥深いところを詠んでいますが、片山さんは自分の結社を持っていて、かなりの弟子を率いて、そして吟行もしているんです。そういう句を詠まれているところが裏の姿だと思います。

でも表裏というのは私が勝手に言っていることですが、彼女たちはそんな意識をしてないかもしれません。分析するというと変だけど、何かそういうことは楽しいじゃないですか。今後もああいう大人たちと健康的な関係を維持しながら、歩んでいけると楽しいですね。これからは「ホトトギス」系に限らず、超党派の人たちといろいろと句会をやって(なかなか難しいかもしれないけど)、その中でこれなんだということを見つけたいです。正木さんも片山さんもそうだと思いますよ。

高野ムツオさんは私よりちょっと先輩だけど、私は非常にリスペクトしています。高野ムツオさんの俳句は私たちと少し違うんです。元を辿っていくと、あの人は阿部みどり女の弟子なんです。みどり女は高浜虚子の弟子で、虚子の婦人句会にいた人です。だから、高野さんは本当は「ホトトギス」をやっていいんじゃないかって。それがどうして金子兜太とか佐藤鬼房に取り付かれたのか分からない。高野ムツオさんは今、現代俳句の中で一番輝いているのではないか（笑）。

高野ムツオさんの句は裏裏だと思っていいじゃないかと。でも裏裏って、三・一一の地震が発生した時、仙台でランチをしていたら、ぐらっと地震が来てそれから大変なことになっちゃったと話していますが、それでも俳句手帳を持って、歩いて帰ったそうです。〈東京は寒し青空なればなお〉という句があります。これは表の句というか、高野さんにしては、少し言い足りてないんじゃないかなという気がしています。ただ彼はいつもいろんな句を作っています。ある意味で孤高の作家なんだけど、集団みたいなものをやる時にはそういうものも作っています。

この句の「東京は寒し」というのは高野さんから見ればそうかもしれないが、仙台も寒いですね。ただ、この句の本意は東京の人間的な寒さ、人間的な冷たさのことを言っているんだと思います。「寒し」は季題なんだけど、寒いというのは人間関係だったら、やはり高野ムツオだろうと思いますよ。そうかと思うと、次に東北震災の時に有名になった〈泥かぶるたびに角組み光る蘆〉の句があります。彼は去年小諸で「地震と俳句」について講演を行って、私も聞いていました。この句は私が経験者ではないので言える立場ではありません。ただ鑑賞してもらえればいいと思います。「泥かぶるたびに」とは、津波が寄ってきて泥が来るわけですよ。そういう悲惨なところをお詠みになっています。〈車にも仰臥という死春の月〉では、地震で自動車が何台もひっくり返ったでしょう、まあ、それだけではないですけど、高野ムツオさんというのはそういう意味で生き様が表に出ている作家と思っています。高野さんは今年七十七歳で、読売文学賞や蛇笏賞などを受賞し、詩歌文学館の館長なども務めておられます。これからどういう俳句を作っていくのか、楽しみですね。

　以上の俳句作家の句には裏表がはっきりしていると思いますが、もちろん他にも色々な作家がおります。

龍太が後世に残したもの

　龍太が元気な時に俳句を辞めたというのは彼の美学です。そういうところは他の人にはないです。大体、俳句の先生をやったら、みんなに「先生、先生」と持ち上げられるから、やりたいんだよ。ただ多くは発行部数が足りなく、ビジネス的に無理というのが現実です。でも「雲母」はそんなことはなかったはずです。四千人以上もの会員がいたから、それを止めるのはなかなかの決断が必要です。

　私から見ると、飯田龍太という人はそういう芸術性の永遠性を断った人だと、そういうふうに読んでいます。だから、龍太の時代が終わったと。それと、秀實さんがやらなかったから。やってたら分からなかったけど。ただ息子がやらないから自分の高弟の廣瀬直人や福田甲子雄にあげると、それは「雲母」の名ではできないだろうという話だったんでしょ。だけど、龍太がよたよたになるまで辞めないことをしなかったところが凄いですよね。美学です。

　龍太は編集した本で蛇笏の句をいっぱい取り上げているんですよ。彼が言っているには、「俳句というものは本来ブームとか時代とかという言葉とは裏腹の密やかなもの。密やかなもの故に庶民の心の奥底に根深く育まれて生き続けた文芸。私も俳句人の一人として、俳句人口の増加は喜ばしいが、俳句という様式があくまで名を出すために携わる文芸じゃないということを改めて肝に銘じたい」と書いています。謙虚というか、そういうところが龍太という人にはあったんじゃないかなという気がしました。

おわりに

俳人で鎌倉虚子立子記念館館長の星野高士氏は、大正・昭和初期に俳句の門戸を大きく開いた高浜虚子の曾孫。虚子や立子の遺志を継承し長期にわたって俳句の普及に尽力されてきた。今回、語っていただく龍太の父親蛇笏は虚子の愛弟子の一人、由緒ある「山廬」の扁額は虚子の数少ない為書きの一つ。如何に虚子と蛇笏が親しい師弟関係にあったかがうかがえる。

龍太については、「龍太とお目にかかった事は無いが、龍太は凄い人だなと、いつも私の頭にあった。また、総合誌の座談会で私は福田甲子雄、母はＮＨＫテレビで廣瀬直人と交流がある。お二人は龍太の両腕のような存在。龍太が元気の時に辞めたというのは彼の美学。大体、俳句の先生をやったら、みんなに『先生、先生』と持ち上げられるから、やりたいんだよ。飯田龍太という人はそういう芸術性の永遠性を断った人だ」と龍太が後世に残したものとして、賛辞と敬意を捧げた言葉に込みあげるものがあった。

董振華

星野高士の龍太20句選

紺絣春月重く出でしかな　『百戸の谿』
わが息のわが身に通ひ渡り鳥　〃
いきいきと三月生る雲の奥　〃
強霜の富士や力を裾までも　〃
鰯雲日かげは水の音迅く　〃
大寒の一戸もかくれなき故郷　『童眸』
晩年の父母あかつきの山ざくら　〃
裸子にかすかな熱の竈口　〃
昼の汽車音のころがる枯故郷　〃
手が見えて父が落葉の山歩く　『麓の人』

風ながれ川流れゐるすみれ草　『麓の人』
父母の亡き裏口開いて枯木山　『忘音』
春暁の竹筒にある筆二本　〃
一月の川一月の谷の中　『春の道』
かたつむり甲斐も信濃も雨のなか　『山の木』
白梅のあと紅梅の深空あり　〃
水澄みて四方に関ある甲斐の国　〃
去るものは去りまた充ちて秋の空　『今昔』
龍の玉升《のぼ》さんと呼ぶ虚子のこゑ　『山の影』
月夜茸山の寝息の思はるる　〃

星野高士（ほしの　たかし）略年譜

昭和27（一九五二）　神奈川県鎌倉市生まれ。

10代より、祖母の星野立子に師事し、俳句を始める。

昭和59（一九八四）　「玉藻」副主宰兼編集長。

昭和60（一九八五）　句集『破魔矢』牧羊社刊。

平成9（一九九七）　句集『美・色・香』飯塚書店 俳句創作百科。同年、句集『谷戸』角川書店 現代俊英俳句叢書。

平成10（一九九八）　編著『星野立子』蝸牛社。

平成18（二〇〇六）　句集『無尽蔵』角川書店。

平成22（二〇一〇）　句集『顔』角川21世紀俳句叢書。同年、『東京ぶらり吟行日和 俳句と散歩１００か所』志士の会共編、本阿弥書店。

平成24（二〇一二）　『先生と子どもたちの学校俳句歳時記』仁平勝，石田郷子共監修 上廣倫理財団企画 学芸みらい社。

平成26（二〇一四）　『玉藻』主宰。句集『残響』深夜叢書社。句集『三代』星野立子、星野椿共著 飯塚書店。

平成27（二〇一五）　句集『残響』第49回蛇笏賞最終候補。季題別句集『行路』星野立子、星野椿共著 鎌倉虚子立子記念館。

令和4（二〇二二）　句集『渾沌』深夜叢書社。

令和5（二〇二三）　句集『渾沌』によりそれぞれ第38回詩歌文学館賞受賞、第22回俳句四季大賞受賞。『渾沌』にて第57回蛇笏賞最終候補。第一回稲畑汀子賞受賞。令和五年度文化庁長官表彰。

現在、鎌倉虚子立子記念館館長、「玉藻」主宰、日本伝統俳句協会常務理事、日本文芸家協会会員、朝日カルチャー講師、神奈川新聞俳壇選者、読売カルチャー講師、現代俳句協会副会長、国際俳句交流協会理事、俳句ユネスコ無形文化遺産推進協議会理事、ホトトギス同人。

第11章

横澤放川

（二〇二三年九月三十日十時　生麦にて）

はじめに

『語りたい兜太　伝えたい兜太』でも横澤放川氏にインタビューをさせて頂いた。その際、氏と初めてお会いしたのは、二〇一九年九月二十三日の「金子兜太百年祭in皆野」と書いたが、後日、写真を捲ったら、実は二〇一八年十一月十七日津田塾大学で開催した「兜太と未来俳句のフォーラム」で同席したことがあるのに気が付いた。大勢の前に出るのに不慣れで緊張しており、周りにあまり注目する心の余裕がなかった。

かつて、中村草田男と兜太は俳句の歴史に残る大論争を展開した。氏はその草田男の師系。「兜太」本の取材をきっかけに、共通の友人の誕生日祝い、有志による数度の山廬吟行や句会などで、氏との交流が多くなり、現在までそれが続いている。本書の趣旨を伝えると、氏は大学での授業や、新聞、雑誌の俳句の選者、著書などでご多忙にもかかわらず、快諾を頂いた。そして、二〇二三年九月三十日、本書の最初の証言者として迎えた。

董振華

俳句を始めた経緯

僕は十代の終わりから二十代にかけては現代詩を書いていたんです。僕の父親は心肺および体幹機能の一級身体障害者で、若い頃、中村草田男主宰の俳誌「萬緑」の会員でした。初期の頃は随分期待をされていたみたいです。草田男の全集中の作品評に父親の句への評が残っています。しかし、経済的なこともあって誌代も払えないような状況になり、やむを得ず「萬緑」を退会し、長く俳句を辞めていたんですが、生活が安定してくるとまた俳句を始めたわけです。彼は「ホトトギス」系の「静岡俳句」という大石暁座の主宰誌に入っていました。父も僕ももともと駿河清水の出身です。同人には高橋沐石という人もいました。「ホトトギス」でも、「東大俳句会」でも有名な人でもあり、また、この人は「萬緑」の同人でもあり、「子午線」という「成層圏」以来の東大系の長く続いた雑誌の発起人でもありました。沐石はもともと東大病院にいた人ですけれども、静岡県立病院の院長さんになって静岡に来たんです。そういう縁があって「小鹿《おじか》」という雑誌を創刊して、僕の故郷の清水市の人たちと俳句を始めたわけ。それから、父と一家が東京に転居したあとでは、「ホトトギス」の編集者で後に「大櫻」という俳誌を出した市川東子房という人と縁がありました。

父親が句会に出たいとか、吟行会に参加したいとかいう時に、僕がいつも呼ばれて、父親のために酸素ボンベを持って付き添いで行くんです。「ホトトギス」同人だった川村凡平さんの一周忌が故郷清水の狐ヶ崎で行われた時も、僕が伴いて行きました。追悼の句座があったんですが、僕は締め出された。やることもないから、句会が終わるまで裏手の蜜柑山に登って過ごした。その時、無聊のままに、自分も一句作ってみようかと思った。それが僕の作句の始まりなんです。

僕の処女作はそのときの〈故郷《ふるさと》の蜜柑や五瓣の花に聴く〉という句でした。その後、父親と一緒に歩くにつけては俳句を作りました。覚えているのは、例えば、武蔵小金井のお寺に行ったときには、〈鉄舟の碑に冬の日はとどかざる〉というのを作って句会に出しました。そしたら、市川東子房と篠塚しげる、それに後に「ホトトギス」の主要作家になった石川星水女などが褒めてくれたんです。散発的に句を作る状態から本格的に作り始めたのが、「大櫻」の人たちと安倍川の奥の温泉へ一泊吟行に行ったときです。その時の句は〈梅雨しげき安倍川床のただ広し〉でした。そしたらその句もみんなが褒めてくれたので、調子に乗せられたわけです（笑）。それで普段、句を作っては父親に見せるようになりました。

一方、その頃に詩人の丸山薫が亡くなったんで、それが境になって僕は現代詩を止めました。自分でも何百篇も現代詩を作ったけれども、行き詰まりというか、だんだん井上靖の散文詩みたいなものに変わっていっちゃうわけ。これは引き締めなきゃ駄目だなっていう気持ちがあった。よく考えてみると、俳句っていうのはその仕事なんだよね（笑）。余計なものを削って締めていく。それで折々に句を作るようになった。ある時、父親が「大櫻」を見せてくれたら僕の句が放川という知らない名前がついて載ってるわけですよ。あれって思ったんです（笑）。

「萬緑」に入会

それで、月々の作品を父に選んでもらって「大櫻」へ載せてもらうようになった。そしたら父親が「お前はむしろ『萬緑』に行け」と言うんです。「大櫻」でやるよりは、「萬緑」に行った方がお前にかなってているだろうと。その前に僕はすでに父親の蔵書の中にあった『来し方行方』という中村草田男の第四句集を読んで驚愕していました。こんなに密度の濃い言葉の、とんでもない詩人がこんなところにいるっていうんでね。父親にそう言われてみたら、「おお、それが一番いい」と思った。それで僕は草田男に「入門したい」と直接に手紙を書いたんです。そしたら草田男から返事が来て、「今発行所は香西照雄さんという人の方に移ってるから、もう一度そっちの方に連絡しなさい」ということでした。香西さんはその後の「萬緑」の二代目選者です。それで香西さんに連絡を取って「萬緑」に入会しました。それが僕の俳句の本格的な始まりです。

俳句にのめり込むもう一つの理由

特に俳句にのめり込んだもう一つの理由があります。父親の蔵書の中にもう一冊草田男の第六句集『母郷行』があった。背表紙が革になってる特装版だったのです。そんな貧乏人の父親がなんでこんな綺麗な本を持ってるんだろうと思って、聞いてみたことがありますが、とっくの昔の退会者なのに草田男に頼んだのだそうです。そしてその特装版を開けてみると、扉前の遊び紙に草田男が〈父母既になくて頼みし椎夏木〉の一句を染筆している。父が直接草田男に潤筆を願ったものに違いない。そうしてそこには藁半紙に父が〈先たのむ椎の木も有夏木立〉という芭蕉の句を記した一片が差し挟まれていた。

実は芭蕉が元禄三年の数か月を膳所の裏手の近津尾八幡の山で過ごしたことがあり、その住んだ場所を「幻住庵」と呼んでいます。そしてここでしたためた『幻住庵記』の結びに、芭蕉はこの「先たのむ」の一句を詠んでいるわけです。

草田男はかつて母の遺骨を抱いて、郷里松山に帰る途次、なぜかこの幻住庵址へと志し、ここで十余句を詠んでいる。その中の椎夏木六句中に、芭蕉の「先たのむ」を本句とした一句が、さっき言った〈父母既になくて頼みし椎夏木〉なのです。

そして、草田男を喪ったのちの、僕としては三十代の終わり頃のある日、大学の講義を終えたあと、俄かに幻住庵が慕わしくなって、そのまま東京駅から新幹線に乗って尋ねに行ったわけです。

もう夕闇のなかで、あの琵琶湖のほとり、膳所の町に着いたのだが、どの宿に尋ねても観光シーズン中は部屋がないという。それで交番に助けを求めると、若い巡査がかつて民宿を営んでいたというお宅を思い出してくれた。その民家が遅い夕食をみつくろい、一宿の世話もしてくれた。

翌朝、熊蟬のしゃわしゃわという有無を言わせぬ声に目が覚めると、芭蕉墓所の義仲寺には寄らずに、そのまま旱の炎天下、石山の奥の国分山へと赴いたんです。芭蕉が「三曲二百歩」と形容したのぼり径の上には近津尾八幡の小祠があり、そしてその傍らに芭蕉がかつて住みなした「幻の栖」という「住み捨てし草の戸」の跡が今も遺されている。俄かに慕わしくなったというのは、そこに今も片広がりの木蔭をつくる椎の木があると、京都西陣の長老但馬美作氏が便りで教えてくれたことがあったからです。美作さんは草田男の母郷行の折に、草田男をこの幻住庵へと案内した当の人です。芭蕉が幻住庵記の結びに詠んだその夏木に出会いたかった。

先《まづ》たのむ椎の木もあり夏木立　芭蕉

もとより芭蕉の時代の木々が今もそのままに姿をとどめているわけではないけれど、そこには確かに幾本かの椎が、やはり面影をとどめて木蔭を作っている。ひともとのどちらかといえば、貧相な夏木蔭に立てば、忽ちに思いが湧く。芭蕉も書きとどめた宿かし鳥、懸巣が鳴きわたる。私は何に会いに来たのか、はっきり思い至るものがある。

僕の父は身体障害者だったために、家族を養うには職を求めて各地を転々とする人生でした。故郷に置かれた僕は幼児期から、両親とともに暮らした記憶がない。しかしそんな少年期の夏に、当時九十九里の旭市に一所不住の身をつないでいた両親のもとへと連れてゆかれたことがある。旬日過ごしただろう、その常ならぬ日々の中で、すぐ近傍の真楽寺の境内に全国どこにでもある芭蕉の句碑を見つけた。その銘句があの「椎の木」の一句だったんです。小学三年生はそれを「さきたのむ」と訓んだまま、なぜか長く記憶にとどめることとなりました。人間という一所不住のものの意味が子供ごころにも、言葉にならぬ形でいたく感応されたのだろう。おそらく父親も芭蕉のその句を銘記していて、それで草田男に染筆を頼んだのではないかと思いますね。漂泊のなかで志を得なかった父の気持ちがいまはよく分かります。

五百年前の先達西行の山清水を慕う芭蕉。その芭蕉の椎夏木に三百年を隔てて慕い寄る草田男。ひともとの椎夏木はただの博物的な自然物なんかではないんですよ。自然とはこうして、僕の様な現代の片隅に息するものをもそのもとへ、大きな心の真実へと誘ってやまない何かなのです。その何かにひたぶるに会いにゆく志を、芭蕉は「終に無能無才にして此一筋につながる」と思い定めたのではないかと思います。

龍太を知ったきっかけ

当時、龍太は俳壇における代表的な選手だったのですね。だから僕らにとって興味を持つも何もなしに、おのずと龍太の作品が総合誌から何からいろいろな形で目に入ってくるわけだし、「雲母」も時々目にしたこともありますしね。そういう安定した蛇笏の精神をちゃんと受け継いでいる人がここにいるんだなっていうような感じです。

それで一度、繋がりという点では、一九八六（昭和61）年「俳壇」誌が「二十代三十代作家八十人集」という企画で、その後の俳壇を支える力になる作家たちを紹介したことがあります。そしたらそれを読んだ龍太が、「俳句研究」の月評みたいなところで、いろいろと句を取り上げて批評してくれたわけです。その批評が翌一九八七（昭和62）年出版された評論集『秀句の風姿』の中に収録されている。

その中で三十代の僕の一句に触れてくれた短文を忘

れることなく、今も胸中に大切にしている。一度は感謝の意を伝えなければならない文章です。その一節をここに引用しておきます。

それぞれ再誦三誦に価する佳品であるが、中でも私は、

真っ青な蘆の中から祭の子　夕紀
仔燕に餌は高みより巷より　放川

の二作を格別に賞味したい。どちらも明快な作だが、裏に微妙な感性を秘めながら、その甘えを捨てて一気に言い切ったところがいい。蘆の中から現れたこの祭の子は、現実のものとも思えぬほど玄妙のひかりにつつまれ、余分な背景を念頭に浮かべることを許さぬ厳しい省略の上に立った句である。

一方、仔燕の作は、同じく確かな省略を持った句といっても、読後の印象がまことに広大無辺。飛翔する親燕の姿態を鮮やかにとらえながら、作品そのものは次の情感に素早く移っている。間然するところのない見事な表現技巧といえよう。

望外の言葉を賜ったもんだから、一度は龍太さんにお礼の手紙を書かなきゃ駄目だということは覚えていてね。ところが僕はもたもたとそれができない人間だから、いつかお会いする機会を得たならばと漠然と思っていた（笑）。それから、延々と時間が経ってしまった。

「山廬」を訪ねて

一九九九年五月に、「萬緑」の同人総会が石和温泉の割烹旅館糸柳で催された。その時、龍太の弟子の廣瀬直人さんと福田甲子雄さん（二人は二〇〇五年に監修者として『飯田龍太全集』（角川書店）を刊行）を招いたわけです。龍太さんはお加減がよろしくないという話でしたし、お二人とも地元で一番信頼できる人だから、これが一番いいと思いました。宴席では成田千空が甲子雄さんと喜ばし気に話し合っていましたねえ。

その総会の前に、僕は千空と好日の笛吹河畔を歩み

ながら、作句を楽しんだことを忘れません。〈つやつやと孟夏来たりぬ紺燕〉といった、この土手の上での僕の解放感の一句を、句会では千空が得たりと採ってくれました。

その同人会が終了した翌日のことです。「龍太に会いに行こう」と千空が突然言い出した。約束もアポも取りつけてないものを、それは無体な話でしょうと言ったのだけれども、行こう行こうと言う。この同人会の二日間、石和温泉の駅に着いてから、いや青森五所川原から石和に向かう途次から、千空の脳裏には飯田龍太という名前が終始離れずにいたに違いない(笑)。だから、千空の突然の希望に、戸惑いつつも僕は従って小黒坂を上ることになった。僕が紺つばめと感じ取った笛吹の印象の底には、龍太の作品やあの批評言への思いが確実にある。改めてそう思いました。

「龍太に会いに行こう」という千空は、そんな僕よりもはるかに瞭らかな理由を持っていたはずです。長い歳月抱いてきた思いがあっただろうね。常々千空と対話していても、話題に上がる幾多の同時代作家の中でも、金子兜太と飯田龍太の二人には特別に関心を示すのを感じ取っていました。自身心が動かされた人々の作品について、千空は次のような感慨を文章に残している。龍太、兜太を仲良く並べて。


私は俳句を始めてから六十年になるが、多くの忘れがたい句に出会った。その中から特に挙げるとすれば、

去年今年貫く棒のごときもの　虚子
金剛の露ひとつぶや石の上　茅舎
空は太初の青さ妻より林檎うく　草田男
炎天の一隅松となりて立つ　楸邨
雪はしづかにゆたかにはやし屍室　波郷
たましひの繭となるまで吹雪きけり　玄
ぼうたんの百のゆるるは湯のように　澄雄
大寒の一戸もかくれなき故郷　龍太
人体冷えて東北白い花ざかり　兜太
鈴に入る玉こそよけれ春のくれ　敏雄

写実を超えて心象の世界へ突きぬけた、すごい句

ばかりといっていい。こういうすご味のある句が、当今は乏しくなっているように思われます。

千空が草田男ほかのやや先達はさておき、同時代の作家の何を共感裡に見ていたか、これだけでも分かるような気がします。その龍太に会いたくて、そしてその「一戸もかくれなき」風土を訪わんとして、千空はあの日小黒坂を登って行ったのです。しかしながらこの日、山廬は森閑として人の気配は全くなかった（笑）。千空さんの名刺だけを山廬に置いといて、その日は帰ってきたんです。僕はその時、「後山」に登りたかったんだ。

僕は今は「こうざん」と訓みますけれど、蛇笏の〈後山に葛引きあそぶ五月晴〉という句があります。ところが何でだろう、僕は蛇笏句集をいくら探しても出てこなかったんです。気になったのはこの「後山」の訓みなんだよね。なんと訓むのか、僕はこの句の一寸した哀憐の感がとても好きなんだけど、以前はずっと「あとやま」と訓んでたんです。さっきの「まず頼む」と「さき頼む」のじゃないけれども（笑）。〈後山《あとやま》に葛引きあそぶ五月晴〉がしかし蛇笏の句として検索しても出てこないんだよ。だから後で飯田秀實さんに聞いてみたの。そしたら、「ござん」あるいは「こうざん」でしょうと言ってた。「あとやま」と読むと日本語ではなんか炭坑の言葉みたいな別の意味があるので、「あとやま」は無理でしょうね。だからやっぱり「こうざん」なんだろうなと思う。

でも、お留守だったので、勝手に他人の敷地を突っ切って裏へいくわけにいかないんでね。だから諦めて登らなかった。それ以来ずっとそれが気になっていました。後に蛇笏の遺句集『椿花集』で「後山」という言葉を発見しました。そこに合計十一句も出てきます。昭和三二年から三六年にかけて、蛇笏の最晩年に使われた呼称のようで、どれもルビはついていませんが、葛引きあそぶはそのなかの一句です。三人の息子と孫娘を喪ってのその最晩年の蛇笏の句なので、「こうざん」でいい。

その後の情報では、当時、龍太が入院されていたんです。一月に発病してそれからだいぶ長く入院していた。勿論、退院して一度山廬に戻っているんですけど、その後リハビリのためにまた甲府の病院に入ってる。これは年譜の一九九九（平成11）年の項にあります。

だから、後になって龍太最後の句集『遅速』のなかに、そんな状況を思わせる青萱と看護婦とを詠んだ一句を見出した時、はたと打たれるものがあった。療養の場を詠んだ句であるのに、むしろ精神そのもののこころ映えを覚えさせる一句ですね。

後になって僕はこの一句にまつわる記事を、日本経済新聞の土曜夕刊に連載していた「耳を澄ましてあの歌この句」のコラムに掲載してもらっている（平成二三年五月二十九日）。追憶として以下に書き写しておきます。

夜明け待つもの青萱と看護婦と　飯田龍太

「かや」は萱とも、茅とも書く。昔からのかやぶき屋根の材料になる芒や菅或いは茅萱などを総称していう。青芒とは言うけれど、それを刈りとっては屋根に蓑《みの》にと利用してきた生活者の実感では、青萱といったほうがしっくりとするだろう。萱という言葉には一年の農事歴まで含まれている。春先に角組《つのぐ》みだした芽は、初夏にはもう、すくすくと青々とこぞって丈を伸ばしている。その「すくすく」という言葉は、或いは「すがすがしい」という言葉は菅という草の名に由来するようだ。菅「すげ」といえば、古事記の「仁徳天皇の歌謡に「すがし女《め》」という言葉がある。まるで菅のようにすくやかに、すこやかに生い立った乙女のようというのだ。

「僕らのころは、結核で死ぬか、戦争で死ぬかという時代」。そう語る飯田龍太の青春は、健やかさとはよほど遠いものだった。長兄はレイテ島で戦死。次兄は肺病で病没。三兄もまた外蒙古で抑留中に無惨な死に方をしている。そうして龍太自身も胸部の手術を経た身であり、さらには次女を急性小児麻痺で喪う不幸にも遭っている。龍太の父は著名な俳人蛇笏だが、その蛇笏晩年の姿を、そしてその龍太たちの母の面影を写真などに見ると、可哀相でならない。国とはむごいものだ。龍太はそのような境遇の中で、甲府盆地南端の境川村（現笛吹市）へと帰郷し、だからこそ健やかに家を守り継ごうとした人だ。

この句は世の中が昭和から平成へと変わったころ、龍太も六十代を終える頃にまた一病得ての作品だろう。いまは看護士と言わなければならない時代だけれども、この看護婦は、一句の命の真実において、看護婦でなければならない。乙女であってもいい、なくてもいい、いのちを守って夜明けを待つ、青々とけなげなすがし女であればいい。

病窓に切々と育つ青萱。切れるように鮮烈な抒情だ。

斎藤玄と飯田龍太

それで、僕はそういうふうにして龍太とは会うこともなかったんだけども、いろいろな俳壇の書物なんかを通じて、龍太のことは絶えず気になってた。特に「藍生」の会員で、高橋千草っていう人がいる。今は「壺」という札幌の雑誌の主宰になっているんですが、この「壺」というのは斎藤玄という蛇笏賞作家が始めた雑誌です。斎藤玄が亡くなった後は北海道大学教授の近藤潤一が主宰になって、大学の図書館の館長なんかも務めていましたけど、現代俳句の中の評論家として僕はこの人を一番信用していた。これだけの洞察力を持っている人はまず他にはいない。とても期待していたんだけど、大学の仕事が終わった途端に亡くなっちゃったんですよ。彼は学生運動の頃から相当苦労した人です。それで命を縮めちゃったんだな。その後は金箱戈止夫が主宰を継いで、金箱の後が高橋千草です。彼女はずっと「藍生」の会員です。なんでだろうと不思議に思ったけど、その千草さんからの依頼で、近藤潤一が亡くなったときの追悼文を書いてくれという。

それでそこに僕がずっと注目してた斎藤玄と近藤潤一との関係みたいなことの文章を書いたわけです。また、僕の文章とは別に近藤潤一の遺稿か或いは友岡子郷かどっちか記憶が曖昧になっちゃっているんだけども、その追悼号に斎藤玄と飯田龍太を比較した、なかなか面白い文章が載っていました。しかも見事なことを言っている。「飯田龍太の句は清冽で、すぱっと切れる。それに対して、斎藤玄の句は違って切れない。ドロドロとなずんでいる」と言うんです。

「現代詩手帖」が「飯田龍太の時代」という特集の一

冊を出した時もそうです。その中に近藤潤一と友岡子郷の二人を並べて書かせている。僕はこの編集者を偉いなと思った。(笑)。

近藤潤一と友岡子郷の龍太論

近藤潤一は「光と闇」という龍太論の中で龍太のことを次のように述べている。

飯田龍太氏について、一般に言われる特色の一つは、その描かれる自然が生色を帯びているということであろう。(中略)事実、龍太氏の作品は、清浄な自然の相貌を描いて一穢もとどめない潔癖な断言に貫かれている。心に語りかけてくる自然風土は、氏の詩を絶えず浄化するいのちある仲間であるから、あたかも肉体を持つもののように端的な喩の中で擬人化されることが多い。しかし、その生色がいかにも光彩陸離たる光線を放っているのは、この自然がいつも龍太氏にとって理想の姿、いわば完成された人格的理念の理想像として存在しているからではない。むしろ反対に精神の危機の様相からふり仰ぐときの常在として、隔絶して存在しているから、逆に内部の葛藤を貫く強さで立ち現れるのである。自然というより、身めぐりの里に対する一体化された感応を辿れば、もっとそれははっきりするだろう。

だれしも故郷とはアンビバレンツな存在である。青春、病患におかされて帰郷した失意の人に、〈大寒の一戸もかくれなき故郷〉の光景は、そう単純な感嘆をもたらしているのではないだろう。ここで基調に流れているのが、過酷な気象条件のなかに、一望される故郷へのいとおしみであることは当然である(中略)。

露の村恋ふても友のすくなしや
露の村墓域とおもふばかりなり
露の村にくみて濁りなかりけり

「にくみて濁りなかりけり」の詠嘆は、青春期の自由な可能性に対する断念を強いた父祖の風土へのみごとな挨拶であろう。ここには自分の生涯のかたちを早くも予想させる空間への、やみがたい屈折の重さと、それを突き抜けて澄明な決断に到った呼吸が、そのまま浄化の気配を伴いながら現出しているのである。この選択の鮮やかさは、龍太氏の意志がまことにきっぱりした切れ味で成り立ったことを証している。

そして、近藤潤一の龍太論と並列して、友岡子郷も「飯田龍太小論」の最初の文に、潤一とまったく同じように龍太の下記の三句を選んで論じている。

露の村恋ふても友のすくなしや
露の村墓域とおもふばかりなり
露の村にくみて濁りなかりけり

この「露の村」は、いまそこに龍太が住む境川村のこと。金子兜太氏は、これらを評して「山村のなかに閉じられてゆくこの鬱陶しさのようなものと抗っている若い魂——その魂の外にむかって開こうとする呟き」(「俳句」増刊「飯田龍太読本」)と書いている。ひとまず納得ゆく評である(後略)。

二人の龍太論を見て、近藤も、友岡も同じような句を取り上げるわけ。やはり二人とも直感的に龍太からこういうものを感じ取っているんですね。

近藤の文章というのはやはり龍太の影を彷彿とするような文章なんだよね。こういう句の方をアンビバレンツだと言っているわけ。故郷というものを受け入れると同時に、故郷というものをさめざめと見ているところもあるんだよね。そのせめぎ合いの中に、龍太の句があるんだと、ただ単純に絵に描いたような自然とか、そんなものを賛美しながら作っているわけじゃないと。

〈大寒の一戸もかくれなき故郷〉なんかでも、百戸の谿でしょ。百軒の家があって、そのうちの一戸一戸それぞれが隠れもないというのは、もうそこから逃げることもできない運命を言っているわけですね。だからただ単に、そういう厳しい自然の中でみんなが生きていますよというような、単純な意味じゃないんだと近藤さんが言っているわけ。だから龍太さんを読む時に、言葉そのものの重層する厚みというか、そういうのを教えられているんだね。

　また、〈露の村墓域とおもふばかりなり〉のこの句なんかは典型的な例だと思う。憎むわけじゃないけども、否応なしに龍太は自分の若き日の念願とは違う形で故郷に戻らざるを得なかったわけでしょ。一番上の兄貴聰一郎は戦争で亡くなっちゃうし、そして、次の兄貴數馬は肺病であっという間になくなっちゃう。三男の麗三さんはシベリアで亡くなっちゃうね。そういう宿命の中で、家を継ぐっていうことは龍太にとっては否も応もない話になったのね。そういうものがアンビバレントな形でもって、句の中にちゃんと一つの精神の真実として書き込まれているわけ。

　そして、有名な〈一月の川一月の谷の中〉の句にしても、何か抽象的に自然というものを昇華させて、一つの口当たりの良い句を作ったなんて思ったら大間違いだったわけですね。これについて僕が何か文章の最後に結論で書いたことがありました。要するに龍太がそういう川や谷を見ているんじゃなしに、逆に川や谷によって龍太自身が見つめられているんだ、厳しく問いかけられているんだ。つまりそういう自然が黙ってそのアンビバレントな自己の存在を見つめてるんだ。そういうふうにこの句を評価してやらないといけない。

　近藤は正にそう言っているわけです。友岡が「飯田龍太小論」でもって言いたいことも根底は同じなんです。この友岡子郷の文章だと、金子兜太にもこういう山村の中に閉じ込められた鬱陶しさのようなものがあった。それに抗っている若い魂をアンビバレンツというわけです。やはりみんな同じところを見ていますね。この二つの文章は龍太のために非常に重要な文章だと思うんです。

　龍太の句は自分の感情を斎藤玄のように何かにぶち当てて表現することはしないです。だから、一見非常にロマンチックで、平明な流行歌みたいに感じるような句も、実際にはその裏側に彼の膨大な思いが込められている。例えば有名な〈どの子にも涼しく風の吹く日かな〉という句。龍太自身の自選八十句や百五十句には入っていないが、まことに切れるかのような句です。混沌とした精神の濁りを句の表面に一切見せない。

　一方、龍太と玄とを「切れる切れない」で対比させる視点ではなるほどと思わせるものがある。例えば、龍太の〈夜明け待つもの青萱と看護婦と〉の一句と、玄の〈死が見ゆるとはなにごとぞ花山椒〉という遺句集の絶句とを並べてみれば分かる。

龍太には「ごとし」という文字どおりの直喩による作品がたくさんある。つまりひねり、もじり、飛躍といった技巧を徹底して拒み、純化をつくした形が直喩を呼ぶのだといっていいだろう。初期の〈冬ふかむ父情の深みゆくごとく〉から〈山枯れて言葉のごとく水動く〉や、最晩年の〈小春日の猫に鯰のごとき顔〉に至るまで、この直喩は実に平明な役割を果たしている。玄は混沌のなかに一抹の花を探ろうとした。龍太は混沌を混沌のままにゆるさずに、花となって見えてくるまで待つ。ただに単純明朗なのではないんですよ。

玄の陰鬱と龍太の明朗。子郷が適言を残している。「悲と朗とまるきり逆の隔たりの遠さ（……）そこにこそ、龍太の詩的根拠の秘密があるのではないだろうか。悲の体験が朗の体験へ、時空を超えて転位しているのではないだろうか」（「飯田龍太小論」）。その清新さの裏にはそれまでの張りつめた精神の格闘がある。その克服された体験を僕も青萱の切れるようなひそかさのうちに感じ取っているんです。まとまりのわるい話になったが、さても龍太も千空も兜太も玄も、はた潤一も子郷もいづらいづらと思わないではいられない。

母親を詠んだ龍太の俳句

かつて件の会のみなさんの心根を伝えるべく、こんな記事を山梨日日新聞に掲載して頂いたことがある。記事は飯田蛇笏の五人の息子さんたちの制服帽の素晴らしい集合写真を添えて掲載された。もとよりその一葉の中には四弟飯田龍太の初々しい姿が残されています。

この記事は中村誠記者が内容を忖度してくれて、その五人兄弟の照影を添えてくれた。その紙面を眼にした時に、しかし一つ心残りだったのは、その文の終尾に記した龍太のご母堂のことだった。その正座して何を見つめているでもなく俯いた龍太たちの母の俤。できればその横顔もまた、みな聡明そうなこの五人の子どもたちの俤に添えてみたかった。その二葉の写真がそのままに龍太の精神風土を教えてくれているのではないかと、そう思った。

その母菊乃さんを詠んだ龍太の作品の数々を追うと、一つ気づかされることがある。例えばこんなどれもひそかなこころを思わせられる句です。

母が割るかすかながらも林檎の音　『百戸の谿』
母の箒音梅雨花かげにまたおこる　『童眸』
梅を干す真昼小さな母の音　『麓の人』
病母出て石踏む音す閑古鳥　『麓の人』

林檎の句は一九四九（昭和24）年「病臥」という前書がある。一九四七（昭和22）年には長兄の戦死公報が、翌一九四八（昭和23）年には三兄の戦病死公報が届いている。箒音は下がって一九五六（昭和31）年。梅を干す、閑古鳥の二句は一九六五（昭和40）年、菊乃さんの最晩年を詠んだものだ。

どの句も極めてひそやかな音の感覚、音の体感が一句の発端となっているのではないか。龍太は眼で母を捉えているというよりも、音を介して母の存在を、その存在が置かれた身ほとりのさまを表象している。それも山廬の庭と思しき範囲に、目をやるまでもない身ほとりにこの母は置かれてね。

そのとき、龍太は例えばその林檎を眼の内に見ているのではない。同じ部屋なのか、次の間なのか、病臥のややの隔てに林檎を割ると知れるかすかな音に母の存在を感じ取っている。一九四一（昭和16）年、龍太自身も肺浸潤で国学院大学を休学帰郷した年に次兄はすでに病没しているんです。あわせて三人の息子たちを夙に喪った母が、残る龍太の病臥のほとりで、かすかな音を聞かせるとなく聞かせているのですよ。病人に与えるためだろう林檎の音をだ。かすかながらも伝わってくるのは何も言わない、言わなくても惻々と分かる母の俯きがちのその心根なんだ。その心根のために「病臥」という前書は必須といわなければならない。

次の句の箒も眼に見届けているのではない。梅雨に咲く紫陽花だろうか、蛇笏形見のあの文机に向かって仕事をしていれば、居ながらにして気づくのだ。ああまた聞こえると思えばあの花のほとりか。これもまた、

後左から長男聰一郎（京大法科２年）、次男數馬（日本歯科医学専門学校４年）　前列左から四男龍太（甲府中学５年）、三男麗三（拓殖大学専門１年）、五男五夫（甲府中学２年）、甲府市内の写真館にて、1938年１月　　写真提供：飯田秀實

むしろひそやかさということを教える音の世界なんです。龍太の内部にいつでも、したたかにしずもっている表象世界なんです。音がいつも母のこころと量りあう。やや大げさに言わせてもらうならば、ひそかなものが万言を費やしても足りない人生の真実と量り合っている。

〈冬山のふかき襞かなこころの翳〉（『百戸の谿』）あるいは〈一月の川一月の谷の中〉（『春の道』）などが、自然を詠んでなお抽象的とも批評される理由もそこにあるのかもしれない。この川音は限りなく無音に近い。龍太の心のひそやかさに開けた表象なのだ。見ているよりはむしろ、自身の内部でいつもひそやかに聞かれている景物なのだ。母の掃く山廬の庭が見なくても自明のものであるように、その後山への裏手へと出てみなくとも、文机に深くこころを預けていれば、そこにありありとある表象世界なんですよ。その気息を分からぬ人がいるとしても、きっと龍太自身は黙って大切にふところにしておきたい句に違いない。

遺されて母が雪踏む雪あかり　『麓の人』
母いまは睡りて花の十姉妹　『麓の人』

前句は蛇笏逝去ののちの一九六二（昭和37）年、音という言葉は一句中にはなくとも、これも遺されてひ

龍太の母菊乃は若い頃、蛇笏に勧められて山菊女の号で俳句を作ったこともある。
写真撮影：若林賢明　　写真提供：飯田秀實

そやかに一歩一歩、小黒坂の雪を踏む姿、いやその雪を踏む音だ。後句は最晩年の一九六五（昭和四〇）年、「母腹部手術」の前書をもつ八句のしめの一句。龍太自身の解説があります。

最後の句は、一応手術も成功して、ほっとした折の作で、十姉妹は「卯木会」の人たちのお見舞いにもらったものである。籠の傍には桜草の鉢が置いてあった。

しかし、折角の手術も甲斐なく、その秋には死んでしまったことを思うと、この句を見るのはなにやら悲しい。せめてものことは、作品にそうした暗い背景が露わに見えない点である。『自選自句自解』

母の音はひとときのやすらぎについて、屈託もない鳥の鳴き声に置き換わっている。立てねばならぬ音から解放されて、母は音なき音の中にいるのだなあ。

母の音。その極みはやはり一九六五（昭和40）年十月、菊乃さん逝去の折の十句、殊にその冒頭の一句だろう。

落葉踏む足音いづこにもあらず
生前も死後もつめたき箒の柄
遺書父になし母になし冬日向
亡き母の草履いちにち秋の風
目つむれば欅落葉す夜の谷
母逝きしのちの肌着の月明かり
菊白し何に音する夜更の手
秋雲の晴間かがやくおもひごと

白襖幼児笑へば亡母来る
妻が出るたびに薄暮の寒き音

音であり音であり音である。これらを収録した句集の集題が『忘音』であるのは、虫の忘れ音というよりも、忘れられなき足音であり、箒の音であり、一人梅を干す音なんですよ。今は忘れ形見となった音の記憶なのだ。音とはさながらに惻隠のこころなんだ。「落葉踏む」の句についてはひたと納得される自句自解がある。

落葉踏む足音いづこにもあらず

これと同時に作った句で、似た発想の作品を挙げると、

目つむれば欅落葉す夜の谷　『忘音』
菊白し何に音する夜更の手　『忘音』

があるが、私としては一番平淡な「足音」の句を好ましく思っている。どこかで活字になり、思いがけず出遭っても、素直に読める作品のような気がする。それが直ちに作品の高下を決することにはならぬけれども、こういう句は、自分自身のために大事にしておきたい。言ってみれば白いご飯を見つめながら、一人で静かに食べているような気分だ。読者に親切な句なら、

亡き母の草履いちにち秋の風　『忘音』

だろうが、作者の心懐は頭書の句の方に幅がある。
（『自選自解飯田龍太句集』）

静かに自分自身のために大事にしたい音なんだ。箱根の山を越えることも、蛇笏の体調ゆえに同伴して赴いたただの一回きりだったというんですよ、菊乃さん。そのつましい音がかえって龍太自身を包んで、龍太の心懐そのものとなっている。

いったい「風土」というものはどういうものかということは、これまでも沢山論じられておりますが、

私はこれは極めて簡単に解釈しておるんです。「風土」というものは「眺める自然でなくって、自分が眺められる自然」だと、自然から眺められる意識を持った時にその作者の風土になるのだと、極めて簡単に解釈しておる。「風土」と言えば、すぐ境川とか白根町とか、或いは青森だとかいうふうに解釈するんですが、私はそんなものじゃないと思う。

（句会評釈記録から）

蛇笏が帰郷してそうしたように、龍太が帰郷してそうしたように、住むと決めて住みとおしたところに風土はある。仏門に「常懐悲感心遂醒悟」ということばがある。風土の中から聞こえてくる音は、ひそやかに何言うでないままに、龍太の心を包んでいる。一月の川一月の谷を龍太が眺めているというよりも、一月の川一月の谷が龍太を包んでいる。そうでしょう。

どの子にも涼しく風の吹く日かな　『忘音』

無心に遊ぶ子供たちへの慈愛の一句だとだれもが感じるこの句を、朗々の一句を、あらためて菊乃さんの墓前の供華としてみればいい。可哀相なこころの句ではないか。聰一郎、數馬、麗三、龍太、五夫。ひそかに常に懐かれた母と子の悲しみへの、ついには爽々の祝別の一句となるのではないか。僕はいつもそういうふうに龍太の俳句を読んできました。

龍太と兜太

龍太と兜太を語る前に、まずその風土性について語ってみたいと思います。

これは金子兜太が書いたものなんですけど、僕はここに一つの運命共同体みたいなものも感じなくはないのです。金子兜太は「萬緑」の成田千空に対して非常に共感を持っているんだよね。つまり成田千空は青森津軽の風土の中で徹底して言葉というものを磨いているわけです。言葉というのはただの記号のような空疎なものではない。風土の中から言葉は形成されていくわけです。だから僕らみたいな故郷を失っているような人間は作品を作るときに苦労するんです。自分の根がどこにあるのかよくわからないからですね。ところが成田千空は徹底して津軽でもって作品を作っていく。津軽を詠む。そしてそれがなおも単なる風土俳句ではないんです。風土俳句というのは土地の様々なお祭だの、農事だの、年中行事だの、あるいはそれにまつわる事物ですね。そういうようなものを材料にして詠めば風土俳句になるわけです。

でも千空は風土作家ではないです。その風土というものを一旦文学世界の中で一段高いところまで浄化しちゃう。そこから言葉が始まるわけです。風土にあって風土に頼らない。それは金子兜太の場合にも、彼は戦争という重大な問題の中から俳句が始まっているわけだけれども、あの人は仕事の関係もあって、ずっと都会で生活してきてるわけでしょ。しかし奥様の皆子さんに「あなたちょっと土を踏まなきゃ駄目な人間になるから」と言われて、秩父は出入りが大変だから、熊谷に家を作ったわけですよね。その頃から兜太はやっぱり自分の秩父皆野に対する自分の言葉との関係というのをずっと考えているわけです。兜太はそういうところはいい努力をしたなと僕は思う。単なる社会批評みたいな、そういう意味での前衛と違うんだぞと。実際戦争というものがテーマにならないで、前衛的な作品をずっと作っていくわけにはいかないんだよ。前衛というのはそういう一つの重大なテーマがなくなっちゃうと、ただの言葉遊びになっちゃうわけです。それはもう兜太以降の前衛作家、現代でもいくらでもいますけど、それらの作品を見ていればよくわかる。空っぽ。何にもない、ただの言葉遊びだけですよ。そういう意味では完全な月並みです。しかも若い作家までそれやるからね。

そういう作品を見ると、とっくの昔にそれこそ淘汰されたものをあなた方はまたやってんのかねってねえ。ああいう作品を見るとうんざりしますけど、兜太はそういうところへ行かなかったですね。そのためには言葉そのものが持っている容量を、重みというかね、それはどこから来るのかということを兜太は一生懸命に考えたのね。だから結論としては秩父という、自分が何のために言葉を発するのかそのルーツというものを探しているわけだよね。平畑静塔さんの「リズム考」という評論があるんだけど、あれをきっと読んでいるなと僕は思う。平畑静塔という人は精神科のお医者さんで、和歌山県の出身なんだけど、老年期に宇都宮の病院へ行ったんですよ。それで、宇都宮周辺の縄文遺跡とか、そういうようなものに非常に関心を持ったわけです。あの縄文土器がもつ抵抗できない重量感、容量たっぷりの存在感。そこから言葉の本質になっているリズムって一体何なのかということを一生懸命に考えるようになった。つまり、言葉というものは裏側に重みがなきゃいけない。その重みは辞書に出てくるような言葉と違うんだよね。命その物の中から重みとともに俄然出てこなきゃならない。その命のルーツってのは一体何なのか。兜太はこの「リズム考」を必ず読んでいる。

だから、そういう点で龍太に対しても兜太は関心持ってるわけですよ。ただ今言ったような〈どの子にも涼しく風の吹く日かな〉などの句に対しては兜太は浮わついているなって文句を言っているけど、その辺はちょっと龍太のことを捉え違いしてるんじゃないかと僕は思いますけど。ところが龍太の句の全体を見たときに、兜太にしてみれば、自分よりもそういう意味での言葉の重みを、言葉の据えようを持ってるのは龍太だと思う。それは同時に生活の据えようです。そういう意味でやはり、いわば切れる龍太のことばには反発しながらも、いつも着目していたんだろうと思う。これは同じことが千空に対しても言えるわけですね。そしてもう一人は鬼房です。鬼房のことも、これは龍太もそうだけども、これらの連中って、つまり大正の生まれの人たちはみんな共通の関心を持っているんですよ。

大正を代表する俳句作家というのは飯田蛇笏でしょ。蛇笏のいわばピークにあたる時代に彼らが生まれているんですね。そういう意味で蛇笏とは一世代違う。蛇笏の句はよく立句といわれる。その一句だけで屹立していて、もう脇句をつける必要がないような完璧な晴れ姿をしている。そういうものを、兜太も、龍太も、鬼房も、千空も自分自身の言葉の重量とともに実現していくにはどうしたらいいか、みんな一様に考えている。僕はこれを運命共同体みたいに感じていますよ（笑）。いつでもお互いライバル視しながらいつでも見守りあっている。例えば、兜太や鬼房は句集を出した時、必ず龍太には送っているし、千空の所にも送っています。千空は勿論自分の句集をみんなに送っていますす。そういう一様に目指された共通感覚のことを風土のエスプリというのです。精神というより魂って言っ

龍太と兜太　山廬にて　「俳句研究」の座談会後　1970年3月
写真提供：飯田秀實

た方がいいんでしょう。魂という言葉を言うためにはそれには重みがなければならない。その意識がこの四人にはあったと思います。だから蛇笏賞なんかの話し合いの時でも龍太と鬼房とのやり取りが面白いですね。鬼房はなかなか面白いこと言っていたな。そういう意味において、兜太と龍太も同時代人だろうと思うね。

龍太が後世に残したもの

龍太が優れた俳人として後世に残したものは何かと聞かれると、いわゆる境涯俳句という問題がある。たとえば素十の「芹」の会員で「雲母」にも属していた出羽里石という人がいた。和歌山県田辺の牟婁の在の人ですけど〈虫送る佛の鉦やがんがらや〉とか〈麦踏みに出てゐたるなり牟婁の海女〉といった重厚さに情趣もたっぷり含んだ句を遺している。こういうところは龍太や千空と並べてみてもいい。ただお子さんを亡くされたあとに切々たる境涯句を遺しているんです。ただ妻が畑仕事をやっていたかと思うと姿が見えない。裏の山の墓へ行って泣いているっていうようなね。そう

いうような泣かせる句がいっぱいあるんですよ。〈麦蒔くやもう泣くまじき鍬高く〉〈墓へ又泣きに芹籠畦に置き〉〈逝きし子の蝶の一句のつきまとひ〉なんてね。僕はずいぶんこの人の句を探索したことがある。しかし、龍太さんの作品はこういう境涯俳句とはちょっと違うんだ。

もちろん龍太には母親のことを詠んだ沢山の作品があるし、或いは亡くなった子供のことなんかも同じように思い出しちゃうし、旅に行くにつけても子供のことを思い出します。つまり、普段の忙しい日常のようなものを離れて、汽車なんかに乗っているときに思い出します。旅はそういうもんです。でもそこで表現されている龍太の句は境涯句と言いたくないんです。そういう境涯といった自分というものを上から哀憐するような、そういう不用意さで詠んではいないです。

ある日、ある朝の、ある物事にふっと気がついてというのが〈落葉踏む足音いづこにもあらず〉なんでしょう。先に挙げたように龍太自身が自句自解で語っていますね、大方の人たちは〈亡き母の草履いちにち秋の風〉のような句を好むんだろうし、目が行くんだろうと。でも私としてはそうじゃなしに、こうした平淡な句の方を「自分自身のために大事にしておきたい」と。〈梅を干す真昼小さな母の音〉の、この母親の立てている静かな音の、こういうふうな平淡な句の方が大事なんですよ。代表句の中にはそういう句を沢山入れてやんなきゃいけない。

龍太は蛇笏譲りの文机の前で仕事している。そうすると、母親の箒の音とかそういうのが自ずと耳に入ってくる。それをそのままに詠みとどめているわけです。そういう作品がひとまとまりになった時にそれの全体を境涯俳句というんだったらいい。初めから境涯句を作ろうなんて思ってない。いつも平淡で自然な意識から、いわば眼よりも耳の具さなるとでもいった意識下で、そういう句が作られているんです。それなのにこれの裏には何を言わずとも、そういう菊乃さんの、自分が産んだ子が次々と国のために死んでいくという、そういうようなことに対する言いようのない慨嘆が、たっぷりとした思いがあるわけです。それを言わないで黙って箒の音に言葉を仮託する。龍太のこういうところが余人にはなかなか出来ないと言っていい、偉いところだなと思う。自分というものをそんなにめったやたらに解剖露呈するような精神で、句は作ってない。これも切れる、切れないの問題の本質に絡んでくることでしょう。

そこに龍太の覚悟のほどのようなものを感じるわけです。東京から故郷に戻って、そういう様々な背負いきれないものを黙って背負う、そこが偉いことだと思う。別の言い方をすれば龍太の作品全体が特有の新しい境涯俳句だったと言ってもいいかもしれない。否、境涯句じゃなしにその諷詠全体が境涯であると言いたい。

おわりに

今回の取材にご了解を頂けた方はそれぞれ準備の時間をかけてくださり、とても有り難い。横澤氏の取材に当たった時、鞄から多くの資料と龍太に関する書籍を取り出されたことに感心した。その中に、二〇一七年、横澤氏は黒田杏子氏主幹の雑誌「兜太ＴＯＴＡ」の編集委員を務められ、雑誌の第四号「龍太と兜太——戦後俳句の総括」が特集として掲載された資料なども含まれていた。またお話の中で、もっとも印象深かったことは、かつて「俳句研究」の月評で、氏の俳句が龍太に取り上げて批評して下さったことに、龍太に会ってお礼を言うつもりだった。それで「萬緑」の大会を石和温泉で開催した折、ついでに山廬へ龍太に会いに行ったが、龍太はちょうど入院のため不在であった。このことが終生の心残りだと語った横澤氏の痛切な悔しさに、私も強く共感した。

氏は終始して笑顔で淡々と、また記憶正しく龍太を語り、大変な知識人かつ勉強家という認識はいつもと変わることがなかった。

董振華

横澤放川の龍太20句選

春の鳶寄りわかれては高みつつ　『百戸の谿』
紺絣春月重く出でしかな　『〃』
花栗のちからかぎりに夜もにほふ　『〃』
露草も露のちからの花ひらく　『〃』
いきいきと三月生る雲の奥　『〃』
春すでに高嶺未婚のつばくらめ　『〃』
遺されて母が雪踏む雪あかり　『麓の人』
母いまは睡りて花の十姉妹　『〃』
梅を干す真昼小さな母の音　『〃』
生前も死後もつめたき箒の柄　『忘音』

亡き母の草履いちにち秋の風　『忘音』
子の皿に塩ふる音もみどりの夜　『〃』
どの子にも涼しく風の吹く日かな　『〃』
萱青む母が死ぬまで掃きし庭　『〃』
かたつむり甲斐も信濃も雨のなか　『山の木』
白梅のあと紅梅の深空あり　『〃』
神無月飴いろなして火吹竹　『遅速』
種子蒔いてことのついでの墓参り　『〃』
夜明け待つもの青萱と看護婦と　『〃』
またもとのおのれにもどり夕焼中

「雲母」平成4年8月号

横澤放川（よこざわ　ほうせん）略年譜

昭和22（一九四七）　静岡県に生まれた。

昭和49（一九七四）　「萬緑」に入会、中村草田男に師事。

昭和61（一九八六）　萬緑新人賞。

平成4（一九九二）　萬緑賞受賞、同年より「萬緑」編集に携わる。

平成6（一九九四）　句集『展掌』。

平成15（二〇〇三）　「件」に参加、同人になる。

平成20（二〇〇八）　より五年間、日本経済新聞の「耳を澄ましてあの歌この句」欄に連載。

平成21（二〇〇九）　「萬緑」同人欄選者。

平成22（二〇一〇）　成田千空の後を継いで「萬緑」最後の選者になる。

平成29（二〇一七）　「萬緑」の後継誌「森の座」を創刊・代表。この間に中村草田男第九句集『大虚鳥』、講演集『俳句と人生』、精選句集『炎熱』、『季題別中村草田男全句』など草田男の文業を編纂刊行することに専念。

平成30（二〇一八）　雑誌「兜太ＴＯＴＡ」編集委員。


現在、俳人協会評議員、毎日新聞房総文園選者、日本経済新聞俳壇選者、日本カトリック神学院教授。

第12章
橋本榮治

（二〇二三年九月三十日十四時　橋本氏宅にて）

はじめに

橋本榮治氏とは『語りたい兜太』の取材以来の交わり。初めてお会いした時、安易にものを喋ったり笑ったりされない感じの方なので、やや怖かった。しかし、「兜太」の取材をきっかけに交流が親密になり、なんと優しい方だと思い改めさせられた。

その間、氏の代表誌「枻」の同人たちと一緒に兜太の秩父吟行や龍太の山廬吟行に同行したり、ご自宅で開催の句会に参加したりして、今日まで親しくして頂いている。

今回の「語りたい龍太」の企画は杏子先生の遺志でもあるが、実行に関しては私が橋本氏に何度もお会いして、氏から様々なアドバイスを受けながら進めた。お蔭様で取材は順調であった。また、氏は語り手の一人として応援して下さったばかりでなく、監修者としても大変お世話になっている。

董　振華

俳句を始めた経緯

私が句を作ろうと決めたのは一九七六年七月八日、三十歳になる一年前の誕生日です。朝起きた途端、このままでは平凡な人生を送ってしまう、何かをしなければと一種の脅迫精神に迫られた。それで俳句を始めました（笑）。

勿論、俳句の道を究めようなどという気持ちは全くありませんでしたが、単なる軽い気持ちともまた違っておりました。曲がりくねった人生がいいわけではありませんが、それまでの人生は余り波立つことがなく、予想の範囲に収まっていたので、これからの人生を主体的に作り上げなければいけないという正体を摑めぬものに対する挑戦でした。

家は工務店を経営し、私は高校までは理数科系の教育を受け、文系とは無縁でした。文芸書は一冊もないと断言しても間違いではない生活環境でした。つまり、普段より文芸的なものに興味があって、そのとっかかりとして俳句があったというわけではなく、身近にいた母も十数年間私が俳句を作ることを知らず、知った時は殆ど突然変異に近い存在を見る眼でした。親戚には玄人歌人の叔母が一人います。血の繋がっていない疎遠な叔母ですが、私が俳句を作ることを知った時、一言も発せずに驚いていました。

作句の意志を固めたのは切れのよい三十歳の七月八日ではなく、三十歳になる一年前でした。それまでは文芸とかかわる具体的な手立てがありませんでした。手立てがない中、か細い径が俳句に通じているのを見つけました。大学卒業後も親しくしている京都出身の友人がおり、その母親が水原秋櫻子の俳句雑誌「馬酔木」の同人で、秋櫻子指導の句会出席のために毎月一回上京して来るんです。たまたま息子と酒を飲んでいるときに俳句に誘われ、一切を頼る感じで毎月の通信指導を受けることになりました。

しかし、その母親にとって私はとんでもない人間でした。まず、俳句と川柳の区別を知らなければ、季語の存在も知らない。今も大切に持っている季寄せが渡され、「俳句を作る時、必ず季語を入れなさい」と言われました。また、句会の存在も知らなければ、句会出席の際に必要な事前知識も持っていませんでした。そのため、一年ほど句会に出席しませんでしたし、させてもらえませんでした。俳句の伝統を全く知らなかっただけでなく、専ら俳句を横書きで書き、丸や点を用いて妙な俳句を作っていたなど、常識外れの言動については枚挙に暇がありませんでした。

そう言えば今もそうですが、句帳は持っていません。当時はワープロに記憶させ、必要な時に必要な部分のみをプリントアウトしていました。現在はそれがPCに変わったのみ。句帳は持たないので、句会や吟行会で書きつけるのは大抵買物のレシートかどこかで拾ってきたメモ用紙です。そこに横書きで他人にはよく分からない文字、六時間経つと自分でも分からなくなる魔法の蚯蚓文字で書くことが多いです（笑）。

俳句を始めてしばらくして、二束三文で売っていた石田波郷全集を古本屋で買ってきて、一年ほどかけて全巻読み通しました。俳句の大方の知識はそこから授かりました。友人の母親の指導が終わろうとしていた時、一人で俳句を続けるのは難しいと思っていた矢先、幸運にも福永耕二が青年作家の会を始めました。

理数科系の人間でしたから、好きだったのはピスト(競技用自転車)の組み立てとか、オーディオの分野でした。頭の仕組みも顕かに理数科系、文芸とは全く無縁の人生でしたので、逆に俳句に拘りました。そこに友人の母親のクラシックな指導が加わり、短歌でもなく、写真でもなく、新たな私の誕生を意識して主体的に俳句を作り始めました。感謝しても感謝しきれない方なのですが、「馬酔木」分裂の際に考えが合わず、別々の道を歩むことになりました。残念ながらそれが現実です。先ほど言ったように私が俳句を始める前、家の中には俳句に関する本は一冊もありませんでした。それでも俳句を始めました。そこは自ら評価してもよいと思っています(笑)。水原秋櫻子とは何か? 水原秋櫻子の有名な句を挙げろなど、当時は仲間内でそういうことを議論しても全く答えられませんでした。現在、俳句の師系図で秋櫻子の弟子の末の末に繋がる自分の名を見て不思議に思うことはあっても、俳句を始めるきっかけは決して秋櫻子ではありませんでした。

龍太の俳句に惹かれる

飯田龍太を知ったのは、俳句関係の記事や作品を新聞や雑誌で読んで、龍太の句が自分の感性に響いてくるものがあり、注意するようになって以降です。当初も今も、龍太の句は精密描写と言うよりは観念的表現という感想を持っています。その観念臭がたまらなく好きで、今も龍太の句は写生とは違い観念の立場に立って論じるのが分かり易いと思っております。

一例として、第五句集『春の道』から有名な〈一月の川一月の谷の中〉を取り挙げてみます。当初は観念描写の類と私は考えました。一月の川が一月の谷の中にあるのは当然のことであり、当然のことを言っているのです。そこで単なる描写ではなく、哲学的な質問を含んでいると視点を変えることで理解し易くなると考えました。ザイン即ち事実として「ある」ことか、ゾルレン即ち「あるべき」ことか、なのです。しかし、大事なことはあくまで俳句であって哲学的な回答を求めているわけではないのです。哲学的な質問のないままに哲学的な回答が存在している、と言ってもよいと考えました。この句から言えるのは俳句の「写生」とは物の描写より広い行為を指し、「感性の言葉」ともやや異なり、感性の言葉を用いた作者の固有の表現と言えばよいのか……難しいむずかしい、だんだんこんがらがって、おかしくなって来ました。俳句がこんなに難しいはずがない、何かが変と思い始めました。

この句の切り口の特徴を譬えるならば鋭いナイフより斧ですね。また、〈一月の川一月の谷の中〉が韻文、『春の道』の同年作〈雪の日暮れはいくたびも読む文のごとし〉が散文に拠っていると比較することも可能ですが、それでは何の答えにもなっておりません。両句とも観念描写、写生よりも観念に近いと言えば内容に一歩近づきますが、この考えも正確ではありません。「一月の川」「一月の谷」の「一月」は季語、それも「開かれた季語」と言うか、たとえば「一月の谷」が雪で埋もれた谷なのか、それとも寒風が吹いて葉一枚もない寒々とした樹々の谷なのか、鑑賞する読者が意味内容を足さなければ完成しない言葉なんです。一般的に季語は物を表す言葉ですが、「一月」はそれとは違い、物に裏打ちされていない、切り離された概括的な言葉です。〈一月の川一月の谷の中〉は描写であり、具象的でありながら抽象的にも解することの出来る幅を持つ作であり、観念で説明するのは間違いと思いました。大切なのは物の捉え方です。

句集『春の道』には龍太四十八歳から五十歳までの作品が収められています。実際に詠んだ「一月の川」「一月の谷」は飯田家の裏の小さな川と小さな谷でしたが、それが大渓谷を流れ落ちる川のように感じるのは、この句より感じる大空間、即ち、生き生きとした「間」の働きによります。また、「雪の日暮れ」の句の季語は「雪」で晩冬。「文」を書物と解釈する方もおりますが、私は手紙と解釈します。いずれにせよ内容の懐かしさに、書き手の人柄に惹かれて、つい何度も読み返してしまうような「文」でしょう。「雪の日暮れ」をそのような「文」に喩えていることこそ観念の視覚化と言えます。この二つの俳句が『春の道』一集に収録されていることは、龍太の句の表現の幅の広さを示すもので、その幅の広さに恐れ入りました。一人の人間がこの二句を作ったとは考えられず、憧れましたね。

一度だけ遠くから

さらに申せば、「雲母」もしくは飯田龍太と私は直接のかかわりはなく、「馬酔木」の編集を通してのかかわりです。秋櫻子が亡くなり、しばらくすると予想されていたように「馬酔木」は「橡」と分裂しましたが、多くの同人が自らの保身に奔るのを見ていて、愛想をつかしました。その頃、雑誌の投句者は三千人を超えていましたが、可愛そうなのは戦争下の庶民と同様、分裂に巻き込まれた一般会員でした。同人に助けを求めてもお前らのことまで考える余裕はないと言われたり、逆に傘下の勢力を誇るために誘われたり……私もまだ一般会員でしたので、両方の事実を経験しました。分裂の犠牲者は同人にあらず、真の犠牲者は一般会員という事実を突きつけられました。何処へ行っても同じと思いつつも、「馬酔木」を去り、龍太の指導を受けたいと思ったことがありますし、たった一度ですが俳句の筆を折ろうかと思ったことがあります。

のちに龍太が「雲母」終刊を決意しますが、その決断にはある種の「畏れ」を感じました。

それで今思い出しました。雑誌「雲母」を甲府駅近くの本屋まで車で買いに行ったことがあります。そのまま行けば龍太の指導を受けていたかもしれませんが、残念ながら雑誌は売り切れ、帰りに軽い接触事故を起こしてトラブル発生、「雲母」へ投句する気持ちもしばらく萎みました。だが、飯田龍太のことは諦めきれなかった。まもなく「馬酔木」編集部の一員に私は招集されました。具体的なことは忘れましたが、何年か後に記念号の原稿依頼を任されたことがあります。その時、秋櫻子生存時の過去を調べ、何回か龍太が執筆を受けて下さった事実がありましたので、迷わず依頼を出しました。しかし、秋櫻子が亡くなり、分裂を経て、「馬酔木」は近親者による世襲の時代になり、周囲の状況が変わっていました。残念ながら「否」に丸が付いた葉書が帰って来て、つくづく龍太との距離を思い知らされました。その葉書は私の俳句の里程標の一つとして大事にしまったはずですが、今は見つかりません。家うちのどこかに必ずあるはずです。

蛇笏賞のパーティーでしたか、一度だけ遠くから龍太の姿を眺めたことがあります。龍太とのかかわりは殆どなく、本人と直に話したこともない。龍太に関する私の知識はすべて書物から得たものです（最近は飯田秀實夫妻より得た知識も加わりますが……）。つまり書物から得た知識で龍太の姿を作り上げました。こういうインタビューでは真っ先に私が龍太に惹かれた作品を挙げるべきでしょうが、先ほどの依頼を断られた態度、「雲母」終刊にあたっての決断、終刊後の処し方に見られる高潔な態度にも私は非常に惹かれました。

一応、私の住んでいるところは都会ですので自然が少なく、小黒坂の環境にも憧れました。境川村から一歩も出ずに句作していることは感銘意外の何ものでもなく、第一句集『百戸の谿』はやや大摑みな把握を交えつつも太刀の切れ味があり、切り口の鋭さに感心しました。秋櫻子が存命時の初学の頃、とかく内向きな「馬酔木」にあって珍しく龍太の句を分析し、若手の句会で喋ったものですから、古賀まり子さんなどは私の龍太贔屓を句友に褒めてくれたようです。今回の拙句集『瑜伽』でも亡き父母を詠もうとするとき、情に流されず、確りと眼の利いた龍太の句は一番の手本になりました。

同じ山国育ちの龍太と兜太

飯田龍太の俳句を理解しようとする時、ある範囲・ある条件下では金子兜太と比較しつつ進むと理解し易いと考えます。二人は一歳違いの同時代、それぞれ兜太は秩父、龍太は甲斐という山国、それも峠一つ隔てた隣国に生まれ住み、二人とも若い頃から俳人の父親の影響下で俳句を作りました。しかし、似たような環境に住んでいながら、俳句で見せる個性が龍太と兜太ではまるっきり違いました。

兜太はトラック島で死の経験を味わいました。龍太は体が弱く、何度も入院し、死を身近にしたことがありました。死を身近にした経験を共にしながら、前衛派の兜太に対して、龍太は伝統派もしくは保守派として、それぞれ俳句の内容と方向性を異にしました。一九五八（昭和33）年、長崎に転勤した兜太を龍太はわざわざ訪ねており、長崎での作品を評価しています。

第一回雲母全国俳句大会における金子兜太の講演　1965年
写真提供：飯田秀實

六五年には第一回「雲母」全国俳句大会の講演者に兜太を招き、七〇年には兜太を交えた「俳句研究」の石和温泉の座談会に龍太も参加し、出席者を山廬に呼んでおります。目指す俳句は違っていても、家族を含めて仲が良かったことが残った資料からは窺えます。お互いにライバルとして認められることが非常に嬉しかったようです。

戦後俳句を語る時、種々のモデルとその評価があるでしょうが、龍太と兜太は詠む対象が違いながらもライバルとして欠かせない存在でした。兜太は社会性俳句に関わり、龍太は自然の中で専ら俳句を詠んでいます。と言って、兜太の俳句が自然とは関わりがないということではありません。大切なのは自然を見る時、感じる時の心の有りようです。二人とも山国生まれ山国育ちですが、山一つとっても句の上の現れ方が異なります。

一例を挙げれば、山に抱かれていると感じるか否かによって句の違いが生じています。龍太は山に抱かれている、大きな自然に抱かれていると俳句の上でも素直に感じています。だが、兜太は決してそのような態度にはなりません。「山」に対するイメージで言えば、兜太の句の態度には山に「閉ざされている」という感じがあり、山に「抱かれている」と考える龍太とは違いが明らかです。また、飯田蛇笏と金子伊昔紅では父親のイメージも大分違います。兜太にとって父親は「乗り越えるもの」、龍太にとっては「ぶつかってゆくもの」という感じの句や文が多いのです。

龍太と兜太が最も異なるのは、兜太は東大を出て社会変革という志を持っていたことです。若い頃の句には殊にその志が感じられます。一方の龍太は國学院大学に入り、初めから文芸としての句を目指しておりました。その後のトラック島の日々を耐え抜いた兜太の精神はとても強いものだと感じます。龍太の場合は二十一歳の肺浸潤、二十三歳の肋骨カリエスと療養生活が長く、消極的であってもじっと耐えた精神というものを感じます。心身壮健な兜太と健康に不安を持つ龍太、その精神が異なる詩を生むことになります。

龍太俳句の魅力

ここから専ら龍太の句に移りますが、『百戸の谿』の句は若々しいけれども言葉が硬い、その言葉の硬さがその頃の龍太の句の特徴であって、当時の山村の若者の気持ちが完璧とは言わないまでも表現されているのではないでしょうか。第二句集『童眸』の〈雪の峯しづかに春ののぼりゆく〉の「春ののぼりゆく」とか、〈露の土踏んで脚透くおもひあり〉はまだ観念の鱗を付けていると思います。観念的表現が好みだとそれに嵌まってしまい、馴染めないといつまで経っても馴染めない、一句の賛否が表現で分かれるような結果ですが、その観念的表現の「裏」で辿り着いたのが先ほどの〈一月の川一月の谷の中〉と考えます。具象が行き着いた先は観念、もしくは観念があっての具象かもしれません。

また、第七句集『涼夜』の〈梅漬の種が真赤ぞ甲斐の冬〉というのは物を見ての発想と思いますが、次句集『今昔』の〈存念のいろ定まれる山の柿〉の「存念のいろ」は言い切った魅力ですが、言い過ぎと感じる方もおられると思います。これが〈梅漬の種が真赤ぞ甲斐の冬〉のような事実性が強い表現だと不安定感が払拭されて、安心感が出てくるのですが、「存念のいろ」とはよくも言ったものです。〈去るものは去りまた充ちて秋の空〉は写生句かどうかの検討は別として、観念的表現になる一歩手前で表現を止めており、さすが龍太と思いました。

写生句と言えば、遡りますが〈冬の雲生後三日の仔牛立つ〉などの句が収録されている第六句集『山の木』が好みです。第十句集『遅速』になると声調がやや変わり、〈こころいま世になきごとく涼みゐる〉〈なにはともあれ山に雨山は春〉というような、以前には見られなかった力を抜いたような表現が出て来ます。

〈またもとのおのれにもどり夕焼中〉も同列ですが、たそれらの言葉の力を抜くという方向に魅力を感じましたね。ただ、句の造形力が弱くなってきているのが気になりました。定評のある〈なにはともあれ山に雨山は春〉から教えられる大切なことは作者の安堵感が間違いなく句より汲み取れることです。〈こころいま世になきごとく涼みゐる〉も同じように、句から伝わる作者の心持ちが魅力ですね。俳句の「写生」とは視覚を使って表現することであって、自分の感性を言葉で表現することです。第一句集『百戸の谿』と比較すれば俳句修行の積年の差も見えてきます。同句集を初めて読んだ時、〈山河はや冬かがやきて位に即けり〉や〈亡きものはなし冬の星鎖《さ》をなせど〉などは「位に即けり」「鎖をなせど」が見せ場と言うことは判りますし、内容は文句なく素晴らしいのですが、文語というより文章語、肉声ではないことに違和感がありました。耳で聞いて直ちに「ゐにつけり」「さをなせど」を正確に理解できない恐れを感じたからです。

一概に言うと例外が多くなるのは判るのですが、敢えて言えば、龍太の句は観念に馴染みやすい言語を用いる点に特徴があるのではないでしょうか。それが後述の山梨日日新聞二〇〇二年六月十二日付の桂信子との山廬対談での信子の発言、「龍太の句には言葉の使い方に切迫した声調がある、ほかの人にはない一刀両断の切れ味がある」に通じて来ると思います。

「雲母」の終刊

一九九二（平成4）年「雲母」は終刊になりました。私が最も注目したのは龍太が終刊を決めた意志です。「雲母」終刊を決めた龍太の意志を高く評価していることでもあり、ここで少し「雲母」の終刊までの歴史に触れてみます。

現代俳句史を顧みると、俳句作品が高峰を成している時代が幾つかありました。その一つが高浜虚子の「ホトトギス」によって生み出された前田普羅、渡辺水巴、原石鼎、村上鬼城、飯田蛇笏らの大正前期の作家群の作品です。

ある夜月に富士大形の寒さかな　蛇笏
芋の露連山影を正うす　〃
山門に赫と日浮ぶ紅葉かな　〃

などが一九一四（大正3）年の「ホトトギス」に見られます。

その翌年の五月、河東碧梧桐や荻原井泉水らの新傾向俳句を嫌い、正統派宣言をして現在の愛知県西尾市で円山恵正が編集兼発行人に就き、「キラ、」が創刊されました。「ホトトギス」にならって雑詠欄を巻頭に設け、当時の「ホトトギス」巻頭を毎回の如く競う新進気鋭の作家・飯田蛇笏の選を企てたものの、創刊号には間に合いませんでした。蛇笏は翌月の二号より雑詠選を始めると、九州熊本の「火の国吟社」の吉武月二郎、西島麦南、勇巨人といった面々がそれに加わり、活況を呈するようになりました。

一九一七（大正6）年十一月号誌上に蛇笏は「雲母を主宰するに就いて」を掲載、翌月号を「雲母」に改題、一九二五（大正14）年には甲府市に編集及び発行を移し、最終的に境川村の蛇笏居に落ち着きました。

「雲母」はその後、昭和初期には岸田劉生、平福百穂、川端龍子、小川芋銭、小川千甕らの一流画家が表紙絵を描き、西島麦南、高橋淡路女、中川宋淵、宮武寒々、石原舟月、松村蒼石らを輩出し、俳壇に重きをなす存在になっていきました。

戦時下の空襲において印刷所が罹災し、一九四五（昭和20）年四月号をもって休刊、東京の世田谷の石原舟月居に発行所を移し、翌年の三月号より復刊。一九五〇（昭和25）年に再び発行所を蛇笏居に移し、飯田龍太が編集を担当することになり、「雲母」五百号記念の一九五九（昭和34）年の一月号は三百二十二頁。長谷川朝風、塚原麦生、石原八束、倉橋弘躬、長谷川双魚、丸山哲郎、松澤昭、柴田白葉女らが顔を揃えました。

以上が「雲母」の辿って来た歴史であり、一九六二（昭和37）年十月の蛇笏逝去後は龍太が継ぎましたが、一九九二（平成4）年八月号の九百号で七十七年の歴史を閉じました。このように歴史的にも、実力的にも押しも押されもせぬ大結社が自ら幕を閉じるのですから、当時は俳壇内外を巻き込んでの議論百出でした。

同年七月号に載った龍太の六頁に亙る『雲母』の終刊について」を概略すると、先ほどの「雲母」発刊から蛇笏が没するまでの大まかな歴史を辿り、龍太が三十年をもって「雲母」を終刊にする理由を述べます。俳句の結社は「常識的には」一代限りのものという考えを前々から持っていたこと。今一つは、俳句は世の片隅にひそかに、つつましく生きつづけるものという龍太の俳句観が通じぬ様態に現在の俳句界が変貌したこと。雑誌継承の目的の一つが蛇笏の詩精神と「雲母」の伝統的な友愛を生かすことであったことを思うと「やはり感なきを得」ないと吐露します。さらに、「雲母」の場合は二万句近い選句数、それに耐え得る体力が必要とも説いています。

俳句界の様態がすっかり変わったことについては、俳句誌の異常な増加と近親者による主宰者の世襲が数多く、易々と行われるようになったことを挙げ、俳句の質を保つ点から鋭く批判しています。

以上のことを考え併せ、龍太は「雲母」終刊の決意表明に至ります。あくまでも自己の意志表明ですが、そこには俳句界に一石を投じる意志、賛同の期待が透けて見えなくはないと思います。そして文末に、

尚、『雲母』終刊後も、俳句から離れるようなことは、私はさらさら考えておりません。むしろ、あらたな決意で句作に励む所存でおりますが、（略）『雲母』終刊後も、各地の俳句会や一泊の吟行会等には、私も進んで参加したいと考えております。

という希望で締め括っています。

終刊後の龍太の発言

しかし、その望みは叶えられませんでした。現在の

時点で考えると、終刊の辞の謎はここに集中すると言ってもよいのではないでしょうか。予告していた作品発表も句会活動もありませんでした。龍太の考えが余りに真っ当すぎたのでしょうか。終刊後、弟子が句会、吟行会に龍太を招かなかったということはちょっと考えられません。

龍太が思うほど俳句界の流れは澄んではいなかったことは確かです。現実に押し流される俳句界、大きな声を上げて龍太の発言を支持し、後に続くものはおらず、俳句誌の異常な増加と近親者による主宰者の世襲が一層易々と行われるようになり、発言は単なる一現象にとどまって龍太は「孤」にならざるを得なかったのではないでしょうか。しかし、そうであったとしても、文芸の一端を担っているのを忘れたかのような俳句界の様態が長く続くわけがありません。朝日新聞の朝日俳壇のその後の選者選定などを見れば、龍太の正論が徐々に、間違いなく浸透していると考えます。

龍太の存在意義は作品にあるのは勿論ですが、「雲母」を解散したこととその後の龍太の態度の重要度は無視できないものがあります。一時は情に従って蛇笏を助けて「雲母」を継いだのですが、晩年には若き日の信念を貫きました。二〇〇七年に亡くなった龍太の存在自体を考えるにはやや遅きに逸しますが、龍太の晩年の沈黙がその後の俳句界に与えた影響を客観視できる絶好の機会が「今」と捉えることは出来ます。龍太の沈黙は句作に励む「あらたな決意」が失せてしまったのでしょうか。それとも、終刊の辞を出した前年十二月刊行の最終句集『遲速』の異常な選句の厳しさを漏れ聞きますが、それとの関連性があるのでしょうか、各自が深く考える時であろうと思います。

実は「雲母」終刊後の龍太の公式な発言を調べ、私なりに考えてみたのですが、答えは龍太自身にあったようです。先ず山梨日日新聞二〇〇二年六月十二日付の桂信子との山廬対談がありました。注目すべきは、雑誌などで「本当の俳句、真の俳句を目指してほしい」と言うと、「真の俳句なんてない」と他の方からよく批判されるが、「真の俳句」があると確信していると信子が述べると、「桂さんは厳しいことを言われる。それでいいんです。これからもびしびし厳しくやってください」と龍太が発言したことです。

龍太と兜太　長崎の旅館坂本屋にて　1958年

また、『飯田龍太の時代』（思潮社）の同一の山廬対談には山梨日日新聞の対談を補う内容があります。「若い人が活躍するのはいいことです。とにかく俳句は盛んになった。総合雑誌も多くて……。ところで、以前、歌舞伎の人と話をしていてこんなことを言っていました。『盛大な時はかえって内容がない』。俳諧の世界でも（略）非常に盛んな時はかえって残る作品が少ないということがあった」と龍太が語っているのです。

これらの発言は「雲母」終刊後も当時の俳句界の様態を肯定的に捉えていないこと、「真の俳句」を認めている点などからむしろ否定的であることを匂わせています。俳句界の現状に対する龍太の否定的見解を理解できても、現状変革の波を支持する目立った動きは周囲にありませんでしたし、龍太の考えは彼一人で終わったかのように俳句界では誰も変革の狼煙を上げませんでした。結果、俳句界の眼前に存在する危機感を誰とも共有できず、自分の時代の終焉を感じ、龍太は句作に句会に遠くなったとも考えられます。もともと俳句の結社誌は常識として一代限りのものという考えで終刊を決意したその態度は、現在の俳句雑誌の継承の主流に一石どころか、二石も三石も投じるものだったのです。しかし、理想とはかけ離れた俳句界の様態を是正するのは一人ひとりの俳句の詩精神の確立を待つしかないのです。龍太もひととき情に従って「雲母」を継いだようにそれも俳句の道と思います。たまたま「雲母」の場合は龍太という人を得たのですが、その道が自滅の道であったとしてもです。

左から龍太、今野寿美、三枝昂之、俊子　自宅にて
2006年3月　　写真提供：飯田秀實

次に山梨日日新聞二〇〇四年四月九日付の龍太と三枝昂之・今野寿美との鼎談がありました。

「いまも俳句はお作りでしょうか」と三枝が聞くと、「作るというよりは生まれますね」「勝手に生まれる。ただそれをいちいち記録しないだけのこと」と龍太は答えています。今野が「お書き留めにはならないんですか」と尋ねると、「そんなにいいのはないですから……。長いこと俳句をやっていたでしょ。何を見ても俳句が浮かぶんです。（略）ところが、それを自分で評価することができない。年をとると自分の作品に厳しく接する能力がなくなる。（略）」と語ります。さらに「一般的に老年になっていい作品を、というのはないですね。特に今のように発表する場が無数に現れると。どうしても乱作になります」とも言います。最後の句集『遅速』以後の作品をノートに残していることはないのかと問われますと、「それはないです」と即座に返しております。

この二つの対談の龍太の発言を読むと、「雲母」解散後の沈黙のわけは龍太自身の心の奥深くにあったようです。

有志俳人と山廬にて句会を開催　2003年1月29日
写真撮影：董振華

山廬とのかかわり

飯田秀實さんが「山廬守り」としての活動を始めようとする際に黒田杏子さんに相談があり、その杏子さんから山廬の運営について考えを聞かれたことがあります。まだ、小黒坂を尋ねる前でしたので、山廬の実態が浮かばず、山廬の存在価値を十分にわかっておらず、その折は実のある応えを何も差し上げられなかったはずです。

秀實さんと初めてお会いしたのは、約二十年前の廣瀬直人さんの蛇笏賞受賞パーティーの時でした。その時に秀實さんが杏子さんに「山廬」と刷った名刺を渡し、僕は未だ貰ってないと廣瀬さんがぼやいていたことを覚えております。

その次にお会いした時でしたか、秀實さん自身から山廬守になることの説明を私も受け、結成されたばかりで活動内容もまだ十分に決まっていない「件の会」の事業として協力をしたい、要するに秀實さんの活動を支えることができたら嬉しいと思いました。何度かお会いするうちに「件の会」と共同企画の話が持ち上がり、池内紀さんを招いて「さろん・ど・山廬」を共催できました。

「栬」同人と山廬にて吟行、2003年9月5日
写真提供：董振華

しかし、山廬に行くには距離がありますので、いままでに私も年に二、三度訪ねるのが限度で、リニア新幹線の開通を期待しているところです。山廬はいつ行っても新鮮で、企画も色々となされています。ある年に行けば若山牧水との逸話を持つ蔵が再築されたり、また違う年に行けば蛇笏に関連する四阿《あずまや》が後山に造られたりしていて、常に飽きることがありません。

蛇笏・龍太の随筆や俳句の題材となったものが身近に多く存在しているのは勿論ですが、人と人との対話のほか、人と周囲の自然とのかかわりが非常に魅力的です。長谷川櫂さんは山廬で毎月句会を開いているそうですね、羨ましい限りです。私は二十回程度しか訪ねておりませんが、山廬に千回行って蛇笏・龍太の精神に一尺でも近づけたら恩寵と思って今後も訪ねます。我ら凡人に蛇笏・龍太の句の本質を摑むのは無理、蛇笏・龍太の句の本質に近づけたらという「雰囲気」のみでも得られれば十分なのです。俳句に立ち向かう明日の勇気をそれが与えてくれるのです。

おわりに

橋本氏は俳誌「栍」代表であり、「件」編集発行人や黒田杏子氏主幹の雑誌「兜太ＴＯＴＡ」の編集委員でもあった。かつて十年間「馬酔木」の編集長を務めておられた。また、飯田蛇笏・龍太の旧居を保存するために設立した、一般社団法人山廬文化振興会の発展にも協力されている。今回も監修者として全員の原稿に丁寧に目を通してくださった。正に黒田杏子先生が氏の句集『瑜伽』の序文に書いているように「無欲かつ人のために尽くす人生」、「謙虚・寡黙そして判断力と実行力を供えた大人」そのものである。

特にインタビューの中に出てきた「龍太に原稿依頼の拒絶」、「甲府まで雲母誌を買いに行ったが帰りに車の事故で断念」などの苦い経験を語られた時の何とも言えぬ表情を思い出す。龍太の生前は「雲母」への入会を実現できなかったが、後年、山廬保存への協力、また、「馬酔木」の編集長でもあった氏が「馬酔木」と龍太との関係を語ることで、水原秋櫻子と龍太の浅からぬ縁も感じさせてくれるお話であった。　董振華

橋本榮治の龍太20句選

山河はや冬かがやきて位に即けり　『百戸の谿』
亡きものはなし冬の星鎖《さ》をなせど　『〃』
露の土踏んで脚透くおもひあり　『童眸』
手が見えて父が落葉の山歩く　『麓の人』
落葉踏む足音いづこにもあらず　『忘音』
生前も死後もつめたき箒の柄　『〃』
父母の亡き裏口開いて枯木山　『〃』
子の皿に塩ふる音もみどりの夜　『〃』
かたつむり甲斐も信濃も雨のなか　『山の木』
白梅のあと紅梅の深空あり　『〃』
水澄みて四方に関ある甲斐の国　『山の木』
冬の雲生後三日の仔牛立つ　『〃』
梅漬の種が真赤ぞ甲斐の冬　『涼夜』
存念のいろ定まれる山の柿　『今昔』
去るものは去りまた充ちて秋の空　『〃』
良夜かな赤子の寝息麩のごとく　『〃』
こころいま世になきごとく涼みゐる　『遅速』
闇よりも山大いなる晩夏かな　『〃』
なにはともあれ山に雨山は春　『〃』
またもとのおのれにもどり夕焼中　「雲母」平成4年8月号

橋本榮治（はしもと　えいじ）略年譜

昭和22（一九四七）　神奈川県横浜生まれ。

昭和50（一九七五）　京都在住の「馬醉木」同人に俳句の指導を受ける。投句はどこにもせず。

昭和51（一九七六）　福永耕二指導の「青年作家の会」が創会され入会。同時に水原秋櫻子選・馬醉木集に初投句。

昭和54（一九七九）　馬醉木の新人育成を目的とした「火音抄」（山上樹実雄選）の年間優秀者に与えられる「火音抄」推薦を繰り上げ受賞。

昭和57（一九八二）　耕二逝去後、青年作家の会（火の会）退会。

昭和59（一九八四）　「馬醉木」分裂。四十歳以下の投句者欄「あしかび抄」（林翔選）において第一回「蘆雁賞」受賞。

昭和61（一九八六）　「馬醉木」新人賞受賞。共著『現代俳句の新鋭』（東京四季出版）を刊行。

昭和62（一九八七）　「馬醉木」同人。

平成3（一九九一）　「馬醉木」七〇周年記念出版の『秋櫻子歳時記』を担当。

平成5（一九九三）　馬醉木の若手を集め、「朱夏の会」結成。

平成7（一九九五）　第一句集『麦生』（ふらんす堂）を上木。

平成8（一九九六）　第一句集『麦生』により俳人協会新人賞受賞。

平成9（一九九七）　「馬醉木」編集長就任（二〇〇七年まで）。

平成11（一九九九）　「馬醉木」九〇〇号記念号を編集。

平成13（二〇〇一）　「馬醉木」八〇周年記念号及び『馬醉木季語集』を編集。

平成14（二〇〇二）　第二句集『逆旅』（角川書店）を上木。

平成15（二〇〇三）　同人誌「件」創刊、いつの間にか「件」発行編集人となる。

平成16（二〇〇四）　セレクション俳人『橋本榮治集』（邑書林）を刊行。第三句集に当たる『越在』抄を収録（単独未出版）。

平成17（二〇〇五）　同人誌「琉」創刊代表。

平成19（二〇〇七）　「馬醉木」一〇〇〇号記念号を編集。

平成20（二〇〇八）　第四句集『放神』（角川書店）を上木。

平成23（二〇一一）　評論集・共著『林翔の一〇〇を読む』（飯塚書店）を出版。

平成25（二〇一三）　「枻」創刊、共同代表・発行編集人。

平成26（二〇一四）　評論集『水原秋櫻子の一〇〇句を読む』（飯塚書店）を出版。

平成30（二〇一八）　雑誌「兜太TOTA」（藤原書店）編集委員。

令和元（二〇一九）　自句自解『橋本榮治集』（俳人協会）を刊行。

令和4（二〇二二）　『語りたい兜太　伝えたい兜太』（コールサック社）に参加。

令和5（二〇二三）　第五句集『瑜伽』（角川書店）を上木。

『林翔全句集』（コールサック社）を共同編集。

『花巡る　黒田杏子の世界』刊行委員。

令和6（二〇二四）　第五句集『瑜伽』により俳人協会賞受賞。

第13章

廣瀬悦哉

はじめに

（二〇二三年十月十九日十四時　中野にて）

二〇二三年九月十二日から一週間ほどかけて、手紙と電話で本書『語りたい龍太…』にご協力いただく先生方のご都合をうかがったら、廣瀬悦哉氏から最初に返事を頂き、感激した。ついで九月十七日、黒田杏子先生のお別れの会で飯田秀實氏からのご紹介で顔合わせが出来、挨拶を交わした。とても明るくて親しみやすい印象を受けた。そして十月十九日、廣瀬氏からお話を伺うことができた。場所は中野駅近くの友人事務所。

廣瀬氏は「雲母」が終刊する三年前に入会し、龍太先生の選を仰いだ。ご両親も蛇笏、龍太ひと筋に「雲母」に学び、両家は昔から親しい関係にあったという。そこで、様々な面白いエピソードを語って頂き、あっという間に二時間が経ってしまった。

このインタビューをきっかけに互いに句集を送ったり、メールでのやり取りをしたりして、交流が始まった。

董振華

山廬との出会い

私が山廬を初めて訪れたのは、蛇笏先生がお亡くなりになる直前の一九六二（昭和37）年の秋、私が三歳の時でした。

龍太先生長男の秀實さんに、「悦哉さんは生《な》まの蛇笏を知っているよね」と聞かれた時に、「もちろん知っていますよ。お会いしたのは三歳の時でした」と答えました。三歳の時の記憶なんてあるの？　と言われそうですが、それがはっきりとあるのです。

この時のことは母の町子が書いたり話したりしています。蛇笏先生がお元気なうちに会っておこうということだったと思います。父の直人と町子に連れられて山廬にお伺いしました。私の実家と山廬は山梨県の東《ひがし》郡《ごおり》という地域にあり、今なら車で二十分ほどですが、当時は車もなく、石和温泉経由のバスで行きました。父に手を引かれて小黒坂を上ったと思います。

蛇笏先生は囲炉裏が切られている座敷に布団を敷いて寝ておられました。秀實さんと弟の惠二さんが大歓迎して遊んでくれて、蛇笏先生が寝ている布団の周りを走り回って大騒ぎしました。よほど楽しかったのでしょう。そのシーンは今でも鮮明に覚えています。はらはらした母に「静かにしなさい」と叱られたんですけれど、蛇笏先生は「いいよ、いいよ、子どもは元気なのが一番だ」とおっしゃった。その声とやさしい笑顔が蘇ります。秀實さんも「そうだったねえ」と言っていました。この時の蛇笏先生との出会い、そしてその記憶は私にとっての宝物です。ただこの時に龍太先生にもお会いしているはずなのですが、その記憶がないのです。

龍太先生との出会い

龍太先生にお目にかかったとはっきり記憶しているのは、私の結婚式に出席していただいた、一九八八(昭和63)年の六月です。私が二十九歳の時で、先生にご祝辞を賜りました。

その後、新婚旅行から帰り、お土産を持って山廬にお礼に伺いました。とても緊張していて、何を話したのかはよく覚えていません。ただ龍太先生が、最初に話したことは今でもはっきりと覚えています。私たちの緊張を解きほぐそうとされたのでしょう。先生が私の妻に「お茶は嗜まれますか？」と聞きました。妻が「いいえ、お茶はやりません」と答えたら、龍太先生が「そうですか、裏表のない人なんですね」と真顔で言いました(笑)。裏千家でも表千家でもないとのだじゃれですね。

龍太先生のこのユーモアで一気に緊張が解けました。先生のそういう時のお心遣いは当意即妙で巧くて。実は今日のインタビューの前に、その時の情景を妻と思い返しました。もしその時に「お茶を嗜みます」と答えたら、先生はなんと言ったのだろうと。先生は両方の台詞を用意していたのだろうか。いやいやそうではなくて、緊張した様子で畳の上を歩く妻を見て、その場でふと思いついたのかもしれません。先生は瞬時に多くを見通すような人です。だから歩き方を見て、確信して聞いたのかもしれません。今となっては確かめようもありませんが、どれであったとしても龍太先生らしいなと思うんです。

俳句との関り

「郭公」の井上康明主宰が、私の第一句集『夏の峰』の跋文に「大仰な言い方をすれば、悦哉氏は、俳句の家の長男である」と書いています。曾祖父が碧夢という俳号の俳諧宗匠で、父が直人、母が町子ですから、そうかなあと改めて思いました。物心がついたころはその辺りに俳句が転がっていた？（笑）感じでした。俳句を始める環境としてはこれ以上になかったと思います。なので、逆に俳句を意識し過ぎたのかもしれません。二十代後半までは俳句をやらなかった。敢えて遠ざけていたように思います。親父も何も言いませんでした。

その後、何で俳句を始めたのかというと、龍太先生が結婚式に出席してくださることになって、親父が、「お前、龍太先生に会うんだから、先生の第一句集『百戸の谿』を読んでおけ」と言って句集を手渡してくれました。それで読み始めました。そうしたら、扉に、「兎に角、自然に魅惑されるといふことは怖ろしいことだ」と書いてありました。「凄いことを言うなあ」と思い、句集を一気に読み終えました。そうしたら、『百戸の谿』にすっかり魅了された。「ああ、そうか、俳句だ」と思いました。それからすぐに「雲母」に入会して俳句を作り始めました。まさに龍太先生あってのことです。親父にそのことを言ったらただひと言。「そうかわかった。やるからには絶対に毎月の投句を休むんじゃないぞ」と。

「雲母」に最初に投句した句は、〈生き物の気配の満ちて山眠る〉でした。茨城県那珂市の古徳沼というところに白鳥を見に行きました。沼を囲む雑木林、真冬のしんとした空気のなか、時折カサカサという音が聞こえてきて、生き物の気配を感じました。その時のことを詠んだ句で龍太選に入りました。第一句集『夏の峰』の冒頭句です。

「雲母」への投句は田中釣人という俳号で投句していました。龍太先生は何も言いませんでしたがわかっていたと思います。投句用紙に住所と本名を書くからです。今さらですが、堂々と廣瀬悦哉で投句すれば良かった。龍太先生にぶつかれば良かったと思っています。そんなふうにして始まった「雲母」への投句であり俳句人生でしたが、「雲母」や龍太選はずっと続くものと思っていました。ところがその三年後に「雲母」は終刊してしまいます。「雲母」に在籍した三年間、龍太選の秀作に二回入りました。最初は〈八重桜繭かと思ふ花の下〉、次は〈葉桜や凪やはらかに空へ抜け〉です。私にとっては龍太選を体感するかけがえのない三年間でした。

龍太俳句の魅力
自然に魅惑される

とにかく龍太の第一句集『百戸の谿』の世界に魅了されました。龍太は自分も自然のなかの一部だという感覚を持っていた。金子兜太が「生きもの感覚」を言いましたよね。龍太もその感覚を生まれながらに持っていた。それが龍太俳句の根底にあると思っています。例えば、

春の鳶寄りわかれては高みつつ

黒揚羽九月の樹間透きとほり

露草も露のちからの花ひらく

満月に目をみひらいて花こぶし

は、「鳶」「黒揚羽」「露草」「花こぶし」の命を感受しています。それは生き物との一体感から来ているように思います。自然のなかの一部である、自然に生かされているということを、身体を通して自覚した上での感受が、表現力と相まって表出している。それが『百戸の谿』の、そして龍太俳句の第一の特徴だと思います。

悠久なものへの希求

一方で、『百戸の谿』について龍太は、「作品を透して見える自分の姿があまりにも物悲しく伏目がちであることであった。これにはなにか愕然《がくぜん》たるものがあった」（『飯田龍太 自選自解句集』・講談社・二〇〇七年）と記しています。

露の村墓域とおもふばかりなり

梅雨の川こころ置くべき場とてなし
梅雨の月べつとりとある村の情
亡きものはなし冬の星鎖《さ》をなせど

といった句に、それが顕れているのではないでしょうか。

龍太は四男でしたから、本来ならば故郷に戻って家を継ぐ立場ではなかった。しかし兄たちは戦争で亡くなってしまった。家を継ぎ、

大寒の一戸もかくれなき故郷

と第二句集『童眸』の冒頭で詠んだ世界に身を置き、閉塞感があったと思います。また『百戸の谿』を出す前の三年間、龍太は山梨の県立図書館に勤めて司書の仕事をしていますが、この時の感情を、

抱く吾子も梅雨の重みといふべしや

の自選自解で、「我儘な性格の私には、どうも宮仕えは向かないような気持がしてきた。生気のない職場の雰囲気に、ほとほと嫌気がさした」と吐露しています。

私も長男で、同じ地域に育ちましたから、この感情には共感を抱きます。さっき揚げた、〈べつとりとある村の情〉なんてよくわかります。この辺りの感情の表出が『百戸の谿』の第二の特徴だと思います。

そして句集の後半には、広く遥かな世界、悠久なものを希求する句が現れてきます。

ひややかに夜は地をおくり鰯雲
いきいきと三月生る雲の奥
炎天をいただく嶺の遠き数
冬空の鴉いよいよ大きくなる

などです。龍太は百戸の谿から、自然を通して、広く悠久な世界に思いを馳せていたと思います。このことは、長谷川櫂氏が「大いなるもの、遥かなるものへの龍太の志向」「龍太という俳人は、そのとらえようとしたものの大きさ、遥かさにおいて近年、比類がない」（「邑書林句集文庫『山の木』一九九六年発行の解説「沈黙について」）と言っています。これが『百戸の谿』の三つ目の特徴だと思います。

意思と覚悟

『百戸の谿』の後半に現れるのは、甲斐の風土を踏まえどころにする、龍太の意思と覚悟であると感じています。

廣瀬悦哉結婚式において祝辞を述べる龍太　1988年8月12日
写真提供：廣瀬悦哉

青竹が熟柿のどれにでも届く
山河はや冬かがやきて位に即けり
強霜の富士や力を裾までも

などの句にそれが表れています。〈青竹〉の句は甲斐の風土そのものを表しています。「山河はや」は甲府盆地の山や河、自然を詠っているのですが、それを自分にも重ね、自身を山河に託しているようにも受けとれます。山にも河にも自分にもそれぞれの位置があるという感じです。〈強霜の〉は富士山のどっしりとした構え、裾まで充ちる力。それは龍太の意思ではないでしょうか。これが『百戸の谿』の四つ目の特徴だと思います。

『百戸の谿』の解説を蛇笏の高弟であった「雲母」の大先達、西島麦南が書いています。麦南は岩波書店で校正の神様と言われた方です。その最後のところです。「古希に達しようとする老作家としてその父は老を知らぬ若々しさに燃えてゐる。而立をいくばくもこえないその子龍太さんの作品はおのづからなる若々しさ新鮮さにかがやいてゐる。さうして父は端厳であり子は端正である。しかも父の子は父ではない踏まへどころ『百戸の谿』に立ちあがったのである。〈春の鳶寄りわかれては高みつつ〉」。まさに「踏まへどころ」です。私はこの文章を読むたびにいつも力を貰います。

『童眸』における新しい傾向

第二句集の『童眸』には、第一句集の特徴を踏襲した上で、新しい傾向が加わったと感じています。具体的には『童眸』の後半あたりから、自分の心の内面や観念の世界を詠むという傾向の句が現れてきているように思います。例えば、一九五六（昭和31）年に、病気で六歳の次女純子を亡くした時の、

露の土踏んで脚透くおもひあり

という句があります。これはまさに内面の思いを「露の土」に託して描写しています。また、一九五七（昭和32）年の句に、

夏すでに海恍惚として不安
日の老婆爪切る音も夢のやうに

などがあります。龍太俳句にはこの辺りから新しい傾向が加わってきているように思います。

また『童眸』には、

父子の情冬の月光巌に跳ね
老いる父松冬雨につつまるる
晩年の父母あかつきの山ざくら

など、年老いていく父や母に寄り添い慈しむような句があります。これは一緒に暮らしているからこその思いでしょうし、一方で、自分が家を、そして「雲母」を背負って行くんだという意思につながっていっているように思います。

『麓の人』の多様性

先の西島麦南の言ったことが具現化されたのが第三句集『麓の人』ではないでしょうか。龍太が「雲母」の主宰を継承する前の一九六〇（昭和35）年の四月に、「雲母」に龍太選作品欄が創設されています。龍太四十歳、蛇笏が亡くなったのがそれからほぼ二年後の一九六二（昭和37）年十月三日。そして龍太は「雲母」を継承します。そういう意味でも『麓の人』はとても重要な句集だと思います。『麓の人』において龍太は多様な句を詠もうとしています。麦南の言う、「父の子は父ではない踏まへどころに立ちあがった」のです。『麓の人』には、

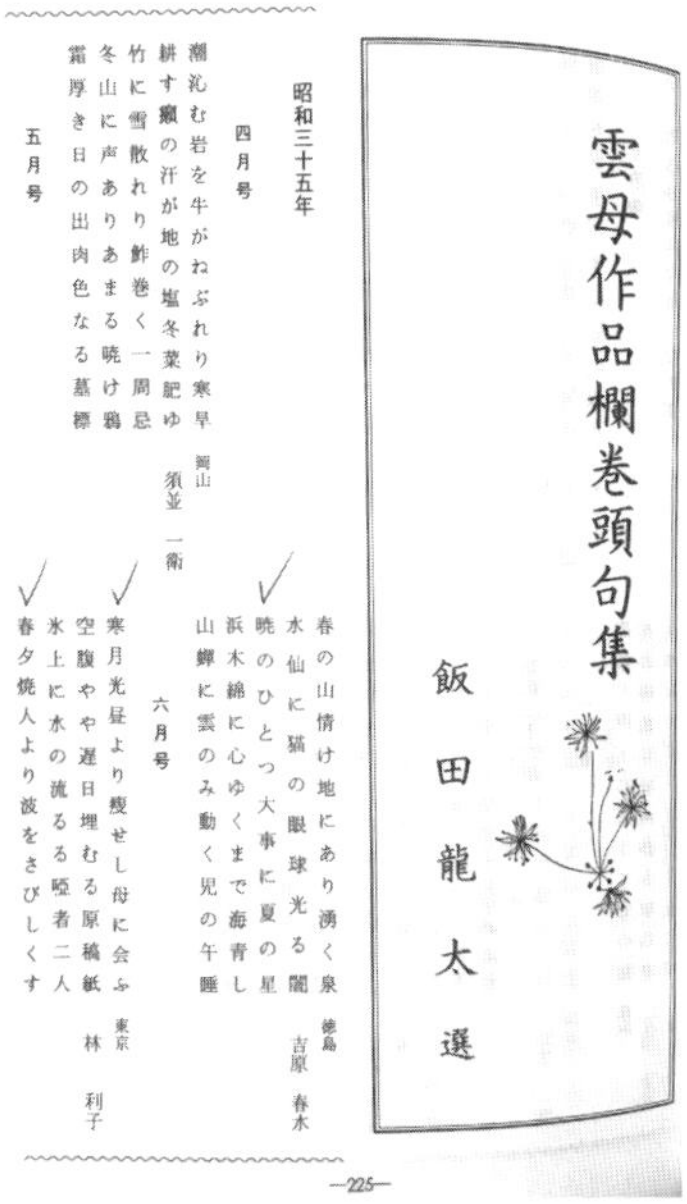
雲母作品欄巻頭句集

飯田龍太選

昭和三十五年

四月号

潮沁む岩を牛がねぶれり寒早　岡山　須並一衛
耕す癩の汗が地の塩冬菜肥ゆ
竹に雪散れり鮓巻く一周忌
冬山に声ありあまる暁け鶏
霜厚き日の出肉色なる墓標

五月号

春の山情け地にあり湧く泉　徳島　吉原春木
水仙に猫の眼球光る闇
暁のひとつ大事に夏の星
浜木綿に心ゆくまで海青し
山鯽に雲のみ動く児の午睡

六月号

寒月光昼より痩せし母に会ふ　東京　林利子
空腹やや遅日埋むる原稿紙
氷上に水の流るる唖者二人
春夕焼人より波をさびしくす

—225—

「雲母」終刊号より、1992年8月号

夏の雲湧き人形の唇ひと粒

寒の寺豊満な夜具過敏なり

一月の滝いんいんと白馬飼ふ

などがあることに多様性を感じます。先にも述べた、『童眸』の後半から『麓の人』にかけて、新しい傾向が龍太の句に加わった。心の内面を描くような観念的な句です。ただし、観念に行き過ぎることなく、物に託してその世界を見えるように描いているところに特徴があると思います。

『忘音』から『遅速』、「雲母」終刊へ

第四句集『忘音』に、

冬耕の兄がうしろの山通る

という句があります。この句の自選自解で、「私は、写生は、感じたものを見たものにする表現の一方法と考えている。その逆でもいい」と言っています。私はずっとこの言葉が引っかかっていた。実作者として本当の意味がよく分かっていなかった。それで、今回のこのインタビューに備えて、舘野豊さんの龍太論『地の声 風の声』（ふらんす堂・二〇一九年）を読んだり、龍太の句をすべて読み返したりしたら、自分なりに何かわかったような気がしました。

「感じたものを見たものにする」とは心のなかで感じたことや、思い描いたり浮かんだりする風景を見えるように表現すること。つまり感覚の写生であり、心象風景の写生ではないか、ということに気がついたのです。先に挙げた〈冬耕の兄がうしろの山通る〉は亡くなった兄たちへの思いを実際の風景として写生しています。また、〈一月の瀧いんいんと白馬飼ふ〉は心象風景の写生だと思います。一方で、〈夏の雲湧き人形の唇ひと粒〉はその逆で、〈人形の唇〉という実際に見たものを感覚的にとらえています。

『忘音』、第五句集の『春の道』、そして新しい世界と、いわば心象風景の世界を描くことがさらに際立ってくるのが第六句集の『山の木』です。その後、『涼夜』『今昔』『山の影』、最後に『遲速』においてそれが結実すると思っています。この龍太の新しい世界を大岡信は、『現代俳句全集』第一巻解説・立風書房・一九七七年において「明敏の奥なる世界」と記しています。

朧夜の唇《くち》の奥なる親知らず

霰おもへば開拓地真平ら

少年の毛穴十方寒の闇

仮の世の足袋がつるりと初鴉

大岡は『山の木』に収められたこれらの句を挙げて、「飯田龍太が見せはじめた、明敏さの『奥なる』世界、その不思議な感触のする闇にとざされた世界がある。それは明敏さの『奥なる』世界であって、明敏さの「外なる」世界ではない。飯田龍太はこういう句において、彼が今歩みつつある道の、路傍の景観や心の風景を描いているといってよいが、この歩みは、いずれにせよ現代俳句におけるもっとも人跡稀れな地帯への歩みにほかならないように、私には思われる。そこに飯田龍太という存在そのものの大きな意味があること

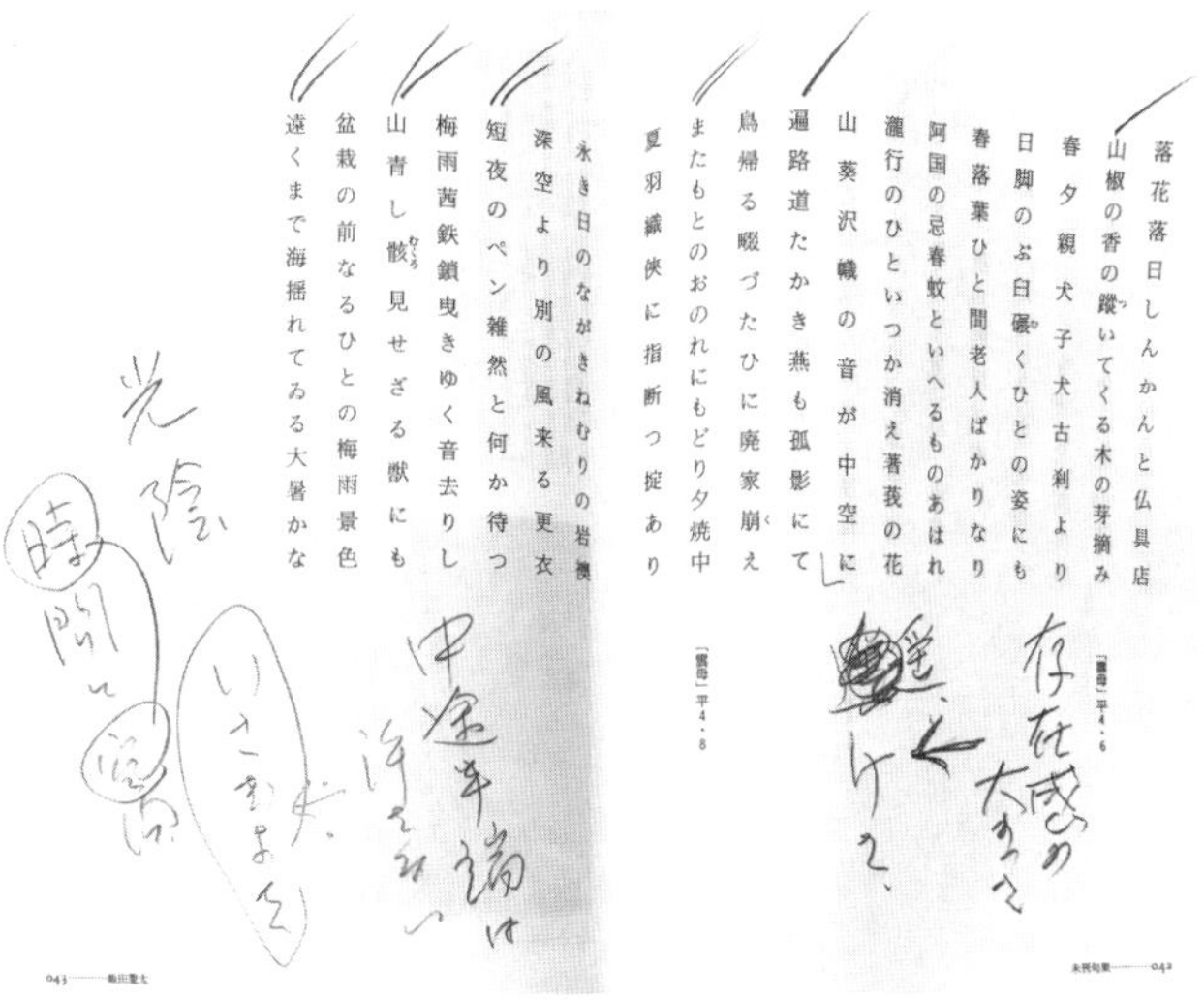

落花落日しんかんと仏具店
山椒の香の蹤《つ》いてくる木の芽摘み
春夕親犬子犬古刹より
日脚のぶ臼碾《ひ》くひとの姿にも
春落葉ひと間老人ばかりなり
阿国の忌春蚊といへるものあはれ
瀧行のひといつか消え著莪の花
山葵沢蟖の音が中空に
遍路道たかき燕も孤影にて
鳥帰る畷づたひに廃家崩《く》え
またもとのおのれにもどり夕焼中
夏羽織俠に指断つ掟あり
「雲母」平4・6
「雲母」平4・8
未刊句集……042
永き日のながきねむりの岩襖
深空より別の風来る更衣
短夜のペン雑然と何か待つ
梅雨茜鉄鎖曳きゆく音去りし
山青し骸《むくろ》見せざる獣にも
盆栽の前なるひとの梅雨景色
遠くまで海揺れてゐる大暑かな
043……飯田龍太

未刊句集『遲速』以後、廣瀬直人の閲読メモ

は言うまでもあるまい」と記しています。

大岡が挙げた句以外には、

大鯉の屍見にゆく凍のなか

冬深し手に乗る禽の夢を見て

が『山の木』の冒頭にありますが、これらも心の風景を描いているように思います。大岡が言う「明敏の奥なる世界」とは、龍太の心象風景であると私は思っています。その世界の描写が最後の句集『遲速』につながっていきます。

金子兜太は、廣瀬直人編の『飯田龍太句集・山のこゑ』(ふらんす堂・二〇一〇年)の栞で、『遲速』について次のように記しています。少し長くなりますが引用します。

この『遲速』において、龍太は暗く観念的になってしまい自分の俳句に行き詰まったという見方がある。それが俳句界から引退する引き金になったという見方をする人もいる。私もその一人だった。しか

し、わたしは句集『遲速』は、「一月の川」あたりにじっくり芽生えた内面への傾きがより成熟した句集だと今では思っている。

闇よりも山大いなる晩夏かな

木の奥に木のこゑひそみ明易し

これまでの龍太の作品にはこういう句はあまりない。甲斐の自然と交わって抒情の句を作り上げてきた龍太であるが、この最後の句集において、甲斐の自然の「奥」にまで立ち入ろうとする「こころ」の動きそのものを書こうとするようになっている。「もの」として付き合うのではなく、その「もの」の「奥」を見届けようとする。そういう「こころ」の動きだ。このしぶとい意思的な動きはそれ以前の徹底した心奥への傾斜を押さえて、あくまでも「もの」を先立ててゆこうとしていたときにはなかったのではないか。『遲速』で彼はそれをはっきりやろうとしていたのだ、と今のわたしは思っている。

わたしにはこのことがとても大事なことなのである。

この『遲速』のあとの作品を見たかったと今になってあらためて思う。

兜太も大岡と同じく、「こころの動きそのものを書こうとする」「ものの奥を見届けようとする」と言っていて共感します。

また、フランス文学者で評論家の河盛好蔵は、『飯田龍太集　昨日の徑』（三一書房・一九八六年）巻末の「百戸の谿の詩人」という作家論で、「詩人はみな自分の支配する世界、小宇宙を持っており、また持っていなくてはならないが、龍太が出発の当初からその小宇宙を「百戸の谿」と限定したことは重要な意味を持っている」「龍太はこの小宇宙のなかにどっしりと腰をすえて、その研ぎすまされた五感に反応する一切のものを的確に表現している。ここに五感と書いたのは、龍太は単に驚異すべき視覚の持主であるのみならず、その聴覚も嗅覚も触覚も極めて鋭敏な、稀に見る俳人であることを注意したかったからである」と記しています。

河盛は、大岡や兜太の言う世界を表現するための龍太の詩人としての資質に言及していますが、私は、前出の長谷川氏が『「感じたものを見たものする」の「感じたもの」とは目に見えないものである』と言うように、その五感に未知のものを見通すような力が加わって、『山の木』以降の『遅速』につながる世界を創り上げたように思います。大岡の言う「明敏の奥なる世界」、兜太の言う「もののおく」、長谷川氏の言う「対象の向う側に広がる世界」とは、対象も時空も超えた未だ見ぬ世界であり、龍太はそこを詠もうとしたのではないかと思っています。

満月に浮かれ出でしは山ざくら
おのがこゑに溺れてのぼる春の鳥
鶏鳴に露のあつまる虚空かな
千里より一里が遠き春の闇
凶悪な音の夜に入る冬の瀧

『遅速』のこうした句にそれを感じます。

一九九二（平成4）年に「雲母」は終刊しました。一次は終刊号で龍太が最後に発表した九句、「季《とき》の眺め」です。

またもとのおのれにもどり夕焼中
夏羽織俠に指断つ掟あり
永き日のながきねむりの岩襖
深空より別の風来る更衣
短夜のペン雑然と何か待つ
梅雨茜鉄鎖曳きゆく音去りし
山青し骸《むくろ》見せざる獣にも

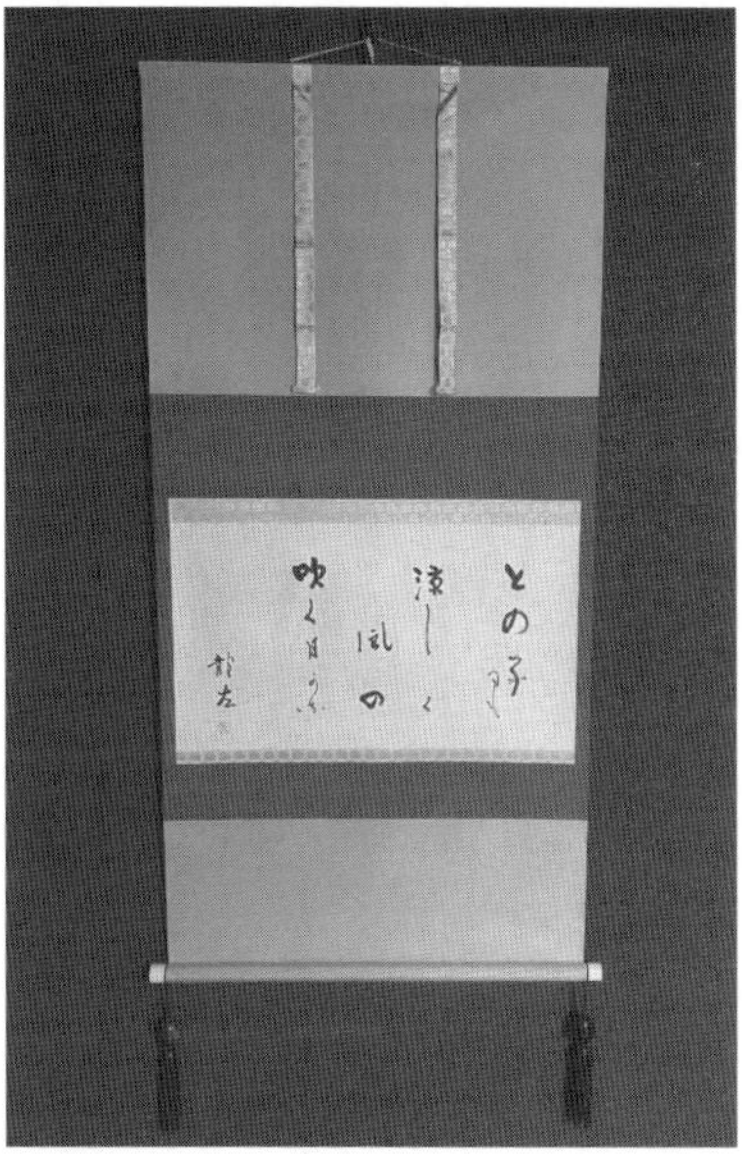

龍太の色紙ーどの子にも
写真提供：廣瀬悦哉

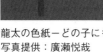

盆栽の前なるひとの梅雨景色
遠くまで海揺れてゐる大暑かな

最後になって穏やかな心境が現れているように思います。特に最後の「遠くまで」の句は、自分のこころの有り様を大暑の海に託して詠んだ句、龍太の言う「感じたものを見たものにする」句だと思います。

開かれた龍太・リベラルアーツ

龍太は、俳句においても生き方においても、私を導いてくれるかけがえのない存在です。特に「雲母」の最後の三年間はとても貴重でした。また直接お話をする機会は限られていましたが、俳句だけでなく数々の文章が人生のさまざまな場面で大きな示唆を与えてくれています。これから俳句や文学に関わる人はぜひ龍太を傍らに置いて学んで欲しいと思います。龍太は自分の俳句と人生において、先に挙げた河盛好蔵が言う、『百戸の谿』という「小宇宙」に身を置いたからこそ、開かれた世界をいつも求めて思索し行動したと思います。それを俳句、選句、鑑賞文、エッセイ、評論、文章などすべてにおいて示してくれました。龍太は古代ギリシアで生まれた概念のリベラルアーツ、つまり「真の教養」。既成概念から解放され、自由に生きるための教養」そのものだと思っています。そういう意味では企業経営者も龍太に学ぶべきですね。龍太は俳句の世界に多様性をもたらしました。

夏の雲湧き人形の唇ひと粒

のように観念的な句もあれば、大岡は「一種観念的な先鋭さ」と言っていますが、

春の鳶寄りわかれては高みつつ

に代表される、伸びやかな世界が広がっていくような句もあって多彩です。また、龍太の選句は幅が広く、伝統的な句はもとより、前衛的で観念的な句も積極的に採って評価しています。だから、龍太の選句を見るのも龍太を知る上でとても重要です。龍太自身も選句から影響を受けていると思います。さらに龍太は俳壇に閉じこもることなく、井伏鱒二や永井龍男などの文

人たちとも深く交流しています。とても開かれていたと思います。それが俳句の多彩に繫がり、文章にも広がりがあるのだと思います。直人は龍太を「座談の名手」だと言っていました。談論風発、お酒も入ると、話は時空を超えて多岐に亘り、さぞ楽しかったのではないでしょうか。まさにリベラルアーツです。

最後に、龍太は朧夜が好きなんです。それも後半の『山の木』の辺りから朧夜の句が数多く現れます。

朧夜のむんずと高む翌檜　『山の木』
朧夜の猫が水子の声を出す　『〃』

龍太の色紙ー朧夜のむんずと高む翌檜（『山の木』）写真提供：廣瀬悦哉

朧夜の船団北を指して消ゆ　『涼夜』
ある夜おぼろの贋金作り捕はれし　『今昔』
朧夜にこの世ありけり丈草忌　『山の影』
山住みの奢りのひとつ朧夜は　『遅速』
朧夜の死体置場といふところ　『〃』

龍太の「朧夜」には、どこか空想の世界や異界を感じさせてくれるようなところがあって魅かれます。

おわりに

廣瀬悦哉氏の父・廣瀬直人と母・町子さんは蛇笏、龍太に学び、父は長きにわたって「雲母」の編集同人であった。悦哉氏は幼少のころから俳句の環境に恵まれたが、二十九歳までは俳句を作らなかった。しかし、龍太が自分の結婚式に出席することになり、父に言われて龍太第一句集の『百戸の谿』を読み、その世界に魅了されたことが俳句を始めるきっかけになったという。

また、「雲母」終刊後は直人主宰の「白露」同人を経て、今は井上康明主宰の「郭公」創刊同人として、俳句や評論を発表している。

「『雲母』や龍太選はずっと続くものと思っていました、『雲母』に在籍し龍太選を体感した三年間はかけがえのないものでした」と語った時の廣瀬氏の言葉と表情には、龍太に対する敬愛の念がにじみ出ていることに心を打たれた。

董　振華

廣瀬悦哉の龍太20句選

春の鳶寄りわかれては高みつつ　『百戸の谿』

春すでに高嶺未婚のつばくらめ　『〃』

青竹が熟柿のどれにでも届く　『〃』

大寒の一戸もかくれなき故郷　『童眸』

満目の秋到らんと音絶えし　『〃』

夏すでに海恍惚として不安　『〃』

夏の雲湧き人形の唇ひと粒　『麓の人』

紙ひとり燃ゆ忘年の山平ら　『〃』

子の皿に塩ふる音もみどりの夜　『忘音』

一月の川一月の谷の中　『春の道』

雪の日暮れはいくたびも読む文のごとし　『春の道』

冬深し手に乗る禽の夢を見て　『山の木』

朧夜のむんずと高む翌檜　『〃』

大鯉に死のうたごゑの花吹雪　『涼夜』

蠅生る無音の闇の扉透き　『今昔』

春の夜の氷の国の手鞠唄　『山の影』

おのがこゑに溺れてのぼる春の鳥　『遲速』

山住みの奢りのひとつ朧夜は　『〃』

夏羽織俠に指断つ掟あり　『雲母』

遠くまで海揺れてゐる大暑かな　『〃』

廣瀬悦哉（ひろせ　えつや）略年譜

昭和34（一九五九）　山梨県生まれ。
平成2（一九九〇）　「雲母」入会。
平成5（一九九三）　「白露」入会。
平成。18（二〇〇六）　「白露」同人
平成23（二〇一一）　句集『夏の峰』ふらんす堂。
平成25（二〇一三）　「郭公」同人。
令和4（二〇二二）　句集『里山』角川文化振興財団。

第14章

清水青風

はじめに

（二〇二三年十月二日十六時　名古屋にて）

清水青風氏のお名前を『飯田龍太は森である』という龍太論の作者として知った。今回の『語りたい龍太…』の取材までお目にかかる機会はなかった。二〇二三年九月二十日初めて電話を差し上げた時、「龍太先生についてのことですので、微力ながら喜んで協力させていただきます。ただ、私のいる岐阜は遠いし、交通も不便だから、毎月名古屋でＮＨＫ学園通信講座の講師を務めていますので、名古屋に来ていただければ、講座終了後、取材を受けることが可能です」と言われた。私も名古屋の方が有り難かった。いよいよ取材の日がやってきた。午後十三時の新幹線のぞみ号の自由席にて名古屋へ赴いた。道中で、どういう方だろうといろいろ想像を膨らませた。十六時頃、清水氏と合流。とても穏和で笑顔あふれる方であった。それから、氏が俳句を教える名古屋ＮＨＫ放送センターの一室を借りて、ゆっくりとインタビューを行った。

董振華

俳句との出会い

私が俳句を始めたのは三十歳になる前です。お寺には檀家がありますね。私のお寺の門徒衆の中に金子青銅という人がいまして、私より二歳年下ですけれど、若くして俳句を始めていました。そこで彼と知り合って自分も俳句の道に入るようになりました。俳句は比較的に自分の性格に合っていたと見えて、作るのが楽しくて、だんだんだんだん引き込まれていきました。また、青銅が飯田龍太主宰の「雲母」誌の会員だから、私もすぐ「雲母」の会員になりました。

「雲母」には雲母選賞という年間賞がありまして、その年ごとに成績の優秀だった人を表彰する、龍太先生が独自で選をなさる賞です。それがずっと「雲母」終刊まで続いたんです。

第一回は友岡子郷という神戸の方でした。彼は〈跳び箱の突き手一瞬冬が来る〉〈投網打つごとくに風の川芒〉といったような句を作っておられました。「雲母」が終刊した後、友岡さんと何かの会でご一緒になった時、私から「友岡さん、新しい俳誌を起こしていただけないですか」と言ったんです。そしたら「私はやらない、あんたやりなさいよ」と言う。私にはとてもそんな力があるわけじゃないし、やる気もなかったんです。今は友岡さんも亡くなられたけど、本当にいい方でした。

そして第三回の雲母選賞の受賞者は金子青銅でした。彼も力のある俳人で、若くして受賞者になったものだから、凄いなと思いました。

その後、私も作句にだんだんのめり込みまして、「雲母」での成績も比較的良かったので、一九八四年に第八回雲母選賞を取り、つづいて一九八八年に「雲母」同人にもなりました。

幾度「山廬」を訪れた

龍太先生は人間性の豊かな人だと言っていいのかな、本当に師に値する人という感じを初めから持ちました。

一九八〇年、「初夏の甲府句会」が龍太の住む境川村YLO会館で開催されました。ちょうどその前年、金子青銅が雲母選賞を受賞したんですね。青銅は句会参加と龍太先生にお礼を言うために、私も入門挨拶という感じで、「雲母」誌友の須田蘇風と三人で朝六時に美濃の関市を車で発って甲府へ向かったのです。初めての経験なので、境川村に着いたのが午前八時頃だったかな、結構早かったんです。俳句大会が始まる前だったですが、アポイントメントもなしに厚かましく山廬へ入って挨拶をしました。

龍太先生はまだ朝食の最中でした。口をもぐもぐさせながら出てこられて、「よく来たね」と言われて、にこやかな顔で歓迎の意を示してくれました。背はそれほど高くはなく、いわゆる中肉中背。飯田龍太その人を認識した瞬間でした。本当に気さくで、良き師に恵まれたなと思いました。有り難いのは比較的先生のおぼしめしも良くて、私の俳句をよく取り上げていただいたんです（笑）。

一九八四年、私が雲母選賞を頂いた時、お礼かたがた、家内と一緒に先生のお家にお邪魔したことがあるんです。これは余談ですけど、南高梅というよく知られた紀州の梅漬けがあるんです。それを手土産として持っていきました。龍太先生が仰るには、「いや、私も南高梅を食べてますよ」と。実に庶民的でいい先生だなと思ったんです。その時はちょっとお目にかかっただけだけど、家内も先生は素晴らしい人だってことを言ってました。要するに、全く俳句を知らない人でも、その魅力を感じさせる人間味が溢れておりました。

その後にまた、俳句仲間と山廬を訪問した折、奥座敷に通され、お互いどのような順序で坐ったらよいか決めかねて、遠慮して立っていた時、先生がすかさず「私の家では俳句の下手な人が奥の方に坐るのですよ」と言いました。そしたら、慌てて女性二、三人が上座に坐り込んだ（笑）。その後は龍太流のもてなしのうまさで場が和やかであったことは言うまでもないですね。

これもまた後年山廬を訪問した時、印象が深かった言葉ですが、「私は立場上、俳句の選はさせていただく。しかし、選を離れたらみんな俳句の仲間だよ」と。この言葉は誌友からよく耳にし、事実その通りの思いを先生は抱いていたのです。そして、この言葉は「雲母」という巨木がいささかも揺るがずに屹立していた根本にある言葉でした。龍太先生の謦咳に接したのはそれほど多くはありませんでしたが、いずれの場合でも印象的でした。

東海雲母の会

愛知、岐阜、三重の三県で、「東海雲母の会」というのを作りました。第一回は愛知県で第二回は岐阜県で、第三回は三重県という形で大会を開催していたんです。第一回を愛知県でやった時には、初めから先生をお呼びするのはちょっとおこがましいので、福田甲子雄さんに来ていただいて、講演をしていただいたんです。第二回は岐阜県が主催して岐阜市の北の方の公民センターでやりました。その時は先生にも来ていただきました。

ここでちょっと面白い話があります。第二回岐阜県で開催した時に、岐阜の「十八楼」という旅館に泊まりました。先生にはもちろん先生お一人の部屋を用意したんです。そして世話がかりの女性を二、三人決めといて先生の世話をするということにしたんです。後にその方々から聞きますと、先生に大浴場に入っていただくわけにはいかないから、部屋風呂に入っていただくことにしました。そしたら先生が鞄から入浴剤を取り出して、お世話がかりに見せながら「これを入れると、体が温まるんですよ」とおっしゃったそうです（笑）。普通、旅館には入浴剤が備えてあるでしょ、たぶん先生はそれを知らないで、自分で用意した入浴剤をお風呂に入れたということを女性の方々が面白がっていたんだと思います（笑）。

右から龍太、宇佐美魚目、太田嗟、岐阜県第二回東海雲母の会にて、1987年11月7日　写真提供：飯田秀實

残念ながら、東海雲母の会は二回《ふたまわ》りほどやった後で無くなりました。

「雲母」誌を振り返って

「雲母」は蛇笏の頃から選が厳しいと言われてました。要するに毎月一人に五句を投句するけど、選ばれるのは一句だけの場合が多いのです。かつて甲子雄さんが「雲母は一句十年」と言ったことがあります。要するに出しても一句、出しても一句というのが十年続くぞということです。多くの会員は毎月一句しか載せてもらえなくて、ほかは全てボツです。だから、「雲母」の会員は四千人余りいますけれども、雑誌自体はそれほど厚くなくて、それぐらい厳しい俳誌だったんです。

私が入会した時はすでに龍太先生が「雲母」の主宰を受け継いでおられましたが、龍太先生の選も相変わらず厳しかった。有り難かったのは私が最初に五句を出したうち、二句を取り上げていただいたこと（笑）。「雲母」に句を出す人は、成績が悪くても当たり前だ、それは自分が下手だからという意識を持たなければやっていけません。成績の良い人は大体四句掲載されます。それが二十人いるかいないかぐらいです。その次の三句欄は四、五百人いました。あとは二句、一句欄ですね。それだけに上位に選ばれた俳句は本当に自信を持って俳句だと言える。また、一人ひとりの投句者も蛇笏、龍太の選句はしっかりしたものだったことを感じられたと思うんですね。

また、「雲母」は月刊誌なので、毎月四千人の会員が五句を投句すると、併せて二万句ぐらいになります。それで毎月先生の仕事の量が膨大になり、先生は句束を持って山の鉱泉宿に籠り、選句されたそうです。そういう状況で、且つ沢山の会員がいても、投句を通して一人ひとりに目をかけていただきました。

また、「雲母」は同人費はなく、一般の会員と同じ様に雑誌購入の費用だけです。はっきり覚えていないけど、一冊六百円くらいだったかな、そうすると年間七千二百円ですね。それを払っているのみで、たとえ同人になったとしても、同人費を徴収されることはありませんでした。そういう金銭的な面はきちんとしていました。先生は本当に俳句のことだけを考えてやっておられた方でした。それは蛇笏の頃からですかね、それを先生が引き継がれたと思うんですね。言葉が適当かどうかは判らないけど、今はそういう厳しさのある「俳誌」がなかなか無いでしょ。やはり、会員を増やして、優雅にやっていけば結社が成り立つと思う主宰者が多いでしょう。龍太先生はそういうことを全く考えない方でした。今後は「雲母」のような結社はまず出てこないという気がしますね。

「雲母」誌友の言葉

昭和三十年代前半は「雲母」が結社としての地盤を固め、組織としても拡大していく頃でもありました。各地で開催される句会や大会に飯田蛇笏や龍太は都合をつけては出席されていた。会員にとっても句会は蛇笏や龍太と親しく面晤できる機会で、楽しみの場でした。

当時「雲母」の新入会員だった入倉朱王の思い出では甲府句会の折、投句した作品が蛇笏特選という栄誉を得て、その嬉しさの余韻のまま、蛇笏と共に山廬までタクシーで直行、夕食までご馳走になったといいます（笑）。

また、もう一人の「雲母」新入会員の廣島爽生の思い出は地域の俳句大会へ飯田龍太を選者として迎えた折のこと。会の運行に不慣れなため、終了後の龍太を駅まで送るタクシーの手配が出来ていなかった。どうしようかと困っていたところ、龍太がすかざす「爽生の単車でいいよ」と言いました。その言葉に甘えて、龍太を単車の後ろのシートに跨がせ、駅まで送ったという。

どのエピソードも蛇笏と龍太の人柄を反映しており、二人が「雲母」の俳人たちとの交流を大事にして進めてきた証しです。

龍太先生に会う回数が限られた

龍太先生は本当に真の意味の先生というお方でした。しかし、先生の住んでおられる山梨は私の住んでる東海地域と離れているものですから、そう簡単にはお目にかかれません。数えてみれば生涯においてお会いして話ができたのは、五、六回だったでしょうか。先生と一緒に撮った写真もないし、今から考えるとまことに残念です。

例えば、山梨県で雲母句会を開催する場合、山梨県の人たちだけではなくて他の地域の人も一緒に集まるんです。東海地方の我々も時々それに参加しました。先生に会うために関市から中央道を走り、早朝に着くわけです。当時、中央道はまだ全通していなかった。諏訪湖の辺りは道路が繋がってなくて、旧道へ降りて、諏訪湖畔を走り、そしてまた高速道に乗っていったという形なんです。結構時間がかかりました。そういう時代だったんです。

また、「雲母」の全国大会と言っても私はまだ仕事の現役でしたから、なかなか時間を作って行くことも難しかったです。横浜で開催した時ともう一回どこかで開催した時の二回だけ行った記憶があります。ただ、さっきも言いましたが、「東海雲母の会」という東海三県が毎年やる会は欠かさず参加させてもらい、他の県の人たちと相談したりして、大会を運営するようになりました。「雲母」の俳人が四千人もいましたから、東海三県を集めた大会だけでも、毎回百五、六十人は集まる盛会になりました。

「雲母」の終刊と自己作品発表の場

一九九二年「雲母」が終刊になった時、私の思いとしては後は福田甲子雄さんが継ぐものだと思っていたんですね。〈稲刈つて鳥入れ替はる甲斐の空〉〈先づ風は川原野菊の中を吹く〉など、いつまでも読んだ人の心に残る作品を示された俳人でした。残念ながら甲子雄さんが重い病気を患い、しばらくして黄泉へ行かれました。最後の病気で臥せられた折、先生ご夫婦がお見舞いに行かれました。甲子雄さんが最後に詠まれた一句が〈わが額に師の手置かるる小春かな〉であったと甲子雄さんの御弟子さんから聞きました。

甲子雄さんは亡くなった後、廣瀬直人さんが後を継ぐ形になって、「雲母」が廃刊した翌一九九三年に、後継誌「白露」を立ち上げました。そして、われわれもその「白露」に移ったわけです。「白露」は同人・会員数は約二千人で、俳句結社としては有数の会人数を示していました。廣瀬さんは一貫して自然と生活を主題とした句を作られてきました。ところが廣瀬さんもだんだん体調が悪くなってきたので、二〇一二年、第二〇巻第六号（通巻二三二号）で十九年の歴史の幕を下ろすことになりました。

「白露」が終刊の後、廣瀬先生と昔からずっと付き合っていた後輩の井上康明さんが引き継いで「郭公」を出しました。私も最初は「郭公」にしばらくお付き合いしていましたけれど、ちょっと性格的に合わなかったもんだから、三年ぐらい在籍した後はやめました。

こうして、「雲母」の流れと思った飯田蛇笏、龍太と続いてきたものがだんだんだんだん萎んでいっちゃうような感じだったから、私は非常にそれが寂しくて、自分一人で踠《もが》くだけだろうけど、自分でやった方がいいと考えて、組織とは関係なくやることにしました。それで自分で葉書通信だけの個人誌「流」を出すようになりました。

龍太先生と高山を訪れた

「雲母」が終刊してから二年後の一九九四年五月の末だったと記憶していますが、突然先生から私の家へ電話が掛かってきまして、「六月五日と六日、飛騨の高山へ旅行するから、ご都合をつけて金子青銅と共に五日の午後高山へ来ないか」とお誘いを頂きました。私と金子青銅の二人を呼ばれたんです。長野から飛騨へ抜ける安房トンネルが完成したら、一度高山を訪れることを龍太はかねがね望んでいました。それで長子の秀實さんが運転する車で福田甲子雄、隣家の「雲母」同人の雨宮更聞両氏と共に訪ねてきたのでした。久しぶりに会う先生は元気でしたが、「雲母」主宰の頃と比べると、少し体力が落ちてる感じ。その後は乗鞍スカイラインを通り、標高二、七〇〇mの畳平までドライブ。昼食後、先生一行が長野県側へ下山して行くのを青銅と共にいつまでも手を振って見送りました。

その時一番印象的だったのは、高山の宿に泊まった翌日のことです。高山市を流れる宮川という川があって、両岸にいろんなお土産店がありますね。先生はサッサとお土産屋へ入られて、いろんなものを見ながら、そこの売り子の店員さんと話をされていました。普段の先生だったらちょっと想像できないようなことで、本当に心軽やかな顔つきで話されていました。私と秀實さんと店の外でそれを見てたんですけど、秀實さんが言うには「おやじは店に入るといつもあの様なんですよ」と。先生の意外な一面を見ることが出来ました。いつも厳しい顔というほどでもないんですけど、少なくともいつも顔を緩めておられ、先生では滅多にないことでした。「雲母」が廃刊して重荷を下ろされて、久々に旅に出られたことで気が楽になっておられたことがあるのかも分かりません。楽しそうに話されているのが印象的だったですね。

左から金子青銅、福田甲子雄、飯田龍太、清水青風、雨宮更聞
高山にて　1994年5月
写真撮影：飯田秀實

二〇〇五（平成17）年、総合誌「俳句」二月号の目次扉に俳句作品五句を出した時、すぐに先生から葉書が来た。そこには『俳句』二月号の〈夕凍みの京より戻る宮大工〉はたいへんいい作品でした。（龍）」と書いてあった。先生にしては珍しい個人的な句の評価でした。

龍太俳句から学んだこと

今回は龍太二十句選と言われたので、一応全期から満遍なく選んだつもりです。しかも自分の好みの句も多いので、絞るのが難しかったです。

正直に申し上げますと、自分が俳句を始めた頃は先生の俳句が難しくて分からなかった。何を伝えようとされているのか、なんでこんな言葉を使われるのかと。だけど、そのうちにじっくり読んでいて、「ああ、そうか、こういうことをおっしゃっているのか」ってことが分かるようになった。

まず、〈一月の川一月の谷の中〉は最初、どうしてこの句がいいのか分からなかった。この句の解釈に決定的なものはないでしょう。素人目で見れば「一月」と「一月」というのは季重なりです。普通、そんなことをやっても良いなんて教えられていないですよ。だけど、それが名句と思うようになったのは、後々のことだと言っていいわけです。

これは自分の見方で、偉そうなことが言えるわけじゃないですけど、私の解釈をお話させていただくと、先生のお家は甲府盆地から少し南の方の丘陵地の田園の中にありますね。そしてお家の横を狐川という川が流れているのですが、本当にありふれた普通の農村風景でしかない。滝は確かに家から二キロぐらい離れた所にあるけれども、ふだん目にされているわけでもないし、その滝の前で作られた作品とも思えません。

最初私はこの作品の良さというか、どういうところに価値があるかは分かりませんでした。でも年を取るにつれてだんだん分かってきたのは、やはり象徴的に言葉を使われていることですね。まず「一月の川」ってのは、先生のお家の横に流れている狐川という川のことです。そこから思い起こされる川の流れを即ち血の流れと受け取っていいんじゃないかな。要するに先祖から流れてきて、自分まで辿り着いたという飯田家の血の流れ、それが「一月の川」。それから「谷の中」ってのは何かというと、先生が住んでおられる丘陵地。「谷」ではないんだけど、それを「谷」って言葉で表された先生の住んでる地域。要するに自分の血筋と、自分の住んでる地域とがぶつかり合ったところに飯田龍太という個人が生ずる、飯田龍太はここにある、ということを高らかに宣言したのがこの〈一月の川一月の谷の中〉と思っているんです。そういう自己宣言から見れば、「一月」はそれぞれに意味のある季語であり、季重なりではなく、「命」の重みを示す表現と思うようになり、非常に感銘しました。

次に〈春の鳶寄りわかれては高みつつ〉については、文法的におかしいと言う人の評を読んだことがあります。ただ、そういう点で作品にケチをつけるというのはよろしくないと思います。作品の持っている雰囲気とか、感情とかそういうものを感じ取ればいいんじゃないかな。作品はやはり情感を訴えるべきものであり、この句はそれを十分に満たしていると思います。

そして、〈どの子にも涼しく風の吹く日かな〉は、内容がよく分かるし、惹かれました。人の気持ちの優しさを句で表せることは実に素晴らしいです。

つづいて、〈眠る嬰児水あげてゐる薔薇のごとし〉

のような作品は先生にしては珍しいし、面白い。

それから、〈白梅のあと紅梅の深空あり〉の句は、私が句を作るときに参考になった作品ですね。普通に考えればこれは完全に季重なりでしょう。けど、季重なりと感じさせない滑らかさ、詩の流れあるいは時間の流れがあります。こうやって滑らかに胸に入ってくるような表現を使って作れるのは詩人として立派と、この作品を読んで感じましたね。

最後に、〈千里より一里が遠き春の闇〉の句、普通ならそんなことはあり得ないでしょ（笑）。それでも堂々と言っちゃうところが凄いと思います。この句の言葉の持つそれぞれの意味をどうやって受け取ればいいのかとても難しいです。今でもまだはっきりと分からないですが、私の無理矢理な解釈としては、一里近辺の自分の手の届くところにあるものよりも、遥か彼方にあって、なかなか手が届かないものにこそ憧れると、そういう思いなんでしょうね。

とにかく先生は我々にとっていい指針となる存在でした。俳句や文章などは勿論のこと、いろいろな講演なんかも、わかりやすい言葉で話していただいて、言葉を荒げたりするようなことは全然くありませんでした。我々は静かにずっと聞いていればよかったんです。

社会性と前衛の影響を受けた龍太作品

句集『百戸の谿』、『童眸』に見る龍太の非定型作品に影響を与えたのは年齢的な若さという内部的要因だけではないく、大きな要因は外部的なものにもあったと考えられます。

一九四五（昭和20）年後期から一九五五（昭和30）年代に亘って、俳句の世界は社会性俳句及びそれに続く前衛俳句の動きに揺れました。日本を取り巻く世界情勢は資本主義と共産主義との対立に起因した冷戦、右傾化、反動化、再軍備へと進む動きが広がる一方、それらに対抗するように左傾化、進歩化、非武装の動きが先鋭化しつつある時代でした。

俳句の世界においても三十代の若い俳人を中心に戦争反対の政治的な立場から伝統的な花鳥諷詠派の俳句に反発、社会や大衆に立脚点を置いて俳句を詠む人々が表れてきました。いわゆる社会思想性を織り込んだ社会性俳句の萌芽であって、これは徐々に俳壇的な勢力を広げていったのです。社会性俳句とは素材としての社会的な現象を十七音の定型という俳句性の中で表現する方法論の具現化と言えます。

更に時の経過とともに、社会性俳句から進んで詩の技法を俳句に援用し、抽象表現を志すという前衛俳句の動きも見られるようになりました。十七音の最短詩型を通して、人間心理の一層深部の表現を意図したものです。不十分かもしれませんが、社会性俳句及び前衛俳句の例句を数句掲げてみます。まずは社会性俳句と言われる句。

せんすべもなくてわらへり青田賣　加藤楸邨
独房に釦おとして秋終る　秋元不死男
水漬く稲陰まで浸し農婦刈る　沢木欣一
振り向きざま吐く西瓜種闘争へ　鈴木六林男
夏芝に花文字基地の有刺線　原子公平
物証なき死刑を怒る壁に階に　金子兜太
白蓮白シャツ彼我ひるがえり内灘へ　古沢太穂

次に前衛俳句。

夜遊びの老婆に浮び被爆の橋　鈴木六林男
船台に息する影たち癌の懸念　金子兜太
挨拶するにはまぶしい速度見えぬ凶器　堀　葦男
針曲げしグリニッチ同性愛の蜂ら　加藤郁乎
髪の毛ほどの掏摸消え赤い蛭かたまる　赤尾兜子
稲田の黄手足の黄爆弾を呼ぶ　立岩利夫

これらの作品群が燎原の火のごとく俳壇に燃え上がった時、龍太とても大いに心を揺さぶられたことでしょうね。そうした流れに心惹かれることもあったはずです。

一九八八（昭和63）年「俳句研究」誌上に飯田龍太、金子兜太、森澄雄の三者による鼎談が一年間掲載された。その中で三者が社会性や前衛に触れた部分があります。二つの動きに共に拘って来た金子兜太に対して龍太の述べた次の言葉に当時の思いを窺い知ることができる。『俳句の現在』（富士見書房）よりその部分を抜粋してみます。

兜太　（略）それは前衛というものを意識して。
龍太　意識してって、あの当時の前衛は、魅力があったねえ。
兜太　魅力と反発と、両方じゃなかったんですか。
龍太　ぼくは素直に魅力を感じたな。
森　ぼくらもそうだね。

かくして、『百戸の谿』、『童眸』の時代はまさしく龍太にとっての学生期《がくしょうき》であったと言えましょう。

弟子それぞれの「龍太論」

俳句初学の頃、たまたま知り合った俳人から興味深い名刺をもらったことがあります。通常名刺は本人の氏名、肩書には会社名とか役職が印刷されている。しかし、その御仁の肩書には「龍太門」とあるのみでした。飯田龍太の門下であることが、彼にとってのすべて、龍太を師とした俳人の覚悟をまざまざと知らしめる名刺でした。

飯田龍太という人物は俳句に勤しむ人たちにとって一種の覚悟をおぼえさせる存在と言えます。当然その人物像や作品については多くのことが語られ、著作及び論評は多々出版されています。龍太の門下にあった者として、これは喜ぶべきことです。それゆえに見落としがあったかもしれませんが、目につく限りのものは目を通してきました。

当然のことですが、如何なる分野であっても、私淑することが作品を正面から評価する前提であるとは言えませんし、好意的に見ることが正しい評価を生み出すというわけでもありません。むしろ違う方向から見た方が正しい場合があります。しかし、こと飯田龍太の俳句については、どの方角から見ても概ね評価が高いことは間違いない。同じ方向から見ても、異なっていたり、離れている方向から見ても同じような評価を得ることは凄いことと言ってよい。

そうした多数の眼の中から生まれた龍太の作品鑑賞についての優れた書を挙げるとすれば、身近にあって龍太の俳句を眺めてきた廣瀬直人著『飯田龍太の俳句』（花神社、昭和六十年）と、ひたすら龍太作品を直視してきた友岡子郷著『飯田龍太鑑賞ノート』（角川書店、平成十八年）の二冊が正鵠を射た書であると言ってよいと思います。龍太を師とし、俳句の道に勤しんできた両俳人ですが、私と同門という贔屓目を外しても見事な鑑賞本であると言えます。

また、飯田龍太の人間像、その人生及び折々の作品についての論評はこれもまた龍太門であった福田甲子雄著『飯田龍太』（立風書房、昭和六十年）にまず指を折る。福田甲子雄は廣瀬直人と共に、「雲母」の編集同人として龍太の身近にあってその人となりを見てきた俳人ですが、その深い洞察力は龍太の人物像をありありと描き出しています。『飯田龍太』の中で福田甲子雄は、俳句誌を主宰するに必要な要件として、五項目を挙げています。俳誌主宰者たる要件など誰も書き記したことなどないので貴重な指摘だと言えます。

第一に俳句作品が優れており、しかも独創的であること。

第二に文章力があること。

第三に説得力がある講話ができること。

第四に選句力のあること。

第五に精神の純度が高いこと。（人柄）

そして「少なくても、この五つの要件が備わっていなければ、いくら優れた俳句主張をもっていたとしても、それを伝達普及することができない」と述べ、更には「要件は、一つが欠けていても主宰者としては失格する」としている。龍太の身辺に居たものであるからこその言葉だと思います。

五つの要件については、この順序でなければならないということはない。第四番目の選句力については主宰者としてであったら二番目に置かれるべきだと思います。しかし、俳句誌主宰者としての最も大切な要件は取りも直さず俳句作家としての作句力であることは間違いありません。福田甲子雄が第一の要件に挙げたように独創的な作品を生み出す力が無ければならない。俳誌主宰者としては宿命的な要件です。そして、この点に置いての龍太作品の独創性は誰もが認めるところです。独創的な俳句を生み出すためには知識とか教養とか心理的な寛容とか、いろいろな要因が必要です。龍太の句を眺めて、その独創性を支えている特徴と言えば次の点に概括できる。龍太作品の放つ光彩の色合いともいえます。
一、感動の適切な表現。
二、素材のバラエティ。
三、作品世界を構築する力と手際のよさ。
四、鮮やかな描写力。
五、言葉の豊かさ。
六、簡潔性、切れの良さ。

第一句集『百戸の谿』から第十句集『遅速』に到るまでの作品を貫く光です。これらの光を得るために、龍太は一字一句の推敲を十分に尽くしたに違いない。刀鍛冶が心血を注いで鉄を打ち延べたようにおのおのの作品を作り上げていった。

私も二〇一三年『飯田龍太は森である』（株式会社ウエップ）という龍太論を刊行しました。実を言うと、龍太について書くようにとウエップから打診があった時、書き通す自信は持っていなかった。何と言っても、甲府の師匠のことを甲府から距離のある美濃の弟子が書くのですから。

昔から何か思い切ったことを為す時には、「清水の舞台から飛び降りるつもりで」と言う。それである日、清水寺の舞台とはどれほどのものであるのか確かめるために京都へ赴いたんです。清水寺の舞台に立って下を眺めたところ、高いことは高いのだが、それほど畏れるものではないようでした。「よし！　やってみよう」という思いで書きだした結果がこの一書となりました。先生は尊敬する俳壇の大御所であり、且つ心を寄せ得る人格者、また生来のホスピタリティを有する温かい人でもあります。それらすべてを描くことは私の才を超えており、本書も思いの通りに書けたとは言えそうもない。しかし、先生を理解する一助になればと、そういうふうに想うだけです。

忘れられない龍太の言葉

先生の言われた言葉の中で、今でも忘れられないのは「作句力と選句力は車の両輪のようなもの」という言葉です。車を進めるには左右の輪が回転しないと前へ進めない、どちらかが回るだけでは駄目ということですね。良い句を作る力がないと良い句は選べないし、良い句を選べないと良い句を作ることも出来ないという訳です。俳句初学の頃、この言葉を眼にした時、成る程と思いました。少し皮肉っぽい言い方をすれば、俳句の選者となる人は本当に力のある人でなければ駄目という意味でしょう。俳人は世に残る作品を作ることを目指し、世に残る作品を選べということですね。私も句会や俳句大会で選者をすることがありますが、先生の言葉を思い出しつつ選句しています。「あの人の選はマズイ」と言われぬように心掛けています。

もう一つ、先生の言葉で忘れられないものがあります。それは「私が本当に良い句だと思うのは、これはとても私ではできないなと思う作品です」という言葉です。先生にもできないという作品は、どのような言葉で表したら良いのか分かりませんが、嘗て「雲母」誌上で高地位を占めた作品がそれに当たると思われます。それらは先生が本当に良い作品だと胸の中で思われた作品であったに違いありません。飯田龍太という俳人にして俳誌「雲母」の主宰者であった御仁はそういうお方でした。

おわりに

年齢を加える度に活力を増す人がいる。龍太門の重鎮の清水青風氏もその一人である。「雲母」の精神を大事に受け継がれて、ｏｎｅ－ｍａｎ俳誌「流ｒｙｕ」を出されると同時に、ユーキャン俳句通信講座講師、ＮＨＫ学園俳句通信講座講師を務められている。

清水氏は一九八〇年「雲母」に入会し、飯田龍太に師事。そして、一九八四年第八回雲母選賞を受賞。その後、「白露」創刊同人、「郭公」創刊同人を経て、ｏｎｅ－ｍａｎ俳誌「流ｒｙｕ」創刊に到る。二〇一三年龍太論『飯田龍太は森である』を刊行。書中には飯田龍太の軌跡を四つのステージに分け、その作品と人となりを「雲母」の若い世代の同人の眼で捉え、論じた。雲母誌友の数々の証言も交えるなど、精神のリレーはいまも続いている。

氏の話の中の言葉「先生は尊敬する俳壇の大御所であり、且つ心を寄せ得る人格者」は龍太に対する敬愛がすべて込められていると受け止め、感激を新たにした。

董振華

清水青風の龍太20句選

春の鳶寄りわかれては高みつつ　『百戸の谿』

紺絣春月重く出でしかな　『〃』

山河はや冬かがやきて位に即けり　『〃』

大寒の一戸もかくれなき故郷　『童眸』

どの子にも涼しく風の吹く日かな　『忘音』

一月の川一月の谷の中　『春の道』

風の彼方直視十里の寒暮あり　『〃』

眠る嬰児水あげてゐる薔薇のごとし　『山の木』

かたつむり甲斐も信濃も雨のなか　『〃』

白梅のあと紅梅の深空あり　『〃』

枯山の月今昔を照らしゐる　『山の木』

朝寒や阿蘇天草とわかれ発ち　『涼夜』

大仏にひたすら雪の降る日かな　『今昔』

鳥帰るこんにやく村の夕空を　『〃』

涼新た傘巻きながら見る山は　『山の影』

闇よりも山大いなる晩夏かな　『遅速』

眠り覚めたる悪相の山ひとつ　『〃』

千里より一里が遠き春の闇　『〃』

百千鳥雌蕊雄蕊を囃すなり　『〃』

遠くまで海揺れてゐる大暑かな　「雲母」平成4年8月号

清水青風（しみず　せいふう）略年譜

昭和18（一九四三）　3月17日岐阜県生まれ。

昭和40（一九六五）　神奈川大学貿易学科卒業。

昭和55（一九八〇）　「雲母」入会、飯田龍太に師事。

昭和59（一九八四）　第八回雲母選賞受賞。

昭和63（一九八八）　「雲母」同人。

平成4（一九九二）　「雲母」終刊と同時に『白露』創刊同人。

平成6（一九九四）　句集『午后の位置』出版。

平成24（二〇一二）　平成24年『白露』終刊と同時にone-man俳誌「流ryu」創刊及び俳誌「郭公」創刊同人、3年後退会。


現在、ユーキャン俳句通信講座、NHK学園俳句通信講座講師。

第15章

保坂敏子

（二〇二三年十一月十八日十六時　甲府にて）

はじめに

保坂敏子さんは龍太が「雲母」を継承した十七年後に「雲母」に入会した。「雲母」が終刊したあと、「白露」を経て、現在俳句同人誌「今」の編集を担っている。また、山梨日日新聞俳句欄の選者も務めておられる。

今回の取材に当たって、保坂さんから貴重な写真をお貸し頂いただけでなく、膝下で龍太先生の謦咳に接したことなどを克明にご披露いただだいた。

特に最後の「龍太の句風に影響を受けたことは勿論ですが、龍太の生き方にも影響をうけました。今はその『生き方』を一生懸命役立てようとしている最中です」との一言に共鳴しきりであった。

限られた時間ではあったが、真に有意義な取材となった。

董振華

飯田龍太との出会い

「雲母」の編集同人であった福田甲子雄さんとの出会いが「雲母」と龍太先生との出会いです。従って先ず福田さんとの出会いを話さなければなりません。一九六八（昭和43）年、私は地元の役場の住民課に勤務していました。福田さんは商工会の職員だったのですが、一九六〇（昭和35）年に発足したばかりの商工会は事務所がまだなく、役場の一隅を間借りしていました。電話も引かれていなくて、役場の商工振興課の電話を共有していました。福田さんに電話を取り継いだ商工振興課の小野和己さんは、「飯田ですが」と言ったあの声は龍太先生だったかもしれないと、当時を振り返って嬉しそうに話してくれたことがあります。

ある日窓口に証明書を取りに来た芦沢さんという方が、突然「私は『みちしば』で短歌をやっているんだけれども、あなたもやってみないか」と言ってきたんです。教科書の中でしか知らない短歌についてすぐに返事ができるものではなかったのですが、興味を示したように見えたのでしょうか、そのやり取りを福田さんが見ていたんですね。芦沢さんが帰ってから、福田さんが私のところにやってきて、「今、芦沢さんと何かいろいろ話をしていたようだけれど、芦沢さんは何と言ってたんだ」と聞かれたので、「短歌に入らないかと誘われたんです」と言ったら、「短歌なんか駄目、駄目。俳句にしろ」と言ったんです。詩は好きでしたが、短歌も俳句も、特に俳句は年寄りがするものとばかり思っていましたから、そういわれても困ったなと。そしたら「これを読んでみろ」と言って「雲母」誌を一冊くれたんです。私はまだ就職したばかりで、役場の中のことも、福田さんのことも知りませんでした。いくら仕事場が近くといっても、まして福田さんが俳句をしていることなど全然知らなかったのです。職場ではそんな話はしませんでしたから。にも拘わらず「短歌はダメダメ。俳句だ」という一声は私には強烈だったような気がします。戴いた「雲母」を見ると福田さんは「雲母」の編集同人であることが分かったんです。そして俳句もそんなに古めかしいものではないように思えました。それがきっかけで、俳句をするようになりました（笑）。

あとで知ったのですが、そのころ職場には俳句をしている人が大勢いたんです。今ではとても考えられませんが、二十代、三十代、四十代の男子と女子。福田さんは私が入ったころは四十歳だったでしょうか。そして私は地元の「雲母巨摩野支社」の句会に入会させていただきました。でも、私は怠け者で熱心に俳句を作らなかったんです。俳句会なのに俳句を投句しないで出席して、ただみんなの話を聞いているだけだったのですが、とても楽しい時間でした。今思えば「巨摩野」という俳句会は不思議な魅力に満ちていたような気がします。

私が「雲母」の会員として投句をし始めたのは一九六九（昭和44）年頃です。ただ「雲母」に投句しても龍太先生にお会いすることはありません。当時毎月行われていた甲府句会に参加するか、「雲母」の大会に出席すればお会いできたかもしれませんが。

一九七一（昭和46）年の「雲母」二月号に、私の〈山茶花の咲きて病の淵に入る〉という句が巻頭になりました。福田さんがすごく喜んでくれて「巻頭作家紹介」の写真を撮ってくれました。「俺は編集部だから紹介文は書けないから浅利昭吾さんに書いてもらうように」とその手配までしてくれました。

私は一九七二（昭和47）年に結婚し、その後長男、次男が生まれました。そんなこともあって「雲母」は購読していましたが、一九八〇（昭和55）年までの七年間は、投句は休んでいました。

そのとき、「雲母」誌上で福田さんの〈いんいんと青葉地獄の中に臥す〉という俳句が目に入ったのです。これはただ事ではないと思いました。何だか福田さんがこのまま死んでしまうんじゃないかと思いました。このまま俳句を休んでいると、福田さんに俳句を教わることができなくなるのではないかという危機感とも恐怖感とも。親不孝の娘が父親の病によって突然目覚めたようなものです。

一九八〇（昭和55）年に、山梨県境川村で俳句会がありました。五月ごろだったと記憶しています。まだ小さかった次男を義母に預けて、句会に参加しました。事前投句の形式の句会だったのですが、たまたま特選を頂いてしまいました。その時の句は〈田地田畑春暁の富士そびゆ〉でした。壇上に賞品を貰いに行ったときに、龍太先生が私を見て首を傾げて見かけない人だなという顔をされました。前の席にいた福田さんが「齊藤敏子さんですよ。あの〈山茶花……〉の」と小さい声でいうと、先生は「ああ、そうかそうか」というように頷いてもう一度私の顔を見ました。結婚して苗字も変わって、しかも七年間も俳句を休んでいたのですから、無理もありません。それが先生との天竜峡以来の二度目の出会いです。このように〈飯田龍太との出会い〉は「雲母」編集同人の福田さんを通したものでした。

飯田龍太との思い出

先生との思い出はいくつかあります。もちろん、俳句の縁ですから俳句を抜きにしては語れませんが、そのひとつに山梨県で行われた俳句会でのことがあります。当日投句―清記―選句という形式の句会でした。朝、句会場まで出かけるのですが、ちょうど秋の季節で、金色に色づいた銀杏の並木をずーっと車で走っていると、不意に目の前を大きな宮型の霊柩車が横切って行ったんです。霊柩車は黒でしょ。どこかに連れ去られそうな銀杏黄葉の明るさと対比する霊柩車の存在がものすごく印象的だったので、その情景を俳句に詠んで投句しました。〈霊柩車銀杏並木を通りけり〉という句でした。そしたらその句が先生の特選になりました。家に帰ると「雲母」の編集同人の河野友人さんが私のところに電話をくれて、「今日の句会で龍太先生が敏子さんの句を採ったんだけれども、銀杏並木は季語にはならないんだ。銀杏若葉や銀杏黄葉というのはあるんだけどね」と言われました。それを聞いて私はどうしたらいいのだろうか困ってしまいました。早速、このことを福田さんに相談すると「あ、そうだね〜、龍太先生に電話してごらん」と言ってくれたんですが、私はきっと福田さんが先生に電話してくれるものとばかり思っていたので、ますます困ってしまいました。俳句会などで先生とお会いすることはあっても話をしたことはありませんし、まして、電話で話をすることなどありません。電話して奥様が出られるのか、それとも先生がお出になるのか、初めは何といえばいいのか、話の趣旨がちゃんと伝わるように話せるだろうか、「季語がないので取り消してください」と言うのはせっかく採ってくれた先生に失礼だろうななど、電話機は玄関の下駄箱の上にあるのですが、そこへ行くまでに相当の時間がかかりました。声は震えて汗びっしょりになっていたと思います。何をどう話したのかはっきり覚えていませんが、〈霊柩車銀杏黄葉を通りけり〉で決着しました。先生の声は静かでやさしい声でした。

一九八六（昭和61）年、第一句集『芽山椒』を出版したとき、先生に序文を書いていただきました。本が出来上がったあと、先生のところへ何冊かお持ちしました。先生がぱらぱらと捲って見ながら「いい句集ですね」と言ってくれました。こんなに短い時間にさらさらと全部を読めるものなのかしらとびっくりしました。「句の数はどのくらい」と聞かれたので「二百五十六句です」と言うと、「僕の『百戸の谿』と同じだ」と、遠くを見るような目をして仰いました。そして「句集っていうのは自分の手元に三十冊から五十冊ぐらい置いておかないと、あっという間に無くなってしまうからね。『百戸の谿』もすぐになくなってしまって、結局自分の句集を自分で買うことになってしまったんだ」とお笑いになりました。家に帰ってから、なにげなく先生の句集『百戸の谿』を開いてみたら、二百五十六句ではなく、二百五十九句でした。多分先生は「頑張れよ」という意味で、自分の第一句集も二百五十六句だと言ってくれたのかなと思いました。そんな先生のサービス精神がとても嬉しかったです。先生の言う通り、私も三十冊ぐらいは手元においておいたのですが、今はほとんどなくなってしまいました（笑）。そのときの序文の題は「豊穣の岐路に」でした。ここに記しておきます。

「豊穣の岐路に」　飯田龍太

日頃、保坂敏子さんの作品に接していると、俳句は作るものではなく浮かぶものだ、といったという先人の言葉を思い出したくなる。自在な発想と軽妙な表現力は、あたかも大小無数のシャボン玉がつぎつぎにとび出すような塩梅。しかも透明な皮膜には、どこか妖しいひかりを宿して中天に上る。

敏子さんは、昭和五十八年四月、作品「春の夢」によって、第七回の雲母選賞を受賞した。

因《ちなみ》に、雲母選賞とは、前年度雲母作品欄の何千という出句者の中で、もっとも好成績をおさめたひと十数人を選出し、既発表作品十句に新作十句を加えた計二十句を審査の対象にし、一名乃至二名に授賞するものであるが、敏子さんは、大内史現氏について最も若い受賞者である。

春 満 月 水 子 も 夢 を 見 る 頃 ぞ
猫 す て る べ き 朧 月 待 ち に け り
草 流 れ よ る 夏 川 も ま ひ る な り
大 西 日 胃 の 腑 朽 ち ゆ く ご と く 落 つ
冬 茜 山 高 け れ ど 何 も 来 ず

以上はその折の作品の一部であるが、この受賞を契機として、敏子さんの作品は一気に飛翔したように見える。

抱かれて子の霊月をわたるなり
山柿のひそかに熟るる月夜かな
冬の月いのちわけあふには淡し
子を捨てて来よと青野の風が吹く

後列左より保坂敏子、齋藤史子、福田甲子雄
前列左より廣瀬直人、龍太、稲垣晩童
雲母若菜会句集『若菜』出版記念　談露館にて　1986年1月18日
写真提供：保坂敏子

落椿子に声なきは恐ろしき
子のこゑが消えしあたりの草いきれ

たまたま月と子とを詠った作品の若干をあげたが、感性はますます鋭さを加えて自在。のみならず、

葦原にざぶざぶと夏来たりけり
夜の秋土鈴いづこの音ならむ
怒濤いま蜘蛛の視界の中にあり

などの骨太の作品が随処にあらわれて幻想の飛翔を抑え、読者の耳目をたのしませてくれる。
敏子さんは、生得詩才にめぐまれたひととみえる。しかも、才に傷つくか育《はぐく》むか、いま、大事な岐路に立っているように見える。

もう一つ印象深い思い出は「雲母」が終刊してからのことです。福田さんは「雲母」が終刊してからもよく龍太先生のお宅に伺っていました。その都度齋藤史子さんと私に声を掛けて下さり、私の運転で「山廬」

へ行きました。七月十日が先生の誕生日ですが、誕生日には必ず先生の好きなメロンを持参しました。

一九九三（平成5）年七月十日。この日も福田さんに連れられて史子さんと三人で出かけました。玄関に入った途端、奥から先生が出てこられて困ったような顔をされて「今日はちょっと」と言ったんです。いつもなら、奥様が出してくださる美味しいお茶を戴きながら先生と福田さんの話を傍らで聞くのが楽しくうれしい時間なのですが、史子さんも私も思わず「え？」と顔を見合わせました。すると、福田さんは「さあ、さあ、帰ろう」と私たちを追いたてるようにして、そのまますぐに帰ってきたんです。あとで知ったのですが、その日は井伏鱒二さんが亡くなった日だったのです。史子さんと私は先生の「今日はちょっと」の意味がわからなかったのですが、福田さんはすぐにわかったんですね。そういう「龍太と甲子雄」というひとつの呼吸でつながっている関係を今でも不思議に思い出します。その福田さんの句に〈鱒二忌は師の誕生日山女どき〉があります。

様々な句会の思い出

「雲母」の終刊は一九九二（平成4）年八月でしたが、その年の三月に甲府にある県民会館を会場に、事前投句形式の俳句会が行われました。龍太先生の特選になった私の句は〈貝寄風や黒き髪にはときめきあり〉という下が六音の字余りの句でした。いつも大会や句会の披講は張りのあるいいお声の廣瀬直人さんがしていました。特に字余りの句の披講が上手でした。語尾をちょっと上げた抑揚ある披講は何回聞いてもうまいなあと思いました。そんなことから、ひょっとしてこの句が採られたとしても廣瀬さんがきっとうまく読みあげてくださるのではないかと。捕らぬ狸の皮算用ですね（笑）。その日の披講は廣瀬さんではなく井上康明さんでしたが…（笑）。でも、何となく採られる予感はありました。

もう一つ句会の思い出というと、私たちの住む町の「白根桃源文化会館」というところで行われた句会でのことです。先生の出席する句会はいつも大勢の方が参加していました。その日の昼食は確かコンビニのおむすびでした。セロファン紙に包まれていて、取り出し方が①→②→③のような表示がしてありました。コンビニおにぎりのはしりの頃でした。私たちはよく知っていましたけど、先生には珍しかったのでしょうか、おむすびの取り出し方が分からなかったようです。そしたら、福田さんがさっと寄ってきて、「先生ちょっと」と先生の手からおむすびを取り上げるとセロファンの皮を剥いて差し上げたのですが、福田さんだってあまり上手じゃなかった。あれなら私の方がうまく取れたかもしれません。しかし、その時は恐れ多くて福田さんの様にはできなかった。普段、先生は奥様の手料理しか召し上がらないのだろう、コンビニのものは食べたことがないのだなと思いました。そんな他愛のない事なのですが、そのことを今でも不思議に覚えています（笑）。

一九八五（昭和60）年に「若菜会」という女性ばかりの句会が『若菜』という合同句集を出版しました。それを記念した祝賀句会が甲府の談露館というホテルで開かれました。先生と編集部の方々も出席してくださいました。その時出句した私の句は〈風吹いて冬のプールに水の音〉でした。私の住むところは月夜でも灼けるという常習旱魃地帯で昭和三十五年に上水道が引かれたのを記念して町で初めてのプールが造られました。屋外プールです。その隣に町営住宅が何戸か建っていて、そこに住んでいる職場の先輩の所へいく途中目にした風景です。冬なのでプールには水は張ってありませんでしたが、不意に風が吹いてプールの底の枯葉が何枚かこすれるような音を立てました。ぴちゃッという微かな音でしたが、確かに水の音を聞いたような気がしたのです。それがこの句の背景ですが、句会ではあまり点が入りませんでした。その中で誰かが一人採ってくれました。小さい声で「敏子」と名乗ったのを聞きつけて、福田さんが「先生、この〈風吹いて冬のプールに水の音〉っていう句があるんですが、この句はどうでしょうか」と先生に聞いてくれたんです。せっかく先生の出席される句会なので勉強になるのではないかという配慮があったのだと思います。先生はすかさず「それは〈風止んで〉だろうね」と仰ったんです。その場にいた四十人の女性たちが一斉に「ああっ」と大きな声を上げました。そしてさっと静かになったんです。先生の「それは風止んでだろうね」という言葉だけで、そこにいるみんなは理解したんですね。勿論、先生のご指摘は的確でしたし、それにもまして窪田玲女さん率いる「若菜会」の資質も凄いなと思いました。今はプールは無くて市営の公園になっています。

福田甲子雄の逝去と宇多喜代子の来訪

福田さんの遺句集『師の掌』に〈わが額に師の手おかるる小春かな〉の句があります。福田さんが退院して、家で静養している二〇〇四（平成16）年十一月二十九日に、龍太先生ご夫妻のお見舞いを受けた時のことを詠まれた句です。その甲斐もなく翌年四月二十五日に福田さんは亡くなりました。先生の悲しみは大きく、しばらくは立ち直れませんでした。食事をしない日が続いて、ビールばかり飲んでいたそうです。奥様に「もう俺は駄目だ」というようなことを言っていたんです。山梨日日新聞社の中村誠さん（『龍太語る』の著者）は「雲母」終刊のころから土日にはずっと山廬に通い続けていたのですが、先生の様子を心配して、史子さんと私に「龍太先生を励ましてくれないか」と言ってきました。お邪魔すると先生はベッドに座っておられましたが、ちょうど『龍太全集』が角川書店から出版されたばかりの時で、積んであった第四巻（随想Ⅱ）をさっと取り上げて、史子さんと私に「飯田龍太」とサインして落款を押してくださいました。しっかりした字でした。ビールばかり飲んでいるような字には見えませんでした。却って私たちが励まされているような気がしました。先生はそう言う人です。二回目にお邪魔したときに、「素麵だったら召しあがるかも知れないわね」と史子さんが言って早速台所に入って作りはじめました。私は葱を刻んだだけでしたが、麵の茹で具合と汁の味が良かったのか、それとも私たちに気を遣われたのか、恐る恐る出した素麵を「おいしい」といって召し上がってくださいました。「ああこれで先生も元気になれる」と。二人とも素麵に感謝しました。家で素麵を茹でているときなど、その時のことが思いだされてふっと涙が出ることがあります。

三度目に伺った時でしょうか。文学館から「今、宇多喜代子さんがここにいらっしゃるのですが、せっかく山梨に来ているのだから龍太先生にお目にかかりたいと仰っていますがいかがでしょうか」という電話が入りました。「おいでください」という先生のお返事を中村誠さんが伝えたのですが、体が弱っていたために先生は家の中で何度も転ばれて、その日も転ばれたばかりでした。そんな時だったので、中村さんも、史子さんも私もどうなることかと心配しました。玄関に宇多さんの「龍太先生、お久しぶりです。ご機嫌いかがですか」という声が聞こえるとさっきまでよろよろと危なげだった先生が「さあさあ、どうぞ」といってさっと立ち上がって、迎えました。そして座卓の前にしゃきっと座りました。びっくりしました（笑）。文学館の高室有子さんと山梨日日新聞社の風間圭さんが一緒に案内してこられました。

ちょうど桂信子さんが亡くなって間もない時だったので、先生は宇多さんに「草苑」はこれからどうするのですかとお聞きになりました。宇多さんは「主宰誌ではなく、句会のようにみんなで一緒に俳句をやっていく方向で考えています」といいました。すると先生はご自分の膝をハタと打って「それがいい。それがいい」とおっしゃったんです。その満足げな顔を見たとき、先生の考えている俳句の在り方はもしかしたらこのような形であったのではないだろうかと思いました。

結社誌について

結社誌を語ることはなかなか難しいです。結社とは何かがよく分かっていないんですから。

「雲母」が一九九二（平成4）年に終刊しました。その理由はいろいろ取り沙汰されていますが、はっきりとはしません。「雲母」七月号の龍太先生の終刊の辞がすべてであろうと思います。それ以上でもそれ以下でもないのではないでしょうか。その中で先生は「もともと俳句の結社誌は、常識として一代限りのもの」「出句者の数がどれほど多かろうと、選というものはあくまで一対一の関係にあるもの。特に結社誌においてはそこに一瞬の怠惰も許されない厳しさで対処するのでなかったら、主宰の意味はないのではないか」と。

龍太、甲子雄、敏子　山廬にて　　2001年3月
写真提供：保坂敏子

また、俳句誌の異状な増加という現象に「安易な継承は、俳句の質の向上を望むとき、好ましい流行ではない」と言及して、「私の『雲母』継承にも一端の責任があるのではないか」と読む人を身震いさせるほど自身を厳しく叱咤しています。

将棋の世界では名人の子が名人になるかというと、そうじゃないですよね。相撲も同じです。それと同じで俳誌もやはり一代限りだと思うんです。

農業を継ぐ、店を継ぐ、工場や会社を継ぐというのとは違うような気がします。『雲母』終刊後も、各地の句会や一泊の吟行会には私も進んで参加したいと考えております。参加者何百人という句会とちがい、親しく膝を交えた一座の交情には、大きな句会では得られない新鮮さと愉しさがあるのではないかと思います」と終刊の辞の最後の方に書かれていますが、宇多さんが山廬訪問の折、「主宰誌ではなく、句会のようにみんなで一緒に俳句をやっていく方向で考えています」と「草苑」の後について語ったとき「それがいい」と言った先生のうれしそうな顔をいつまでも忘れません。結社を超えた俳句の真の姿を見たような気がしました。

龍太俳句の特徴

まず、先生の句を読んでいて気が付いたのは平仮名表記の句が多いことです。例えば〈新米といふよろこびのかすかなり〉（『百戸の谿』）という句がありますが、「新米」だけが漢字で、あとは全部平仮名です。耳で聞いただけなら平仮名表記か漢字表記かは分かりませんが、俳句が文字によって成り立つ文芸だとすると、この平仮名表記は、作者のデザインのような気がします。炊きあがった新米のつやつやした感じが見えてくる標記です。龍太先生はカメラも上手だったでしょう。構囲炉裏端の蛇笏の写真は先生が撮ったのですよね。構図のしっかりしたいい写真と思います。蛇笏のすべてを語っている写真です。それを見ただけで龍太が俳句作品の画面構成を考えて文字を標記していたのではないかと思えてきます。造形要素をさまざまに組み合わせて、作品の効果を出す手段。つまり作品の構図ですね。〈夏火鉢つめたくふれてゐたりけり〉、〈露草も露のちからの花ひらく〉、〈夏富士のひえびえとして夜をながす〉、〈暁の梅雨ふりわけひびきこころもまた〉、〈百姓のいのちの水のひややかに〉、〈花栗のちからかぎりに夜もにほふ〉、〈みのるひかりと幾家のいのちことなれり〉、〈秋の石あらぬおもひとあたたかく〉、〈汗の背にはるかな夕日わかちなし〉など、すべて『百戸の谿』からですが、作品の効果を狙った標記と思います。漢字から来るイメージと平仮名から来るイメージをしっかり捉えた絵画的、視覚的な作品に仕上げたところが凄いと思います。

第二に気が付いたのは、切れ字の使い方が上手なことです。切れ字と言えばすぐ浮かぶのは「や」「かな」「けり」ですが、上五や中七を切る強い切れ字の「や」をあまり使っていないのです。その代わり「の」が目立ちますが、龍太は「の」には軽い切れがあると言っています。上五に「に」を使った作品も多く目にします。上五の「に」は散文的で説明っぽいのですが、龍太作品にはそんな気配が全くありません。どうしてでしょうか、不思議です。

第三は自然を詠んでいるけれども、自然の風景の中に人間がしっかり位置づけられていることです。東山魁夷の絵だって対岸に白馬がいなければ湖も新緑の森も漠然としたものになってしまうけれど白馬を置くことによっていきいきと風景が活写されています。風は見えないけれども風が吹いていることも想像されるんです。龍太の句も、父、母、兄、子、嬰児、末娘、少女、媼、少年、人など文字として登場する場合と句の中には見えないけれど気配として感じられる作品などがあります。龍太は「人に対する関心と好奇を去って自然を見る眼だけが肥えるということはあり得ないように思われる」と言っています。人を描くことによって句がより印象的になるかなという気がするんです。

第四は龍太の身辺のこと或いは龍太の生活のすべてが見えてくるような感じの句が沢山あることです。例えば〈セルを着て村にひとつの店の前〉、〈涼新た傘巻きながら見る山は〉、〈うそ寒の口にふくみて小骨とる〉、〈ひとごとのごとき齢も秋の澄み〉、〈なにはともあれ山に雨山は春〉など、難しい言葉を使わずに、さりげない日常の中のことをさりげなく俳句に詠んだこれらの作品からは先生の全身が見えてくるような気がします。

第五は龍太俳句の清潔感・清浄感です。どのような場面を詠っていても龍太の俳句には「澄み」があるような気がします。例えば〈文化の日鉄の屑籠雨の中〉があります。私たちは「文化の日」といったら美しい言葉をさがしてきて「文化の日」にふさわしい句を頭の中で作ってしまうでしょう。しかし、龍太は違うんですね。「文化の日」と「鉄の屑籠」とは全然合わないような素材ですが、実に臨場感ある作品です。「文化の日」は十一月三日ですが、この日は「晴れの特異日」といわれて天気の日が多いんです。だから、滅多に雨は降らないんですけど、この日は珍しく雨が降ったのでしょう。「文化の日」の行事のために会場の周りには鉄製の屑籠が用意されています。ですが、雨のために中止か延期になったのでしょう。誰もいない会場には鉄の籠がぽつんと置かれています。雨の中で一層黒々と際立って見えます。勿論、その中には屑や芥は何も入っていないのがわかりますよね。しんとした「文化の日」の清浄感が伝わってくる作品だと思いました。そして、ふっと気づいたんですが、屑籠が屑籠の用を為すには何も入ってない状態でなければならな

後列　保坂敏子　齋藤史子　　前列　龍太、俊子　山盧にて
2005年5月
写真提供：保坂敏子

いのだと。私の部屋の屑籠のようにいつも満杯では屑籠の用はしないいんですね（笑）。屑籠を詠いながら龍太の作品には「澄み」があると思いました。

第六は龍太俳句のシンプルさではないでしょうか。


形容詞や動詞を一切省いた〈一月の川一月の谷の中〉など韻律も見た目もシンプルですよね。名詞を助詞「の」でつないだだけの作品はシンプルさゆえに覚えやすく、忘れ難いのです。表記も「谿」ではなくて画数の小さい「谷」を使ったところなどさすがだなあと思いました。まさに「シンプルイズベスト」ですね。シンプルというのは豊かさにつながるのですね。どこからか「これで十分。俳句はこう作ればいいのだよ」という先生の声が聞こえてくるような気がします。それを作品で示したところが凄いところです。とはいっても実際には簡単に作れるものではないんですけど（笑）。自然に寄り添って心を「無」にすればいつか自分が納得する句が作れるでしょうか。

龍太の句集『百戸の谿』の冒頭に「兎に角、自然に魅惑されるといふことは怖ろしいことだ」とありますよね。物理学者のアインシュタインも「素粒子に魅了されることは怖ろしいことだ」と言っているんですよね。古今東西の偉大な文学者と偉大な物理学者が、奇しくも同じことを呟いていることにびっくりします。命を懸けて取り組むものの本質を見極めた怖れでしょうか。「本物の俳人」と思います。

龍太選の広さと深さ

「雲母」に入会したきっかけは、前にお話ししたとおりですから、伝統俳句とか、現代俳句とかいう概念や、俳句の中の諸々の「しくみ」は全く知らないで入りました。いまでもよくわかりません。俳句を作る上でそういったことは関係ありませんものね。関係があるとしても私たち会員は大きな「飯田龍太」に護られていたのだと思います。ただ俳句を作っていればよかった、それだけです。しかし、龍太先生が俳壇に向ける眼は「雲母」を読んでいるだけでわかりました。毎号の記事や、内容、特に「雲母」のうしろの方に「秀作について」の頁がありますね。作品鑑賞のかたちで同人・会員の秀句について触れているのですが、「雲母」の会員以外の人の俳句も取りあげて鑑賞しています。取り上げられたそれぞれの人たちの作品を通して俳壇全体が見えるような感じでした。「雲母」の龍太選は勿論ですが、俳壇に目の行き届いた作品の取り上げ方を見ると　龍太選の広さと奥深さがよくわかります。まさに「飯田龍太の世界」です。

龍太の句風に影響を受けたかどうか

「雲母」という結社で学ぶということは知らず知らずにそういうふうになってくるかしらね。

二〇一二（平成24）年に宇多喜代子さんによる『戦後生まれの俳人たち』が「毎日新聞社」から出版されました。これは「俳句αあるふぁ」に三年間連載したた「戦後の百俳人」を一冊にまとめたものですが、「雲母」「白露」系では井上康明さん瀧澤和治さんと私の三人が取りあげられています。その中で冒頭、宇多さんが私の句について「具象をとらえながら、どこかを具象から離すおもしろさをもった句が特徴。その方法に雲母育ちの行儀のよさとでもいえる風貌がみえる」という印象を記しています。「雲母」しか知らないので、「雲母そだち」は何となく納得がいったのですが、「行儀のよさ」は、ちょっとショックでした。行儀のよい詩なんてつまらないと思っていたからです。しかし、外の人から見ると「雲母」の俳句には龍太の句に代表されるような一つの特徴があるのだろうなと思いました。知らず知らずにその匂いが染みついているのですね。

一九九一（平成3）年に福田甲子雄さんが出された『龍太俳句365日』で「三月十四日」に取り上げているのは〈朧夜の猫が水子の声を出す〉（『山の木』）という句ですが、その中で福田さんは、私の〈春満月水子も夢を見るころぞ〉にもふれて「発想の基盤となっているのがどうも掲出の〈朧夜の猫……〉の句ではないかと思われる。本歌どりで成功した例。」と書いているんです。斯う書かれてしまえば最早反論は出来ないのですが、「水子の声を出す朧夜の猫」とは発想も感慨も全然別です。

どちらかというと〈葦原にざぶざぶと夏来たりけり〉の方が、龍太の〈渓川の身を揺りて夏来るなり〉（『童眸』）が発想の契機になっていると思います。文言や形が似通ってのは勿論ですが、龍太俳句に憧れを抱いている人なら、誰でも龍太の句風に影響を受けている結果と言えるかもしれません。

昭和三十年後半から四十年前半の「雲母」の会員の句を見ると下六音の破調の句などに先生の影響が色濃く見えます。それがまた、新鮮で読むたびにわくわくしました。「雲母」が届くと真っ先に先生の俳句を見るのが楽しみでした。〈薄暑かなひと来て家を見て去れば〉の句が「雲母」誌上に載った翌々月の「雲母」には「○○かな」を上五に持ってきた同人・会員の作品が目立つようになりました。面白い現象でしょう（笑）。私のみならず「雲母」育ちの人たちは、飯田龍太の影響を少なからず受けているんですね。

俳句の作り方にはいろいろあって、それこそ千差万別でしょうけれど、私は俳句が作れなくて困ったときには、龍太の散文やエッセイを読みます。何回読んでいても初めて読んだような新鮮さがあります。（忘れてしまっているのかもしれませんが）私の場合は、俳句を作るからといって、龍太の俳句をいくら読んで見てもダメなんです。逆に龍太のエッセイを読んでいるとそこに描かれている風景がワーッと見えてくるんです。風景ばかりではありませんが、なぜか俳句を作れ作れと急かされているように詩嚢が刺激されるんです。

龍太の句風に影響を受けたのは勿論ですが、どちらかといえば龍太の生き方に影響を受けたといった方がいいかもしれません。それは「飯田龍太語録」に色濃く反映されていて、それを読めば俳句は勿論、その生き方までもが間接的に語られ示唆に富んでいます。それでは龍太の生き方に「影響をうけたか」と問われれば、それを実践しなければ、「影響をうけた」とはいえませんよね。今は「生き方」を学んでいる最中と答えるしかありません。

龍太生誕百年記念
――俳誌「今」三〇号寄稿文

飯田龍太生誕百年によせて

花の束手首に重き夏羽織　『春の道』

『季題別　飯田龍太全句集』から夏の句を抜き書きしながら、ふと掲句が目に留まったのは

夏羽織俠に指断つ掟あり　龍太

の強烈な印象とその記憶によるものであろう。〈またもとのおのれにもどり夕焼中〉を冒頭におく平成四年「雲母」八月号（終刊号）の「季の眺め」と題する主宰詠九句と前号の「雲母」終刊の辞は衝撃的な事実としていつまでも胸中を離れない。

掲句の「花の束」と「夏羽織」からは何かの祝賀の席の一場面が想像される。例えば俳句大会か、出版を祝う会か、あるいは結婚式などであろう。さらに「手首に重き」からは豪華な花束が見えてくる。贈呈する側の熱い思いが込められた重さであり、それを受け取ったときの作者の含羞と戸惑いの重さでもある。

掲句は昭和四十三年「雲母」七月号の主宰詠九句中の一句。〈花束の手首重しと夏羽織〉として掲載されている。この年には、六月三十日の北海道雲母俳句大会、七月には『自選自解　飯田龍太句集』が刊行され、さらに九月には飯田蛇笏七回忌に寄せた偲ぶ会や展覧会などが開催されている。また、十一月には第四句集『忘音』が刊行された。しかし、この花束はそれらのどの場面とも違うようである。気になる作品ではあるが、詮索するのをあきらめて、まずは涼しげな夏羽織の風合いに目を留めたい。

終刊号の「夏羽織」は掲句より二十四年後のこと。
(保坂敏子)

「雲母」終刊後、『新編　雲母句集』の編集作業に取り組む。
左から龍太、廣瀬町子、河野友人、廣瀬直人、齋藤史子、
福田甲子雄、井上康明、保坂敏子、山廬にて　1992年8月
写真提供：飯田秀實

これは二〇二〇(令和2)年「飯田龍太生誕百年」を記念して特集した「今」30号の「龍太の一句を読む」の私の拙文ですが、同時に「香雨」同人の若井新一さんに「龍太の広い懐」と題した龍太論を、また山梨日日新聞の中村誠さんには「沈黙の理由《わけ》——窪田玲女さんからきいたこと」を執筆していただきました。お二人によって「龍太像」がより鮮やかになったのではないでしょうか。

おわりに

保坂敏子さんからは「おしとやかな深窓の麗人」という印象をうけた。にっこりとした表情で語る龍太についての思い出話は、真にいきいきと起伏に富み、楽しいという充実感のうちに終了した。

保坂さんは一九六八年、「雲母」の編集同人であった福田甲子雄との出会いが「雲母」と飯田龍太との出会いだったという。以来、「雲母」への投句はもとより、氏の第一句集『芽山椒』の序文で「敏子さんは、昭和五十八年四月、作品『春の夢』によって、第七回の雲母選賞を受賞した。」と龍太が誉め讃えた力量を遺憾なく発揮されている。

「雲母」に入会後に知った龍太の多くの句の中では、特に〈一月の川一月の谷の中〉の句はシンプルさゆえに覚えやすく、忘れがたい。シンプルさは豊かさにつながる。自然に寄り添った日常を大事にされた龍太の人柄に魅かれて大好きになった、と振り返った。心に残る言葉だった。

董 振華

保坂敏子の龍太20句選

巌を打ってたばしる水に蕁咲けり　『百戸の谿』
わが息のわが身に通ひ渡り鳥　『〃』
鰯雲日かげは水の音迅く　『〃』
いきいきと三月生る雲の奥　『〃』
耳そばだてて雪原を遠く見る　『童眸』
紙ひとり燃ゆ忘年の山平ら　『麓の人』
子の皿に塩ふる音もみどりの夜　『忘音』
どの子にも涼しく風の吹く日かな　『〃』
日々明るくて燕に子を賜ふ　『〃』
雪の日暮れはいくたびも読む文のごとし　『春の道』
白梅のあと紅梅の深空あり　『山の木』
水澄みて四方に関ある甲斐の國　『〃』
梅漬の種が真赤ぞ甲斐の冬　『涼夜』
香奠にしるすおのが名夜の秋　『今昔』
柚の花はいづれの世の香ともわかず　『〃』
初夢のなかをわが身の遍路行　『〃』
涼新た傘巻きながら見る山は　『山の影』
なにはともあれ山に雨山は春　『遅速』
いつとなく咲きいつとなく秋の花　『〃』
枯蟷螂に朗々の眼あり　『〃』

保坂敏子（ほさか　としこ）略年譜

昭和23（一九四八）　山梨県生まれ。
昭和44（一九六九）　「雲母」入会、飯田龍太に師事。
昭和58（一九八三）　第七回雲母選賞受賞。
昭和61（一九八六）　句集『芽山椒』（牧羊社）刊。
平成5（一九九三）　俳誌「白露」編集同人。
平成25（二〇一三）　俳誌「今」編集同人。

現在、山日文芸俳句欄（山梨日日新聞）選者。

第16章

瀧澤和治

（二〇二三年十一月十八日十四時　甲府にて）

はじめに

俳人・飯田蛇笏、龍太親子の碑前祭は、お二人の功績を偲ぼうと、文学碑が設置されている山梨県立文学館で毎年行われている。

二〇二二年十月二日、黒田杏子先生のご紹介でコールサック社の鈴木比佐雄代表と実務担当の光影様とともに参加した。その時に初めて瀧澤和治氏にお目にかかった。言葉を交わすことはなかったが、飯田龍太の愛弟子の一人であることは知っていた。

今回のインタビューでは、瀧澤氏にこの企画の趣旨を申し上げたところ、即応諾していただいた。そして、時間をかけて飯田龍太との関りの資料を作成し、事前にメールで送ってくださり、取材が順調に進んだことに深く感謝している。知性に富み寡黙な印象の方だが、龍太の話になると、明るく楽しそうに、明晰に話してくださった。その話しぶりから瀧澤氏にとって龍太がどのような存在であったかを十分に窺うことができた。

董振華

俳句を始めるきっかけ

私が俳句を作り始めたのは中学校の授業の折で、今から五十年以上も前のことです。それまでは蛇笏の有名な句を教科書などでいくつか目にする程度だったんですが、その時にたまたま先生の発案で飯田龍太先生の選を受けることになり、クラスの生徒たちが作った句を龍太先生のところへ持って行って、選をしていただきました。その頃はまだ、龍太という名前は知らず、もちろん、蛇笏から「雲母」を継承して、俳人として有名だったことも知らなかったです。教師から選をしてもらうと言われ、ああ、そうなのかと思っただけでした。一人何句作ったかは覚えていませんが、確か、私は二句取られました。まあ、中学校の授業の一環ですから、その程度だと思うんですが、それが俳句を作った始まりです。

一九六八（昭和43）年、私が中学三年の時に、飯田蛇笏の七回忌がありました。蛇笏は一九六二（昭和37）年十月三日に亡くなったので、実際は六年目ですけども、秋の九月、地元の山梨日日新聞に飯田蛇笏展の特集記事がありました。一日に一句ずつ十七日間、新聞に解説文と写真が掲載されました。それを読んでとても惹き入れられて、七回忌の蛇笏展を初日に観に行きました。蛇笏の俳句が展示室に飾られていて、いろいろ説明が付いていました。その時、「雲母」の大先輩の方々、例えば編集者の福田甲子雄さんとか、廣瀬直人さんとか大勢いたと思います。もちろん、私には誰が誰だか分かりませんでした。

私はその折に市内の書店に立ち寄って俳句関係の本を探しました。すると、そこに水原秋櫻子の「馬酔木」や飯田龍太の「雲母」などの俳句雑誌がいくつかあったんです。私はすぐに地元だと判った「雲母」の十月号を購入して、開けてみたら飯田龍太先生の作品がありました。会員の作品欄には、今は亡き石川雷児の〈沛然と夏樫に雨壮年へ〉が巻頭作として載っていたのが印象的でした。そして、この句の評が、私が最初に読んだ龍太の作品評でした。また、よく覚えているのは「雲母」の黄色い表紙です。

翌年、私は甲府第一高等学校（戦前の「甲府中学」）に入学しました。ここは龍太先生の出身校でもあり、蛇笏の長男聰一郎と五男の五夫の出身校でもあります。つまり、私ははるかのちの後輩に当たります。

それで、入学してからずっと「雲母」を書店で買って、一年のときから「雲母」へ投句しました。初めの頃は五句を投句しても一句か二句しか載りませんでしたが、どういうわけか、翌々年の五月号に会員の作品欄で巻頭になりました。高校三年、十八歳になる前でした。投句していたのは、やはり俳句に惹き入れられるものがあって、読むだけでは物足らず、反応を期待していたからなんです。もちろん、その頃は龍太先生をあまり意識していませんでした。

しかし、高校三年になっていましたから、大学受験の準備をしなければなりません。そこで、夏頃から半年くらい休みましたが、大学に入ってからまた「雲母」に投句し始めたんです。そのことがきっかけで、それ以降ずっと「雲母」を直接に購読するのではなく、市内の書店で買い続けました。

龍太に惹かれて

最初に買った十月号の「雲母」に載っていた龍太の作品を読んで、ああ、こういう句を作るのかということが分かりました。それまでいくつか知っていた蛇笏の句とは明らかに違います。その時に興味を持ちまして、以降、購入してはすぐ龍太作品を真っ先に読んでいたわけです。龍太の俳句については、親子であるのに、父の蛇笏と雰囲気が違うというところに何とも言えない魅力を感じました。私は初心者ですから、そういう意味では主宰の作品をちょっと真似するようなところがあったかもしれません。そのあと、句集も購入していないし、ほぼ「雲母」掲載の龍太作品だけを読んでいました。龍太先生の句集を最初に買ったのがいつごろかはちょっと思い出せませんが、結構後になってからと思います。

山廬訪問

さっきも言ったように、私は高校三年の時、自分の作品が「雲母」の巻頭になりましたが、誰も句友がいないので自己紹介をしなければならなくなりました。何とか自己紹介を書いて龍太先生のところに持って行ったわけです。それが初めての山廬訪問です。

二回目は、高校の教師が校内雑誌にエッセイのようなものを龍太先生に書いてもらって載せたいというので、その依頼をしてくれと言われ訪ねました。おそらく、先生が私の甲府一高の大先輩で、同じ村に住んでいるし、私のことを知っているから頼まれたと思います。その時、先生の書かれた題名が「二人の小林君」だったような記憶がありますが、残念ながら中身は読んでいません。それが二回目の山廬訪問ですね。

後は、大学時代に「雲母」誌に作品評を頼まれて、一般の俳句雑誌から惹かれた俳句について書いた批評を山廬へ持参することも何度かありました。その時に先生は夜遅くまで選をしているので、私が原稿を持って行ったら、まだ寝ていました（笑）。「ちょっと後山を見ていてくれないか」と言われたこともありました。

私が俳句をしようと思った当初、本当に仲間がいなくて、たった一人でやっていたものですから、どういうふうな俳句を作ればいいのか、俳誌の主宰者が多忙で大変な仕事をしていることなど全く知らなかったんです。今だから話せますけども、俳句誌の主宰者は暇だと思っていたんです（笑）。実際はとんでもなく忙しい……そういうことが思い出されますね。私は一九八九（平成元）年になってからやっと句会に出始めたものですから、それまで句会に出たことは一度もありません。とにかく俳句に興味を持ってから最初の句会に出席するまで二十年以上経っていました。

左から福田甲子雄、飯田龍太、瀧澤和治、井上康明、保坂敏子
山盧にて　1993年頃
写真提供：保坂敏子

私が句会に出なかった理由

なぜ私が句会に出なくて一人で俳句をやっていたかというと、結局、恥ずかしいというか、人前に出たくないという気持ちが強かったからかもしれません。最初は龍太選を受けるということはどういうことなのか、どういう句が採られるかと、そのことだけに興味がありましたね。龍太の作品に心から惹かれていったのはもっと後のことです。

今、思えば、蛇笏、龍太というお二人は本当に稀な親子です。どちらも俳壇の頂点に立たれた方です。また、そういうこととは別に、同郷に住んでいることが私には何となく窮屈であったことも確かで、地元に住んでいて、年中通って教えを受けていたのではないかと思われるかもしれませんが(笑)、それは全く違っていました。近くだからこそ遠くに思えていたということがあります。

どうして私がそんな近くに生まれたのかと残念に思ったことが何度もあります。もっと離れていれば、もっと積極的に近づいていろいろと教えを受けられたんじゃないかと…。そういう窮屈さは私自身、本当にありました(笑)。

句集の出版

私が第一句集『方今』を出したのは一九九〇年、その二年後に「雲母」が終刊しました。句集を出す時は「雲母」では龍太先生に序文を書いて貰いますが、私の句集出版は先生が序文を書くのを辞めると宣言した後でしたので、書いていただけませんでした。代わりに福田甲子雄さんに帯文を書いていただき、とても有り難く思いました。

その後、二〇〇六年、私の第三句集『衍』を出した時に、山廬へ持って行きました。その時は会っていただいて、手渡すことができたんですけども、「雲母」を辞めてだいぶ歳月が経っていたので、特に先生のコメントはいただけませんでした(笑)。先生はその翌年に亡くなられました。龍太作品についての評は個々に書いたことはありますが、まだ真正面からの龍太論を書いたことがなくて心残りになっております。

龍太の俳句について

三年近く前になりますが、二〇二一(令和3)年、飯田龍太生誕百年に併せて龍太展とシンポジウムを山梨県立文学館で開催しました。井上康明さんが進行役を務められ、中西夕紀さん、髙柳克弘さんと私の三人がパネリストとして参加しました。発言者はそれぞれ龍太十句を選んで、文章ではなく、口頭で講評をしました。今回の取材では龍太二十句選ということですが、私の選はその時と重なる句もあります。
以下の十句の評はそのシンポジウムの時のものです。

なお、敢えて〈一月の川一月の谷の中〉や〈紺絣春月重く出でしかな〉などの代表作は入れませんでした。私にとってこれはと思う龍太の俳句の特徴は抒情的なところです。先ず、最初期の『百戸の谿』から先は抒情的な句が随分よく出て来ています。それに対して後半には熟練した技というか、年を経て感慨を催して作られた句が見られます。今回はその両方を選んでみました。

蛇笏もそうでしたが、龍太は山梨という山国に生まれ、非常に窮屈な思いをしたとご自身でもいろんなところに書いています。そういった思いは俳句にも通じていて、十七音しかない俳句に最初は非常に窮屈な思いをされたと思います。そういうことを考えると、俳句で何ができるか、突き詰めていくと、今までの伝統俳句の中で、例えば季題趣味みたいなものは嫌だなと思うようになって、現代詩の要素や短歌の要素も含め、何か新しいものを取り入れようともがいていたと思います。そのようなことがありまして、『百戸の谿』からずっと、様々なものを詠むときに、もちろん季語に添っていますが、自分の内面を強く籠めたようなものが、だんだんと出てきたように受け止めています。例

前列左から廣瀬町子、廣瀬直人、福田甲子雄、瀧澤和治、保坂敏子、後列は井上康明
「白露」誌の編集部一同、廣瀬氏の自宅の居間にて　1993年頃
写真提供：保坂敏子

えば、初期の抒情的な句として次の一句があります。

山碧し花桃風を染むばかり　『童眸』

この句を読んだときに、杜甫の「絶句」の最初の二行を思い浮かべました。

江碧鳥愈白　江碧《みどり》にして鳥愈《いよいよ》白く
山青花欲燃　山青くして花燃えんと欲す

非常に色彩豊かで、絵画のような作品です。

龍太の「山碧し」の「碧」は、一般的なブルーではなく、深い緑色か青緑色を指しています。龍太は「あお」という時は、この文字を好んでよく使っています。山梨の周囲の山々の青を強調して、現実の色ではなくても、心の中の深い青緑色として使っていると考えられます。加えて、郷土の代表的な果物としての桃、その花が詠まれています。春になると、絨毯を敷いたような、花のピンク色が一面に広がりますね。強調すると「紅」になるのでしょうか。これを、風を染めるような鮮やかな桃の花の色だと詠んでいます。山の緑、花の紅と強調すると、非常に絵画的で抒情的です。

同じ『童眸』の次の句、

渓川の身を揺りて夏来るなり　『童眸』

この句も龍太の初期の句ですが、渓川という、勢いのよい流れが生き物のように見えて、人間が身を躍らせているような状態に喩えて、夏が来たことを感じていると言っています。

次に、

三伏の闇はるかより露のこゑ　『山の木』

夏の三伏の時期は大変暑い頃ですが、闇の彼方にも露の声が聞こえるようだという内面の句です。第六句集『山の木』になると、こういった新規で独自な発想や感じ方をしています。

龍太には十冊の句集がありますが、とても色々な表現方法をしています。ほとんどの句が五七五或いは七五五になっていて、写生についてはきっちりと収めていますが、写生らしく見えてもそうでない句がいくつもあります。例えば、この「三伏の」の句がそうです。

写生ではなくて、心の中の風景というか、印象というか、そういうものを詠んでいます。でも、写生をする時は、本当に実態に添った正確な言葉遣いで写生をしています。そうでない場合も、明らかに写生から学び取ったような表現を正確にしています。だから、抽象的な内容でも、読者の心に確実に届くと思います。

それから、秋の句は「鰯雲」と「豊年や」の二句があります。

鰯雲日かげは水の音迅く　『百戸の谿』

「水」は、おそらく近くの生活用水を賄う水路ですね。龍太の住む境川村（現境川町）は坂の集落なので、水が思いの外速く流れ下っていく音が響いています。それと、空一面に広がる鰯雲との対比という、非常にダイナミックな句です。

そして、

豊年や蜘蛛が自在す青芒　『百戸の谿』

には「豊年」、「蜘蛛」、「青芒」が入っていて、季語が三つもあるように見えますが、秋の季語「豊年」が主だと受け止めています。ちょうど稲が実る頃ですね。九月だと芒が穂を出しますが、まだ青々としていて、蜘蛛があちこちで活動していますので、こういう見たままの様子を描写して一句にするという、非常に鋭利な感覚で現実を切り取っています。このような句が成り立つというのは、やはり才能ゆえだと思います。

続いて冬の句。

山河はや冬かがやきて位に即けり　『百戸の谿』

最初は雪山に太陽の光が反射している状態に注目したということですが、その高峰だけでなく、前山を含み、平地の何もかも光を遍く浴びている。ああ冬になったなと、はっとする瞬間、そんな感動が急に生まれたと…。冬ですけれども、内容からして、ひとりでに湧き起こる龍太の喜びと言いますか、生きているわが身を顧みているような一時だと思います。

同じ冬の句、

雪の日暮れはいくたびも読む文のごとし　『春の道』

は非常に冒険的な作品だ思います。龍太自身も自解に書いていますが、三音多くて字余りです。普通、こういう変則的な作り方はしないはずですが、この場合は仕方がなかったという状況だと思います。例えば、最後を、「文のごと」と、「し」を取って「ごとし」と言い切らずにやっても一句は成り立ちますが、やはりここは、きちんと「ごとし」と止めることによって、広がりが出てくると思いますね。これに関連して私が思い出したのは、人工雪で知られる物理学者の中谷宇吉郎の「雪は天から送られてくる手紙である」という言葉です。空の色々な状態によって雪の形状は様々に変化してくるので、雪の結晶を観察すれば空の様子が分かるということを意味していますが、それを「手紙である」と文学的に、詩のように言った言葉が有名になったことを思い出しました。

龍太の句の場合は「いくたびも読む」と言っていますが、日暮れどき、灯が家の窓から降っている雪に差しますから、雪の降り方がよく分かりますので、限りなく降って来る雪の一粒一粒が、恰も文字のように思えたのではないでしょうか。実際に手紙を一行一行読むということではなく、その雪の降り方を見ていて、ふっと手紙を読んでいるように感じたと…。それを龍太が俳句として表現すると、こうなったけれども、恐らく、作った時は、そういう理窟ではなくて、感覚的にこの長さになってしまったんだと思いました。

龍太自身が自句自解で「この句はなんと二十字にもなる。私の作品としては文字通り例外の部だが、この句に限ってどうにも削りようがなかった。〈雪の暮いくたびも読む文のごと〉なら、たしかに五七五だが、これでは降る雪が見えて来ない。暮れてゆく時間が含まれない」と言っています。

なにはともあれ山に雨山は春　『遅速』

この作品には、とても敵わないなという思いです。一生に一度、こういう句ができれば本望だというような句です。七五五であるし、従来の句とはちょっと毛色が変わっていますが、聞くところによると、「なにはともあれ」は龍太先生の口癖だったそうで、それがそのまま上句に来ているんです。自然に作品の一部分としてここに座っているということで、長い長い間、俳句に携わってきて、やれやれというような気持ちの時にこの句が出来たのではないでしょうか。パンフレットの一句鑑賞でもこの句を挙げましたが、「春の山」と「春の雨」の二つの要素が均衡を保ちながらこの句の中に含まれているということは非常に驚きです。そういったこともあって、この句は一番感銘を受けた句です。

「なにはともあれ」は、山を重ねていますが、私はこれは「山々」だと思うんです。確かに自分のいる近くの山も含みますが、辺り一帯の近隣の山々、特に雑木山であれば、楢や櫟が葉を落として、枯木同然になっている。芽が吹くにはまだ早いけれど、雨が降ったことで一気に芽吹きの時期になるんだろうなという思いがあって、何というか、心からほっとするような気分、長年この土地にいて、毎年眺め続けていたけれども、今、確かに生きているなという実感が湧くような、春の山と春の雨ではないかと思いました。この山のリフレインは必要だと思います。ここで山が一度だけだと、少し視界が狭まってしまう気がします。

春暁の竹筒にある筆二本　『忘音』

この句も感銘を受けたというか、ずしんと来た句です。普通であれば、「春暁や」としがちです。しかし、ご自身も鑑賞文に書いていたと思いますが、自然に詠んだ句、何気なく詠んだ句であると…。つまり「や」で切ると強調し過ぎてしまうので、「春暁の」にして、春暁独特の静けさを表したのだと思います。この竹筒は手作りのものだと自解にありました。

散文では、この竹筒に関連した文章を取り上げました。『竹の博物誌』に収録されている「竹林の四季」という文章です。「山廬」と呼ばれる住居の東側に狐川というあまり大きくはない川が流れていて、周辺には真竹が生えています。山廬の裏にあるのですが、護岸の役割も果たしており、龍太は終生、真竹と付き合ってきました。それから、筍を採るための孟宗竹もあります。この文章は真竹、それから孟宗竹について、様々な四季の体験を綴っていまして、私は同郷ですので、よく分かります。

展覧会の会場には、龍太手作りの竹の箒が展示されました。山廬を訪問すると、さりげなく自作の竹箒があるんですね。そういったことも併せて、竹は、特に真竹は龍太の原風景の中に青々と茂っているような気がして、非常に惹かれる文章です。

百千鳥雌蕊雄蕊を囃すなり　『遅速』

この「百千鳥」は、囃すということになると、人間からすれば擬人化のニュアンスだ思いますが、百千鳥の場合は、月並とか、或いは俳諧味というか、面白おかしく詠むというのがあるのですが、非常に真面目に表現しています。私はこの「百千鳥」の季語と共に「雌蕊雄蕊を囃す」という部分は、この季語そのものを目出たいと思っているのではないかと考えています。おかしみを言っているのではなく、本当に真面目に表現したものだと思います。この場合は雌蕊も雄蕊も眼前にあって、すぐ手の届くところに見えていますよね。百千鳥ですから、周りに漠然と小鳥の声がしていますが、その映像を非常に目出たいものだと龍太が考えて、この句に辿り着いたのではないかと思います。

かたつむり甲斐も信濃も雨のなか　『山の木』

かたつむりと雨を一句の中に入れるというのは、御《ご》法度《はっと》ではないですが、避けられるのが当然なので、蝸牛という季語を上五に持ってきて、恐らく龍太自身がかたつむりになっているような、そういうことだと考えます。甲斐と信濃の境目だとか、或いは甲斐にいて信濃も思っているという読みもありますが、どちらにしても旧国名の甲斐と信濃のこの重みですよね。非常に広がりのある言葉で、両方とも、甲斐国の全て、信濃国の全てを表しています。だから、蝸牛が神と言わないまでも、創造主のような、そういう感覚にもなりそうな感じです。雨の降っている中だと、殆ど物は見えないわけですから、想像の中で、甲斐の国も信濃の国も、慮っていると…。そういうことで、蝸牛という季語を生かす上で旧国名を使ったことがとても素晴らしい句です。

龍太俳句の魅力

先ず、龍太作品には気品があります。作品全体を見たときに、言葉遣いとかリズムも全てを含めて気品がありますね。内容や形の崩れた俳句などはありません。

その下地になったひとつは子供のときに立川文庫［註＝立川《たつかわ》文庫は、立川文明堂（大阪市東区博労町、後に南区安堂寺橋通へ移転）が一九一一（明治44）年から一九二四（大正13）年にかけて百九十六篇を刊行した、「書き講談」による文庫本シリーズ（当時の小学生から商店員らに爆発的なブームを呼んだ。『真田幸村』、『猿飛佐助』、『霧隠才蔵』等で知られている）］をたくさん読んだためではないでしょうか。多感な時期に多くの本を読んで親しんでいたので、そういう貯えが俳句に表れたんですね。

第二に、龍太俳句には言葉の喚起力があります。龍太の作品は非常にきっちりとしていて、姿正しい俳句なんですが、最後にはそれに満足しなくて、そこから抜け出ようという意識が非常に出ている句があります。いろいろ考えた上で、言葉の喚起力ということを信じて作っていったと思います。

また、俳句の作り方についてはじっと対象を見て、心に浮かんだものというよりも、心で濾過したものが俳句であるというふうに、たぶんそう言いたかったのではないかと…。しかし、修練を積まないと、心で濾過した言葉というか、言葉の繫がりは出て来ない。だから、修練を積んで、その上で作って行くことが大事であるとあらためて思いました。

第三に、龍太作品は季語に対する理解が深い。龍太先生は歳時記の編纂にも携わっていますけども、実際に自分でも季語の解説を書いています。それを読むと季語に対する理解が並外れてありますね。それがあることによってこういう作品が生まれてきていると思います。

例えば、〈一月の川一月の谷の中〉の句がまず挙げられます。この句については、一つエピソードがあります。私が大学に入って間もなく、福田甲子雄さんと会う必要が生じ、甲府の駅前でお会いしたんです。その時、福田さんにこの句についてどう思いますかと聞かれました。私は「山水画のような印象です」と答えました。今もその思いは変わらないんですよ。この句については鑑賞者それぞれの論がありますけれども、私はどうしても、いくらか抽象的に見てしまう。これは龍太の代表句の中の代表句ではないかと考えております。もちろん、否定している人もいます。でも、こういう句は作ろうと思って作れるものではなくて、自然に生まれてくるものだと思います。龍太先生自身には狐川のイメージが浮かんだかもしれませんが、この句はそれを超越していますね。北海道から九州までこれを読んだ人が自分の故郷の「一月の川」をイメージできます。

山水画というのは、例えば雪舟の絵画を思い浮かべます。要するに伝統俳句とか前衛俳句とかそういうことで区切ることの出来ないような、常に新しいものを求めていたことが窺える証しなんです。だけど、季語を重要視したことは少しも変わらないですね。季語を根本に置いて新しいものを求めて、新しい俳句を作ろうとしていたんだと思います。

また、例えば〈どの子にも涼しく風の吹く日かな〉の句が自然にできたと龍太先生が書いていますが、地元の境川小学校の前を通ったときに作ったのかなと思います。しばしば、龍太先生は「目出たい」という言葉を使いますが、実際、幸福な思いが訪れたときなんですよね。福田甲子雄さんはこの句を「愛」の句だと言っています。「愛」というのは人に対する愛情でもあるし、自然に対する愛情でもあります。特に「どの子にも」の部分がそうですね。

『百戸の谿』の扉に「兎に角、自然に魅惑されるということは怖ろしいことだ」と掲げてありますが、魅惑されることは「のめり込む」というか、自分を見失いそうなことという気がするんだけれど、実際はそういうことをしないで、ひたすら冷静になろうとする意識があるということです。最初の句集『百戸の谿』は龍太先生自身では謙遜していますけど、内容が本当に素晴らしく、いい句が多いです。純粋だったということもあるし、俳句に一生懸命になっていたということなんです。

俳句というものに馴れてくると知恵がついちゃって、句が逆に軽くなってゆくんですよ。つまり、俳句が俳句を作るという感じになります。龍太先生は俳句は作るのではなく「生まれる」って言うんです。俳句を作る行為を「俳句を書く」って言う人もいますが、「書く」というのは出来たものを書くということであって、作ると違う意味合いです。普通、俳句が出来るときは、作ろう作ろうと思っているからこそ、それが頭に浮かぶわけですから、それが自然なことであって、「書く」なんていう表現はふさわしくないと思います。

飯田龍太の魅力

まず、自分への厳しさと潔さです。

龍太先生は最初の句集『百戸の谿』から最後の句集『遅速』まで十冊の句集を出しています。最終の句集『遅速』を出すときにはインターバルが長くなり、厳選して二百三十六句しか載っていないんです。

俳人は自分の作品を長く作りつづけることによって意識しなくても自然に自身のスタイルが出来てしまうんです。龍太先生はそういうスタイルに対して、駄目と思ったんじゃないでしょうか。だから『遅速』は長い時間をかけて、厳選になってしまいました。それに、『遅速』以降は多分、俳句を作っていないんだと思います。先生のような大家で作品も句集も作らなかったということは、さっきも言いましたけれど、自分に対する厳しさがあったからです。それがまた学ぶべきことと思いますね。何でもいいから作品をたくさん残したいとか、そういう欲があれば、それ以降も作ったかもしれません。けれども、おそらくそれ以降はきっぱりと句づくりを止めたと思います。それでいいんです。いくら作っても、やはり、今まで以上のものは難しいというふうに感じたのでしょう。

第二に、圧倒的な選句力です。龍太の選句の力は本当に凄いですね。信念に基づいていて全く妥協していません。特にＮＨＫのことについては、聞き伝えだけれども、テレビ放送に出てくれと言われた時、龍太は台本なしにしてくれと条件を出していたそうです。台本なしでぶっつけ本番でやってくれと…。台本でやるということ自体が嫌なんですね。そのときの自分の気持ちを一番大事にしたいということで、テレビに出たときもアドリブに徹する…、そういうところも凜としています。おそらく、否応なく漂ってくる商業主義のにおいが龍太先生は嫌だったと思います。このことで、龍太先生の判断や行動が一つひとつ納得出来ました。

龍太に学ぶべきもの

先ず、龍太先生が語った言葉の中で、一番心に響いたのは「自得」という一語です。つまり自分で納得して自分で悟るというか、いい悪いを決めるということです。もちろん、俳句を始めてすぐに悟りは得られるものではなく、長く地道な修練が必要だという意味が籠められています。そこまで到達出来るか否か、そしてどれだけの時間がかかるかは本人次第であると…。自得云々は決して突き放した言い方ではないと思います。どんなジャンルの世界でも同じなのだということですね。

次に、お手本というか、自分の心の糧になるものと言えば、やはり龍太先生の生きる姿勢です。他の俳人とはちょっと違うところが感じられます。専門俳人や主宰というのは主として俳句によって生計を立てる方ですよね。龍太先生は専門俳人でしたが、冷めたところがありました。冷めたというのは、俳句にのめり込むというより、俳句そのものを対象として、ものすごく冷静に見ていたということです。だから自分が高い評価を受けて俳壇に遍く知られるようになっても、それに何ら溺れることもなく、普段と変わることなく接することが出来ました。俳句をそんなふうに冷静に見られることによってはじめて、いい作品が作れるし、他人の評価もまともに出来ると思います。

龍太先生はあまりお金のことに関わらなかった。関わらないということが、やはり重要ですね。あくまでも俳句は生業ではなく、全身全霊で行う終生の仕事という意識で臨んでいたのです。龍太先生は、振り返ってみると、活字としても口頭でも、表立って俳句を好きだなんて言ったことは一度もないはずです。なぜかと言うと、おそらく、根本的に恥ずかしいからなんでしょう。それに俳句に対する好嫌度は好き嫌いなどというレベルを超えたの崇高さを持った認識なので、言葉にはとても出来ないと考えていたと思います。

そういえば、龍太先生は授賞式とかお祝いの会はしないということになっていました。例えば自分の句集が賞を受けたとしても、そういうパーティーは開いちゃ困る、ということで開かない、設定してくれたとしても自分は出席しないということを宣言してしまう。父蛇笏の影響もあったかもしれませんが、俳壇の中で、そこまで徹底して自制するというか、自分に対して潔癖な俳人はほとんどいないと思うんです。そういうところが非常に私の心に響きます。

そのことと強く関連するのかもしれませんが、作品において、例えば仲間や知人など、よく知っている人を贔屓するなんてことはしなかったです。俳句だけを見て、いい句はいい句で、そうでなかったら駄目だというふうにはっきりと言えたんですね。このことはご自分でもそう書いていました。だから、「雲母」を蛇笏から継承して三十年、ちょうど龍太先生が七十二歳のときに、九百号で終刊しましたけれども、割り切れるということも、そういう気持ちから厳しく自分を律することが出来るということだと思います。普通は雑誌を継承すれば、俳句が作れなくなる瀬戸際までやりますけどね。そういうことをしなかったので、今でもそれが非常に心に残ります。

第三は、俳句に対する姿勢です。俳句に対する姿勢っていうのは、自分が俳句をどう思っているか、自分が俳句を作ること、それから他人の句を選することをどういうふうに考えるかということで、喩えて言えば戦いみたいなものなんです。作品が第一であり、作者のことはその後なんです。作者に忖度するなどということは少しもありません。その意識が終生貫かれていました。厳しさは当然、自分自身の俳句に対しても向けられていたし、選の時の眼差しもものすごく厳しかったです。

例えば、象徴的な内容ですけど、最後の句集『遲速』の〈涼風の一塊として男来る〉がありますね。これは登場人物は龍太先生ですよね。明らかに作者自身が投影されています。自分を客観的に見るとなると、普通は文章とか短文で表現すると、さっき言ったように恥ずかしさが真っ先に来ます。羞恥心があれば、こんなことは言えないです。俳句ではこれは自分じゃないんだぞと思って作れるので、こういう表現になるんです。この〈涼風の一塊として男来る〉というのは、龍太先生という人物を最も象徴的に表しているのではないかと思っています。もちろん比喩なんですけど、「涼風の一塊」だから、映像としては男性が向こうから歩いてくるんです。映像的にはいくらでもそういう場面は作れますけれども、今までの人生がこういうものを追っていた、あるいは、少なくともそうあって欲しいということを含めた全体的な理想がこの「涼風」になっているという気もします。

もう一句は前出の〈なにはともあれ山に雨山は春〉です。これも象徴的な代表句の一つだと思います。繰り返しになりますが、これは地元の自分の住んでいる山廬の周辺の山々で、春になって雑木の芽吹く寸前、春の雨が静かに降っていると…。そういう山の状況で、これから雑木の芽が吹いてゆくところです。「山に雨山は春」の両方があるんですけれども、「山に雨」は春雨であり、「山は春」は春の山なんです。季語が二つの要素として入ってるわけですね。それがどっちも同じ力を持っていて、山に雨山は春。これは俳句としてはもう普通の俳句ではないんです。言わば、つぶやきのような俳句。この句では龍太先生が偏に独自の境地に達していたのではないかと思うんです。

第四に、言い添えたいのは、龍太先生の故郷のことです。境川は山梨のごく普通の山村だったので、特に戦前は自然がそのまま残っていました。今のようにいろいろな電子機器とか、インターネットとか、そういうものは何もなくて、昔のままの恵まれた環境で生まれて育ってきたわけですね。俳句を作る土壌として非常に素晴らしいものだと思うんです。それ以上のものはないくらい、いろんな条件が俳句を生むために整っています。

また、龍太先生ご自身も病気をされました。肺の病気とカリエス、後に盲腸炎にもなりました。そういう大変な思いをされて、人生についていろいろ考えることがあって、頑丈でない体というものも、俳句に少なからず影響するんじゃないかと思うんです。『龍太語る』という本の中にも徴兵検査を受けて、乙種二に合格、つまり徴兵されなかったという事実が述べてあります。四男は本当はそのまま行けば気軽な人生だったと思うんですよね。だけど、長兄も三兄も戦死、次兄は病気で亡くなり、ついに一家を背負うことになってしまって、自分に対しても厳しくするしかなかったのです。それを最後まで貫いたんだけども、やはり、俳句に対してはどこか冷静過ぎるというか、突き放したところがあります。心底からのめり込むのではなくて、何かしら突き放したところがあるんだけども、実際、やってみたら俳句と付き合っているうちに、抜き差しならないというような、私と俳句はもう一体化していると思うようになったのではないかと思うんですよね。運命のように感じたかもしれません。

さっきも言いましたけど、龍太先生は世の中の多くの俳誌の主宰者のことをよく知っていましたから、病気とか、年を取ってしまったとかで、本当に作れなくなるまで主宰は辞めないという、そういうのはちょっと精神的に堪えられないと…。だから「雲母」を継承して三十年経ったら、きっぱりやめることにしたと思うんです。そういう例は他に知りません。

やはり、後世に残したいのは、龍太という俳人の生き方ですね。俳句を通しての生き方を是非、皆さんに知ってもらいたいと思います。

おわりに

瀧澤氏は中学の授業で龍太選を受けることから作句を開始。前後して句集『方今』、『看花』、『衍』を刊行。一九九三年、「雲母」の後継誌「白露」の創刊時より編集同人を務められ、現在は同人誌「今」の代表並びに毎日新聞・甲信文園俳句選者を務めておられる。

話が深まるにつれ、初めて接した折の寡黙な印象が離れ、氏の雰囲気は非常に明るく温かくなってくる。知性的な雰囲気を湛えつつ、時折誇りに満ちた表情で、龍太及び「雲母」との出会いと関わる経緯を語られた。「龍太の魅力と言えば、自分への厳しさと潔さ、圧倒的な選句力、『自得』という一語（自分で納得していい悪いを決める）、生きる姿勢、俳句への態度などが挙げられる。特に龍太という俳人の、俳句を通しての生き方をぜひ皆さんに知ってもらいたい」との言葉は氏の龍太先生に対する深い敬意と感謝が伝わってきて心を打たれた。

董振華

瀧澤和治の龍太20句選

春の鳶寄りわかれては高みつつ　『百戸の谿』
鰯雲日かげは水の音迅く　『〃』
黒揚羽九月の樹間透きとほり　『〃』
わが息のわが身に通ひ渡り鳥　『〃』
山河はや冬かがやきて位に即けり　『〃』
山碧し花桃風を染むばかり　『童眸』
渓川の身を揺りて夏来るなり　『〃』
豊年や蜘蛛が自在す青芒　『麓の人』
春暁の竹筒にある筆二本　『忘音』
子の皿に塩ふる音もみどりの夜　『〃』
どの子にも涼しく風の吹く日かな　『忘音』
父母の亡き裏口開いて枯木山　『〃』
雪の日暮れはいくたびも読む文のごとし　『春の道』
一月の川一月の谷の中　『〃』
白梅のあと紅梅の深空あり　『山の木』
水澄みて四方に関ある甲斐の国　『〃』
三伏の闇はるかより露のこゑ　『〃』
龍の玉升《のぼ》さんと呼ぶ虚子のこゑ　『山の影』
なにはともあれ山に雨山は春　『遅速』
涼風の一塊として男来る　『〃』

瀧澤和治（たきざわ　かずはる）略年譜

昭和28（一九五三）　七月十八日　山梨県生まれ。
昭和45（一九七〇）　甲府第一高等学校在学中に「雲母」入会。
昭和51（一九七六）　山梨大学工学部電子工学科卒業。
平成3（一九九一）　第一句集『方今』花神社刊。
平成5（一九九三）　「白露」創刊、編集同人。
平成8（一九九六）　『仏教歳時記』（共著）佼成出版刊。
平成10（一九九八）　第二句集『看花』花神社刊。
平成12（二〇〇〇）　『日本大歳時記』（共著）講談社刊。
平成18（二〇〇六）　第三句集『衍』花神社刊。
平成25（二〇一三）　「今」創刊、同人代表。
令和4（二〇二二）　『福田甲子雄の百句』ふらんす堂刊。

現在、毎日新聞・甲信文園俳句選者。
日本文藝家協会会員。

第17章

舘野 豊

（二〇二三年十一月二十三日十四時　中野にて）

はじめに

舘野豊氏のお名前は黒田杏子先生主幹の雑誌『兜太 TOTA』4号（2020年3月刊藤原書店）の「特集 龍太と兜太　戦後俳句の総括」で知った。氏は「定住の詩情」を題に龍太について論じられていた。

前年の二〇一九年に、氏の評論集『地の声　風の声』がふらんす堂より刊行され、中で「飯田龍太はさまざまな矛盾を一身に引き受けつつ、そのせめぎあいの中から豊穣な実りをもたらして来た」と述べられている。

本書の語り手として、舘野氏にご依頼の手紙を差し上げ、一週間後、氏から了承のメールが届き大変嬉しかった。氏はNHK学園の俳句講座や執筆などで、スケジュールが詰まっていたため、十一月二十三日の勤労感謝の日にインタビューをすることにした。取材当日に氏は多くの関係資料を持ってこられたため、インタビューを順調に進めることができた。

董振華

俳句を始める経緯

中学、高校の頃、小説が好きで、主にSFやミステリーを読んでいました。俳句に関しては、小学校や中学校の教科書に載っていた、蛇笏の〈芋の露連山影を正うす〉〈をりとりてはらりとおもきすすきかな〉、碧梧桐の〈赤い椿白い椿と落ちにけり〉といった句がなんとなく頭の片隅にあった程度です。

家族など身近な人が作っていたので俳句を始めた人も多いと思いますが、自分の周りにはそういう人はいませんでした。高校の国語の授業で、教科書とは関係なく俳句を紹介してくれる先生がいて、茅舎の〈しんしんと雪降る空に鳶の笛〉などを知りましたが、だからといって自分で作るという気はありませんでした。

中央公論社のシリーズ『日本の詩歌』が高校の図書室に置いてあり、最後の第三十巻が「俳句集」として、近現代の俳句作品を収録しています。虚子や秋櫻子などはまた別に巻があり、それ以外の夏目漱石から石田波郷まで四十七人の作品が収められています。たまたまそれを手に取った時、富沢赤黄男の句が目にとまりました。ちょっとSFに通じる感じがあって、それがよかったのかもしれません。

蝶墜ちて大音響の結氷期　『天の狼』
石の上に　秋の鬼ゐて火を焚けり　『蛇の笛』
草二本だけ生えてゐる　時間　『黙示』

こういう幻想的な句に惹かれて、書き写したりしました。川端茅舎の句にも興味を持ちました。

葛飾の月の田圃を終列車　『川端茅舎句集』
ひら〳〵と月光降りぬ貝割菜　『華厳』

短い文章で現実とは違うもう一つの世界を構築する点で、星新一などのショートショートと俳句は通じ合う気がします。ＳＦも今のように市民権を得ていない時代で、人と違うことに興味を持つ性分が、俳句に親しみを感じさせたのかもしれません。

この『日本の詩歌』がユニークなのは、上段に詩歌、下段に印刷の色を変えて鑑賞が書いてあることです。作者についての説明もあって、初心者にも親しみやすい内容になっています。

飯田龍太に興味を持つきっかけ

高校生の時に、級友の一人が朝日俳壇の加藤楸邨の選に入ったことがあり、それに刺激されて、新聞俳壇への投句を思い立ったようです。

家では「毎日新聞」を購読していたので、投句先は「毎日俳壇」になりますが、朝日俳壇と違い、毎日俳壇は選者を指定する必要がありました。

当時、毎日俳壇の選者は、水原秋櫻子、山口青邨、飯田龍太などが務めていて、名前を聞いたことがあるのは、秋櫻子くらいでした。ただ、飯田龍太の選ぶ句が新鮮だったのは覚えています。今でも、

清姫に変ずるを待つ夏夕べ
ちちははに冬虹色の過去あらむ

といった句を、正確ではないかもしれませんが、思い出せます。それで、龍太選に投句して、〈一寒星予感のごとくふるえおり〉〈炎天を白いたましいとなって帰る〉などの句がなんとか活字になりましたが、それ以上打ち込むことはありませんでした。

だいぶ後になって、先に触れた『日本の詩歌』の中で、川端茅舎の句を飯田龍太が鑑賞していることに気づきました。

翡翠の影こん〳〵と溯り　『川端茅舎句集』

の鑑賞に「敏捷な鳥影を、いわばスローモーションカメラで捉えたような句だ」とあって、時間の流れをそのまま描き出したようなこの言葉が印象的で、記憶に残っていたのです。これが龍太との最初の出会いだったかもしれません。

「雲母」との出会い

一九七五年に大学に入学し、文学部に入りました。興味の中心は散文だったのですが、心の片隅には俳句がありました。〈一月の川一月の谷の中〉もいつの間にか頭に入っていて、飯田龍太の名前も改めて意識するようになりました。

ある時、神保町の書店で主宰誌の「雲母」を見つけました。「雲母」を本屋で見ることはまずないので、なぜその時あったのか不思議ですが、これを買ったのがきっかけで「雲母」の会員になります。その時「雲母」を見つけなければ、「雲母」の会員になることもなく、俳句を続けていたかどうかも分かりませんから、これが縁というものなのかもしれません。

「雲母」に初めて作品が載ったのが一九七六年です。一月号に二句、二月号に三句載りました。その後も五句投句して、多いときで三句、少ないときで一句、時には投句をしないこともありました。その頃の句を読み返すと、表現は拙いけれども、発想の根本は今と変わっていない感じです。

大学三年で専門を選ぶときは、日本文学科にしました。そこで、江戸文学に興味を持ち、卒論は蕪村を取り上げました。

一方で、近代文学にも興味があり、「島崎藤村」や

「私小説の二律背反」などを書いた平野謙という評論家の作品が好きでよく読んでいました。仲間とやっていた同人誌に俳句と平野謙についての評論を載せたこともあります。

大学を出て、神奈川の県立高校の国語教員になりました。仕事は忙しかったのですが、その合間に映画をよく観ました。ミニシアターの全盛期で、中国映画では、今は巨匠になっている張芸謀や陳凱歌、そのほか香港、台湾、イランなどの新しい監督の映画が次々と紹介された面白い時期でした。

1976年「雲母」2月号

俳句は投句だけを続けていました。句会に参加することもなく、十年以上、一人で作って投句だけしていました。龍太に取り上げられて鑑賞を書いてもらうひそかな目標はついに実現しませんでしたが、ぎりぎりの年齢で、「二十代特集」に参加させてもらいました。また、「雲母」から依頼された作品を提出した際、原稿が届いたことを知らせる葉書の隅に「結構でした」と書いてあったことが一度だけあり、それが龍太との唯一のふれあいでした。

そのうち、一人で作って行くことに限界を感じるようになり、入会して十年以上経ってから、「雲母」の横浜の句会に入れてもらいました。蛇笏に教えを受けた方たちも健在で、句会のやり方などもその時はじめて教わりました。

「雲母」には「人温」という蛇笏以来の伝統があり、人と人との縁を大事にする結社ですが、そうした縁を深める前に「雲母」が終刊になってしまいました。もっといろいろ教えてもらえばよかったという悔いが残っています。

龍太についていろいろ考えたり書いたりするようになったのは、一九九三年に「白露」が創刊されてからです。「白露評論賞」に応募したり、書く機会を与えてもらったりするなかで、少しずつ考えをまとめていきました。

教員を定年退職した後、龍太が発足に関わったNHK学園の俳句講座の専任講師になって現在に至っています。

龍太の時代別作品の鑑賞及び評価

一、自然との一体化

第一句集『百戸の谿』の扉に書かれている「兎に角、自然に魅惑されるといふことは怖ろしいことだ」という言葉に、飯田龍太の俳人としての決意もしくは覚悟が表れています。

満月に目をみひらいて花こぶし　『百戸の谿』

作者は満月の下で辛夷の花が咲き満ちている景に出会い、心を動かされました。しかし、その事実をただ述べるだけではその時の感動は表現できません。自分の中の感動のうねりをいかに言葉に置き換えるか、心を砕いた結果、「満月に目をみひらいて」の表現が生まれました。それによって、作者と「花こぶし」が一体となって満月に眼を見張っているような境地が描きだされたのです。

私たちは映像や音として対象を認識する前に身体感覚で対象を感じ取っています。そうした五官以前の原初的感覚を鋭敏に働かせて自然と向き合うこと、それが龍太の言う「自然に魅惑される」ことなのです。理性の働かない意識の深層に降りていくのですから、「怖ろしい」のです。そしてその境地を表わそうとすれば、必然的に通常の言葉遣いとは違う表現方法を採ることになります。

龍太は後に「写生は、感じたものを見たものにする表現の一方法と考えている」と書いていますが、この句も、月下の辛夷という対象に触れた時の感動を、「見たもの」としてまるごと読者に伝えようとして生まれた表現といえます。強いて分類すれば、擬人法ということになりますが、レトリックを使おうとして使ったというより、ふさわしい表現をつきつめた結果が、たまたま擬人法になったと考えるべきでしょう。

夏川の声ともならず夕迫る　『百戸の谿』
露草も露のちからの花ひらく　『〃』
秋嶽ののび極まりてとどまれり　『〃』
いきいきと三月生る雲の奥　『〃』

頭で分析するのではなく、全身で対象を捉えようとするこれらの句の姿勢が、作品の潔さや青春性として感じられるのではないかと思います。

二、定住への意志

大寒の一戸もかくれなき故郷　『童眸』

第二句集『童眸』の冒頭に置かれた句ですが、第一句集『百戸の谿』の総まとめともなっている作品で、『百戸の谿』刊行を支えた決意にまっすぐつながっています。

一九〇九（明治42）年、龍太の父蛇笏は二十四歳の時、学業を中断して帰郷しています。

夏雲むるるこの峡中に死ぬるかな　『山響集』

この句について蛇笏の高弟丸山哲郎は「二十四歳の時、余儀なく学業を中断せしめられたことへの激しい悔恨を、絶叫のごとく一句の中にぶちまけたのである。（中略）三十年を隔ててなお、青春の挫折を断念できなかったことは、蛇笏の覇気や雄心のはげしさを物語る」（『飯田蛇笏秀句鑑賞』）と述べています。

その帰郷の理由は明らかではないのですが、この地に定住することへの葛藤が蛇笏にあったのは確かなようです。この葛藤が蛇笏の作句へのエネルギーにつながっていると思われます。

一方、二十代から三十代前半にかけての龍太は、

野に住めば流人のおもひ初燕　『百戸の谿』
露の村墓域とおもふばかりなり　『〃』
勤めては三月夢の消ゆるごとし　『〃』
梅雨の月べっとりとある村の情　『〃』

といった句に見られるように、青春の鬱屈と故郷への負の感情とがないまぜになった思いを抱えていました。このような句に対する周囲の反応がどうだったか気になります。

ただ、逆年順に編まれた『百戸の谿』の初めに置かれた昭和二十八年の句には、そういう否定的な思いの見える句はありません。同集の最も新しい作品にそうした負の感情が見られないことは、この時点で作者の中で定住することへの覚悟が定まり、故郷へのマイナスの思いを過去のものとして眺めることができるようになったのではないか、と推測されます。その上でいわば精神の記録として、「べつとりとある村の情」のような句を敢えて収めたのでしょうか。『百戸の谿』の「あとがき」に「録した作品の過半を生んだこの地にちなんで書名とした」とあることも、定住への思いが定まったことが、（直接には出版社の勧めがあったにしろ）第一句集の上梓に至ったという推定を裏付けているように思われます。

『百戸の谿』を通じて得た、そうした心情をゆるぎない形で表現したのが、「大寒の」の一句です。村に住むことへの否定的な感情を乗り越えて、一層大きな視野のもとに故郷を捉えようとする姿勢が窺える作品といえます。

三、渾然たる感覚

耳そばだてて雪原を遠く見る　『童眸』

満目の秋到らんと音絶えし　『〃』

「耳そばだてて」と言いながら「遠く見る」、「満目」に対して「音絶えし」というように、いずれも視覚と聴覚が一句の中に共存しています。ともに鼓膜に音の届かない世界を描いていますが、聴覚に捉えられないからと言って音がないとは言えません。作者はいわば聞こえない音を聴いているのです。全身を耳にして、季節の気配を捉えていると言ってもいいでしょう。具体的な景としては、前者は雪原のみ、後者には何もないにもかかわらず、強烈な現実感、臨場感をもって読者に迫って来る作品です。

五官が一句の中で共存するのは龍太俳句のひとつの

特徴ですが、これはその最初期の成果ともいえそうです。

四、家族への思い

父母の亡き裏口開いて枯木山　『忘音』

龍太は一九六二（昭和37）年に父蛇笏を、一九六五（昭和40）年に母菊乃を亡くしていますが、一九六六年作のこの句でも、「裏口開けて」ではなく「開いて」というところになお続く喪失感、虚脱感が表れています。自解で「冬日の中の枯木山が明るく見えること、それだけがせめてもの救いであろうか」と述べていますが、枯木山が明るければ明るいほど、作者の埋められない空虚も深まるように思われます。

龍太には、家族を詠んだ印象深い作品が多くあります。

晩年の父母あかつきの山ざくら　『童眸』
手が見えて父が落葉の山歩く　『麓の人』
亡き父の秋夜濡れたる机拭く　『〃』
落葉踏む足音いづこにもあらず　『忘音』

こうした句では、感情の露わな表出を抑え、季語に思いを託している点に注意したいところです。

冬耕の兄がうしろの山通る　『忘音』

龍太の兄三人は早く亡くなっていますが、その兄が後ろの山を通る姿が作者の心の目に見えたのです。

この句の自解の中で龍太は、虚子の「写生は俳句の大道です」、波郷の「俳句は私小説だ」といった言葉を引き、「たしかに写生は大事な基礎にちがいない。また、俳句の『私』性というものも否定できない性格の一つである」としながら、こうした言葉は「それを口にしたそのひとだけのもの」で、「正しく理解するためには、改めて自分の表現を持たぬと自分のものになったことにならない」と指摘し、「俳句は『私』に徹して『私』を超えた作品に高めるものだと思っている」とも述べています。そして、「この作品の場合、私の兄であり、私の兄でなくてもよろしければ成功したものと思いたいのだ」、「生死の虚実は問うところではない」と続けています。

同じ湯にしづみて寒の月明り　『忘音』

についても、事実は母だが、「そういう事実をつきつけると、作品のモチーフに足踏みして、大事な感動がどこかへ消えてしまう」、「一番大事なことは、沈んでからの湯のぬくみであり、裸身を照らす月の光だ。湯のぬくみと月の光に、母が在り、無言の交情があると思いたい」と書いています。

悲しみやいたわりといった、家族への個人的な思いを出発点としながら、その思いを表出して終わるのではなく、根本にある感動の本質を探り、表現することによって、「私」を超えた普遍性をめざすところに龍太俳句の大きな特質があると言えます。

五、子への慈しみ

龍太には子どもを詠んだ句が多く、

月の道子の言葉掌に置くごとし　『童眸』
夏火鉢ひとり子川を見てゐたり　『麓の人』
どの子にも涼しく風の吹く日かな　『忘音』
眠る嬰児水あげてゐる薔薇のごとし　『山の木』
瘤つけて泣く子山廬忌晴れわたり　『〃』

など、愛情を持って子どもを描いた句がいくつも見られます。中でも「どの子にも」の句は、格別に平易な表現のうちに深い思いを秘めています。小学校の校庭で見た景が発想の元にあるようですが、「どの子にも」としたことで一句は普遍性を獲得し、さらに「吹く日かな」とすることで、抽象的になってしまうことを免れています。一句のポイントは、このある日の幸福感にあるといえるでしょう。

黒田三郎の「ある日ある時」という詩は、「秋の空が青く美しいという／ただそれだけで／何かしらいいことのありそうな気のする／そんなときはないか」と始まります。この詩の根底には美しいものや幸福への願い、もしくは祈りがあるように、この句にも、どの子にも涼しい風が吹いてほしいという願いと祈りがあります。そして、すでに指摘されているように、この「子」には、もうこの世にはないわが子も含まれているのでしょう。一九五六（昭和31）年に、龍太は次女純子を六歳で亡くしています。

露の土踏んで脚透くおもひあり

父母を呼ぶごとく夕鵙墓に揺れ　『〃』　『童眸』

はその時の句です。翌年には

枯れ果てて誰か火を焚く子の墓域　『〃』

秋空にひとり日暮れて一周忌　『〃』

などが詠まれているほか、時を隔てて次のような句もあります。

草青む方へ亡き母亡き子連れ　『今昔』

また、直接触れていなくても亡き子の影を感じさせる作品も見られます。

高き燕深き廂に少女冷ゆ　『童眸』

露の子のひとりは夢の中をゆく　『麓の人』

春の夜の氷の国の手鞠唄　『山の影』

幼子のいつか手を曳き夜の秋　『遅速』

龍太の子どもの句の傍らには、亡き子の面影がいつも寄り添っているようです。

六、夢と想像力

龍太には夢を詠んだ句が多くあります。しかも、願望や潜在意識といった個人の思いにとどまらず、「感じたものを見たものにする」手法の一つとして用いられているのが大きな特徴です。人間だけでなく、動物の夢がよく登場するのも、いわば詩的装置として夢が働いていることを示しているでしょう。

水鳥の夢宙にある月明り　『忘音』

現実の水鳥がどんな夢を見るのかはわかりませんが、読者のさまざまな想像を誘う作品になっています。水鳥の夢そのものが宙にあるとも、夢の中で水鳥自体が宙に浮かんでいるともとれますが、その曖昧さが一句の幻想的な雰囲気を強めています。「夢宙にある月明り」という表現には、月下に眠る水鳥から作者の感じ取った生きもののあわれが、確かに刻まれているように思われます。

夢の句は中期以降の作品によく見られるようになりますが、こうした自在な想像力の働きが、現実の奥にある目に見えない世界に形を与えたといえるでしょう。

野兎の夢のうちそと春の瀧　『山の木』
野分吹く真珠いろなる夢の中　『涼夜』
葱抜くや春の不思議な夢のあと　『今昔』
初夢のなかをわが身の遍路行　『〃』

七、単純化と普遍性

一月の川一月の谷の中　『春の道』

飯田家の裏を流れる狐川を詠んだこの句について、龍太は「幼時から馴染んだ川に対して、自分の力量をこえた何かが宿し得たように直感した」と自解しています。一年の始まりである一月と、日本語のもっとも古い語彙であろう「川」と「谷」を組み合わせて、これ以上なく単純化された作品です。作者が一月を選んだのでなく、一月が作者を選んだと以前書いたことがありますが、自解のとおり、作者の意図を超えた大きなものが一句の背後にあるのが感じられます。

『カラー図説日本大歳時記』(講談社)の「一月」の解説で、龍太は「簡潔な文字の眺めは、キッパリと目に沁みて肌に刺さる。言葉に情緒の湿りがない」、「時象の大きさを感じさせる季語」と書いていますが、この「川」も「谷」も一月だからこそ生きているのがわかります。音数が同じだからと言って、三月や十月などと取り替えることができないのです。

龍太は、芭蕉の「古池や」の句に触れて、「やっぱり優れた人は、偶然を必然に変えていますね」(『俳句のこころ』)と言っていますが、「一月の」の句も偶然の出会いを必然に変えた一句といえます。このような極めて個人的な経験に発する事実を端的に言い止めて、なおかつ普遍の高みに至るのも龍太俳句のひとつの特質です。

次の句もそうした「偶然の出会いを必然に変えた」作品でしょう。

凧ひとつ浮ぶ小さな村の上　『忘音』

春暁の竹筒にある筆二本　『〃』

八、定住者の時間

白梅のあと紅梅の深空あり　『山の木』

単純化された中に、深い奥行きのある作品で、蕪村の〈凧《いかのぼり》きのふの空のありどころ〉にも通じるような、時間の流れのそのものを言い止めた作品です。

雪の峯しづかに春ののぼりゆく　『童眸』

冬の間に積もった山の雪が麓の方から日々解けてゆくのを眺めて、「春ののぼりゆく」と捉えています。「白梅の」の句もそうですが、定点観測のように、一つの場所に腰を据えているからこそ見えてくるものを的確に表現した作品といえるでしょう。

枯山の月今昔を照らしゐる　『山の木』

去るものは去りまた充ちて秋の空　『今昔』

春の山夜はむかしの月のなか　『〃』

日常の景の中での時の流れの把握、あるいは認識は、作者の位置が変わらぬからこそ得られるものでしょう。定住者のみが感じ取れる時間の意識を見える形で表現するのも龍太ならではのものです。

九、故郷への視点

水澄みて四方に関ある甲斐の国　『山の木』

故郷を大きな視野から捉えた一句です。「澄む」と「住む」が語源的に同じと言われるのも示唆的です。水がとどまって澱みが下に沈んだのが「澄む」。そのように、澄んだ眼差しで、広い視野から故郷を俯瞰して成立した作品です。「四方に関ある」が、甲斐という国の広がりと歴史的な特徴を示していて、時間と空間の双方から故郷を捉えつつ、「水澄む」という季語によって統合した一句といえます。

騒然と柚の香放てば甲斐の国　『春の道』

かたつむり甲斐も信濃も雨のなか　『山の木』

春の夜の藁屋ふたつが国境ひ　『涼夜』

自宅庭にて　1993年12月
写真提供：飯田秀實

梅漬の種が真赤ぞ甲斐の冬　『〃』

故郷を「甲斐」と捉えた句は、中期以降の龍太作品に多く見られますが、土着の意識に留まらず、故郷を歴史的に位置づけ、把握する姿勢の表れと考えられます。

十、感じたものを見たものに

鶏鳴に露のあつまる虚空かな　『遅速』

澄みわたる大気に響く鶏の声に感じた秋の深まりを「露のあつまる」と表現しています。この句も、作者の「感じた」ものを「見た」ものとして言葉に変換しようとした結果、通常の表現を超えた作品になったといえます。

龍太は、鶏の鳴き声をさまざまに表現しています。

鶏鳴の芯の紅らむ雪解空　『麓の人』
燕去る鶏鳴もまた糸のごと　『〃』
にはとりの黄のこゑたまる神無月　『涼夜』

鶏以外でも、

みんみんのこゑの刃をなす暮天あり　『今昔』

のように、音を視覚的に表わした句がたくさんあります。共感覚的とも複数の感覚の並存とも言われるこれらの句は、音として意識する以前に身体が捉えた感覚をいかに言葉にするか、という営為の記録であり、「露のあつまる」という表現もその延長線上にあります。同時に、これらの句に季語が確かに生きていることも見逃せません。

先に触れた〈耳そばだてて雪原を遠く見る〉〈満目の秋到らんと音絶えし〉などの作に始まる表現の水脈がここにまで続いているのです。ほかにも複数の感覚を混淆して表現した句があります。

空腹のはじめ火の色冬景色　『麓の人』

夕月のいろの香を出す青胡瓜　『山の影』

こうした作品も、表面的な感覚の表現に満足せず、作者の原初的な感覚が言葉になったものといえます。

十一、はるかなものへの思い

白雲のうしろはるけき小春かな　『遲速』

龍太の作品には、定住する地への思いとともに、はるかなものへの視線があります。この二つのベクトルが対立することなく、広がりのある作品世界を形づくっているところにも龍太俳句の特色があります。大地に確かに根を下ろしつつ、遠くに向けた眼差しが時空の彼方の何かを感じ取ろうとしているようです。「白雲の」の句でも、青空に浮かぶ雲の向こうに広がる虚空をとらえようとする姿勢が、読者を遠い世界にいざないます。

ゆく夏の幾山越えて夕日去る　『麓の人』

風の彼方直視十里の寒暮あり　『春の道』

三伏の闇はるかより露のこゑ　『山の木』

これらの句でも遠く去る夕日や、風の彼方の日暮や、夏の闇の向こうにある秋の気配が、一句の中で確かな形を与えられて存在しています。

十二、生命への思い

百千鳥雌蕊雄蕊を囃すなり　『遲速』

生命そのものと、新しい生命を生み出す営みへの讃

自宅近くの畑の傍に立つ龍太
1987年12月　写真提供：飯田秀實

歌のような句。自然の中で湧き立つ生と性をうたい上げています。それに対し、句集『遅速』には死の影の濃い句が時に見られます。

朧夜の死体置場といふところ　『遅速』

朝寒や死因一病づつありぬ　『〃』

骨壺の中が真つ暗秋の道　『〃』

これらの句は、具体的な誰かの死というより、死という観念そのものを対象としているようです。

また、『遅速』にはふたつの連作があります。平家が滅亡した「壇の浦・早鞆の瀬戸」と題する五句と長崎を訪れて詠まれた六句ですが、どちらも死が主題となっている作品群です。

幼帝のいまはの笑みの薄紅葉　『遅速』

永井隆博士　如己堂

冬日向目つむれば臥す故人見え　『〃』

そのうえで、「百千鳥」の句を読み返すと、この沸騰するような生命の輝きの傍らに、死の暗がりが寄り添っているのが感じられます。花は受粉を終えると散ってしまう。受粉を媒介した虫たちも、自らの生殖が終われば多くは死を迎える。死と背中合わせだからこそ、命の愛おしさが増すのではないでしょうか。

十三、「雲母」の終刊

遠くまで海揺れてゐる大暑かな

「雲母」平成4年8月号

「雲母」終刊号に発表された「季《とき》の眺め」の九句の末尾に置かれた句で、活字になった龍太作品としては最後の一句になります。

「雲母」七月号に発表された『『雲母』の終刊について」では、「『雲母』終刊後も、俳句から離れるようなことは、私はさらさら考えてはおりません」と句作への意欲を表明していたにもかかわらず、俳句を発表しなくなったのはなぜか、考えてみたことがあります。「雲母」主宰を離れる龍太に、選をはじめ、さまざまな依頼が殺到したことは想像に難くありません。しかし、「雲母」の終刊が自身の「雲母」からの解放になったとしたら、それは、「雲母」をよりどころとして句作に励んできた会員への裏切りにも等しい。つまり、主宰としての責任を放棄した自らへの罰は沈黙しかない、龍太はそう決断したのではないでしょうか。

最後に発表された一連は、

またもとのおのれにもどり夕焼中

に始まり、

夏羽織俠に指断つ掟あり

山青し骸見せざる獣にも

といった句を経て、「遠くまで」の句に到ります。

最初に読んだ時、「もとのおのれ」は「雲母」主宰となる前の自分だと解釈したのですが、改めて見ると、俳句を作るようになる前の自分とも読めます。いずれにしろ重い決断をした自分を夕焼がやさしく包み込むようです。

任俠の指詰めは、自分の行為の責任を取る、つまり落とし前をつける儀式であり、「夏羽織」の句は、俳句の発表を断念することで、いわば終刊の責任をとるという決意の表れのように思われます。

象や猫は自分の屍を見せないとよく言われますが、「山青し」の句もそうした動物のありようを背景としているのでしょう。こじつけと言われるかもしれませんが、「骸見せざる獣」に自分自身を重ねているように思えてなりません。たとえ俳句を詠まなくても自然の美しさ、自然に魅惑される思いは変わらない、という心情が「山青し」には籠められているのではないでしょうか。

そして、「遠くまで」の一句。海というものの本質を「揺れてゐる」と捉え、「大暑」という強い季語を配しています。作者の自然への信頼が、最後の一句を支えているのです。

龍太が後世に残したもの

自分の句に龍太の影響を指摘されることはしばしばありますが、では、龍太俳句から何を得たのか、と問われると、よくわかりません。ただ、自然を柔軟にとらえ、自分の感受に忠実に表現する姿勢は、学んでいきたいと思っています。

龍太が後世に残したものとして、次のような点が挙げられます。

一、結社の主宰、指導者としての態度

一九七六（昭和51）年に書かれた「本格の俳人とは」という文章で、龍太は「本格俳人と専門俳人」という言葉を用いて俳人のありかたを説明しています。本格俳人とは「代表作を持った俳人」であり、さらに「第一級の本格俳人」は、自分の代表作を超えて再び新しい代表作をうちたてることへ「鏤骨の努力」をする人。一方、専門俳人とは、「雑誌を主宰し、それなりの門弟を擁し、専門家として門戸をはったひと」と説明しています。そして専門俳人には「選者としての力量」が必須であり、「良質な指導者とは、豊富な好奇心を抱いて門弟の作品を見、その行く手を的確に指示できるひと」だが、「どんなにすぐれた才質の持ち主でも、老境に入るに従って、好奇心の摩滅はまぬかれえない」、「専門俳人としての世の声望は、好奇の摩滅と反比例して高まるのが世上一般の通例」と、専門俳人の陥りがちな危険を併せて指摘しています。

これは、批判というより、主宰者としての自戒というべきでしょう。『雲母』の終刊について」の中で、「仮にも主宰誌の選が負担となって十全に対処できな

いことが自覚されたときは、潔く身をひくほかはないのです」と述べているのも、こうした専門俳人としての自覚と責任感によるものにほかなりません。

「雲母」の選をしていた時の龍太の集中力の凄まじさについては、子息の秀實氏が証言していますが、いわば、身を削って選をすることが専門俳人としての務めであり、そうした集中力の維持に耐えられなくなったときは、潔く「身をひく」のが、専門俳人としての矜持だったのでしょう。

自宅にて　1987年6月
写真提供：飯田秀實

二、選の確かさ

龍太は主宰者として、廣瀬直人、福田甲子雄、友岡子郷など、多くの優れた俳人を育てました。また、結社以外の俳人にも眼を向け、過去の俳人や同時代の森澄雄や金子兜太についても優れた鑑賞を残しています。その対象は有季定型の伝統派の俳人ばかりでなく、前衛派や、無季俳句にも及んでいて、どんな句にも「好奇心」をもって接していることがわかります。

一方、黒田杏子、長谷川櫂、岸本尚毅などを新人の頃から取り上げて評価しているように、いわば目利きとして、龍太の言葉が俳人評価の一つの基準になっていたように思います。「人の句に対する敬意がいつでも自分の作品の栄養になる」（『俳句のこころ』）という姿勢は、作品の傾向や作者の有名無名を問わず一貫していたと思います。

水原秋櫻子が亡くなった時、龍太は「権威は礎《きず》いても、それにともなう権力は、常にきびしく拒否しつづけて来た」（「天上の微笑——水原秋櫻子先生をおもう」）と評しましたが、その言葉は、龍太自身にも当てはまるでしょう。

三、主宰としての出処進退

『雲母』の終刊について」で龍太は、俳誌の主宰の近親者による世襲などの「安易な継承」を「好ましい流行でない」とし、「私の『雲母』継承にも一端の責任があるのではないか、と推察されるとき、正直、私は胸の痛みを覚えます」と述べています。そして「雲母」の後継誌として、廣瀬直人主宰の「白露」が創刊された時も、それに対して影響力を残すようなことはありませんでした。それだけでなく、「雲母」終刊とともに作品発表もやめてしまった。この潔さも後世の範となるのではないでしょうか。

また、会員を一つの俳句観で縛ってしまいがちな結社の弊害についても、考えることがあったのでしょう。特定の俳句観に依らず俳句を学ぶ場があっていいのではないかという思いが、NHK学園の俳句講座の監修につながったように思います。

四、「自得の文芸」という視点

俳句の作り方も、ひたすら対象を見つめよという精神論や、とにかくたくさん作れといった根性論、あるいは、季語に「や」をつけて七五を付ければいいといった技術論に傾くことなく、俳句を学ぶ人に寄り添って、根本の心構えを説きました。

俳句は「自得」の文芸であり、大切なのは作者自身が納得すること、と繰り返し説いているのもその一例です。たとえば一九八四（昭和59）年の「自得の道」では、「作品の是非は、自らが決定すべきものである。是非とは、自分自身の作品であるかどうかということである」と書いています。そして「私は、俳句は自得の文芸であろうと思っている」として、「窮極は、自らが自らの作品の在り処を知ることではないか」と言葉を重ねます。さらに、入選落選にかかわらず一年は記録にとどめておき、「一年後眺めて、胸にひびく作品は、かけがえのないそのひとの句」であり、それが自得への近道だと指摘します。俳句を作るのは、誰のためでもなく自分自身のためだとするこの言葉は、俳句を人生の友として作り続けたいと考える人に力を与えるものです。

龍太自身も、

秋の船風吹く港出てゆけり　『麓の人』

という横浜で詠んだ句を句会の選に入らなかったにもかかわらず、自選句のなかによく入れています。自解でも「作品価値とは別に、特に愛着のある句を大事にする気持ちもあっていいだろう」と書いていて、他者の評価は脇に置き、自分にとって大切な作品は残しておくべきだという考えを自らも実践しているのです。主宰の選は絶対ではない、よりどころとすべきは自分自身だと教えるだけでなく、自分にとって大切な句をどのように判断するか、という点まで踏み込んだところに龍太の指導の確かさがあります。

俳句は、あれもこれもではなくあれかこれかだ、舌頭千転することが大切で簡単に文字にしてはいけない、自分自身の句を作るには一番好きな句を胸に置くのがいい、といったような具体的なアドバイスを行っています。

五、表現の工夫と「私」性の克服

前にも触れたように、〈冬耕の兄がうしろの山通る〉の自句自解の中で龍太は、虚子や波郷の言葉を引き、「写生」や「『私』性」の重要さを認めながらも、そうした言葉を「正しく理解するためには、改めて自分の表現を持たぬと自分のものになったことにならない」と指摘しています。この前段を受けて、「私は、写生は、感じたものを見たものにする表現の一方法と考えている、その逆でもいい。また、俳句は『私』に徹して『私』を超えた作品に高めるものだと思っている」と、写生と「私」性についての考えを龍太は述べています。

こうした龍太の言葉は、俳句を近代文学の歴史の中に置いた時、大事な意味を持つのではないかと考えます。日本の近代文学には私小説の伝統があります。フランスの自然主義が日本に移植される過程で、自分の醜悪な面も含めて包み隠さず作者自身が告白するという私小説を文学の正統とする考えが形づくられました。正岡子規に始まる写生唱導にこうした私小説の美学が加わることで、俳句は事実を嘘偽りなく詠むものだという事実信仰が根付いていったように思います。石田波郷が「俳句は私小説だ」といったことも、事実信仰が広がるのに力があったのではないか、という気がします。そもそも私小説の成立には、西行や芭蕉に始まる「求道者」の系譜の影響があるという指摘もあり、こうした事実信仰は、簡単に解きほぐせない複雑で根の深い問題のように思います。

実際には事実を全く変えずに詠むことは不可能ですが、特に初心者は見たまま経験したままを詠まなければならないという観念を持ってしまいがちです。

しかし、大事なのはその人にとっての真実だと龍太は考えます。仮に亡くなっている兄を生きているように詠んだとしても、それが作者の実感であれば、それを大切にしたいというのです。そして、その実感を表現するために、「感じたものを見たものにする」表現の工夫を重ねることが求められます。「見ている自分を見る」という文章では、「推敲とは、詩心に忠実な推敲であって、あるがままの素材に忠実ということではありません」と言い、『女性のための俳句教室』では、「見馴れ、聞き馴れたものでも、それを自分の目で見、耳で確かめること。写生という言葉の本意を、私はそのように解したい」とも書いています。事実そのままではなく、フィクションでもない、という句づくりがあり得ることを示したのは大きな功績です。

もちろん、龍太も事実を否定したわけではありません。俳句らしく作ろうとして事実を軽んじてしまう初心者には、事実の大切さを説いています。

龍太が説き、目ざしたのは、「～ねばならない」「～してはいけない」といった教条的な態度にとらわれず、自らを唯一のよりどころとして自由に句を作ること、そういう意味で龍太の作品とその考えは尽きない泉のように、後世の俳人に新たな道を示してくれていると思います。

おわりに

　舘野豊氏は一九七六年「雲母」に入会し、飯田龍太に師事した。「雲母」終刊後、後継誌「白露」を経て、今は「郭公」同人となっている。かつて第二回と第六回白露評論賞受賞。二〇一九年は評論集『地の声　風の声』を刊行し、第一部では「飯田龍太をめぐって」の題で論を展開されている。

　この度の取材にあたり、氏から受けた印象はとても温和で、博識な方とすぐに分かった。私から用意した質問項目に即答し、滔々と語り、しかもこちらの希望をそっくり叶えて下さった。「龍太が説き、目ざしたのは、『~ねばならない』『~してはいけない』といった教条的な態度にとらわれず、自らを唯一のよりどころとして自由に句を作ること、そういう意味で、龍太の作品とその考えは尽きない泉のように、後世の俳人に新たな道を示してくれていると思います」という、俳人かつ評論家の視点からの龍太に対する評価が胸に染みた。

董振華

舘野豊の龍太20句選

露草も露のちからの花ひらく　『百戸の谿』
満月に目をみひらいて花こぶし　〃
大寒の一戸もかくれなき故郷　『童眸』
満目の秋到らんと音絶えし　〃
晩年の父母あかつきの山ざくら　〃
鳴く鳥の姿見えざる露の空　『麓の人』
父母の亡き裏口開いて枯木山　『忘音』
どの子にも涼しく風の吹く日かな　〃
水鳥の夢宙にある月明り　〃
一月の川一月の谷の中　『春の道』
風の彼方直視十里の寒暮あり　『春の道』
かたつむり甲斐も信濃も雨のなか　『山の木』
白梅のあと紅梅の深空あり　〃
水澄みて四方に関ある甲斐の国　〃
草青む方へ亡き母亡き子連れ　『今昔』
龍の玉升《のぼ》さんと呼ぶ虚子のこゑ　『山の影』
鶏鳴に露のあつまる虚空かな　『遅速』
白雲のうしろはるけき小春かな　〃
百千鳥雌蕊雄蕊を囃すなり　〃
遠くまで海揺れてゐる大暑かな　〃

「雲母」平成4年8月号

舘野豊（たての　ゆたか）略年譜

昭和30（一九五五）　横浜市生まれ。

昭和51（一九七六）　「雲母」入会、飯田龍太に師事。

昭和54（一九七九）　早稲田大学卒業後、神奈川県立高校教員になる。

平成5（一九九三）　「白露」創刊とともに入会、後に同人。

平成10（一九九八）　第二回白露評論賞受賞。

平成14（二〇〇二）　第一句集『夏の岸』ふらんす堂刊。

平成23（二〇一一）　第二句集『風の本』ふらんす堂刊。同年、第六回白露評論賞受賞。

平成25（二〇一三）　「郭公」創刊とともに同人。

令和1（二〇一九）　評論集『地の声風の声―形成と成熟』ふらんす堂刊。

令和5（二〇二三）　第三句集『時の影』ふらんす堂刊。


現在、NHK学園俳句講座専任講師。

第18章

井上康明

（二〇二三年十月十七日十六時　中野にて）

はじめに

井上康明氏のお名前は毎日俳壇の選者として知り、俳誌「郭公」主宰であることも存じ上げていた。氏と初めてお会いしたのは二〇二二年十月二日、蛇笏忌の碑前祭。当日お話を交わす事は無かったが、その時の集合写真に一緒に写っていたことに後で気が付いた。二回目は、二〇二三年九月十七日、黒田杏子先生のお別れの会だった。『語りたい龍太』の監修者及び証言者の一人として依頼の手紙を送り、電話を差し上げ、会場でも改めて口頭でお願いをし、ご快諾下さった。

氏は、二〇二〇年、『飯田龍太全句集』に於いて、龍太の生涯、龍太の俳句、龍太の出発、第一句集などの順で解説を丁寧かつ詳細にお書きになっている。この解説は龍太を研究する者にとって、スタンダードな手引である。今回の取材をきっかけに、電話やメールで校正原稿を打ち合わせたり、共通の友人の受賞お祝い会に出席するなどで交流が増え、親しく接して頂いていることが嬉しい。

董振華

龍太に師事し「雲母」に入会

一九七七年、私は山梨大学を出て、山梨県立日川高校の教員になりました。郷里に住み続けることが定まったので、何か山梨ゆかりのことをやってみようかなという気持ちになりました。そんな時ちょうど俳句を詠む先輩教員がおりまして、一九七八年頃、廣瀬直人氏（後に俳誌「白露」を主宰）が自宅でやっている句会へ誘われたんです。

私の父は銀行員ですが、飯田蛇笏・龍太の門下で俳句をしていました。父親が俳句をしていることについては、何となく不思議に思っていました。父親のやっていることに唯々諾々と従うのも嫌だなという気持ちもありましたが、俳句の会に入ってみると、老人から若々しい青年までいろんな人がいましたので、続けてみようかなと思いました。勿論、自分の句はなかなか褒めてもらえません。最初の句会では長老格の人に褒められて嬉しかったこともありましたが、その後、誰も取ってくれなくなりました（笑）。

廣瀬先生の家は農村地帯ですから、周囲に葡萄畑がずっと広がっています。夜になると奥座敷に二、三十人が集まって句会を始めます。中には葡萄を作っている人や役場の人、タクシーの運転手、寺の住職と奥さんなど、様々な人がいました。特におじいさんやおばあさんが若々しい俳句を作ったりするところに意外な面白さを感じました。その句会は飯田龍太の「雲母」に投句する句会なので、おのずと「雲母」に投句するようになるのですが……。

二十代の半ばから「雲母」に入会しました。最初のうちは投句しなかったんですが、周りの人から勧められて、投句するようになったんです。毎月五句出すんですが、全部は掲載されず、大体二句、良い時で三句になることもあるし、悪い時一句になることもありました。どうして自分は二句なんだという、そういうことの繰り返しですね（笑）。何とか多く取ってもらいたいと思い、自分の作品を見直したりしながら、やってきたという感じです。

「雲母」の句会と龍太の魅力

廣瀬先生の家で開かれる句会には龍太は来ません。龍太が出席する句会は「雲母」の山梨句会や東京句会などです。そういうところへ行って、龍太の講話を聴きました。「雲母」関係の句会ですが、外のグループの方も参加しています。参加費を千円ほど払えば誰でも参加できます。

また、「雲母」の各地句会も年に数回開かれました。例えば、山梨俳句大会とか、関西俳句大会とか、北海道俳句大会とかです。折々の各地方の呼び方で句会を開催します。参会人数は大体百人から二百人ぐらいの規模です。そこで龍太が選んだ特選と入選があって、特選が五句とか多くとも十句、入選が二十句くらいでしょうか。だいたい私の句は選んでくれないのですが……講評が面白かったんです（笑）。当意即妙で、笑わせながら会場の人たちとやり取りをします。

必ずしも俳句について講評するというわけでもあり

ません。講評をしてもだいたい特選の三句くらいについて喋ります。全然喋らない時もあります。また誰も選ばなかった句で特に推奨する句について説明することもありました。その辺は自由自在で、その話が面白く、惹かれました。俳句大会の結果と講評は後に句会の経緯を報告する文章と共に二頁ほどが「雲母」誌に掲載されます。

北海道の句友たちと　1970年代
写真提供：飯田秀實

「山梨俳句大会」の時、龍太が会場の前のベンチに座って、空を見上げながら俳句を作るのを見たことがあります。龍太はいつもちょっと予想もつかないような句を作るというところに惹かれましたね。同じ句会に龍太が出した句で、何か自分が発想しないことを詠んでいるような句を見て驚いたんです。

でもそのような作り方について龍太が手を取り足を取って教えるようなことは一切ないし、自分の句がなぜ取られなかったのかについてもこうだと理由を説明してくれるわけでもないから、自分で考えるのです（笑）。例えば「雲母」に出す五句は、大体気負って作って、これだと思う句が落とされることが多くて、そういうことの繰り返しですね。

龍太とのエピソード

或る時、私が東京句会から帰りの電車でたまたま龍太と一緒になったことがありました。私はまだ若いし、特急券じゃなくて鈍行列車の切符を持っていました。向こうは龍太を囲む編集部の人たちが四、五人いて、皆特急で帰ろうとしていたんです。そしたら、龍太は「井上君が鈍行なんだから、私達もみんな鈍行にしましょう」と言って、ほかの皆さんも「鈍行で行こう」などと言って、鈍行に切符を買い替えてくれたんですよ（笑）。そして龍太がビールを買ってきて、一つの座席に龍太と私が座って、向い側に廣瀬直人、福田甲子雄、河野友人という編集部の人が座って、ビールを一本ずつ渡されて、ゆっくりと話をしながら帰ったんです。龍太もゆっくりしたかったのかもしれませんが、自分のためにそういう気遣いをしてくれたのですから、嬉しかったですねえ。ところがお酒が飲めるのは龍太と廣瀬直人だけで、ほかの福田甲子雄、河野友人、そして私もあんまりお酒飲めないんです（笑）。飲めない人たちは自分の分を飲む人に渡して、そうすると飲める人たちが本当にあっという間に飲んじゃってね（笑）。

関西の句友たちと　1970年代
写真提供：飯田秀實

1991年11月11日　第六回東海雲母の会　　伊賀上野にて
左から河野友人、米山源雄、横田綜一、大井雅人、廣瀬直人、
飯田龍太、井上康明、福田甲子雄
写真提供：井上康明

私は新宿から甲府まで帰りますが、龍太は石和で降りるんですね。その間、何の話をしたかというと、山桜や昔の戦争の話、龍太の交友の話などを記憶しています。山桜は色々な種類があるとか、また通り過ぎる風景に関連した、勝沼というところでかつて戦争があったことを話しました。長州や薩摩の官軍と新選組を含む旧幕府軍とが戦って、旧幕府軍が負けて、西からやってきた官軍が、東の江戸へ向かって行きました。その時にいろんな兵士がいて、恋人のところに行って戦争に遅れた男がいた、そういうエピソードがあったらしいとか。それから、龍太は井伏鱒二と大変親しかったので、井伏鱒二のエッセイや小説を話題にしました。特に山桜の話が印象深かったです。

山梨県の教育委員会には、教員が出向して県の博物館に勤務する枠があって、何年か勤務してからまた元の学校へ戻る仕組みになっていました。一九八九（平成元）年山梨県立文学館が出来、私が翌一九九〇年四月から文学館へ赴任したんです。学校の生徒を文学館へ連れてくる役割を果たす目的で文学館へ行ったのです。文学館の二階には飯田蛇笏コーナーが設けられていました。私は俳人飯田蛇笏に魅力を感じ、その生涯について調査し、蛇笏の俳句を読んでいました。結局教員に戻らず定年になる一年前まで文学館に勤務していました。そのため、龍太と接する機会を多く持ちました。

また、山梨県立文学館は飯田蛇笏を核として芥川龍之介、井伏鱒二、正岡子規など県ゆかりの文学者の資料を収集し、保存公開をしています。私はその資料収集や保存公開といった学芸的な業務、講演会、講座の運営などの対外的な仕事などに従事することになったのです。龍太は文学館の創設から関わり、日常的な運営は勿論のことですが、特に俳句関係の展覧会では密接な協力を得ました。展覧会の指導や折々の文章の執筆の依頼に「山廬」へ行きました。上司と共に訪れた時は、奥座敷まで通され、その途中、本が積まれた龍太の書斎を通って行ったこともありました。

1997年10月23日　山廬にて
左から井上康明、瀧澤和治、福田甲子雄、飯田龍太、廣瀬直人、廣瀬町子、保坂敏子
写真提供：井上康明

龍太が「雲母」を継承して

一九六二（昭和37）年十月三日、飯田蛇笏は亡くなりました。そこで「雲母」の主宰者を龍太は引き継ぎます。龍太が職業に就いたのは一九五一（昭和26）年から一九五四（昭和29）年までの三年間だけで、山梨県立図書館の司書を務められました。その後、「雲母」終刊まで俳句一本でやってきました。

ご存じのように、第二次世界大戦直後の一九四六（昭和21）年、桑原武夫の現代俳句を批判した論が『世界』十一月号に「第二芸術——現代俳句について」の題で発表されました。加藤楸邨、中村草田男及びその指導下にあった俳人や元新興俳句系の俳人、あるいは戦争体験を経て、社会性俳句を作る俳人などへの関心が一気に高まっていきます。

中村草田男は一九五三年、「思想性・社会性とでも命名すべき、本来散文的な性質の要素と純粋な詩的要素とが、第三存在の誕生の方向に向かって、あいもたれつつも、ここに激しく流動している」（句集『銀河依然』自序）と述べて、社会性俳句のあり方について口火を切ります。

一九五四年、同人誌「風」が、俳句と社会性のアンケートを特集し、ここから社会性とはなにかとの論争が起きます。金子兜太はここで「社会性とは態度の問題」「自分を社会的関連のなかで考え、解決しようとする『社会的な姿勢』が意識的にとられている態度」と主張しました。

一方で龍太は土着の山梨の生活に根ざした抒情の句を詠み、一九五四年第一句集『百戸の谿』を出します。全部で二五九句が収録されていて、更に十二句を後に付けています。

句集を読んで分かるように、逆年順に並んでいます。最初は昭和二十八年の句が並んでいて、最後の方に行くと昭和二十年に近い句が並んでいます。龍太は四男で、長兄が一九四四（昭和19）年フィリピンで戦死し、次兄は一九四一（昭和16）年肺結核で亡くなり、三兄は一九四六（昭和21）年外蒙古で事故で亡くなるんです。そういういろんな経緯の中で家を背負って生きているということが前提としてあるわけです。勿論、戦後をどう生きるかについては、日本人がみんな考えるわけですが、龍太は自分の故郷に根ざして、その村の人たちと一緒に生活する中から俳句を詠んでいくことを決めたんです。また、蛇笏が亡くなった時、龍太は「山廬永別」という文章を書きました。「蛇笏はその山国に生涯を終えた、多くの俳句好きな人たちが集まっていて、誇るべきものは重んじられなければならない。大切なものを受け継いでいきたい」と言って、「雲母」を継承することに行きついたのです。

実際には蛇笏が亡くなる前の一九六〇（昭和35）年

から、蛇笏の健康が思わしくないため、蛇笏の選と並んで龍太選も既に始めています。そして蛇笏はだんだん身体が衰えていきます。龍太がそれを支えて、蛇笏が亡くなるところまで進んでいったわけです。龍太は蛇笏が枕元に書いた俳句手帳から書き抜いて、一九六二（昭和37）年の十月号まで、毎月毎月の俳句を発表したと言っています。つまり自分が責任を取るということですね。蛇笏が亡くなった後、一九六六（昭和41）年に遺句集『椿花集』を出したのですが、龍太が編集しました。ですから、どういうふうに句を並べるか、一番最後に〈誰彼もあらず一天自尊の秋〉という句があるんですけど、それも龍太がそこに置くんです。言うならば、蛇笏の最後の姿はこうだったということは、龍太が示したわけです。私も父親が亡くなっていく時に、「貴方の父親の作品をあなたが責任を持って整えてもいいんですよ」と言われたので、龍太もそうしたことなのかと推察しました。

龍太の各時代の俳句

龍太は生涯十冊の句集を出していますが、その中に多くの名句が収録され、今でも人々に愛誦されています。

まず、第一句集『百戸の谿』（一九五四年）に、

春の鳶寄りわかれては高みつつ　龍太
紺絣春月重く出でしかな　〃
いきいきと三月生る雲の奥　〃

などの句があります。互いに輪を描きながら、空高くのぼってゆく二羽の鳶。近景の紺絣の色彩と手触りに遠景の春月の重量感。雲の奥から誕生する聖なる三月、春の祝祭。ここに描かれた輝かしい春の情景には、春の到来の喜びとともに青春の憂愁が色濃く横たわっています。とりわけ、「紺絣」の句は、一九五一（昭和26）年龍太三十五歳の作。上五の「紺絣」からは、絣の色彩と手触りが伝わってきます。一転して目の前の

空には、ほってりとした橙色の春の満月が上ってきました。匂うような紺絣と、春の夜の嫋々たる満月の情感が溶け合い、懐かしくやるせない思いに包まれます。この情感は思い屈した青春の憂鬱に繋がるのではないかと思います。

龍太の青春後期の清新かつ抒情的な作品を収録したこの句集は、一九四六（昭和21）年の桑原武夫の「第二芸術論」に応えるように、俳句に社会性を求める社会性俳句が議論が盛んだった一九五四年に世に出ました。同時に龍太の俳壇への登場を意味しています。一九五七年、この句集は第六回現代俳句協会賞を受賞しています。また、龍太のその後の活動は「第二芸術論」への反撥もその背後にはあったはずです。

一九五九年に刊行した第二句集『童眸』には、

大寒の一戸もかくれなき故郷　龍太
雪の峯しづかに春ののぼりゆく　〃
渓川の身を揺りて夏来るなり　〃

などの句があります。

大寒の故郷、雪の峯をのぼってゆく春、夏の到来する流れ、これらは共に境川村の小黒坂での情景です。ふるさとをどう描くか、定住土着の風景は、龍太自身の有り様にかかっています。例えば「大寒の」の句、土着を大胆に言い放ちます。

この頃、龍太を思いがけない不幸が襲います。一九五六年九月、翌年は小学校に入学しようとする次女純子が、六歳で急性小児麻痺によって一夜にして幽明境を異にします。

露の土踏んで脚透くおもひあり　龍太
花かげに秋夜目覚める子の遺影　〃
枯れ果てて誰か火を焚く子の墓域　〃

悲しみをこの世と彼の世との接点にある露の土を踏む脚の存在感に託す、透徹した身体感覚が捉えた悲しみの情景です。

続いて、一九六五年第三句集『麓の人』が出版されました。この間は龍太に大きな変化が訪れた時期です。一九六〇年四月号より、蛇笏の選句の負担を減らすため、父蛇笏が主宰する「雲母」に飯田龍太選の作品欄を創設。一九六二年十月三日飯田蛇笏が永眠、龍太は「雲母」の主宰を継承。自らの腰痛による入院、母の開腹手術とつづき、『現代俳句全集』の「自作ノート」では「『童眸』よりは重く沈んだ感じだ」と述べています。この句集は「第一句集の青春の感傷と第二句集の壮年の強引さをそれぞれ客観して俳句としての別の自立を志したところはあるよう」だと、自ら新しい局面への志向に言及しています。

山枯れて言葉のごとく水動く　龍太
短日の胸厚き山四方に充つ　〃
緑蔭をよろこびの影すぎしのみ　〃

この句集で志向したのは、昭和二十年代以来の周囲の自然をどう詠むかという課題において、自らの内面と共に一歩自然の中へ踏み込み、確かな表現を得ようとしたことではないかと思います。

「緑蔭の」の句は「雲母」の俳人、伊藤凍魚の遺句集『氷下魚』出版記念会が、北海道札幌で催された際の作です。北大構内の楡の木蔭の芝の上に、新婚の持ち物らしいレースのハンカチが落ちていたという。龍太は、九年前の九月、一夜にして死去した次女純子を新婦の姿に思い出したのではないか。「よろこびの影過ぎしのみ」というフレーズには一瞬の人の気配が漂います。

一九六八年、龍太が四十八歳の時に第四句集『忘音』を出しました。句集名の『忘音』は龍太の造語ですが、この句集刊行に先立つ一九六五年十月二十七日、母菊乃が亡くなりました、その際龍太は、

落葉踏む足音いづこにもあらず　龍太

を詠みます。ここから句集は『忘音』と名付けられました。因みにこの句集は第二十回読売文学賞を受賞しました。

生前も死後もつめたき箒の柄　龍太
父母の亡き裏口開いて枯木山　〃
しぐる夜は乳房ふたつに涅槃の手　〃
子の皿に塩ふる音もみどりの夜　〃

どの子にも涼しく風の吹く日かな　〃

母の死の悲しみを落葉踏む足音、死後も冷たい箒の柄に託して詠います。両親亡き後の枯木山の山肌が明るくありありと浮かび上がります。「子の皿に」の句、子を詠んでいきいきとした生命感が息づきます。新緑の夜の子の皿にふる塩の音、その健やかな生命への思いが伝わります。情景を包む豊かな四季の情感の中に龍太の思いは溶けてゆきます。

特に〈どの子にも涼しく風の吹く日かな〉は一九六六年、龍太四十六歳の作。そこに居るすべての子どもに快い涼風が吹いています。そこに居るのは数人か、或いは数十人か、一人一人に分け隔てなく風が吹いて安らかな幸福感に包まれます。

龍太自身は、母校の小学校の横を通り過ぎた時、校庭の子どもたちを見て、即座にこの句が浮かんだと語っています。「涼しく風の吹く日かな」という表現には龍太の優しい眼差しが浮かびます。そして風が子どもたちを包むひと時が、掛け替えのない一瞬であることが伝わってきます。句の静けさからは、この情景が遠い過去のことであるかのような印象を受けます。

龍太はこの句を詠んだ頃、相次いで両親を亡くしました。十年前には、六歳の二女と永別しています。龍太はそのような日々の中から、生死を超えた少年少女の一瞬の命の燿きを捉えました。誰にも分かる平易な言葉によって感銘深い一句を詠んだのです。

引き続き、第五句集『春の道』は一九七一年出版されました。有名な〈一月の川一月の谷の中〉が収録されています。

飯田龍太の俳句を一句選べと言われたら、私はこの句を選びます。一句に籠められた迫力が無類です。枯れ果てた一月の谷の中を川が石を刻み、地を穿ち流れ下る様子を想像します。「谷」の一語に人の暮らしを思わせながら、清浄な「一」の繰り返しに呪力を思います。最も短い詩である俳句の特徴を端的に示す鋭さを秘めた一句です。

一九七五年、第六句集『山の木』が世に出ます。代表作とされる作品を並べて見ましょう。

かたつむり甲斐も信濃も雨のなか　龍太

白梅のあと紅梅の深空あり　〃

水澄みて四方に関ある甲斐の国　〃

これらの句は、均衡の取れた句姿、確かな把握、切れ味のいい韻律、何よりも生き生きと感覚が働いています。常に自らの感受性に立ち向かって、日々新しく風景を見、感じ取ろうとする、自らへの働きかけの結果だろうと思います。

この頃、龍太は主宰する「雲母」の俳句大会などで東京、北海道、九州などへの短い旅がつづきます。作品の上においても地名を生かして郷里やその周辺を詠み、広やかな時間と空間が一句の中に広がります。

「かたつむり」の句では、甲斐と信濃を大きく俯瞰して眺める視点を獲得しています。梅雨時の雨が甲斐も信濃も含んだ日本列島を包んでいるかのようです。「水澄みて」の句は、甲斐の国の四方をめぐる山々に設けられた関所を遠近に描いて、土地に生きる人々を想像させます。その爽やかさは甲斐一国を越えて普遍の表情を示します。この一句は、碑に刻まれて甲府市貢川芸術の森公園に二〇一四年に建立されました。

「白梅のあと」の句、白と紅、深い春の空の青を大胆に切り替えながら表現するモダンな一句です。

更に、一九七七年九月第七句集『涼夜』が刊行されました。

妹の籠のトマトをひとつ食ふ　龍太

肥後、天草小旅

朝寒や阿蘇天草とわかれ発ち　〃

「妹の籠」の句、さりげない兄妹の情景に健康な逞しさがあります。「朝寒や」の句は、一つの場面を素早く捉えた旅吟であり、旅から旅を続ける軽やかさに晩秋の朝の一瞬の寒さが遥かな人の世の温もりと通い合います。

四年後の一九八一年十一月に第八句集『今昔』を刊行します。

存念のいろ定まれる山の柿　龍太

柚の花はいづれの世の香ともわかず　〃

去るものは去りまた充ちて秋の空　〃

「存念のいろ」の句は山国甲斐に立脚し、その自然を説き明かすべく、そのなかへ参入していきます。また、「柚の花」の句は時として過去から現在、未来へと時間は自在に行き来し、さらに今生から彼の世へと情景は想念とともに飛躍します。

「去るものは去り」の句は一九七八年、龍太五十八歳の作。秋の空が果てしなく広がっていきます。この句について龍太は、渡り鳥に思いを馳せ、澄み切った空が大きな自然の摂理と無言の意思を示しているようだと語りました。燕や時鳥が南へ去り、鴨や雁、鶫などが北からやって来ます。何百年、何千年と繰り返される鳥の渡りを仰ぎ見て、ホッと息をついている龍太の姿が見えるようです。

秋が深まり空気が澄んで、全てのものは軽くなり、透明度を増してその存在を鮮明にします。去来する様々な影が過ぎ去り、一瞬その色を深めて果てしなく広がる空。一句が表す空の表情は、秋という実りの季節の充実と、枯れ果てていく衰えへの道程をはるかに思わせます。この句を作った頃、龍太は俳人としての円熟期を迎えていました。独自の抒情の世界を俳句に詠み、村の俳人の姿を「無名極楽」と題して随筆に描くなど、自在な足跡を刻んでいました。龍太が捉えた秋の空の瞬時の表情は、自然の営みの永遠を捉えながら、深く澄んだもの思いに誘います。明るく硬質の哲学的な問いに導かれていきます。

第九句集『山の影』は、一九八五年七月に刊行され、龍太の六十一歳から六十五歳までの作品三九七句を収録。箱と扉の題字は飯田龍太。

踏み入りしことなき嶺も淑気かな　龍太
山起伏して乱れなき大暑かな　〃
八方に音捨ててゐる冬の瀧　〃

「踏み入りし」の句、「山起伏して」の句、甲斐の山岳を重厚に詠んでいます。「踏み入りしことなき嶺」の淑気は。龍太の未知なるものへの新たな意思を示すかのようです。「山起伏して」の句は、炎暑の山岳の連なりを一気の膂力によって把握して力強い。「八方に」の句には、より柔軟な山国の風光の把握が示されます。落ち続ける冬瀧のしぶきとともに八方へ響く音、この瀧音には寒気の中の鋭さ、その中にあってしなやかさとが思われます。

一九九一年刊行された第十句集『遲速』は龍太の最後の句集です。この最後の句集は表現のあらゆる可能性に挑んでいるように見えます。感受性鋭く、大胆にして繊細、小黒坂の風土に根ざし、詩情豊かに生命賛歌を紡ぎます。

白雲のうしろはるけき小春かな　龍太

百千鳥雌蕊雄蕊を囃すなり　〃

また、先人に改めて挨拶を交わす作品があります。殊に山本健吉への追悼句は、晩年山本健吉が吉野の花見に龍太を誘いましたが、龍太はそれを断ったという経緯があります。互いの長い人生の交流を踏まえ、日本の短詩型文芸への造詣の深かった山本健吉の御霊に対して、文学の歴史と伝統を踏まえた達成です。

悼　山本健吉先生

雪月花わけても花のえにしこそ　龍太

そして、自在な韻律を駆使して、健やかに生きる人々の生命を慈しむ表現も注目されます。「なにはともあれ」といった口語を巧みに生かした大胆な一句です。

仕事よりいのちおもへと春の山　龍太

なにはともあれ山に雨山は春　〃

句集の後半には、長崎、島原を訪れた句があります。内心では「雲母」の終刊を覚悟していただろう時節、ひそかに金子兜太と競い立つ意欲があったのではないかと思います。

長崎浦上天主堂

鐘けふも下天にひびき冬茜　龍太

長崎は、一九五八年、当地に勤める金子兜太を龍太が訪れ、二人が初めて出会った地です。兜太はここで〈彎曲し火傷し爆心地のマラソン〉を詠みます。三十年後、行方はどこでも良いと言われ、龍太は長崎を選びます。龍太が長崎を選んだのは、兜太と競い合うとともに、自らの運命を変えた太平洋戦争と向かい合うことだったのではないだろうか、その作品は気迫に満ちています。

句集最後の一句、冬の雨のなかを健気に啼き続ける小さな雀。ささやかな命への思いが伝わってきます。これは龍太自身を描いた自画像ではないでしょうか。

雨音にまぎれず鳴いて寒雀　龍太

第十句集『遲速』のあと、「雲母」終刊までに発表した作品は一〇九句あります。次は一九九二年八月「雲母」九〇〇号、終刊号に発表した九句の最初と最後に置かれた一句です。

またもとのおのれにもどり夕焼中　龍太
遠くまで海揺れてゐる大暑かな　〃

「もとのおのれ」とは、境川村小黒坂に暮らす一人の村民としての安らかな日々でしょう。その日常に龍太は、自らの意志によって戻ろうとします。俳人としての半生は、その意志によって選び取られたものだったことを改めて思います。最後に詠まれたのは、大暑の海の情景です。生命すべての源である海は、深い安逸を思わせながら、ぎらぎらと輝いています。

文学領域から見る飯田龍太

飯田蛇笏は学生時代に、小説や新体詩、俳句などを並行してやっていました。そのようなこともあってでしょうが、龍太は俳人である一方、文章に対する意識も強く、エッセイ、俳論はとても大切ということを常に言っていました。文章を書くリズムと俳句を作るリズムとは全然違うと言います。文章を書くのは容易いことではなくて、それなりの苦労もあれば、様々な準備も勉強もしなければなりません。そうしないとちゃんとした文章が書けません。その工夫や修練は必ず俳句に帰ってくるという、そういう言い方をしていました。「文章は俳句を作ることに邪魔になるから、やらない方がいい」と言う人もいますが、「いやそうじゃないよ」ということは龍太がよく言っていました。

飯田龍太は人々の暮らしの、細々したところ、例えば大工さんが家を建てる時に、どうやって建てるかとか、石垣を組む職人さんがどういうふうにして石垣を組むかというようなことについてとても興味関心があって、その名もない人たちの仕事や生活の実感、そういったものが実はとても大切で、そこに伝統の根幹というのはあるんだと、考えていたと思います。

「野面積み」という自然石をそのまま積み上げる石垣の積み方があります。城壁などによく用いられています。積み上げる石に加工を施さないため、石の形に統一性がなく、石同士がかみ合っていないため、隙間やでっぱりができます。逆に石がかみ合っていないため、排水性に優れて頑丈です。村の段々畑に積まれる石垣は、村の職人が経験で積む、決して崩れることはない頑丈なものです。そこに学ぶべきものがあるんだということです。龍太は村の人たちと暮らしを共にしていました。もちろん大きな地主さんの家の息子さんですが、時代の様々な変転によって、特に第二次世界大戦が終わった後の農地解放を経験しています。そういう中でも村の人たちとの付き合いは非常に濃密で、昔から飯田家の家の周りの仕事をする家というのがあり、主従のような関係なんだけれども、その役割を果たしていくところに実は大切なものがあるんだと、そういう考え方でした。

龍太はまた小説がとても好きです。その時々流行している純文学、例えば芥川賞とか、そういった作家の小説は常に読んでいました。長年龍太は井伏鱒二を文章の師として慕っていましたので、井伏鱒二との四十年にわたるお付き合い、それから井伏を中心とする三浦哲郎や庄野潤三など、周辺の作家たちとのお付き合いもありました。そういう文学者との交際を一方では大切にしていました。

一九七二年十一月、龍太は、第一随想集『無数の眼』（角川書店）を刊行します。一九六一年から一九七二年までの約十年間に各種新聞、雑誌に執筆した文章を収めた、龍太にとって初めての本格的な随筆・俳論集です。井伏鱒二は、帯に「俳句は表現の限度のところでつくり、随筆では気負いを矯めて書く。この態度で書いてあるようだ」と推奨しています。

この中に「詩は無名がいい」という一文があり、龍太は「俳句は布衣の文芸」「肩書を持たぬ庶民の詩」と語り、「作品が愛誦されたら作者は誰でも良い」と述べています。この随想集では、身辺のさまざまな日常と感想を細やかに書き継いでいます。こういった散文への関心、俳句においては作者名を消すことを理想とするような無名性への志向は、龍太俳句の豊かな詩情、それを支える確かな響きとなっているだろうと思います。

もう一つの例として、例えば〈一月の川一月の谷の中〉は、一九六九年の「俳句」誌の二月号に発表されています。あるいは〈水澄みて四方に関ある甲斐の国〉とか、このような様々な句は一九六五年から一九七五年にかけて作られた句で、ちょうど井伏鱒二との親交が豊かに交わされている時期なんです。このような雰囲気を自分の栄養にして、俳句を作っていったところは、一つの特徴じゃないかと思います。

さらに飯田龍太は優れた散文の書き手として知られています。季節の中で人々がどのように生活してるかということが具体的に生き生きと語られていて、井伏鱒二の文章にも通ずる文章ではないかと思います。

井伏鱒二との交流に当たり、逸話があります。句集『忘音』の読売文学賞受賞は一九六九年二月です。この頃、龍太は井伏鱒二を中心とする幸富講の人々とのふくよかな交流の最中にありました。幸富講は井伏鱒二を取り巻く編集者、作家など様々な職業の人の集まり、初めは「甲府講」と言いました。読売文学賞を祝って、幸富講の人々は龍太に釣竿を贈りました。その釣竿は井伏鱒二によって「忘れ音」と命名され、竿の入った桐箱に太ぶとと墨書きされました。龍太は早速、井伏と釣りを楽しんだ川へ行って山女の魚を釣ると幸富講の人々へ送ったのです。幸富講の人々はその山女を描いた井伏の素描を筆頭に寄せ書きをして龍太へ送っています（笑）。そんなことをしているときに〈一月の川一月の谷の中〉が誕生したんです。

それから、一九七四年に〈水澄みて四方に関ある甲斐の国〉という句がありますが、ちょうどこの頃、龍太は井伏鱒二と鮎についてやりとりをしていました。

富士山の麓の富士五湖には川魚である鮎がいるらしいと聞いた井伏鱒二と龍太は、俳人でもある水晶工芸師宅間正一とともにタクシーを駆って河口湖へ確かめに行きます。それを「湖水の鮎」というエッセイに井伏は書くんです。同時にその頃龍太は、「雛のいろいろ」という随筆を新聞に書いて、井伏が「なかなか見事なもの」と褒めています。その湖水に出かけた後に「水澄みて」の句が生まれたのです。湖水になぜ鮎がいるかというと、山梨県の富士五湖は、大正年代から猪苗代湖とか琵琶湖とか全国のいろいろなところの鱒を移してきた歴史があって、その鱒の餌に鮎を放流しました。その鮎が生き残ったということなのです。それを実際に確かめに行って、お互いに交流をしながら、俳句が出来ていくということなんです。龍太の〈水澄みて四方に関ある甲斐の国〉という句は国誉めの句で、甲斐という国は素晴らしいと言っています。「水澄みて」は秋の季語ですね。水の中に手を入れると一瞬澄んだ感じがすることをイメージします。広々とした盆地の真ん中に作者がいて、それがぱっと四方に視界が飛んで、四方に関所がある甲斐の国よ、というわけなんです。作者が居る盆地の底と四方と、そしてその中に暮らしている人たちと、水の澄んだ感じというのが閉じられた世界を突き抜けて、普遍的な広がりに繋がるんじゃないかと思います。

龍太が後世に残したもの

龍太は山梨という山国に暮らしながら、山梨という地域を超えた作品を残したと思っています。龍太は伝統派の旗手と言われましたが、実は伝統を超えていました。例えば〈一月の川一月の谷の中〉という句は高柳重信が認めましたが、前衛にも通じる作品の成果と言えます。この句は一気の迫力があり、ある意味、抽象性を持つモダンな句です。また〈白梅のあと紅梅の深空あり〉もそうだと思います。白梅の「白」と紅梅の「紅」、そして空の「青」によって空間をがらっと変化させて、大胆な色彩の構成を意図していながら、春の季節感を表現しています。龍太という人は近代俳句に美意識を取り込んで、そしてきっちりした鋭い、情景の明快な、どこかで身を切るような鮮やかな句を作る俳人です。〈去るものは去りまた充ちて秋の空〉もそうです。それから最後のあたりの〈百千鳥雌蕊雄蕊を囃すなり〉、〈なにはともあれ山に雨山は春〉などの句は非常に自由自在な感じがします。「なにはともあれ」の句は俳句らしくない俳句ですけれども、歌人の方などにも非常に人気が高いんです。最後の句集『遅速』はある意味で俳句で詠める全てのやり方を試している、そういう意欲的な表現の句集だと思うんです。〈なにはともあれ山に雨山は春〉句の中の「なにはともあれ」のフレーズは龍太の口癖だったようですけれども、それを使って、「山に雨山は春」っていうこの大胆の一瞬のギアチェンジ、こんなリズムの句を誰も詠んだことがない。この力技に感心しますね。力技を使っているんだけど、読んだ時にそういう感じはしないでしょう。その自由自在に粘り強く使っているリズムは、我々の今に繋がっているんです。伝統派の旗手と言われているけど、そこで伝統というのは何かと言ったら、名もない日本人が暮らしているその暮らしの中に、詩の根源を求める姿勢、ずいぶん抽象的な言い方ですが、それを龍太は考えていたし、目指していたのではないかと思います。有季定型という規範のなかにあることを自覚しての俳句なんですが。

蛇笏と同じように、龍太は漢詩の造詣が深いと思います。龍太が国学院大学での卒業論文は「芭蕉の悲劇性の展開」です。龍太は生涯芭蕉について考えていたので、漢詩の素養の深い芭蕉を通じても漢文の世界に親しんでいました。蛇笏も唐詩選をはじめとする漢詩漢文の本を読んだと龍太は語っています。

勿論、飯田龍太にとって、父蛇笏は龍太の目の前にそびえていますので、それをどうやって超えるかということは当然考えていたわけです。ただ蛇笏が描いた世界を、一種のスプリングボードにして、飛躍すればいいということなんだけど、そう簡単なことじゃなかったと思います。

龍太から学んだこと

私は龍太という人から何を学んだかと言えば、全てのことを学んだという気がしているんです。そのうちの一つは美意識です。しっかりといろんなものを見たり、音楽を聴いたり、様々な教養を身に付けた上で、美しいものに対する憧れ、何が美しいかということの感覚、それを磨かなきゃだめだよと言われました。同時に俳句というのはリズムや格調です。句を詠んだ時に、情景がすぱっと分かって、意味が伝わらないとだめですよということ、また、俳句のリズムとの関係は自分自身で獲得するものであるということ、そんなことを教わった気がします。俳句のこともそうなんですが、人と会ってどういうふうに話をしなきゃいけないかとか、日々をどう過ごすべきだとか、そんなことを言われたことはなかったのですが、でも印象とすると、人生の処し方の全てを教わったと思います。

例えば、龍太を車に乗せて、道に迷ったりしたんですが、本人はその道を知っているんですよ。しかし、そういうときに「君、そっちへ行くんだよ」とか龍太は何も言わない。すべて任せて、やがて私が正しい道に戻るのを待っている、その過程を楽しんでおられたように思いました。

録音テープを気にされたこともありました。何と言ったかというと、「君ね、録音テープなんか持ってこないでよ」と言うんです。「えっ、録音しては駄目ですか」。「ダメ、ダメ。井伏鱒二先生のところである出版社の人が行って、いきなり録音テープを取り出して、それで出入り禁止になったんだよ」と言うのです。「録音は駄目ですか。じゃあ、ここにノートがありますから、メモをしていいですか」と聞いたら、「メモもダメダメ。だって君と話をしているのにそんなところをメモされたら僕はつまらないだろう」と言うわけです(笑)。その場のやり取りをまず楽しむということなんです。仕方がないから、「どうすればいいいんですか」と聞くと、「僕の話を覚えていけばいいだろう」と。その時は正岡子規について話していただいたのですが、文学館の女性職員と一緒に行って、「よし、これはメモもしない、録音もしない。話をできるだけ再現できるところまで聞いたら、そこでおしまいにして帰ろう」と、その職員と打ち合わせました。そして「はい、どうぞ」と話を始めてもらった(笑)。それで龍太が一気に話をして、「これ以上無理です、もう覚えきれません」と、そこでおしまいにしていただき、すぐに失礼して門の外で今聞いたばかりの話を思い出しながら書き留めました。龍太と私たちとお互いにそういう場を楽しんだということです（笑）。

だからそういうことが実にこちらも楽しかったし、龍太との対応は正に当意即妙といった感じでした。ただ龍太への取材はなかなか難しかったのです。よく風邪を引いたと仰って会えませんでした。ある時、どこかの新聞社の人が電話の取材の申し込みで、龍太先生って言うのを間違えて、蛇笏先生と言ったので、電話を切られちゃたって（笑）。そういう逸話もあります。筋の通った面白い企画であれば、様々なアイデアを出すなど対応はしてくださいました。それなりの準備が必要ですから、電話でご意向を伺うと、「あの話はね、話すのは嫌だな」なんて言うんですよ（笑）。「行っちゃだめですか」と聞くと、「まあ、来てもいいよ」と言うんです。「これは脈があるな」と判断して伺うと、「嫌だな」とかそんなことの繰り返しでした。

先年、長谷川櫂氏が飯田蛇笏・龍太文学碑の碑前祭で龍太について語った時、「龍太の俳句は特別な高みにあるけれども、実は普通の生活が背景にあったんだ」と語り、私もその話には賛意を表します。

龍太の俳句は幅広く、伝統から前衛へ、それから旧派に対する理解もありました。「旧派の余裕を学ぶべきだ」とよく言っていました。正岡子規から始まり、高浜虚子が継いでいく近代俳句の歴史を超えた視点で俳句を見るべきと、そういう考えを持っていました。蛇笏も、例えば〈はなさいて冬になりしぞ茶のはたけ〉という幕末天保期の俳人、成島一齊の句がありますが、茶が咲いて冬になったという、この句は見るべき詩情があると言っています。

冬と茶の花は季重なりですよね。それが山梨の旧派の、つまり江戸時代の終わりから明治の初め頃にかけての俳人です。一律に一俳句一季語に絞って整えていく、そういう世界とは違う緩やかなゆとりが旧派の俳句にはあって、それも学ぶべきことですよっていうわけです。そういう蛇笏の考え方を龍太も持っていたと思います。

おわりに

取材の場所を中野にしたのは、井上氏の暖かいご配慮だった。私が甲府へ行くと時間や、交通費がかかる。氏はＮＨＫ学園俳句講座講師として、月に一回国立で授業をされるので、講義が終了した後、中野に立ち寄って、取材に応じてくださるとのことだった。

氏は一九七八年に龍太に師事、「雲母」に入会。一九九二年「雲母」の終刊とともに、翌年「白露」創刊同人になった。また、二〇一二年「白露」の終刊に伴い、翌年「郭公」を創刊し、主宰となる。その他に、龍太の俳句精神を継承して、現在、山梨県民文化祭文学俳句部門、笛吹市全国小中学生俳句会、都留市ふれあい全国俳句大会、毎日俳壇、山梨日日新聞俳句欄等の選者も務められ、俳句の発展にご尽力されている。

今回の取材では、龍太の俳句、龍太の人柄や交友関係、氏と龍太とのご縁などを多角的かつ情をこめて語られ、龍太に対する敬愛の念を直に感じ取ることができた。

董振華

井上康明の龍太20句選

紺絣春月重く出でしかな　『百戸の谿』
いきいきと三月生る雲の奥　『〃』
大寒の一戸もかくれなき故郷　『童眸』
晩年の父母あかつきの山ざくら　『〃』
雪山のどこも動かず花にほふ　『麓の人』
父母の亡き裏口開いて枯木山　『忘音』
どの子にも涼しく風の吹く日かな　『〃』
春暁の竹筒にある筆二本　『〃』
一月の川一月の谷の中　『春の道』
かたつむり甲斐も信濃も雨のなか　『山の木』

白梅のあと紅梅の深空あり　『山の木』
三伏の闇はるかより露のこゑ　『〃』
水澄みて四方に関ある甲斐の国　『〃』
梅漬の種が真赤ぞ甲斐の冬　『涼夜』
去るものは去りまた充ちて秋の空　『今昔』
返り花咲けば小さな山のこゑ　『〃』
山起伏して乱れなき大暑かな　『山の影』
白雲のうしろはるけき小春かな　『遅速』
なにはともあれ山に雨山は春　『〃』
百千鳥雌蕊雄蕊を囃すなり　『〃』

井上康明（いのうえ　やすあき）略年譜

昭和27（一九五二）　山梨県韮崎市生まれ。
昭和52（一九七七）　山梨大学卒業、県立高校教諭になる。
昭和53（一九七八）　飯田龍太に師事し、「雲母」に入会。
平成２（一九九〇）　山梨県立文学館に勤務。
平成４（一九九二）　「雲母」終刊。
平成５（一九九三）　「白露」創刊同人。
平成12（二〇〇〇）　句集『四方』花神社。
平成13（二〇〇一）　共著書『山梨の文学』山梨日日新聞社刊。
平成24（二〇一二）　句集『峡谷』角川書店。同年、「白露」終刊。
平成25（二〇一三）　「郭公」創刊、主宰。

現在、毎日俳壇、山梨日日新聞俳句欄等の選者。山梨県民文化祭文学俳句部門、笛吹市全国小中学生俳句会、都留市ふれあい全国俳句大会、山梨文化学園俳句講座、ＮＨＫ学園俳句倶楽部講師等。

第19章

飯田秀實

（二〇二三年十二月二十五日十一時　山廬にて）

はじめに

二〇二二年二月、「兜太を語る取材の次は龍太をやってください」と黒田杏子先生がおっしゃった。同年五月、飯田秀實氏の『山廬の四季』出版の打ち合わせで、コールサック社の鈴木比佐雄代表と鈴木光影氏が山廬へ行くことになった。黒田先生から「秀實さんご夫妻に声をかけたので、あなたも勉強について行ってください」と言われた。そこで初めて秀實氏ご夫妻とお目にかかり、山廬を案内して頂いたほか、奥様の多恵子さんの手料理をご馳走になった。その後、蛇笏・龍太を偲ぶ碑前祭や長谷川櫂氏の講演、橋本榮治、横澤放川両氏による山廬吟行句会などで、度々訪れた。その都度、秀實氏とお目にかかり、今日まで親しくして頂いている。

この度の『語りたい龍太』の取材に際し、語り手として協力頂いただけでなく、蛇笏、龍太に関わる資料、数多の貴重な写真の提供を頂き、感謝している。

董振華

「人温」の飯田蛇笏

一八八五（明治18）年四月二十六日、蛇笏が生まれました。蛇笏の祖父は飯田家代々の「武」の字を与え「武治」と命名しました。孫の誕生を喜んで、祖父が下男の若い衆二人を連れて、はるばる東京まで誕生祝いの柱時計を買い求めに出かけました。当時中央線はまだ開通していないし、甲州街道を上るのに最低三日は要したでしょう。買い求めた柱時計はアメリカ製のものでした。飯田家は代々地域の名主で地主でしたが、小黒坂は傾斜地で稲作には向かないし、耕作面積も多くはありません。桑を育て、蚕を飼う養蚕が主産業だったから、地主といえども蓄えはそれほど多くはなかったはずです。そうした中でのこの誕生祝いは大変な出費だったと思います。この柱時計は百年近く我が家の居間で時を刻んでいました。現在は俳諧堂に展示してあります。

蛇笏は小さい時から小説や短歌、俳句が好きで、首都に対する思いは強かったようです。かつて家族に内緒で富士川を下り、東海道経由で上京を試みたことがあります。その後、旧制甲府中学から東京の京北中学に転入し、早稲田大学へ入学を果たしましたが、一方、飯田家の家督を守る意識が強かった。だから、一九〇九（明治42）年、それまで小説、短歌、俳句と文学に心血を注いでいたにも拘わらず、大学生活の途中でそ

蛇笏のもとを訪れる客は絶え間なかった、1950年代頃
写真提供：飯田秀實

れらに見切りをつけてしまい、早稲田大学を中退して「小黒坂」に戻ることを決意しました。翌年の九月、大学で共に短詩型文学に情熱を注いだ若山牧水が心配して、蛇笏に再度上京を促すために、一人で中央線を汽車に揺られながら、甲府駅に着き、乗合馬車を乗り継いで山廬へ足を運び、十一日間滞在しました。

その間、牧水と蛇笏は再会を喜びながら、文学論を交わし、後山を中心に周辺を散策しました。牧水の接待に当たったのが蛇笏のすぐ下の妹、私の大叔母「志ずゑ」でした。大叔母の話によると、牧水は朝から酒を飲み、時には大きな声で詩を吟じていました。牧水は飯田家の表蔵の二階で寝泊まりしました。蔵の二階に上がるには急な箱階段を使うから、酒、肴を運ぶのは大変苦労したに違いないと思います（笑）。

牧水の再三の説得にもかかわらず、蛇笏は上京に首を縦に振ることはありませんでした。それればかりか「僕は君のような根無し草の生活はできない。家を守れないような人間にはなれない」と牧水の生き方をも否定するような言葉で誘いを拒否しています。当時蛇笏の祖母「那美」が臨終の床にありました。蛇笏はそ

のことを牧水に悟られまいと、主屋から離れた蔵の二階に牧水を泊めたわけです。後に蛇笏は、「祖母臨終の時とは言え、牧水に辛い言葉を発してしまった」と回想しています。しかし蛇笏にとって「家」というものはそれほど大きな存在だった。その後、蛇笏は下男の留吉を伴って昼間は田畑や山林を巡回し、夜は表蔵二階の「俳諧堂」に近郷の俳人を集め、句会を開きました。

境川界隈、現在の笛吹市は古くから俳諧、発句が盛んでした。旦那衆、僧侶、教師などが集まって句会が開かれていました。武治少年も六歳ぐらいから俳句を始めています。この風土が後に蛇笏の基盤となり、近隣の句会を主宰するきっかけとなりました。蛇笏は家督を守ることと俳人としての両立、つまり当主としての責任と義務、主宰者としての責任と覚悟が常にありました。後日、蛇笏追悼特集などで全国の「雲母」同人が「蛇笏は選や作品に対する批評は厳しかった」と表現していますが、これは蛇笏の自身への厳しさでもあり、己への厳しさは他者への優しさになります。一方、蛇笏は人との繋がりを大事にしました。自分や家族の暮らしは周りの人の支えがあって成り立つ。周囲の人に信頼されてはじめてその人の価値が定まると信じていました。それが蛇笏のいう「人温」です。

だから、蛇笏は地域のこととなると大変な行動力を示しました。自宅を「山の中の粗末な家」である「山廬」と称した通り、ごく普通の山村で、不便極まりないところですが、古くからの人の暮らしがあり、甲府から鎌倉に通じる鎌倉街道の間道沿いにある。御坂山系の峠を二つ越えると河口湖に抜け、そこから富士の裾野を経由して鎌倉に抜けます。戦後このルートにトンネル二本を掘削し、バス道路を開通させようという計画が持ち上がりました。この計画を知った蛇笏は、あらゆる手を使って、まず小黒坂の仁王堂までバス路線を開通させるため奔走しました。かなり強引な話で、今ならコストに見合わないと検討の俎上にものらない話ですが、地元の政財界に手を回して実現してしまった。地域の住民から大いに感謝され、蛇笏も甲府で句会がある時は率先して乗車しました。

蛇笏は小黒坂を「白雲去来するところ」と称し、飯田家の当主としては地域の発展、豊かな暮らしのために前面に立って活動しました。昭和三十七年十月六日、自宅で蛇笏の葬儀が行われました。この日は小学校の運動会が予定されていましたが、当時の境川村と境川小学校は運動会を延期し、校庭を駐車場として提供しました。役場職員、教職員が誘導の役を買って出ました。境川小学校の教員は境川の「境」を二字に分けた「竟土句会」を開いていました。もちろん蛇笏の指導によるもので、教師はみな「だこつさん」と呼んでいました。そこには蛇笏と生活者の「人温」がありました。

学友に選を依頼された龍太

一九二〇（大正9）年七月十日、飯田蛇笏（本名武治）の四人目の男子が生まれ、蛇笏はこの男子に「龍太」と名付けました。同じ年に東八代郡境川村小黒坂（現笛吹市境川町）についに文明の波が訪れました。村内に電柱が立ち、電線が張られ、飯田家に初めて電燈が灯ったのです。同年九月、蛇笏とともに「ホトトギス」で活躍した前田普羅が初めて蛇笏の居宅「山廬」を訪れています。その時の山廬の灯について普羅は『山廬に遊ぶの記』に「奥座敷には蛇笏君等の運動で引かれた電燈が灯された。五十燭というが横浜の五燭程の光力しかなかった」と書いています。当時、飯田家は電気の開通のために持ち山から樹齢三百年、直径三十センチメートル程の「ネズミサシ」の木を伐りだし、石門隣に引込電柱として立てた。その電柱は一〇四年経った今も山廬の引込電柱として使われています。

龍太は小さい頃から本を読むことや文章を書くことが好きでした。境川尋常小学校に入学すると早くも作文でその才能の一端を見せます。小学校一年のときの校内作文大会で「トミハルノハナヨメ」という題で作文を書き、優秀作品に選ばれます。その後も「ポチの死」「竹の太さ」などの作文が賞に選ばれています。また、山廬裏に広がる竹林の竹の皮を拾い集め、丁寧に天日に干し行商に売っては本を買っていました。立川文庫の『真田十勇士』を読み、雲隠才蔵に思いを馳せ、少年倶楽部に連載された吉川英治の『神州天馬俠』を読みふけっていました。そして兄三人のおさがりの本を読んでは胸をときめかせていました。

一方、その頃、父蛇笏はすでに俳誌「雲母」を主宰し、第一句集『山廬集』を出版するなど俳壇でその存在を確固たるものにしていました。全国から多くの俳人が山廬を訪れ、飯田家の表蔵の二階「俳諧堂」での句会に臨んでいます。しかし蛇笏は息子五人に俳句を勧めることはしませんでした。

龍太が旧制の甲府中学に進むと、読書熱はさらに高まります。特に長兄聰一郎や、次兄數馬の買い求めた本を譲り受け、それらを読破しました。トルストイ全

甲府中学時代の龍太、親戚があった身延線東花輪駅近くにて 写真提供：飯田秀實

集を徹夜で読みふけったのもこの頃です。龍太の国語の成績は他から一目置かれるようになり、古典の授業には集中し、特に熱心に勉強しました。中学一年のとき新聞社主催の火災予防の標語が募集されたことから、担任の教師の薦めもあって二作品応募しました。その作品が二等と三等に選ばれ、賞品として万年筆が贈られました。この時「蛇笏さんが作ったのだろう」との陰口を耳にし、痛く傷ついたと晩年語っていますが、標語で上位入賞するところはすでに短詩型の才能を身に着けていたと言えます。俳句に関しては山廬で開かれた句会の末席で様子を見ていた記録は残っていますが、句会での作句を裏付けるものは存在していません。龍太も回想の中で中学時代は俳句など作ったことはなかったと語っています。

しかし、龍太が俳句と関わったといえる証拠があります。一つは、甲府中学の同級生で、「雲母」に投句し蛇笏選を受けていた親友がいました。この友人が蛇笏選に選ばれたいあまり、蛇笏の息子である龍太に自作の句を見せてきました。執拗に依頼してくるので、

仕方なく作品の中から五句を選びました。友人はそのまま「雲母」に投句したところ好成績を収めたため、以来毎月龍太の選を頼るようになりました。ある時は四句入選までになったといいます。中学の同級生から無理やり頼まれたのが、龍太にとっての「初めての選」となります。もう一つ、同級生の証言によると「龍太が休み時間に一人で俳句をノートにびっしり書いていたのを何度も見た」という。今となっては確かめようもないですが、中学時代の友人の選が最初であったことだけは事実です。そして「俳句は作らなかったが、俳句の善し悪しくらいわかる」と語っていたことは、すでに俳人としての片鱗を見せていたと言えます。

武治の子として俳句を始める

蛇笏には男ばかり五人の子がありました。龍太は蛇笏の四番目の男子。すでに俳壇で確たる地位を築いた蛇笏は男子五人に恵まれ、飯田家の跡取りも安泰でした。当然四男の龍太は、学業を終えたのちは自立して、己の道を切り拓いてゆくものと考えていたに違いありません。旧制中学を卒業後、大学進学の間、浪人生活を送っていますが、東京の歯科学校に進んだ次兄の下宿に「居候」をし、古本屋を回ったり、落語の寄席などに足を運んだりして、自由な日々を過ごしています。一九四〇（昭和15）年、國學院大學で教鞭をとっていた折口信夫のもとでの勉学を決め、大学に入学しましたが、時代は日中戦争から第二次世界大戦へと向かっていました。

一九四一（昭和16）年、飯田家を最初の悲劇が襲いました。龍太が最も信頼していた次兄が結核に侵されました。歯科医を目指し、国家試験も合格し、これからという時でした。治療もむなしく、父が見守る中この世を去った。蛇笏は「病気と死」「詠むにたへず詠まざらんとしてまた得ず」と、

夏真昼死は半眼に人をみる　蛇笏
夏日灼け死は鉛よりおもかりき　〃
梅雨さむの屍になほうすき夏衾　〃

休学と療養を重ねた龍太、西山温泉にて、1941年夏　写真提供：飯田秀實

など七十五句を発表しています。

さらに、龍太本人も肺浸潤のために休学を余儀なくされました。次兄を失い、自らも病に侵され、帰郷した龍太は、父と叔父らと共に山梨の秘境に湯治に出かけます。ここで知り合いの俳人と出会い「句会」が催されました。龍太最初の句、

巌を打つてたばしる水に蕁咲けり　龍太
毒空木熟れて山なみなべて紺　〃

この二句が発表され、蛇笏選に入りました。龍太の句として初めて世に出た句です。前にも言いましたが、中学時代の友人に俳句の選を頼まれ、別の友人が「ノートにたくさんの俳句を書いていた」龍太を見たという話はありますが、龍太の俳句として残されているのはこの二句が最初となります。

半年の療養後、大学に復学した龍太は、しばらくして長兄の誘いもあり、横浜の「雲母」の句会に顔を出すようになり、時には大学の友人を誘い、熱心に参加するようになります。しかし病が再び龍太を襲います。肋骨カリエスに罹り、帰郷して甲府市にある県立中央病院で手術を受けなければならなくなりました。その間、戦況は悪化する中、長兄、三兄、さらに弟が相次いで召集されました。龍太も徴兵検査を受けますが、手術後のため、応召されることはなく、一人で飯田家を支えることとなりました。十分な物資もない中、農事に専念し、大きく変わる時代の流れを静かに見守るしかなかったのです。飯田家南側の「表蔵」二階、いわゆる「俳諧堂」で甲府空襲を目撃するなど、戦況の悪化を感じずにはいられませんでした。そして終戦を

迎えました。弟はしばらくして復員するものの、長兄、三兄の安否は不明の日々が続きました。

北溟南海の二兄共に生死をしらず
夏火鉢つめたくふれてゐたりけり　龍太

そして、蛇笏、龍太の願いも叶わず一九四七（昭和22）年八月、長兄の戦死の知らせがもたらされました。

戦死報秋の日くれてきたりけり　蛇笏
秋果盛る灯にさだまりて遺影はや　龍太

さらに、翌一九四八（昭和23）年には三兄もまた、外蒙古収容所で戦傷死し、帰らぬ人となりました。

兄逝くや空の感情日日に冬　龍太

男ばかりの五人兄弟の四男として生まれた龍太は、少なくとも一九四〇（昭和15）年に大学に入学するまでは、飯田家の跡取りは長兄がその責を負い、歯科医を目指した次兄、満州に渡った三兄同様、自らの生活の拠点は自ら拓くものと考えていました。しかし、時代はそんな龍太の思い描いた将来像をすべて打ち崩しました。この後は、自らが判断するしかなかったのです。しばらくすると、食糧事情が少しずつ安定し、父蛇笏は再び俳人として、精力的に活動するようになりました。

一九五〇（昭和25）年長女である私の姉が誕生し、翌一九五一年から三年弱、龍太は山梨県立図書館に勤務し、好きな図書に囲まれ、新刊本を購入し、県内初となる「移動図書館」の車両の購入を担当するなど公務員として日々を送っています。そして一九五二年私が生まれ、飯田家にもやっと明るさが戻ってきました。

そんな時、龍太は生誕の地で自らも俳人として、文芸で生きることを決断しました。しかし、それは俳人飯田蛇笏の後継ではなく、飯田家の跡取りとなることです。それで、図書館司書として勤務する傍ら、小黒坂の住民として地域の活動にも参加。また、図書館職員として出張があると、その余暇を利用し、現地の句会などに出席しています。

紺絣春月重く出でしかな　龍太

この句は図書館の勤めから帰る途中、境川の坂道を歩いているとき月の出を見て詠んだ句。龍太はこの句を「雲母」に発表し、見事に巻頭となりました。

龍太はこの頃から、俳人としての評価を得るようになりますが、蛇笏の子として評価されることに対して龍太の中に大きな反発がありました。ある時、講演会で「蛇笏の子息」と紹介された龍太は「私は蛇笏の子ではない。武治の息子です」ときっぱり否定し、会場の雰囲気を壊したことがあります。後年、こうした言動を龍太は「若気の至り」と回想していますが、苦しい時代、数々の悲劇、時代の変動により、自らの人生が大きく変えられたことに対する龍太の葛藤を感じます。

『百戸の谿』から戦後の俳壇へ

一九五四（昭和29）年、三十四歳の時、龍太は第一句集『百戸の谿』を出版します。最初は京都の出版社から句集刊行の話がありました。「句集を出すほどの句数がない」と辞退しましたが、「句の数は少なくて構わない」と強く押され、結局二百五十九句で出版することとなりました。書名は生まれ在所の景から「百戸の谿」としました。そのあとがきに「眺められる自然の風光に、さしたる変化が見られないごとく、恐らく、三十年前の戸数に、何ほどの数も加へられてゐまい。録した作品の過半を生んだこの地にちなんで書名とした」と生まれ故郷であり、この地で生涯を過ごすと決意した龍太は、小黒坂の地が百世帯ほどの民家が狐川沿いの窪地にあることから「百戸の谿」としたと書いています。そして、「この渓谷に還って眠る三人の兄弟の霊前に、一書を捧げる」と結んでいる。この句集は俳壇で大きな反響を呼び、水原秋櫻子は「『百戸の谿』の覇気」と題し「現俳壇において比類なく清新」と評価しました。

『雲母』の編集に携わる

第一句集発刊と機を前後して、龍太は「雲母」編集に携わるようになります。そして、まもなく蛇笏雑詠選「春夏秋冬」とは別に龍太選による「作品」欄を設け、蛇笏の負担軽減に努めました。龍太はこの頃のことを「父蛇笏も七十歳に近づき、体力の衰えをみせて

裏山の陽だまりに寛ぐ三世代
左から龍太、次女純子、蛇笏、長女公子　1953年春
写真提供：飯田秀實

いたこともあって、補佐することとした」と語っています。しかし、龍太の性格からすれば、この時の龍太の決断は、「雲母」のその後をしっかり考えてのものであったと考えられます。

だが、俳壇で確固たる地位を築いていた「雲母」には、当時錚々たる俳人が名を連ねていました。たとえ蛇笏の四男といえども、最年少の龍太は後ろに控えていました。龍太が「雲母」編集を補佐することによって蛇笏の日々の生活に余裕が生まれました。「雲母」の刊行も順調に号を重ね、まもなく五百号を数えようとしていました。蛇笏は、母屋の書斎に炉を設け、狐川から後山に気軽に足を向けられるよう木の橋を新設し、後山中腹には茅葺の四阿「狐亭」を建てました。さらに「句碑嫌い」で有名な蛇笏ですが、自らの設計、揮毫で山口素堂の句碑まで建立しました。この様子は龍太にとっても何よりの喜びであったに違いありません。

手が見えて父が落葉の山歩く　龍太

蛇笏が後山を散策する様子を、少し離れた狐川を挟

んで眺める龍太です。

小学生だった私は、祖父と共に後山を散策し、祖父を訪ねてくる俳人と共に後山に登りました。蛇笏は俳壇で一山を成す存在であり、その句風から角川源義に「立句の名人」と称されましたが、私にとってはただの優しい祖父で、特別に俳人であるなどとは一度も思ったことがありませんでした。

父親の龍太に対しては何とも不思議な思いがありました。近所の親たちが畑仕事や、何らかの職に就いて外に出ている時、自分の父親だけはいつも家にいて、何かを書いている。一度母に「うちは何で生活をしているのか」と尋ねたことがあるが、母の答えが理解できなかった。ずいぶん大きくなるまで、父親の職業を他人に話すことができませんでした。

「雲母」の主宰を継承する

一九六二（昭和37）年十月三日、蛇笏は老衰により山廬で息を引き取りました。七十七歳でした。「キラ、」二号より選を担い、主宰となって「雲母」を一大結社にした蛇笏でしたが、高齢になったのちも「雲母」継承については誰にも語っていません。龍太もこの課題について蛇笏に確認をしていません。確かに蛇笏没年の十一月号より編集者は「飯田龍太」と記されていますが、「雲母」は明確な主宰後継に触れることなく、淡々と号が重ねられています。「雲母」会員の暗黙の了解のもと、龍太は俳誌を発行し、巻頭詠、雑詠選を続けている。俳誌継承においてはこのことは極めて稀な例ではないでしょうか。

蛇笏没後の「雲母」各号を追ってゆくと、龍太が主宰者としての立場で歩みを始め、龍太による「雲母」に代わっていく過程を読み取ることができます。まず、蛇笏一周忌を迎えた一九六三（昭和38）年、有志による「飯田蛇笏文学碑」が完成除幕した時、「雲母」九・十月合併号の表三の後記欄に龍太はじめ七人が「雲母編集部」として明記され、龍太の編集後記に「（雲母の）編集部の内容を充実する」と、龍太の人選により編集部が構成されたことが表明されています。そして翌一九六四（昭和39）年五月号において「山廬賞」創設が謳われ、雲母会員からの作品募集開始。続いて一九六五(昭和40)年には東京で「第一回雲母全国大会」を井伏鱒二、金子兜太両氏を来賓に開催しています。このように、蛇笏没後、龍太は主宰継承を表明する代わりに編集部を強化したり、蛇笏時代の賞を終えて新たな賞を創設したり、会員が一堂に会する「全国大会」を開催したりすることで、龍太による「雲母」を作り上げていきました。安易に継承を「宣言」するのではなく、実績を積み重ねた上で、会員が等しく納得する、雲母主宰の道を選んだといえましょう。

龍太は「蛇笏の息子が『雲母』を継承した」と言われることを甚だ嫌いました。「蛇笏の息子」とそう紹介されると「私は蛇笏の息子ではない。飯田武治の息子だ」と啖呵を切った龍太ですが、事実我が家では、私にとって父と祖父である二人が俳句や文学の話をしているところを見たことがありません。その意味では飯田家の九代目当主と十代目の当主という親子関係に過ぎなかったのです。

蛇笏時代の「雲母」は強いカリスマ性を持つ蛇笏が一人で牽引した俳誌であるのに対し、龍太時代の「雲母」は蛇笏以来の同人に、龍太の選句で頭角を現した会員を加えた共同体のような形で成長していきました。龍太は山梨の片田舎に拠点を置きながら、各地の句会場に足を運んで句友を増やしていきました。蛇笏の選は妥協を許さない厳しい選で有名でしたが、龍太はそれ以上に厳しい姿勢で臨みました。「作品を見て人は見ない」「作句者との対峙」と毎月の「雲母」の選に臨んでいます。あるとき「雲母」の会員が大勢で山廬にやって来ました。一行の代表の方が、龍太と初対面の会員を紹介しました。投句を始めて日も浅く、挨拶できただけでも幸いと思っていたその方について、代表の方が龍太選に入った上五を言いました。すると龍太が即座にその句を読み上げ「この句はほんとうにいい句だ。あなたの句でしたか」と言いました。即座に読み上げられたことに作句者はもちろん同席者は感嘆の声を上げました。「雲母」だけで月に二万句もの選をしていて「何故覚えていられるのか」と父に尋ねたことがあります。「俺は俳句しか見てないし、良い句は自然に覚える。選を託されたら当たり前のことだ」。

龍太との「一対一」の選にあこがれ、「雲母」の会員は増加の一途をたどりました。父が渾身の力で選をすればするほど投句数が増えるという状態になり、父の体調管理が家族にとって最大の課題となりました。

そうした中、どんな所に居ても俳句に親しめる機会を作ろうと、一九八一年「日常のこころを大切に」という言葉とともに、NHK学園俳句講座を創り上げました。テレビは既に日本の津々浦々で視聴が可能となり、たとえ便の悪いところで生活していてもNHKのテレビを通じて俳句を勉強することができる。「雲母」の選は作者と選者の「一対一の勝負」という厳しいものでしたが、NHK俳句講座の普及は父にとってはこの上ない楽しみでした。その証しでしょうか、父は「雲母」終刊後もNHK学園の二百字詰めの原稿用紙を大切に使っていました。

選は作句者との「一対一」の勝負

毎月「山廬」には会員から送られる投句用紙の入った封筒がどっさり配達されました。締切が迫る中旬になると一日に二回配達されることも。そして締切日の十五日はほとんどが速達。中には山廬まで持参する会員もいました。会員は締切ぎりぎりまで投句する五句に苦悩し、推敲を重ねたのだと思います。

郵送された封筒を開封するのは家族の仕事。子供心に、月半ばは憂鬱になった記憶があります。ぞんざいに鋏を封筒にあて、投句用紙の端などを切り落としてしまうと父龍太から厳しく注意されました。「投句用紙は会員の魂」と言って丁寧に扱うよう厳しく言われました。開封した投句用紙を書斎に持って行くと父は綺麗に揃え、積み上げてその上に文鎮代わりに作った欅の板を置きました。その欅の板には、

なにはともあれ山に雨山は春

の自作の句が彫ってありました。自ら切出しナイフで彫ったもので、落款風に朱が塗ってありました。まもなくして、父は書斎に籠もりました。「雲母」の選が始まると、家族も何となく緊張し、大きな音を出さないように心掛けました。テレビは子供にとって最大の

楽しみでしたが、この間はテレビを付けるのも控えました。いや、母がテレビを付させせなかったというほうが正しく、龍太は選を始めるとほぼ不眠不休でした。食事も簡単に済ませ一気に行う、概ね二日半から三日。我が家では家族で俳句の話をすることは全くと言ってよいほどなかったです。特に避けたとか理由があるわけではありません。子供にとって興味がなかったということかもしれないし、父も子供に俳句の話をしたい風でもなかったのです。したがって、私を含め龍太の子は誰も俳句をしなかった。しかし、「雲母」の選になると部屋に籠もり、家族は物音をたてない生活はやはり異様ですね（笑）。あるとき、父に「俳句の選とは」と質問を投げかけたことがあります。父はやや面倒臭そうに、しかしはっきりとした口調で、「選とは命がけの勝負」と答え、再び書斎に消えました。意味も分からず、以来父が選をしているときは「静かにする」ことだけを心掛けました。

一九六五（昭和40）年後半から、父の仕事量は異常なほど増えました。雲母の選に加え、随筆などの執筆が増大しました。これは父が望んでいたことで、「俳人」ではなく「文筆家」として活動したいという強い思いがあったから。私が高校に入学した時に、書類に保護者の職業を記載する欄がありました。一応父に確認したところ「チョジュツギョウと書いてくれ」という返事でした。「俳人」ではなく「著述業」かと思いました。

文筆の仕事が増えると同じように「雲母」の会員も増えていきました。一九七〇（昭和50）年後半には、雲母の会員数は四千人近くになっていました。そんなことから父は自宅での選に限界を感じ、雲母の選は山の鉱泉宿などに籠もるようになりました。すでに運転免許を取得していた私が時間のあるときは送り迎えをしました。ある時選が終わったというのに比較的元気だった時がありました。宿を出て間もなく「雲母の選は厳しいか」と尋ねました。すると「そりゃ厳しい、会員は俺に勝負を挑んでる」と、車窓から下の渓流をながめながら、「雲母の人たちは真剣だよ。常に刃を突き付けてくる。作者と選者は一対一の真剣勝負なんだ」と、「勝負」という表現をしました。さらに「選を始めたら最初の一句と最後の句の選が同じでなければいけない。難しいことだが、これができなかったら選をする価値はない」と、そう言って眠りに入ってしまいました。

龍太は選に関し常に「作者と選者が対峙すること」や「一対一」などと語っています。そして「僕の選は誰にも負けない速さ」と自負していました。選をする時はそこに書かれた俳句しか見ない。名前も性別も住所も見ない。句の良し悪ししか考えない。だから早い。

龍太の選は誰かをまねたものではないし、教えられたものでもない。自分の選を信じ、誰に恥じることのない選をすることを信条としていました。そこには作句者との「対峙」があった。俳人飯田龍太と、選者としての飯田龍太は、表情を全く別のものにしていたと思います。

龍太と井伏鱒二との交誼

飯田家には昭和を代表する作家、井伏鱒二からの書簡二百六十五通が残っています。そして、井伏家には龍太から井伏鱒二や奥様の節代様にあてた書簡百四十三通が保管されています。文人同士の交流の中でこれだけ多くの書簡が現存保管されていることは稀です。

井伏鱒二は一八九八(明治31)年生まれ、飯田龍太は一九二〇(大正9)年生まれ。二十二歳も年齢に開きがありますが、そこには年齢はもちろん、文学者としての範疇を超えた二人だけの深いつながりがあります。

井伏鱒二は一九三八(昭和13)年に山梨県の御坂峠にある「天下茶屋」に滞在し、太宰治をそこに呼んでいます。また大戦末期には家族と共に甲府市郊外に疎開しており、戦前から山梨県内の文学者と交流がありました。そして、その山峡にあって格調高い俳句を作り続ける俳人飯田蛇笏を深く尊敬していました。一方、龍太は学生時代から井伏鱒二の作品を愛読し、井伏文学に心酔していました。

一九五二(昭和27)年、出版社主催の文芸講演会が甲府で開催された折、井伏鱒二は水原秋櫻子や、石坂洋次郎らと共に講師として招かれました。秋櫻子は甲府に来たのを機に、境川村(現笛吹市境川町)小黒坂の飯田蛇笏を訪ねる約束をしており、龍太は秋櫻子を迎えるため、宿泊先の旅館を訪ねました。そこで井伏鱒

飯田龍太と井伏鱒二、自宅で妻俊子の手料理に舌鼓　1981年1月
写真提供：飯田秀實

二は秋櫻子に龍太を紹介されました。旅館で井伏と龍太は特に言葉を交わすことはありませんでしたが、のちに雑誌「俳句」に発表した『飯田龍太の釣り』というエッセイの中で、その時の龍太の様子を「離れの部屋で将棋を指していると、相手の秋櫻子さんを私の見知らぬ客が訪ねて来た。二十歳あまりに見えるじっくりした感じの青年である。秋櫻子さんの紹介でその青年が山廬の蛇笏先生の後嗣だと知った。龍太さんといふ名前は私も知っていた」と書いている。わずかな時間であったが、その時、二人は生涯に亘る強い結びつきを感じたに違いありません。

それから四年後の一九五六（昭和31）年、井伏は全国の街道を取材する中で初めて山廬を訪れ、蛇笏から甲斐の山村の暮らしについて話を聞きました。この時の取材記は「甲斐わかひこ路」として発表されています。この頃から、井伏と龍太の書簡は頻繁に交わされ、井伏の書簡の末尾には必ず「山廬先生」あるいは「老先生によろしく仰有つて下さい」と記されている。一九六二（昭和37）年蛇笏の葬儀には、井伏は三好達治らと共に山廬で行われた告別式に参列し、三回忌法要に出席している。その後、

蛇笏忌をわが歳時記に入れにけり　井伏鱒二

という句を色紙に認め、龍太に渡した。ところで、井伏は初めて山廬を訪れた際、龍太に山廬の後山を案内され、邸内を流れる「狐川」にヤマメを放流したらどうかと提案しています。しかし、関心を示さず、「龍太さんは釣りに興味がないと思った」と前出の「飯田龍太の釣り」に記している。しかし、龍太は小さい頃から釣りが趣味で、狐川で鰻を採り、また、隣村の芦川渓谷にヤマメ釣りに出掛けるなど、釣りの腕はかなりのものでした。にもかかわらず、井伏の前ではそのようなことは龍太は触れず、井伏は「蛇笏先生が亡くなられてから、健康のために釣りをはじめた」と思い込んでいる。井伏が一方的に釣りの話をしている節が感じられます。

龍太と井伏はその後たびたび山梨県内の渓流に足を運び、ヤマメ釣りを愉しみました。貴石工芸家や地元新聞社の文化欄担当者、旧知の医師などと山の鉱泉宿に投宿して釣果を競いました。また、井伏が「一職一人」を原則に龍太の他、井伏家の自宅を建てた建築家や編集者など気心の知れた人で「幸富講」という会を「信玄の隠湯」として知られる下部《しもべ》温泉（山梨県身延町）で発足し、毎年甲府盆地を旅行しました。「幸富講」は「甲府行」をもじって井伏が命名したものです。

一九六三（昭和38）年四月に撮影した井伏と龍太の釣行の写真が飯田家に残っています。「栃代川」にヤマメ釣りに行った時のもの。井伏は龍太の釣りを評して「しんとした感じが出ている釣り方である。今にも時雨を呼びそうな、淋しげな姿である」。龍太の句には「時雨を呼ぶ」ようなところがあります。龍太にとって井伏鱒二は四十年の厚誼を超越した「師弟関係」が存在していたと思います。

一九六九（昭和44）年、龍太が句集『忘音《ぼうおん》』で読売文学賞を受賞したときは、幸富講の一行から釣り竿が贈られた。井伏の音頭で「龍太が一番喜ぶもの」と渓流用の和竿を誂え、著名な篆刻家による「幸富講より贈呈」の刻字がされている。さらに桐箱には井伏により「わすれね　一竿」と箱書されている。句集名「忘音」を訓読みしたものです。竿を贈られた龍太は、ヤマメ釣りの解禁を待って、下部温泉の「栃代《とじろ》川」に赴き十本継の名竿でヤマメ六匹を釣った。それを白焼き

1962年頃から始まった「幸富講」は井伏鱒二の晩年まで毎年行われた、御坂峠・天下茶屋の太宰治碑を訪ねる一行
写真提供：飯田秀實

にして送ったのです。東京にいる幸富講のメンバーは早速このヤマメを肴に祝宴を開き、その場で龍太宛に寄せ書きを送っている。井伏は皿にのる一匹のヤマメの水墨画を描いている。一時は画家も志しただけに見事な絵です。

龍太の受賞が決まった二月に井伏は釣竿を贈ることを決め、名工に和竿を誂え、篆刻家に刻字を頼み、自ら箱書をして贈る。受け取った龍太はその名竿の釣始めを会発足の場を流れる川と決めた。むろんその釣果を幸富講の一行に送るためです。すると井伏一行は寄せ書きした礼状を送る。およそ半年の間に言葉で表しがたい豊かな交誼が感じられます。井伏は毎年暮れになると床の間の軸を替えて龍太が贈った句を掛けるといいます。

一月の川一月の谷の中　龍太

一行書の軸を掛け、新年の設えをする。そして正月の来客に「いいだろ、いいね」といってゆったりと杯をかたむけるという。龍太も山廬の床の間に井伏の墨書を軸装した大ぶりの掛け軸をかけます。

あの山は誰の山だ／どっしりとしたあの山は　井伏鱒二

井伏鱒二歿後三周忌にあたり、山梨県立文学館で「井伏鱒二展」が開かれました。龍太は図録の巻頭で「折からの薫風の季節に」という一文の中で、井伏との繋がりについて「はからずも、井伏先生にながい交誼を得ました。生涯これに過ぎる倖はないと思っている。だが、いくばくか学び得たものは、おおむね濁世のこと。あるいは日常平凡な日々のことや山川草木のよろしさ。こと文学に関しては、顧みて、非才、なにほども学び得なかったのではないかと思うが、しかし、いまそのことになんの悔いも心残りもない」と。

二人の書簡四百余通には、文学論や、作品の批評などはなく、まさに「日常平凡」なことが記されているだけだ。しかしその奥には二人だけが知り得る世界が展開されているに違いありません。

文筆家としての龍太

一九五〇（昭和25）年、龍太は大学で師事していた折口信夫の勧めに従い、卒業論文を提出し卒業単位を修了しました。卒業論文のタイトルは「芭蕉の悲劇性の展開」です。さらに食糧難を解消するため、戦中戦後は農事に専念しました。特にジャガイモづくりに関し、独自の栽培方法を考案し、作付面積当たりの収穫量増大を図りました。これを見た龍太の弟で東北大農学部出身の五夫が、「農業世界」という専門誌が論文を募集していることを教えました。龍太は、文章を書くことが得意だったことから、「馬鈴薯栽培法」として「私はかうして馬鈴薯を増産した」という論文を瞬く間に書きあげ応募しました。この懸賞論文には大学の博士や農業関係の技術者が応募していましたが、農業は素人のはずのこの論文は見事に一等入選を果たしたのです。農業関係者から問い合わせが相次ぎ、山梨県の農業技師が視察に来る事態となり、さらに全国から、馬鈴薯の「種」の注文が舞い込む事態となりました。学術的で理論的な論文形式になりがちなところを龍太は時には平明で、わかり易い表現で論文を仕上げているところが特徴です。

父は自らの職業を「俳人」といったことがありません。講演等の演者紹介に「飯田龍太（俳人）」と書かれることが多かったですが、この表現を好みませんでした。確かに戦後俳壇の伝統派俳人などと表現されましたが、生活の大半は俳誌「雲母」発行と、新聞、雑誌等の選者としての仕事に追われていました。しかし、息子の保護者として職業欄に書くときは必ず「著述業」と書きました。父の中では生業は、文章を書いて原稿料をいただく、それで家族を養っている、との思いだったと考えられます。

右から大岡信、龍太、高室陽二郎、蛇笏生誕百年記念俳句大会・熱海・ホテル大野屋にて　1985年4月
写真提供：飯田秀實

家族が一緒に食事をする時、父から俳句の話を聞いたことはなく、文学の会話もありませんでした。団欒での会話は、近所の世間話や、困りごとの相談を受けたこと、あるいは裏の川で翡翠を見たこと、鼬の巣を見つけたことなど、他愛のない会話ばかりでした。そして、お金のことにもあまり頓着せず、すべて家計は母に任せていました。そんな中で、時折耳にしたのが原稿料のことです。何気ない会話の中で「この間の雑誌の原稿料は思いのほかよかった」とか、「原稿料が送られてきたから鰻でも奮発するか」という父の弾んだ声でした。原稿一枚を書くことでいくら収入を得られるか、父にとっては重要なことでした。「俺は小説家のように原稿用紙何百枚も書けない。せいぜい五枚。多くても十枚だ。だから一枚当たりの単価を高くしてもらわないと」と父にしては珍しくお金のことで冗談とも本気ともつかないことを笑いながら言ったことが

あります。

確かに父の文章は短編ばかり。その短編が実に軽妙で切れがいい。その随筆の内容はいつだったか居間の炬燵で話していたことが一遍の見事な散文に仕上がっている。見聞きした事実を少しユーモラスに、それでいて、余分な言い回しはしない。くどくならないところがいい。俳句は引算の文学といわれている。表現を省略し、十七音に宇宙の広がりを持たせる。日本語でなければ完成し得ない最も短い詩型です。その詩型を巧みに散文に取り入れているのが龍太の随筆ではないかと思います。

「雲母」終刊前後の龍太の決断

一九六二年以降、「雲母」を牽引した龍太は、積極的に全国を回り、優れた選句眼から会員数を増やしていきました。また、一九六九年に第四句集『忘音』による読売文学賞、一九八一年に日本芸術院賞恩賜賞、一九八三年紫綬褒章を受章しました。続いて一九八四年に日本芸術院会員となりました。一方、この頃「雲母」の会員が四千人近くとなり、毎月の選句と、執筆で多忙を極めていました。特に、「雲母」の選は会員からの投句が二万句となりました。毎月の締切日が過ぎると、書斎に籠もり一気に選に入った。二晩三日、ほぼ不眠の状態で選を行う。ある時父に「投句用紙が届いた順に少しずつ選を始めたら少しは楽だろう」と話したことがあります。しかし、父は答えず、毎月締切日の後、選をすることを続けました。大分経って父が何かの会話の後「少しずつ選をしたら、その時の体調、天気で選が変わってしまう。最初の一句から最後の一句まで同じ体調、同じ選句眼で臨まなければ選者として失格だ」と、いつになく強い口調で語りました。

先ほどもお話ししましたが、蛇笏の頃から投句用紙の開封作業は家族の担当でした。月の半ば、学校から帰ると、居間の机に投句用紙の入った封筒が高く重ねてあります。この束を見ると憂鬱になるのです。好きなテレビも見れない。雲母は毎月「十五日必着」となっている。郵便の配達は通常は午前中一回だが、必着と表記されていることを承知の郵便局では、十五日に局に届いた封筒をその日に配達しなければと、午後と、夕方に追加で配達してくれる。子供心にこの日は学校からの帰宅は足が重かった記憶があります。渋々開封を終えると、父は投句用紙の束を持って、書斎に消えます。それ以降、投句用紙は誰にも触らせない。選が終わった後の投句用紙の保管もすべて父が行います。開封作業でもう一つ面倒なことがあります。開封する時に誤って鋏で投句用紙を切ってしまった時です。開封に関して基本的に口を出さない父ですが、この時ばかりは「投句用紙に傷をつけるな、必死で書いた用紙だぞ」と叱るのです。思わず「封筒ぎりぎりに入れてくるからしょうがないよ」と反論しましたが、父は許してくれなかった。我々子どもたちが、大学に進む頃は事務を手伝ってくれる方が担当しましたが、父の選にかける思いは、たとえ投句用紙といえどもぞんざいに扱うことを許しませんでした。三日間の選が終わると大抵熱を出して寝込んだり、歯の調子が悪くなって歯医者に足を運ぶ、そんなことが毎月続きました。

一九九二（平成4）年四月、珍しく父が声をかけてきました。「こうすることを決めたから、承知しておいてくれ」と原稿用紙を渡されました。そこには万年筆で「『雲母』終刊について」と書かれていた。読み進むうちに父の決意が伝わってきた。一読し、「親父が決めたことだ、いいんじゃないか」というと「そうか、この後諸々処理がある、お母さんを助けてやってくれ」とだけ言いました。もう一度ゆっくり読んで、そして、「ほっとした」というのが私の正直な気持ちでした。これで選から父は解放される、という思いでした。会社勤務の私ですが、父の姿を見ていると、あのような選を続けていることへの不安がありました。いつまで続ければいいのだろう。体調を崩し、倒れるまで続けるのだろうか。常にその思いがあった。雲母終刊の宣言は母も、我々兄弟も一様に安堵しました。しかし、俳壇にとっては、大変な衝撃でした。「なぜ今終刊なのか」と大きな疑問となりました。

龍太の選に対する姿勢を考えてゆくと、この終刊は長い間龍太が考えていた、予定の決断といえると思います。蛇笏没後、誰に相談することもなく、しかし、蛇笏以来の雲母会員の思いを十分汲みながら、それでいて、主宰に就くことへの宣言もないまま「雲母」を牽引しました。もちろんそのことに異を唱えるものは

最後の雲母全国大会にて挨拶する龍太、甲府常磐ホテルにて
1992年10月11日　　写真提供：飯田秀實

なかった。それから三十年全身全霊を傾け主宰選を続けました。そこには一点の曇りもない「自負」がありました。しかし、この先、同じように一点の曇りのない選が出来るであろうか。もし、曇りのある選に己が気付いたとき、その曇り、淀みはいつからなのか。その間の選は堕落したものであり、選を信じ、投句した会員たちを裏切ったことになる。龍太の思いはここに至ったのではないか。そして、その後は誰にも託さず、九百号ですべてを閉じる決断を会員に伝えました。父は常々口にしたのが「人はある位についたら、その時から辞める時を考えなければならない。いつまでもその地位にいることほど愚かなことはない」

龍太は「雲母」終刊にあたり、「終刊後も、各地の俳句会や一泊の吟行等には、私も進んで参加したいと考えております。参加者何百人という句会とちがい、親しく膝を交えた一座の交情には、大きな句会では得られない新鮮さと愉しさがあるのではないかと思います」と記している。

しかし、龍太は終刊後、この約束は果たしていない。全国の句友と隔たりなく接したい龍太の気持ちが、一句会に参加することで、平等というバランスを崩してしまうのではないか。ならば終刊にあたって記述したことは、あえて実行しないことが句友へのささやかな配慮ではないかと決断したのではないかと。これは龍太にとって辛い決断だったと考えられます。選者としての立場を離れ、自由に俳句を作り、楽しく他者の選をすることを終刊後の唯一の楽しみと思い描いたと思います。しかし、龍太が仮に、気軽に句会に参加したらどうであったでしょう。その後句会参加の申し出が殺到するであろうことは十分予想できます。句友の気持ちを思えば、自らの甘えや望みはきっぱり断つことが望ましいと考えたのではないかと、思っています。

雲母終刊後、会員全員が自選で五句を選び句集を出しました。都道府県別に全員を掲載した全三百七十九頁の「新編雲母句集」です。龍太も一会員として山梨県の欄、百五十五頁に掲載されています。龍太が自選した句は次の五句です。

紺絣春月重く出でしかな
大寒の一戸もかくれなき故郷
どの子にも涼しく風の吹く日かな
一月の川一月の谷の中
白梅のあと紅梅の深空あり

俳人から普段着の龍太に

またもとのおのれにもどり夕焼中　龍太

龍太が「雲母」終刊号に発表した一句。雲母終刊後の龍太は、穏やかに一日一日を過ごしました。毎月の何万という俳句の選から解放され、講演の資料作成や、原稿の締切に追われることはなくなりました。これまで深夜に及ぶ仕事が多かったために、朝もゆっくりでしたが、ほぼ決まった時間に目覚め、ゆっくり朝の茶を飲み、その日の新聞に目を通すと、庭や裏山、竹林に足を運びました。早春、日脚が伸び、どことなく温かさが感じられると、履きなれた下駄を出す。梅の香と鳥の囀り、父にとって何十年と見聞きした情景ではありますが、その一時をたっぷりと楽しんでいました。春ならば山菜や筍を収穫して自ら下ごしらえしました。夏野菜の収穫を楽しみ、秋になると近隣の茸採り名人が自慢げに持ち込んだ何種類もの茸を縁側に広げ、一つ一つを選別し、その年の出来不出来を語り合いました。

そんな日々の中で、父なりに俳句との繋がりを持ったのが、各結社から送られてくる俳誌や、句集に目を通すことです。俳誌、句集に意見することはありませんでしたが、一冊一冊丁寧に読んでいました。常に俳壇の動きに関心を持ち、文壇、俳壇の状況を鋭い眼差しで俯瞰していました。しかし、俳人や編集者と会うことはなく、訪問の話があっても断ることが多かった。会うのは雲母の編集委員だった福田甲子雄さんや、「俳句」編集長で「飯田龍太全集」の刊行を担ってくれた鈴木豊一さんなど限られた人たちでした。福田さんや、鈴木さんに対して「飯田龍太の近況」についてそれとなく探りを入れる人も多かったようですが、両氏とも「元気で生活していますが、人と会うことはしないようです」と対応していた。ある時などは、父が近所を散策していたら、それらしき人たちが山廬に歩いてくるのを見つけて、慌てて自宅に戻りそ知らぬふりをしていました。そんな茶目っ気たっぷりの姿に、私の子供たちは「おじいちゃん、おもしろすぎる」と笑っていた。そこには俳人・飯田龍太の姿はなかった（笑）。

「雲母」終刊後の父の生活で最も変わったことは、母と二人で出かけるようになったことです。それまで母が家を空けることは決してなかった。父が句会や、講演で出かけることが多かっただけに、飯田家のもろもろのこと、俳誌に関することをすべて対応していたために、家を空けることができなかったのです。私の記憶では、子供の頃の夏休みに二泊ほどの旅行をしたほかは家を空けたことがなかった。そんな二人が、一週間近く伊豆方面の旅館に滞在したり、心を許したご夫婦とのんびり旅を楽しんだ。そして連れ立って、日用品の買い物に出かけるのを楽しみにしてました。この間一度だけ肺炎を患い入院をしましたが、これを契機に、好きだった煙草も止め、健康的な生活を送っていました。若い時から大きな病気に悩まされていただけに、晩年は「こんなに生きるとは思わなかった」が口癖になっていました。

父が「雲母」を終刊した当初、私の口からは聞けないけれど、私の妻多恵子がお茶を飲みながら、「お父さんはもう俳句を作らないんですか」と聞いたことがありました。そうすると「うん。そうは言っても、もう何十年って俳句を作っていたので頭の中には句が浮かぶ。だけど、書き留めて何かしようというほどの句はできない」という言い方をしました。それは龍太の潔さというか、多分、私が聞いたら何も言わないだろうけれど、多恵子が聞いたから、そう答えたと思います。

二〇〇七（平成19）年一月二十七日、父は微熱があり、市内の病院に行ったところ「肺炎の可能性」と診断されて入院となりましたが、いたって元気で、家族も安心していました。数日後肺炎が悪化、一時かなり回復しましたが、二月二十五日夕方様態がまた悪化し、息を引き取りました。この年はいつになく暖かな冬で、葬儀の三月六日の朝、父が好きだった山廬の辛夷が数輪ほころび、これを切り取って祭壇に飾りました。早春が好きだった父にふさわしい葬送となりました。

山廬文化振興会の創設

私は大学二年の頃、長男として家を継ぐことを考え、卒業後はやはり山梨に戻ろうかと思っていました。そうなった場合の山梨での就職先をいろいろと考えていました。大学では法学部でしたが、ジャーナリストになりたいという気持ちがありました。地元の新聞社も選択肢にあったのですが、自分は新聞的な人間ではないというのが何となくありました。元々新聞報道ではなく電波報道に非常に興味があったので、放送局の記者というのをイメージしていました。いろいろと勉強をして、最終的にはテレビ山梨の入社試験に受かり、そこに入りました。これも偶然というか、運が良かったというか、ちょうどテレビ山梨が開局六年を迎え、入社の四月から、夕方の番組を大変革して、しっかりしたニュース番組を作ることになったので、希望が叶ったのです。社会部記者としてニュースの現場を担当し、事件や事故、裁判、あとは一般的な季節ネタを追っかけるような報道を長くやっていました。

私は俳句を作りませんでした。親がやっているのなら、自分もやらなきゃいけないという風潮もありますが、うちの場合にはそういうことはなかった。私が妻と結婚してしばらく経って、私の母に「いずれは秀實さんも俳句をやるんですかね」と何となく興味本位で妻が聞いたらしい。そうしたら、母は「それはない」と即答したようです。「もしやってやれるんだったら、小さい頃からそういう才能がどっかに開花していたはずだ」と、母は真面目な顔をして答えたといいます。そんなに簡単にできるもんじゃないというのが母の考え。それは夫である龍太を見ていたり、義理の父である蛇笏を見ていて、要するに主宰者というのはそんな生やさしいもんじゃないというのは、母が一番分かっていたのでしょう。

また、親子というのは、近い存在でありながら、ちょっと内面についてはお互いに距離を持ってしまい、かつその距離をお互いに尊重する。だから私がテレビ局に勤めていても、父から「今どんな仕事をしてるか」とか、「仕事はどうだ」ということを聞かれたこともない。でも後で聞くと、母との会話の中では「いま、秀實はどうだ」とか聞いていたみたい（笑）。後で知ったことですが、母は私のニュースを見ていたようで、私が書いたニュース原稿だろうとか、あるいは記者リポートをしているところを、多恵子を経由して聞いていたようです。そして母は父に「しっかりした原稿を書いているし、ちゃんとした仕事をしている」というようなことを話したらしい。しかし、父が直接私に聞いてくることもないし、私が父に何かを言うこともない。私は途中で営業を担当したこともありますが、主に報道の記者をずっとやってきました。それから、二〇〇七年二月に父を送り、二〇〇八年三月に母を送って、更に仕事の多忙が重なり、翌二〇〇九年、五十六歳の時に、脳出血で倒れてしまいました。それで、ちょっと早めに会社を辞めた。療養中、父も母もいないこの家をどうするかといろいろ考えたりしていました。そうしたら同年、六月の廣瀬直人さんの蛇笏賞の授賞式で黒田杏子さんと再会しました。このことを話したら、「あなたの為にいろいろ協力できることがあったら、何でも相談してください」と言われた。その後いろいろと助言を受けて準備をし、二〇一四年に山廬文化振興会を設立し、「俳諧堂」や山廬後山の四阿「狐亭」の復元を行ってきました。現在、全国の蛇笏、龍太ファンに会員になっていただいています。

山廬の未来図

まず、蛇笏、龍太が生活した山廬というものをできるだけいい形で保存すること。今後は「俳句の聖地」と言われるこの場所をできるだけ今の状態を維持しながら、継続していくことを目指しています。次に山廬の敷地だけでなく、この周辺のいわゆる里山を復活させ、荒れている田畑を整備し直して、耕作しながら維持していくこと。蛇笏や龍太が作品を創作する時に見た景色や環境などを復元をしたい。それによって、ここに吟行や句会のために訪れた人たち、さらに次の世代を担う子どもたちに里山の自然を実体験をしてもらう。

今、気候の変化によって歳時記通りに季語がゆかくなり、日本の四季はかなり変わってきている。あるいは農業や人々の生活環境もずいぶん変わりました。歳時記でしか見たことがない季語が結構多くある。それを全て蘇させることは無理ですが、歳時記に載っている季語は、こういう景色をいうのかと、ここに来た人たちに体験をしてもらい、実際の季語というものを知ってもらいたい。子供たちに四季折々の自然を知ってもらいたい。将来的には山廬を中心として、そのような場所を、この地域で作っていきたい。

私は今七十二歳。実際自分が維持管理に直接携われる時間はそう多くない。あとは誰かにお願いしたり、協力してもらってやっていくでしょう。その間に山廬はこういうものと、しっかりビジョンを作って、そのビジョンに従って、次の世代の人たちにやってもらう。ただし、このビジョンは絶対的ではなくて、時代によって少しずつ変わるかもしれないが、基本だけは変わらない。全国の俳句を愛する方々に、「俳句の聖地」と呼ばれている蛇笏・龍太の生活した「山廬」に脚を運んでいただきたいと思っています。

おわりに

飯田秀實氏への取材は最初、二〇二三年十二月七日十一時に山廬で行う予定だったが、当日中央線神田駅での人身事故で列車が遅れ、私は立川駅に入る前で立ち往生したため、やむを得ずキャンセルさせていただき、十二月二十五日のクリスマスの日に改めた。新宿から八時三十分発のかいじ七号に乗り、十時八分石和温泉に到着。秀實氏が車で出迎えに来てくださった。

蛇笏・龍太に関わる秀實氏のエッセイをＮＨＫ学園の雑誌や「藍生」、「件」などの俳句誌で拝読したことはあるが、その場に身を置きながら、生の話に耳を傾けるのは改めて特別な感動を覚えた。かつてテレビ山梨の社会部記者、報道局長などを歴任された氏は終始して穏やかに蛇笏・龍太の思い出及び俳句を作らなかった理由などを語って頂いた。その後、本書の取材をご協力頂いた瀧澤和治氏と保坂敏子氏と合流し、蛇笏・龍太のお墓参りに行ってきた。短い時間ではあったが、実り豊かな取材になり感謝の思いを新たにした。

董振華

飯田秀實の龍太20句選

春の鳶寄りわかれては高みつつ 『百戸の谿』
紺絣春月重く出でしかな 『〃』
露草も露のちからの花ひらく 『〃』
山河はや冬かがやきて位に即けり 『〃』
満月に目をみひらいて花こぶし 『〃』
大寒の一戸もかくれなき故郷 『童眸』
雪の峯しづかに春ののぼりゆく 『〃』
どの子にも涼しく風の吹く日かな 『忘音』
一月の川一月の谷の中 『春の道』
雪の日暮れはいくたびも読む文のごとし 『〃』
かたつむり甲斐も信濃も雨のなか 『山の木』
白梅のあと紅梅の深空あり 『〃』
水澄みて四方に関ある甲斐の国 『〃』
去るものは去りまた充ちて秋の空 『今昔』
なにはともあれ山に雨山は春 『遅速』
涼風の一塊として男来る 『〃』
白雲のうしろはるけき小春かな 『〃』
短夜の明けゆく波が四国より 『〃』
鰯雲浮子また水をよろこべり 『遅速』拾遺
またもとのおのれにもどり夕焼中

「雲母」平成4年8月号

飯田秀實（いいだ　ひでみ）略年譜

昭和27（一九五二）　山梨県境川村小黒坂に飯田龍太の長男として生まれる。

昭和49（一九七四）　明治学院大学法学部卒業後、テレビ山梨に入社。

平成21（二〇〇九）　3月テレビ山梨を退職。「山盧」当主として維持管理を行う。同年、監修『龍太語る』山梨日日新聞社刊。

平成26（二〇一四）　一般社団法人山盧文化振興会設立。「雲母」創刊百年事業として「山盧俳諧堂」を復元。

平成27（二〇一五）　協力『蛇笏と龍太―山盧随想』山梨日日新聞刊。

令和4（二〇二二）　随筆・写真集『山盧の四季―蛇笏・龍太・秀實の飯田家三代の暮らしと俳句』コールサック社刊。

現在、一般社団法人山盧文化振興会理事長。

第20章 長谷川櫂

はじめに

長谷川櫂の名前は朝日俳壇の選者で知った。「川」と「櫂」が付いて漢詩的で格好いい名前だなと心に刻んだ。二〇一九年二月兜太師一周忌に合わせて句集『聊楽』を刊行した時、師と親しかった俳人にも差し上げたいと師のご子息の眞土氏に相談したところ、長谷川櫂氏を推薦され、お送りした。嬉しいことに、四月二十六日付の読売新聞で氏が担当されている「四季」で拙句〈未知の太古に続くなり蟻行く地〉が取り上げられた。また中国で刊行した『金子兜太俳句選訳』を送った時も二〇二〇年三月三十日付の「四季」に取り上げて頂いた。その後、氏からも著書や句集を頂いたりして交流が始まった。二〇二三年二月、黒田杏子先生の紹介で「季語と歳時記の会」に参加したほか、氏の俳句を中国語に選訳し、毎月十句を氏のＨＰサイト「俳句的生活」に掲載。更にサントリー文化財団の海外出版助成金を得て二〇二四年十月、中国で『長谷川櫂俳句選訳』の書名で出版することになっている。

董振華

演題

「〈一月の川一月の谷の中〉は何故すばらしいのか」

《第八回飯田蛇笏・飯田龍太文学碑碑前祭での講演》

二〇二二年十月二日（日）

山梨県立文学館研修室にて

一　俳句は人柄を映し出す

これから四十五分、小学校の授業と同じ時間ですが、話をさせていただきます。よろしくお願いいたします。

飯田蛇笏と龍太の碑前祭に今日初めて参加させていただいて感銘することばかりでした。まず飯田秀實理事長の献句は応募句をすべて読み上げるのかと思っていたら、サラサラサラッとめくるだけでこれがじつに爽やか。さっぱりしていて、まずそこに驚きました。このやり方は、お寺でお坊さんが長いお経を仏様に奉納するとき、全部読んでいたら何日もかかるのでサササラ（簓）のように折りたたんだお経を右の手から左の手へサラサラと流す。それで全部読んだことにするのと似ていますが、俳句にふさわしい爽やかなやり方だなあと感心しました。

井上康明さんと瀧澤和治さんのお話も面白く聞きました。滝澤さんは「俳句は人である」という話をされましたが、「俳句は人である」とは「俳句を読めばその人柄がわかる」ということですね。これは同じように小説や短歌も作家の人柄を反映するはずですが、小説は言葉が多いのでごまかしがききます。ところが短歌や俳句は短いので、そういう操作がなかなか出来なくて必ず人柄を反映してしまう、ということじゃないかと思っています。

これからお話しすることにもかかわってくるのですが、俳句を読んでその作者はこんな人ではないかと想像します。ところが実際その人に会ってみると、俳句から想像した人とどこか違うということがよくありますす。そのとき俳句から想像したイメージが間違っていたと思わない方がいい。実際にその人と接すると服装やその場の雰囲気に邪魔されて本当の姿が見えてこないことがある。それを考えると、むしろ俳句にその人の「むき出しの人間」が表れているのではないか。蛇笏、龍太の俳句はまさに蛇笏その人、龍太その人を目の前にしているようなものではないかと思います。

二　戦後最高峰の句

一月の川一月の谷の中

今日は龍太のこの句がいかに素晴らしいかという話をすることになっています。

先ほど秀賓さんもおっしゃったように出版されたばかりの随筆・写真集『山廬の四季』（コールサック社）の序文に「白雲去来」という僕の文章を使っていただきました。初めに申し上げておくと、この文章はこの本の序文として書いたものではありません。以前、山廬の会報に書いたものが序文として抜擢されたものです。そのなかに次の一節があります。

戦後七十五年、無数の俳句が詠まれてきたが、龍太のこの句に並ぶ句はない。

つまり戦後最高峰の句といって憚らないのであるが、

ここでも龍太の姿勢は変わらない。

ここにある「龍太の姿勢」とは、その前の箇所に書いていていますが、龍太は「邪心や妄執を退けて、いいかえれば心を虚しくして」世の中や俳句の世界を見ていたということです。同じように「一月の川」の句も、心を虚しくして初めて見える世界ではないかと思っています。

「戦後最高峰の句」と最上級の言葉で讃えていますが、こういう褒め方をするときは相当、覚悟がいります。なぜなら一つは何十年何百年と経ったとき「あの句はつまらなかった」「なぜあんな句を褒めたんだ」と言われると困る。だから未来を見通さなければこういう褒め方はできません。これから俳句がどこまでつづいていくかわかりませんが、俳句がつづくかぎり、この句は「戦後最高峰の句」として讃えられつづけるだろうと思っています。

もう一つの覚悟は、戦後無数の俳句が詠まれた中で「これがいちばんいい句だ」というと多くの人を敵に回す可能性があるということです。俳句の世界には「私こそ一番だ」と思っている人はたくさんいますから、こういう褒め方をすると、いろいろなところで逆風が吹きます。「ま、それもいいだろう」という思い切りがあって「戦後最高峰の句」と褒めているわけです。

「一月の川」の句は発表されたときからいろんな人がいろんなことを言ってきました。なかには「どこがいいのかわからない」と言う人も、さらに「つまらない句だ」と言う人もいました。そんな意見を聞くと逆に、この句はその人の俳句観、俳句をどう考えているか、さらに俳句の力を試すいわば試金石みたいな句ではないかと思うんですね。

もし「この句がピンとこない」という人がいれば、自分の俳句に対する考え方はこれでいいのか、自分には俳句を読む力と詠む力が果たしてあるのか、あらためて根本から考え直したほうがよろしい。でないといつまでも間違った道をうろうろ迷いつづけるだけです。その迷路から抜け出すためにも、もう一回「俳句とはいったい何なのか」を考えながら、この句と向き合ってほしいのです。

僕自身についていうと、「一月の川」の句は読むたびに句の大きさといい丈の高さといい、俳句でここまで詠めるんだという励みになっている句です。これから先もずっとそうだろうと思います。

三　単純明快の極み

『山廬の四季』の序文には「一月の川」の句は「戦後最高峰の句である」と書きましたが、「なぜそんなに素晴らしいのか」その理由を書いていません。そこでそれについてお話ししたいと思います。

その理由を三つにまとめてきました。最初の二つは、みなさん、すでにわかっておられることかもしれませんが、三つ目が大事です。お眠りになる方はこれから三十分くらいして目を覚ましていただくと、ちょうど三つ目の話をしているときに当たるんじゃないかと思います（笑）。

順を追っていきます。この句の素晴らしさの第一の理由、これはもうお分かりですね。いつもは山廬の蔵座敷の一階に掛けてある「一月の川」の軸に今日は「出開帳」でここに出て来ていただいています。これをごらんになると一目でわかるとおり、この句はじつに単純明快です。これほど削ぎ落とした俳句はまずない。戦後とかぎらず俳句の歴史を遡っても、これほど簡明で余計なことを何も言ってない句はありません。

まず句の字を見ていただくと、ここで使われている漢字は「一」「月」「川」「谷」「中」の五種類しかないのです。しかもそれが全部、ごちゃごちゃした難しい漢字ではなくて、みな画数の少ない単純極まりない漢字ばかりです。読む側はここから句の世界のイメージを抱くわけですが、俳句の場合、単純であればあるほど大きな世界が現れてくることがある。この句がまさにそれであって〈一月の川一月の谷の中〉、巨大な空間を一筋、川が流れ落ちているような感じがするじゃないですか。

この軸は「川」がちょっとずらしてあるので四行になっています。俳句のいいところは一行にでも四行にでも紙に合わせて書けるところです。これは横長の紙ですので四行にして書いてあります。二階（県立文学館

山梨県立文学館にて　2022年10月2日
写真：董振華

常設展示室）の展示室に行かれると真正面の一番いいところに同じ句の軸が掲げてあります。聞くところによりますと龍太が井伏鱒二に送り、井伏が毎年正月に床の間に掛けていたという条幅だそうで、滝が流れ落ちるように〈一月の川一月の谷の中〉とまっすぐ一行に書かれています。

今、ここに掛けてある四行の書を忘れて、この句を思い浮かべると、たぶん二階の書のように一行の姿が浮かび上がって来るのではないか。それはこの句の本来の姿であると同時に、この句が描く「一月の川」あるいは「一月の谷」の姿をそのまま物語っているのではないか。

書体について申し上げると、じつに単純かつ剛直な何の飾りもない句ですが、書体はじつにやわらかです。この剛直な句がじつにやわらかに書かれている。これが龍太の不思議なところで、二階の書はさらに墨が滲んでいるので、もっと朧というか、やわらかな感じがします。

この書の印象は、若いころ何度か山廬にお邪魔して龍太先生にじきじきにお会いしたことがあるのですが、そのときの龍太の印象とまったく変わらない。じつにやさしいけれど一本、骨が通っている人であることが青二才にもよくわかる。最初に申し上げた「俳句は人である」とはそういうことです。龍太の人柄がそのままこの句になり、この書となってここにあるのです。

戦後の俳句というと、たとえば高浜虚子はどういう句を詠んでいるかといえば、〈去年今年貫く棒の如きもの〉、これは虚子の有名な句ですから、みなさん、ご存じだと思います。この句はもちろん立派な句ですが、この句にも虚子の人柄がそのまま出ていて、なぜかとても傲慢な感じがするのです。もちろん傲慢が悪いというわけではありません。ただ龍太の句にしても虚子の句にしても俳句を作る人間がそのまま俳句として隠れなく現れるところが面白い。

以上が「一月の川」の句がすぐれている第一の理由、じつに単純明快であるということです。

四　幽玄の世界に通じる

第二の理由は「一月の川」の句は単純明快でありながら壮大な空間を抱えていること、さらにその空間が幽玄の世界につづいているということです。俳句を作っている人なら誰でもわかるはずですが、とても丈の高い感じがする。先ほど「巨大な空間を川が一筋流れ落ちて来る」といいましたが、むしろ「真っ暗闇の中を滝がごうごうと落ちている」感じがする。その真っ暗闇をいいかえると「無のなかを滝が落ちて来る」、そんなイメージが湧いてきます。

芭蕉の名句〈古池や蛙飛こむ水のおと〉はボーッとしていて宇宙の静寂あるいは無の世界に触れる感じがします。いわば朦朧としている。とくに「古池や」のあたりが朦朧としていて、もやもやと霞んでいる。ところが龍太の「一月の川」の句にはそういうもやもや感はまったくなくて、最初に申し上げたようにじつにすっきりと作られている。そうでありながら芭蕉の古池の句と同じように「無の世界」「宇宙の静けさ」に触れている感じがする。それをいま「幽玄の世界」と言ったわけですが、そういう句ではないかと思うのです。

空海は平安時代のお坊さんですが、ある本の中に次の文句があります。

生れ生れ生れ生れて生の始めに暗く
死に死に死に死んで死の終りに冥し

人間を含めて万物は命あるものもないものも暗い世

界から生まれて冥い世界へ死んでゆく。そういうものであると空海が五十七歳のときに書いています。今の五十七歳は若いですが、当時は老人の部類でした。闇から現れて闇へ帰る。これこそ幽玄の世界であると思うのです。

同じように龍太の句の「一月の川」も暗いところから現れて暗いところへ去っていく、そんな川の姿が浮かび上がる。空海のこの本は『秘蔵法論』といって原文は漢文（生生生生暗生始、死死死死冥死終）ですが、龍太の「一月の川」の句の世界はこれと相通じるところがある。昔から日本人の心の奥で脈々とつづく宇宙観や人間観と相通じるところが、この句のすごいところではないか。もちろん、そこを狙って作られた句ではないのです。そういう意図などまったくなくさらりと作った結果、そうなっているところがまたすごいと思います。

これが「一月の川」の句がすばらしい第二の理由です。

五　普通の世界にいる

さて第三の理由についてお話しする時間になりました。眠っている人はそろそろ目を覚まして聞いていただきたい（笑）。また眠られないうちに先に結論をいっておきます。それは「一月の川」の句は普通の世界を詠んでいるということです。これがこの句の最大の魅力であると当時に龍太という俳人の本質に迫るところではないかと思うのです。

「一月の川」の句は一九六九（昭和44）年の句で句集『春の道』（一九七〇年）に入っています。この句については発表以来いくつもの文章が書かれてきましたが、たいていの文章が「この句は山廬の裏を流れている狐川を詠んでいる」と書いているとおり狐川の姿を写した句であることは間違いありません。

僕は山廬が改修されてからほとんど毎年お邪魔して蔵座敷で句会をさせていただいています。そのたびに秀實さんに後山に案内していただいて面白い話を伺っています。そのとき必ず渡るのがこの狐川です。今は小さい鉄の橋が架かっていますが、昔は橋なんかなかったんでしょう（ここで「蛇笏が木橋を作った」との秀實さんのご発言あり）。あ、木橋があった、なるほど、というような川でありまして、せせらぎを聞きながらその橋を渡って後山へ登って行きます。

ここでみなさんにも考えていただきたいのですが、「一月の川」の句の世界を思い浮かべながらあの狐川を渡ると、手品の種が明かされたときのように「えっ、なんだ、こんな小さな川だったのか」と思う人がいるはずです。もしかすると「こんな小さな川だったのか」で終わってしまう人がいるかもしれない。しかしそのまま通りすぎずにそこで立ち止まって考えてほしいのです。「こんな小さな川だったのか」ではなく、むしろ「こんな小さな川から、こんな丈の高い句が生まれたのか」と驚くべきではないか。

この「一月の川」の句の世界の向こう側には狐川という小さな川が流れている普通の世界が広がっているということです。この句にかぎらず龍太の俳句について考えるとき、とても大事なところではないかと思うのです。

六　俳句は日本語の軒先を借りている

もっと広げて言うと、みなさんも俳句をずっと続けていると「俳句の世界がすべてである」と思いがちです。さらにそういう人は「俳句の世界こそ正しく、世間のほうが間違っている」と思うかもしれません。

今申し上げていることは笑いごとではなく、「俳句の言葉こそ正しい」「俳句が日本語を正さなくてはいけない」と信じて行動する人もいます。何年も前の話ですがNHKのアナウンサーが五月になると決まって「爽やかな五月になりました」という。これを聞いたある高名な俳人が「爽やかは秋の季語ですよ。五月に使うのは間違っている」とNHKに怒って抗議したことがありました。こんなことをNHKのアナウンサーが白昼堂々とテレビやラジオで言っていると日本人の言語感覚がおかしくなる、だからこれは俳人が正さなくてはならないという使命感をもって抗議したのです。するとNHKはまた素直に「爽やかな五月」と言わなくなった（笑）。

そんなことがあったあとだったか、龍太が「俳句は日本語の軒先を借りてやっている」といった。これは素晴らしい発言だと僕は思っています。「俳句の言葉があって、それに従って日本語があるべきだ」というのではなく、「私たちが日常話している言葉、その軒先を借りて俳句をやっている」という考え方です。

まず季語があるのではなく、日本語の中の一つを取り上げたものが季語である。たしかに「爽やか」という言葉は歳時記の秋に載っていますが、日本人が普段「爽やかな季節」「爽やかな人」「爽やかな味」とさまざまな場面で使っている「爽やか」という普通の日本語を借りて秋の季語にしているだけのことです。それが「軒先を借りてやっている」ということです。

龍太にとっては俳句の世界と同じ重み、あるいはそれ以上の重みをもって普通の人々の話す日本語の世界があった。これが龍太の俳句を読むとき、つねに心していなくてはならないことです。俳句をやっていると俳句だけの世界にはまって身動きがとれなくなり、俳句至上主義みたいなことをおっしゃる人もいます。それに対して「何よりもまず普通の世界がある」、これが龍太の文学の原点なのではないか。

「一月の川」の三年前、〈どの子にも涼しく風の吹く日かな〉(一九六六年、句集『忘音』所収)、という龍太の句があります。これも名句です。普通の世界へ広々とつづいているこの句の世界を思うと、俳句の外に広がる普通の世界と自由に風が通う感覚が龍太の根底にあった。だからこそ「俳句とか文学とかいっても何も特別なものではない」という発想が龍太にはありました。

その「普通の世界」が龍太にとってはまず境川という村だった。この村の存在が龍太の俳句をうしろでどっしりと支えている。龍太の俳句について考えるとき、俳句だけを純粋に鑑賞するなんてことは不可能かつ無意味です。境川の存在をしっかり押さえておく必要があるのではないかと思います。

今、龍太の俳句の背景として境川があると申し上げましたが、それは境川が単に俳句のモデル、題材であるということではありません。境川という村と自由自在に行き来できる。俳句を境川という空間に置いたとき、色褪せてしまうようではダメなのです。普通の世界に置いたとき、いよいよ生き生きしている、そういう俳句を龍太は作りつづけたのではないか。

　長年俳句をやった人は結社を作りますね。結社を長年やっていると今度は跡継ぎを考えなくてはいけないことになる。これまでずっとやってきたんだからここで絶やしてはいけないと考える。当然、後継者が必要になって無理矢理、主宰にされて不幸になった人が何人もいらっしゃいます（笑）。自分のやりたいことをして自由に生きていれば親とは異なる世界でやれただろうにというような人を見るにつけ、龍太の考え方はあらためて素晴らしい。

　ここにご長男の秀實さんがいらっしゃいますが、子どものころから野山で元気に遊んでおられて、龍太から「俳句をやれ」とは一度も言われたことがないという話を聞いたことがあります。子どもには子どもの生きる世界があるという考え方、子どもは俳句の世界で生まれたわけじゃない。普通の世界で生まれた。もし子どものほうから俳句をやりたいといえば、もちろん入ってきてもいいけれど、普通の世界で十分やっていける人であれば、それに越したことはない。その人ののびのびとした生き方を大事にしてやりたい。

　そういう普通の世界の一つとして飯田家という家庭がある。そんな飯田家あるいは境川という共同体の中に龍太はいて、普通の世界の軒先を借りて俳句を作っている。だからこそ無闇に俳句に拘泥しない。いつでも自分が生まれた普通の世界へ戻っていける人であったと思います。

山梨県立文学館研修室にて
2022年10月2日

七　普通の人として生きる

龍太のこのような気風、普通の世界との関係を「雲母」のお弟子たちは受け継いでいて、みなさん、まずしっかりした生活人です。僕がお会いした広瀬直人さんも福田甲子雄さんも、普通の世界での生活を実直にやっている方々でした。俳句のために身を滅ぼすというと格好はいいのですが。そんなところのまったくない方々でした。

甲子雄さんが亡くなる少し前、龍太が病室にお見舞いに行った。そのときのことを甲子雄さんは〈わが額に師の掌おかるる小春かな〉と詠んでいます。この句の持ち味はさきほど挙げた〈どの子にも涼しく風の吹く日かな〉という龍太の句、あの句の気風をそのまま受け継いでいます。

龍太は甲子雄さんの先生ではあるけれど、死を目の前にしてそういうものは消え去って、もはや普通の人間と人間です。そういう人としての在り方。このときの龍太は俳句の先生でも俳人でもない、一人の人間として先立とうとしている人の額に掌を置いた。甲子雄さんというお弟子も額の掌の意味を痛いほどわかっている。そういう句であると思います。

龍太の周辺では普通の世界にいて俳句をやりたい人が俳句をやっている。ふだんは田畑を耕しているお百姓さんが、いざとなれば自分たちの生活を守るために弓を取り馬に乗って戦いに出て行く姿を重ねてもいい。

龍太が語った数々の言葉も、今申し上げた普通の世界を背景に置いてみればよくわかる。「俳句は無名がいい」、これは龍太の名言の一つですが、「無名」という言葉の意味するもの、それは何かといえば今日申し上げた普通の世界です。人は普通の世界で生まれて普通の世界で生きるものであると思っているから、俳句にも作者の名前などいらないわけです。誰が作った句だったか、普通の世界に溶け込んでわからなくなってしまった句のほうがいいと思っている。

「私の俳句は二流の俳句である」、これはドキッとする言葉で二流の俳人にはなかなか言えない。この「二流」という言葉もまた普通の世界の普通の俳句ということです。一流を名乗る俳句ではなく、会社に勤め、田畑を耕している普通の人々にもわかる俳句のあり方を龍太は考えていたのではないか。それが〈どの子にも涼しく風の吹く日かな〉であり、今日の話の〈一月の川一月の谷の中〉なのです。

龍太の言葉をいくつか挙げましたが、どれも普通の世界こそ大事という普通の世界への信頼がないと、なかなかいえない。言葉だけでなく龍太の行動をみても事件でした。「雲母」を九〇〇号でやめる、これは俳句の世界の大作らなくなる。そのうえ、あろうことか自分でも俳句をショックでした。このほうが僕には「雲母」廃刊以上にとか。普通の人に帰ったということです。田畑を耕している人が、いざとなったら刀を持って戦場へ出かけていく。逆に戦争が終われば帰ってくる。何事もなかったかのように村人の一人となって昔のまま田畑を耕している、そういう人がいます。龍太もそういう村人の一人だった。

龍太は「雲母」をやめて自分も俳句をやめてしまう。なぜだろうと世間ではいろいろ噂しましたが、そんなことができたのは、龍太は俳句を詠んでいたときもずっと普通の世界で生きてきたからです。俳句を詠んでも詠まなくても自分は自分であると考えている。そこが龍太の世界を考えるうえでとても大事なことであると思います。

〈一月の川一月の谷の中〉の句は山廬の裏を流れる狐川から生まれました。狐川を見て「なんだ、あの川か」と思うのではなくて、むしろそこからこの丈高い句が誕生したということに驚くべきだという話をしました。弓矢を持って馬に乗って出掛けて行って、やがてまたもとの村に帰って来る、そういう句なのです。ほかの俳人はこういう句の作り方はしない。そこが龍太の俳句のとても面白いところです。

龍太の俳句の魅力、構造について僕の考えていることを申し上げました。龍太贔屓にかけて遅れはとらないのですが、贔屓の引き倒しになってなければ幸いです。ご清聴ありがとうございました。

おわりに

長谷川櫂氏は俳人、俳文学者、評論家。松尾芭蕉と飯田龍太への研究は造詣が深く、二人の俳句から受けた影響も深いと考える。

二〇二二年十月二日、蛇笏・龍太を偲ぶ碑前祭で長谷川氏は「〈一月の川一月の谷の中〉は何故すばらしいのか」、二〇二四年三月十日境川町で「飯田龍太を語る会」でそれぞれ講演をされ、私も参加した。とりわけ、二回目の講演で氏の処女句集『古志』の龍太の帯文に「自然が教えてくれるものを信じることが作句の醍醐味と確信しているように思われる」とあり、〈春の水とは濡れてゐるみづのこと〉等の五句を引き、「それぞれ見事な作品である。かつまた、それぞれに風味を異にした作品である。これから、このうちのどの方向に眼差しをむけ、どのように深めていくのだろう。私は氏の行方から、目を離さないつもりである」と振り返った。龍太先生の若手俳人に寄せられる暖かい期待と眼差しを実感し、後進を大事にする名伯楽であったことも改めて知らされた。

董振華

長谷川櫂の龍太20句選

春の鳶寄りわかれては高みつつ　『百戸の谿』
露草も露のちからの花ひらく　〃
いきいきと三月生る雲の奥　〃
山河はや冬かがやきて位に即けり　〃
新米といふよろこびのかすかなり　〃
大寒の一戸もかくれなき故郷　『童眸』
雪の峯しづかに春ののぼりゆく　〃
雪山のどこも動かず花にほふ　『麓の人』
父母の亡き裏口開いて枯木山　『忘音』
どの子にも涼しく風の吹く日かな　〃
一月の川一月の谷の中　『春の道』
白梅のあと紅梅の深空あり　『山の木』
柚の花はいづれの世の香ともわかず　『今昔』
去るものは去りまた充ちて秋の空　〃
春の夜の氷の国の手鞠唄　『山の影』
こころいま世になきごとく涼みゐる　『遅速』
闇よりも山大いなる晩夏かな　〃
白雲のうしろはるけき小春かな　〃
涼風の一塊として男来る　〃
またもとのおのれにもどり夕焼中

「雲母」平成4年8月号

長谷川櫂（はせがわ　かい）略年譜

昭和29（一九五四）　熊本県生まれ。

昭和53（一九七八）　東京大学法学部卒業後、読売新聞記者になる。

昭和60（一九八五）　第一句集『古志』牧羊社。

平成1（一九八九）　俳論『俳句の宇宙』花神社。

平成2（一九九〇）　『俳句の宇宙』でサントリー学芸賞受賞。

平成4（一九九二）　第二句集『天球』花神社。

平成5（一九九三）　俳句結社「古志」を創刊。

平成8（一九九六）　第三句集『果実』花神社。

平成12（二〇〇〇）　朝日俳壇選者。第四句集『蓬萊』花神社。

平成14（二〇〇二）　第五句集『虚空』花神社。同書で読売文学賞受賞。

平成16（二〇〇四）　読売新聞に詩歌コラム「四季」連載開始。随想集『俳句的生活』中公新書。角川俳句賞選考委員。

平成17（二〇〇五）　第六句集『松島』花神社。随想集『四季のうた』中公新書。『古池に蛙は飛びこんだか』花神社。『一億人の俳句入門』講談社。

平成18（二〇〇六）　第七句集『初雁』花神社。

平成19（二〇〇七）　『「奥の細道」をよむ』ちくま新書。「ＮＨＫ俳句」選者。

平成21（二〇〇九）　第八句集『新年』角川学芸出版。「古志」主宰を大谷弘至に譲る。第九句集『富士』ふらんす堂。『長谷川櫂全句集』花神社。『国民的俳句百選』講談社。

平成22（二〇一〇）　『海と縦琴』花神社。『子規の宇宙』角川選書。『日本人の暦　今週の歳時記』筑摩選書。

平成23（二〇一一）　第十句集『鶯』角川書店。

平成24（二〇一二）　第十一句集『震災句集』中央公論新社。第十二句集『海の細道』中央公論新社。第十三句集『唐津』花神社。

平成25（二〇一三）　第十四句集『柏餅』青磁社。『一億人の季語入門』角川学芸ブックス。『一億人の「切れ」入門』角川俳句ライブラリー。編『松尾芭蕉　おくのほそ道』１００分de名著ブックス・ＮＨＫ出版刊。蛇笏賞選考委員就任。

平成26（二〇一四）　第十五句集『吉野』青磁社刊。

平成27（二〇一五）　第十六句集『沖縄』青磁社。『一滴の宇宙』思潮社。『芭蕉の風雅　あるいは虚と実について』筑摩選書。

平成28（二〇一六）　『文学部で読む日本国憲法』ちくまプリマー新書。

平成29（二〇一七）　『震災歌集　震災句集』青磁社。

平成30（二〇一八）　俳論『俳句の誕生』筑摩書房。『九月　長谷川櫂句集』青磁社。

平成31（二〇一九）　歌仙集『歌仙はすごい　言葉がひらく「座」の世界』中央公論新書。

令和3（二〇二一）　第十七句集『太陽の門』青磁社。

令和4（二〇二二）　『俳句と人間』岩波新書。『和の思想』中公新書。

令和6（二〇二四）　『小林一茶』河出書房新社。『長谷川櫂 自選五〇〇句』朔出版。

現在：朝日俳壇選者、ネット歳時記「きごさい」代表、神奈川近代文学館副館長。「蛇笏賞」（角川文化振興財団）、「奥の細道文学賞」「ドナルド・キーン大賞」（草加市）選考委員。

監修者の一人として

橋本　榮治

本書『語りたい龍太　伝えたい龍太――20人の証言』は２０２２年12月にコールサック社から出版された『語りたい兜太　伝えたい兜太――13人の証言』の姉妹版である。編者の董振華氏が「まえがき」にお書きなので詳細は避けるが、当初は兜太本の場合と同様に黒田杏子さんの企画であったが、杏子さんの急逝によりその企画は一旦は跡絶えた。それを残念に思った振華氏が杏子さんの遺志を継いで内容を補い、出版社に当たったが、杏子さんを失っての出版は幾つかの困難が生じた。先ずは相談相手になる監修者を付けること、新たな論者や龍太俳句を語るに欠かせぬ方を加えるように横澤放川氏や私が助言をした。その後の振華氏の粘り強い交渉と誠実かつ謙虚な仕事ぶりによって無事に出版にまで漕ぎつけた。

ところで、飯田龍太とその作品を理解しようとするとき、どうしても伝統と前衛という在来の基準にぶつかる。龍太はそれをどう乗り越えようとしたのかは宇多喜代子氏を始め数人の論者が言及しているように、龍太と金子兜太の行動と作品を比較理解することから始めるとよいだろう。「写生」を軸にして伝統と前衛に分かれる二人の俳句は水と油のように言われてきたが、横澤放川氏の発言を読むと二人の作品の根は意外と複雑に絡み合っていて、常に互いを近くに意識していたようだ。

また、髙柳克弘氏は龍太は意外に前衛的なところはあったし、もしかしたら真の前衛派と言ってもいいのかなと言うが、見方によっては一歩進んで、龍太は伝統前衛の壁を乗り超えた、もしくは在来の伝統前衛の壁を崩した俳句作家かもしれない。その視点から考察するとき、井口時男、坂口昌弘各氏の語る今回の内容がとても役に立つ。著名な句〈一月の川一月の谷の中〉について言えば、何と言っても長谷川櫂氏の発言が纏まっている。そして、龍太の代表句と認められれば認められるほど、「伝統だ前衛だ云々ではなく、『いいものはいい』という桂信子氏（宇多喜代子氏の項）の言葉、また、「写生」と「描写」の違いを前提にしつつ、「五七五では完全な描写なんかできないんです」という井口氏の発言は重い。

話は飛ぶが、法律学の分野の刑法学に「開かれた構成要件」という概念がある。犯罪はまず「形式的」に構成要件の行為に該当するかどうかを判断するが、開かれた構成要件に当たる場合は裁判官らがまず行為の「実質的」な違法性を判断する。刑法の条文が違法行為の内容を示していないからだ。同じように「一月の川」の句も実際には雪の谷だか寒波の谷だか、井口氏の言う通り何も内容を描写していない。それを筑紫磐井氏は「決して巷間で言われているように龍太の周辺の自然描写の卓越性を特徴としているものではないのです。（略）その意味では、内容から言えば、むしろ無内容に近いと言ってもよいのです」と結論付ける。そこに至る理由は磐井氏の発言を読み、各自で確かめて欲しい。伝統派からは完璧な表現であり、足りないところはそれぞれの想像に任せればよいこと、前衛派からはこれこそ伝統派の写生の至るところが無内容であることの証明と称されてもおかしくない。しかし、自己の立場を固執し、そんなに頭をひねくり回して考えることもない。「いわゆる伝統俳句に属する作家の代表句であるが、前衛の領域に踏み込んだ表現内容によって、従来の伝統前衛の定義をなし崩しに否定してしまった作品」と端的に言えばよい。月名「一月」は描写ではない。と言っても季語なのだから、観念として使っているわけでもない。伝統派を装いつつ、視覚派を装いつつ、視覚よりも聴覚に訴える要素の強い作品という点からも写生俳句と言い切れるかどうか。井口氏は「倫理的道徳的な自然」は蛇笏・龍太に共通していると言われるが、その表現世界が現実から独立し、自立すると抽象化・観念化に向かうのは容易に諾えることだ。飯田龍太が俳句の発表を止めて三十余年、このこと一つにしてもそろそろ句の賛否を超えて、一人ひとりの俳句作家が真剣に龍太俳句の存在の意味を考えなければいけない時にたっているのではなかろうか。

本書に登場する語り手は基本的には杏子さんの考えの上に立っての人選が行われている。生前の杏子さんに信頼されて用いられた杏子組と称される方々も加わって、この企画を間違いないものにしている。この際、多くの方々に兜太本と共にご愛読願いたいと思ってのことである。十七年前に亡くなった飯田龍太を偲ぶ、単なるノスタルジックな内容でないのは一読すればわかっていただけよう。

最後になったが、この一冊の為に貴重な写真を多々ご提供下さった飯田秀實さんに特別の感謝を捧げたい。

２０２４年夏

語る魅力

井上　康明

本書は二十人の俳人が飯田龍太について語っている。その対象となった飯田龍太は、優れた俳人であると同時に、自在な語り手でもあった。

紺絣春月重く出でしかな　龍太
一月の川一月の谷の中　同

飯田龍太は、周知のように飯田蛇笏の四男であり、先の昭和の戦争に前後して、兄三人が、戦死、病没、戦病死したことにより、飯田家を継ぎ、俳人としても「雲母」主宰であった父蛇笏を継承した俳人である。「紺絣」の句は、昭和二十六年、龍太三十歳の作。「雲母」誌上において蛇笏の選によって認められた。青春の鬱勃たる思いを春月に託している。

「一月」の作は、その十八年後、昭和四十四年の作。一月の川、一月の谷という即物に、いきいきと地霊を表現する。俳句は、作者の思いを十全に語ることのない文芸。その様式の極北に位置する作品である。飯田龍太の俳句が、戦後の俳句を代表し、明治以降の俳句の歴史において傑出した作品であることは言を俟たない。

その飯田龍太は、座談の名手と呼ばれ、折々の講演などにおいても聴衆を魅了した。日常の座談から講演まで、語ることに自覚的な俳人であった。その代表的な講演は、平成四年十月三日、山梨県立文学館、飯田蛇笏展に際しての講演「飯田蛇笏について」。この記録は「白露」創刊号、平成五年三月号に掲載されている。

ここで龍太は、飯田蛇笏が早稲田大学時代、小説から新体詩、俳句と多彩な創作活動に携わっていたが、郷里へ帰ってのち、俳句を選んだことについて、蛇笏は「俳句がいかなる苦難にも耐えうる文芸形態じゃないか」と考えていたと推察している。この俳句観は、龍太自身が長く俳句に関わってきた思いでもあるだろう。蛇笏を語りながら、龍太自らの俳句観を思わせ、龍太の来し方を想像させる。

この度の二十人、飯田龍太を語りながら、その俳句観、時代に対する考えなど、語り手のさまざまな思いが伝わり、折々の表情が浮かぶ。その声に虚心に耳を傾けたい。

飯田龍太主要著作目録［筑紫磐井編］

●句集（行末年は収録時期）

①『百戸の谿』（書林新甲鳥 1954）戦前〜昭和28年
②『童眸』（角川書店 1959）昭和29〜33年
③『麓の人』（雲母社 1965）昭和34〜40年
④『忘音』（牧羊社 1968）昭和40〜43年
⑤『春の道』（牧羊社 1971）昭和43〜45年
⑥『山の木』（立風書房 1975）昭和46〜50年
⑦『涼夜』（五月書房 1977）昭和50〜52年
⑧『今昔』（立風書房 1981）昭和52〜56年
⑨『山の影』（立風書房 1985）昭和56〜60年
⑩『遲速』（立風書房 1991）昭和60〜平成3年

●随想集

『無数の目』（角川書店 1972）『思い浮ぶこと』（中央公論社 1978）『山居四望』（講談社 1984）『紺の記憶』（角川書店 1994）『遠い日のこと』（角川書店 1997）

●鑑賞・その他（内容別に配列）

『俳句鑑賞読本』（立風書房 1978〜9）『龍太俳句鑑賞』（実業之日本社 1982）『現代俳句の面白さ』（新潮社 1990）『現代俳句歳時記』（新潮社 1993）『龍太俳句教室』（実業之日本社 1977）『龍太俳句作法』（実業之日本社 1978）『俳句の魅力』（角川書店 1978）『季節の名句』（角川書店 1996）『秀句の風姿』（富士見書房 1987）『作品のこころ』（五月書房 1979）『季のつぶやき』（サンケイ新聞社 1980）『女性のための俳句教室』（中央公論社 1982）『飯田龍太　俳句の楽しみ』（日本放送出版協会 1986）『俳句今昔』（立風書房 1988）『ふるさとをよむ俳句』（あすなろ書房 1999）『句業四顧』（立風書房 1987）飯田龍太文集（全三巻［1 山居茫々　2 俳句の風土　3 無名極楽］筑摩書房 1988）『鑑賞歳時記』（全四巻角川書店 1995）『目で見る日本の詩歌3』（ＴＢＳブリタニカ 1982）『飯田龍太句集自選自解』（現代の俳句・白凰社 1980）

※この他の選集・全句集・対（鼎）談集や、既刊本の再構成本、共著もあるが省略した。

あとがき

二〇二三年九月三十日、横澤放川氏をこの本の最初の証言者として迎えました。かつて、中村草田男と金子兜太は俳句史に残る大論争を展開しました。横澤氏はその草田男の師系を継いでおられる方。氏は『語りたい兜太　伝えたい兜太』にも語り手としてご登場して頂きました。また、龍太研究にも造詣が深く、龍太に関する文章も多く執筆しておられます。

そして、同年十二月二十九日、髙柳克弘氏にこの企画の最後の証言者として龍太を語って頂きました。髙柳氏はかつて黒田杏子主幹の雑誌「兜太ＴＯＴＡ」４号（藤原書店刊）の「特集　龍太と兜太　戦後俳句の総括」で「にわとりと蝮」の題で龍太及び龍太俳句を論じられています。また山梨県立文学館で開催された「特別展『飯田龍太展　生誕百年』関連シンポジウム」でパネリストとして参加されました。髙柳氏を以て約三ヶ月にわたるインタビューが全て完了しました。

この度、最終的に飯田龍太を語り伝えて頂く証言者の方々は十八名。黒田杏子氏と長谷川櫂氏のそれぞれの講演を加え、併せて二十名。証言の聞き手は私が務めましたが、活字化の段階では証言者による「一人語り」に統一しました。事前に皆様にお届けしてあった質問項目は、小見出しに生かす等の工夫をしました。

最後に当たり前のことですが、この証言集を纏めることが出来たのは、私一人の力によるものではありません。二十名の皆様に加え、実に多くの方々のご協力と支えがあって初めて実現できたものです。まず、橋本榮治、筑紫磐井、井上康明各氏からは様々なご助言を賜りました。飯田秀實氏より文中の写真の一部と資料提供等のご協力を頂きました。長谷川櫂氏には有り難い帯文を賜りました。装幀は髙林昭太氏にお願いしました。また、従弟の鄒彬君が全てのインタビューに同行し、録音と撮影を担当してくれました。そして、本書の刊行を引き受けてくださったコールサック社の鈴木比佐雄代表、実務担当の鈴木光影氏にも大変お世話になりました。併せて心からの感謝を捧げます。

本書を通して、飯田龍太先生の魅力を一層多角的に知って頂けることを心から願って筆を擱きます。

二〇二四年四月

董　振華

聞き手・編著者略歴

董 振華（とう　しんか）

俳人、翻訳家。1972年生まれ、中国北京出身。北京第二外国語学院日本語学科卒業後、中国日本友好協会に就職。同協会理事、中国漢俳学会副秘書長等を歴任。早稲田大学大学院アジア太平洋研究科国際関係修士、東京農業大学大学院農業経済学博士。平成八年慶応義塾大学留学中、金子兜太に師事して俳句を学び始める。平成十三年「海程」同人。現代俳句協会評議員、日本中国文化交流協会会員。俳句集『揺籃』『年軽的足跡』『出雲驛《えき》站』『聊楽』『静涵』等。随筆『弦歌月舞』。譯書『中国的地震予報』（合訳）、『特魯克島的夏天』『金子兜太俳句選譯』『黒田杏子俳句選譯』、編著書『語りたい兜太　伝えたい兜太 ──13人の証言』、『兜太を語る ──海程15人と共に』、『語りたい龍太　伝えたい龍太 ──20人の証言』、映画脚本、漫画等多数。現在「聊楽句会」代表。「海原」同人。

現住所　〒164-0001　東京都中野区中野５－51－２－404
E-mail：toshinka@hotmail.com

石炭袋

語りたい龍太　伝えたい龍太　――20人の証言

2024年7月10日初版発行
聞き手・編者　董振華
発行者　　　　鈴木比佐雄
発行所　株式会社 コールサック社
〒173-0004　東京都板橋区板橋2-63-4-209
電話 03-5944-3258　FAX 03-5944-3238
suzuki@coal-sack.com　http://www.coal-sack.com
郵便振替　00180-4-741802
印刷管理　（株）コールサック社　制作部

装幀　髙林昭太

落丁本・乱丁本はお取り替えいたします。
ISBN978-4-86435-615-2　C0095　￥2500E